燈火闌珊

錢虹◎著

女性美學燭照

【序】

「女性學」及「女性文學」的思考與實踐

　　上世紀90年代以來，不少高等院校陸續開出了有關「女性學」方面的課程，如北京大學的「女性學導論」、「社會性別研究」、「女性主義方法論」，復旦大學的「婦女研究」、「性別社會學」等等。進入21世紀以來，有關「女性學」的研究隨著女性主義思潮全球化的傳播已日益成為一門「顯學」，開設這方面課程的高校已越來越多，並呈不斷增加的態勢。據不完全統計，僅上海的高校中，復旦大學、華東師範大學、上海交通大學、上海外國語大學、上海大學等，都先後面向本科生開設了有關「女性學」的選修課程。這表明，隨著上世紀80年代「女權主義」、「新馬克思主義」和「後結構主義」一起成為世界公認的三大批評思潮以來，人們對於佔據人類「半邊天」的女性在社會生活中的性別角色及其文化意義的認識與探究，20多年來已經取得了豐碩的理論結晶。用著名學者馬歇爾・麥克盧漢（Marshall McLuhan）的話說，「女權主義」在20世紀後半葉的不斷擴展，「預示了90年代乃至下一世紀人類精神天地中一朵膨脹的星雲」。然而，在現實世界，女性在成才、就業、勞動報酬、職務晉升及人身權益等方面所遭受的「性別歧視」和「溫柔宰割」，卻又成為始終懸置於她們頭上的一把克利達摩斯之劍。緣於此，筆者供職的同濟大學從2003年下半年開始，在全校範圍內聘請兼職教師，並於2004年起在同濟大學校園內開出了「女性特色系列課程」。

　　同濟大學「女性特色系列課程」先後開出的課程包括：「女性文學研究」、「性別社會學」、「女性心理學」、「女性管理學」、「女性社交舞蹈」、「聲樂演唱與欣賞」、「公關禮儀與女性攻略」、「女性權利的法律保護」、「實用女性形象設計」、「女子武術修身」、「女紅手工與創作」和「家庭理財學」等數門。開設這些課程的教學目的和意義在於：綜合人文、藝術、社科等學科交叉互補、文理結合的優勢，使學生能對社會上存在的性別問題以及對性別化了的社會現象（如就

業、招聘、晉升等方面的性別歧視）的產生機制、過程等有所認識；對女性與男性性別差異的心理特徵有所覺悟，有助於女大學生科學地瞭解女性在性別角色、專業成就、婚戀情感等方面的心理特點；對20世紀以來女性主義文學與傳統女作家創作的區別及其獨特風貌有所瞭解；從整體上提高女大學生在音樂、舞蹈、公關禮儀與社交、演講職業生涯規劃等方面的人文素質和自信心，培養她們具有女性特有的高雅的氣質、風度，通過女性特色系列課程的教學與實踐，摸索出一條培養、提高女大學生除了專業技術以外的人文素質、氣質修養及社交禮儀等的教育之路來。

與此同時，筆者認為有一個概念至今在不少人心目中仍然模糊不清：即「女性學」課程是否就等同於「女性課程」？或者說，這些課程專門是「以女生為對象的課程」，還是「以女性性別問題為內容的課程」？前者類似於日本的高中正式課程中以家庭科類為主的「女生課程」；而後者，則或多或少帶有某些「女性研究」的性質。這是兩個完全不同的概念和範疇。筆者以為，同濟大學作為擁有上海市高校中唯一以培養理科女大學生、突出女性性別特徵的女子學院的一所綜合性大學，理應培養出具有女性獨立自主意識和自立、自強的理工技能的傑出女性人才，因此，在課程設置、教學體系方面，也應當「剛柔相濟」：既有與男生相同的專業知識和技能的傳授；也有專門針對女生獨特的身心發展而開出的「女性特色系列課程」，如「性別社會學」、「女性心理學」、「女性文學」、「女性管理學」「女性社交舞蹈」、「公關禮儀與女性攻略」、「女性權利的法律保護」、「實用女性形象設計」等課程，以提高女大學生在性別意識、管理學、法律、公關禮儀與社交等方面的人文素質、知識和自信心，培養她們具有女性特有的氣質、風度。

然而，「女性學」課程畢竟並不等同於「女性課程」，因此，與「女性學」相關聯的「女性研究」，需要更多的人包括男性在內予以更多的關注與重視。學校，尤其是綜合性大學，是一個傳授知識、技能，培養和鍛造社會所需要的各種人才的園圃與熔爐，其教學體系和課程設置都應當考慮到「點」與「面」；社會是由男性和女性共同組成的，其和諧發展需要男女共同努力構建，既然男女平等是現代社會的基本法則和基本國策，那麼男生也有修讀「女性學」課程的權利，他們也有關注「女性研究」的興趣，而不應當將他們排斥在「女性學」課程之外。基於這樣的考慮，同濟大學女性特色系列課程，在兼顧學科交叉互補的優勢的基礎上，初步形成了既有專為女子學院學生開設的「女性課程」

（如「女性社交舞蹈」、「實用女性形象設計」、「女紅手工與創作」和「家庭理財學」等以注重實踐為主的課程），也有面向全校大學生開設的「女性學」課程（如「女性心理學」、「性別社會學」、「女性文學」、「女性管理學」、「女性權利的法律保護」等以講授基礎理論為主的課程）等課程體系的特色。

2004年初，筆者首度在同濟大學本部和滬西校區開設全校性公選課程「女性文學研究」。課名頗具學術氣息，然而大大出乎筆者意料之外的是，僅一個校區選修者人數就達百多人，並且男生還佔有較大的比例。作為主講教師，筆者雖然以前曾在華東師範大學給中文系研究生開過「女性主義與文學」選修課程，但與要上選修者達百餘人的「大課」相比，一是以前上課範圍小，十多位研究生，授課形式也較開放自由，可以隨時展開討論交流；二是授課對象專業明確，且受過一定的學術訓練，教授開出參考書目，研究生自會去找書讀，然後在課堂上進行「互動」式對話討論。如今面對講台下黑壓壓一片百餘位聽課者（何況其中多為大一、大二理工科的本科生），教材，沒有一本現成的可用；開出的參考閱讀書目，圖書館內一時又難以找到；授課對象，則有男有女，課程內容的「文學與性別」的特色如何體現？

筆者在擬定的課程教學大綱和隨後的教學過程中，主要從以下幾方面明確了教學目的與授課內容：一、通過對作為婦女解放這一20世紀世界性潮流重要組成部分的「女性主義」的基本理論和一些被歷史遺忘或有代表性的女性作家及其作品的講述，使學生瞭解什麼是「女權主義」、「女性主義」以及「女性文學」，其性別文化意義是什麼；二、通過從古至今各個歷史時期的女作家在其創作中所不同的「女性意識」和藝術風格的具體剖析，培養學生對於女性在文學創作上的曲折歷程和主要藝術特徵的認識；三、通過男、女作家在題材選擇、體裁運用、主題表現、藝術構思、美學風格等方面的比較，使學生感悟與理解女性作家在文學創作上的優勢、特點及其局限性。

這本《燈火闌珊：女性美學燭照》，正是在已作為教材的《文學與性別研究》的基礎上以及筆者數年來的研究成果與近年來的研究心得修刪而成。

是為序。

錢虹

2010年夏秋之交於上海

目次

第一章　女權主義與女性主義文學批評

第一節　女權主義的興起及其理論思潮

　　20世紀下半葉，一股名為「Feminism」（譯為女權主義或女性論）的理論思潮在西方崛起，並且聲勢越來越浩大，至80年代，終於匯成了不可阻擋的社會潮流，它與「新馬克思主義」、「後結構主義」三足鼎立，成為世界性的三大思潮之一。至90年代，「後結構主義」為「新歷史主義」所取代，「Feminism」卻仍以不可替代之勢傲視群雄，牢牢地穩占「三足」之一鼎。在當今具有「後現代」特徵的多元文化格局下，「Feminism」在西方社會所扮演的角色愈來愈重要，並且愈來愈顯得不可替代。用著名的社會學家馬歇爾・麥克盧漢（Marshall McLuhan，1911~1980）的話說，「Feminism」在這幾十年間不斷擴展的勢頭，「預示了90年代乃至下一世紀人類精神天地中一朵膨脹的星雲」[1]！

　　「Feminism」在其發展的過程中，常常被誤解為一種由婦女自己發起、為女性爭得與男子在社會政治等各方面平等權利的運動；也有人僅是把它理解為一種要求重新評價婦女在人類發展過程中的地位和意義、從而對以男性為中心的人類文化進行批判與文學批評的潮流，其實並非如此簡單。它經歷了一個由政治批判～文學批評～文化解構的演變發展過程。

　　在婦女解放運動史上，「Feminism」在20世紀曾經掀起過兩次浪潮，從而推動女權意識的覺醒、成熟和女性主義理論的建構。它最初伴隨著西方女權運動脫胎而來，可以說是從現代人權運動中派生出來的一個分支。從上世紀60年代開始，至70年代中期它大體經歷了三個發展階段。在60年代中後期，「Feminism」主要是一種激進的政治批評，主

---

[1]　轉引自海瑩、花建《Feminism是什麼？能是什麼？將是什麼？》，載《上海文論》1989年
　　第2期，第4頁。

張婦女應當與現存的世界決裂，打破男尊女卑的政治秩序，以「姐妹關係」擺脫權力控制，在性別平等的基礎上進行社會分工與合作，共用人類所創造的一切財富。「Feminism」尤其反對生物學性別差異的宿命論學說，對女人不如男人的思想進行猛烈的抨擊，甚至鼓吹將性別價值顛倒過來，認為婦女在人類社會中的作用比男人更重要。它將社會的種種不公正和剝削歸結為男女之間的性別對抗，並且主要歸因於男性對女性的壓迫和歧視。它把矛頭對準家庭內部，將廚房和哺乳室視為婦女的「奴隸船」和「種植園」，揭示所謂「快樂的家庭主婦」只是社會編造的神話。如美國社會活動家、著名的女權主義者貝蒂·弗里丹上世紀60年代出版的《女性的奧秘》（又譯作《女性之謎》），被譽為美國女權運動的一部重要著作。

貝蒂·弗里丹是一位受過高等教育的職業女性，但她在懷孕後被老闆開除，成了一位典型的家庭婦女。二次世界大戰結束後，美國為了解決勞動力過剩的就業危機，號召大批曾在戰爭期間紛紛走出家庭就業於社會的美國婦女「回歸家庭」。當時，這不僅是一個響亮而時髦的口號，還成為社會的思潮與需要。專職的賢妻良母又一次成為婦女追求的目標或是要求婦女追求的目標。但家庭果真是婦女的伊甸園嗎？貝蒂·弗里丹對於所謂的「快樂的家庭主婦」，即中產階級受過教育或有條件受高等教育的美國婦女進行了大量調查，她發現，讓「解放了的」知識女性重返家庭，重新扮演妻子、母親的「女性角色」，這對於美國的婦女解放事業而言，無疑是一種倒退。她從理論、社會、心理、經濟等角度對這一社會現象和思潮進行了分析。她通過這本書就是要讓人們思考女性究竟是什麼角色？是女兒？是妻子？是母親？那麼她這個人呢？《簡明不列顛百科全書》認為貝蒂·弗里丹的《女性的奧秘》是繼西蒙娜·德·波伏娃的《第二性》之後關於男女平權運動的又一塊豐碑。

與此同時，越來越多的美國婦女意識到，法律的平等並沒有帶來實際的平等，男權制性別慣例仍然壓迫著婦女。女性不僅是女兒、妻子和母親，更是一個女人！可以說，正是由於家庭主婦的工作及其處境造成了當時婦女力求性別解放的直接動因。因此，激進的女權主義者常常和西方形形色色的政治批判運動相呼應，鼓勵婦女自己解放自己，自己決定自己的命運。上世紀60年代在歐美轟轟烈烈地揭開幃幕的「婦（女）解（放）運動」即是如此。它最初由美國著名的焚燒胸罩事件所引發。那時，婦女應享有與男人同樣不可輕視的權利，包括身體在內的呼聲已經化為不少驚世

駭俗的行動。美國的「婦（女）解（放）運動」，頗有些令人瞠目結舌之舉，如舉行婦女裸體遊行，號召婦女「拋棄胸罩」。當時提出的一個很有名的口號是：「淡化女性曲線」，要求婦女像男人一樣自由自在地生活。

　　這是有其深刻的歷史背景和原因的。19世紀以來，伴隨著工業化和後工業時代的經濟步伐，在商業利益的驅使下，女性的軀體日益成為廣告的寵兒，女性的胸脯更是帶來了無限的商機，不僅衍生出胸罩、緊身衣，而且像隆乳所需要的乳霜、乳液、矽膠填充物以及健美器材等等需求量大增，形成了一條龐大的商品鏈。女性的身體雖然過去在歷史上也有過一定的商業價值，但是在這100年中被資本主義充分利用，成為商機無限的物品。到20世紀初，由於大量生產、尺碼齊全和價格便宜，各個階層的女人都把胸罩作為凸顯女性體態曲線的至寶。在商業法則之下，女性是賣方也是買方，成了「消費的奴僕」。50年代以後，不少美國婦女花費大量金錢，目的只為了打造一副「沙漏形」身材，即束得緊緊的細腰和巍然挺立的上半身。雕鑿、遮掩、擠壓、填塞、打造、訓練女性身材深植人心，乃至通過整形手術「肢解」女性「自然的」身體的概念，成為國民的集體潛意識，抽脂與隆乳成為美國最流行的美容手術。各個年齡階層的女人甚至以宗教般的狂熱減肥。作為乳房商品的消費者，致使許多女性患上厭食症和隆乳後帶來的後遺症，成為「女為悅己者容」的最大受害者。這種非正常的女性「美容」，遭到了一些女權主義者的憤怒抗議，她們發起公開焚燒胸罩事件，要求以無拘無束的天然的身體示人。這一事件本身雖然也遭到「女權運動」圈外人士的置疑甚至反對，但它為女性反抗男權社會的種種束縛樹立了典範，它雖然只是個象徵性的舉動，但意在打破施諸於女性身體和心理上的的外來鉗制。

　　此後，由「女權運動」引發的婦女問題研究引起全社會的關注，美國的不少大學紛紛開設婦女研究的講座，一批由女學者撰寫的有關「Feminism」的專著相繼問世。除了直接推動女權運動的發展外，這些講座和論著還起到了呼喚和啟蒙女性自我意識的覺醒。女權主義在政治批評階段誘導出的女性心理自覺，必然要尋求這種自覺體驗的符號化表現，並且在這種符號對象中返觀自身。所以「Feminism」在上世紀70年代初發展成為女性主義文學批評，它借助於精神分析學、結構主義、解構主義、符號學、文化原型說等理論，形成了一派具有鮮明的性別意識的批評主張。它並不限於純粹的文學範疇，而是試圖在文學批評中建立一種新的思想結構、價值觀念以及環繞其左右的某種象徵框架，給女性

一詞賦予新的含義。它必然要擴展女性的符號天地，建立屬於女性的人文世界（詳見第二節）。

因此，至70年代中期以後，「Feminism」逐漸發展衍變為一種文化批評，其基本目標在於顛覆以男權為中心的體制文化，要將女人從「男性價值」的重荷下解放出來，根據「女性價值」創造另一種替代性的文化。例如語言，就反映了男權制世界中規則對於女性的壓迫。女權主義批評家德爾·史班德（Dale Spender）在其《男人造語言》（Man Made Language）中，揭示了人們習以為常的交際的工具──語言，往往都是根據男性權力而制定的規則而創造出來的。在英語中，男性是規範和標準，而女性往往則是從屬的。名詞「Man」，不僅代表男人，而且可以泛指包括兩性在內的「人」。如「歷史」只能寫成「history」而不能寫成「hertory」。在許多表示職業身份的名詞中，表示女性的都是在男性名詞後面加上詞尾-ees，如actor（演員）、docter（醫生）、poet（詩人）等等，這說明，男人代表普遍性，而女人只具有特殊性，她只能相對於男人而存在。其次，英語的語序也反映了男尊女卑的觀念。如必須說「man & woman（男女）」、「husband & wife（夫婦）」，而不能把詞序顛倒過來說。還有，未婚女子稱「Miss（小姐）」，已婚婦女稱「Mrs（夫人）」，但男人卻不管未婚已婚都稱為「Mr（先生）」，這樣的稱謂也是把女性貶入次要或從屬的地位。另一位女學者朱莉·斯坦利（Julia Stanley）則對英語的辭彙作了統計分析，她發現，英語中與女人相關的詞很多都有非常濃厚的性色彩，有關女性性放縱的詞有220個之多，而有關男性性放縱的詞僅20個。她認為，作為一種文化體系，語言體現了不平等，女性成了無辜的受害者[2]。因此，女權主義者倡議改革英語，廢除蔑視和侮辱女性的辭彙。應該說，女權主義者關於改革歧視女性的英語的呼聲反映了時代進步的要求。所以，作為文化批評的女權主義，在本質上是一種崇尚性別平等、反對現存制度文化的社會思潮，顯示了它作為一種文化思潮和社會心理的批判鋒芒。

20世紀80年代後，「Feminism」在西方社會所扮演的角色愈來愈重要，它與「新馬克思主義」、「後結構主義」三足鼎立，成為世界性的三大思潮之一。進入90年代，隨著女權主義的多向度發展，它又被納入一種新的「後現代」文化語境之中。隨著當代西方文化研究的濫觴和

---

[2]　轉引自康正果《女權主義文學批評述評》，載《當代文藝思潮》，1988年第1期。

後殖民主義等原先屬於「邊緣」力量的「中心化」嘗試，「Feminism」又作為一種獨特的「雙重邊緣力量」而介入對「男性世界」的解構和以「男性話語」為中心的理論爭鳴。由於不少女權主義者本身的「反理論」傾向，因而往往借助於各家理論作為論辯武器，形成了諸如馬克思主義女權主義、解構主義女權主義、精神分析女權主義、同性戀女權主義等等不同派別。總之，「Feminism」從激進的政治批評到借助於精神分析學說、結構主義、解構主義、文化原型說等形成一種新的文學批評，再到根據「女性價值」創造另一種不同於男性文化的文化批評，實際上是一個不斷自我擴張的過程，是一個由反抗直接的社會壓迫，發展為一個整體性女性文化空間的過程。其政治批判、文學批評和文化解構三者互相影響，互相轉化，並不故步自封。正是在這樣的發展過程中，「Feminism」逐漸匯成了馬歇爾・麥克盧漢所說的「90年代乃至下一世紀人類精神天地中一朵膨脹的星雲」。

第二節　女性主義文學批評及其使命

　　女性主義文學批評是以女性為主體的文學批評。它有兩個基本出發點：一是解構以男性為中心的文學，從女性的角度重新審視整個文學史；二是確立以女性為主體的批評標準，建立女性文學的獨立王國。

　　從文學的歷史發展進程來看，無論在東方，還是在西方，女性作家的地位一直都比較低微。直至19世紀的歐洲，女作家尚不能堂堂正正署自己的本名發表作品，如法國的喬治・桑（奧羅爾・杜班夫人）和英國的勃朗特三姐妹（《簡愛》的作者夏綠蒂化名為科勒・貝爾；《呼嘯山莊》的作者艾米莉化名為艾利斯・貝爾；《艾格妮斯・格蕾》的作者安妮化名為阿克頓・貝爾）等，而只有取男人的名字才能讓自己的作品問世。正統的文學批評當然是以男性的寫作為標準，不僅常常無視女性文學的獨立地位，而且還根據這一標準對女作家的創作進行武斷的指責。

　　比如英國當代作家佛斯特在其那本曾被西方譽為「20世紀分析小說藝術的經典之作」《小說面面觀》中，曾帶著傲慢而不屑的口氣評論夏洛蒂・勃朗特的《簡愛》等作品，說「《簡愛》是一個纖弱及未成熟女子的熱切夢想」，它只「是小屋而非大廈」，「我們只有把他們（指包括《簡愛》在內的幾部作品——筆者注）放在《戰爭與和平》的柱廊中或《卡拉馬佐夫兄弟們》的圓形拱頂下才能辨認出他們矮小的真面

目」[3]。且不說，這幾部作品的題材與《戰爭與和平》等巨著是否有可比性，單就其對於《簡愛》及其作者的輕蔑與偏見，就足以證明文學批評的話語權掌握在誰的手中了。

女性的文學創作受到歧視甚至是蔑視的事實當然絕非是孤立的現象，它實際上是女性在歷史上和現實中一貫受到歧視甚至打擊的結果。20世紀30年代中國著名的女作家蕭紅曾經無比沉痛地對一位男作家說：「你知道嗎？我是個女性。女性的天空是低的，羽翼是稀薄的，而身邊的累贅又是笨重的！而且多麼討厭呵，女性有著過多的自我犧牲精神。這不是勇敢，倒是怯懦，是在長期的無助的犧牲狀態中養成的自甘犧牲的惰性。我知道，可是我又免不了想：我算什麼呢？屈辱算什麼呢？災難算什麼呢？甚至死算什麼呢？我不明白：我究竟是一個人還是兩個：是這樣想的是我呢？還是那樣想的是。不錯，我要飛……但同時覺得，……我會掉下來。」[4]蕭紅是一位具有相當敏感的女性意識的中國現代女作家，她清醒地意識到，如果女人一味把自己消融於男人，那麼這種犧牲只會導致女性「自我」與獨立的喪失。20世紀初葉，英國著名女作家維吉尼亞‧伍爾芙就在《自己的房間》中揭示過作為一名女作家面臨的困境：如果一個女人要從事創作，首先她必須有經濟基礎，有自己的房間，否則便無法獲得與男人同等的創作條件，因為在家庭中，女性往往必須承擔哺育兒女、承擔家務等天經地義的責任，而男人則可以不盡這樣的義務。維吉尼亞‧伍爾芙的《自己的房間》，它不僅指女作家的居住和生活空間，還象徵著女性自己獨立的文學空間。她指出，女性有自己獨特的處境和觀察事物的角度，她理應有自己的、完全不同於男性的文風和語言。倘若女作家不能擺脫男性批評標準的苛求，勇敢地探索自己獨有的世界，那麼，她不僅無法克服相對於男作家顯露出的局限，而且還會被縛住手腳，使其自我不能得到真實的表現。由此，女性要擺脫其在文學創作上受歧視的困境，她首先必須建立女性自己的批評標準，為女性的自由創作建造一間自己的屋子。維吉尼亞‧伍爾芙的這篇長篇論文，後來被視為20世紀初女性主義的文學宣言。

20世紀60年代後期，隨著席捲歐美的女權運動的高漲，女性主義文學批評作為婦女研究的一個組成部分，其影響和聲勢也日益擴展，它

---

[3]　佛斯特：《小說面面觀》，廣州，花城出版社，1981年7月，第5頁。

[4]　紺弩：《在西安》，載1946年1月22日重慶《新華日報》。

開始導致人們用一種全新的視角去審視文學的歷史、現狀和未來。女性主義文學批評，首先是女權主義，然後才是文學批評，它與西方現代文學批評理論，諸如新批評、接受美學、結構主義、解構主義、符號學等等最顯著的區別在於，它並不熱衷於建構與眾不同的批評方法與模式，而是奉行明顯的性別取向各取所需，把文學批評作為解構以男性中心文化的途徑和手段之一。它有兩大重要命題。其一是：解構以男性為中心的文學，從女性批評的角度重新審視文學史。它倡導閱讀是一種「對抗性」活動，其視點首先對準男性作家寫的作品，實際上在分析這些作品之前已經確定了批評者的意圖，並且要求讀者保持一種警惕性和心理對抗態度。在女權主義看來，一位女性讀者如果一味沉湎於小說中那些忘我地獻身於愛情的女性形象（如港台言情小說中那些單純而美麗、迷戀於「白馬王子」的純情少女），以致想入非非或進而模仿，那麼，她實際上就已中了「性權術」的圈套，因為這些女性形象都是根據男人的需要塑造出來的，與其說這些人物形象再現了現實生活中的女人，不如說是作者用這些可愛的女性形象掩蓋了女人在現實生活中的不幸。甚至在專為孩子寫的童話中，也滲透了對於女童的奴化教育。童話中的少女一般而言都是消極地等待「白馬王子」降臨、喚醒的人物，如灰姑娘、睡美人、豌豆公主之類，她們只有等到一個男性的啟蒙、解救或青睞之後才能找到自己的幸福。舍此，她們別無選擇。許多女孩從小在童話中潛移默化地接受了傳統的性別角色，將來便也在現實中希冀扮演這種被動的性別角色。所以女性主義批評家卡琳・羅薇（Karen E. Rowe）認為：「童話並非供人娛樂的幻想，而是浪漫神話的變體，它鼓勵普天之下的女子懷抱共同的願望，以便她們在父權制的社會裏發揮她們的性別功能。」[5]而文學作品一旦揭示了這些隱藏在文學背後的東西，就能夠幫助讀者擺脫意識形態的控制，從而動搖男權制的根基。

文學史上除了經典的理想化女性形象外，如美女海倫（《荷馬史詩》）、羅敷（《陌上桑》）等等，男性作家還創造了許多否定性的女性形象，諸如媚女（如《封神演義》中的蘇妲己）、淫婦（如《金瓶梅》中的潘金蓮）、女巫（如許多童話中的該類人物）、潑婦（如《馴悍記》中的凱薩琳娜）等令人生厭的人物。這些人物往往面容嬌好（除女巫外）、體態迷人而又心腸狠毒，成為男人發洩對女人又愛又恨的情

---

5 轉引自康正果《女權主義文學批評述評》，載《當代文藝思潮》，1988年第1期，P154~155。

感替代物。女性主義批評對文學作品中的程式化人物形象進行了對偶式的分類，比如：銷魂的玫瑰／貞潔的百合；高高在上的女神／被作踐的女奴；淫蕩的夏娃／聖潔的瑪利亞；善良賢慧的妻子／蛇蠍心腸的繼母等等，女性在文學作品中所扮演的這種雙重角色，反映了男人對於女人的矛盾態度：她既是男人的夢想，又使他感到恐懼；她既給男人帶來滿足，又使他產生厭惡。女性主義學者瑪麗·艾爾曼（Mary Ellmann）在其論著《思索女人》（Thinking about Women）中則超越了對偶式的類型劃分，她針對美國作家的作品歸結出較為複雜的神話類型。按照她的劃分，文學作品中通常加在女性形象頭上的性格特徵主要有十種：無定型、消極性、不穩定性（歇斯底里）、禁錮性（狹隘、守舊）、虔誠、貪婪、聖潔、非理性和不可救藥（指潑婦與女巫）。女性主義批評家認為，文學批評的首要任務就是要破除男作家創造的關於女人的神話。為了達到這一解構的目的，女性主義批評靈活地汲取當代西方流行的各種批評理論與方法，如馬克思主義的、結構主義的、解構主義的、符號學的、精神分析批評的等等，各取所需地統統用來充當解構男性中心文化的工具。

其二是確立以女性為主體的批評標準，建立女子文學的獨立王國，乃至建立一種完全表現女性世界的文學。首先是抨擊男性批評標準，揭示女性作家的創作困境。女性主義批評家德爾·史班德（Dale Spender）在《男人造語言》（Man Made Language）的最後一章指出，女作家自由發表其作品是20世紀以後才爭取到的權利，在此之前，只有男作家才享有公開發表作品的自由，女性只能在私下寫作日記、書信和傳記，其讀者至多只是其生活圈子中的密友和熟人。正如中國古代所提倡的「女子無才便是德」一樣，西方的傳統觀念也一向認為女人從事創作具有潛在的危及父權制社會的因素。但要想完全阻止婦女進入創作領域也不可能，於是，男性批評給女子寫作設置了種種阻礙和限制。比如，像詩歌、悲劇等高雅文體就被規定為男人的專利品，而女子只能寫寫供女人閱讀的小說之類。男性批評標準不允許女人為男人寫作。為了把女作家的影響盡量限制在女人的圈子內，父權制社會千方百計阻撓女作家公開發表自己的作品。為了爭取發表作品的機會，女作家不得不署上男性筆名以使自己的作品問世，諸如法國的喬·治桑以及英國的勃朗特姐妹等等。因此，在近20多年西方的婦女文學研究中，挖掘被掩埋的歷史上的女作家及其作品已經成為一個熱門的研究課題。

由於受到舊觀念的影響而形成對於女性作家及其作品的偏見和歧視，在公眾的心目中，女作家往往被作為女人來評論，而不是把她當成一位作家。20世紀30年代，以《莎菲女士的日記》一舉成名的中國現代女作家丁玲就曾對不懷好意者回擊道：「我賣文，不賣女！」在文壇上，面對批評、輿論和社會大眾，男作家和女作家明顯地處於不平等的地位，女作家的寫作及其作品常常受到各種各樣的指責，諸如女作家的作品平凡瑣碎，往往耽於描寫庸常生活，喜歡選擇自傳與虛構相結合的體裁，缺乏完美的藝術形式，語言修辭稚拙，不講究謀篇佈局和典雅風格等等，都被視作女作家及其作品的缺點或短處。女權主義者則認為，用男人的標準挑剔女性的作品或衡量女作家的作品是否偉大本身就是不公正的，女性應當建立自己的批評標準。因為在一個男女平等的時代，她們應當不再只通過男人的讚揚才能使其作品得到肯定，才能寫出自己的獨特經驗，才能消除作為一個女人和作為一位作家之間的裂痕，才能成為創作和批評的主體。如上面提到的女性作品的缺點或短處，如果採取一個新的角度，就可以視為恰恰是女性文學中帶有普遍性的某種特色。為什麼傳統的批評要指責這些特色？這與西方文學史上將文體分為「崇高」與「卑微」並推崇前者而貶低後者，中國古代文學中也有「雅俗」之辯，「五四文學革命」之前文言對白話的排斥一樣，其動機和目的都是為了阻止使用另一種風格與形式的作家群登上文壇，壓制「褻瀆」正統文學及其價值的題材和主題。由此可見，指責女性作家及其作品平凡瑣碎，往往耽於描寫庸常生活等等，實際上就是壓抑女作家在作品中表現其個人的真實感受。事實上，隨著越來越多的女作家在作品中描寫自己的生活感受和經驗並形成其創作特色，恰恰正好豐富和更新了已有的文學傳統。至於女性作品過多的自傳色彩，女權主義者認為，這正是構成婦女解放運動中具有傾向性的文學的主要特徵。「這種親身經歷不僅僅是作為個人形象出現的，相反，『我的遭遇』是作為對其他婦女已有的或可能會有的遭遇的一種寓言提出來的。」[6]在這些被視作自傳與虛構相結合的作品中，「我」作為人物形象同樣具有典型的意義。

　　美國女性主義學者伊萊恩·蕭瓦爾特（Elaine Showalter）在其《邁向女性主義詩學》（Towards a Feminist Poetics）中對女性主義批評作

---

[6]　丹尼爾·霍夫曼主編：《當代美國文學》，中國文聯出版公司，1984年版，第481頁。

了經典性的分類。第一類是女性主義批評（Feminist critique），即「女性閱讀」研究，其論題包括「文學中的婦女形象和程式化人物，文學批評中有關女性的謬誤，以及由男性構成的文學史中的裂痕」，即指涉迄今為止有關貶抑、損害女性的一切文學現象，這部分內容在上面我們已經提到過。第二類涉及女性作家及其作品，「即作為文本意義製造者的婦女，還涉及到婦女文學的歷史、主題、文體和結構。它的議題包括女性創作的原動力、語言學和女性的語言問題，女作家或女作家群的創作道路，文學史，還有個別作家及作品的研究。」[7] 也就是說，是對「女性寫作」自身的研究。由於英語中尚找不出一個合適的術語來命名這一特殊課題，她從法語中借用了一個詞語，把女性主義批評中的第二類命名為「婦女批評」。同時，她將第一類比喻為「尋找昔日罪過的」《舊約》，而將第二類比喻為探求「想像之優美」的《新約》。此後，出現了專門研究女性語言特徵、女性寫作風格的學術性的研究論文。

不過，帶有學院派意味的純學術性的女性文學批評和研究畢竟不大合女權主義者的胃口，她們認為，創造一種真正客觀的女性主義批評根本不可能，她們也不需要這種批評。因為女性主義批評畢竟起源於女權運動，其政治目的和批判鋒芒始終是其本色。女性主義批評的最終目標是建立女性文學的獨立王國，女性主義批評家的主要任務是確立女性的批評標準。德爾‧史班德（Dale Spender）認為，在突破男性批評的藩籬之後，女性主義批評已經開始注目於女性中心意義的構成，並著手構築一種女性中心的象徵框架。當今女作家的首要任務就是重塑女性的自我形象，打破千百年來女性的失語，賦予女人一詞以新的概念與內涵。她給予在女權運動中具有重大意義的一些虛構型作品以高度評價。這些作品是文學、哲學、政治學、歷史學、社會學等人文學科諸因素的綜合。它們正形成為當代西方女性寫作的一種新體裁。女性主義批評便也由此跨出了純文學批評的領地。

第三節　婦女文學‧女性主義文學‧女性文學

20世紀80年代以來，有關女性文學的創作和評論開始出現於中國文壇，西方流行的女性主義、婦女文學等概念也見諸於報刊。但隨之引起

7　轉引自康正果《女權主義文學批評述評》，載《當代文藝思潮》，1988年第1期，P157。

的理論上的爭議和討論也是眾說紛紜，莫衷一是。歸納起來，不外乎對於女性文學的廣義的、半廣義的和狹義的三種不同的劃分和解釋。

就廣義的「女性文學」而言，差不多成了婦女題材作品的同義語，泛指所有描寫婦女生活的作品，除了女作家的作品外，還包括男性作家所創作的有關婦女題材的優秀作品，像福樓拜的《包法利夫人》，托爾斯泰的《安娜・卡列尼娜》、《復活》，莫泊桑的《羊脂球》、《項鏈》，茨威格的《一個女人一生中的24小時》等等，都是以不同階層的女性人物作為其作品的主要描寫對象，反映了不同國度的婦女的不幸遭遇和共同命運，「深刻地揭示了女性永久的痛苦和追求」。張抗抗撰文認為，如果僅僅「指女作家的作品，那麼婦女文學的含義就太狹窄了。因為，這是一個男人和女人共同的世界，男人筆下的婦女形象恰是女人塑造自己的一個不可缺少的補充」，「我理解婦女文學是一個範圍廣闊的領域，在這裏浸透了男人和女人共同體驗到的婦女對生活的一切愛和恨。……所以，如果能夠把女作家所寫的關於女人和男人以及整個社會生活的作品，統稱為婦女文學，它的內涵和外延就會更加廣泛和深刻。」[8]這種區分實際上並不重視「女性文學」的性別意義。

半廣義的「女性文學」，指具有文學才能的女作家創作的一切作品或出自女作家之手的描寫婦女生活題材的作品。這種劃分將男性作家的作品予以剔除在外，但其中又包含兩種不同的意見。前者以錢蔭愉的觀點為代表。她認為「婦女文學是由一切具有婦女意識的作家作品組成的。……一方面對作家的性別作了一種限制，另方面，又對婦女作家的作品予以極大的寬容。女性作家的婦女意識的確不只表現在有關婦女題材的作品中，它滲透在她們世世代代對於生活的一切感受方式與表達方式裏。甚至在她們描寫男性形象時也是如此強烈。」[9]而李小江等人則不同意這種對於「女性文學」過於寬泛的概括，李小江指出，「嚴格地講，有些女子的創作，像英國女作家克利斯蒂（娜）的偵探小說，雖是出自女子之手，因為主題與婦女無關，便不能看作婦女文學；……婦女文學除了在作家隊伍和題材上的特點外，在創作內容和藝術風格上也獨具特色。」[10]金燕玉也認為，「女性文學當然與女作家有關，也當然與寫

---

8 張抗抗：《我們需要兩個世界》，載《文藝評論》1988年第1期。

9 錢蔭愉：《她們自己的文學──「婦女文學」散論》，載《貴州大學學報》1988年第4期。

10 李小江：《為婦女文學正名》，載《文藝新世紀》1985年第3期。

女性有關。但是，並不是所有女作家寫的作品和所有寫女性的作品都可以稱作女性文學。」[11]

狹義的「女性文學」專指女作家創作的具有女性的視角和表現形式並以女性為創作對象，體現出女性主體意識和鮮明風格的女性文學作品，它有比較嚴格的限定範圍，如同美國女性主義評論家伊莉莎白・詹威的界定，女性文學「所探討的將是那些從婦女的內心世界描寫她們經歷的女作家」，她認為，「嚴格意義上的婦女文學的作者認識到婦女的生活道路與男子的不同，她們想調查這些不同之處。至少她們下意識地知道需要用一種不同度數的鏡片才能清楚地看到它們，需要有一套不同的語義系統去表現它們。這個工作看來是值得做的，因為它解釋了未知的領域，想法把這些領域和整個人類狀況聯繫起來。」[12]朱虹女士對「女性文學」的界定比伊莉莎白・詹威更為簡潔明確，她認為，女性文學應該主要指「嚴格意義上的女權主義作品」，它「成為一個獨立範疇，當然是以性別在文藝創作中的烙印為前提的；而性別在文學中的影響與作用，根據『存在決定意識』的原則，又是以男性和女性社會存在的不平等、以男性為中心的文化為前提的，……如果取消性壓迫這個大前提，婦女文學的獨立範疇就難以成立。」[13]

筆者以為，以上幾種對於「女性文學」的劃分、歸類也好，闡述、解釋也罷，實際上與「女性文學」發展的「三階段論」不無吻合之處。

第一階段：Feminine Literature，名為「婦女文學」階段，也有人稱其為「傳統女性文學」階段。這一階段的作品往往表現對生活於苦難之中的女子的不幸身世、命運和人生遭際寄予深深同情，以及對婦女首先是爭取「做人的權利」、恢復被壓抑的「人的個性」的呼喚，如五四時期女性作家群的作品中，就強烈地貫穿著這種人權精神和個性色彩。

第二階段：Feminist Literature，名為「女權主義文學」階段。這一階段的作品顯示出濃厚的男女平等的思想傾向和內心要求，因而對於「父權」、尤其是「夫權」文化的精神束縛表現出蔑視與反抗的情緒，自尊、自強、自重、自主的獨立意識明顯增強，在婚姻戀愛和兩性關係

---

[11] 金燕玉：《一條自己的軌道──論新時期女性文學的崛起》，載《南京師範大學學報》1989年第3期。

[12] 轉引自金燕玉文《一條自己的軌道──論新時期女性文學的崛起》，載《南京師範大學學報》1989年第3期。

[13] 朱虹：《婦女文學──廣闊的天地》，載《外國文學評論》1989年第1期。

上，往往難以掩飾對男性的失望和悲觀，從上世紀20年代丁玲的《莎菲女士的日記》、30年代白薇的《悲劇生涯》到40年代蘇青的《結婚十年》、郁茹的《遙遠的愛》，再到「文革」後新時期文壇上張潔的《方舟》、張辛欣的《在廣闊的地平線上》等等，都表現出女人與男人、「女權」與「夫權」之間的糾葛與衝突，而這種糾葛與衝突本身，又反映了女作家的女性意識的覺醒和萌芽。

第三階段：Female Literature，名為「女性文學」階段。這一階段的作品顯示出鮮明的女性的性別意識，並由此出發，對以男性為中心的社會歷史文化進行深入的審視與批判，尤其是在對於傳統的兩性關係的顛覆中，確立女性的主體地位，如王安憶的「三戀」系列（《小城之戀》、《荒山之戀》、《錦繡谷之戀》），鐵凝的《玫瑰門》、《大浴女》，趙玫的《武則天》、王曉玉的《賽金花·凡塵》，池莉的《太陽出世》直到90年代陳染的《私人生活》、林白的《一個人的戰爭》……。幾乎與這些作品的問世同步，關於「女性文學」的理論與研究，也開始被確認為一個具有性別文化意義和特徵的學科領域，開始承認女性文學是女性作家所創造的獨特的語言藝術世界，有其一套與男性話語所不同的語義系統。女性文學以女性在文學上的自我表現，正越來越顯示出不可取代的優勢和特長。

附錄：西方女權主義的主要理論著作

1、20世紀初英國著名女作家維吉尼亞·伍爾芙寫了《自己的房間》（或譯為《一間自己的屋子》），被視為女權主義的文學宣言。

2、法國著名女作家伏波娃發表於40年代末的《女人——第二性》，被視為女權主義經典著作。其中選取了蒙德蘭特、勞倫斯、克勞代爾、布列東、司湯達五位男作家作品中的女性形象，作了細緻的解析。

3、美國女權運動活動家貝蒂·弗里丹出版於60年代的《女性的奧秘》，被譽為是繼伏波娃之後又一部女權主義重要著作。

4、凱特·米勒特出版於70年代的《性權術》（Sexual Politics）（又譯為《性政治》），通過對米勒和諾曼·梅勒的作品分析，找出許多將女性非人化的細節描寫。

5、伊萊恩·蕭瓦爾特《邁向女權主義詩學》，提出「婦女批評的宗旨是為婦女文學建構一個女性的框架，發展基於女性體驗研究的新模式，而不是改寫男性的模式和理論」。

第二章　婦女地位的沉淪和古代女子文學的命運

文學的歷史常常是文化史的一個縮影。它很難不帶有每個民族文化歷史的某種印記。

自原始共產社會瓦解、女性崇拜的原始文明被以父權制為中心的私有制社會所推翻以來，婦女的地位，便隨著母權制的喪失——這一被恩格斯稱作「是女性的具有歷史意義的失敗」[1]而逐漸沉淪。這一點，即便是從我們今天仍在使用的語言文字中，也能找到不少例證。

第一節　從漢字構造看女性的命運沉淪

在每個民族的文化體系中，語言文字總是最能夠反映出該民族的某些文化和心理的特徵的。從當今中華民族所通用的漢語言文字中，就不難看出婦女地位逐漸沉淪的某種痕跡。

漢字是一種具有象形、表意特點的歷史悠久的古老文字，素有歷史文化之「化石」之稱，社會歷史的發展衍變的過程也在其中得到積澱和保存。例如漢字甲骨文中的「后」與「好」字：𦥯，「后」是個象形字，最初與女人的產子生育行為有關。它本是遠古時代的氏族部落首領的稱呼，而氏族首領的地位是由其生育繁衍後代的功績奠定的，這表明只有生育能力強的女性才能擔當氏族首領的重任。𦥯→𡥀，「好」字之形從女從子，是個會意字。歷史上的古文字研究者常常誤解它是「女之少（讀shao，去聲）者為好」；或是「男女相好」，其實都錯了，甲骨文中的「好」字，「女」和「子」為主謂關係，即「女有子」或「女生子」。因為，這個字的最初構形，明顯是「女」大「子」小，「女」是一個成年婦女的形象，而「子」則是一個嬰孩的形象。漢字中有不少從「子」得義之字多與小兒之義有關，如孺（兒童）、孤（幼而無父）、孫（子之子）等。由此可見，「好」中之「子」，只能是為「女」所生的乳臭

[1] 引自《馬克思恩格斯選集》第4卷，人民出版社，1972年版，第52頁。

小兒。這兩個字的出現，充分表達了先民對於生育的讚美和崇拜，因為在以血緣關係維繫生存群體的遠古時代，人口的繁衍增殖乃是部落和家庭生存、發展的重要保證。奉多育者為「后」，以多產者為「好」，正表現了以女性崇拜為特徵的先民乞育心態的文化蘊涵。我們再看「姓」字：塣→𡉙，我們一般人都隨父姓，但甲骨文中的「姓」，從女從生，是個會意字。東漢許慎的《說文解字》說「生」字「象草木生出土上」，「姓」中的「生」表示人的出生；「女」表示人由誰所生。《說文‧女部》解釋：「姓，人所生也」，是一種血緣的標記。在先民看來，孩子的血緣當然維繫於母親身上，不知其父沒甚關係，因為，當初人們都是從母親那裏得到姓氏。漢族先民的古姓大都有「女」旁，如黃帝姓姬、神農姓姜、虞舜姓姚、夏禹姓姒……，可見母親的血統要比父親牢靠。然而隨著母系社會逐漸向父系社會的演化，「血緣群婚」為專偶婚制度所取代，在專偶婚階段，子女既知其母，也知其父。於是，在戰國時代的金文中，出現了一個「姓」的異體字（即上圖中右側的字）：「㑞」，以「人」代「女」，從人從生，表達了對原來的「姓」從女從生的造字意思的不滿。由此可見，戰國時代父權制度已經十分穩固，並希冀通過另造一異體字來確立父權對於掌控兒女姓氏的權威，可惜今日絕大多數人都不認識也不認可這個字。再看表示兩性關係的幾個漢字。先看「男」「女」和「夫」「婦」：

　　🔲🔲（男）🔲→🔲→🔲→🔲（女）🔲→🔲→🔲（夫）🔲🔲（婦）

　　與「男」和「夫」相對應的是「女」和「婦」，這幾個字造字之初皆為象形字。「男」字前人有解：「男從力從田，力字即象耒形。力耒古同來母，於聲亦通。」[2]耒是耕田的農具，上圖中右側為金文「男」字，明顯表示手持農具耕於田之意。在古人眼裏，農耕乃是男子的事，故以力（耒）、田之形象來突出男子從事農耕勞作的特點。當社會發展到農耕時代以後，男子由於身體強壯而成為農耕生產的主力，其社會地位也隨之在生產中的重要地位而得到了提升。相反，女子由於體力所限，無法勝任繁重的農耕勞作，因而退出生產領域而以持家「主內」為職。所以，「女」字，象一跪跽之人形。因為上古之時人家尚無椅凳桌台，古人居家的基本形態即為跪跽之狀，像今日日本有些傳統家庭仍然

---

[2]　轉引自劉志基著《漢字與古代人生風俗》，華東師範大學出版社，1995年10月版，第112～113頁。

保持雙膝跪地而坐那樣。「女」字所反映的，正是社會進入農耕時代後，由於生理條件的限制，女子退出農耕生產領域後的生活形態。可以說，「男」「女」造字之初，強調的是其社會分工、職能的不同，尚無高低貴賤之別，但女子既然退出生產領域而操持家務，就不得不依附男子為生，《廣雅》、《禮記》、《釋名》等書中皆以「如也」來訓「女」字，《白虎通‧嫁娶》更為明白地釋之：「女者，如也，從如人也」，這「如人」即聽命於男人，表明其依附於人（男人）的身份和地位。因此，表示兩性婚姻關係的「夫」和「婦」字就顯示出了兩者的尊卑秩序：「夫」字，象一位頭插髮簪的成年男子，威風凜凜地正面而立；而「婦」字則與此形成鮮明對比：像一個長跪的女子手持掃帚，其服侍丈夫的身分、操持家務的職能非常明確。西漢的《大戴禮記》，將「婦」訓釋為：「婦人者，伏於人者也」。許慎的《說文解字》，也以「服」訓「婦」字：「婦，服也，從女持帚掃也」。而「婦」所「服」與「伏」的對象自然是、也只能是「夫」，夫尊而婦卑的地位差異赫然可見。還有兩個字「妻」和「嫁」更能說明女性地位和命運的沉淪。古時候，「妻」又可稱為「奴」，古字寫作帑，從「巾」、「奴」聲。《左傳‧文公六年》疏曰：「帑，妻子也。」這「帑」字另有一義，指聚藏金錢之處。《說文解字》說得很清楚：「帑，金幣所藏也。」那麼，這「妻」怎會與藏金之處扯到一起呢？原來，這正反映了買賣婚姻制度把女人視為金錢財寶的劣跡。在婚姻可以自由買賣的社會裏，娶妻納妾都是以錢財作為等價交換物的，所以，丈夫一旦有了錢財之需，便可將妻妾轉手倒賣他人，「妻」不就等於一座「芝麻開門」的藏金窟了嗎？直到上世紀20年代，浙東農村依然殘留著「典妻」的惡劣風俗，在現代作家柔石的小說《為奴隸的母親》中，就揭露了這種「典妻」制度造成的慘無人道的婦女悲劇。婚姻，對於男人而言是「娶」，對女人來說是「嫁」，古字寫作㜻，這「嫁」字也與買賣婚姻有關。文字研究專家經過考證，認為它與「賈」、「沽」、「購」不僅古音接近（至今在某些方言中仍念「嫁」為gu音），而且詞義相仿[3]。因為古時候嫁女娶妻跟商品交易無異，都是一手交錢，一手交貨（女人）。在先秦，「嫁」字就有「賣」的意思，《戰國策‧西周》中有「以嫁之齊也」，就是賣給齊國的意思。這足說明在戰國時代，女人等同於錢財貨物可以隨心所欲地打發、買賣的悲慘命運。

---

[3] 見劉志基著《漢字與古代人生風俗》，華東師範大學出版社，1995年10月版，第98～99頁。

造字中的男尊女卑現象，也表現在諸多以「女」字為偏旁部首的漢字中，如表示人的某些惡劣行為和品質的字，多加以「女」字旁或「女」字底，從《說文解字》的字義訓釋中，就提供了不少例證，如「奸」字義訓為「淫也」（而「淫」字異構從「女」旁，寫作「婬」）；「嫉」，義訓為「妒也——一曰毒也」；「妒」，義訓為「婦妒夫也」；「婪」，義訓為「貪也」；「姍」，義訓為「誹也」；「妨」，義訓為「害也」；「妄」，義訓為「亂也」；「嫌」，義訓為「不平於心也」等等。另外，象「淫」、「懶」、「狡」、「侮」等字，古時曾分別寫作「婬」、「嬾」、「姣」、「娒」，連「惱」、「忘」都成了女人專有的壞品質。這些異構字的形義關係，實際上表明了漢字在造字和訓釋過程中，男尊女卑的觀念所造成的對女性的某種歧視與貶抑。

第二節　從漢語詞語看婦女的「賤內」身份

不僅文字如此，語言也是這樣。自從《周易》八卦將乾（天）坤（地）釋為陰陽、引伸為男女，「乾，天也，故稱乎父；坤，地也，故稱母（《易・說卦》），此後，天尊地卑、陽主陰次、男貴女賤、夫外妻內，便成了中國的哲學體系根本否定男女兩性平等地位的天經地義：「天尊地卑、乾坤定也；卑高以陳，貴賤位矣」（《易・繫辭》），「陽，一合而二民，君子之道也；陰，二君而一民也，小人之道也」（《易・繫辭下》）。在聖人的心目中，陽總是君子的特徵，而陰總是小人的印記，連孔夫子這樣的教育家都說，「唯女子與小人為難養也」（《論語・陽貨》），婦女受到社會鄙視的卑賤身份，就這樣被歷史註定了。許多褒陽貶陰的字眼，也在人們習以為常的日常語言中天長地久地被約定俗成。比如「陰謀」、「陰毒」、「陰間」、「陰冷」、「陰森」、「陰風」、「陰私」、「陰影」、「陰鷙」、「陰霾」、「陰魂」、「陰險」等等，凡是不怎麼光明正大的事物和行為，就成了與「陰」（女性）捆綁在一起、無法洗脫的印痕。在人們的互相稱謂中，妻子稱丈夫為：「夫主」、「夫君」、「郎君」、「良人」、「先生」、「外子」、「官人」等等，而丈夫謂妻子則是「賤人」、「拙荊」、「荊室」、「山荊」、「內人」、「內子」、「內助」、「家小」等，方言及口語中丈夫常常指稱為「掌櫃的」、「當家的」，而妻

子卻被喚作「屋裏的」、「灶上的」，似乎她不過是點綴於其中的物品而已！在長達數千年的歲月裏，中國婦女就是這樣在漢語言文字中被咀嚼成「賤」和「內」的身分與角色。

這是一種難以抗拒的強大的文化心理定勢。身為東漢女歷史學家的班昭，竟然寫了一部《女誡》，其中赫然寫道：「夫者，天也；天固不可逃，夫固不可違也……故事夫如事天」，「男以強為貴，女以弱為美；生男如狼，生女如鼠，明其卑弱，主下人也。」此後的歷代封建王朝，又陸續推出一部部作為規範女子言行舉止的清規戒律：唐代的《女兒經》、《女孝經》、《女則》、《女論語》，明代的《閨範》、《溫氏母訓》，清代的《女學》、《教女遺規》……無不對女子只能依附和屈從的卑微身份予以強調與確認。如《女論語》中對「事夫如事天」作了具體到不厭其煩的規定：「將夫比天，其意非輕」，「夫有言語，側耳詳聽，／夫若發怒，不可生嗔，／退身相讓，忍氣吞聲，……」在如此動輒得咎的清規戒律的束縛下，中華女子哪裡還有其地位、權利、尊嚴和人格可言？

第三節　封建文學史對古代女子才華的貶抑

於是，當我們翻開淵源流長數千年的中國文學的歷史，縱觀卷軼浩繁的煌煌巨著，便不會對女性作家竟寥若晨星般稀少罕見表現出過分驚詫和極度不解了。這是一個無情然而真實的歷史事實。在清代以前，女性作家能在中國文學典籍中留下姓名和作品者，屈指可數：梁蕭統所編《昭明文選》30卷，僅收曹大家（即班昭）和班婕妤各1篇；《全唐詩》有900餘卷，而女詩人的詩作不滿1%；宋代的詞人知名者約1200家，但著名的女詞人不過是《漱玉詞》和《斷腸集》的作者李清照、朱淑真兩位而已；元朝鍾嗣成的《錄鬼簿》記載了元雜劇和散曲作家130餘人，但其中沒有一位女性作家；明代朱權的《太和正音譜》附錄元曲作家187人，也竟然無一女子留名其中！無怪乎曾有人慨歎：「造物忌才，於閨閣而加酷！」[4]

這無疑表明，在長達數千年的封建社會中，男尊女卑的倫理觀念，「女子無才便是德」的道德規訓，政、神、族、夫權這「四條極大的繩

---

[4]　引自《中國歷代才女小傳》，浙江文藝出版社，1984年6月版。

索」（毛澤東語）的束縛禁錮，極大地抑制和扼殺了中國古代才女們的藝術創造精神。宋代著名女詩人朱淑真曾無比沉痛地歎曰：「翰墨文章之能，非婦人女子之事」（《掬水月在手詩序》）。她在《自責》一詩中寫道：「女子弄文誠可罪，那堪詠月更吟風？磨穿鐵硯非吾事，繡折金針卻有功」，流露出對於封建時代女子失卻「弄文」的自由和權利的憤憤不平。封建時代的女子能斷文識字已屬不易，吟詩賦詞、應和酬唱而又有詩文傳世者，就更如鳳毛麟角。正是由於男尊女卑、陽主陰次的中國封建社正統文學史對於古代閨閣文學的歧視和排斥，使得古代女子文學作品，即使是十分優秀的女子文學作品，也大半任其自生自滅，以至數千年來才女們的詩文著作散佚無數，湮沒於茫茫的歷史塵埃之中。例如，曾被鍾嶸《詩品》譽為「百年間，有一婦人焉，一人而已」的漢代才女班婕妤，其五言詩作，「辭旨清捷，怨深文綺，得匹婦之致」（鍾嶸語）。然而，如今所存，除了一首《怨歌行》（又名《團扇》）外，其餘詩作皆散軼不見。據《隋書經藉志》著錄，《班婕妤集》一卷早已蕩然無存。另一位被史書譽為「博學有辯才，又妙於音律」（《後漢書‧董祀妻傳》）的後漢才女蔡文姬，其詩作除《悲憤詩》、《胡笳十八拍》等少數外，《蔡文姬集》一卷也早已片紙不留。即使是被後來的中國文學史譽為「婉約派」詞宗之一的宋代女詞人李清照，在其身後，《李易安集》（詩文集）12卷和《漱玉詞》1卷，今人再也難以一睹其完整面貌和原本風采。據胡廷楷《歷代婦女著作考》一書載：「《李易安集》12卷，清初尚存。惜無人為之傳寫刻印，致湮沒不傳，為可惜也」[5]。李清照的詩才文采，世所矚目，而《李易安集》未喪於南宋戰亂的烽火和李清照晚年的逃難及流離失所的困頓之中，一直流傳到清代，卻在木版印刷術已相當發達的乾隆盛世而「湮沒不傳」；而由後人輯錄的《漱玉詞》一集，也僅存詩18首，詞78首，令人想起來都要扼腕嘆惜。宋代另一位著名女詞人朱淑真，這位寫了大量詩詞以抒發所嫁非人的內心苦悶和表達對自由戀愛的熱烈追求的才女，生前就將她的詩、詞集分別命名為《斷腸詩》和《斷腸詞》，以表明她對身世不幸、命運不濟的境遇的悲哀和怨恨。然而更不幸的是，在她悒悒而終後，據魏仲恭的《〈斷腸詩集〉序》所記，她那些因「性之所好，情之獨鍾」而創作的諸多詩詞，竟「為父母一火焚之，今所傳者，百不一存，是重不幸

5　胡廷楷：《歷代婦女著作考》（增訂本），上海古籍出版社，1985年7月新1版。

也」。今日所見《斷腸詩集》和《斷腸詞》皆為旁人所輯錄，實乃其詩詞「百不一存」的僥倖殘存於世之作。即便如此，這兩位傑出的宋代女詞人，在封建衛道士眼裏，仍不免是「婦德」敗壞的賤人，因為，她們在詩詞中表達了封建時代的女子所罕見的不安於「寂寞深閨」的志向，以及對於愛情和婚姻生活的坦率而真切的描寫和表露。與李清照同時代的王灼，在其所著《碧雞漫志》中，就曾詆毀李詞為「閭巷荒淫之語，肆意落筆，自古縉紳之家，能文婦女，未見如此無顧藉也。」而大膽地描寫過婚外戀行為的朱淑真，更是受到維護封建倫常規範的文學批評家的指責，如《東維子集》卷七說她是「未適乎情性之正」；明人楊慎的《詞品》卷二也責其「豈良人家婦所宜邪」等等。

由此可見，「女子弄文誠可罪」的思想觀念，深深地貫注於一部中國封建文學的歷史之中。說到底，中國封建文學的歷史，是一部無視起碼也是歧視女性作者的文學才華、藝術品格和創造精神的歷史。因此，20世紀之前的中國文學史，即便有寥若晨星般的女性作家及其詩詞點綴其中，也不過僅僅是被作為封建正統文學的附庸和陪襯而已，談不上有女性文學自覺的主體意識和獨立品格。中國古代的女子文學，從班婕妤到蔡文姬，從薛濤到魚玄機，從李清照到朱淑真，從柳如是到陳端生，雖然也偶爾流露過擺脫狹小的樊籠、渴求自由自在地生活的希冀和願望，如李清照的「九萬里風篷正舉，風休住，篷舟吹取三山去」（《漁家傲》）；「生當作人傑，死亦為鬼雄」（《絕句》）等詩詞，但從總體格局而言，基本上都未能擺脫「冷冷清清，淒淒慘慘切切」的幽怨婉約的柔弱格調。觀其作品的主要內容，大抵上都在於嘆惜身世命運的飄零、婚姻愛情的不幸，抒發相思難熬的哀怨、孤苦零丁的愁緒，從班婕妤的《怨歌行》到蔡文姬的《悲憤詩》；從薛濤的《十離詩》到魚玄機的《湖上愁》；從李清照的《漱玉詞》到朱淑真的《斷腸詩》；從柳如是的《湖上草》到陳端生的《再生緣》，以及清代眾才女，如邵梅宜的《薄命詞》、施朝鳳的《焚餘集》，柳青的《怨餘草》，范貞儀的《愁叢集》[6]……，「怨」、「悲」、「離」、「愁」、「斷腸」、「薄命」等傷心字眼觸目皆是。由歷代女性作家的這些作品的標題，也不難窺見

6　《薄命詞》，清·邵梅宜撰，《擷芳集》著錄；《焚餘集》，清·施朝鳳撰，《閩川閨秀詩話續編》著錄；《怨餘草》，清·柳青撰，《閨秀詩話》著錄；《愁叢集》，清·范貞儀撰，《正史集》著錄。參見《歷代婦女著作考》（增訂本），1985年7月版，第401頁，第425頁，第429頁，第446頁。

其以抒發離情別恨、哀思愁緒為主調的柔弱文風之一斑。至於女性作家的柔弱文風的造成，既有社會歷史對女子長期束縛禁錮的原因，也因封建時代閨閣文學以柔靡婉約為美的審美規範所致。

第四節　「競雄」與傳統女子文學的終結

歷史的車輪緩慢而又沉重地轉到了20世紀初葉。晚清末年，一位傳奇式女子的出現，一掃「自恨羅衣掩詩句，舉頭空羨榜中名」的閨閣文學的柔靡之風，她使人們聽到了與歷代才女們自怨自艾、有氣無力的荏弱之調截然不同的鏗鏘有力的豪邁聲音，也使人們看到了中國女性文學由傳統柔弱型向現代剛健型過渡的一線曙光。

秋瑾（1875～1907），原名秋閨瑾，字璿卿，後易字競雄。這位於20世紀初毅然掙脫封建家庭的羈絆，與鬚眉男兒並肩從事反清愛國革命活動的「鑑湖女俠」，自她留學日本將自己原名中的「閨」字除去、並易字「競雄」之日起，就以中國歷代詠風吟月的才女們所不可比擬的豪放雄健的詩詞，宣告了一部中國傳統女子文學史的終結。

秋瑾，這位自幼在家塾中有「過目成誦」之譽、頗具文學才華的晚清才女，以任俠尚武、重義輕生的驚世駭俗的言行舉止，改變了以往長期受到封建歧視和壓迫的女人低人一等、逆來順受的歷史。她沒有象她的前輩才女那樣，終身幽居於深深的閨閣之中，以吟詩詠詞打發枯燥無味的歲月，而是勇敢地沖出封建家庭，東渡扶桑求學，繼而義無反顧地投身革命。伴其短暫一生的詩文創作也成為她自勉自強、要求男女平權和抒懷言志的自我寫照。如1903年秋作於北京的《滿江紅》寫道：「身不得，男兒列，心卻比，男兒烈。算平生肝膽，因人常熱。俗子胸襟誰識我？英雄末路當磨折。莽紅塵、何處覓知音？青衫濕！」使我們看到了作者身為女兒而「心卻比，男兒烈」，嚮往象男子一樣建功立業的「英雄」氣慨，尤其是「俗子胸襟誰識我？」透露出抱負遠大、志向高遠的覺醒女子對於庸庸碌碌的凡夫俗子的蔑視。另一首作於1904年首次赴日留學途中的《日人石井君索和即用原韻》的七言律詩：「漫云女子不英雄，萬里乘風獨向東。詩思一帆海空闊，夢魂三島月玲瓏。銅駝已陷悲回首，汗馬終慚未有功。如許傷心家國恨，那堪客裏度春風。」以雄健鏗鏘的詩句表達了為報「傷心家國恨」而「乘風獨向東」的熱血女子的豪情壯志。首句「漫云」二字，即一筆抹倒數千年來對女性的傳

統偏見，而一個「獨」字更突出了這位巾幗英雄的主體形象。詩中也有「悲」字，但卻沒有淒淒慘慘；詩中也有「恨」字，但卻毫無幽怨愁苦。寫於1905年她第二次從日本歸國途中的《黃海舟中日人索句並見日俄戰爭地圖》一詩：「萬里乘風去複來，隻身東海挾春雷。忍看圖畫移顏色（指眾列強瓜分中國──筆者注），肯使江山付劫灰？濁酒不消憂國淚，救時應仗出群才。拼將十萬頭顱血，須把乾坤力挽回」，更把一位「隻身東海挾春雷」、「須把乾坤力挽回」的女革命家的憂國之思、報國之心表述得淋漓盡致。秋瑾的詞，如《鷓鴣天》：「祖國沉淪感不禁，閒來海外覓知音。金甌已缺總須補，為國犧牲敢惜身。嗟險阻，歎飄零，關山萬里作雄行。休言女子非英物，夜夜龍泉壁上鳴！」秋瑾的詩，如《對酒》：「不惜千金買寶刀，貂裘換酒也堪豪。一腔熱血勤珍重，灑去猶能化碧濤。」從這些詩詞中，再也聽不到傳統閨閣文學中司空見慣的幽怨淒涼和自歎自憐的柔靡之音，彈奏的是為明確的革命目標──「須把乾坤力挽回」抒懷言志的豪放壯烈、激昂雄健的一曲高歌。

然而，這位改寫中國女子文學的鑒湖女俠，畢竟只活了32個年頭即血灑刑場，由於她所從事的反清革命活動極具危險性，而她平日寫作又常常「隨手散棄」，加之在她就義後其家人為避禍而「黈夜焚毀」，致使相當數量的秋瑾詩文未得保存。但是，從她留存於世的詩、詞、文以及僅完成6回的長篇彈詞遺著《精衛石》來看，便不難發現，秋瑾的時代，畢竟還不是真正從語言到體裁的「文學革命」時代。雖然在她的詩文中，已清晰地凸印出晚清「詩界革命」的影響和「我手寫我口」、「熔鑄新理想以入舊風格」（黃遵憲語）的嘗試，如在由她本人自己作詞譜曲的《勉女權歌》中，即有「吾輩愛自由，勉勵自由一杯酒」等口語摻入；在《寶刀歌》中，也有「赤鐵主義當今日，百萬頭顱等一毛」和「誓將死裏求生路，世界和平賴武裝」等明白如話的詞語化入。不過，就其詩文的總體而言，在體裁形式上，仍以用典、押韻、講究平仄的舊體詩詞為主，這雖然並非秋瑾個人的責任，而是她所處的時代所致，但畢竟還是和「文學革命」之後以白話小說、散文、新詩和劇本為主要體裁的五四新文學仍有一定的區別。並且，在她少女時代和嫁至湘潭後的少婦時代所作的一些詩詞中，尚留有某些未能擺脫傳統閨閣文學寫愁、寫淚、寫病之窠臼的痕跡，例如：「閨閣無解侶，誰伴數更愁？」（《思親兼柬大兄》）「欲將滿眼汪洋淚，併入湘江一處流」（《秋日感別》），「惆悵寸懷言不盡，幾回涕淚濕衣衫」（《寄珵

妹》），「年來自笑無他事，纏繞愁魔更病魔」（《寄季芝》）等詩句。這些抑鬱傷感的詩句，可說與古代才女們在詩詞中自怨自艾頗為相似。正是從這些前後詩風截然相悖的詩詞中，我們看到了秋瑾作為一位新舊交替時代的過渡人物所無法避免的矛盾性格。一方面，她作為女性，身受數千年以男性為中心的舊傳統文化的薰染，以及因「父母之命」而所嫁非人的痛苦，難免在詩詞中自悲自憐；同時，這種身受封建婚姻制度之苦的切身經歷，以及強烈的「憂患意識」所帶來的憂國之思和報國之心，又使她自勉自強，從而摒棄傳統女子的柔弱性格，而自覺地從佩飾（如舞劍使棒）到氣質（如飲酒騎馬）都竭力向男性化靠近，以陽剛之氣取代陰柔之美，以揚戈躍馬取代吟風詠月，成為不折不扣的「女子漢」。在潛意識中，這實際上還是一種對以男性為中心的文化的認同，也許秋瑾並非是自覺的。因而她的後期詩文，尤其是一些急就之章，往往雄性化的豪言壯語甚多，而女性化的精細描寫不足，信仰理念的表述常在文學語言的磨礪之上。這種急切改變以往女子柔弱文風的矯枉過正的偏激，不僅失卻了描寫精緻細膩、委婉深沉的女性文學的藝術特性，也多少限制了秋瑾的詩文進入更高的藝術審美層次，她的詩文的藝術成就，畢竟不能與「婉約派」詞宗之一的李清照相媲美。依秋瑾的文學才華而言，是十分令人惋惜的。

但不管怎麼樣，秋瑾烈士作為近代資產階級民主革命運動的傑出女鬥士，畢竟是20世紀中國的女權運動和婦女解放的第一面旗幟。她以她年輕的生命和鮮血寫下的反對封建專制、鼓吹女界革命、否定男尊女卑、爭取男女平等以及抒發憂國之思、報國之心的壯烈豪放的詩文，為中國女性文學的歷史由傳統型到現代型的過渡架起了一座橋樑，並對以後整整幾代中國女性作家產生了深遠的影響。

當秋瑾長歎「秋風秋雨愁煞人」，義無反顧地走向紹興城軒亭口的刑場之後，僅僅過了十個春秋，就爆發了中國有史以來最偉大的徹底地反帝反封建的五四新文化運動。許多五四新女性作家也隨之在中國文壇脫穎而出，如冰心、廬隱、陳衡哲、淦女士（馮沅君）、綠漪（蘇雪林）、白薇、凌叔華、陳學昭、石評梅、袁昌英等等，她們在小說、新詩、散文和劇本等創作領域，取得了極大的成功。她們雖未高歌「莫道女子非英物」，卻與男性作家一樣，分明「顯示了文學革命的實績」（魯迅語）。她們發揮了可與男性作家相頡頏的藝術才力，以女性獨特的藝術敏感和審美悟性，為中國新文學的拓荒和發展作出了突出的貢

獻，也寫下了一部新的中國女性文學的歷史。五四女作家的創作成就，使我們有理由認為：秋瑾烈士未竟的文學事業，有了她的同性傳人，並且，在這群傳人手上，中國女性文學從內容到形式，真正完成了由傳統到現代的蛻變。

第三章　中國現代女性文學發軔期的考察

　　20世紀真正的中國現代女性文學的出現，是在距秋瑾烈士英勇就
義、壯烈捐軀十載後的五四新文化運動中。1917年，當胡適等人尚在留
美中國學生中「辯論文學革命」的問題之時，正在美國攻讀史學的陳衡
哲女士，已「開始用白話做文學」的嘗試，寫出了中國新文學史上的
第一批白話作品，「如《一日》等篇見於《留美學生季報》，《小雨
點》見於《新青年》」[1]等。《一日》（1917）甚至比迄今為止中國現
代文學界公認的五四新文學的第一篇白話小說——魯迅的《狂人日記》
（1918）還早些，雖然它不如《狂人日記》那般「憂憤深廣」，畢竟已
初具白話短篇小說的雛型。並且，這篇作者自稱為「是我初次的人情描
寫」的多場景的敘事作品中，首次用人物對話的手法敘述了美國一所女
子大學中的世態人情，以及生活於該校的中國留美女學生張女士與美國
女同學的交往和聯誼的活動片段，可以毫無愧色地說是開了本世紀中國
「留學生文學」之先河。

第一節　五四新女性作家嶄露頭角

　　此後，在五四新文學發生、發展的第一個十年（1917～1927）裏，
便有一群充滿熱情、令人矚目的新女性作家崛起於五四時期的中國文
壇，她們躋身於魯迅、周作人、胡適、郭沫若、郁達夫、葉紹鈞、沈雁
冰等「五四」新文學奠基者、拓荒者之間，各領風騷數十年。當我們重
新找到這群閃爍在茫茫夜空中的「繁星」，重新發現這股奔淌於江河湖
海間的「春水」時，禁不住為五四時期的中國文壇感到驕傲：因為她哺
育和容納了一批時代的女兒。她們中間，除了被胡適引為「我的一個最
早的同志」陳衡哲（1893～1976）之外，還有被譽為「新文學第一代
開拓者」的冰心（1900～1999），「『五四』的產兒」盧隱（1899～

---

[1]　胡適：《〈小雨點〉序》，上海新月書店，1928年初版。

1934），「時代的反抗者」馮沅君（即淦女士，1900～1974），「最優秀的散文作者」綠漪（即蘇雪林，1897～2000），「新文壇的一個明星」白薇（1894～1987），「中國的曼殊斐兒」（現通譯曼斯費爾德——筆者注）凌叔華（1904～1990），「心靈秘密的歌吟者」陳學昭（1904～1991），「文學多面手」石評梅（1902～1928），「文亦如詩的人」陸晶清（1907～1993）[2]，以及遲到的但卻「好似在這死寂的文壇上，拋下一顆炸彈一樣」令人震驚的丁玲[3]（1904～1986）……。

翻開這群女作家五四時期創作並大都產生較大影響的文學作品，如冰心的《超人》、《繁星》、《春水》、《寄小讀者》；廬隱的《海濱故人》，《靈海潮汐》、《曼麗》；馮沅君的《卷葹》、《春痕》、《劫灰》；陳衡哲的《小雨點》；石評梅的《濤語》、《偶然草》；綠漪的《綠天》、《棘心》；白薇的《蘇斐》、《琳麗》；凌叔華的《花之寺》；陳學昭的《倦旅》、《寸草心》、《煙霞伴侶》；陸晶清的《低訴》、《素箋》和丁玲的《在黑暗中》[4]等等，五四新女性那充滿浪漫情調而又苦悶彷徨的時代氣息便撲面而來，使我們彷彿再呼吸著「『五四』時期的空氣」[5]。這些綴在中國現代文學史冊上的顆顆珠璣，猶如一面面五四時代的三棱鏡，反射出風華正茂的一代新女性心靈世界的光影色譜，使我們領略到與魯迅、郭沫若、郁達夫、葉紹鈞等同時

---

[2] 引自二、三十年代魯迅、茅盾、黃英、賀玉波、草野等人論及這繡四女作家的文章。

[3] 毅真：《幾位當代中國女小說家》，見《當代中國女作家論》一書，上海光華書店，1933年版。

[4] 這些作品，大都出版於20年代，如冰心的詩集《繁星》（商務印書館，1923）、《春水》（北新書局，1923），小說集超人》（商務印書館，1923），散文集《寄小讀者》（北新書局，1926）。廬隱的小說集《海濱故人》（商務印書館，1925）、《曼麗》（古城書社，1928）。馮沅君的小說集《卷葹》（北新書局，1926年初版，1928年再版）、《春痕》、《劫灰》（北新書局，1928）。陳衡哲的短篇集《小雨點》（新月書店，1928）。綠漪的散文集《綠天》（北新書局，1928），小說集《棘心》（北新書局，1929）。白薇的劇作《琳麗》（商務印書館，1925）、《蘇斐》（《小說月報》第17卷第1號，1926）。凌叔華的小說集《花之寺》（新月書店，1928）。陳學昭的散文集《倦旅》（梁溪書店，1925初版；光華書局，1929年再版），《寸草心》和《煙霞伴侶》（北新書局，1927）。丁玲的小說集《在黑暗中》（開明書店，1928）。只有個別的例外，如石評梅的散文集《濤語》（北新書局，1932）、《偶然草》（文化書局，約30年代初出版）二書，乃她死後友人為其結集並出版。陸晶清的詩集《低訴》（神州國光社，1932），散文集《素箋》（神州國光社，1930），收有作者1923年以來創作的新詩和散文。

[5] 茅盾評廬隱之語，見《廬隱論》，載《文學》1934年第3卷第1號，署名未明。

代男性作家筆下不同的女性文學的別樣風光。就文壇影響而言，冰心的《寄小讀者》自1926年初版以來，一直保持著再版書的最高紀錄：據不完全統計，此書至1935年已發行了21版，平均每5個月再版一次；她那「滿蘊著溫柔，微帶著憂愁」的清麗文筆，影響了五四時期整整一代女性作家的藝術風格。凌叔華那「幽深、嫻靜、溫婉、細緻、富有女性溫柔的氣質」[6]，傳到了40年代上海灘上的小說家張愛玲筆下，女人的形象變得更為精明和圓滑，她塑造的那些自作多情的大小姐、寂寞空虛的姨太太，成了滬港兩地「世態的一角，高門巨族的精魂」（魯迅論凌叔華語）。盧隱、馮沅君、白薇、丁玲等對於性愛自由的大膽呼喚，對於個性解放的熱烈追求，直到今天，仍不失其反封建的社會意義，並成為半個世紀之後的新時期一大批女作家一再呼籲和反復表現的文學主題。

五四時期，無疑是20世紀中國現代女作家成群崛起並取得突出成就的輝煌時代。據不完全統計，從新文化運動之初至1924年，經常在報刊上發表作品的女性作者即達30餘人。除冰心、盧隱等知名女作家外，黃琬、懷玉、雪紋、玉薇、靜影、冷玲、屏嫣、無我、沁蘭以及ＣＹ、ＪＣ等女士的名字頻頻亮相於《晨報》、《京報》以及《晨報副刊》、《小說月報》、《小說世界》、《創造》、《語絲》、《努力週報》、《文學旬刊》等報刊雜誌。在視重女性作者的時代風尚下，文學創作，遂成為五四女作家群體摒棄舊式女子的人身依附，表達自覺的「女權」意識和獨立人格的主要載體。例如1919年《晨報》上發表的署名為宋懷玉女士的白話小說《白受了一番痛苦》，描寫了一位叫朱燕君的女子，從蘇州女師範畢業後，立志非留過洋的男子不嫁，終於與一位留學歸國的男士馮光夏戀愛結婚。但婚後因她不會說英語而遭到丈夫嫌棄；起先她委曲求全，後來意識到自己也有人格尊嚴，故不但同意與丈夫離婚，而且離婚後即赴美國留學。學成歸國後，成為女學界的名流。為了保持自己的獨立人格，在婚姻問題上，她抱定獨身主義的宗旨[7]。此外，像1919年《新詩年選》中刊出署名黃琬的新詩《自覺的女子》，把五四女子對於愛情婚姻的「自覺」表達得十分堅決而又通俗：「我沒見過他，／怎麼能愛他？／我沒有愛他，／又怎麼能嫁他？……這簡直是一件買

---

[6]　轉引自閻純德主編《中國現代女作家》一書，黑龍江人民出版社，1983年6月版。

[7]　宋懷玉：《白受了一番痛苦》，載1919年8月24日北京《晨報》。

賣，／拿人去當牛馬罷了。／我要保全我的人格，／還怎麼能承認甚麼禮教呢？／爸爸！你一定要強迫我，／我便只有自殺了！」此後，覺醒的五四新女性像魯迅筆下的子君一樣昂首挺胸地走向自主獨立的生活天地，「我是我自己的，誰也沒有干涉我的權利！」從這兩篇「五四」初期出自新女性作家之手的新詩和小說中，不難發現五四女作家群體的自尊自強、獨立自主的「女權」意識的自覺。這一自覺意識，不僅反映了五四女作家的內心要求與時代風尚的某種契合，也標誌著中國女子在寂寞深閨中苦熬枯守、把自身命運寄託於「郎君」的人身依附時代的終結。因而這些作品，無論在中國現代文學史上還是在中國婦女解放運動史上，都是值得大書特書的一筆。

這裏，需要強調的是，「五四女作家群」這一集合概念。常言道，「一花獨放不是春，萬紫千紅春滿園」。群，意味著眾多、密匝，不是零零星星，一枝獨秀，而是群星璀璨，相映生輝，於是才有從總體上把握其共性的必要。作家群的出現，常常是某些特殊的社會和歷史條件的產物，需要特定的時代和文化背景的「催化劑」，如中國歷史上春秋戰國時期的諸子百家，魏晉時代的建安七子、竹林七賢，以及唐朝宋代的初唐四傑、盛唐詩人、唐宋八大家和豪放、婉約兩派詞宗等等，無一不是思想空前活躍、風雅受到青睞的時代的驕子。同樣，五四女作家群體的出現，也可以說是五四時期的中國社會和歷史條件，以及特殊的教育文化背景和特定的時代氛圍，造就並催生了這些「『五四』的產兒」。

第二節　中西合璧的高等教育背景

毫無疑問，與歷朝各代的才女們相比，五四女作家群真是一群幸運的中國女性。翻開她們的履歷便不難發現，首先，她們幾乎都有著令20世紀初絕大多數中國婦女舉頭仰羨的高等教育背景，尤其是中西合璧的文化教育背景。這對於她們的人生道路、人格形成、稟性氣質以及迅速成才——成為著名的作家、教授無疑起了至關重要的作用。

五四女作家群的幸運在於，她們是20世紀中國女子高等教育的首批受惠者，普遍接受過正規的新式學校教育。仕宦之家、書香門第的出身，使她們自幼打下了中國古典文學的深厚根基；而其中有些人中學時代在教會學校度過，又使她們較早地接觸到了西方的教育、語言和文化，如1914年考取清華首批庚子賠款留美官費生的陳衡哲，就曾在上海

進過一所教會學校學習三年[8]，打下了良好的英文基礎，為日後留美鋪就了一塊頗為關鍵的地磚。冰心在1914年進入教會辦的貝滿女中，直到1918年畢業。她後來這樣總結自己中學四年的收穫：除了較扎實的英文知識外，「同時因著基督教義的影響，潛隱的形成了我自己的『愛』的哲學。」[9]後來被茅盾譽為「『五四』的產兒」的廬隱，少女時期也曾在北京東城的一所教會學校慕貞學院內度過五年時光[10]。完全有別於中國傳統私塾的教會學校的西學教育背景，無論對於她們後來負笈留學還是文學創作都是值得珍視的人生資源。

1919年以前，當時中國的高等學府，如北京大學等都是清一色男校，而對女子實行「女禁」，所以，1914年陳衡哲要上大學，也只有考留美官費生這唯一的出路。但僅僅幾年後，原先的北京女子師範被改為北京女子高等師範（北京女子師範大學的前身——筆者注）並於1917年開始招生，成為一所實際上的中國女子大學。當1919年一位來自偏遠西部的甘肅循化縣女子鄧春蘭寫信給北京大學校長蔡元培，要求大學開放「女禁」，並在京、滬各報公開徵求同盟者回應之時[11]，馮沅君（淦女士）等女性其實早已率先跨入了北京女子高等師範的大門。冰心、廬隱、綠漪等也於1919年分別進入高等學府。她們幸運地成為中國有史以來第一代名正言順的女大學生：沅君、廬隱、綠漪、石評梅、陸晶清先後進入北京女子高等師範學校（1923年改名為北京女子師範大學）求學；冰心、凌叔華則成為燕京大學的校友。丁玲、陳學昭稍後也分別進入上海大學中國文學系和上海私立愛國女校文科[12]讀書。有意思的是，正是在大學時代所經歷的五四新文化運動，促使她們走上了文學創作的路。冰心說，是「五四運動的一聲驚雷把我『震』上了寫作的道路」[13]。

---

8 陳衡哲：《我幼時求學的經過》，見《衡哲散文集》，上海，開明書店，1938年版。

9 冰心：《〈冰心全集〉自序》，見《記事珠》，北京，人民文學出版社，1982年版。

10 廬隱：《廬隱自傳》，上海，第一出版社，1934年版。

11 關於鄧春蘭寫信給北大校長蔡元培，要求大學開放「女禁」，以及於1920年春與王蘭等女子進入北大旁聽一事，參見《五四時期婦女問題文選》（北京：三聯書店，1981年版）中鄧春蘭的《我的婦女解放之計畫同我個人進行之方法》（1919.10）和《北京大學男女共校記》（1920.4.15）等文。

12 據陳學昭在《天涯歸客》（杭州：浙江人民出版社，1980）一書中寫道：「1922年初，進上海私立愛國女校文科做二年級插班生（要中學畢業的人才可入學，三年畢業）」

13 冰心：《從「五四」到「四五」》，見《記事珠》，北京，人民文學出版社，1982年版。

盧隱也是在投身五四愛國運動之後開始關注社會與人生諸問題，寫出了《一個著作家》等「問題小說」，後來被茅盾先生譽為「『五四』時期的女作家能夠注目在革命性的社會題材的，不能不推盧隱為第一人。」

另一個值得注意的教育文化背景在於她們的「洋」學歷之高，為中國歷代才女所望塵莫及；不僅如此，五四以後的中國現代女性作家中也少有人能與之匹敵：她們中間多半人負笈留洋，足跡遍及大洋彼岸、日本島國和塞納河畔，不乏國外名牌大學的留學生和碩士、博士學位獲得者：第一次准許女子參加留美考試競爭就獲通過的陳衡哲，1914年留學於美國五所著名女子大學之一的瓦沙（Vassar）大學；畢業後於1919年夏獲芝加哥大學碩士學位。恰逢北京大學校長蔡元培擬開大學女禁，電聘她回國任教。她1920年回國後即被剛剛開放「女禁」的國立北京大學聘為西洋史教授，成為中國「近代教育史上第一個獲得這樣榮譽的婦女」[14]。此外，白薇1918年隻身到日本，不久以優異成績考入日本最著名的東京御茶之水高等女子師範學校，主修生物學，續學歷史、教育及心理學，還自學美學、佛學與哲學，並取得了官費研究生的資格[15]。綠漪1921年赴法國海外中法學院學習，後轉入里昂藝術學院專攻美術和文學。冰心1923年在燕京大學畢業後，因成績優異獲得獎學金，赴美國威爾斯利女子大學深造，1926年獲得文學碩士學位後歸國。陳學昭1927年赴法國留學，後獲巴黎大學文學博士學位。馮沅君在北京女高師國文部畢業後，隨即入北京大學研究所做研究生。畢業後曾任教於金陵大學、上海暨南大學、北京大學等校。但她仍不滿足，於1932年放棄教職，考入巴黎大學文學院博士研究生班，在修完全部必修課程並通過論文答辯後，摘取了文學博士的桂冠。五四女作家群的知識結構表明，這是中國有史以來第一次廣泛接觸、涉獵、研究、汲取中外文化的現代新女性。

優越的文化教養，淵博的科學知識，中西合璧的教育背景，豐富多彩的人生閱歷，不僅掃除了千百年來「女子無才便是德」的封建意識，而且打開了她們瞭望世界、溝通四海的心靈窗戶，正如恩格斯所說，「傳統的中世紀思想方式的千里藩籬同舊日的狹隘的故鄉藩籬一起崩潰

---

[14] 參見《中華民國人物傳記詞典》（第1卷）「陳衡哲」條，（Bioqraphical Dictionary of Republican China），美國，哥倫比亞大學出版社，1969，第183～187頁。

[15] 白舒榮、何由：《白薇評傳》，長沙，湖南人民出版社，1983年版。

了，在人的外界視線和內心視線前面，都展開了無限廣大的視野。」[16]
中國幾千年來歷代才女們所無法想像的異國的風土人情，學府的所見所
聞，戀愛自由的浪漫情調，個性解放的時代氛圍，為一代五四女作家，
提供了得天獨厚的創作土壤和文學燧石。她們汲取了東西方文化交融
的營養液。最早考取留美官費生之一的陳衡哲深有感觸地說，辛亥革命
前後，「中國人的古文化的黃金夢，已被庚子年的外侮內憂所驚醒；那
時西方工業文化的勢力，已漸漸侵入中國人的心腦，而促起他們的覺
悟」，於是，中國開始「承認西洋文化，承認在他自己文化之外，另有
一個相等偉大的文化存在。不但如此，中國承認外來文化之後，更能覺
悟到改造自己文化的必要。這個覺悟是對於那個時期的青年的一個哀的
美頓書」[17]。這是一個痛苦然而卻是無法抗拒的歷史選擇。19世紀下半
葉以來，閉關自守的封建古國，在帝國主義列強們的洋槍洋炮的轟擊下
土崩瓦解，而中華民族落後挨打的奇恥大辱，卻又迫使中國人大量「引
進」西方的科學文化。時代對於外來文化的寬容，使得中國傳統文化
的封閉體系打開了缺口，古老的東方文化開始與西方文化發生撞擊、交
流、融匯、消化，於是，一種從語言到體裁、從內容到形式都經過「革
命」的別開生面的文學五四新文學便在「將彼俘來，自由驅使」（魯迅
語）中誕生了，從而完成了中國文學由古典到現代的轉變，並匯入世界
性文學的總體範疇。五四女作家群的崛起，可說正是汲取了這一東西方
文化相互交融的營養液，而開放在五四文壇上的一片奇花異葩。比如，
我們不難在白薇的《琳麗》等劇作中，領略義大利歌劇型的悲劇構架；
在陳衡哲的《小雨點》等故事中，發現丹麥童話式的人道同情；在沅君
的《隔絕》中，看到《羅米歐與茱麗葉》的浪漫；在廬隱的《或人的悲
哀》中，尋出《少年維特之煩惱》的影子；在凌叔華的《繡枕》等小說
中，「看出她與曼殊菲爾相似的地方來」[18]；冰心的《繁星》、《春水》
等抒情小詩，則更是得益於泰戈爾《飛鳥集》的啟發和影響……從某種
意義來說，正是這種異域文學的營養液，使得傳統的詩賦詞曲的固定
格律、章回小說的結構模式，受到了五四女作家（當然也包括許多男作

---

[16] 恩格斯：《家庭、私有制和國家的起源》，見《馬克思恩格斯選集》，北京，人民出版社，
1972年版。

[17] 陳衡哲：《說過渡時代》，見《衡哲散文集》上集，上海開明書店，1938年版。

[18] 沈從文評凌叔華語，轉引自賀玉波著《現代中國女作家》一書，上海復興書局，1936年4月
再版。

家）的擯棄，在她們的筆下，綻開融合著東方色彩、西方情調的姹紫嫣紅，並散發出別具一格的馨香，也就並不奇怪了。

第三節　生逢其時的時代文化思潮

　　除了上述中西合璧的教育文化背景外，還有一個不容忽視的時代文化背景，即她們生逢「婦女解放」聲浪高漲、「女權」受到社會重視之盛世。眾所周知，伴隨著1789年法國大革命而萌芽的歐美女權運動，自18世紀下半葉法國女權主義者靠傑和拉哥姆布，在「天賦人權」的思想指導下，發表《婦女權利宣言》；「婦女立憲同志會」領導人羅蘭夫人，向議會提出女權憲法草案，要求男女平權以來，歐美女權運動此起彼伏，經過百餘年的不懈努力，至20世紀初葉，英國、法國、奧地利、瑞典、芬蘭、挪威、丹麥、葡萄牙、俄國、美國、加拿大以及澳大利亞等各國婦女，先後獲得了參政權或選舉權與被選舉權，從而形成了20世紀爭取婦女解放的世界性潮流。這股世界性的潮流，不能不對五四前後的中國產生強烈震撼和巨大影響。正如中國革命的先驅者之一的李達在寫於1919年的《女子解放論》中所言，「四方門戶洞開，潮流所激，洶湧澎湃，無論何種機會，只有順應的，決不可以抵抗的；況且我中國的國情，比歐美更加有解放女子的必要。所以為女子的應該知道自己是個『人』，趕緊由精神物質兩方面，預備做自己解放的事。為男子的即然曉得世界大勢，標榜人道，就應該……趕快幫助女子解放才算得擁護人權。」[19]

　　與西方女權運動大都以抨擊男權為目標、並由婦女們自己策動、組織不同的是，20世紀中國的婦女解放運動，最初恰恰是在五四新文化運動中，由大都身為男子的思想激進、目光敏銳的先驅者們首先呼籲並宣導的。他們高高舉起了「反孔」的旗幟，而婦女解放正是「反孔」問題中的應有之義。1917年6月1日，那位因喊出「打倒孔家店」口號而聞名遐邇的吳虞，就以其夫人吳曾蘭之名義，發表了一篇洋洋灑灑的反封建檄文《女權平議》，明確地打出了爭取男女平等的旗號：「孔氏常以女與小人並稱，安能認為主張男女平等之人？況吾人所爭平等，為法律上的平等；所爭自由為法律內之自由。而天尊，地卑，扶陽，抑陰，貴

---

[19] 李達：《女子解放論》，原載1919年《解放與改造》第1卷第3號，署名李鶴鳴。

賤，上下之階級，三從七出之謬談，其於人道主義，皆為大不敬，當一掃而空之，正不必曲為之說也。」[20]此後，婦女解放，作為反對舊思想、舊道德，提倡新思想、新道德的新文化運動和中國社會革命的重要問題之一，引起了中國思想文化界的高度重視。五四運動前後，一場聲勢浩大的關於婦女問題的討論在中國思想文化界廣泛展開。許多具有先進思想的新文化先驅和掌握社會革命理論的早期共產黨人，如李大釗、陳獨秀、魯迅、胡適、周作人、沈雁冰（茅盾）以及李達、陳望道、李漢俊、張聞天、惲代英、向警予等，都紛紛在《新青年》、《新潮》、《每週評論》、《少年中國》、《解放與改造》、《覺悟》、《婦女雜誌》、《民國日報·婦女評論》等報刊雜誌上撰文，參加這場中國思想文化界關於婦女解放問題的大討論[21]。其論題涉及面之廣，世所罕見：從介紹西方女權運動、男女平等、婦女參政，論述婦女與民主、婦女與社會主義和婦女的人格到抨擊中國封建專制對女子的摧殘；從倫理、道德、貞操觀念到男女社交、婚姻自由、家庭改良、女子教育、大學開放「女禁」、婦女經濟獨立和女子職業培訓、兒童公育、人口素質、廢除娼妓等方方面面的問題，都在討論之列。據筆者統計，1919～1920年間，僅沈雁冰（茅盾）一人所發表（包括撰寫和翻譯）的有關婦女問題的文章，即達到20餘篇之多[22]。可以毫不誇張地說，至1919年底，中國「婦女解放的聲浪振得無人不知，新生的雜誌也一時出了五六種，在文化運動中實在熱鬧已極了！」[23]總之，這場五四初期中國思想文化界關於婦女問題的大討論，對於20世紀中國婦女的解放運動，尤其是對於數千年來，身受政、神、族、夫四條繩索束縛的中國女子精神上、心理上的鬆綁，無疑起了相當大的促進和推動作用，也為中國婦女象男子一樣由家庭走向社會、投入反帝反封建乃至社會革命的時代洪流中去，掃清了思想文化上的絆腳石。由歧視婦女到重視女性，顯示了社會風氣和思想道德的轉變。這種轉變，對於五四女作家群能夠躋身於新文學的創作

---

[20] 吳虞：《女權平議》，見《吳虞文錄》，上海亞東圖書館，1921年版。

[21] 關於這場婦女問題的討論及有關文章，可參見《五四時期婦女問題文選》一書，北京三聯書店，1981年12月版。

[22] 沈雁冰（茅盾）在1919～1920年間所發表的有關婦女問題的文章，有《解放的婦女與婦女的解放》、《現在的婦女所要求的是什麼》、《婦女解放問題的建設方面》、《家庭與科學》、《世界婦女消息》等20餘篇。

[23] 沈雁冰：《我們該怎樣預備了去譚婦女解放問題》，載1920年《婦女雜誌》第6卷第3號。

園地，是至關重要的。她們再也不必象19世紀的西方女作家那樣，只能取一個男人的姓名而得以發表作品（如法國的喬治‧桑、英國的勃朗蒂三姐妹等），至少，五四時期的中國女作家，不僅不必躲躲閃閃地隱瞞自己的性別，而且在發表作品的署名時，還往往由編輯在其姓名後面清清楚楚地冠以「女士」二字，如「冰心女士」、「廬隱女士」、「淦女士」、「綠漪女士」等等。這正表明了二十世紀五四時期對女性作者的厚愛和尊重。

第四節　和諧平等的兩性文化氛圍

除此之外，五四女作家群「成才」的幸運還在於，她們幾乎從文壇上起步之時，就遇到了良師的指引和「伯樂」的扶持。例如1921年1月4日，當時還不過是北京女子高等師範的一名女大學生的廬隱，就和鄭振鐸、許地山、耿濟之、孫伏園、王統照、瞿世英等師長們一起，出席了在北京中央公園來今雨軒舉行的文學研究會的成立會[24]。在文學研究會的入會登記冊上，她是緊隨12位發起人之後第一位入會的會員。此後，她把短篇小說《一個著作家》，通過鄭振鐸的介紹，寄給了當時任革新後的《小說月報》主編的沈雁冰（茅盾）而得以問世，「這一喜，真似於金榜題名時，從此我對於創作的興趣濃厚了，對於創作的自信心也增加了。」[25]文學研究會的另一位女會員冰心（本名謝婉瑩），據說，曾親耳聆聽到站在講台上的老師周作人對她的作品的嘉許和評價，以至使坐在講台下的學生謝婉瑩，都感到不好意思。陳衡哲不僅在美國留學期間，就常常與胡適通信，被胡引為「我的一個最早的同志」，她的《小雨點》集中的大部分作品，都是經胡適之手發表在由他編輯的《留美學生季報》、《新青年》、《努力週報》等刊物上的。胡適不僅為她提供發表作品的園地，而且還對她的作品從讀者角度提出意見，如《洛綺思的問題》之初稿，據胡適自己說，「我表示不很滿意，我們曾有很長的討論，後來莎菲（即陳衡哲的英文名——筆者注）因此添了一章，刪改

[24] 見《文學研究會成立會攝影》，照片載《鄭振鐸選集》上卷，並附有出席者名單。廬隱（即照片中的黃英）在前排中間，她左邊站立者為王統照。福建人民出版社，1984年1月版。

[25] 廬隱：《廬隱自傳‧著作生活》，上海第一出版社，1934年6月出版。

了幾部分」[26]。馮沅君雖然未曾加入五四新文學的另一重要社團——創造社，但她五四時期幾篇影響最大的小說，如《隔絕》、《旅行》、《隔絕之後》、《慈母》等，最初都是以「淦女士」之名發表在郭沫若、郁達夫主編的《創造》季刊、《創造週報》上；後來又是魯迅先生將這幾篇小說的結集《卷葹》收入「烏合叢書」，交上海北新書局出版的[27]。魯迅先生對馮沅君和凌叔華小說的評價和肯定，包括後來對蕭紅、草明、葛琴等30年代後起之秀的愛護和提攜，在中國現代文學史上有口皆碑。茅盾先生則不僅在主編《小說月報》期間，對冰心、廬隱等年輕的女作者多加關照，如1921年冰心的小說《超人》在《小說月報》發表時，末尾有一小段「冬芬附注」，表明自己看了此文後十分感動，「不禁哭起來了！」[28]這位「冬芬」不是別人，正是主編沈雁冰（茅盾）！30年代初期，他又專門寫了《廬隱論》、《冰心論》、《女作家丁玲》等，對這幾位女作家的創作作了較為全面的考察與評論，雖然今天看來有些論斷不無偏頗，如批評後期「廬隱的停滯」[29]，冰心的作品「不反映社會」[30]等，但為五四女作家撰寫專論者，不能不推茅盾為第一人（當然他也寫了《魯迅論》、《王魯彥論》、《徐志摩論》、《落華生論》等）。五四女作家在踏入文壇之初，就遇上了魯迅、茅盾、胡適、周作人等良師的指引和「伯樂」的扶持，這不能不說是她們走上創作之路的最大幸運。

　　總之，她們趕上了一個崇尚科學、民主，追求平等、自由的開放時代。正如李大釗在《現代的女權運動》一文中所說，「二十世紀是被壓迫階級的解放時代，亦是婦女底解放時代；是婦女們尋覓伊們自己的時代，亦是男子發現婦女底意義的時代。」[31]五四時期，更是中國有史以來最偉大的思想啟蒙時代。五四女作家群，踏著男女平等、個性解放的時代節拍，迎來並度過她們一生中最寶貴、最美好的燦爛年華。這

---

[26] 胡適：《〈小雨點〉序》，上海新月書店，1928年初版。

[27] 馮沅君1924年發表的這4篇小說，除《隔絕》發表於《創造》季刊第2卷第2期外，其餘3篇分別發表於《創造週報》45、46、49號。由這4篇小說結集的《卷葹》，上海北新書局，1926年初版，署名淦女士，1928年6月再版時，又加《寫於母親走後》和《誤點》兩篇，署名沅君女士。

[28] 見1921年4月10日出版的《小說月報》第12卷第4號。

[29] 茅盾：《廬隱論》，原載《文學》1934年第3卷第1號，署名未明。

[30] 茅盾：《冰心論》，原載《文學》第3卷第2號。

[31] 李大釗：《現代的女權運動》，載1922年《民國日報》副刊《婦女評論》第25期，署名守常。

裏所指的燦爛年華，有兩層涵義：第一，五四時期是她們年齡上的黃金時代，正值青春妙齡，充滿著神奇的幻想、憧憬和渴望，還有朦朧的期待；雖不免天真稚拙，有時還難免孤獨苦悶，卻激盪著青春的朝氣，躍動著活潑的生機。第二，五四時期也是她們創作歷程中不可多得、甚至一去不復返的輝煌時刻：《超人》的博愛溫情、《彷徨》的苦悶意緒、《旅行》的浪漫色彩、《酒後》的細膩筆觸，分別成為代表冰心、盧隱、馮沅君、凌叔華四家風格的典型之作。還有不少作品一鳴驚人，震動文壇，如《琳麗》的熱情迸射、《莎菲女士的日記》的驚世駭俗，以及《綠天》的清香襲人、《倦旅》的繾綣情愫，都是白薇、丁玲、綠漪、陳學昭後來作品中難以再見的昔日風采。馬克思在談到希臘神話這一人類童年的產物時說過，它「作為永不復返的階段而顯示出永久的魅力」[32]。筆者認為，這一評價也同樣適用於五四時期女作家群的創作。

第五節　幸與不幸：文學史的評說

但是，她們又是一群不幸的五四女作家。說她們不幸，不僅在於她們各自有著坎坷不平甚至痛苦不堪的生活經歷，也不僅在於她們是女人，而女人總是不得不背負比男人更為沉重的十字架：如丈夫撒手人寰、後來再嫁的盧隱因難產而英年早逝；癡情的白薇被薄情郎傳染上可怕的淋病，在貧病交困中發出「地獄裏苦痛的靈魂的呼聲」（《〈悲劇生涯〉序》）。然而，對於作家來說，她們的大不幸更在於：一是作品受到不應有的冷遇和誤解。1949年後的幾十年裏，幾乎沒有再版過她們那些20年代的作品集，即使偶被選中一兩篇見諸鉛字，也多半是作為供批判用的「附錄」，如冰心的《超人》、丁玲的《莎菲女士的日記》等等；不少中國現代文學史著作甚至不屑於提到她們的名字。這群當年蜚聲五四文壇的女作家與她們那些五四時期曾熠熠閃光的作品一起，被漸漸埋在故紙堆裏塵封蟲蛀，或被當作「反面教材」蒙受恥辱，失去了往日的光澤。二是對於她們的創作評價有欠公允。雖然，茅盾曾寫過《盧隱論》、《冰心論》、《女作家丁玲》等專題論文，魯迅曾對馮沅君、凌叔華的創作作過精闢論述，但自20世紀30年代以來，不少名氣很響的

32　馬克思：《〈政治經濟學批判〉導言》，見《馬克思恩格斯選集》，北京，人民出版社，1972年版。

批評家，總愛用「閨秀派」的華蓋來遮住她們的面孔[33]，或是用「感傷派」的紗巾來裹住她們的頭顱[34]。比如有人說冰心是「小姐的代表」[35]；有人說她是「一位冷若冰霜的教訓者」[36]；也有人說「她的作品，都有幾分被抽象的記述脹壞了的模樣」[37]；還有人說「她所吟詠所描寫的總不出於有閒階級安逸生活的讚歌[38]。如此等等，不一而足。「革命文學」的理論家之一甚至公然宣佈：「若說冰心女士是女性的代表，則所代表的是市儈性的女性，只是貴族性的女性」，因而斷言：「我們現在所需要的文學家不是這樣的！」[39]一句話便將「新文學第一代開拓者」冰心女士劃入了另冊。今天看來，當年的這些批評指責，雖然都帶有當時尤其是20年代末「革命文學」興起時代對五四文學過激式的不滿甚至否定，但有一點卻是勿庸置疑的，即這些對五四女作家的批評指責，往往是從個人（絕大多數為男性，如蔣光慈、成仿吾、錢杏邨、賀玉波、毅真、草野等人）對文學的理解和要求出發的，他們在批評指責冰心、盧隱等五四女作家時，不免帶著男性的某種天然的優越感與輕蔑口吻，因而不可能真正放下架子，以平等的身分來仔細研讀女作家的作品，更不可能對此作出公允而又獨到的評論，比起五四初期周作人強調「女人是人」，稍後又進一步強調「女人是女人」的觀點來，不能不說是婦女觀方面的一大倒退。周作人在五四後期曾指出：「現代的大謬誤是在一切以男子為標準」[40]，真可謂一語中的。對於五四女作家的創作研究，甚至有人帶著漫不經心的口吻說：「這題目在中國文壇上，根本是否有寫的價值，還成問題」，「看她們或批評她們的作品，須要另具一幅（副）眼光，寬恕的眼光」[41]，大男子蔑視小女子的心態暴露無遺。至於50年代整個文學

---

33 毅真：《閨秀派的作家冰心女士》，見李希同編《冰心論》，上海北新書局，1932年發行。

34 草野：《感傷派女作家黃盧隱》，見其著《中國現代女作家》一書，北平人文書店，1932年9月版。

35 蔣光慈：《現代中國社會與革命文學》，原載《太陽月刊》1928年1月創刊號。

36 梁實秋：《「繁星」與「春水」》，載《創造週報》第12號，1923年7月29日出版。

37 成仿吾：《評冰心女士的〈超人〉》，載《創造季刊》第1卷第4期。

38 賀玉波：《歌頌母愛的冰心女士》，見其著《現代中國女作家》一書，上海復興書局，1936年再版。

39 蔣光慈：《現代中國社會與革命文學》，原載《太陽月刊》1928年1月創刊號。

40 周作人：《北溝沿通信》，見《談虎集》，北新書局，1936年6月第5版。

41 引自草野著《中國現代女作家》一書，北平人文書店，1932年9月版。

界對於丁玲、陳學昭這兩個「大右派」的口誅筆伐的圍剿，那就更是到了羅織罪名、無限上綱的登峰造極的地步。當然這時候，她們已不是作為女性作家的不幸，而是作為人的尊嚴受到踐踏、人格橫遭侮辱的人類的一場劫難了。

當然，這樣的不幸和劫難，有客觀方面或是主觀因素的種種原因。比起整個中華民族在本世紀所經歷、所承受的巨大災難來，這是毫不足奇的。然而，歷史終於已將慘痛而又沉重的一頁掀去，在20世紀80～90年代世界性女性文學空前高漲以來的今天，回過頭重新考察一下五四以來的中國現代女性文學的歷史發展，重新認識各個時期作為群體出現的女性作家及其創作的意義和特性，不僅是十分必要的，而且也是合乎潮流所向的。

第四章　黎明時分的林中三枝響箭

　　勃蘭兌斯曾經說過，「文學史，就其最深刻的意義來說，是一種心理學，研究人的靈魂，是靈魂的歷史」[1]。對中國現代女作家的創作心理的研究，實際上也就是「研究人的靈魂」。因為，在她們作為女性作家的作品中，有更多屬於靈魂自白的東西，有更多的情緒性的表現特徵，對中國現代女作家的創作心理的研究，自然更是對女性的心理、女性的靈魂的研究。而那心理因素，對於題材的選擇、體裁的運用、主題的表達、人物的構思以及美學風格等，都不無影響。

第一節　青春的覺醒與時代的鼓點

　　五四時代，是一個風氣大開的覺醒的時代。這一時代的精神，首先體現為人的靈魂復蘇和思想啟蒙。伴隨著各種新思想、新文化的一聲聲春雷、一陣陣春雨，中國女性姍姍來遲的青春時節，終於掙脫「三綱五常」的捆綁和束縛，如雨後春筍般破土萌芽了。這是心理意義上的「人生的第二次誕生」。青春時期的到來，意味著告別童年時代的愚昧無知、少年時代的渾渾噩噩，而進入思想活躍、熱情奔放、朝氣蓬勃、富有理想的人生的黃金時代。那位奧地利著名心理醫生佛洛伊德的話不無道理：「心理是與生理平行的一種過程」[2]。處於五四時代而又進入青春妙齡的一代覺醒的知識女性，心理方面產生的劇烈而又複雜的變化，尤其明顯。她們從原先「絕無窗戶而萬難破毀」（魯迅語）的黑屋子裏驚醒過來，一接觸到西方傳來的新鮮空氣，立即變得無比振奮，她們無所顧忌地舉起了個性解放的旌旗，大呼猛進地擂響了反帝反封建的戰鼓。事實上她們也確實更需要個性解放，更需要掙脫封建專制主義的羈絆。

---

[1]　勃蘭兌斯：《十九世紀文學主潮‧第一分冊‧引言》，人民文學出版社，1980年9月版。

[2]　瓊斯：《佛洛伊德傳》，轉引自《〈精神分析引論〉譯序》，商務印書館，1986年6月版。

青春的覺醒與時代的鼓點合拍，使五四時代的青年女性的精神面貌煥然一新：昔日溫柔敦厚、羞於見人的嫻靜淑女，成了五四運動中大聲吶喊、到處奔走的巾幗英雄。後來以《隔絕》、《旅行》等小說的大膽自白著稱於五四文壇的馮沅君，在1919年「六・四」北京五所女校聯合要求釋放五四運動中的被捕學生而向政府請願活動中，與北京女子高等師範學校的姑娘們一起，違抗校長、學監的禁令，砸開緊鎖的校門，衝上大街遊行，至總統府遞交請願書[3]。素來溫文爾雅的冰心，竟然也跑出課堂，「揮舞著旗幟，在街頭宣傳，沿門沿戶地進入商店，對著懷疑而又熱情的臉，講著人民必須一致起來，反對日本帝國主義的侵略壓迫，反對軍閥政府的賣國行為的大道理」[4]。而自幼落落寡合、神情憂鬱的盧隱，此時「好像換了一個人」似的，據盧隱當年的同窗蘇雪林回憶，那時「每日裏看見她忙出忙進，不是預備什麼會的章程，便是什麼演講的草稿，坐下來靜靜用功的時候很少。……她愛演說，每次登台侃侃而談，旁若無人，本來說得一口極其漂亮流利的京片子，加之口才敏捷，若有開會的事，她十次有九次被公推為主席或代表。」[5]盧隱自己後來也說，當時「我整天為奔走國事忙亂著，天安門開民眾大會呀，總統府請願呀，十字路口演講呀，這事情我是頭一遭經歷，所以更覺得有興趣，竟熱心到飯都不吃，覺也不睡的幹著」[6]。中國的知識女性真正覺醒了！靈魂的蘇醒和心理上的解放，使一代新的女性，迫不及待地拿起筆來，她們要慶賀自己的新生，她們要表達自己的願望，她們要探求人生的意義，她們要向世界提出各種各樣的問題！五四女作家群，便在這樣的時代背景、人文環境以及個人的心理動機下，於中國新文學的黎明時分，向著黑夜尚未褪去的林中，射出了三支帶著呼嘯的響箭，宣告了她們的誕生和存在。

　　第一支響箭是議論性雜文。有一個很重要的現象和事實，後來卻為許多中國現代文學研究者所忽略或輕視：即五四女作家中，不少人都是「滿身帶著『社會運動』的熱氣，向『文藝的園地』跨進第一步」[7]

3　見《五四運動與北京高師》一書，北京師範大學出版社，1984年3月版。

4　冰心：《回憶「五四」》，見《冰心論創作》，上海文藝出版社，1980年10月版。

5　蘇雪林：《關於盧隱的回憶》，見《青鳥集》，商務印書館，1937年版。

6　盧隱：《盧隱自傳》，上海，第一出版社，1934年6月版。

7　茅盾：《盧隱論》，載1934《文學》第3卷第1號，署名未明。

來的。當時，她們都算不得一個純粹的文學家，卻可以毫無愧色地接受「社會活動積極分子」和「國事問題評論家」兩頂桂冠。在自覺投入反帝反封建的愛國運動和爭取民主自由的社會活動中，這些覺醒的五四新女性，表現出了歷代才女所罕見的「指點江山，激揚文字」的議政、參政的熱情和氣概。例如，查冰心最早發表的文章，是刊登在1919年8月25日《晨報》上的《二十一日聽審的感想》。文中記敘了作者對於北京法庭公開審理五四運動中被捕的愛國學生的感受，「耳中心中目中一片都是激昂悲慘的光景……充滿了感慨抑鬱的感情」，因而振筆疾書，揭露法庭與北洋軍閥政府指使的「原告」沆瀣一氣的陰謀，要求主持公道，釋放愛國學生。這一紙「公道自在人心」的呼籲書表明，積澱於中國歷代知識份子文化心理深層結構中感時憂國的傳統，「兼濟天下」的抱負，在新一代知識女性身上，喚發出一種強烈的「主外」意識關注社會的責任心和使命感。盧隱說得好：「我的思想真有一日千里的進步了。我瞭解一個人在社會上所負責任是那麼大，從此我才決心要作一個社會的人。」[8]

高度的社會責任感驅使盧隱更感興趣於婦女、哲學、政治、國家和人生等問題的探討和研究。這一點，與五四初期的「問題小說」的大量產生，是有直接關係的。1919年至1921年，盧隱接連發表了《論婦女們應當剪頭髮》、《「女子成美會」希望於婦女》、《思想革新的原因》、《利己主義與利他主義》、《新村底理想與人生的價值》、《勞心者與勞力者》等多篇議論性雜文，暢談婦女解放、勞工神聖、思想革新和平等自由，闡發新的社會之理想：即剷除壓迫和剝削，建立人人安居樂業的烏托邦社會主義「新村」模式，使人生的意義和價值得到實現。加上她與此同時發表的專論文藝觀念更新的《整理舊文學與創造新文學》、《近世戲劇的新傾向》、《創作的我見》等，在這一系列雜論中，五四初期中國思想界、文學界討論的問題，她幾乎無不涉獵。她的觀點不一定十分正確，但卻充分顯示了這位「『五四』的產兒」（茅盾論盧隱語）與男子一樣「指點江山，激揚文字」的激進態度和進取精神。同樣，1917年就「開始用白話做文學」（胡適語）的陳衡哲，回國任教不久即於20年代初發表了《四川為什麼糟到這個地步？》、《關於〈努力〉本身的問題》、《「完全不是那麼一回事」》等政治意識和社會批判性更為強烈的雜文。比較一下這三位較早出現於五四新文壇的現

8　盧隱：《盧隱自傳》，上海，第一出版社，1934年6月版。

代女作家的早期議論性雜文，便不難發現，其中並不是單純而客觀的議論評述，而是融合著作者本人強烈的主觀感受和濃厚的情緒色彩：冰心的雜文充滿人道主義的憐憫之心；盧隱的雜文散發著改革社會的滿腔熱情；而陳衡哲的雜文則流露出抨擊黑暗的義憤填膺，如她揭露軍閥統治下的四川之糟：「四川的『糟』，就寫一百頁也寫不完。簡單說來，現在的四川社會，只有兩個階級，一是吃人的，一是被人吃的。吃人的又分為大嚼大吃的和小嚼小吃的兩等。……至於被吃的人民呢？他們也分為兩等，一等是被人生吞活剝的，……四川七千萬的人民，可以說大多數屬於這一等的。還有一等，是被人咬一口、割一塊的。他們的命運雖苦，然比了上面的一等，已經好多了。我們自命為知識界的人，也是屬於這一等。」[9] 這裏，在揭露、抨擊黑暗的四川社會的同時，也表明著自己知識階層的地位和命運的危機感；形象的譬喻和透徹的分析中，滲透著作者憤世嫉俗的強烈感情。這一點，實際上與五四女作家的早期詩歌和「問題小說」中的主觀抒情傾向是一脈相承的。

第二節　「鳥兒」飛翔與「揚子江」豪情

　　總之，這第一支林中的響箭，使我們發現，五四新女性的心靈觸鬚，突破了數千年來天經地義的「男主外，女主內」的精神图圃，最大限度地向自身以外的世界擴展，表現出對社會、國家、政治和民族危亡的大事件和大問題的高度熱情和格外關注，也反映了與個性解放思潮同時到來的覺醒的「自我」的擴張意識和獨立傾向，正如盧隱當時在《利己主義與利他主義》一文中所宣稱的，「我底範圍不僅是一身一家一族一省一國」，「所以外界各種現象，無論是國家，是社會，是世界，是天地萬物，都不是於我心沒有喜戚關係底。」[10] 這種「自我擴張」的獨立意識，在五四女作家群射出的第二支林中的響箭——抒情小詩中，表現得更為突出和明顯。

　　如果說，五四女作家群的第一支響箭表達了她們對黑暗現實的不滿和抗議，那麼，第二支響箭則表達了她們對光明未來的嚮往和追求。這便

9　陳衡哲：《四川為什麼糟到這個地步》，載1922年7月2~3日出版的《努力週報》。

10　盧隱：《利己主義與利他主義》，載北京女子高等師範學校《文藝會刊》第2期，1920年4月1日出版。

使得她們的早期新詩，迴盪著一種黎明時分林間鳥兒醒來活蹦歡叫的急促跳躍的旋律，充滿著青春的朝氣和活力。陳衡哲1919年發表在《新青年》上的《鳥》，首先以一種掙脫牢籠、贏得自由的迫切呼喚而激動人心：

> 「我若出了牢籠，
>
> 不管他天西地東，
>
> 也不管他惡雨狂風，
>
> 我定要飛他一個海闊天空！
>
> 直飛到筋疲力竭，水盡山窮！
>
> 我便請那狂風，
>
> 把我的羽毛肌骨，
>
> 一絲絲的都吹散在自由的空氣中！」[11]

為了「做一個自由的飛鳥」，為了能「在自由的空氣」展翅翱翔，籠中的鳥兒何懼「撲折了翅膀」，拼命「撞破那雕籠」。在這為改變自己命運而奮鬥的鳥兒身上，分明躍動著覺醒的一代女性對於自由與解放的渴望。有意思的是，我們同時在好幾位五四女作家的早期詩作中，看到了以鳥兒自比自勉的抒情言志。冰心寫道：「空中的鳥！／何必和籠裏的同伴爭噪呢？／你自有你的天地。」（《繁星‧七十》）盧隱笑言：「雲端一白鶴，／丰采多綽約。／我欲借矰繳（音增茁，指古代射鳥用的拴著絲繩的箭——筆者注），／笑向雲端搏。」（《雲端一白鶴》）陸晶清夢想，「向仙鶴借來了雪白的翅膀，／乘長風，／飛過重重大山，／飛過無邊際的海洋」（《歸夢》）；石評梅渴望，「將『自由』的花冠——戴在燕兒頭上」，讓她「很快地飛去——／由我緋紅溫暖的心中飛去！」（《飛去的燕兒》）儘管冰心的「空中鳥」別有天地，盧隱的「白鶴」雄心勃勃，陸晶清的「仙鶴」魂牽夢繞，石評梅的「燕兒」略帶鄉愁，但在美學風格上，都顯示了浪漫主義的共同特徵：強烈的主觀抒情，濃厚的理想色彩。這一點，也恰恰與青春時代一種典型的心理和情緒特徵相吻合：憧憬未來並富於幻想。在這一心理發展階段，青年們渴望自由，充滿豪情壯志，必然要通過一種自我所企求的未來世界的憧憬，來抒發自己心中的理想和情感。同時，憧憬未來、富

---

[11] 陳衡哲：《鳥》，載1919年《新青年》雜誌第6卷第5號。

於幻想又使青春時代的心理活動插上想像的翅膀，突破時空限制、不受任何阻擋地在理想的世界中自由飛翔。五四女作家之所以不約而同地選擇「鳥兒」作為感懷言志的抒情對象，而不像同時代的郭沫若那樣狂熱地崇拜「火」、「光」（如《鳳凰涅槃》《爐中煤》、《太陽禮贊》）甚至讚頌「天狗」（《天狗》）的意象，主要原因在於，凌空展翅的「鳥兒」是一種既勇敢堅定而又優美抒情的形象，即女詩人的「自我」形象，它不似「火」、「光」那般灼熱滾燙（類似的例子還可舉出聞一多的《紅燭》），也不像「天狗」那般氣吞日月，因而「鳥兒」成為符合五四女作家心理特點的最形象也最貼切的抒情載體。正因為此時的「鳥兒」們的勇敢和堅定，也就必然會使五四女作家的早期詩歌的藝術風格，添加一些比較堅硬、豪放甚至不無粗礦的情感線條。以柔美著稱的冰心，居然也有幾分「大刀闊斧」的男子氣概：「青年呵！／我們也有這樣剛強的手腕麼？／有他這樣朗潔的心胸麼？／青年呵！／一起打起精神來，／跟著他走！／不要只……」（《秋》）以傷感出名的盧隱，當年曾對世界熱烈歡呼：「塵世的萬種罪惡，／光明的障礙全仗你打破，／打破了那裏黑暗的形形色色！」立志「永遠健旺著把世界改革！」（《祝『晨報』第三周（年）的紀念》）柔腸百轉的石評梅，在其最初的詩作《夜行》中，絲毫找不出以淚洗面、凄豔哀婉的淚痕：

> 車聲轔轔，好像喚醒你作惡夢的暮鼓晨鐘！
> 熒火爍爍，好像照耀你去光明地上的引路明燈！
> 你現時雖然在黑暗裏生活，動盪；
> 白雲蒼狗，不知變出幾多怪狀，
> 啊呀！光明的路，就在那方！[12]

　　女詩人那時的感覺真好，她鼓勵人們：「奮鬥啊！你不要躊躕！」陳衡哲筆下的揚子江，更以一種左衝右突、桀驁不馴的戰鬥姿態稱雄於世：「我決意捨棄了一切，／獨自的努力向前奔，／刀樣的石尖兒，／斬不斷我向海的決心；／鋼鐵般的堅壁兒，／阻不了我冒險的精神。／他們儘自威嚇我，／我卻儘自向前奔，／向前撞，／向前奔。／我磨平

---

[12] 石評梅：《夜行》，載國立山西大學新共和學會《新共和》第1卷第1號，1921年12月10日出版，署名評梅。

了刀樣的石尖兒，／我鑿穿了鋼鐵般的堅壁兒，／再向前撞，／再向前奔。」[13]五四時代的浪漫精神，貫注在「揚子江」那勇於冒險、敢於衝撞的天不怕、地不怕的大無畏氣概中，它給五四時期的文壇帶來了喧囂與騷動，充分體現出青春時節特有的朝氣和魅力：躍躍欲試的亢奮，生氣勃勃的活潑。難怪，心理學家戈特把人的青春時代稱為「疾風怒濤的時期」。處在這一時期的青年男女，雖有生理上和性格上的差異，但覺醒意識帶來的心理上的飛躍卻是同步的，在「揚子江」那堅韌不拔，銳意進取的豪邁氣概中，分明使我們看到了《女神》那種狂飆突進的主觀戰鬥精神。表面上看，這是在讚美一條勇敢堅定、不畏艱險的江流，一往無前，奔騰入海；再從深層意蘊來分析，這不啻是覺醒了的青年女性，向束縛思想、禁錮自由的舊世界發出的抗爭與怒吼，詩中「刀樣的石尖兒」，「鋼鐵般的堅壁兒」無疑是代表扼殺人性的封建惡勢力的象徵；而「我」則是一個反抗黑暗、嚮往光明、追求自由、勇於獻身的熱血青年的化身。這是一個大寫的「我」，一個熱情奔放、熱血沸騰的「我」，一個在與惡勢力的拼搏中，充分顯示了「自我擴張」的意義和價值並取得突破性勝利的「我」。這個「我」的奮鬥，很明顯，並不象法國作家巴爾扎克筆下的于連・索黑爾（《紅與黑》）、拉斯蒂涅（《高老頭》）那樣純粹為了改變自身的地位，使自我奮鬥成為進入上流社會的階梯，而是為了實現拯世濟民的抱負。石評梅的話道出了整整一代五四新女性的心聲，「我們最美麗而可以驕傲的是：充滿學識經驗的腦筋，秉賦經緯兩至的才能，如飛岩濺珠，如蛟龍騰雲般的天資，要適用在粉碎桎梏，踏翻囚籠的事業上」[14]。這裏，我們看到了「自我擴張」的個性意識與中國知識份子「兼濟天下」的遺傳基因，在五四新女性身上奇特但又自然的有機統一。她們就像那條代表著中華民族精神的揚子江那樣，一旦掙脫堅壁石尖的封鎖和阻擋，便迫不及待地把自己融進了社會的大海。然而，社會是黑暗的，山河破碎，軍閥混戰，到處都充滿著痛苦、屈辱和不平之聲。於是，她們圓睜著疑惑不解而又憤世嫉俗的眼睛，面向黎明時的黑暗天空，射出了由一連串問號組成的第三支響箭──「問題小說」。這既是她們用小說的形式探討、研究社會問題的繼續，也是她們肩負起憂國憂民的作家的社會責任感的標誌。

---

[13] 陳衡哲：《三峽中的揚子江》，載1922年11月26出版的《努力週報》。

[14] 石評梅：《紅粉骷髏》，載1924年12月17日出版的《京報副刊・婦女週刊》。

第三節　啟蒙的文學與濟世的「藥方」

　　「問題小說」的大量產生，首先是一座新舊文學的分水嶺，它最鮮明地標誌著：「將文學當作高興時的遊戲和失意的消遣的時代，已經過去了」[15]！從羅家倫「是愛情還是苦痛？」[16]的低訴，到葉紹鈞「這也是一個人？」[17]的悲歡；從冰心「是誰斷送了你？」[18]的質疑，到盧隱「靈魂可以賣嗎？」[19]的呼問……，「問題小說」以其針砭社會、揭露黑暗的及時和率真，在五四新文學發軔期的陣地上豎起了一面與近代的黑幕小說、譴責小說相抗衡的旗幟，並迅速地將一群男女作家召集至自己的麾下，顯示了五四新文學的最初的實力。

　　指揮這兩支創作人馬的統帥不是別人，正是五四新文學作家關注現實、感時憂國的社會責任心和使命感。冰心1919年在北京《晨報》上公開表明自己的創作意圖：「我做小說的目的，是要感化社會，所以極力描寫舊社會舊家庭的不良現狀，好叫人看了有所警覺，方能想去改良」[20]。盧隱1921年在《小說月報》上也談到自己的創作宗旨是，對於「社會的悲劇，應用熱烈的同情，沉痛的語言描寫出來，使身受痛苦的人，一方面得到同情絕大的慰藉，一方面引起其自覺心，努力奮鬥，從黑暗中得到光明增加生趣，方不負創作家的責任。」[21]從這一點來看，儘管五四「問題小說」存在著作為現代小說的這樣那樣的天生不足，並一向被批評為「只問病源，不開藥方」，或是「結構鬆散，技巧幼稚」，但即便這些「問題小說」存在著這樣那樣的不足也絲毫不能低估，這些20多歲尚在求學的青年作者，對於發揮五四新文學「為人生」的社會功能和擴大其社會影響所作出的努力和貢獻。關於這一點，當時（1919年）就有人注意並指出過，冰心的小說「萬勿當作普通小說看過就算

---

[15]　《文學研究會發起宣言》，引自茅盾：《〈中國新文學大系・小說一集〉導言》，上海良友圖書公司，1935年5月初版。

[16]　羅家倫：《是愛情還是苦痛》，載1919年《新潮》第1卷第3號。

[17]　葉紹鈞：《「這也是一個人？」》，載1919年《新潮》第1卷第3號。

[18]　冰心：《是誰斷送了你？》，見《去國》集，商務印書館，1933年版。

[19]　盧隱：《靈魂可以賣嗎？》載1921年《小說月報》第12卷第11號。

[20]　冰心：《我做小說，何曾悲觀呢？》載1919年11月11日北京《晨報》。

[21]　盧隱：《創作的我見》，載1921年《小說月報》第12卷第7號。

了，還要請大家一起來研究研究才好」[22]。可見，「問題小說」的出現，實在是五四新文學首先作為一種啟蒙的文學的一大功績。它使文學走出了無病呻吟的象牙之塔，成為反映社會與人生病苦的敏感的血壓計。

　　無可否認的是，冰心和盧隱這兩位文學研究會最早的女會員、「問題小說」的女作者，在關注社會問題反映現實人生中所流露出來的滿腔熱情，以及她們在「為人生而藝術」的最初實踐中對於創作題材的開拓意義。茅盾先生後來在《盧隱論》中，就稱讚「那時的盧隱很注意題材的社會意義。她在自身以外的廣大社會生活中找題材」，「『五四』時期的女作家能夠注目在革命性的社會題材的，不能不推盧隱為第一人。」[23]盧隱的「問題小說」，差不多每一篇都提出了「誰之罪？」的質詢，例如：封建的包辦婚姻，扼殺了青年男女的愛情和生命（《一個著作家》）；貧富不均的黑暗社會，造成了人力車夫的慘死（《月夜裏簫聲》）；橫行鄉里的惡霸地主，斷送了農家少女的性命（《一封信》）；烽火連天的軍閥混戰，帶給無辜百姓以滅頂之災（《王阿大之死》）；紗廠女工的痛苦，來自雇傭勞動剝奪了人身自由（《靈魂可以賣嗎？》）；請願學生的血案，乃是軍閥政府指使武器軍警一手釀就（《兩個小學生》）……。冰心的「問題小說」，也反映和觸及了一系列社會問題，如愛國青年與封建家庭的思想衝突（《斯人獨憔悴》）；空懷報國之心的青年由於失望遠走異邦（《去國》）；可憐的童養媳受到非人的摧殘（《最後的安息》）；窮苦的拾荒孩子不幸飲彈身亡（《三兒》）等等，這類反映民生疾苦、揭露黑暗現實的「問題小說」，表明了作者創作之初的視野並不象一般評論家所批評的那樣狹仄，只是一味咀嚼著身邊瑣事，而是有著明確的警世濟民的創作意圖，擔負起感時憂國的社會責任的。不過，就這兩位「幾乎齊名」的五四女作家的「問題小說」而言，似乎盧隱的社會使命感比冰心更強烈，思想傾向也更激進，創作視野也更開闊一些。同樣是提出各種社會問題，冰心注重人生的幸福與環境的和諧，她的筆端常蘊溫情柔意；盧隱則強調人生的痛苦和「社會的悲劇」，她的筆下常帶憤懣怨恨。這不僅反映出

[22] 鵑魂：《讀冰心女士的〈去國〉的感言》，載1919年12月4日《北京晨報》。
[23] 茅盾：《盧隱論》，載1934《文學》第3卷第1號，署名未明。

她們各自的世界觀、人生觀分別受到泰戈爾和叔本華的不同影響[24]，也使得她們在取材範圍、描寫物件乃至藝術風格彼此迥異。

在這裏，似乎還應該著重指出的是，五四時期，反映和觸及社會與人生問題的女作家，並非僅冰心、盧隱二人，只是因為她們的「問題小說」成績斐然，影響較大而使其他五四女作家相形之下顯得不太突出而已。例如，同時代的蘇梅（綠漪女士）1920年發表於《北京女高師文藝會刊》上的小說處女作《童養媳》，雖用文言寫成，也畢竟反映了封建桎梏下童養媳的不幸命運和身心痛苦，令人一掬同情之淚。陳衡哲的《小雨點》集中的不少作品，都應算作是「問題小說」，比如《波兒》、《巫峽裏的一個女子》、《洛綺思的問題》、《一支扣針的故事》等等。作者作為較早派往西方求學的中國留學生之一，她習慣用東方人的善良眼光和倫理觀念，去觀察和思索西方社會的問題，發現了西方社會人與人之間的隔膜和孤獨感。如失去父親的波兒，因家境貧困，無錢求醫治病，只得躺在床上痛苦地等待死神的降臨（《波兒》）；年老體弱的亨利夫婦，被自己辛辛苦苦拉扯大的兒女們所遺棄，老夫婦倆只得相依為命地聊度餘生（《老夫妻》）；女教授洛綺思追求事業的成功，放棄了個人婚姻的幸福，難道事業成功的女性就非堅持獨身主義不可（《洛綺思的問題》）？寡居的西克夫人，丈夫死後把母愛傾注於兒女們身上，甚至為此拒絕了始終愛她的馬昆先生的求婚。然而兒女們長大後遠走高飛，只剩下這位可憐的母親，「過那西方老人的孤寂淒涼的生活」（《一支扣針的故事》）。這些描寫西方社會習俗和人際關係的「問題小說」，反映了作者對於20世紀初美國婦女命運和兒童、老人境遇的關注，她觀察著東西方文化觀念中的差異現象，思索著西方婦女為保持人格獨立所付出的代價和母親的自我犧牲。這些20世紀初西方社會突出的婦女獨立和婦女命運的問題，恰恰也是20世紀五四時期在中國開始萌芽的社會現實問題，正如《小雨點·任序》指出的，「這個問題，在外國已經發見很久了，可是在我國尚不見有人提及。但這個問題遲早總是要來的，總是要解決的。作者此刻把它提出，我相信很值得大

---

[24] 關於冰心受到印度文學家泰戈爾的影響，可以從她1920年8月30日夜寫的《遙寄印度哲人泰戈爾》以及《繁星》、《春水》「受了泰戈爾《飛鳥集》的影響」（《我是怎樣寫〈繁星〉和〈春水〉的》）得到證實。至於盧隱受德國哲學家叔本華的影響，可參見《盧隱自傳·思想的轉變》，其中說：那時「因為我正讀叔本華的哲學，對於他的『人世～苦海也』這句話服膺甚深，所以這時候悲哀便成了我思想的骨子」。

家的注意。」陳衡哲的小說，雖然近乎平鋪直敘，刻劃尚不夠細緻，敘事有欠圓滿，但她所提出的問題的社會意義，卻在東西方文化觀念的溝通上，架起了一座橋樑。此外，以詩歌和散文見長的石評梅，也寫過一些反映不幸人生的「問題小說」，如《董二嫂》等。她最早發表於《晨報副刊》上的一個劇本《這是誰的罪？》，描寫一對從美國學成歸來的「新派」戀人，由於封建家庭的粗暴干涉被迫分手，從而釀成了一幕社會慘劇。當即有人撰文指出，作者的用意「是要編問題劇」，「罪在其父，罪在社會習慣」[25]。可見，反映現實人生的種種問題，以喚醒世人的覺悟，確是五四女作家群早期創作的共同心願和思想宗旨。

第四節　抒情的色彩與小說的「問題」

　　值得注意的是，她們的「問題小說」，題材上相對集中於婦女命運及其地位、家庭生活與事業的矛盾等，並且大多並非對現實生活的工筆摹寫，更不是嚴格按照生活的本來樣子澆鑄翻版，就是說，並非純客觀的社會寫實作品。首先，她們的文中每每出現抒情人物「我」的聲音：浮想連翩的感慨，人生痛苦的嗟歎，或是悲憤難抑的呼喊，莫名所以的悔懺，常常使故事結構出現罅隙和裂縫，而滲透出主觀感情的液晶。例如石評梅的小說《董二嫂》，描寫封建家庭內一位青年婦女的不幸遭遇，但是這位「女主角」始終未曾露面。起初是她挨打後痛苦的聲音透過圍牆，引起「我」的心波蕩漾：「怎樣能安慰董二嫂？可憐我們在一個地球上，一層粉牆隔的我們成了兩個世界的人，為什麼我們無力干涉她？什麼縣長？什麼街長？他們誠然比我有力去干涉她，然而為什麼他們都視若罔睹，聽若罔聞呢！……什麼時候才認識了女人是人呢？」過了幾天，董二嫂死了，怎麼死的？也沒交待。但董二嫂確實是死了，「我」得知後發出了盧梭式的懺悔：「我是貴族階級的罪人，……我應該怨自己未曾指導救護過一個人。」在文中，情節的發展聽任抒情人物「我」的感覺和思緒飄來蕩去，但人物的不幸命運卻又在「我」那跌宕起伏的「心波」中時隱時現。於是，我們在「問題小說」的寫實畫面中，看到了和早期詩歌相似的浪漫主義的抒情色彩。

---

[25] 鄧拙園：《評梅女士的〈這是誰的罪？〉》，載1922年4月8日出版的《晨報副刊》。

其次，她們的筆下，每每出現象徵意味的夢幻世界。如冰心的《世界上有的是快樂……光明》中那出現在煩悶悲苦到極點，預備投海自殺的青年面前的一對金童玉女，「縞白如雪的衣裳，溫柔聖美的笑臉」，象徵著光明天使的降臨；《超人》裏在星光下緩緩走來的「目光裏充滿了愛」的白衣婦女，那便是溫柔恩慈的聖母的化身；《最後的使者》中那詩人與神、與雨的使者、與夜的使者、與水的使者、與花的使者的對話，更是彌漫著一種神秘奇譎的夢幻般的氛圍，流露出神思飛揚的濃郁的詩意。盧隱的文中則把不同空間的人物嵌入夢幻中的同一畫面，形成強烈的對比和鮮明的反差，如《月夜裏簫聲》那夢境中的吹簫仙女，讓「我」（也讓廣大讀者）看到了人力車夫食不裹腹與有錢人花天酒地的貧富懸殊的社會情景的凸現；《一個病人》中那神經衰弱的失眠女子眼前出現的「無數魑魅，一個個伸拳擦掌，兇狠狠瞪視」的幻覺意象的疊印，代表著人生痛苦與荒誕世界的因果聯繫。陳衡哲的《巫峽中的一個女子》，故意隱去了故事的年代，將那位因不堪忍受惡婆婆的打罵而出逃的女主人公，安排在「模糊得像夢境一樣」的荒山中，「她已經不記得那峽外的生活。她不能記得世界上有平地」，然而，即便是在這樣一個沒有壓迫的荒山中，她卻仍不得不受人間的鬼、深山的獸之折磨：「一合眼，便看見無數的惡鬼餓獸，把她駭得叫不出聲來」。總之，現實生活中不可能出現的神仙、妖魔、鬼怪，卻在「社會的悲劇」中充當了重要的劇中人。於是，我們在「問題小說」的寫實畫面中，也找到了象徵主義的線條和荒誕派的色塊。

應該說，五四女作家群初期創作的三支響箭中，在中國現代文學史上產生較大影響的是早期詩歌和「問題小說」。其中，尤以冰心的《繁星》和《春水》為代表的抒情小詩的文學成就為最高，成為五四以來中國新詩流派中獨具風格的一家。「問題小說」的社會意義雖大大超出於抒情小詩，但其審美價值，卻遠遠不如後者。似乎從它誕生之日起，就負有表達某種思想、理念的使命，因而使女作家們難以自如地發揮自己抒情的特長（儘管她們已作了最大的抒情的努力）。

查最早明確「問題小說」這一新的文學樣式及概念的是周作人。他在1919年撰文談及，「提出一種問題，借小說來研究他，求人解決的，是問題小說」，「問題小說，……就是論及人生諸問題的小說。所以形式上內容上，必須具備兩種條件，才可當得這個名稱。一、必具小說體

裁。二、必涉及或一問題」[26]。周作人的這段話，清楚地概括了「問題小說」的性質和特點。首先它是小說，有故事情節，有人物形象，描寫生動，具有一定的可讀性；又因為它必涉及讀者人人關心的現實人生問題，所以在社會上引起較大反響。但是，這種特點反過來看也是一種藝術上的缺點，在某些「問題小說」中，小說的體裁往往成為承載某個社會問題的薄薄的外殼，甚至成為作者表達某種思想理念的演繹。如盧隱的《一個快樂的村莊》所描寫的那個人人安居樂業，各盡所能，按勞分配的「世外桃源」，分明是《新村底理想與人生底價值》一文中烏托邦社會主義「新村」的形象圖解。

五四運動退潮後，東方的曙色消失了。黎明時分的黑暗似乎越來越濃，五四女作家們對於社會問題的探討也感到越來越力不從心。她們終於意識到自己作為女性作家，長於抒情，而不善剖析，這也正是五四女作家群的「問題小說」，難以達到魯迅的《狂人日記》、《藥》、《阿Q正傳》等現代小說奠基作的思想深度的原因所在。於是，1922年以後，她們大都轉向了濃墨渲染五四青年苦悶彷徨和「尋找自我」的抒情小說創作。而正是這一類作品，使五四女作家群找到了「表現自我」的最佳角度。

---

[26] 周作人：《中國小說裏的男女問題》，載1912月2日出版的《每週評論》。

第五章　人生意義的探尋和「自我」的表現

　　青春是美麗的，充滿著光明的憧憬、神奇的幻想；志向是遠大的，渴望著濟世拯民、報效祖國。然而，五四時期的社會畢竟是黑暗的。五四時期的中國社會現實，在「『五四』的產兒」廬隱的筆下，得到過十分充分的展示和描述：

　　國土淪陷，山河破碎。在東北的大連，日本教員竟公開在課堂上把中國稱作「支那之部」，向學生灌輸奴化教育，致使大連的「孩子誰也不知道有中華民國」，這些吃嗎啡果的種子長大的中國學生，以後便成為帝國主義的奴才，在中國的土地上開出「沉淪的花」。作者對此黯然神傷：「我寄我的深愁於流水，我將我的苦悶付清光」（《月下的回憶》）。台灣，一顆鑲嵌在萬頃碧波上的明珠，卻為日本人所霸佔，中國人「進了台灣的海口，便失了天賦的自由」，這個富庶而美麗的寶島上，處處顯露著「不幸的民族之苦況」，叫人難以捫心細想。作者因此肝膽欲裂：「我沒有看見台灣人的血，但是我卻看見和血一般的杜鵑花了；我沒有聽見台灣人的悲啼，我卻聽見天邊的孤雁嘹慄的哀鳴了！」（《靈魂的傷痕》）。

　　軍閥混戰，烽火連天。攻城不下的軍閥，竟然喪盡天良地命令扒堤決口，製造人為的水災，「堤內幾百人家的生命財產，傾刻之間便被無情的大水，吞沒葬送」（《王阿大之死》）。曠野上，「空氣中滿是煙氣和血腥，遍地上臥著灰的僵硬的屍體和殘折帶血的肢體。遠遠三四個野狗，在那裏收拾他們的血肉」（《郵差》）城市裏，硝煙彌漫「焦棟敗垣，滿地屍骸」，亂兵們乘機搶劫財物、強姦婦女，無惡不作，百姓遭罪，苦不堪言（《哀音》）……。

　　貧富不均，窮人罹難。為抵債而被封建財主強佔的農村少女，哀號而亡（《一封信》）；因自衛而被兵匪槍殺的城市姑娘，屍骸未埋（《哀音》）；流離失所的難民，叫野狗咬斷了腿，「血流了一地」（《思潮》）；被迫賣身的妓女，站立繁華街頭，含淚拉客（《「作甚麼？」》；窮困潦倒的學者，眼睜睜看著心愛的戀人嫁給富翁而無可奈

何（《一個著作家》）；身患重病的人力車夫，為生活所迫不得不半夜攬客，終因體力難支，倒斃路旁（《月夜裏簫聲》）；失去人身自由的紗廠女工，被剝奪了「靈魂應享的權利」，成為雇傭勞動的活的機器，任人驅使（《靈魂可以賣嗎？》）……[1]。

這便是五四女作家廬隱在其創作之初映入眼簾的社會現狀的黑暗現實！理解了這一點，也就不難理解五四時期的作品為何多的是哀音悲調。五彩繽紛的理想之花，很快便被內憂外患的社會現實碾成了齏粉。五四運動的「退潮」，帶走了五四新女性心目中的海市蜃樓的幻景，空留下「海濱故人」們在昔日群情激昂而今寂寞荒涼的海灘上苦苦徘徊：「尋尋覓覓，／來到茫茫大海邊，／只有白浪如煙，／海霧迷眼，／笑之神啊，／原來不在這冷漠的世界！」[2]那曾拍著雙翼，騰飛翺翔的雲端白鶴，此時「躑躅雲端裏，／偃息安可求？／此意何淒涼，／馳弦轉彷徨」，發出了「世路苦崎嶇，／何處容楚狂！」[3]的悲歎。

第一節　苦悶彷徨的時代悲音

魯迅先生說過，「那時覺醒起來的智識青年的心情，是大抵熱烈的，然而悲涼的，即使尋到一點光明，『徑一週三』，卻是分明看見了周圍的無際涯的黑暗」[4]。由熱烈而悲涼，由覺醒而彷徨，由興奮而頹唐，由激憤而感傷。五四新女性的情緒瀑布出現了明顯的落差——由活躍亢奮墜入憂鬱苦悶。她們猶如一群在莽莽森林中迷失了路途的孩子，苦苦地在黝黑的林中徘徊，孤獨地發出了囈語般的歎息。如果把那黎明時分的三支響箭，比作是五四女作家群奏響的激越嘹亮的序曲的話，那

---

[1] 廬隱的這些作品，分別發表於以下刊物：《月下的回憶》，載1922年《小說月報》第13卷第10號。《靈魂的傷痕》，載1922年《時事新報·文學旬刊》第46期。《王阿大之死》，載1921年9月4日～6日《時事新報·學燈》。《郵差》，載《小說彙刊》（文學研究會編），商務印書館，1922年5月初版。《哀音》，載1921年《時事新報·文學旬刊》第13期。《思潮》，載1921年《小說月報》第12卷第12號。《「作甚麼？」》，載1921年《時事新報·文學旬刊》第10期。《一個著作家》，載1921年《小說月報》第12卷第2號。《靈魂可以賣嗎？》載1921年《小說月報》第12卷第11號。

[2] 廬隱：《舊稿》，載1924年《小說月報》第15卷第4號。

[3] 廬隱：《雲端白鶴》，載1932年9月18日《申江日報·江聲》版，發表時作者附自序：「搜檢書籍，發現舊作《雲端白鶴》一首，……。」

[4] 魯迅：《〈中國新文學大系·小說二集〉導言》，上海良友圖書公司，1935年5月版。

麼，此時，她們卻拉起了滯沉澀重的「第一交響曲」，它的主題是：「覺醒後的苦悶彷徨」。

「青年人的危機！」——冰心煩悶不安：「青年人當初太看得起社會，自己想像的興味，也太濃厚；到了如今，他只有悲觀，只有冷笑。他心煩意亂，似乎要往自殺的道路上走。」他「漸漸地和人類絕了來往」，「只剩他自己獨往獨來，孤寂淒涼在這虛偽痛苦的世界中翻轉」（《煩悶》）。

「或人的悲哀」！——廬隱悲觀失望：「我們這時沒有希望了，絢爛的光明的前途，都成了深夜的夢，這時我們便鎮靜著憤怒和悲抑的情緒，更深一層問甚麼是人生的究竟？」（《彷徨》）。

「枯萎了的春夢」！——石評梅迷惘頹喪：「一切……／人間的一切，／我不知何所憎？／何所愛？／上帝錯把生命花植在無情的火焰下，／只好把一顆心，／付與歸燕交還母親，／剩這人間的軀殼，／寧讓他焚熾成灰！」（《迷惘的殘夢》）。

「關不住的新愁」！——陳學昭看破紅塵：「在如現在這樣的人類社會之上，是建立不起信仰的了！家庭不能使你信仰，社會更不能使你信仰！……她對於一切都起了根本的懷疑，覺得不是空虛，便是遼遠！」（《倦旅》）。

苦悶、迷惘、悲觀、彷徨、孤寂、頹喪。昔日「侃侃登台、豪氣四溢」的五四新女性，正當青春的好年華，卻不約而同地發出了如此哀婉低沉的悲鳴，想來不可思議，其實不難理解。五四時代，鄭伯奇認為，「是苦悶的時代，是激動的時代，是抗爭的時代，是吶喊的時代」[5]，首先是「苦悶」；沈雁冰（茅盾）也指出：「中國現在正是傷感的時代。社會上可傷感的事情隨時都有，接觸太多，已成了時代的色彩，所以不以為奇了」[6]。伴隨著五四運動退潮而來的悲觀頹唐、苦悶彷徨的空氣，支配著整個文壇。不僅女作家如此，其實男作家也是同樣。即便是發出第一聲「吶喊」的先驅者魯迅，內心也有著「兩間餘一卒，荷戟獨彷徨」的悲哀；灌注「女神」之浪漫精神的詩人郭沫若，此時也寫了「可以用『苦悶的象徵』來解釋」的《星空》和《瓶》；郁達夫筆下的人物

5　鄭伯奇：《〈寒灰集〉批評》，載《洪水》第3卷第33期。

6　沈雁冰：《什麼是文學？》，《中國新文學大系・文學論爭集》，上海良友圖書公司，1935年10月版，第158頁。

大都精神頹唐、心理變態，實乃作家本人抑鬱性情的寫照；王以仁的小說多以「孤雁」、「落魄」、「流浪」、「殂落」來命題，主人公從頭至尾的嗟歎、悲吟，也不外是作者傷感情緒的外露。五四時代的作家們事實上也明確意識到普遍的悲觀彷徨情緒的由來，時時把矛頭指向了黑暗污濁的社會。冰心把「極大的危險」去「問作青年人環境的社會」（《煩悶》）；陳學昭指斥社會「是一個罪惡的高台」（《倦旅》）；石評梅認為，「因為環境和惡魔的征服，他們結果便灰心了」（《心之波》）；廬隱更是歸結為「地球雖大，竟無我輩容身之地」（《海濱故人》）。世界已不再是那振臂一呼，應者雲集的「自我擴張」的世界，五四運動退潮後「寂寞荒涼的古戰場的情景」（魯迅語），使人不能不意識到「自我」的渺小，人生的微不足道。當你置身於陳學昭筆下那「走來走去，總跳不出這血腥氣的荒原，這屍骨氣的荒原」，「這一片茫漠的荒原，或者竟如古刹，或者竟如墳墓：所有的頹棄的活屍，青面獠牙的惡鬼，沒有春陽，沒有明月，只有那陰沈沈的漂浮著怪暗淡的磷火」（這與Ｔ‧Ｓ‧艾略特筆下那片死寂腥臭的荒原有多麼相似）時，你能不感到世界的陰森可怖，生命的毫無意義，而像魏連殳那樣發出狼嗥一般的絕望長嘶麼？

第二節 「遊戲人間」與憂患意識

然而，對於當時五四女作家群來說，這又與主觀上的一種青年時期特有的「自我的發現」而產生的心理危機有關。心理學家斯普朗格指出，當個體進入青春期以後，第一個基本特徵便體現為「自我的發現」。「對兒童來說，自己就是自己，根本不會成為意識的對象，而青年則不同，他們的內心深處經常出現各種各樣矛盾的情感體驗——努力與懶惰、開朗與憂愁、大膽與怯懦，社交與孤獨等相互矛盾的傾向，這樣就逐漸地開始把探索的視線轉向自己的內部世界，逐漸發現了主觀意識的存在，逐漸地認識了自我，即自我的發現。」[7]我們在冰心於1920年發表的《我》中，首先發現了「我」的困惑：「照著鏡子，看著，究竟鏡子裏的那個人是不是我。這是一個疑問！在鏡子裏和同學們走著談著的我，從早到晚，和世界周旋的我，眾人所公認以為是我的：究竟那

---

[7] 引自林秉賢、張克榮編著《青春期心理》一書，河北人民出版社，1983年3月版。

是否真是我，也是一個疑問！」我們在盧隱的《或人的悲哀》中，看到了「我」的矛盾：「我一方說不想什麼，一方卻不能不想什麼，我的眼淚便從此流不盡了！這種矛盾的心理，最近更利害，一方面我希望病快好，一方面我又希望死，有時覺得死比什麼都甜美！」我們在石評梅的《懺悔》中看到了「我」的痛苦：「在廣庭群眾，群屐宴席之間周旋笑語，高談闊論的那不是我；在灰塵彌漫，車軌馬跡之間僕僕之風霜，來往奔波的那不是我；振作起疲憊百戰的殘軀……委曲宛轉，咽淚忍痛在這鐵蹄繩索之下求生存的，又何嘗是我呢？」我們在陳學昭的《家庭生活》中，看到了「我」的空虛：「偌大的世界，原多生我一個做什麼，少了我又算什麼？……有什麼？什麼都是一樣的。這麼一想，萬事皆空！」「我只要有五分鐘靜思，我的內心會這麼喊出，『空偽的過去，空偽的現在，空偽的未來。……』。」

　　此時，「五四」新女性們似乎陷入了自我懷疑、自我矛盾的漩渦難以自拔。然而，從心理學意義來說，這是人格發展至一定階段而產生的一種「認同危機」，即人的自我定義問題——我是誰？我是什麼？我到底做了什麼？應該做什麼？這是一個新被發現而對自己充滿著各種各樣的迷團和無法解答的問題的陌生世界。由於對這一世界的莫名其妙的惶恐、驚懼、懷疑、否定而產生的「認同危機」，既給人的心靈帶來很大的創口，也可以使人逐漸變得成熟、深沉。正如冰心的《一個憂鬱的青年》所說：「從前我們可以說都是小孩子，無論何事，從幼稚的眼光看去，都不成問題，也都沒有問題，從去年以來，我的思想大大的變動了，也可以說是忽然覺悟了。眼前的事事物物，都有了問題，滿了問題，比如說：『為什麼有我？』『為什麼念書？』下至穿衣，吃飯，說話，做事，都生了問題。從前的答案是：『活著為活著』——『念書為念書』——『吃飯為吃飯』，不求甚解，渾渾噩噩的過去。可以說是沒有真正的人生觀，不知道人生的意義。——現在是要明白人生的意義，要創造我的人生觀，要解決一切的問題。」[8]冰心的「自我」的發現是，人不能渾渾噩噩地活著、吃飯和念書，要明白人生的意義是什麼；盧隱的「自我的發現」是，「吃飯——值得這麼勞碌的活著嗎？」（《彷徨》）陳學昭的「自我發現」是，究竟「有誰家的廣廈下肯容我暫時潛藏？」（《低訴》）石評梅的「自我發現」是，尋找「在十字街頭，擾

8　冰心：《一個憂鬱的青年》，載1920年《燕京大學季刊》第1卷第3期。

攘的人群中丟失了自己」的「我」（《懺悔》），而綠漪的「自我的發現」是強調「努力表現自我」（《棘心》）。在這裏我們發現了西方現代主義文學所熱衷表現的主題──「尋找自我」和「表現自我」。

　　然而，五四女作家群的「尋找自我」和「表現自我」，卻極少西方現代主義文學的「世紀末」的病態心理、荒謬感覺和頹廢色彩，在她們那苦悶彷徨、憂鬱感傷的心靈奏鳴曲中，分明躍動著追求人生價值、尋找生命意義的積極向上的旋律，雖然其中不無困惑、迷茫、煩惱、苦悶的音符。關於這一點，恐怕也還得從積澱於中華民族文化心理深層結構中的「憂患意識」來解釋。如果說，古希臘文化是源於對自然力的驚異感，「用想像和借助想像以征服自然力，支配自然力，把自然力加以形象化」[9]，充滿人定勝天的自信和力量；希伯來文化是出於一種對上帝的敬畏感，懷著人生在世的原罪感，嚮往一種今生虔誠贖罪、來世能入天堂的精神超越；而中國文化的正統代表儒家文化，則體現為一種實際的生命形態、精神方向和哲學的人學化，即人與人、人生與社會的關係，它的精神實質體現為一種形而上的「憂患意識」。這種「憂患意識」促使人們對人生進行全面的評估。可以說，對人生的價值評估，構成了華夏民族、炎黃子孫的哲學心態。《古詩十九首》中有大量感歎生命短促，鼓吹及時行樂的詩句，如「人生非金石，／豈能長壽考？／奄忽隨物化，／榮名以為寶。」（《回車駕言邁》），「晝短苦夜長，／何不秉燭遊？／為樂當及時，／何能待來茲？」（《生命不滿百》）[10]，表面上看，詩人消極悲觀，看破紅塵，以遊戲的態度對待人生，然而骨子裏卻含著對人生意義的清醒的徹悟，要求盡早立身榮名，有所建樹；秉燭夜遊，及時行樂是出於對人的生命價值的大膽肯定，而不是乞求來世的禁慾贖罪。這種只爭朝夕、肯定生命的人生態度，在魏晉時代建安文學中進一步發展為「拯世濟物」、建功立業的入世意識與蔑視權貴、放浪形骸的阮劉精神。因此，簡單地將五四女作家們濃墨渲染現代女子「尋找自我」的失落感，「表現自我」的幻滅感，以及苦悶彷徨、悲觀頹唐、「遊戲人間」、「浪飲圖醉」的種種情緒表現，歸結為與西方現代

9　馬克思：《〈政治經濟學批判〉導言》，見《馬克思恩格斯選集》，北京，人民出版社，1972年版。

10　有關《古詩十九首》中感歎生命短促、鼓吹及時行樂的詩句，還可參考《中國文學史》第1冊，人民文學出版社，1979年6月版，第178-179頁。

主義文學中的「世紀末」相仿的病態、頹廢傾向，是很不妥當的。從創作實際而言，五四女作家群的「尋找自我」和「表現自我」，並非如西方現代主義文學那樣深入到「超我」的潛意識層內拷問人的靈魂，她們所反映的，依然是積澱於中華民族文化心理結構中的「憂患意識」，在內憂外患、國羸民弱的五四時期各個「自我」身上的主觀外射。並且，從反封建的意義來說，「遊戲人間」的亞俠，不堪忍受理想幻滅和心臟疾病的雙重折磨，寧可投湖自殺（《或人的悲哀》），也不甘像《家》中逆來順受、忍辱負重的瑞珏那樣聽任封建家長的撮合擺佈；貧病交困的莎菲女士，寧可在冰冷的公寓裏寂寞孤獨地「浪費生命的餘剩」（《莎菲女士的日記》），也不願重蹈《傷逝》中子君的覆轍，重新回到封建家庭內「在威嚴和冷眼中負著虛空的重擔來走所謂人生的路」（魯迅語）。透過那層苦悶彷徨、孤獨悲哀的「世紀病」的外套，我們看到了五四時期的新女性那顆熱情而又脆弱、憤世嫉俗而又多愁善感的心。

第三節　「知識女性小說」與「自我」畫像

由「兼濟天下」到「獨善其身」（值得注意的是，這向來是中國歷代知識份子人生道路上的兩支槳），五四女作家群的心靈觸鬚由向外部世界的擴展轉向內心世界的探伸，她們的創作題材由「天地萬物」轉向「表現自我」，其美學特徵也由激越奔放變為憂鬱感傷。最明顯的，是「問題小說」中那個不時出來發表議論和感慨的抒情人物——「我」，此時由配角升為主角，成了名符其實的抒情主人公。這位抒情主人公，在五四女作家們的筆下，具有各種各樣的名字，冰心稱之為「宛因」（《遺書》）；盧隱稱之為「亞俠」（《或人的悲哀》）、「麗石」（《麗石的日記》）、《露沙》（《海濱故人》）、「秋心」（《彷徨》）、「伊」（《前塵》）、「沁芝」（《勝利以後》）、藍田（《藍田的懺悔錄》）、「沙侶」（《何處是歸程》）；馮沅君稱之為「纕華」（《隔絕》）；陳學昭稱之為「逸樵」（《倦旅》）；綠漪稱之為「醒秋」（《棘心》）；凌叔華稱之為「采苕」（《酒後》）、「攸秋」（《再見》）、「燕倩」（《花之寺》）、「她」（《春天》）；石評梅稱之為「婉婉」（《禱告》）；白薇稱之為「琳麗」（《琳麗》）、「蘇斐」（《蘇斐》），在其他的小說、散文、詩歌、以及書信、日記體作品中，更多的則是以「我」命名。從這一連串的人

名中不難猜出，這位抒情主人公是女性（在個別場合，也以「他」字出現，好在五四時期，「他、她、它」的用法並不象今天規範化的漢語那樣區分嚴格[11]，我們權當「他」就是「她」）。這是一位（也可說是一群）跟其作者一樣充滿熱情、嚮往光明、富有學識、才情和正義感，不甘平庸，不滿現實，但又煩悶苦惱，多愁善感的知識女性。在不同的女作家筆下，這群知識女性又有著外貌上、性格上的差異，為區別起見，我們一律以「××的我」指代：「冰心的我」靜默沉思；「盧隱的我」苦悶傷感；「沅君的我」熱烈大膽；「叔華的我」柔婉動人；「學昭的我」憤世嫉俗；「白薇的我」熱情灼人；「評梅的我」哀緒繚繞，「綠漪的我」鄉愁綿綿⋯⋯這些不同的我，實際上即各位五四女作家的「自我」形象，各自帶著作家本人的生活經歷、思想意識、氣質稟賦、情趣愛好的特徵，成為作者的「孿生姐妹」。關於這一點，冰心也不否認，據她後來說，宛因即我的婉瑩的諧音[12]，可見這並非是一個偶然的巧合。我們由此發現了與五四「問題小說」截然不同的另一種小說，我們姑且稱之為「知識女性小說」。這是以日記體、書信體以及第一人稱為主要表現形式的小說，也是五四女作家們充分顯示「自我」、表現「自我」的主要體裁之一，並且還是使她們的創作真正顯示其獨特風格而獲得文學聲譽和美學價值的作品。這類作品主要有以下兩大特點：

一是取材於本人的生活經歷。五四「知識女性小說」（也包括白薇五四時期的兩個劇本《琳麗》和《蘇斐》），常常只有一個視角，那就是再現和複製作者本人的生活歷史，在很大程度上，可以當作作者本人的一份「自傳」來讀。例如，除了《遺書》中煩悶苦惱的宛因即冰心自己大學時代的肖像描寫外；盧隱寫的第一本書，是未完成、也未發表的《隱娘小傳》，據盧隱自己說，是「寫我自己的生活」[13]，後來便構成了《海濱故人》的女主人公露沙的身世履歷；《倦旅》，可看作陳學昭1923～1924年在皖、浙、滬一帶「孤零飄泊的流浪」生活的紀實作品；琳麗、蘇斐在婚姻戀愛上的種種不幸，分明成為白薇本人痛苦經歷和愛情糾葛的真切寫照；《一日》、《波兒》記載著陳衡哲留學美國期間的經驗和所見所聞，作者再三聲明，前者「只能算是一種白描，不能算

[11] 見1996年3月22日《新民晚報》上的《劉半農首創「她」字》一文。

[12] 引自范伯群、曾華鵬《冰心評傳》，人民文學出版社，1983年4月版。

[13] 盧隱：《盧隱自傳・著作生活》，上海，第一出版社，1934年6月版。

為小說」；後者的「情節，有一半是我親看見的」[14]。《一支扣針的故事》中的女主人公西克夫人，也實有其生活原型，據胡適說，「我認得這故事的主人，去年（指1927年——筆者注）我在美洲還去拜望她，在她家裏談了半天」[15]。中篇小說《棘心》，更是綠漪留法求學期間種種生活體驗的一部完整的「自傳」。這些作品的女主人公，不僅生活經歷與作者本人相仿，甚至外貌、性格、脾氣、情感都帶有其作者本人的鮮明特徵。如從露沙的身上，不難想像出其作者的外貌脾性，「很清瘦的面龐和體格，但卻十分剛強」，「她幼年時飽受冷刻環境的薰染，養成孤僻倔強的脾氣，而她天性又極富於感情，所以她竟是個智情不調和的人」（《海濱故人》）。而從醒秋的身上，也不難判斷其作者的性格特徵，「醒秋雖生於中國中部（綠漪為安徽太平人——筆者注），卻富於燕趙之士慷慨悲歌的氣質，雖是個女子，血管中卻含有野蠻時代男人的血液」（《棘心》）。順便說一句，綠漪（蘇雪林）在30年代中後期曾詆毀魯迅，以至與人展開筆戰，這樣的舉動在中國現代女作家中甚為罕見，是否也正表露了似乎只屬於男性的粗豪氣質？平心而論，五四時代留學法國的綠漪，雖然不像郭沫若、郁達夫、成仿吾等留日中國學生那樣深感「兩重失望」，卻也是個「對於祖國便常生起一種懷鄉病」[16]的海外學子：「故國在我們想像裏，成了一種極奇怪的東西，一面怕與她相近，一面又以熱烈的愛情懷慕著她。法國人雖與我們親熱，而以風俗、文化、種族太不相同之故，我們心靈仍有一種不知其然的隔膜。我們作客時靈魂上永遠帶著憂鬱的影子。留學生大都有一種煩悶病，留學愈久其病癒深」（《棘心》）。不是親身體嘗遊子思鄉的個中滋味，怎能寫出寄人籬下的苦澀辛酸？

總之，童年時代的回憶、學生生活的體驗、少女內心的渴望和夢想以及她們的覺醒、反抗、苦惱、疑慮、迷惘、失意、悲哀、彷徨乃至戀愛波折、婚姻糾葛直到當主婦、做母親的甜酸苦辣……這一切，構成了五四女作家群「知識女性小說」津津樂道的題材和取之不盡的素材。由反映社會的「問題小說」，到表現「自我」的「知識女性小說」，她們的創作題材似乎日趨狹窄，寫來寫去，無非是些個人的遭遇，「自我」

[14] 陳衡哲：《〈小雨點〉自序》，新月書店，1928年4月版。

[15] 胡適：《〈小雨點〉胡序》，見《小雨點》集，上海新月書店，1928年版。

[16] 鄭伯奇：《〈中國新文學大系‧小說三集〉導言》，良友圖書公司，1935年5月版。

的哀怨，至多不過是杯水風波，細雨微瀾，難以見到冷峻深邃、氣勢恢宏的剖析社會、洞悉人生、反映歷史風貌的大手筆。要解釋這一點，恐怕不能僅僅歸結於她們的生活天地的狹窄——新文學發軔期的一些男作家，如魯迅、周作人、胡適、郭沫若、郁達夫等人的足跡所到之處，她們中不少人也曾抵達：北京、上海、杭州、紹興，直至日本島、美利堅、法蘭西……我以為，與其說在社會學意義上，任何個人，哪怕是渺小的「自我」也有其表現的價值，還不如說，在心理學意義上，女性作家一般對自己的經驗缺乏理性思維和哲學抽象的興趣，她們善於憑自己的直觀（或是直感）把握世界或顯示世界，往往以主觀感受或感性認識代替對事物的客觀反映和理性分析，在待人接物方面，她們似乎更相信自己的直覺觀察和主觀經驗。這是她們的弱點，但又在另一種意義上構成了她們的優勢，即觀察精細入微，感情細膩委婉。讀她們那些取材於本人經歷的自傳式小說，猶如步入知識女性的心靈世界漫遊：這裏沒有驚心動魄的翻江倒海，卻有委婉曲折的涓涓細流；這裏沒有金碧輝煌的宮殿樓台，卻有精緻玲瓏的園林庭院。在這些作品中，批判現實主義小說所要求作家具備的洞若觀火的冷靜、一絲不苟的剖析以及不帶主觀感情的創作態度和超越一己體驗的故事設置，被移到了次要的角落，情節的發展始終隨著作家本人的生活歷史和主觀感受跌宕起伏，淙淙流淌，使人感到親切自然，娓娓動聽。這恐怕也正是女性作家大都熱衷於自傳體小說，並受到當今文壇的青睞，摘取種種大獎桂冠的魅力所在，如法國女作家瑪格麗特·杜拉斯的自傳體小說《情人》，獲龔古爾文學獎；根據丹麥女作家艾撒克·迪納森的自傳體小說《走出非洲》改編的同名影片獲奧斯卡金像獎等等。就這一點而言，倒是契合和驗證了郁達夫的那句名言：「文藝作品，都是作家的自序傳。」

第四節　直覺、感性的五四女性心態

　　二是重在披露個體的心態。其實，再現和複製「自我」的歷史也好，契合和驗證「文藝作品，都是作家的自序傳」也罷，嚴格說來，五四女作家群的「自傳」式作品，絕非盧梭的《懺悔錄》，也不是夏洛蒂·勃朗特的《簡愛》，而只能算是一種抒發內心種種情感波瀾的心態小說，這也正是為何許多「五四」小說顯得十分鬆散、隨意的原因所在。她們無意於像同時代的魯迅那樣著力於多側面地刻劃「國人的魂

靈」；像葉紹鈞那樣力圖多角度地反映小市民的「灰色人生」；像郭沫若那樣重在多音響地歡呼獲得新生的《女神》；像聞一多那樣意在多層次地暴露腐朽不堪的《死水》，這一切，似乎都未能進入五四女作家群的創作視野。她們所要特別表現的，只是「發現自我」的孤獨感，「尋找自我」的失落感、「表現自我」的憂悶感。例如，冰心一再要求「慰藉我心靈的寂寞」（《遙寄印度哲人泰戈爾》），因為她有著「不能升天，不甘入地，懸在天上人間的中段」的煩悶（《煩悶》）；盧隱則一味喊著：「悲哀呀！無論在甚麼地方我只遇見他呵！」（《彷徨》）因為她為了「探求人生的究竟，花費了不知多少心血，也求不到答案！」（《或人的悲哀》）石評梅不斷重複：「我載了很重的憂悶，／低頭向深林裏走去」（《血染的楓林》），她甚至抱怨「疲倦的青春呵！／載不完的煩惱，／運不盡的沉痛」（《疲倦的青春》）；陳學昭常常流露：「我的心靈如何惆悵——無著」（《倦旅》），因為她不願「這樣無聲無息的過下去——未來的生活呢，我心是悲哀而憂愁著」（《家庭生活》）。苦悶彷徨，代表了覺醒後卻找不到人生意義的五四新女性的共同心態。盧那察爾斯基曾說過與魯迅的名言「人生最苦痛的，是夢醒了卻無路可以走」相似的話：「苦悶則是人幾乎不可能在世上活下去的一種壓抑的痛楚。」[17]

　　五四新女性感受到的「壓抑的痛楚」，主要來自寂寞、冰冷的「自我」的孤獨感：《煩悶》中的「他」，同學雖然不少，「卻沒有一個可與談話的朋友」，即使交談幾句，也「只說的是口裏的話，不說心裏的話」。《彷徨》中的秋心，「站在四十幾個，冷冰冰的面孔的學生面前，好像孤身到了北冰洋，四面的寒氣緊逼著他，全身的血脈都凝固了！」《倦旅》中的逸樵，在「大吹大擂的年鑼年鼓」聲中，「常常不耐煩似的從椅上立起，或者，為免得兩手的無聊，不暇選擇的挾一二本書，毫無目的地在街上走著」。《棘心》中的醒秋，則「很容易發怒，容易悲哀，多疑慮，又不喜歡見人，有時自己關閉在寢室中流覽小說，沉溺於幻想的境界裏，能接連幾天不下樓」。身在人群之中，卻無時不感到「自我」的孤獨淒涼，寂寞空虛。如果說，「他」的煩悶在於沒有知心的朋友；秋心的悲哀在於感到世界的冷漠，那麼，逸樵的寂寞，在周圍熱鬧的過年氣氛中，顯得是多麼格格不入；而醒秋的孤獨，簡直讓

---

[17] 盧那察爾斯基：《論文學》，蔣路譯，人民文學出版社，1978年版，第250頁。

我們看到了拉丁美洲作家馬爾克斯的《百年孤獨》中那位閉門封窗、成天把自己反鎖在屋裏的雷蓓卡。正是在這裏，我們看到了西方現代主義文學的又一命題：人與人之間的心靈封閉，「自我」與「非我」（他人）之間的感情無法溝通。然而，五四女作家群筆下的內心孤獨，並不等同於馬爾克斯筆下的人性的「百年孤獨」，而只是伴隨著「自我的發現」產生的一種青春時代的閉鎖心理。正如心理學家斯普朗格所指出的，「這一自我發現使他們意識到自己與非自我（他人）之間隔著一條鴻溝。於是青年便感到孤獨。他們用各種各樣的方式進行自我反省；或者什麼也不考慮，模模糊糊地陷入沉思；或是苦苦思索什麼是人生，什麼是自己的價值。這種獨自的冥思苦想促使他記日記，寫信和作詩」[18]。於是，我們便揭開了一個秘密：日記體、書信體小說和抒情小詩之所以在五四文壇上風行，是因為五四女作家（當然也不僅僅是女作家）需要這三位最知心的「朋友」來承載自己心中瞬息萬變的思想火花和形形色色的心靈感受。冰心曾說過，「我比較喜愛散文這個文學形式，書信尤其是散文中最活潑自由之一種」[19]，因為「散文比較自由，很容易拿來抒寫自己當時當地的觀感」[20]。筆者以為，日記體、書信體和抒情小詩這三種文學樣式，則比一般的敘事散文和議論散文更自由：它不必顧慮情節是否緊張曲折，細節是否恰到好處，立論是否周到嚴密，駁論是否充分有力，而可以聽憑「當時當地」的情感和思緒自由奔淌：有時像一條順流而下的江河，有時又似一條叮咚作響的山泉；有時彷彿一汪金光閃爍的湖水，有時宛如一朵歡快跳躍的浪花；兼有抒情散文的直抒胸臆和書信、日記的揮灑自如，以及詩歌的鮮明節奏，因而受到五四女作家的偏愛。這一點，也向我們證實了文學的體裁樣式對於表現作品內容具有一定的反作用。陳衡哲的《一日》（日記體）；冰心的《遺書》（書信體）；盧隱的《或人的悲哀》、《勝利以後》（書信體），《麗石的日記》、《父親》、《藍田的懺悔錄》（皆為日記體）；馮沅君的《隔絕》、《隔絕之後》（書信體）；陳學昭的《家庭生活》（日記體）；石評梅的《禱告》（日記體）……，至於在小說中夾雜大量書信或日記的，那就更是不計其數。30年代，曾有人批評盧隱的小說「出不了日記

---

[18] 轉引自依田新（日）著《青年心理學》一書，知識出版社，1981年5月版。

[19] 冰心：《創作談》，見《記事珠》集，人民文學出版社，1982年1月版。

[20] 冰心：《冰心論創作》，上海文藝出版社，1982年10月版。

式的體裁」，「出不了書信式的格局」[21]；也有人指責冰心的小說「往往夾著一些令人生厭的過多的書信……」[22]。筆者以為，其實這既是五四小說的缺點，也是五四小說的特點。正是這些日記體、書信體或是夾雜著大量日記、書信的五四小說，使五四時期那一代作家向人們大膽地敞開了自己的心扉，把那顆熱血未曾凝固但又時冷時熱、瞬息萬變的心房坦露在我們面前，感情真率坦誠，苦悶不加掩飾，而我們恰恰正需要這份「作為心理發展的主觀方面的持續的記錄」[23]，以便掌握五四時期那一代青年人的內心奧秘和靈魂顫動的頻率，從而就能揭示出五四那個「苦悶的時代」和「傷感的時代」的秘密。

總之，五四女作家群的「知識女性小說」，無論是自傳式也好，日記體、書信體也罷，主觀抒情總是壓倒客觀寫實，浪漫氣息常常溢出現實氛圍，取材於一己體驗而又不拘泥於細節的逼真，傾訴內心苦悶而又躍動著滿腔熱情和探索精神，美麗的憧憬、豐富的幻想，每每為這些作品塗上一層絢麗多姿的感情油彩。而這些，又反過來印證了青春時代的女性所特有的心理特徵。

---

[21] 引自賀玉波著《現代中國女作家》一書，上海復興書局，1936年4月再版。

[22] 引自草野著《中國現代女作家》一書，北平人文書店，1932年9月版。

[23] 轉引自依田新（日）著《青年心理學》一書，知識出版社，1981年5月版。

第六章　「愛的哲學」：真、善、美的頌歌

　　許多年來，一提起五四女作家冰心女士的母愛、童心和自然三位一體的「愛的哲學」，總難免遭到這樣那樣的非議和責難，人們曾有意無意地將這種具有濃厚的博愛色彩的世界觀和方法論，貶之為「鼓吹階級調和論」、「階級矛盾」的「反動哲學」，並加以嚴厲的不容辯解的痛斥和批判。但是，「愛的哲學」究竟宣揚了什麼樣的哲學思想？卻又往往語焉不詳。其實，正如「人性」並非資產階級的專利品一樣，「愛的哲學」實在也不是冰心一人的獨家產品，盧隱、馮沅君、陳衡哲、石評梅、綠漪、凌叔華、陳學昭等同時代女作家，也都不約而同地加入了頌揚母愛、童心自然這一主題的協奏，在五四文壇上奏出了一曲優美動人的「愛之奏鳴曲」，於是，我們不能不提出如下一些問題：「愛的哲學」的核心是什麼？它是在什麼樣的文化、歷史背景下產生的？它為何成為五四女作家群熱衷表現的創作題旨？它的美學價值何在？

第一節　「真理就是一個字：『愛』」

　　在展開論述之前，稍稍回顧一下五四時期的時代背景，或許對我們理解「愛的哲學」的形成及其影響不無裨益。五四時代，是一個覺醒與苦悶、追求與迷惘、激動與感傷、抗爭與頹唐互相交織的「過渡時代」（陳衡哲語）。五四女作家綠漪曾這樣描寫處於這一時代的青年的心理特徵和精神狀態：

　　　　這真是一個青黃不接的時代，舊的早已宣告破產，新的還待建立起來，我們雖已買了黃金時代的預約券，卻永遠不見黃金時代的來到。赫克爾允許我們破碎荒基上升起的新太陽，至今沒看到它光芒的一線。於是我們現代人更陷於黑暗世界之中了，我們摸索、逡巡、顛躓、奔突，心裏呼喊著光明，腳底愈陷入幽谷；不甘為物質的奴隸，卻不免為物質的鞭子所驅使；努力表現自我，

而拘囚於環境之中；我的真面目，更汨沒無餘。現實與理想時起衝突，精神與肉體不能調和。天天煩悶，憂苦，幾乎要到瘋狂自殺的地步。有人說這就是世紀病的現象。現代人無不帶著幾分世紀病的[1]。

於是，處於苦悶、迷惘、孤獨、瘋狂之中的五四青年，各自尋求解脫的辦法：有的「遊戲人間」、放浪形骸；有的頹廢潦倒，看破紅塵；有的研究佛經，歸隱故里；有的信奉天主，皈依上帝；有的自暴自棄，自戕自虐……在這「帶著幾分世紀病」的時代裏，幾乎所有青年人的心靈天平都發生了極度傾斜。「自殺者日眾」，成了五四時期的一個嚴重的社會問題。而那些「不能尋得一個正確的人生觀，便常感到人生之無意義和無價值。既沒有勇氣自殺，又不願陶醉於頹唐放縱的生涯」的青年人，「於是乎想尋得一個信仰，以為生活的標準」（《棘心》）。五四青年們需要確立一尊偶象，以使發生傾斜的心靈獲得平衡。是五四女作家以她們特有的女性敏感和直覺，首先意識到「作品之中不可過於趨向絕望的一途，因為青年人往往感生的苦悶」，極易受示唆，若描寫過於使人喪膽短氣，必弄成唆使人們自殺的結果，所以必於悲苦之中寓生路[2]。這一點，茅盾稍後些時也指出：「熱烈的運動已經過去了，興奮之後疲倦的頹喪的一剎那，正在繼續著，虛空的苦悶，攫住了人心，在這當兒，給予慰安，喚起新的活力，是文學家的責任。」[3]五四女作家敏銳地發現了「給予慰安」的一個世界上的偉大真理，「真理就是一個字：『愛』」[4]。她們深情地喊出了人的生活不能沒有愛的心聲：「愛是人們的宇宙，愛是人們的空氣，食料，……一切圓滿的生活必建築於愛的圓滿上。」[5]像母親愛自己的孩子那樣去愛別人，而人類應該彼此相愛，讓世界充滿愛。宣揚愛至上的精神境界，且態度如此虔誠，似乎有些玄乎，但形成「愛的哲學」的世界觀和人生觀，卻不是一時的心血來潮，而是經過了「周旋世界」的尋找和「清夜獨坐」的思考。

1　綠漪：《棘心》，北新書局，1929年5月初版。

2　廬隱：《創作的我見》，載1921年《小說月報》第12卷第7號。

3　茅盾：《雜感》，載1923年5月《文學旬刊》第74期，署名雁冰。

4　冰心：《自由～真理～服務》載1921年《燕京大學季刊》第2卷第1-2期合刊。

5　馮沅君：《誤點》，見《卷葹》集，北新書局，1928年6月再版。

五四女作家所面對著的，是一個山河破碎、軍閥混戰、屍橫遍野、生靈塗炭的社會，冰心反覆地捫心自問：「人和人中間的愛，人和萬物，和太空中間的愛，是曇花麼？是泡影麼？那些英雄，帝王，殺伐爭競的事業，自然是虛空的了。我們要奔赴到那『完全結合』的那個事業，難道也是虛空的麼？」（《「無限之生」的界線》）何謂「『完全結合』的事業」？冰心解釋道：即不分生、死、人、物的「萬全的愛」、「宇宙的愛」、「自然的愛」。由此可見，「愛的哲學」的形成，源出於五四女作家對「殺伐爭競」的殘酷現實的強烈憎厭，這種強烈憎厭與其說來自反對戰爭和制止人類流血的正義立場，不如說是基於嚮往和平和追求友愛親善的厭戰心理。於是，我們便不難理解，盧隱這位被茅盾譽為五四女作家中「注目在革命性的社會題材」的「第一人」，何以會寫出《哀音》、《王阿大之死》、《餘淚》、《郵差》這樣一些反戰小說，這些小說與她後來在30年代初所寫的《豆腐店的老闆》、《一個情婦的日記》以及《火焰》[6]等作品中對戰爭的正義態度和立場截然不同。在《餘淚》中，她刻畫了一個手無寸鐵的女傳教士，為了制止血流成河的戰爭，毅然挺身而出，投入槍林彈雨的戰場，希冀「用基督的名義喚醒他們罪惡的夢」，結果卻被罪惡的子彈射穿了聖女的胸膛。女傳教士以不自量力的悲壯之死，向世界發出了「人類應當相親相愛」的和平呼籲，給人以血的慘痛教訓：戰爭，給人類帶來了毀滅，最根本的辦法應當是：永別了，武器！即人類再也不要遭受戰爭的厄運和災難。作者從厭戰心理出發，得出了「人類應當相親相愛」的結論。

　　從這一厭戰心理出發，我們也就不難理解，白薇的處女作《蘇斐》的結尾，竟然會出現化干戈為玉帛的戲劇性轉折，把一出殺父奪愛的悲劇安上了一個悔過自新的喜劇的尾巴。是「神愛」的寬恕精神，使一對不共戴天的仇人，最後在「一道慈悲的光」照耀下成了泯仇相逢的戀人[7]。這種離奇的情節安排，想來不可思議，卻是女作家為制止人類進一步流血的復仇（戰爭）而設計的一幅放下屠刀、立地成佛的「宇宙至美圖」：「不論釋迦和基督的教義的差別怎樣，他們都是認許這種美

6　盧隱：《豆腐店的老闆》，載1932年《讀書雜誌》第2卷第4期。《一個情婦的日記》，載1933年1月15日～2月26日《申江日報》副刊《海潮》第18～23號。《火焰》，連載於1933年～1935年《華安》月刊第1卷第4期～第3卷第1期，1936年1月由北新書局出版單行本。

7　白薇：《蘇斐》，作於1922年，後載1926年《小說月報》第17卷第1號。

的。」[8]美以善為本，善以誠（真）為至，這便是五四女作家用「愛的哲學」所構建的「真、善、美」溶為一體的和平世界！儘管這種博愛精神的頌揚，在當時血流成河、屍橫遍野的殘酷現實面前，顯得是何等蒼白無力，然而，五四女作家群吟唱的「人類啊！相愛吧！」的和平牧歌，畢竟在腥風血雨的中國大地上，閃現了「一道慈悲的光」。而這道「慈悲的光」，對於當時許多由於理想幻滅、心靈受到重創的「冷心腸的青年」，實際上起了如同茅盾所說的「給以慰安，喚起新的活力」的安撫作用，對於一批站在自殺邊緣的五四青年而言，則無疑是一劑緩解焦慮和悒鬱情緒的良藥。它以五四女作家特有的女性情感和思維的表達方式，顯示了「愛的哲學」的存在意義和價值。而這一點，恰恰是同時代男性作家所忽略的。

第二節　「愛的哲學」之思想內核

「愛之奏鳴曲」之所以出自五四女作家之手，還有一個與上述社會背景密切相關而又比較特殊的文化方面的原因。當老大中國的門戶被列強們的「船堅炮利」轟開之後，一大批以傳教為目的的「慈善家」紛至遝來，他們辦起了教堂、醫院、育嬰堂、教會學校等慈善機構，把基督的博愛精神、仁慈的主——上帝和凡人的原罪意識一股腦兒帶了進來。這一方面是一種文化的入侵，另一方面是某種信仰的灌輸。五四時期的女作家，大都受過這種「博愛仁慈」的基督教義的薰染，有的本人就是教會學校的學生。例如冰心1914年進入教會辦的貝滿女中，直到1918年畢業。她後來這樣總結中學四年的收穫：「我所得的只是英文知識，同時因著基督教義的影響，潛隱的形成了我自己的『愛』的哲學。」（《〈冰心全集〉‧自序》）盧隱年幼時也曾在北京東城的一所教會學校——慕貞學院內度過五年時光。她後來回憶這段痛苦的童年經歷時說，「我那時弱小的心，是多麼空虛，我的母親不愛我，我的兄弟姐妹也都拋棄我，我的病痛磨折我，……我這空虛的心，在這時便接受了上帝」，「宗教的信仰，解除我不少心靈的痛苦。」（《盧隱自傳》）考入美國五所著名女子大學之一的瓦沙大學專攻西洋史的陳衡哲，對基督教的歷史進行過詳細的考察。回國不久，即發表了《基督教在歐洲歷史

---

[8]　同註7。

上的位置》一文，文章強調，「在歐洲的基督教，不是純粹的宗教。」[9]
綠漪留學法國期間，成了一名虔誠的天主教徒，她「覺得基督教所崇拜
的神，和別教的神大異其趣，甚至佛教的佛都不如。佛氏雖號慈悲，
但任人馨香膜拜，只是暝目低眉，高坐不動；基督教的神卻是活潑，
無盡慈祥，無窮寬大，撫慰人的疾苦，象父親對於兒女一樣的」（《棘
心》）。勿庸諱言，五四女作家「愛的哲學」的思想基礎，在很大程度
上受到了基督教的博愛精神的影響。

　　關於基督教的博愛思想，朱光潛先生曾指出過其中所蘊含的人道主
義思想內核，他認為，廣義的博愛，「來自基督教的一條教義：凡人都
是上帝的子女，在上帝面前，彼此都是兄弟姐妹。事實上在十九世紀西
方文藝作品中的『博愛』都是按照這條基督教義來理解的。因此，『人
道主義』這一詞獲得了它本來所沒有的而且本來應該和它區別開來的一
個新的含義，『人道主義』（humanism）轉化成了『慈善性的博愛主
義』（humanitaranism）。這是一個重大的轉變，它彷彿是一種歷史的嘲
諷：本來用來反基督教的人道主義，現在卻從基督教的武庫裏拿取『博
愛』（加上平等）這個武器來保衛自己，基督教就因此借敵人之屍還魂
了」[10]。可見，基督教的博愛精神，其實就是提倡在上帝面前，人人平
等，提倡愛人，尊重人權，反對弱肉強食，殺伐爭競。馬克思在《經濟
學──哲學手稿》中評價宗教改革的功績時也曾肯定，馬丁路德「把宗
教性弄成了人的內在本質，他就揚棄了外在的宗教性」[11]。因此，基督
教義中儘管有不少麻痺人民鬥志的精神鴉片，但它的一條基本教義卻使
五四女作家汲取了反對流血戰爭、提倡和平友愛的精神力量，構成了
「愛的哲學」的思想內核。

　　儘管批評家們可以從這個角度那個側面來批判和否定這種博愛論，
但有一點卻是無法否認的：「愛的哲學」當時確實挽救了一批瀕於自殺
邊緣的五四青年。在《超人》發表之前，冰心還寫過一篇題為《世界上
有的是快樂……光明》的小說，其中的主人公凌瑜本是一位熱情的愛國
青年，五四運動退潮後，「這樣紛亂的國家，這樣黑暗的社會，這樣萎
靡的人心」叫人「除了自殺以外，還有別的路可走麼？」他絕望了，準

9　陳衡哲：《基督教在歐洲歷史上的位置》，載1922年5月7日出版的《努力週報》。

10　朱光潛：《朱光潛美學文集》第3卷，上海文藝出版社，1983年12月版，第137頁。

11　轉引自《朱光潛美學文集》第3卷，上海文藝出版社，1983年12月版，第144頁。

備投海自殺。走到海濱，忽見兩個天使般的孩子在海邊嬉戲，他們對他說：「世界上有的是光明，有的是快樂，請你自己去找罷！」天使的愛力使自殺者受傷的靈魂得到極大慰安，他放棄了死的念頭，走進了愛的霞光[12]。無疑，這是一篇典型的「問題小說」，它針對當時自殺者日眾，以至成為五四初期的嚴重社會問題，開出了一帖醫治精神抑鬱症和厭世症的興奮劑，不啻是心靈上「黑暗王國的一線光明」。《超人》發表時末尾有一小段《冬芬附注》：「雁冰把這篇小說給我看過，我不禁哭起來了！誰能看了何彬的信不哭？如果有不哭的啊，他不是『超人』，他是不懂得吧！」[13]這位「冬芬」先生即《小說月報》的主編沈雁冰（茅盾）。茅盾先生這樣剛強的男子漢尚且感動得哭起來，更何況大量讀者是陷於苦悶彷徨中的性格脆弱的男女青年！所以，「立刻引起了熱烈的注意，而且引起了摹仿，……並不是偶然的事。」[14]作為五四青年苦悶彷徨、失望頹唐的心情的慰藉和補償，以冰心為首的五四女作家群奏起了柔曼舒緩的協奏曲，其主題為：「真、善、美的追尋與頌揚」。這部由三個華美「樂章」組成的奏鳴曲一問世，便顯示出比「第一交響曲」更為豐富、獨特的女性世界的情感和魅力來。

第三節　「聖母頌」與母愛情結

第一樂章是「聖母頌」。

歷史上有一個很奇怪的現象：中國歷來看重血緣關係的親子之愛、忠孝節義，可是出現在古典文學作品中的母親的藝術形象，卻多半是封建暴君的代表：《孔雀東南飛》中「槌床便大怒」的焦（仲卿）母；《釵頭鳳》中「東風惡、歡情薄」的陸（游）母；《西廂記》中濫施淫威的崔夫人；《紅樓夢》中發號施令的老太太（賈母）、面慈心狠的王夫人……。而五四女作家筆下的母親形象，則大都是仁愛慈祥的「聖母」。《超人》的續篇《煩悶》，主人公「他」白天形影獨吊，「獨往獨來，孤寂淒涼的在這虛偽痛苦的世界中翻轉」，可晚上一回到家中：

---

[12] 冰心的這篇小說原載1920年3月《燕京大學季刊》第1卷第1期。

[13] 沈雁冰：《冬芬附注》，載1921年4月《小說月報》第12卷第4號。

[14] 茅盾：《〈中國新文學大系小說一集〉導言》，良友圖書公司，1935年5月版。

輕輕的推開門，屋裏很黑暗，卻有暖香撲面。母親坐在溫榻上，對著爐火，正想什麼呢。弟弟頭枕在母親的膝上，腳兒放在一邊，已經睡著了。……

這屋裏的一切都籠罩在寂靜裏，鐘擺和木炭爆發的聲音，也可以清清楚楚的聽見，光影以外，看不分明；光影以內，只有母親的溫柔的愛，和孩子天真極樂的睡眠。

他站住了，凝望著，「人生只要他一輩子是如此！」這時他一天的愁煩，都驅出心頭，卻湧作愛感之淚，聚在眼底[15]。

一幅多麼安寧、和諧、幸福的慈母聖嬰圖！這就是五四女作家心目中的「永久的家」和「愛的實現」。曾在《隔絕》中對包辦兒女婚姻的母親進行過大聲抗議的馮沅君，卻在母女感情上也難以割捨「母親的愛」：「我們在母親面前是孩子，小侄們在我們面前又是小孩，家人的愛——尤其是母親的愛——把這三代人緊緊的連在一起了。假如我是個大詩人，宇宙間的一切美麗偉大我不歌頌，我只歌頌在愛的光中的和樂家庭。」（《慈母》）正因為如此，「母親的愛與情人的愛互相衝突的悲劇」[16]，在馮沅君那裏表現出了難捨難分的痛苦：「我愛你，我也愛我的媽媽。世界上的愛情都是神聖的，無論是男女之愛，母子之愛。」（《隔絕》）在五四女作家筆下，母親成了世界上最完美無缺的「女神」的化身；母親的愛，成了天底下最值得讚歎歌頌的「善」的象徵。母親那溫柔善良的愛，撫平了苦悶孤獨中的青年心靈上的創口，成為醫治「世紀病」的一帖靈丹妙藥。難怪冰心要這樣祈求：

造物者——
　　　　倘若在永久的生命中，
　　　　只容有一次極樂的應許，
　　　　　　我要至誠地求著：
　　　　「我在母親的懷裏，
　　　　母親在小舟裏，

---

[15] 冰心：《煩悶》，見《超人》集，商務印書館，1923年初版。

[16] 馮沅君：《慈母》，載1924年3月28日《創造週刊》第46期。

小舟在月明的大海裏。」[17]

　　這首抒情小詩中的意象：母親、小舟和月明的大海，構成了天地間最和諧、最美麗的世界的象徵。這就是母愛（善）、童心（真）和自然（美）三位一體的「愛的哲學」的形象圖解！冰心在母愛的懷抱裏，尋找詩意，尋找靈感，尋找美，得到了《愛的實現》，得到了《超人》的新生，得到了精神上的「理想國」：「太陽怎樣的愛門外的那顆小樹，母親也是怎樣的愛我」（《瘋人筆記》）。

　　母親——太陽，照耀著、溫暖著遠方女兒的冰冷的心房。在石評梅筆下，母親的愛，成了宇宙間一切生命存在的源泉：「宇宙唯一的安慰，只有母親的愛；海枯石爛不卷不轉之情，都是由母親的愛裏，發蕾以至於開花。這在悲哀的人生，只有為了母親而生活！」（《病》）「雖然人生旅途，到處是家，不過為了你，我才繾綣著故鄉；母懷是我永久倚憑的柱梁」（《母親》）。在陳學昭筆下，母親的愛成了「孤零飄泊的流浪者」心中唯一的精神支柱：「在這廣大、空漠、擾雜的道路上，我躑躅著，我徘徊著，到處都是這不可撲滅的塵灰，到處都是難以選擇的歧途，我空寂的心，我縹緲的魂，我失卻了努力的目標，我憎恨著一切，然而我卻想起了我的母親！」（《我的母親》）「是的，我願意自殺！然而我的自殺，不啻就是殺了我母親！唉！母親啊！這一切都是為了你呀！」（《倦旅》）比起她倆的高音粗嗓來，綠漪的歌喉則要輕柔得多：

　　母親「輕輕的和他（指懷中的嬰兒——筆者注）說著話，那聲音是沈綿的，甜美的，包含無限的溫柔，無限的熱愛，她的眼看著嬰兒半閉的眼，她的魂靈似乎已經融化在嬰兒的魂靈裏。我默默的在旁邊看著，幾乎感動的（得）下淚。當我在懷抱中時，母親當然也同我談過心，唱過兒歌使我睡，然而我記不得了，看了她們，就想起自己的幼時，並想普天下一切的母子，深深瞭解了偉大而高尚的母愛。」（《綠天·我們的秋天》）

　　遠渡重洋的海外學子，也受到了母愛之光的普照：醒秋到了法國，打開衣箱，只見「每件衣服摺疊得極整齊，極熨貼，隨著季候寒暖，厚

---

[17] 冰心：《春水·一〇五》，載1922年4月15日《晨報副刊》。

燈火闌珊——女性美學燭照

082

的薄的，一層一層，鋪在箱底。這是母親南旋的早上，特別為她整理的。慈母的一片真摯的愛心，細細寫刻在每件衣裳的摺縫裏、熨痕中」（《棘心》）。這衣箱裏，分明盛著天底下最慈祥、最善良的母親的愛，令人想起「慈母手中線，遊子身上衣。臨行密密縫，意恐遲遲歸」的動人情景。

母親的溫柔的愛，在那「虛偽得可怕」的污濁社會裏，成了光明美好的唯一象徵！五四女作家筆下的母親的形象，實際上早已超越了現實生活中的家庭主婦本身，而成為一種凝聚著女兒之柔情蜜意的「聖母」的偶像。例如，石評梅筆下的母親這樣說：「你是我的女兒，同時你也是上帝的女兒，為了上帝你應該去愛別人，去幫助別人。去罷！潛心探求你所不知道的，勤懇工作你所能盡力的。去罷！離開我，然而你卻在上帝的懷裏。」（《母親》）顯然，這決不是一個足不出戶，可能吃齋念佛，但不一定信奉上帝的中國鄉婦所言，儘管她仁慈善良，具有東方母親的所有美德，而只能是遠隔關山重重，難見慈母音容的客中女兒幻想中的「聖母」，這裏，距離的間隔反過來「美化」了母親的形象。母親，實際上成了抒發莘莘學子客愁鄉思的擬想對象。冰心曾談過她那本寫於大洋彼岸而後撥動過千萬中國人心弦的《寄小讀者》的創作動機：「這書中的對象是我摯愛恩慈的母親。她是最初也是最後我所戀慕的一個人。我提筆的時候，總有她的顰眉或笑臉湧現在我的眼前。」（《〈寄小讀者〉四版自序》）於是，我們便不難理解，這一時期五四女作家何以寫了那麼多直接抒發惓惓情愫的散文，用了世界上最美最好的文字來讚頌母親，呼喚母愛，因為，她們是一群遠離母親的「翩翩的乳燕」：「在她頻頻回顧的／飛翔裏／總帶著鄉愁！」[18]

第四節　「童心曲」與自由頌歌

第二樂章是「童心曲」。

「翩翩的乳燕」飛離了窩巢，在藍天白雲中翱翔。雖然遠離母親，但一種突如其來的自由感，一下子便攫住了「久受塵世束縛的少女」的心，誠如陳衡哲所言：「但覺得天空地闊，四無阻礙，飄飄逸逸，如籠鳥還林，涸魚得水，好不自由」[19]。五四女作家們感到了一種前所未有

[18] 冰心：《往事（二）》，見《冰心散文集》，開明書店，1932年初版。

[19] 陳衡哲：《西風》，見《小雨點》集，新月書店，1928年4月初版。

的靈魂的釋放感，她們唱起了一支與「聖母頌」相應和的「極柔媚的兒歌」[20]，盡情地抒發對童年時光的美好回憶，對童年幻想的熱烈追求。

這並不是「向後看」，而是因為兒童的心純潔無瑕，想什麼就說什麼；要什麼就幹什麼，與虛偽做作絕緣，這一點恰恰與五四女作家「創造『真』的文學」的主張不謀而合，冰心說：「『真』的文學，是心裏有什麼，筆下寫什麼，此時此地只有『我』……。這時節，縱然所寫的是童話，是瘋言，是無理由，是不思索，然而其中已經充滿了『真』。文學家！你要創造『真』的文學麼？請努力發揮個性，表現自己。」[21]由此不難理解，五四女作家們這一時期寫下的大量童話、寓言故事、兒童詩歌、書信體小說和散文等，實際上正是為了「表現自己」的自然天性和美好嚮往。

首先，在童話和寓言的美妙世界中，抒發一種自我所企求的理想境界。在《小雨點》、《西風》等童話中，陳衡哲表現出對同情弱小、樂於助人、富於自我犧牲的「人性」的讚頌。她筆下的潤水哥哥、河伯伯、海公公、小雨點、月亮兒、西風等，都是和藹善良，富有同情心的「好人」，尤其是「憫世者」西風王子，「他知道下界的人民，是十分需要他的幫助的，於是他便年年到下界去一次，給他們帶一點自由和美感去。」關於這篇童話的創作意圖，作者在篇末附言中寫得清清楚楚：「十三年（即1924年——筆者注）九月三日，作於南京。時戰雲方漫空瀰野，想把清麗的秋色逐出人間去。」（《西風》）顯而易見，作者通過這則西風下凡，「由一個厭世者變為一個憫世者」的童話故事，抒發了「把自由和美感」帶給人間的善良願望，同時，也使我們又一次看到了五四女作家反戰厭戰、渴望和平的仁愛之心。在《鴿兒的通信》、《小小銀翅蝴蝶的故事》等作品中，綠漪的童話則賦予自然界的事物和生靈以擬人化的情感色彩，「無論什麼事物，到了她的眼裏，流入她的筆端，就都成了旖旎風流的妙文」[22]例如她如此描寫溪水的頑皮：「水是怎樣的開心呵，她將那可憐的失路的小紅葉兒，推推擠擠的推到一個漩渦裏，使他滴滴溜溜的打團轉兒，那葉兒向前不得，向後不能，急得幾乎哭出來。水笑嘻嘻的將手一鬆，他才一溜煙的逃走了。」（《鴿兒的通

[20] 冰心：《寄兒童世界的小讀者》，載1924年2月29日《晨報副刊》。

[21] 冰心：《文藝叢談（二）》，載1921年《小說月報》第12卷第4號。

[22] 《綠漪女士‧結婚紀念冊》，載1928年2月《語絲》第4卷第9期。

信（二）》）通過這段生動形象的描寫，一個活潑而又可愛的孩童形象躍然紙上，作者的那顆熱愛自然的童心，在字裏行間畢現。綠漪筆下的花蟲蜂蝶、珍禽異獸，乃至自然界的一草一木，無一不活靈活現，惹人憐愛。

其次，讚歎兒童純潔的自然天性，以表示對黑暗污濁的社會的憎厭。出於女性與兒童的親近，五四女作家格外喜歡與孩子們在一起，這既是女性生來俱有的天然母性的自然流露，也是她們希望在多與孩子的接觸中保持自己的那顆童心。盧隱當年除寫了受到茅盾先生後來推崇的《兩個小學生》外，還寫過一篇名為《一個女教員》的小說。女主人公把與天真純樸的兒童在一起生活比作「世外桃源」，使人得以「返樸歸真」。女教師唱道：「可愛的小朋友呵！／污濁的世界上，／唯有你們是上帝的寵兒；／是自然的驕子；／你們的心，像那梅花上的香雪，／自然浸潤了你們；／母愛陶冶了你們；／呵！可愛的小朋友！／她為了上帝的使命，／願永遠歡迎你們，／歡迎你們未曾被損害的天真！」[23]從這首「歡迎曲」中，我們不難發現，作者並非單純抒寫自己對兒童的熱愛之情，而是把純潔無瑕的童真，作為黑暗污濁的社會和居心叵測的市俗的參照鏡來加以映襯的，歌頌前者，恰恰是為了鞭笞後者。冰心筆下的童真，則猶如水晶般透明的靈魂試金石。她曾寫到這樣一件事：畢業前夕在燕京大學附設的半日學校教學實習，在講到「自由」時，「我」要孩子們回答：什麼是「法律以內的自由」和「法律以外的自由」。小學生們舉了許多例子。一個小男孩突然喊道：「先生！還有打仗也是法律以外的自由」，「我」頓時為自己不敢將這兩個字寫上黑板而羞愧萬分：「小孩子呵，我這受了社會的薰染的人，怎能站在你們天真純潔的國裏？」（《法律以外的自由》）兒童的坦白真率，使作者自慚形穢，反過來又促使作者始終保持一顆真摯赤誠的童心。在石評梅筆下，這種羨慕童真的自慚形穢，進一步發展成為一種「救救孩子」的懺悔意識。《同是上帝的女兒》描寫了「我」與一對童男幼女的相識經過：在狂風裏，「我」一時找不到人力車，正巧一對童男幼女因「爸爸去打仗莫有回家，媽媽現在病在床上，想賺幾個銅子，給媽媽一碗粥喝」而拖著一輛破車出來攬活。「我」動了惻隱之心便坐了上去。假如情節到此為止，至多不過是又一篇胡適似的穿著長袍坐在車上長吁短歎的《人力車夫》，但作者卻筆鋒一轉：

23 盧隱：《一個女教員》，載1922年2月21日、3月1日《時事新報·文學旬刊》。

等他們拖不了幾步，我開始在車上戰慄了！不禁低頭看看：我懷疑了，為什麼我能坐車，他們只這樣拉車？為什麼我穿著耀目絲綢的皮袍，他們只披著百結的單衣？為什麼我能在他們面前當小資本家，他們只在我幾枚銅子下流著血汗？

誰能

不笑我這淺陋呢？

良心，或者也可說是人情，逼著我讓他們停了車，抖顫的掏出錢袋，傾其所有遞給他們；當時我只覺兩腮發熱，慚愧得說不出什麼！[24]

既是深深的同情和憐憫，也是由衷的自責和懺悔，作者通過對不幸兒童的命運的關注，把「我」的懺悔引向了「救救孩子」的社會批判。正是基於這樣一種唯恐自己「受了社會的薰染」而失去誠實善良的人的天性，五四女作家才會如此不厭其煩地歌頌童真，讚美童真。

第三，渴望自由自在、無拘無束地生活，以使純潔率真的童心得到完全的復歸。這種純潔率真的童心的復歸，致使靜默沉思、溫文爾雅的冰心，在大洋彼岸的聖蔔生療養院，成了一個「童心已完全來復」的大孩子：

「在門窗洞開，陽光滿照的屋子裏，或一角回廊上，三歲的孩子似的，一邊忙忙的玩，一邊嗚嗚的唱，有時對自己說些極癡呆的話。休息時間內，偶然睡不著，就自己輕輕的為自己唱催眠的歌。」（《寄兒童世界的小讀者》）

絕無半點掩飾和矯情，真正是「個人方面絕對的自由抒發」（《遺書》）。在不斷品嚐「童心完全來復」的自我體驗中，冰心始終保持了一顆赤誠真摯的童心。她的《寄小讀者》，無疑是「愛之奏鳴曲」中最柔和、最抒情的華彩段落，如潺潺流水，似叮咚山泉，流過千百萬小讀者（也包括大讀者）乾涸的心田。必須指出，童心的「真」，離不開母愛的「善」，只有在母愛的光圈裏，童心才能熠熠生輝：「這書的對象是我摯愛恩慈的母親」，所以冰心才能唱出這支「極柔媚的兒歌」來。

24　石評梅：《同是上帝的女兒》，載1924年12月10日《京報副刊‧婦女週刊》。

《寄小讀者》之所以成為中國現代文學史上較早的兒童文學佳作而一版再版，經久不衰，還有一個重要原因在於，作者「若不是在童心來複的一剎那頃拿起筆來，我決不敢以成人煩雜之心，來寫這通訊。」（《寄兒童世界的小讀者》）作者認為，凡屬於「成人煩雜之心」的東西，是不宜寫給孩子們看的。因此，青年冰心的煩悶憂愁，極少流露在《寄小讀者》中，她總是把自己的感情濾得純之又純，潔淨透明，然後再付諸紙筆。因而，《寄小讀者》是一支經過淨化的兒歌。儘管有的批評家一再對冰心表示不滿：「什麼國家、社會、政治……與伊沒有關係，伊本來也不需要這些東西，伊只要弟弟、妹妹、母親或者花香歡樂就夠了」[25]等等，這一方面是充滿男性優越感的武斷指責，同時也實在是曲解了冰心作為女性作家的一種藝術追求，即「決不敢以成人煩雜之心，」來創作給孩子們看的東西。馬克思說過，「一個成人不能再變成兒童，否則就變得稚氣了。但是兒童的天真不使他感到愉快嗎？他自己不該努力在一個更高的階梯上把自己的真實再現出來嗎？」[26]

第五節　「自然贊」中「美的圖畫」

第三樂章是「自然贊」。在整部「愛之奏鳴曲」中，讚頌大自然的美，是貫穿始終的重要旋律。所謂自然，本來包含兩部分內容，一是指人的自然天性，二是指自然界的事物，正如朱光潛先生所說，「『自然』這一詞在西文中比在漢語中含義較廣，包括外在的自然和人的自然本性兩方面。自然是被看作和社會文化對立的」，「盧梭因厭惡近代文化而號召『回到自然』。這個口號有回到人的原始狀態的意義，也有回到自然人的純樸本性的意義。」[27]五四女作家對於人的自然本性的追求，在「童心曲」的盡情歌唱中，已表露得比較充分，而在她們所描繪的「美的圖畫」中，則更能顯示她們酷愛大自然的那份情愫。也許我們引進一些繪畫的術語更能說明問題：第一，五四女作家多才多藝，不少人擅長繪畫或對繪畫有所研究（如凌叔華、綠漪），繪畫技法運用於景

[25] 蔣光慈：《現代中國社會與革命文學》，原載《太陽月刊》1928年1月創刊號。

[26] 馬克思：《〈政治經濟學批判〉導言》，見《馬克思恩格斯選集》，北京，人民出版社，1972年版。

[27] 朱光潛：《朱光潛美學文集》第3卷，上海文藝出版社，1983年12月版，第165頁。

物描繪駕輕就熟;第二,每幅不同的「美的圖畫」,每每顯示作者在色彩、光感和美學風格上的差異。

冰心最先用哲理小詩的形式表達了熱愛自然、嚮往大海的美學觀:「詩人!/不要委屈了自然罷,/『美』的圖畫,/要淡淡的描呵!」(《春水·六》)「自然喚著說:/『將你的筆尖兒/浸在我的海裏罷!/人類的心懷太枯燥了。』」(《春水·十四》)因此,她最擅長描繪大海的景致,那陽光下海水的絢麗色彩和豐富層次,令人稱絕:

> 我自少住在海濱,卻沒有看見過海平如鏡。這次出了吳淞口,一天的航程,一望無際盡是粼粼的微波。涼風習習,舟如在冰上行。到過了高麗界,海水竟似湖光,藍極綠極,凝成一片。斜陽的金光,長蛇般自天邊直接到闌旁人立處,上自穹蒼,下至船前的水,自淺紅至於深翠,幻成幾十色,一層層、一片片的漾開了來。……[28]

多麼迷人的海!作者別母離家的縷縷鄉思,也正如這層次豐富的大海,「一層層,一片片的漾開了來」。在繪畫的藝術語言中,線條長於表現理智,而色彩則工於表達情感。作者之所以如此喜歡大海,因為「海好像我的母親」,「海喚起了我童年的回憶,海波聲中,童心和遊伴都跳躍到我腦中來」。可見,作者描寫的是海景,抒發的卻是母愛(善)、童心(真)的縷縷情思,這三者構成了一幅情景交融、美麗和諧的「海之戀」的藝術畫面,顯示出作者柔美雋永的美學風格。而在廬隱筆下,同樣是描寫海的景色,則又別是一番情調:

> 今天沒有什麼風浪,船很平穩,下午,雨漸漸住了,露出流丹般的彩霞,罩著炊煙般的軟霧;前面的孤島隱約,彷彿一隻水鴉伏在那裏。海水是深碧的,浪花湧起,好像田田荷叢中窺人的睡蓮。我坐在甲板上一張舊了的藤椅裏,看海潮浩浩蕩蕩,翻騰奔掀,心裏充滿了驚愕的茫然無主的情緒,人生的真象,大約就是如此了[29]。

---

[28] 冰心:《寄小讀者·通訊七》,北新書局,1926年初版。

[29] 廬隱:《或人的悲哀》,載1922年《小說月報》第13卷第12號。

這是憂鬱的海！這幅畫面的色彩，決無冰心「自淺紅至於深翠，幻成幾十色」那般的賞心悅目，而是充滿了朦朧迷惘。你看，驟雨初歇的海域，剛剛露出一點「流丹般的彩霞」，卻又「罩著炊煙般的軟霧」，給人以霧裏看花的灰濛濛的感覺，時隱時現的孤島（請注意這個「孤」字），如水鴉伏著的海島，想必是黑色，海水呈深碧，浪花似粉白的睡蓮，整個畫面充滿灰、黑、青、白四種冷色調，令人想起17世紀荷蘭畫家魯伊斯達爾的那幅著名的《海景》：霞光勉強透過灰色的雲層；遠處的航標，彷彿哥特式建築的黑色尖頂浮在海面；海水呈藏青色，浪花翻卷著白色的泡沫；一隻扯篷揚帆的船，正駛向誰也不知道的海洋深處……這幅畫的色調、意境與盧隱筆下的海景何其相似！如果說，冰心的海景像一幅色彩柔和的水粉畫，那麼，盧隱的海景則如一幅色調凝重的水墨畫。海天蒼茫，氣象萬千，水墨畫也有別具一格的美，但這不同於冰心的柔美，而是滲透著作家探索人生的懷疑、苦悶情緒的一種幽美。這種幽美的藝術風格，體現了作者對於某種冷色調的偏嗜，正如某些印象派畫家，如莫內愛抹紅色，凡高偏重黃色一樣，盧隱則喜歡灰色，她曾表白：「灰色最是美麗，一個人的生命如果不帶一點灰色，他將永遠被摒棄於靈的世界。你看灰色是多麼溫柔，它不象火把人炙得喘不過氣來，它同時也不象黑暗引人陷入迷途。」[30]從這裏，我們可以發現，作者本人的主觀色彩滲透著畫面，決定著色調。所以，盧隱筆下的自然景物，總帶有一種灰濛濛、青幽幽的冷色調，藉以烘托作者苦悶彷徨、寂寞無憑的心境。正如俄國著名畫家列賓所說，「色彩，便是思想。」

兼有冰心的輕柔溫婉與盧隱的朦朧蒼茫而顯得空靈淡雅的是凌叔華。她「以一隻善於調理丹青的手，調理她所需要的文字的份量」[31]，她筆下的自然景物的描寫，宛如一幅虛實相掩、形神兼備的寫意畫：

> ……她抬起頭看，這時的天好像是一張粉藍色的光滑素緞子，上頭偶爾飛上幾團雪白的柳絮，輕輕的緩緩的架著春風，在緞子上打轉兒。兩三隻黑鳥打斜的飛過，這倩妙的鳥影，那隻化工的手描上的！[32]

---

[30] 盧隱：《雲鷗情書集·十六》，神州國光社，1932年2月初版。

[31] 朱光潛：《讀〈小哥兒倆〉》，見《朱光潛全集》，第8卷，安徽教育出版社，1987年版，第190頁～191頁。

[32] 凌叔華：《春天》，載1926年6月12日《現代評論》第4卷第79期。

沒有繪畫的高超技法，決無如此形象生動、色調素雅的神來之筆！凌叔華繪畫的天份極高，大學時代其畫藝已相當嫻熟，據說「偶一點染，每有物外之趣」，朱光潛曾評論她的畫說：「取材大半是數千年來詩人心靈中蕩漾涵泳的自然……在這裏面我所認識的是一個繼承元明諸大家的文人畫師，在嚮往古典的規模法度之中，流露她所特有的清逸風懷和細緻的敏感……」「我們在靜穆中領略生氣的活躍，在本色的大自然中找回本來清靜的自我」[33]。凌叔華的藝術風格，優美中透出空靈，細膩中漾出清逸，接近冰心而又自成一家，流露出作者得之於中國文人畫寄情寫意的神韻。

被稱為「自然的女兒」的綠漪，曾在法國里昂藝術學院專攻過文學和美術，她對於自然風光的描繪，講究西洋畫的空間透視感，她善於捕捉光線透過景物的一剎那間的明暗對比的質感，每每流露出濃郁的詩情畫意：

> ……到樹木裏手把一卷書，藉了青苔半倚著樹幹，感著林中一種沁肌的涼潤，但並不潮濕。讀倦時抬頭望頂上映在陽光之中的綠葉，深深淺淺暈成許多層次，葉縫裏更瀉進細碎的金光，風過去，鑠鑠閃光，每每引起人許多遊移不定但又深沉的幻想。落花挾著清香，簌簌疏雨似的點著人身，給人一種恬靜的詩意。甚至教你於不知不識間暝目趺坐，沉入忘我忘人，莊嚴三昧的境界。[34]

一幅多麼富於光的質感、令人陶醉的風景傑作！令人想起19世紀法國傑出的風景畫家柯羅的代表作《孟特芳丹的回憶》。畫面上，枝葉間的空氣似乎在流動，透過葉叢的陽光，閃爍迷離，投下明暗對比、層次豐富的光影，整個畫面恬靜而又有動感，富於濃郁的浪漫氣息而又有自然的神秘色彩。綠漪的藝術風格，玲瓏剔透，精細入微，她的作品，尤其是早期的抒情散文，大都像一幅幅湖光山色的風景畫，蟲鳥蜂蝶的動物園，筆調技法頗靈巧圓潤，顯示出作者熱愛生靈、寄情山水的童心未泯。無論是「牽牛花和薔蘿花，猩紅萬點，映在淺黃濃綠間，畫出新秋

---

[33] 朱光潛：《讀〈小哥兒倆〉》，見《朱光潛全集》，第8卷，安徽教育出版社，1987年版，第190頁～191頁。

[34] 綠漪：《棘心》，北新書局，1929年5月初版。

的詩意」；還是「春風帶了新綠來，陽光又抱著樹枝接吻。老樹的心也
溫柔了，……蒼翠的顏色好像一層層的綠波，……天也讓它們塗綠了」
（《綠天》），在作者眼裏，花草樹木，全成了上帝派來美化塵世的有
感情、有知覺的「使者」。即便是一片小小的豆莢，也會使作者驚歎：
「造物者真是一個偉大的藝術家啊！……便是這小小的一片豆莢，也不
肯掉以輕心的，你看這豆莢的顏色，是怎樣的可愛，尋常只知豆莢的顏
色是綠的，誰知這綠色也還有深淺，莢之上端是濃綠，漸融化為淡青，
更抹上一層薄紫，便覺潤澤如玉，鮮明如寶石」[35]。如此精細的觀察力和
辨色力，簡直令人稱絕，這在一般男作家筆下，恐怕是難以見到的。

　　總之，五四女作家筆下的水粉畫、水墨畫也好，寫意畫、花鳥畫
也罷，都絕非純自然景物的複製，而是每每滲透出作家本人首先是女性
的，然後是獨特的情感色彩、靈魂光斑，寓情於景，情景交融，景牽著
情，情裹著景，既顯示出共同的對真、善、美的熱愛和追求，又透露出
作家各個不同的氣質、素養、情趣和美學風格的差異，文如其人，畫亦
似其人，布封說得對，「風格就是人」。

---

[35] 綠漪：《綠天》，北新書局，1928年初版。

第七章　浪漫的情愛與女性的「勝利」

　　上世紀30年代初，有一位著名的批評家在考察了五四時期諸位女作家的創作之後，曾援引法國著名作家法朗士（A・France）的話作結：「女子沒有愛，就好像花兒沒有香似的」[1]。無論法朗士的話對女子的創作含有多麼高雅而又不失其高貴矜持的輕蔑，也不管這位批評家對五四時期女作家的創作題材表現出多麼強烈而又明顯的不滿，它畢竟道出了一個事實：女性作家比其他的人更注重「愛」的情愫。

第一節　「爭自由戀愛」的輝煌曙色

　　勿庸諱言，在五四女作家的心理天平上，份量最重的，一端是母愛、童心和自然構築的「真、善、美」的世界，另一端則是純潔、美麗而又浪漫的男女情愛的法碼。1919年刊於北京《晨報》上的宋懷玉女士的白話小說《白受了一番痛苦》，即通過一位斷文識字的青年女子朱燕君的戀愛、婚姻的悲喜劇，傳達出覺醒者的性愛意識：愛情比婚姻更可貴，人格獨立比依附男人更重要。朱從蘇州女師範畢業後，立志非留過洋的男子不嫁，但與留學歸國的男士馮光夏戀愛結婚後，卻因她不會說英語而遭到丈夫嫌棄；起先她委曲求全，後來意識到自己也有人格尊嚴，故不但與丈夫離了婚，而且旋即赴美留學。後學成歸國，成為女學界的名流。為了保持自己的獨立人格，在婚姻問題上，她抱定獨身主義的宗旨[2]。從這篇「五四」初期小說中的朱燕君，到1928年春丁玲筆下以獨身主義來抵禦男權的侵犯和壓迫的志清（《在暑假中》），正代表了五四女作家群體的自尊自強、獨立自主的「女權」意識的自覺。這一意識，不僅反映了五四女作家的內心要求與時代風尚的某種契合，也標誌著中國女子在寂寞深閨中苦熬枯守、把自身命運寄託於「郎君」的人身

---

[1]　毅真：《幾位當代中國女小說家》，見《中國當代女作家論》一書，光華書店，1933年版。

[2]　宋懷玉：《白受了一番痛苦》，載1919年8月24日北京《晨報》。

依附時代的終結，而像男子一樣昂首挺胸、無牽無掛地走向獨立的生活天地的開端。

　　1919年《新詩年選》中刊出署名黃琬的新詩《自覺的女子》，則把五四女子在愛情婚姻上的「自覺」表達得更為通俗淺白：「我沒見過他，／怎麼能愛他？／我沒有愛他，／又怎麼能嫁他？……這簡直是一件買賣，／拿人去當牛馬罷了。／我要保全我的人格，／還怎麼能承認什麼禮教呢？／爸爸！你一定要強迫我，／我便只有自殺了！」這不啻是五四初期的覺醒女子向世界發佈自己具有「愛」的權利和「嫁」的自由的「女權」宣言，這種「女權」（女子的權利）在五四時期的中國，很大程度上成為爭取「人權」（做人的權利）的主要突破口。正如女作家石評梅在小說《董二嫂》中憤憤不平地指出的那樣，「大概他們覺得女人本來不值錢，女人而給人做媳婦，更是命該倒楣受苦的，……什麼時候才認識了女人是人呢？」[3]這種「女人是人！」的起碼要求，是同當時中國婦女在政治上受到歧視、經濟上不能獨立、婚姻上無法自主、身心上缺乏保障的社會現實相聯繫的。因此，在五四小說中，「女權」（婦女的權利）在很大程度上成了「人權」的同義語。從最初的「問題小說」開始，五四女作家就表現出對中國婦女的命運、地位和境遇等社會普遍性問題的關注，其中，反映封建桎梏下的女子在愛情婚姻上的不幸遭遇之作，占了相當大的比重。如盧隱在《一個著作家》中描寫少女沁芬因父母之命而被迫與戀人分手，嫁給一個闊少，享盡物質上的榮華富貴，然而「她常常的憂愁，鎖緊了她的眉峰，獨自坐在很靜寞的屋裏，數那壁上時計搖擺的次數」，並常常對著昔日戀人的相片、情書、情詩等信物傷心落淚。她臨終前口吐鮮血，執筆寫下了：「我不幸！生命和愛情，被金錢強買去！……」[4]終於向那個斷送她的生命和愛情的世界發出了無聲的控訴！從這裏，我們看到了五四女作家對改變中國女子戀愛婚姻不自由的非人境況的熱切期望。

　　從五四初期黃琬在詩中表白：「我沒見過他，／怎麼能愛他？／我沒有愛他，／又怎麼能嫁他？」到馮沅君筆下的纖華，更是無所畏懼地向整個世界疾呼：「生命可以犧牲，意志自由不可以犧牲，不得自由我

---

[3]　石評梅：《董二嫂》，載1925年11月25日北京《京報副刊‧婦女週刊》。

[4]　盧隱：《一個著作家》，載1921年《小說月報》第12卷第2號。

寧死。人們要不知道爭戀愛自由，則所有的一切都不必提了」[5]！愛情，作為人的權利和人生需求，第一次被提到了神聖不可侵犯的高度，顯示了五四新女性在性愛意識上反抗「父母之命，媒妁之言」的包辦婚姻的清醒和果敢。緗華的宣言之所以使人感到強烈的震撼，正在於它給人以「說不出的狂喜，知道中國女性，並不如厭世家所說的那樣無情可施，在不遠的將來，便要看見輝煌的曙色的」（魯迅語）。

五四新女性果然有情可施！當她們呼吸著飄洋過海而來的西方文明的新鮮空氣，腳踩著男女平等、個性解放的時代節拍，呼喊著戀愛自由、婚姻自主的時髦口號之際，正趕上人生的黃金時代最浪漫、最燦爛、最富有詩意的青春年華。心理學研究結果表明，現代人性意識的發展基本上有四個階段：(1)顯露出思春期的自我否定和閉鎖心理的孤獨期；(2)補償思春期的不安情緒，表現出對長者（父母）的依戀期；(3)喜歡接近異性和追求異性並產生狂熱的愛情萌發期；(4)帶有浪漫色彩的正式戀愛期[6]。進入青春時期後，性意識如果僅僅停留在第一、二階段，是不正常的，並且這多半是精神壓抑、思想囚禁所造成的人性扭曲的結果。性愛意識之覺醒及其描寫，在五四女作家筆下出現，當然是毫不奇怪的，並且還表明了五四時期在「爭戀愛自由」這方面，女子處於同男子平等的地位，享有與男子同樣的權利。因此，五四女作家非但有情可施，而且敢於「說情說愛」，她們用一連串優美委婉的音符和旋律，或大膽、或謹慎、或熱烈、或隱秘地吟唱起了浪漫、美麗而熱情的愛情詠歎調：盧隱的小說，多以戀愛的青年男女作為抒情主人公；石評梅的新詩，絕大多數都是柔腸百轉的愛情詩；馮沅君的《卷葹》，魯迅先生稱之為「五四運動直後，將毅然和傳統戰鬥，而又怕毅然和傳統戰鬥，遂不得不復活其『纏綿悱惻之情』的青年們的真實寫照」[7]；凌叔華的《花之寺》，用沈從文的話說，「差不多每篇都有一個太太，這太太的年齡是二十六到三十，所用以為緯的又必是普通家庭的一類事，還是脫不了愛」[8]；白薇的《琳麗》，「從頭到尾就是說的男女的愛，它的結構也許太離奇，情節也許太複雜，文字也許有些毛病，可是這二百幾十頁藏有多

5　馮沅君：《隔絕》載1924年《創造》季刊第2卷第2期。

6　引自林秉賢、張克榮編著《青春期心理》一書，河北人民出版社，1983年3月版。

7　魯迅：《〈中國新文學大系・小說二集〉導言》，良友圖書出版公司，1935年5月版。

8　轉引自賀玉波著《現代中國女作家》一書，上海復興書局，1936年4月再版。

大的力量！一個人的呼聲，在戀愛的苦痛的心的呼聲，從第一頁喊到末一頁，並不複雜，並不疲乏，那是多大的力量！」[9]丁玲的《莎菲女士的日記》，「是大膽的描寫，至少在中國那時的女性作家是大膽的。莎菲女士是『五四』以後解放的青年女子在性愛上的矛盾心理的代表者！」[10]中國現代女性從愛的覺醒到情的相悅，再到愛的苦悶、性的驕傲，這一心理的發展變化過程，在五四時期的女作家筆下，顯得跌宕起伏，搖曳多姿，顯示著中國現代文學史上空前絕後、難以再見的五四時代特具的浪漫風采。

第二節　從愛情童話到性愛小說

先從「新文學第一代開拓者」冰心說起。曾經有人說，「一個女子可以嘲笑冰心，因為冰心缺少氣概顯示自己另一面生活，不如稍後些時淦女士（即馮沅君——筆者注）對於自白的勇敢」[11]。確實，冰心舉止穩重，品性純潔，當年燕京大學的同窗稱之為「靜如止水，穆如秋風」，「想從她那兒發現一點浪漫的氣息，那是辦不到的。她端莊的儀態，不知抑制了幾許人的邪念」[12]。在她那眾多的優美作品中，與她縱情歌頌母愛、童心和自然截然不同，她極少向人「顯示自己另一面生活」，即屬於個人秘密的愛情生活，但這並不意味著「可以嘲笑冰心」，相反，在她大學時代所寫的《瘋人筆記》中，我們就發現了少女時代的冰心心目中的「白馬王子」：

> 世間沒有一個人會寫充滿力量的字，若是有，也都成了「白的他」了。他的字，無論在什麼地方出現，我都會記得的……我便是閉著眼，也知道是他寫的。他是王子，誰不知道呢？他天然的有一種靦腆含愁的樣子……
>
> 當他十個輪子的雪車，駕著十匹白馬，跟隨著十個白衣侍者，從我門口經過的時候，街上的塵土，便紛紛的飛進來報告我了！

9　西瀅：《閒話》，載1926年《現代評論》第3卷第72期。

10　茅盾：《女作家丁玲》，載1932年《文藝月報》第2期。

11　沈從文：《論中國現代小說》，見賀玉波編《郁達夫論》，上海光華書局，1932年印行。

12　李立明：《冰心小傳》，見《學府紀聞‧私立燕京大學》一書，台北南京出版公司，1982年2月初版，第151頁。

──我敢說沒有人不敬慕喜歡他，但他卻是這般的不愛理人……

他雖然不愛理人，卻有時來看望我。……我喜歡他麼？不過這喜歡和不喜歡的界限，在我心裏，極其模糊。容我再仔細回想著……有了，這原如同富士山和直布羅陀海峽一般，都是不容易明曉的事……[13]

　　儘管《瘋人筆記》的「我」自稱是一個補鞋的瘋老人，「身體原是五十萬年前的」，可是，「我喜歡他嗎？」這捫心自問，分明是一個情竇初開的少女富有浪漫色彩的對於理想愛情的憧憬：英俊瀟灑的王子，會寫充滿力量的字，一副脈脈含情的樣子，駕著十輪雪車、十匹白馬向前奔馳……只有在朦朧地期待異性之愛情的懷春少女眼裏，才會出現如此美麗、神奇的愛情童話；也只有在思索「我喜歡他嗎？」的年輕女性心中，才會出現這理不清、道不明的癡迷恍惚的心理特徵。不過，這種對於「愛情是什麼東西」的夢想和迷茫，在冰心那裏，只有在諸如《瘋人筆記》這樣的「瘋話連篇」中才偶見端倪，在更多的場合，它被聖潔的母愛、純潔的童心和令人陶醉的自然遮掩得嚴嚴實實，紋絲不露。不管作者有心還是無意，她延長了自己對長者（父母）、童年生活以及自然美景的依戀階段，以轉移思春期少女對異性的愛的渴慕和神往，補償由此而造成的神情癡迷恍惚的不安情緒。從這點出發，我們便不難理解，五四時期的冰心之所以歌頌母愛、抒寫童心、讚美自然的創作心理的奧秘。冰心是一位創作態度極為嚴肅的作家，她從不把自己「極其模糊」的東西寫進作品，對於尚未親身體驗過的男女愛情（這在五四時期是十分流行的創作題材），她保持了自己的沈默。換句話說，冰心並不缺乏顯示自己另一面生活的「氣概」，她只是不願把雖「仔細回想」但卻仍「不容易明曉的事」硬塞給讀者。儘管如此，她的《瘋人筆記》，已至少給中國現代文學史注入了這樣一個新的性愛資訊：五四新女性的擇偶標準，決非風流倜儻的公子、高官厚祿的幕僚，也非寒窗苦讀的書生、躊躇滿志的文人，甚至也不一定是「沒有人不敬慕喜歡他」的王子，一切要以「我是否喜歡他」的主觀意志為首要條件。正如恩格斯所說，「現代的性愛，同單純的性慾，同古代的愛，是根本不同的。第一，它是以所愛者的互愛為前提的；在這方面，婦女處於同男子平等的

13　冰心：《瘋人筆記》，見《超人》集，商務印書館，1923年版。

地位」[14]。五四新女性的現代性愛意識，首先在《瘋人筆記》中得到了體現。遺憾的是，冰心或許是感到自己這種少女的過於浪漫的愛情童話，與中國滿目瘡痍的社會現實距離過於遙遠，近乎癡人說夢，可想而不可及，所以，她帶著她那關於「白馬王子」的美麗憧憬，陷入了「我喜歡他麼？」的認真而又過於嚴肅的緘默不語。

　　與冰心對於性愛的迷惘和沈默截然不同，五四時期另外一些女作家，如盧隱、凌叔華、馮沅君、白薇等，卻以描寫青年男女的性愛心理而出名。凌叔華雖以「大抵很謹慎的，適可而止的描寫了舊家庭中的婉順的女性」（魯迅語）著稱，但她也曾細膩地描寫過少女的性愛意識的蘇醒。《吃茶》中那位久困於幽閨中的芳影，溫馨地回味著與淑貞的哥哥同看電影的情景：「我起先同他坐近，覺得很不舒服，後來他仔細的和我翻譯那幕上英文，不多工夫我就不覺得不舒服了。……對哪，他特別用心的翻譯那幾句愛能勝一切，愛是不死的，在那幕少年與他情人分手時的話……他還恐怕我不懂，告訴我說：外國人所說的愛字，比中國的愛字稍差，情字似乎比較切實一點，但還不十分合適。他說時我的臉立刻熱起來……幸虧電影院是漆黑的，沒有人看見。」[15]

　　少女那朦朧的性愛意識被喚醒了，正如那位芳影小姐「見社會潮流變了，男女都可以做朋友，覺得這風氣也得學學」（《吃茶》）。情竇初開的少女們開始自覺地在生活中扮演羅米歐與茱麗葉的角色，沉浸在戀愛的最初階段的自我遐想之中。由於中國歷來是一個「男女授受不親」的封建古國，五四初期男女一般多不同校，十七、八歲的少女仍囿於「女兒國」裏，這樣便一度出現了短暫的「同性戀」現象。凌叔華的《說有這麼一回事》、盧隱的《麗石的日記》等都描寫過少女之間的「同性戀」，但這跟當今困擾西方社會的「同性戀」問題不可同日而語。例如，《麗石的日記》所描述的一對少女之間的「同性戀」的悲劇，就表明五四女作家筆下的「同性戀」僅止於精神慰藉：形影不離的麗石和沅青，曾象一對鍾情的戀人那樣親密無間，「玫瑰花含著笑容，聽我們甜蜜的深談，黃鶯藏在葉底偷看我們歡樂的輕舞，人們看到我們一樣的衣裙，連袂著由公園的馬路上走過，如何的注目呵！」其實，

14　恩格斯：《家庭、私有制和國家的起源》，見《馬克思恩格斯選集》，北京，人民出版社，1972年版。

15　凌叔華：《吃茶》，見《花之寺》集，新月書店，1928年版。

這種五四初期少女之間的「同性戀」，只是「女兒國」裏的一種模擬的、憧憬的愛情體驗，是苦悶孤獨的青春期少女彼此尋求安慰的同性相憐，並非真正激動人心的異性相吸的男女戀情。所以，沅青一旦與表兄有了接觸、彼此瞭解後，立即對麗石表示：「從前的見解，實在是小孩子的思想，同性的愛戀，終久不被社會的人認可，我希望你還是早些覺悟吧！」雖然沅青的這一「覺悟」給了麗石以致命的打擊，然而卻是人生道路上由「小孩子思想」向成人階段性意識成熟的飛躍標誌。隨著這一性意識的逐漸成熟，「就引起了與性意識有關的多種多樣的內心情感體驗，並在個體心理生活中佔有重要的位置。這時候他們逐漸開始產生一種追求異性的需要，逐漸地由一種模模糊糊、捉摸不定、短暫的『感覺』和『激情』乃至『幻想』，進入到戀愛階段」[16]。

　　五四時期個性解放的呼聲衝破了「男女授受不親」的清規戒律，戀愛自由的一代風氣促進了性愛意識的迅速發展，青年男女「喜歡接近異性和對異性追求的狂熱期」與「帶浪漫色彩的正式戀愛期」幾乎同時到來。描寫這一帶有反封建特徵和個性解放色彩的男女戀愛和婚姻問題，成為五四文壇上的熱門題材，並成為除了冰心以外的五四女作家熱衷表現的鮮明主題之一。熱烈大膽的愛情表白，純潔忠貞的心心相印，朝朝暮暮的柔情似水，跌宕起伏的情感波瀾，令人心顫的愛情悲劇，坦白真率的性愛苦悶，所有這些，在五四女作家筆下被表現得那樣淋漓酣暢，細緻入微。她們運用得天獨厚的女性心理觀察的細膩筆觸，層層剝離，顯露五四時代性愛意識覺醒後的青年男女的血脈神經，讓人們似乎能夠觸摸到那一顆顆在情感的波濤中躍動、浮沉、掙扎的苦悶的心。

第三節　「靈的交融」與「晶瑩的愛」

　　與同時代的一些男作家，如郁達夫、張資平等人筆下那種赤裸裸的情慾苦悶、性愛行為以及狎妓、縱慾、近親通姦的描寫迥然有別（誠然，他們的早期作品往往用了「不潔」的文字，對封建倫理道德的虛偽性表現了最大膽的蔑視，這一點，郁達夫又遠在張資平之上），五四女作家筆下的男女性愛，極少觸及兩性之間的情慾關係，她們高度推崇男女之間柏拉圖式的「精神戀愛」，也就是說，**崇尚純潔的心靈交融，輕**

16　引自林秉賢、張克榮編著《青春期心理》一書，河北人民出版社，1983年3月版。

視（甚至鄙視）低級的肉慾氾濫，這是五四女作家的性愛意識及其愛情描寫的最突出的特點。她們所吟詠、所讚歎的男女之愛，常常是一種超越於情慾發洩需要之上的高尚而純潔的心靈呼喚。與五四時期其他一些描寫婚外性愛的小說，如郭沫若的《葉羅提之墓》，寫叔嫂之間無法逾越道德、輿論的鴻溝的毫無希望的愛；葉靈鳳的《女媧氏之遺孽》，寫一個「中年有夫的婦人」與一青年學生熱戀而無法逃避自我犯罪感的鞭笞等等相比，廬隱的小說《父親》，則把兒子對庶母產生愛情這一大逆不道的「亂倫行為」，引向了對封建婚姻制度的強烈控訴。小說中那位接受了西方民主思想的青年，他痛恨垂老而又專制的大煙鬼父親，竟佔有兩房妻妾，特別是年輕美貌的小姜（庶母），「真替她可惜」；同時也為庶母的溫柔美麗、富有才情所傾倒，狂熱地愛戀著她。他整天沉浸在幻想中的「靈的世界」裏，憧憬著自己和庶母是天生地配的最美滿的一對戀人，想「真真切切告訴她，我是怎樣的愛她，怎麼熱烈的愛她，她這時候一定可以把她無著落的心，從人間的荊棘堆裏找了回來，微笑的放在我空虛的靈府裏——便是摟著她——摟得緊緊地，使她的靈和我的靈，交融成一件奇異的真實，騰在最高的雲朵，向黑暗的人間，放出醉人的清光。」[17]

兒子所追求的靈的交融，與父親那放蕩的肉的淫慾，形成多麼強烈的高反差！這裏絲毫沒有一般庸俗作品所常見的為一個漂亮女人爭風吃醋的風流韻事，而只有高尚的靈魂與卑劣的靈魂之間的水火不容。假如作者稍稍渲染一下「鬧鬼」的氣氛，這便是一出名符其實的《雷雨》，然而作者不願讓她的主人公越過男女通姦的道德籬笆，而使純潔美麗的靈魂濺上泥水污斑，於是，作者安排了這位深受禮教浸染的青年女子（庶母），在又驚又怕地接受了「我」藉以表達愛慕之情的紅玫瑰之後，便帶著剛剛喚醒的性愛意識魂歸西天：「我的一生就要完了。我和你父親本沒有愛情，我雖然嫁了十年，我總不曾瞭解過什麼是愛情……」催人淚下的控訴，使這出帶有浪漫色彩的「靈的交融」的愛情悲劇，超越了兒子愛上庶母這一倫理道德所不容許的行為（可是它偏偏容許白髮蒼蒼的老者與如花似玉的少女毫無愛情可言的結合！），而顯露出鮮明的反對封建舊道德的現代性愛意識。小說結尾處庶母的下葬，把父與子之間「靈與肉」的矛盾衝突，推向了頂點：「等父親走後，我

17　廬隱：《父親》，載1925年《小說月報》第16卷第1號，本頁引文皆出自該篇。

將一束紅玫瑰放在墳前，我心裏覺得什麼都完了。我決定不再回家去。我本沒有家，父親是我的仇人，我的生命完全被他剝奪淨了」。站在這裏的兒子令人想起巴爾扎克筆下站在高老頭墓前埋葬了年輕人的純潔的最後一滴眼淚的拉斯蒂涅。因為，這裏埋葬的不僅僅是一位年輕美貌的女子（庶母），而且還有那青春時期美麗純潔的初戀。美好的情感被埋葬了，剩下的只是人生的苦悶，對父親的仇恨和對世界的冷漠。一出「靈的交融」的愛情幻滅的悲劇，被賦予了父與子兩代人新與舊、靈與肉矛盾衝突的社會內涵和時代意義。盧隱雖然描寫了大量男女戀愛題材的小說，但其歷史的和美學的價值，當屬《父親》為最高。

在心理學意義上，《父親》裏的兒子對庶母這種追求「靈的交融」的戀愛，屬於愛情發展的早期階段的產物，即基於兩性間的自然吸引基礎（一般常常表現為對外表的美麗一見鍾情）而產生的性愛。這是常常為詩人們所讚歎的浪漫的愛情，或者叫做富有浪漫色彩的「影子愛情」。白薇筆下的青年音樂家琴瀾說得更乾脆：「我至今並不是愛了一個甚麼女子，只是愛了我幻想上構成的那個幻影」（《琳麗》）。這種「影子愛情」的不穩定性，往往給戀愛的一方（較多的是女方）帶來無限的痛苦和憂傷，釀成青年男女之間的愛情悲劇。**詠歎女子求愛的癡情苦戀，譴責男性尋歡的朝秦暮楚，是五四女作家的性愛意識及其愛情描寫的第二個特點。**與同時期許多表現男女愛情悲劇的作品相比，如王統照的《遺音》、郭沫若的《葉羅提之墓》、葉靈鳳的《白葉雜記》、周全平的《夢裏的微笑》以及張聞天的《旅途》等等，這些作品大都塑造了男主人公軟弱無能的悲劇性格；魯迅的《傷逝》，揭示了隱匿在子君和涓生的愛情悲劇後面的深刻的社會經濟原因，代表了五四時期愛情悲劇描寫的最高成就。而五四女作家筆下的愛情悲劇的著眼點，似乎偏重於對兩性相愛這一「人性最深妙的美」的大膽追求，對於負心男子見異思遷、朝秦暮楚的沉痛譴責。這一點反映出五四新女性的性愛意識比較單純，甚至不無偏仄。白薇的詩劇《琳麗》，大概算得上是五四時期最富於浪漫情調和色彩的一出愛情悲劇了。琳麗狂熱地愛上了風流瀟灑的青年音樂家琴瀾，在月夜的樹林裏，癡情的少女獨自一個人苦苦等著戀人的到來——

　　琳麗　月兒喲，戀之憧憬的女神！
　　　　你心花迷了薄紅夢，
　　　　不管別人心兒碎了柔腸痛。

瓊宮奏出歡樂歌，

漫天的黑雲重復重。

重重黑雲驚淚落，

愛人呀！你今夜的影兒何渺漠[18]！

　　如詩如歌的泣訴，癡迷醉人的怨慕，奏響了少女心中美麗憂傷的愛情牧笛，情真意切，動人心弦。這裏，沒有古典作品中落難公子、癡情小姐後花園中私定終身，結尾必定夫貴妻榮的喜劇俗套，卻含有「愛情的真珠」的悲劇光澤。因為，作者不願（或者說是不想）把她可憐的女主人公的愛情與生命割裂開來：

琳麗……

我這回只是為了愛生的，

不但我本身是愛，

恐怕我死後，

我冷冰冰的那一塊青石墓碑，

也只是一團晶瑩的愛。

離開愛還有什麼生命？

離開愛能創造血與淚的藝術麼？

……

　　出自女子之口的如此狂熱真率的「愛情至上」的宣言，在同時期許多表現男女愛情悲劇的作品以及此後很長一段歷史時期的文學作品中實屬少見。如果說，冰心筆下的愛情童話僅僅是情竇初開的少女對於「白馬王子」的朦朧遐想，那麼，白薇筆下的愛情悲劇，已是春情勃發的少女對於人性要求的大膽肯定。她認准「人性最深妙的美，好像只存在兩性間」，「愛是人生最有色彩的活力」，一旦愛上一個人，便「說來說去是說著他，想死想活想著他」。少女對愛情越是熱烈、專一，越發顯出負心男子對愛情視若兒戲的自私可悲：琴瀾拋棄了琳麗，又去追求琳麗的妹妹璃麗。這裏所描寫的青年男女三角關係的愛情糾葛，在許多作品中，甚至在許多年後的新時期的小說中，如《公開的情書》（靳

---

[18] 白薇：《琳麗》，商務印書館，1925年版。

凡著）給三位男女主人公的愛情關係注入了過多的政治因素和哲學思辨而顯得過於理智；《人生》（路遙著）給高加林、巧珍和黃亞萍之間的愛情波折蒙上了社會陰影而顯得過於實際，這已是帶有早熟特徵的成年男女之間的自覺的愛，而《琳麗》所表現的則純粹是青春時節少男少女之間的自覺的愛，狂熱的愛，浪漫的愛，正如心理學家威廉所言，「是少年男女向成年人兩性生活探索過程中的富於浪漫主義色彩的兩性相愛。它比任何事情都要絢麗多姿的。在這個時期以後的人生過程中，也沒有任何階段能比得上這種關係的美麗和嫵媚，能有這樣的不自覺，也不考慮各種各樣社會因素的人類的自然的愛」[19]。儘管從一開始，「影子愛情」的幻影，就註定了琳麗的愛情悲劇的必然結局，正如馬克思所說，「如果你的愛作為愛，沒有引起對方的愛，如果你作為戀愛者通過你的生命表現沒有使你成為被愛的人，那麼你的愛就是無力的，就是不幸」[20]，但白薇筆下這種青春時期根本「不考慮各種各樣社會因素的人類的自然的愛」，散發著五四時代特有的「人性最深妙的美」及其青春魅力和浪漫氣息。作者為了表現自己的愛情理想及其幻滅，調度了豐富的藝術想像力，再現出夢境、幻覺中仙女、花神、時神、死神分別降臨人間的瑰麗神奇的場景，更使《琳麗》一劇籠罩在愛情悲劇的神話般浪漫氛圍裏。

第四節　戀的忠貞與情勝於慾

　　琳麗的教訓在於她幼稚地把兩性關係當成了純粹的「人性最深妙的美」，一往情深卻愛上一個負心的薄情郎，終於釀成一幕「血與淚的藝術」悲劇。代價是沉重的，教訓是慘痛的。因此，**歌頌愛情的忠貞不渝，讚美人格的精神力量，成為五四女作家的性愛意識及其愛情描寫的第三個特點**。石評梅的《墓畔哀歌》，寫出了一位少女在自己愛人墓前（也可看作是作者本人對戀人高君宇烈士）感人肺腑的愛情表白：

> 假如我的眼淚真凝成一粒一粒珍珠，到如今我已替你綴織成繞你玉頸的圍巾。
> 假如我的相思真化作一顆一顆的紅豆，到如今我已替你堆集永久

---

[19] 引自林秉賢、張克榮編著《青春期心理》一書，河北人民出版社，1983年3月版。

[20] 馬克思：《一八四四年經濟學～哲學手稿》，《馬恩全集》第42卷第155頁。

勿忘的愛心。

哀愁深埋在我心頭。

…………

我愛,我吻遍了你墓頭青草在日落黃昏;我禱告,就是空幻的夢吧,也讓我再見見你的英魂[21]。

　　多麼纏綿憂傷,又是多麼哀婉深沉!從《瘋人筆記》「我喜歡他麼?」的猶豫彷徨,到《墓畔哀歌》「相思化作紅豆」的刻骨銘心,尋找理想愛人的現代性愛意識,在五四新女性心路上樹起了一座里程碑。如果說石評梅在表達青年女子對愛人的忠貞不渝,以柔情似水而催人淚下的話,那麼馮沅君筆下塑造的勇敢捍衛自己的愛情,甚至不惜以死來抗爭的少女形象,則以大膽潑辣而振聾發聵。那位被專制的家庭反鎖在小屋內的繽華,不斷發出誓言:「身命可以犧牲,意志自由不可以犧牲,不得自由我寧死」;「我們開了為要求戀愛自由而死的血路」;「我可以對你說,只要我的靈魂還有一星半點兒知覺,我終不負你」!馮沅君以她對於戀愛自由的勇敢自白,發出了中國現代女性的愛情宣言。當繽華在心中對戀人無比信任地喊著「你真愛我,能救我……由此我深深永久的承認人們的靈魂的確是純潔的。……人之所以能為人也只在這點靈魂的純潔」[22]時,我們突然發現五四新女性的性愛意識,又躍上了一座新的陵皐。從朝朝暮暮的「影子愛情」,到心心相印的天長地久,戀人們的擇偶標準已由英俊瀟灑的外貌堂堂深入到高尚純潔的內在品格。為了表現這種人格的力量在任何場合都能保持靈魂的純潔,莫過於把一對熱戀中的青年男女放在同床共寢的「火坑」上烘烤。這在一般作家筆下,很可能會出現那種男女交媾求歡的場面,如《金瓶梅》和《十日談》某些「床上戲」的淫穢細節,而在馮沅君筆下,完全是另一種格調。那篇當時「算是罕見的作品」《旅行》,細緻地描述了一對相愛至深的青年男女為「完成愛的使命」而在外地一家旅館同床共枕的經過:

　　當他把兩條被子鋪成兩條被窩,催我休息的時候,不知為什麼那樣害怕,那樣含羞,那樣傷心,低著頭在床沿上足足坐了一刻多

21　石評梅:《墓畔哀歌》,原收《偶然草》集,文化書局,約30年代初期出版。

22　馮沅君:《隔絕》載1924年《創造》季刊第2卷第2期。

鐘。他代我解衣服上的扣子，解到只剩最裏面的一層了，他低低地叫我的名字，說：「這一層，我可不能解了。」他好像受了神聖尊嚴的監督似的，同個教徒禱告上帝降福給他一樣，極虔敬的離開了我，遠遠的站著，我不用說，也是受著同樣的感動——我相信我們這種感動是最高的靈魂的表現，同時也是純潔的愛情的表現，這是有心房的顫動和滴在衣襟上的熱淚可以作證的[23]。

一對彼此相愛的青年男女，在旅館中同床共枕十多天，「只是限於相偎相依時的微笑，喁喁的細語，甜蜜熱烈的接吻」，因為，高尚純潔的愛情「能使人不做他愛人不同意的事，無論這事是他怎樣企慕的」。這裏寫出了人的靈魂對於肉慾本能的制約和對戀愛雙方的尊重。在五四女作家筆下的青年男女的愛情關係描寫中，基本上都是側重於這樣兩種格調：即柏拉圖式的精神戀愛和在兩性關係中的貞潔自持，情勝於慾。她們以女性對於赤裸裸地描寫性愛關係的一種天然反感（這種反感，從幾十年後新時期的女作家諶容、張辛欣等對《男人的一半是女人》中某些性描寫持不贊成的保留態度[24]也可得到證實），追求兩性關係中貞潔自持、情勝於慾的人格的力量和精神。這一點，甚至連「俄底浦斯情結」的發明專家佛洛伊德也不否認：「文學家們不得不受制於某些條件；他們在影響讀者情緒的同時，還必須挑起智性的與美學的快感」[25]。因而，儘管未婚男女同床共枕，為一般人視為大逆不道，當事人卻如《紅樓夢》中的丫環司棋毫無愧色地面對抄撿出的「私通」信物一樣，理直氣壯地宣佈：「無論別人怎樣說長道短，我總不以為我們這個行為太浪漫了，那也是不良的婚姻制度的結果」！在這裏，我們又看到了五四新女性「我是我自己的，他們誰也沒有干涉我的權利」的個性解放的反封建鋒芒。

第五節　苦澀的相思與性愛的苦悶

愛情的鮮花如火如荼，一天天開放得燦爛絢麗，然而性愛的果實卻不都是甜蜜甘醇的，相反卻常帶著苦澀辛酸。尤其是在那個苦悶的時

[23] 馮沅君：《旅行》，載1924年4月19日《創造週報》第49號。

[24] 見1986年6月27日上海《新民晚報》等。

[25] 佛洛伊德：《愛情心理學》，林克明譯，作家出版社，1986年2月版，第121頁。

代和黑暗的社會裏，青年女子的「愛戀的花，常常襯著苦惱的葉子」，在盧隱筆下，不僅未婚女子露沙對「使君有婦」的戀人梓青的求婚，感到「智情交戰」的痛苦（《海濱故人》）；便是衝破世俗的偏見而得到了理想的結合的冷岫，婚後也感到「心靈深處藏著不可言說的缺憾」（《勝利以後》），痛苦與失望是普遍的女性心理。因此，在五四女作家筆下出現了描寫性愛的苦悶的作品，如盧隱的《寂寞》、《藍田的懺悔錄》；馮沅君的《我已在愛情面前犯了罪》、《潛悼》；凌叔華的《繡枕》、《再見》；直至丁玲的《夢珂》、《莎菲女士的日記》、《在暑假中》、《阿毛姑娘》等等。這些作品顯示了五四女作家描寫性愛苦悶的兩大分支：一是用含蓄纖細的筆致，刻畫青年女子缺少性愛的內心酸楚，以凌叔華的《繡枕》為代表；二是以淋漓酣暢的內心剖白，展示「青年女子在性愛上的矛盾心理」，以丁玲的《莎菲女士的日記》為代表。但不管其表現形式有著多麼不同，其精神實質卻是一致的：知音難覓的愛的失望，靈肉交戰的性的苦悶。

先看凌叔華的《繡枕》。與「不得自由我寧死」的新女性不同，這篇僅三四千字的短篇小說的主人公，是一位「高門鉅族」裏工於刺繡的大小姐。她精心地繡了一對荷葉蓮花、翠鳥鳳凰的大靠墊，被作為禮物送到白總長家，當晚便被喝醉酒的客人吐髒了一大片。另一個擠掉在地上，被人當作腳踏墊子用，滿是泥腳印，少爺便隨手「賞」給了下人。粗粗一看，作者似乎是在嘆惜一件成之不易的藝術品遭到毀滅；細細想來，這何止是踐踏了大小姐那巧奪天工的手藝，更是蹂躪了她那顆渴望性愛的苦悶的心。你看，當初大小姐繡這對靠墊之時，最使她動情的是女僕張媽說，「這一對靠枕兒送到白總長那裏，大家看了，別提有多少人來說親呢。門也得擠破了……聽說白總長的二少爺二十多歲還沒找著合式親事……」大小姐「臉上微微紅暈起來」，她把對白少爺的癡情苦戀密密地融在每根細細的絲線裏，「那鳥冠子曾拆了又拆，足足三次，一次是汗污了嫩黃的線，繡完才發現；一次是配錯了石綠的線，晚上認錯了色；末一次記不清了。那荷葉瓣的嫩粉色的線她洗完手都不敢拿。還得用爽身粉擦了手，再繡。……荷葉太大塊，更難繡，用一樣綠色太板滯，足足配了十二色絲線。」大小姐的相思之苦，盡在穿針引線的動作之中。繡完送給白家之後，閨中女伴取笑了許多話，她只是紅著臉微笑、默認，「夜裏也曾夢到她從未經歷的嬌羞傲氣，戴著此生未有過的

衣飾，許多小姑娘追她看，很羨慕她，許多女伴面上顯出妒嫉顏色」[26]。奧地利精神分析大師佛洛伊德的話也許有助於我們的「釋夢」：「夢不是一種軀體的現象，乃是一種心理的現象」[27]。大小姐的夢，正是她相思難耐的心理的折射。借物傳情的「信物」被男人們作賤了，撩人情思的夢想在現實中破滅了，餘下的只有獨自默默吞咽苦澀的相思之果。凌叔華的筆觸精細而含蓄，顯示出一種大家閨秀的溫文爾雅、含而不露的風度。這種精細含蓄的心理刻畫，在《酒後》、《吃茶》、《再見》、《春天》、《花之寺》等小說中比比皆是。這樣一種性愛描寫，既非傳統閨閣文學「人成各，今非昨，病魂常似秋千索」（唐琬：《釵頭鳳》）式的自怨自艾，而又帶有五四時代的女性所具有的含蓄蘊藉的風範。因為，五四時代，畢竟是一個新舊交替的時代，五四女子，在掙脫封建專制的羈絆時，身上多少還留存著較多溫柔敦厚的女性的氣質，而這種氣質，後來在大革命時代的洪流的沖刷之下，尤其是在抗日救國的烽火的洗禮之後，漸漸從30年代以後的中國文壇上褪化了。

與凌叔華描寫大小姐的「信物」（這未嘗不是她的一顆心）受到男人們的作賤截然相反，丁玲的《莎菲女士的日記》，卻以莎菲「捉弄」葦弟、「征服」凌吉士的女性驕傲，狠狠地為所有受男人們作踐的大小姐們報了一箭之仇。這篇作品，表現出比白薇的《琳麗》更加狂烈、比馮沅君的《旅行》更為徹底的「靈肉交戰」的性愛意識，她以「其他的女作家的創作中所少有甚至於沒有的姿態」[28]，發出了「心靈上負著時代苦悶的青年女性的叛逆的絕叫」[29]。莎菲的叛逆，不僅在於她從舊式大家庭中跑出來，到「新思想」發源的大都市來尋找理想；更在於她與男性的交往，顯示了對凡夫俗子的蔑視和女性從未有過的自尊與傲然。她的目的全然不在通過戀愛、建立婚姻，以找到「託付終身」的對象和歸宿，否則像忠厚可靠的葦弟應當是最合適的丈夫人選。但老實巴交的葦弟，從來沒有「捉住過」莎菲的心，相反，「捉弄他」卻成了她對待葦弟的家常便飯，高興讓他笑就讓他笑；喜歡讓他哭就讓他哭，開心的片刻便「特容許了葦弟接吻在我手上」；氣惱的時候便「趕走葦弟」拒他

---

[26] 凌叔華：《繡枕》，《花之寺》集，新月書店，1928年版。

[27] 佛洛伊德：《精神分析引論》，商務印書館，1984年11月版，第71頁。

[28] 錢謙吾：《丁玲》，見《中國現代女作家》一書，北新書局，1931年8月版。

[29] 茅盾：《女作家丁玲》，載1932年《文藝月報》第2期。

於千里之外。而那位具有「騎士般風度」的凌吉士，徒有一幅漂亮的外表，莎菲既為他那富於誘惑性的紅唇所傾心，又「決心讓那高小子來嚐嚐我的不柔順，不近情理的倨傲和侮弄。」

莎菲之所以對凌吉士比對葦弟感興趣，除了凌吉士的豐儀美形對她不無撩撥、吸引的作用外，更重要的是，她覺得與凌吉士之間的周旋「好像同著什麼東西搏鬥一樣」，她說：「我瞭解我自己，不過是一個女性十足的女人，女人是只把心思放在她要征服的男人們身上。」在與凌吉士的較量中，莎菲簡直象一位氣宇軒昂的女王：「我要佔有他，我要他無條件的獻上他的心，跪著求我賜給他的吻呢。」[30]因此，莎菲與凌吉士之間的「戀愛」，與其說是兩情相悅，不如說是男女之間的一場性別戰爭，而這場男人與女人之間的性別戰爭，結果以凌吉士拜倒在莎菲的石榴裙下，即她征服了他的勝利而告終，即使這勝利只是心理上的。這是中國文學有史以來第一位在兩性關係中居高臨下地俯視男人而非仰視郎君的女性形象，也是女性自母權制社會解體以來從未有過的與男性決出勝負的成功記錄，因此，《莎菲女士的日記》的問世，「好似在這死寂的文壇上，拋下一顆炸彈一樣」[31]震得人們目瞪口呆。然而，莎菲對於凌吉士的征服，實際上並不代表中國女性的真正勝利，甚至談不上是對男權的沉重打擊，卻導致了女性對自己的「鄙夷」，小說的結尾，莎菲一面在心裏喊著「我勝利了！我勝利了！」一面卻決計悄然隱退，離開這個曾與男人「搏鬥」過的兩性戰場，到無人認識的地方去「悄悄的話下來，悄悄的死去」。

這種悄然隱退式的結局安排，多少反映了在五四時期已接近尾聲、大革命洪流正轟轟烈烈在南方掀起的時刻，作者對描寫這場男女之間的性別戰爭是否「值得」的猶疑和困惑。在莎菲的身上，我們再也看不到青春時代少女們對愛情的神往、期待，對戀人的忠貞不渝，以及那如泣如訴的戀歌和富有詩意的憧憬，還有那「美麗得令人傷心的東西，親切得令人腸斷的東西」，我們只見到一位孤獨寂寞、貧病交困的女性，「在靈與肉、生與死、理智與感情、幸福與空虛、自由與束縛，以及其他一切這樣的現象的掙扎衝突之中」[32]，將兩個「值不得」的男人

[30] 丁玲：《莎菲女士的日記》，見《在黑暗中》集，上海開明書店，1928年11月版。

[31] 毅真：《幾位當代中國女小說家》，見《中國當代女作家論》一書，光華書店，1933年版。

[32] 錢謙吾：《丁玲》，見《中國現代女作家》一書，北新書局，1931年8月版。

「玩品」於股掌之中，連莎菲自己最終也意識到這無異於是生命的「浪費」。從性的覺醒、愛的萌芽到性的苦悶、愛的扭曲，「這發展，同時也就是一個不能再前進的頂點，面臨著一個危機了。」[33]這危機不是男性與女性之間誰戰勝誰的性別之戰，而是「社會的經濟困厄的現實關鍵」。因為，在五四以後的中國，「女權」的驕傲無法改變黑暗的社會現實，也無法改變眾多婦女受壓迫、被侮辱的實際命運。當莎菲女士躺在那間又低、又小、又霉的公寓裏，承受著寒冷、肺病和慾望（征服男人）的三重煎熬時，她又怎能再沉浸在卿卿我我、纏綿悱惻的浪漫幻想中，吹奏少女心中美麗而憂傷的愛情牧笛呢？

第六節　「食慾的根柢比性慾還要深」

　　這是一個明顯的標誌，五四新女性那青春時代的愛情羅曼史，至《莎菲女士的日記》打上了句號。她們即使不像莎菲女士這樣悄然從使男人臣服的女王寶座上隱退，而是得到了戀愛自由、婚姻自主的勝利果實，但這「勝利以後」的歲月，也是「苦的多樂的少，而且可希冀的事情更少」，當花前月下的微笑、散步，喁喁的細語，甜蜜熱烈的接吻的浪漫激情成為過去之後，「結婚的結果是把他和她從天上摔到人間」，正如盧隱筆下的沙侶所歎：「結婚，作母親……一切平淡的收束了，事業志趣都成了生命史上的陳跡，……女人，……這原來就是女人的天職。」[34]從為了戀愛自由衝出家庭，到婚姻自主進入家庭，五四新女性兜了一個大圈之後，又螺旋式地投進了另一個小圈。成家之後的她們，首先面對的是吃喝住穿、養兒育女的瑣屑而又現實的人生問題。魯迅先生說過，「食慾的根柢，實在比性慾還要深」，「佛洛伊德恐怕是有幾文錢，吃得飽飽的罷，所以沒有感到吃飯之難，只注意性慾……然而嬰孩出生不久，無論男女，就尖起嘴唇，將頭轉來轉去。莫非它想和異性接吻麼？不，誰都知道：是要吃東西！」[35]使大無畏的子君精神崩潰的，不是來自封建家庭的斷絕往來，也不是老東西、小東西之流的世俗眼光，

---

[33] 馮雪峰：《從〈夢珂〉到〈夜〉——〈丁玲文集〉後記》，載1948年《中國作家》第1卷第2期。

[34] 盧隱：《何處是歸程》，載1927年《小說月報》第18卷第2號。

[35] 魯迅：《聽說夢》，《魯迅全集》第4卷，第469頁。

恰恰正是無法維持一日三餐的溫飽。盧隱筆下的許多知識女性對此也感到不寒而慄：「現在的中國，一切都是提不起來，用不著說女子沒事作，那閒著的男子也曾受過高等教育的，還不知有多少呢？」失業意味著挨餓，沁芝由此悟出，「社會如此，不從根本想法，是永無光明的時候的！」[36]結論很明顯：女性的解放，只有在社會的光明到來之後，才可能真正實現。盧隱在另一篇寫於五四後期的《中國的婦女運動問題》的論文中，更明確地指出：「為今之計，我們只有向那最根本的社會問題上努力，然後我們婦女才有真正解放的時候，社會才有好現象。」[37]

　　從「不得自由我寧死」為愛情實現而反抗，到「從根本上想法」為社會問題而努力，個性解放意識已開始向著社會革命意識轉變，並預示了一場新的文學主題嬗變的序幕即將拉開。五四女作家在20年代末、30年代初已清醒地覺悟到了這一點。石評梅臨終前不久寫下了《我告訴你，母親》一詩，詩中寫道：「我告訴你，母親！／你那忍看中華凋零到如此模樣，／這碧水青山呵任狂奴到處徜徉，／晨光熹微中強扶起頹敗的病身；／母親你讓我去吧戰鼓正在催行。」女詩人不再沉浸於以淚洗面、淒豔哀婉的愛情憂傷之中。盧隱後期小說《一個情婦的日記》中那個曾「為了愛情，而愛一個有地位、有妻子的男人」，甚至不惜付出貞操、名譽和婚姻權利的「第三者」美娟，也被「九一八」的隆隆炮火所震醒，她意識到「一天到晚集注全力在求個人心的解放，唉，這是多麼自私啊！」她擺脫了「愛情至上」的狹小而不太光明的生活牢籠，毅然決定到東北前線去當一名救護隊員，「去到那冰天雪地裏，和殘暴敵人相周旋」。她預感到自己在抗日救亡的四萬萬同胞中間，將獲得「未來的新生」！從只「求個人心的解放」，到「更應當愛我的祖國」，從美娟的身上，分明顯示了受過五四時代個性解放思想薰陶的一代知識女性，在中華民族生死存亡關頭的新覺醒[38]。至此，五四女作家們唱完了「第三交響曲」的最後一個音符，義無反顧地向那個有著濃郁的浪漫情調的五四時代徹底告別了。

[36]　盧隱：《勝利以後》，載1925年《小說月報》第16卷第6號。

[37]　盧隱：《中國的婦女運動問題》，載1924年《民鐸》雜誌第5卷第1號。

[38]　盧隱：《一個情婦的日記》，連載於1933年1月15日～2月26日《申江日報》副刊《海潮》第18-23號。

第八章　中國現代女性文學的三重矛盾關係

　　文學史常常是後人寫的。它也常常很難將歷史復原成昔日的鮮活模樣。猶如一條七拐八彎的長河，從下游往上看去，浪峰高聳的波濤盡收眼底，可那些曾在峽谷裏、崖縫間奔淌的涓涓細流，卻不免為人所遺忘。在考察「五四」以來的中國現代文學的歷史發展時，很有必要重新認識一下，那些曾經在峽谷裏、崖縫間喧囂過、奔騰過的山澗溪流。

　　考察1917至1949這三十年間的中國現代女性作家的創作，對於中國新文學史的突出貢獻和深遠影響，筆者以為，主要表現在女權與社會、女人與革命和女性與男性這樣三重矛盾關係的文學描寫及其形象塑造上。這三重矛盾關係的文學描寫及其形象塑造，不僅顯示出中國現代女性作家的獨特光彩，也為中國現代女性文學的發展和嬗變劃出了大致清晰的時代界線。

第一節　女權與社會的矛盾

　　首先是女權與社會的矛盾。可以說，「五四」時期的女性文學，淋漓盡致地反映了這樣一種矛盾。

　　從所周知，伴隨著1789年法國大革命而萌芽的歐美女權運動，自十八世紀下半葉法國女權主義者靠傑和拉哥姆布，在「天賦人權」的思想指導下，發表《婦女權利宣言》；「婦女立憲同志會」領導人羅蘭夫人，向議會提出女權憲法草案，要求男女平權以來，歐美女權運動此起彼伏。經過百餘年的不懈努力，至二十世紀初葉，英國、法國、奧地利、瑞典、芬蘭、挪威、丹麥、葡萄牙、俄國、美國、加拿大以及澳大利亞等各國婦女，先後獲得了參政權或選舉權與被選舉權，從而形成了二十世紀爭取婦女解放的世界性潮流。這股世界性的潮流，不能不對「五四」前後的中國產生某種震撼和衝擊。然而，與西方女權運動大都以抨擊男權為目標，並由婦女們自己策動、組織不同的是，二十世紀中國的婦女解放運動，最初是在「五四」新文化運動中，由思想激進、目

光敏銳的先驅者們首先呼籲並倡導的，而他們恰恰大都身為男性。他們高高舉起「反孔」的旗幟，而婦女解放正是「反孔」問題中的應有之義。1917年6月1日，那位因喊出「打倒孔家店」口號而聞名遐邇的吳虞，就以其夫人吳曾蘭之名義，發表了一篇洋洋灑灑的反封建檄文《女權平議》，明確地打出了爭取男女平等的旗號[1]。此後，婦女解放和男女平等，作為反對舊思想、舊道德，提倡新思想、新道德的新文化運動和中國社會革命的重要問題之一，引起了中國思想文化界的高度重視。一場聲勢浩大的關於婦女問題的討論，在「五四」前後的中國思想文化界廣泛展開[2]。各種名目的婦女參政運動會、女權運動會等「女權」組織也相繼出現。可以毫不誇張地說，至1919年底，中國「婦女解放的聲浪振得無人不知，新生的雜誌也一時出了五六種，在文化運動中實在熱鬧已極了！」[3]

　　然而，「五四」時期的女性作家，對此熱鬧情景卻有些並不以為然。早在「五四」初期，被譽為「『五四』的產兒」[4]的盧隱，就對中國的「婦女解放」運動產生過疑問：「為什麼婦女本身的問題，要婦女以外的人來解決？婦女本身所受的苦痛，為什麼婦女本身反不覺得呢？婦女也有頭腦，也有四肢五官，為什麼沒有感覺？樣樣事情都要男子主使提攜。這真不可思議了！」在盧隱看來，雖然「婦女解放的聲浪，一天高似一天，但是婦女解放的事實，大半都是失敗」，「這是因為婦女本身沒有覺悟，所以經不起磨折，終至於失敗」，因而她大聲疾呼：「婦女解放問題，一定要婦女本身解決。」[5]稍後些時，她在《中國的婦女運動問題》一文中更明確地表示：「我對於中國婦女運動的過去，不免抱悲觀，覺得一點成效都沒有」，因為，中國的婦女問題：

　　　　「絕不是社會上單獨的問題，……如果這社會是病的狀態，我們單抱住婦女問題死咬，也不見得是根本的解決，便是得了參政權，也一樣抬不起頭來。為今之計，我們只有向那根本的社會問

1　吳虞：《女權平議》，見《吳虞文錄》，上海：亞東圖書館，1921年版。

2　關於這場婦女問題的討淪及有關文章，見《五四時期婦女問題文選》，北京：三聯書店，1981年12月版。

3　沈雁冰（茅盾）：《我們該怎樣準備了去譚婦女解放問題》，載《婦女雜誌》第6卷第3號。

4　茅盾：《盧隱論》，載《文學》1934年第3卷第1號，署名未明。

5　盧隱：《「女子成美會」希望於婦女》，載1920年2月10日北京《晨報》。

第八章　中國現代女性文學的三重矛盾關係

111

題上努力，然後我們婦女才有真正解放的時候，社會才有好現象」[6]。

　　無疑，身為「『五四』的產兒」的女作家廬隱，在當時就看到了「女權」與社會的矛盾，並且從她對於中國婦女問題的認識的轉變，可以說，正代表了「五四」新女性對「女權」在中國之命運的思考的深化。基於這樣一種認識，「五四」女性文學，也就必然首先表現出關注中國婦女的命運、境遇及其地位等社會普遍性的問題。於是，我們也就不難理解，「五四」初期的「問題小說」中，反映封建桎梏下的女子的不幸遭遇之作，為何占了那麼大的比重（如冰心的《莊鴻的姊姊》、《最後的安息》；廬隱的《一個著作家》、《一封信》[7]等等）。這些被冠以「問題小說」的早期作品，固然一向被批評為「只問病源，不開藥方」，或是「結構鬆散，技巧幼稚」，但即便是這樣，我們還是從中看到了「五四」女作家對改變中國不幸女子的非人境況的熱切期望。她們筆下的不幸女子，大都是封建家庭和舊禮教直接迫害的對象，喪失了作為「人」，其次才是作為「女人」的與生俱來的各種權利（包括生存的權利），正如石評梅在其小說《董二嫂》中憤憤不平地指出的那樣，「大概他們覺得女人本來不值錢，女人而給人做媳婦，更是命該倒楣受苦的，……什麼時候才認識了女人是人呢？[8]而這「女人是人」的起碼要求，又是同當時中國婦女在政治上受到歧視、經濟上不能獨立、婚姻上無法自主、身心上缺乏安全的社會現實相聯繫的。因此，在許多「五四」作品中，「女權」（婦女的權利）在很大程度上成了「人權」（做人的權利）的同義語。

　　不過，覺醒者的「女權」意識很快在「五四」女性文學中找到了表現的突破口，這就是：擯棄人身依附，追求獨立人格。1919年北京《晨報》上發表了一篇署名為宋懷玉女士的白話小說《白受了一番痛苦》，描寫的是一位叫朱燕君的女子，從蘇州女師範畢業後，立志非留過洋的男子而不嫁，終於結識一位留學歸國的男士馮光夏而戀愛結婚。但婚後

6　廬隱：《中日的婦女運動問題》，載《民鐸》1924年第5卷第1號。

7　這些發表於1919至1921年間的短篇作品，大都反映當時被封建舊家庭、舊禮教迫害致死的青年女子或童養媳的非人境況。

8　石評梅：《董二嫂》，載1925年11月25日北京《京報副刊·婦女週刊》。

卻因她不會說英語而遭到丈夫的嫌棄，起先她委曲求全，後來意識到自己也有人格尊嚴，故不但同意與丈夫離婚，而且離婚後旋即赴美國留學。學成歸國後，成為女學界的名流。為了保持自己的獨立人格，在婚姻問題上，她抱定獨身主義的宗旨[9]。從這篇「五四」初期小說中的朱燕君，到1928年春出現在丁玲筆下的一群或以獨身、或以「同性戀」等方式來抵禦男權的侵犯和壓迫的姑娘們[10]，可以說，正代表了「五四」女性文學的自尊自強、獨立自主的「女權」意識的自覺。這一意識，不僅反映了「五四」女性作家的內心要求與時代風尚的某種契合，也標誌著中國女子在寂寞深閨中苦熬枯守、把自身命運寄託於「郎君」的人身依附時代的終結。因而這些作品，無論在中國現代文學史上還是在中國婦女解放運動史上，都是值得大書特書的一筆。

雖然，從「五四」初期的青年女子（如朱燕君）身上，已傳達出覺醒者的「女權」意識：人格獨立比依附男人更重要，但在整個「五四」時期，最為激動人心的，卻是青年女子在愛情婚姻上向世界發佈自己具有「愛」的權利和「嫁」的自由之「女權」宣言。1919年《新詩年選》中刊出署名黃琬的新詩《自覺的女子》，即把「五四」女子在愛情婚姻上的「自覺」表達得十分通俗淺白：

> 我沒見過他，
> 怎麼能愛他？
> 我沒有愛他，
> 又怎麼能嫁他？
> ……
> 這簡直是一件買賣，
> 拿人去當牛馬罷了。
> 我要保全我的人格，
> 還怎麼能承認什麼禮教呢？
> 爸爸！你一定要強迫我，
> 我便只有自殺了！」

9　宋懷玉：《白受了一番痛苦》，載1919年8月24日北京《晨報》。

10　丁玲：《在暑假中》，《在黑暗中》集，上海：開明書店，1928年版。

為了「保全」女性的「人格」而不惜以死抗爭。馮沅君筆下的纓華，為此更是無所畏懼地向整個世界疾呼：「身命可以犧牲，意志自由不可以犧牲，不得自由我寧死，人們要不知道爭戀愛自由，則所有的一切都不必提了」！[11]愛情，作為女性的權利和人生需求，第一次在文學中被提到了神聖不可侵犯的高度，顯示了「五四」新女性在維護和捍衛自身權益方面的清醒和果敢。於是，在《旅行》中，具有「女權」意識的新女性和她的戀人終於在旅店裏演出了令封建衛道士不敢正規的大膽「同居」的一幕[12]。

　　不過，在「五四」時期的中國，《旅行》的浪漫情調就像是天邊的一道彩虹，美麗然而虛幻。如果說，馮沅君的《隔絕》、《旅行》一類作品，使人看到了「我是我自己的，他們誰也沒有干涉我的權利」的子君的傲然面影，那麼，盧隱的《勝利以後》、《何處是歸程》等小說，卻分明顯示了那些曾經爭得戀愛自由的子君們的另一種悲劇結局。雖然這些小說不如魯迅的《傷逝》那般深刻凝重，但兩者所提出的「經濟困人」的現實問題，則同樣是那些中國的挪拉們無法逾越的溝壑。當初「和家庭奮鬥，一定要為愛情犧牲一切的時候，是何等氣概」的沁芝們，在「勝利以後」終於發現，婚後的伊甸園遠非從前所憧憬的那般充滿浪漫的詩意：家務瑣事，「束縛轉深」；柴米油鹽，「經濟困人」[13]。使魯迅筆下的大無畏的子君精神崩潰的，不是來自封建家庭的斷絕往來，也不是老東西、小東西之流的世俗眼光，而正是無法維持一日三餐的溫飽！《勝利以後》的沁芝，此時才真正感到悲哀：「現在的中國，一切都是提不起來。用不著說女子沒事作，那閒著的男子──也曾受過高等教育的，還不知有多少呢？」[14]失業意味著挨餓，「女權」的尊嚴，在冰冷無情的社會現實面前，顯得是那樣不切實際、無足輕重，沁芝們由此悟出：「社會如此，不從根本想法，是永無光明的時候的！」在這裏，我們又看到了「社會解放婦女才能解放」的現身說法，這在「五四」後期，不能不說是十分清醒的認識。

　　盧隱筆下的沁芝們已經理智地意識到女子的獨立和解放只有「從根

---

[11]　沅君：《隔絕》，載《創造》季刊1924年2月29日第2卷第2期。

[12]　沅君：《旅行》，載《創造週報》第45號，1924年3月21日出版。

[13]　盧隱：《勝利以後》，載1925年《小說月報》16卷6號。

[14]　盧隱：《勝利以後》，載1925年《小說月報》16卷6號。

本想法」才能實現，遲到的但卻「好似在這死寂的文壇上拋下一顆炸彈一樣」[15]令人震驚的丁玲，以她的莎菲女士這一人物形象，對「五四」新女性所崇尚、所追求的「女權」的優越感，作了最後的訣別。這位從封建大家庭跑到「新思想」發源的大都市來尋我理想的叛逆女性，顯示了對凡夫俗子的最大蔑視和女性從未有過的自尊與傲然。忠厚老實的葦弟，從來沒有「捉住過」莎菲的心，相反，「捉弄他」卻成了她對待葦弟的家常便飯：高興讓他笑時就讓他笑，喜歡讓他哭時就讓他哭；開心的片刻便「特容許了葦弟接吻在我手上」，氣惱的時候則「趕走葦弟」，拒他於千里之外。而那位具有「騎士般風度」的凌吉士，徒有一副漂亮的外表，莎菲既為他那富於誘惑性的紅唇所傾心，又「決心讓那高小子來嚐嚐我的不柔順，不近情理的倨傲和侮弄。」莎菲之所以對凌吉士比對葦弟感興趣，除了凌的豐儀美態對她不無吸引的作用外，更重要的是，她覺得與凌之間的周旋「好像同著什麼東西搏鬥一樣」，她說：「我瞭解我自己，不過是一個女性十足的女人，女人是只把心思放在她要征服的男人們身上。[16]」在與被「征服」的男人之間的性別戰爭中，結果以凌吉士拜倒在莎菲的石榴裙下，即她「征服」了他的勝利而告終，即使這勝利只是心理上的。然而，莎菲對於凌吉士的征服，實際上並不代表中國女性的真正勝利。小說的結尾，莎菲一面在心裏喊著「我勝利了！我勝利了！」一面卻決計悄然隱退，離開這個曾與男人「搏鬥」過的兩性戰場，到無人認識的地方去，「悄悄活下來，悄悄的死去」。

　　這種悄然隱退式的結局安排，多少反映了在「五四」時期已接近尾聲、大革命洪流正轟轟烈烈在南方掀起的時刻，作者對描寫這場男女之間的性別戰爭是否「值得」的猶疑和困惑。因為，「五四」的女作家已經意識到：在當時的中國，女權主義無法改變黑暗的社會現實，即使擁有像英國女作家維吉尼亞・伍爾芙所希冀的「自己的一間屋」，也無法改變婦女受歧視、被侮辱的實際命運。

---

[15] 毅真：《幾位當代中國女小說家》，見黃人影編《當代中國女作家論》，上海：光華書局，1938年出版。

[16] 丁玲：《莎菲女士的日記》，載1928年《小說月報》19卷2號。關於這篇作品，不少人把它看作是反映大革命失敗後小資產階級女性的失望心理之作，但根據作品本身的時代氣氛和《莎菲女士的日記第二部》的追述交代，都表明這篇小說是以1924至1925年冬春之交的北京為背景的。

第二節　女人與革命的關係

自然，莎菲女士的苦悶，與繡華、沁芝們的痛苦與悲哀，已經有了一定的心理差異。這裏既有著作家自身的才情、個人的氣質和稟賦以及表現角度的不同，也有著作品的創作背景與大革命失敗及其後對文學的要求的某種契合。連被稱為「感傷派女作家」[17]的廬隱，此時也寫了《風欺雪虐》、《曼麗》等作品，透露出因戀愛失敗或抱有幻想的小布爾喬亞女性「終於革命去了！」的消息；以寫「戀愛的苦痛的心的呼聲」、「從第一頁喊到末一頁」[18]的《琳麗》一劇而震動「五四」文壇的劇作家白薇女士，也很快寫出了《打出幽靈塔》、《革命神受難》等革命與戀愛奇特交織的新劇[19]。這些作品，很自然地成為連接「五四」時期和三十年代女性文學之間的過渡之作。

隨著「革命文學」階段的到來，中國現代女性文學很快便出現了一種新的文學主題和審美觀照：女人與革命的關係。白薇的劇作《打出幽靈塔》，反映了大革命時代農民協會與土豪劣紳的激烈鬥爭。然而，其中吸引人的，並非這場轟轟烈烈的農民革命，而是土豪劣紳胡榮生與三個女人（分別為他的小妾、養女和曾被他糟蹋過的現婦聯委員）之間那種複雜而又離奇的關係。但也正是這場打倒土豪劣紳的農民革命，使婦聯委員蕭森，遇到了當年的仇人、如今的革命的對象以及失散多年的親生女兒，面臨著革命事業與個人恩仇之間的痛苦抉擇；使養女蕭月林認清了這位其實為自己生父的土豪劣紳乃是反革命「幽靈」，最後終於大義滅親，向他射出了復仇的子彈；使小妾鄭少梅終於憤而「打出幽靈塔」，加入了革命隊伍[20]。這是以往全部中國文學史都未見到過的奇特的女性形象，無論她們的生活故事多麼離奇古怪，但是，正是她們，為中國現代文學的歷史輸入了「革命文學」的最初的新鮮血液。謝冰瑩的《從軍日記》，以革命軍中英姿颯爽的女兵形象，第一次出現在中國現代文學史的畫廊之中[21]。我們在稍後些時的《一個女兵的自傳》中，讀到

---

[17] 草野：《感傷派女作家黃廬隱》，見《中國現代女作家》，北平：人文書店，1932年版。

[18] 西瀅：《閒話》，載《現代評論》1926年第3卷第72期。

[19] 白薇：《打出幽靈塔》，載《奔流》1928年第1卷第1、2、4期；《革命神受難》，載《語絲》1928年第4卷第12期。

[20] 白薇：《打出幽靈塔》，載《奔流》1928年第1卷第1、2、4期。

[21] 謝冰瑩：《一個女兵的自傳》上卷，上海：良友圖書公司，1936年3月初版。

了這樣令人歡欣鼓舞的抒情描寫：

> 無論老的少的，小腳婦人，誰都舉起打倒軍閥、打倒帝國主義的
> 拳頭，站在飄蕩在空中的革命旗幟下來了！誰的腦海裏都深刻地
> 藏著一個堅強的信念，明天是我們的世界，明天是新社會產生的
> 日子，明天是我們脫離奴隸的枷鎖，開始做人的一天[22]。

這是多麼激動人心的場面，多麼富於煽情性的文字！女人那原本纖細的情感線條，也因了這樣的革命氣概變得粗獷起來。

比起白薇、謝冰瑩這兩位親身感染過大革命洪流的粗獷氣勢的女作家來，上海的「左翼」女作家描寫女子投身革命顯然要比那些女兵們複雜得多。丁玲的《韋護》，面臨著的正是這樣一個迫切而又難以回避的矛盾：革命與戀愛（以及家庭、個人利益等）的衝突。革命者韋護之所以割捨自己與小資產階段知識女性麗嘉之間的戀愛關係，是由於「在結合後，麗嘉雖然接受了社會主義，終不免因為戀人的忙於工作而奪去他倆的溫柔蜜愛的時間而感到戚戚」[23]。儘管丁玲加入「中國左翼作家聯盟」後曾表示不滿意這篇作品（參看丁玲《我的創作生活》一書），當時的左翼文學界也並不滿意這篇作品（如茅盾的《女作家丁玲》等文），然而筆者以為，丁玲正是第一個敏感地觸及到女人與革命（以與戀愛發生衝突的方式）之間的複雜關係的女作家。接著，她創作的《一九三〇年春上海》（之一、之二）似乎是她為麗嘉設計的兩種不同的結局：《一九三〇年春上海》（之一）是轉向革命的美琳為革命而割捨了戀愛；《一九三〇年春上海》（之二）則是瑪麗不願革命而最終離去。不論是哪一種結局，都揭示了作為妻子的女人對於革命的那種複雜而又微妙的心理。因為，革命帶給她們的，並不完全是覺悟後的喜悅和亢奮，相反，卻或多或少需要她們作出某種犧牲，付出某種代價——如愛情上的損失、生活上的不便，甚至，還要冒生命的風險。因此，從女性文學的角度和意義來說，像《韋護》等這一類作品，實在比「努力想表現這時代及前進的鬥爭者」（茅盾語）的《田家沖》、《水》更有價值，因為它至少反映了女性心理的複雜層面。並且，在十年之後出現的

22　同註21。

23　茅盾：《女作家丁玲》，載《文藝月報》1933年第1卷第2期。

短篇小說《我在霞村的時候》中，丁玲進一步揭示了女人為革命作出的更大的犧牲——不僅是感情上的，甚至是肉體上和心理上的：被日本鬼子糟蹋的年輕女子貞貞，身心受著極大的痛苦，默默地肩負著革命工作，在鬼子的軍營裏染上了髒病，可是她回到家來卻受到周圍人們缺乏憐憫之心的嘲笑和誤解。在對貞貞的遭遇的描寫中，分明有著作者作為女人對女人的理解和關懷，正如作者借書中人物之口所說：「我們女人真作孽呀！」這裏面有著作者本人從《韋護》開始的那樣一種對於女人參加革命比男人要付出更多代價和犧牲的一貫的同情，也只有女作家才能寫出這種充滿女人味的同情。

寫女人與革命之關係無法兩全，而更加顯示出女人因革命而較男人付出更大的犧牲和忍受更多精神痛苦與折磨的，當推楊剛的《日記拾遺》。這篇於1934年為美國來華作家埃德加·斯諾所編《活的中國》而寫的一篇日記體小說，淋淋盡致地揭示了兩對投身革命的夫婦為革命事業而失去天倫之樂的內心痛苦。在白色恐怖最為嚴重的關鍵時刻，女主人公「我」卻因嚴重的妊娠反應躺於床榻。「我」對拖累了組織和丈夫、影響了革命工作深懷內疚，曾幾次轉過要做人工流產的念頭，然而女人天生的母性卻時時動搖「我」的決心。

> ……自從胎兒在子宮裏開始活動，這種奇妙的感覺就一直使我的心大為震動，簡宜難以形容。我的喉嚨渴望向全世界宣佈它的存在。……我將是他喊作母親的那個人！對，這是我夢寐以求的，是我的歡樂、力量和憧憬。
>
> 有什麼女人能夠堅強到不作這樣的夢呢？不，沒有這樣的女人，我肯定不是這樣的女人。……[24]

正是在這裏，作者寫出了女革命者作為女人的天性——渴望作母親，「夢想給世界增添一個生命」；然而又因為其身份是革命者，便連這一起碼的欲求都成了不切實際的奢望。當丈夫遭到逮捕後，「我」被另一位革命者老李轉移到他家中安頓，「我」也因此得知李太太為了革命事業，曾流產七次，唯一的兒子也在獄中夭折的遭遇。最後，為了盡

24 楊剛的《日記拾遺》，原作用英文寫成，此處引自《中國新文學大系1927—1937》第5集，上海文藝出版社，1984年5月版，第795頁。

早投入革命工作，「我」終於吞下了三大粒打胎丸。

「婦女與革命——多奇怪的一對！」（《日記拾遺》）這一對矛盾關係是那樣如冰炭難以相容，又是那樣驚心動魄、你死我活！然而，唯有這樣的小說，才從正反兩方面告訴人們：女人加入血與火的革命之艱辛和不易，以及為此所付出的無法補償的巨大犧牲，所忍受的難以想像的內心痛苦。遺憾的是，現存的中國現代文學史卻似乎對這種描寫「婦女與革命」的矛盾衝突的作品頗不以為然，至今仍然極少有人加以關注。至於丁玲四十年代在延安根據地所寫的《三八節有感》、《在醫院中》、《我在霞村的時候》等作品所受到的不公平的對待，似乎更從一個側面表明了革命對於女人的痛苦的漠視和排斥。有意思的是，眾多的人一方面對小芹（趙樹理《小二黑結婚》中的女主人公）的「婦女解放」（自由戀愛）加以熱烈讚賞；另一方面卻又對貞貞（《我在霞村的時候》）的「失節不貞」表現出本能的厭惡和無法容忍，這也是「多麼奇怪的一對」矛盾！

第三節　女性與男性的糾纏

表現「女人與革命」矛盾衝突的作品，在抗戰爆發以後及整個四十年代，無論是在解放區還是在國統區，都幾乎匿跡。一個很重要的原因是：艱苦卓絕的八年抗戰，緊跟著又是炮火紛飛的三年內戰，「戰爭，讓女人走開」。這時，已不是女人要不要革命的問題，而是民族不抗日、不解放就沒有生路的關頭。比起整個民族的生死存亡和「中國向何處去」的命運決戰來，女人——作為個體存在的女人的痛苦，無論是肉體的，還是內心的，又算得了什麼？戰爭，需要的是整體意志，「把我們的血肉築成新的長城」，而不是展示個人的零磚碎瓦。戰爭，改變了一切，自然也改變了文學。於是，我們便不難理解，為什麼四十年代末丁玲女士和草明女士分別寫出了反映農村土地改革和恢復工業生產的集體群像的《太陽照在桑乾河上》與《原動力》，並且頗受中國現代文學史的好評。不過，在我看來，這兩部長篇小說的篇幅、人物及框架比兩位作者先前的作品擴充了許多，卻也同時失去了原先《在黑暗中》、《女人的故事》那種獨特的女性魅力和光澤。

四十年代女性文學最令人矚目的倒是在淪陷區——曾一度被日寇佔領的大都市中出現的一批文壇新秀：上海的張愛玲、蘇青、關露、潘柳

黛，先在長春後移居北平的梅娘，以及東三省的但娣、吳瑛、藍苓、左蒂、朱媞等。在日寇直接統治下的都市裡，具有抗日救亡傾向的作品，自然是難以公開面世的，但那些「談天說地」（蘇青女士主編的《天地》雜誌有此專欄，編者在《發刊詞》中稱：「嘻笑怒罵，論事理，辨是非，從心所欲，只要檢查處可以通過的話便無不可說」[25]）之類無礙當局之作，卻仍可出版。正如柯靈先生在談及張愛玲為何在淪陷時期的「孤島」上迅速成名的原因時所分析的：「日本侵略者和汪精衛政權把新文學傳統一刀切斷了，只要不反對他們，有點文學藝術粉飾太平，求之不得，給他們什麼，當然是毫不計較的。天高皇帝遠，這就給張愛玲提供了大顯身手的舞台。」（《遙寄張愛玲》）同樣，這也給蘇青、梅娘等淪陷區女作家提供了以文謀生的「天地」。

自然，這塊女性文學的「天地」，是頗為狹窄的。因為，宣傳抗日救亡意識，是要坐牢殺頭的。於是，「莫談國事」，人人縮進自己的螺絲殼——「家」：女人與男人共同棲身的屋簷下，那一片窄窄的「天地」，小小的世界。又因為這一世界的狹小，使女人可以更清楚、更專注地看清男人的面目，同時也就更清晰地反射出兩性關係上的靈魂的曝光。女性與男性的糾纏與衝突，構成了四十年代令人驚歎的女性文學世界！

四十年代在上海灘上與張愛玲齊名的女作家蘇青，以她的長篇自傳體小說《結婚十年》一鳴驚人。這部書於1944年夏天出版後，至1945年的春天已發行了十一版。這部小說只有兩個主角：妻子和丈夫，從半新半舊的婚禮開始，到生兒育女，再到妻子出走、自謀生路結束。十多萬字的篇幅，就寫了這些平凡瑣事。然而，就在這絮絮的敘述中，卻使我們領會了妻子對丈夫在性關係上的矛盾心理：「我不知怎樣對待自己的丈夫才好！想討好他吧，又怕有孩子，想不討好他吧，又怕給別人討好了去。我並不怎樣愛他，卻也不願他愛別人；最好是他能夠生來不喜歡女人的，但在生理上卻又是一個十足強健的男人！」[26]我們的文學史從來沒有看到過像這樣反映在兩性關係中妻子對丈夫如此複雜而微妙的矛盾心理，令人想起當年「在性愛上的矛盾心理的代表者」[27]莎菲女士的真率

25 蘇青：《〈天地〉發刊詞》，載《天地》1943年10月創刊號。

26 蘇青：《結婚十年》，上海：天地出版社，1944年7月初版。

27 茅盾：《女作家丁玲》，載《文藝月報》1933年第1卷第2期。

與坦白。而蘇青的另一篇小說《蛾》，更為形象地展示出在寂寞和緊張（防空警報）的氛圍中，獨身女人跟男人（甚至只是個陌生的過客）片刻偷歡的性的悲劇：

> 他說：「我不會使你養孩子的。」她點點頭，眼淚直流下來。她知道，她此刻在他的心中，只不過是一件叫做「女」的東西，而沒有其他什麼「人」的成份存在。慾望像火，人便像撲火的蛾，飛呀飛呀，飛在火焰旁，讚美光明，崇拜熱烈，都不過是自己騙自己，使得增加力氣，勇於一撲罷了[28]。

明明知道是「自己騙自己」，還是難耐情慾折磨，不惜赴湯蹈火，在《蛾》中我們無意間瞥見了張愛玲筆下的白流蘇的影子。令人驚異的是，當時那麼年輕的張愛玲，竟成了表現這種糾纏不清的兩性關係的一把好手。她的代表作，無論是《金鎖記》還是《傾城之戀》，都顯示出她對於女性與男性之間錯綜複雜的關係的把握，已達刻骨銘心、直搗靈魂的心理深度。她的筆，毫不留情地捅開了滬港兩地那些半洋半土的家庭的天窗，讓人們看清生活在這片屋簷下的男男女女組成的兩性世界的虛偽、欺騙和爾虞我詐。那個曾被久久壓抑的情慾之火燒透了心的曹七巧，而後又像淬過火的鋼錠般露著幽幽的藍光，甚至不惜親手砸碎一對親生兒女的青春和幸福[29]。張愛玲筆下描寫的兩性關係，除了白流蘇和范柳原因為「香港的陷落」成全了這對平庸的男女外，其餘幾乎無一不以令人顫慄的悲劇告終，她的小說的藝術力量，也正在這裏。

或許是正如法國大文豪巴爾扎克所說，「不論處境如何，女人的痛苦總比男人多，而且程度也更深，……感受、愛、受苦、犧牲，永遠是女人生命中應有的文章」。痛苦太多，也就麻木了，或者說是強硬了。因此，我們在四十年代的女性文學中看到了這樣一種現象：即男性形象變得孱弱了，而女性形象則變得比以往任何時候都強悍，如張愛玲筆下的曹七巧。我們甚至在吳瑛的《翠紅》嘴裏聽到了這樣粗聲大氣的「告示」：「告訴你們！喂！聽著，誰說咱們不是一樣的人，都是為了要吃飯

---

[28] 蘇青：《蛾》，載《雜誌》1944年4月號。

[29] 張愛玲：《金鎖記》，載《雜誌》1943年11月號。

呀！跟你們不一樣的，算是我是個女人，女人怎的呀，女人也要活。」[30]

是的，女人也要活。這已不是「三從四德」的時代，也不是挪拉出走的時代了。這是求生存、求活路的時代。左蒂女士筆下的少女柳琦，曾哀歎過「這以男人為中心的社會呵，女人是沒有出路的」，此時也學會了周旋於兩個男人之間[31]；梅娘女士的《動手術之前》中的女主人公，在丈夫抛下她以後，不得不賣淫求生，「什麼情愛，什麼貞操，那都是騙人的東西，生命才最可貴。」[32]在男性和生存不可兩全之中，四十年代的女性毫不猶豫地選擇了後者。藍苓女士的《夜航》中的女主人公筠，在丈夫驥不願再對妻子和孩子承擔義務和責任而出走之後，「想到易卜生所寫的挪拉，覺得自己和他們有著同樣的不幸的命運，但代替了挪拉出走的不是自己，卻是驥」[33]。代替挪拉出走的驥一走了之，筠卻不是「五四」時代的子君，會再回到封建家庭中去，「在威嚴和冷眼中負著空虛的重擔來走所謂人生的路」（魯迅語），她毅然決定要「堅強的活下去」。女友雯的信，更使她力量倍增：「彷彿艱難的夜航者，確信著黎明不久就會來似的有了前進的勇氣」。這裏，顯示了了四十年代中國女性的成熟，也顯示了中國現代女性文學的亮色。

確實，「毗連著黑夜的，是那白晝的邊緣。」——《夜航》的題記似乎是一種預言；「成千上萬的人死去，成千上萬的人痛苦著，跟著是驚天動地的大改革……」——《傾城之戀》中的議論也像是一語成讖。在經歷了「驚天動地的大改革」之後，中國的女性們很快就被新的時代從蝸居裏推上了迎接改朝換代的道路。正如茅盾在分析郁茹女士四十年代的小說《遙遠的愛》中的女主人公羅維娜這一形象所指出的，「我們看到一個昂首闊步的新女性，堅定地趕上了時代的主潮——全身心貢獻給民族」[34]！

百川奔騰，終歸大海。然而，不幸的是，當四十年代的女性文學越過戰爭的硝煙和兩性世界的天地而「趕上了時代的主潮」之後，似乎也就為「五四」以來的中國現代女性文學的輝煌歷史打上了句號。此後長

[30] 吳瑛：《翠紅》，載《文選》1940年第1輯。

[31] 左蒂：《柳琦》，載《麒麟》，1942年第2卷第10期。

[32] 梅娘：《動手術之前》，見《蟹》集，武德報社，1944年11月1日出版。

[33] 藍苓的《夜航》，寫於1942年8月尾，見《長夜螢火》集，瀋陽：春風文藝出版社，1986年2月版。

[34] 茅盾：《關於〈遙遠的愛〉》，見《茅盾文集》第10卷，北京：人民文學出版社，1958年版。

達三十年的文學空間，「時代的主潮」似乎只需要大河奔流而不再需要潺潺流水。一方面由於強調「文藝必須為政治服務」，於是便不切實際地要求作家人人表現你死我活的階級鬥爭和「高大全」式的英雄人物；另一方面由於片面理解「男女平等」的口號，強調「男同志能做到的事，女同志也能做得到」，於是便忽視女性作家特有的思維方式、觀察角度和創作個性，造成男女作家在創作上的「同化」——如同行軍打仗一樣，要求男女背同樣的背包，扛同樣的步槍。六十年代初期對茹志鵑女士描寫「家務事、兒女情」的作品的批判，更是表明了當時「時代的主潮」對女性文學溪流的拒絕和擯棄，從而使二十世紀中國女性文學的歷史出現了一個不短的冰川期。直到粉碎「四人幫」後，在新時期解凍的文學春潮中，我們才又重新聽到了中國女作家群對於真、善、美的呼喚。中斷了近三十年之後，中國女作家群的再度崛起和活躍，是否意味著對「五四」以來的中國現代女性文學的超越與深化？目前還不是下定論的時候。但有一點卻是毫無疑問的，即1917至1949年間中國現代女性文學，在二十世紀中國文學和中國婦女解放的史冊上，都留下了不可磨滅的輝煌篇章。

第四節　重提五四女性文學

五四女作家的青春時期消逝了。中國新文學第一個十年的女性作家創作的輝煌時代也過去了。此後，「中國文壇上要求著比《莎菲女士的日記》更深刻、更有社會意義的創作。中國的普羅文學運動正在勃發。丁玲女士自然不能長久站在這空氣之外，於是在繼續寫了幾篇以女性的精神苦悶（大部分是性愛的）作為中心題材的短篇而後，丁玲女士開始以流行的『革命與戀愛』的題材」[35]寫作了。自然，丁玲的「轉向」有著作家自身的才情、個人的氣質和稟賦以及表現角度的變化等原因，也有著作品的創作背景與大革命失敗及其後對文學的要求的某種契合。其他蜚聲文壇的五四女作家們則走上了各自不同的生活道路：或是留洋國外，尋找出路，如陳學昭；或是有了家累，舌耕筆種，如廬隱；或是帶筆從戎，投入大革命洪流，如白薇、陸晶清；或是埋首學術研究和從事教育事業，如冰心、馮沅君、綠漪、凌叔華、陳衡哲（注：石評梅不幸

---

[35]　茅盾：《女作家丁玲》，載1932年《文藝月報》第2期。

於1928年病逝）。這些中國新文學史上享有盛譽的第一代女作家，不少人成了中國第一代學貫中西的女教授、女學者，為求衣索食、為培養學生或學術研究耗費了大量精力，難得再有少女時代那詩情激蕩、文思如湧的興致和情趣了。即使並未輟筆，也減去了青春煥發的浪漫主義的氣息，難免使人有「從前是春夏之氣，現在不免有初秋的意味」[36]之慨了。

在縱覽了五四時期女作家群的創作之後，有哪些東西值得總結和深思的呢？筆者認為，最突出的在於以下三個方面：

首先，浪漫情調是五四時期女作家群創作的典型特徵。無論是陳衡哲、冰心、廬隱、馮沅君、凌叔華的小說，還是冰心、陳學昭、綠漪的散文，或是冰心、石評梅、陸晶清的新詩，還有白薇的劇本，以及丁玲的前期作品，都漾溢出濃郁的浪漫色彩和情調。她們以極大的熱情，表現青春的憂傷、美麗的幻想；她們所描寫的，總是她們認為美好的、純真的以及她們所追求的理想。在藝術表現上，偏重於抒情和幻想，常常出現童話、神話般的離奇的情節、奇特的想像、瑰麗的幻景，具有浪漫主義特有的「仙魔鬼怪的虛構形象，色彩繽紛、飄忽不定的幻想和憧憬，熱情的誇張，偶然性的情節，戲劇性的巧合效果……」[37]其中最突出、也最明顯的是，強調主觀抒情、「表現自我」和內心衝動。冰心呼籲：「文學家！你要創造『真』的文學麼？請努力的發揮個性，表現自己！」（《文藝叢談》，著重號為原有）。廬隱認為，「足稱創作的作品，唯一不可缺的就是個性，藝術的結晶，便是主觀個性的情感」（《創作的我見》）。陳衡哲也坦率地承認：「我既不是文學家，更不是什麼小說家，我的小說不過是一種內心衝動的產品。」（《〈小雨點〉自序》）。因此，「在題材方面，內心生活的描述往往超過客觀世界的反映。以愛情為主題的作品特別多，自傳式的寫法也比較流傳」，並且「富於感傷憂鬱的情調……」[38]。

顯然，五四女作家所強調的「表現自我」，似乎更偏重於表現一己的「感傷憂鬱的情調」，如馮沅君說，要「發掘我們這些在沙漠似的人生中枯燥得連眼淚沒有了的人的淚泉」（《淘沙》）；廬隱則表示：「我無作則已，有所作必凄苦哀涼之音「（《寄天涯一孤鴻》）；石評

---

[36] 瞿菊農：《〈曼麗〉序》，見廬隱著《曼麗》集，北平古城書社，1928年1月版。

[37] 以群：《文學基本原理》（修訂版），上海文藝出版社，1979年版。

[38] 朱光潛：《西方美學史》，人民文學出版社，1979年6月第2版。

梅曾引述廚川白村《苦悶的象徵》中的原話,認為「我願大文學家、大藝術家的成就,是源於他生命中有深的缺陷。慘痛苦惱中,描寫著過去,又追求著未來的。」(《再讀〈蘭生弟的日記〉》這裏,我們也就看出了五四女作家群體創作的共同特點:與同時代的一些男性作家相比,她們更多地注意的是抒寫「自我」的苦悶彷徨、憂鬱感傷,與此相關的便是,個人與社會的夾角較為窄小,因而創作的視野、心胸、氣魄未能使她們成為一代文豪和大師。她們的筆下,雖也飽蘸著不幸女子的血和淚,但沒有一個象魯迅筆下的祥林嫂那樣震顫人心的下層婦女形象,她們勾勒的主要是五四時期知識女性的一顰一笑,確切地說,大多是作者本人「自我」的肖像;她們雖也從各個側面表現五四時代的浪漫精神,卻沒有產生郭沫若筆下那氣勢磅礴的激昂詩篇。如果把同時代的魯迅比作一條激流在冰層下洶湧的大川,把郭沫若比作一座熾熱的岩漿噴出了地表的火山,那麼,她們就是悅耳動聽的溪流,是的,是潺潺的泉水,飛濺的細珠。她們雖然缺乏深邃冷峻的內涵,也沒有熱浪翻滾的氣勢,但她們也具有魯迅、郭沫若等同時代男性作家所缺少的優勢和特長,比如青春時代少女們那浪漫而美麗的夢幻和憧憬。尤其是對於「真、善、美」的理想世界的謳歌,正是同時代許多男性作家所欠缺的。這是一個屬於五四女作家自己的獨特的世界,她們站在五四的時代地基上,構築了一座由自己設計的「真、善、美」的樂園並確立了一個獨立自主的哲學體系——「愛的哲學」,從而充分體現了五四時期女性文學的主體意識和藝術魅力,「因為女子的內心生活和社會生活究竟和男子不同,她們所描寫的對象,每為男子所難想像到的。所以她們的作品實在可以代表另一種為男子所十分隔閡的生活」[39],連20世紀30年代不無苛刻的批評家,也不得不承認這一點。

其次,在浪漫色彩中呈現出絢麗多姿的「陰柔之美」。五四時期女作家群的創作,猶如一幅幅出自不同丹青妙手的文學畫卷,有的擅長白描,有的善於工筆;有的濃墨潑染,有的淡筆勾勒;有的偏愛湖光山色,有的喜歡花鳥蜂蝶;有的精描人物的神情,有的捕捉光線的質感,各自有著不同的色彩和線條,顯示著千姿百態的藝術風貌。如果需要粗粗地將她們的藝術風格加以區別的話,那麼,冰心、凌叔華、綠漪等,當屬「柔美」;盧隱、石評梅、白薇、陳學昭等應該算是「幽美」;而

[39] 毅真:《幾位當代中國女小說家》,見《中國當代女作家論》一書,光華書店,1933年版。

馮沅君、陳衡哲等則又顯出一種「純美」。但是，這種區分仍然是十分籠統的，即便是「柔美」，冰心的柔美蘊著雋永、凌叔華的柔美帶著典雅，綠漪的柔美有著清麗；即便是「幽美」，廬隱的幽美含著流利，石評梅的幽美滲出柔婉，白薇的幽美挾著穠麗，陳學昭的幽美顯出娟秀；即便是「純美」，馮沅君的純美裹著忠貞，陳衡哲的純美又露出童真⋯⋯總之，這些各個不同的藝術風格，又帶著各自的鮮明特色，彙成了與「陽剛之美」絕然兩樣的「陰柔之美」的總體風格。不似魯迅的冷峻深邃；也不如郭沫若的雄渾博大；不像葉紹鈞的豐腴厚實；也不比郁達夫的飄逸倜儻，卻也顯示了五四女作家群絢麗多姿的創作風貌。

這種差異，首先來自社會條件、生活環境、個人氣質、藝術素養的各個不同；其次也不能否認男女作家之間把握世界、表達感情方式迥然有別。從心理學角度來看，男女之間的用腦方式是有區別的。女性的左、右半腦往往同時具有視覺能力與語言功能，她們不如男人那樣比較善於從宏觀的方面觀察社會、把握世界，卻在某些細微之處顯示出比男人更具有觀察人的表情神態，把握人的心理特徵的感受力。因此，在一般情況下，女作家的藝術描繪要比男作家用筆更精細、更微妙，這樣也就更能顯示出她們作為女性作家的特點。比如，凌叔華描寫一位少女阿秋等待戀人到來的心理活動：

> 「⋯⋯阿秋從堂屋走進臥房，從臥房走到堂屋，一回兒嚷天氣熱，便脫了新做得的坎肩，忽然有陣小風吹動小院子種的一顆垂柳，枝條輕輕晃著，她看了便說冷，又把坎肩穿上。她的心這時是煩燥死了。」[40]

多麼細緻入微的刻劃，簡直把一位焦急地等待與戀人相會的少女寫活了。逼真傳神的心理刻劃，顯示了作者具有極強的藝術感受力和描寫人物的高超技藝。正如同時代的綠漪所說，「叔華女士文字淡雅幽麗秀韻天成，似乎與力量二字合拍不上，但她的文字仍然有力量，不過這力量是深蘊於內的，而且調子是平靜的」[41]。因而，儘管五四時期女作家的創作風格精細婉約有餘，豪放雄闊不足，也絲毫無損於與「陽剛之美」

---

[40] 凌叔華：《等》，見《花之寺》集，新月書店，1928年版。

[41] 轉引自閻純德主編《中國現代女作家・凌叔華》一章，黑龍江人民出版社，1983年6月版。

相輔相成、相映生輝的「陰柔之美」別具一格的藝術風韻。

　　最後，我們不能不遺憾地指出以下這樣一個文學事實，即五四以後的女性文學的浪漫色彩、「陰柔之美」呈褪化的趨勢。正如青春時期是人一生中最可寶貴的黃金時代一樣，五四時期也是女性作家們以浪漫、感傷為特徵的「陰柔之美」各領風騷的鼎盛時期。這樣的浪漫色彩、感傷情調和陰柔之美，在她們以後的作品中很難再見了：冰心30年代初期創作的《分》、《冬兒姑娘》，現實因素的客觀描寫的成分顯著加重，茅盾先生評論她的《分》說：「這不是『童話』，也不是『神化』，這是嚴肅的人生的思考」，「跟冰心女士從前的作品很不同了」[42]。盧隱的第二個短篇集《曼麗》比之《海濱故人》，不僅取材上有所變化（如《曼麗》、《風欺尋》等篇透露出因戀愛失敗或抱有幻想的知識女性「終於革命去了！」的消息），表達方式也「比較蘊藉些」了，瞿菊農在《〈曼麗〉序》中指出，「《海濱故人》集子裏，很多熱烈的感情，對於人生的感覺是直接的；在這本集子裏，所表現的感情是很深摯的」，沒有了《海濱故人》集的「爆發式感情」[43]。對此，茅盾先生也不乏同感，認為《曼麗》集「表示了作者頗想脫落那《或人的悲哀》以來那件幻想的Sentinenantal的花衫」[44]。凌叔華30年代初的《女人》集裏那種家庭主婦庸庸碌碌、今非昔比的勞碌愁苦，褪去了《花之寺》裏新婚太太羅曼蒂克、心血來潮的酒後紅暈；白薇20年代內的劇本《打出幽靈塔》，表現的是大革命時代農民協會與土豪劣紳的鬥爭，雖然其中貫穿著「革命＋戀愛」與幾對男女之間錯綜複雜的愛情糾葛，卻再也沒有了《琳麗》那「從第一頁直喊到末一頁」的愛的力量。石評梅臨終前不久寫下的詩歌《我告訴你，母親》感情明顯地淬上了鋼火，增加了硬度，女詩人的詩風已發生了明顯的變化，可以預料，她若不是早逝的話，定會寫出戰鼓冬冬的激越詩篇來。丁玲的《水》，以1931年中國十六省的水災作為背景，遭受洪水之災的農民成了作品的主人公，雖然此時的作者並不熟悉農民，因而概念化的毛病很突出，但「這篇小說的意義是很重大的，不論丁玲個人，或文壇全體，這都表示了過去的『革命與戀

---

[42] 茅盾：《冰心論》，原載《文學》第3卷第2號。

[43] 瞿菊農：《〈曼麗〉序》，見盧隱著《曼麗》集，北平古城書社，1928年1月版。

[44] 茅盾：《盧隱論》，載《文學》1934年第3卷第1號，署名未明。

愛」的公式，已經被清算！」[45]從浪漫的戀愛，到「革命＋戀愛」，再到這一公式的被清算，五四時期女作家（也包括男作家）的「表現自我」的創作天地越來越狹小，代之以反映革命實際鬥爭的題材，卻越來越重大。此後，那富於女性的溫柔、優美和詩意以及浪漫色彩的文學畫卷，在中國新文學第二個十年（30年代）的女作家筆下，幾乎不復存在。她們的筆端，傾瀉著中國社會的過多的苦難，承載著時代壓抑的過重的負荷：除丁玲的《水》外，草明的《傾跌》描寫因農村破產而流落城市的幾位鄉姑的遭遇；葛琴的《總退卻》和蕭紅的《生死場》，已絲毫找不出少女那美麗憂傷的愛情牧歌的一絲影子來。《總退卻》反映的是「一二八」中日淞滬戰爭中我十九路軍官兵的浴血奮戰、保衛家園的戰鬥場面，粗獷的線條，悲壯的基調，男性化的粗魯的口頭禪，為五四時期的女作家筆下聞所未聞；《生死場》雖有「女性作者的細緻的觀察和越軌的筆致，又增加了不少明麗和新鮮」，但畢竟刻劃的是「北方人民對於生的堅強，對於死的掙扎」[46]，令人感到亡國的切膚之痛。這裏，絕沒有纏綿悱惻的相思之戀，絕沒有溫情脈脈的青春之夢，有的是時局氣氛的嚴峻滯重，強敵當前的奮起反抗，社會民眾的寫實畫面，壓倒並取代了五四時期個性解放的浪漫幻想。

這裏面自然有種種原因。最主要的，在於轟轟烈烈的大革命失敗後，階級矛盾緊接著又是民族矛盾急劇激化，尤其是「九一八」事變之後，日本帝國主義侵佔了我東三省，中國人面臨著當亡國奴的危險，農村破產、城市暴動，中國社會處於風雨飄搖之中。嚴酷的社會現實，迅速地撕破了少女們那青春時節的夢幻。時代呼喚著文學，時代需要喚起民眾的戰鬥的號角和鼓點。於是，我們就很容易理解，為什麼30年代的女作家，如丁玲、蕭紅、馮鏗、葛琴、草明、白朗、羅淑等人所描寫的中國社會的苦難、中華民族的憂患要比五四時期的女作家們深廣、沉重得多。然而，當30年代以後，女作家們毅然將自己投向社會革命、戰爭烽火，並且自覺或不自覺地抹掉自己的女性氣質而向男性化看齊的時候，五四時代，那個充滿知識女性的純真、浪漫和美麗的青春時代，也就更加令人懷念。

---

45 茅盾：《女作家丁玲》，載1932年《文藝月報》第2期。

46 魯迅：《〈生死場〉序言》，見蕭紅著《生死場》，奴隸社，1935年12月出版。

第九章 「灰色眼睛」與時代徽記

在五四時期的文壇上，曾經出現過一位「與冰心同鄉，而又幾乎齊名」[1]的女作家，寫作勤奮，富有才情，卻命運多舛，英年早逝，令人為之惋惜。她，就是被茅盾先生譽為「『五四』的產兒」、「覺醒了的一個女性」[2]——盧隱。

作為五四女作家，盧隱雖然幾乎與冰心齊名，但她們的作品題材、思想主題及其藝術風格，卻很不相同。比如五四初期那些同是反映社會問題的「問題小說」，冰心注重人生的慰藉與環境的和諧，她的筆端常蘊溫情柔意，而盧隱則強調人生的不幸和「社會的悲劇」，她的筆調常帶悲吟哀歎，用盧隱自己的話說，「我無作則已，有所作必皆淒苦哀涼之音」（《寄天涯一孤鴻》）。盧隱為什麼會在作品中、尤其是在上世紀二三十年代的許多作品中流露如此濃厚的感傷情調和悲觀色彩？三十年代曾有人斷言：這是由於「上帝賜予了她悲觀的分子」，因而把「感傷派女作家」[3]之銜贈給了她；就連首肯盧隱與冰心「同時成為一種力量」的黃英先生，也認為盧隱的作品，「是表現了她的厭世思想」[4]。但是，盧隱的「悲觀」也好，「厭世」也罷，其中有哪些社會投影和時代內涵？它又是在怎樣的歷史背影和文化心理結構之中產生的？筆者認為，盧隱作品中的感傷情調和悲觀色彩，並非是「上帝賜予」的，也並不僅僅表現了她個人的「厭世思想」，而是時代、社會、民族及其文化心理與作者的情感、氣質和美學趣味等多種因素的綜合產物。對盧隱來說，悲觀只是她憂鬱情愫的哲學基礎（世界觀、人生觀的影響），而感傷則是她苦悶心理的主觀外射（藝術表現的形態和象徵）。

---

[1] 草野：《感傷派女作家黃盧隱》，見《中國現代女作家》，北平人文書店，1932年9月初版。

[2] 茅盾：《盧隱論》，載《文學》1934年第3卷第1號，署名「未明」。

[3] 草野：《感傷派女作家黃盧隱》，見《中國現代女作家》，北平人文書店，1932年9月初版。

[4] 黃英：《盧隱》，見《現代中國女作家》，上海北新書局，1932年8月初版。

第一節　形成「灰色眼睛」的哲學基礎

　　盧隱生於一八九九年。這時，資產階級維新派的「戊戌變法」慘遭失敗：譚嗣同悲吟著「我自橫刀向天笑」慷慨就義；康有為、梁啟超則分別在英人和日人掩護下逃亡海外。中國的大地，在帝國主義列強的鐵蹄下呻吟、悲哭。割地賠款、喪權辱國，白花花的銀元淌水一般流入外洋。衣冠楚楚的洋大人，成為腐敗無能的清王朝的太上皇。中國人民忍無可忍了！義和拳鬧起來了！接著就在中外反動派聯合鎮壓下失敗了！辛亥革命鬧起來了！很快又失敗了！然後是二次革命，袁世凱稱帝，張勳復辟，軍閥割據，正如魯迅先生所說，「看來看去，就看得懷疑起來，於是失望，頹唐得很了。」[5]

　　這是一個可詛咒的時代。一個有著濃厚的悲劇色彩的時代。時代的悲劇似乎還不僅僅在於中國人民反抗鬥爭的一次次失敗，更在於這一次次失敗和喪權辱國所造成的中國社會的一種普遍的悲觀心理。

　　盧隱就是咽著這樣一個內憂外患的時代的苦汁長大的。這個充滿屈辱和憂傷的時代，在盧隱的心靈上，投下了一片濃郁的陰影；而她童年經歷的不幸，更使她明澈的雙眼蒙上了一層灰黯的淚翳。盧隱出身於一個封建的官宦之家，後來她卻成了反封建的叛逆女子。英國哲學家羅素在論述拜倫的憂鬱時說過這樣的話：「很明顯，一個貴族，如果他的氣質和環境不有點什麼特別，便不會成為叛逆者。」[6]盧隱也是這樣。她在那個封建大家庭中，自幼失去母愛（父親在她6歲時已病死），倍遭家人歧視，性情抑鬱，落落寡合。心房一直是冰冷的，「沒有愛，沒有希望，只有怨恨」[7]。世態炎涼，人情如紙，親人們視若仇人般的虐待和打罵，時時刺激著盧隱異常敏感的神經，小小年紀竟轉過「死了，也許比這活著快樂吧」[8]的念頭，埋下了悲觀厭世思想的種子。然而，這痛苦的童年，對於後來的作家盧隱來說，也許並非一件十足的壞事。有幸與不幸，對作家成長的作用，實在很難說。美國著名作家海明威在回答「一個作家最好的早期訓練是什麼」的問題時，曾毫不遲疑地說：「不愉快

5　魯迅：《〈自選集〉序言》，《魯迅全集》第4卷，第455頁。

6　羅素：《西方哲學史》（下），馬元德譯，商務印書館，1976年5月版，第296頁。

7　盧隱：《盧隱自傳》，第一出版社，1934年6月初版。

8　盧隱：《盧隱自傳》，第一出版社，1934年6月初版。

的童年。」[9]中外文學史上不乏這樣的例子。僅以法國文學名家為例：莫里哀、盧梭、大仲馬、左拉、莫泊桑、薩特、卡繆等，幾乎都有過缺少父愛或母愛的「不愉快的童年」，而這「不愉快的童年」，卻成了未來的作家的搖籃。這倒並不是在此證實痛苦的童年造就作家這樣一個文藝學的命題，只不過想說明，盧隱的孩提時代是不愉快的，「沒有愛，沒有希望，只有怨恨」，造成了她情感上的極度不平衡，而這種從嬰孩起心靈天平就偏向「怨恨」一方的極度傾斜的痛苦，往往會持續很長的時期，甚至貫穿其一生。這種痛苦也常常不能以家庭的富裕或是貧困為轉移，它純粹是一種精神創傷，並且是一種難以抹平的情緒記憶的河床。人，要得到心靈的慰藉和平衡，唯有憑藉渲泄才能夠情緒轉移，因此，現實中不可能得到的東西，在藝術世界中卻往往可以創造出來，以使情感得到應有的補償，於是，在某種意義上來說，文學創作往往成為作家渲泄痛苦、悲愁、失望、恐怖等情緒的一種渠道；而讀者也往往會因此而產生情感上的共鳴。少女時代的盧隱便是這樣。她愛看徐枕亞的《玉梨魂》、蘇曼殊的《斷鴻零雁記》之類的傷感小說，男女主人公的不幸身世，每每使她觸景生情，潸然淚下。正是這些「賺人眼淚」的傷感小說，使盧隱領悟到了「小說的趣味」，「這些事實可以解憂，可以消愁，可以給人以刺激，可以予人以希望」[10]。這些傷感小說，無論從內容到形式，還是從結構到語言，都在她日後的小說創作中留下了深深的痕跡。

一顆自幼「殘破的心」，在淒風苦雨、絕少亮色的時代背景下，不僅具備了對人世間的不幸、悲慘和痛苦的事物的主觀感受，而且具備了從宇宙觀、人生觀等哲學角度認識客觀世界的心理基礎。一九一九年，當年輕的盧隱跨入北京女子高等師範的大門，在課堂上聆聽胡適先生講授中、西方哲學史時[11]，她很快便對那些深奧而又玄虛的宇宙、人生等哲學問題發生了濃厚的興趣，「在這個時期，我的思想進步得最快，所謂人生觀也者，亦略具雛形，對於宇宙雖不能有什麼新見解，至少知道像什麼是宇宙，和宇宙間的種種現象，何以成，何以滅的種種哲學問題了。可是這個時期我也最苦悶，我常常覺得心理梗著一些什麼東西，必

9　董衡巽編選：《海明威談創作》，三聯書店，第85頁。

10　盧隱：《盧隱自傳》，第一出版社，1934年6月初版。

11　據1921年4月出版的《北京女子高等師範文藝會刊》載，第一學年由胡適講授西洋哲學概論，另據《盧隱自傳》稱，「在我進大學的那一年」，「胡適先生又教我讀中國哲學史大綱」。

得設法把它吐出來才痛快。……於是我動念要寫一本小說[12]」。由此可見，盧隱的初期創作，與其說是來自她的文學靈感，不如說是源出她的哲學觀念。而在她所接觸的古今中外的哲學家中，對她的思想和創作產生較大的影響的，一是老莊的人生懷疑論學說；二是德國哲學家叔本華的悲觀哲學。她後來承認，五四時期，「我喜歡讀老莊的書，滿心充塞了出塵之想」，「同時，又因為我正讀叔本華的哲學，對於他的『人世一苦海也』這句話服膺甚深，所以這時候悲哀便成了我思想的骨子，無論什麼東西，到了我這灰色的眼睛裏，便都要染上悲哀的色調了。」[13]這一「悲哀的色調」染遍了盧隱五四時期乃至整個二十年代的作品，她企圖用小說中的題材來演化她的悲觀哲學，作為小說家的盧隱，這似乎是她的不幸，但如果沒有這種悲觀哲學作為小說的思想支柱，也許就談不上五四女作家盧隱的藝術個性。

對盧隱的思想和創作產生較大影響的哲學之一是莊子的人生懷疑論。《齊物論》中說，「一受其成形，不亡以待盡。與物相刃相靡，其形盡如馳而其之能止，不亦悲乎！終身役役而不見其成功；苶然疲役而不知其所歸。可不哀邪！……人之生也，固若是芒乎？」（「芒」通「茫」，《辭海》第1266頁注。）人生在世，充滿競爭殺伐，終身不得解脫，豈不悲哀？表面看來，莊子是在悲歎人生毫無意義，頗有點出塵入世的滿腹牢騷。然而，其中卻提出了一個極其重要的問題：人生的意義和人的價值在哪裡？即人活著究竟是為了什麼？實際上，只有關注人生的清醒的智者，才能意識到這個與人和人生密切相關的問題，而決非渾渾噩噩的庸常之輩所能領悟。由此可見，莊子對於人生並非如一般人理解的那樣玩世不恭，放浪形骸，而是有著既認真又癡迷的思考的。這種對於「人生究竟」的思考，在盧隱的作品中，化作了對人生意義和人的價值的積極求索，即對人生道路的自覺選擇，這本身就是五四知識青年的生命意識的覺醒和復蘇的體現。這種求索，儘管帶有一種憂鬱感傷的情調，甚至被抹上了一層悲觀、頹唐的色彩，但它的精神實質，卻充滿著對人生意義和生命價值的熱烈追求。無論是歎息社會黑暗，「命運多舛」也好，傾訴苦悶彷徨，「人事靡定」也罷，其實質恰恰在於對一種「天經地義」──封建的社會制度、綱常秩序、倫理道德以及由此帶

12　盧隱：《盧隱自傳》，第一出版社，1934年6月初版。

13　盧隱：《盧隱自傳》，第一出版社，1934年6月初版。

來的「命裏註定」的人生結局的大膽懷疑和強烈不滿：出賣勞動力的紗廠女工，發出了「靈魂可以賣嗎？」的質問（《靈魂可以賣嗎？》）；遭受軍警毒打致傷的愛國小學生；提出了「娘呵！你為什麼哭？」的疑問（《兩個小學生》）。世上有無數的病人，發出痛苦的呻吟，這「黑暗中的呼籲，誰能相信光明是漸漸來到呢！」（《一個病人》）人間有多少不幸的孤兒，不知父母之愛為何物，「慘雲愁霧遮沒伊的光明——呵！是伊的罪嗎？」（《一個月夜裏的印象》）……於是，籠罩於盧隱早期「問題小說」的那感傷悲觀的氛圍變得淡薄了，我們看見了一個關注悲慘世界和苦難人間，苦苦思索著人生究竟的痛苦而執著的靈魂。

　　社會是黑暗的，哪裡有什麼光明的前途？苦苦尋找人生答案的覺醒者，很快便感覺到了覺醒後的無路可走的失望。盧隱以騰入雲端的白鶴自比：「回首若自言，不勝辛酸意：孤零事遨遊，四海覓同儔，同儔不可得，曷以抒煩憂。蹁躚雲端裏，偃息按可求？」（《雲端一白鶴》）探求人生究竟，結果看到的是「社會上的種種黑暗」。理想幻滅後的苦悶彷徨加劇了「或人的悲哀」。「曷以抒煩憂」？叔本華「人生即痛苦」（人世一苦海也）的悲觀哲學，正中盧隱失望和苦悶心理之懷，她找到了「拿一聲歡息，一顆眼淚」來看待世界的理論依據。叔本華認為，「人受意志的支配與奴役，他無時無刻的忙忙碌碌的試圖尋找什麼，每一次尋找的結果，無不發現自己原是與空洞同在，最後終不能不承認這個世界的存在原是一大悲劇，而世界的內容卻全是痛苦」，「每一個人的不幸，似乎是一種特殊的事件，……將許許多多特殊的不幸歸納在一起，難道世界的規律不就是普遍的不幸？」[14]叔本華對於世界的痛苦和人類的不幸具有一種天生的悟性，而盧隱則是從理想的幻滅和切身的遭遇中對「生活即痛苦」（人世一苦海也）這句叔氏名言，產生了思想上的共鳴。叔本華還認為，人生就像「一條由熾熱的煤炭鋪成的環行跑道」，由意志產生的意欲則驅使人們「在這條跑道上不斷地奔馳」，因此歸根結底，人的意志（或意欲）便是一切不幸和罪惡之源[15]。這一悲觀哲學，對盧隱的世界觀和人生觀的影響是非常深遠的，並在盧隱

---

[14] 叔本華：《世界的痛苦》，引自寫作參考系列之二《人生的智慧》一書，上海文學雜誌社，1986年出版發行。

[15] 叔本華：《作為意志和表像的世界》，石沖白譯，商務印書館，1997年2月版。

的創作歷程中不可避免地刻下了很深的痕跡：《紅玫瑰》、《哀音》、《靈魂的傷痕》、《或人的悲哀》、《彷徨》、《何處是歸程》、《歸雁》、《象牙戒指》……在這一系列從五四時期到三十年代初的作品中，我們不難看到叔本華悲觀主義人生哲學的陰影。

其實，這並不僅僅是盧隱個人對叔本華的頂禮膜拜。叔本華的悲觀哲學，對我國近、現代思想界的影響不可低估。最早將叔本華介紹到中國來的王國維，首次提出了《紅樓夢》是大悲劇的觀點（1904年），其理論支柱便是叔本華的悲觀哲學。他所說的造成《紅樓夢》悲劇的「欲」，即叔本華的「意欲說」。叔本華在古老的東方覓到了眾多「知音」，其原委，恐怕更應從鴉片戰爭後每況愈下的社會狀況及民族心理中去尋找吧。正如《文學研究會緣起》所分析的那樣，「在近代的殘殺的環境中，他（即文學——筆者注）是哭泣多於笑語的」，「在他裏頭，充滿著求解不得的鬱悶，充滿著悲憫慈愛的淚珠，充滿著同情的祈禱的呼籲。」況且，伴隨著五四運動退潮而來的悲觀頹唐、苦悶彷徨的空氣，支配著整個文壇。即便是發出第一聲「吶喊」的先驅者魯迅，內心也有著「兩間餘一卒，荷戟獨彷徨」的悲哀；灌注「女神」的浪漫精神的詩人郭沫若，此時也寫了「可以用『苦悶的象徵』來解釋」[16]的《星空》和《瓶》；郁達夫筆下的人物大都精神頹萎，心理變態，其實正是作家本人抑鬱心情的寫照；王以仁的小說更多以「孤雁」、「落魄」、「流浪」、「隕落」命題，主人公從頭至尾的歎息、悲吟，也不外是作家本人傷感情緒的洩露。因此，盧隱作品中所表現的哀愁傷感、苦悶彷徨，都不是她的標新立異、別出心裁，只不過她表現得格外認真，過於鄭重其事而已。

對人生認真而又悲觀的探求，對社會熱情又怨恨的關注，就這樣奇特地交織在五四女作家盧隱的筆下，構成了盧隱早期「問題小說」的兩個側面。

第二節　蘊於社會苦難的憂患意識

盧隱終究是盧隱，她不是逍遙避世的莊周，也非悲觀虛無的叔本華。她厭惡「相刃相靡」的世界，卻不像莊子那樣超然於世外，她立志

16　郭沫若：《郭沫若詩作談》，載《現世界》創刊號，1936年8月出版。

「要做一個社會的人」，認為「無論是國家，是社會，是世界，是天地萬物，都不是於我心沒有喜戚關係底」[17]。她也悲歎「人生如夢」、「人事靡定」，可並不像叔本華那樣「抑制意志」，「棄絕慾望」（求救於基督教的禁慾主義和佛教的涅槃），相反卻要求個性解放，崇尚「自我擴張」。畢竟，「廬隱，她是『五四』的產兒。」（茅盾語）

廬隱創作之初，是以一個五四時代的社會活動積極分子的身份跨入文壇的，「滿身帶著『社會運動』的熱氣」（茅盾語）。當時，尚在求學的廬隱，不僅以少見的熱情積極投身愛國運動和各種社會活動，而且還閱讀了大量介紹社會主義學說的書籍，並常和人通信討論各種社會問題。兼濟天下的抱負，憂國憂民的熱情，在廬隱最初的文學創作中化作了反映社會現實問題的藝術觸覺。她用滿腔憂鬱和怨憤的筆觸，勾勒出一幅幅二十年代處半封建半殖民地的中國社會的速寫：

國土淪陷，山河破碎。在東北的大連公學校，「教員都是日本人，所教的科目日語最重要，——他們課程表上寫日語為國語」，「他們只讓（學生）會說日本話，將來好『助紂為虐』來魚肉大連同胞」，這「真叫人要痛哭」的情景，深深地刺痛了作者那顆正直的中國人的心，她發出了悲憤難抑的仰天長歎：「蒼天總沒有話，人彷彿都病著喇！我向那裏喚起中國的魂呀！」（《扶桑印影》）聽著這聲聲皆淚的悲呼，令人不免想起三閭大夫屈原在汨羅江邊呼天搶地的「天問」。在作者的悲呼裏，包含著一顆多麼強烈而又痛苦的愛國之心！因此，在日本的京都市立高等女學校，當一位台灣省籍華僑女學生，蹲在地上寫下「我是中國廈門人」幾個觸目驚心的大字時，面對這位「自幼就看見台灣不幸的民族的苦況」的台灣同胞，作者浮想聯翩：「中國人進了台灣的海口，便失了天賦的自由」，「我沒有看見台灣人的血，但是我卻看見和血一般的杜鵑花了；我沒有聽見台灣人的悲啼，我卻聽見天邊的孤雁嘹慄的哀鳴了！」（《靈魂的傷痕》）是傷心，也是悲訴；是歎息，更是呼籲。沉痛的哀音悲調，分明使人能夠觸摸到一顆憂國憂民的「顫抖的心」。過去，人們常常批評廬隱，說她只是一味地「發洩她自己所受到的痛苦和悲哀」[18]，這痛苦和悲哀難道不是中華民族的麼？

---

[17] 廬隱：《利己主義與利他主義》，載《北京女子高師文藝會刊》，1920年第2期。

[18] 例如賀玉波的《廬隱女士及其作品》等文，見《中國現代女作家》一書，上海復興書局，1936年4月再版。

軍閥混戰，烽火連天。攻城不下的軍閥，竟然喪盡天良地命令扒堤決口，製造人為的水災，「堤內幾百人家的生命財產，頃刻之間便被無情的大水，吞沒葬送」（《王阿大之死》）。曠野上，「空氣中滿是煙氣和血腥，遍地上臥著灰的僵硬的屍體和殘缺帶血的肢體，遠遠三四個野狗，在那裏收拾他們的血肉」（《郵差》）。城市裏，硝煙彌漫，「焦棟敗垣，滿地屍骸」。亂兵趁機搶劫財物、強姦婦女，百姓遭罪，苦不堪言（《哀音》）……殘酷無情的社會現實，能使作者心情樂觀、笑口大開嗎？顯然不可能。

社會黑暗，窮人罹難。因抵債而被封建財主強佔的農村少女，哀號而亡（《一封信》）；因自衛而被亂兵槍殺的城市姑娘，屍骸難埋（《哀音》；）流離失所的難民，叫野狗咬斷了腿，「血流了一地」（《思潮》）；被迫賣身的妓女，站立繁華街頭，含淚拉客（《「作什麼？」》）；迫嫁富翁的多情女子，婚後鬱鬱寡歡，吐血而死（《一個著作家》）；身患重病的人力車夫，體力難支，倒斃路旁（《月夜裏蕭聲》）；失去人身自由的紗廠女工，成為雇傭勞動的活機器，任人驅使（《靈魂可以賣嗎？》）……「被侮辱與被損害的弱小者」的不幸遭遇，贏得了作者深切的同情。

這便是五四女作家盧隱在其創作之初的「問題小說」中所反映、折射的現實世界的剪影。作為文學研究會最早的女會員和作家之一，這些帶有明顯的警世、醒世、拯世意圖的早期「問題小說」，忠實地體現了文學研究會關於「為人生而藝術」的文學主張：「將文學當作高興時的遊戲和失意時的消遣的時候，現在已經過去了」[19]。並且，就這些小說所描寫的題材範圍而言，其廣闊的程度遠遠超過了同時代的女作家冰心。盧隱的可貴在於，她從一開始就意識到人生不幸的根源在於那個不平等的社會，她借筆下的人物之口發出了呼籲：「今日社會，已如金瘡膿潰，不連骨子一齊割掉，怎望痊癒？」（《哀音》）可是到哪裡去找改革社會、醫治痼疾的靈丹妙藥？盧隱雖無從知道，但她明確意識到「近幾年來國運更是蜩螗，政治的腐敗，權奸的專橫，那一件不叫人髮指？稍有心肝的人，都終難緘默！」（《一個女教員》）如此強烈的革命意識和社會責任感，在五四女作家群中，盧隱毫無疑問是最為突出的一

19　《文學研究會發起宣言》，引自茅盾：《〈中國新文學大系・小說一集〉導言》，該書由上
　　海良友圖書公司1935年5月初版。

個。盧隱的可貴還在於，她拓展了五四「女子文學」的新的題材範圍，觸及了眾多的社會現實問題，把社會與人生一起納入筆端，「打破人們的迷夢，揭開歡樂的假面具」[20]。因此，儘管這些早期「問題小說」，寫法上尚留有許多舊小說的傷感情調，甚至還有某些宿命色彩，但是，「五四時期的女作家，能夠注目在革命性的社會題材的，不能不推盧隱第一人」[21]。這也畢竟是事實。並且，強烈的社會變革意識，並不僅止於早期「問題小說」，在此後大量描寫以自我為軸心的知識女性的生活、戀愛及其心態的作品中，仍貫穿著這一觀點：「現在的中國，一切都是提不起來」，「社會如此，不從根本著想，是永無光明時候的！」（《勝利以後》）「社會譬如是天羅地網，到處埋著可以傾陷的危機」，「黯淡毀滅，正是現在的世界喲！」（《藍田的懺悔錄》）因而她在二十年代後期，仍寫出了一些反映社會苦難和揭露社會黑暗的通俗小說，如《穴中人》、《不幸》、《憔悴梨花》、《血泊中的英雄》、《西窗風雨》等。

理解了這一點，也就不難理解盧隱二十年代作品的基調——憂愁、怨憤和感傷。置身於那樣一個令人抑鬱、窒息的社會裏，目睹著內憂外患的國土，災難深重的民族，理想與現實、人生與社會的矛盾衝突，加上個人生活中接二連三的不幸打擊和多愁善感的憂鬱氣質，每每使盧隱湧出怨艾、悲傷的淚水。「心悽愴以感發兮，意切恒而懍惻」。她苦悶，她悲哀，是由於她和滿目創痍的祖國共嘗苦膽；她怨恨，她哭泣，是由於她空懷報國之志卻找不到濟世良方。她無法在殘酷的現實面前視而不見、心安理得地躲進象牙之塔修身養性。她憤世嫉俗，詛咒那個「說不盡無限慘澹」的「苦海」，「陰森慘淒」、墨黑無光的「暗陬」。可以說，盧隱作品的憂鬱情愫，蘊涵著一個覺醒的五四女作家悲天憫人的苦難意識和感時憂國的赤子之心。前者，來自叔本華「悲己亦所以悲人，悲人也就是悲己」的悲觀哲學的影響；後者，則來自中國知識份子「長歎息以掩涕兮，哀民生之多艱」的憂患意識的積澱。正是從這個意義上，「每個人都能夠從他的哀愁中認出自己的哀愁，在他的靈魂中認出自己的靈魂」（別林斯基語）來。

[20] 盧隱：《盧隱自傳》，第一出版社，1934年6月初版。
[21] 茅盾：《盧隱論》，載《文學》1934年第3卷第1號，署名「未明」。

第三節　帶著憂患特徵的時代徽記

　　儘管有著如此強烈的感時憂國之心和警世、醒世、濟世的社會責任感，但盧隱終於沒有拍案而起，像楊開慧、向警宇、陳鐵軍那樣走上政治革命的道路，她畢竟不是披掛上陣、躍馬橫戈的巾幗英雄，而只是一個富於正義感和赤子心的女性作家，更確切點說，是一個處於從五四時期向大革命時期之間的「過渡時代」的多愁善感的女性作家。她還沒有完全卸掉傳統加在她身上的許多重荷，儘管她的思想吸管已汲取了不少新鮮的「飲料」。她的腳步在爭取解放的道路上還不太自信，時有搖晃；她筆下的亞俠、露沙們還不敢像後來的丁玲筆下的莎菲女士[22]那樣蔑視社會和傳統，大膽追求靈與肉相統一的精神自由；甚至她們在爭取婚姻自由方面的勇敢性和堅定性，還遠不及同時代魯迅筆下的子君和馮沅君筆下的纗華，但是，亞俠、露沙及其姐妹們，自有其無法取代的意義和價值。茅盾先生給她們起了一個十分恰當的名字：「『五四時期』的時代兒」。這一群「時代兒」，填補了五四知識女性人物畫廊中從子君、纗華到莎菲之間的空白，應當佔有那本來就屬於她們的一席位置。

　　五四時代，這個標誌著現代中國人的覺醒的時代，這個充滿著激動、抗爭、吶喊和苦悶的傳奇般的浪漫時代，也是一個「傷感的時代。社會上可傷感的事情隨時都有，接觸太多，已成了時代的色彩，所以不足為奇」[23]。作為「『五四』的產兒」，這個傷感的時代，在盧隱身上留下了鮮明的胎記；同樣，盧隱也給她那些「『五四時期』的時代兒」身上，抹上了一層濃厚的感傷色調。

　　當五四運動舉起新思想、新文化的棒槌，向中國那口古老滯沉而又鏽跡斑斑的銅鐘，發出猛烈撞擊之時，炸雷般的巨響，震醒了不少先覺者。或許是由於先覺者離五四時代的洪鐘大呂距離太近的緣故，反而發不出後來的莎菲女士那種「心靈上負著時代苦悶的創傷」的「叛逆的絕叫」[24]，盧隱筆下的亞狹、露沙們，只是低聲地唱著一曲曲與青春好年華不太相稱的悲涼、傷感的「詠歎調」。夢醒了無路可走，黑暗的中國找

---

[22]　丁玲：《莎菲女士的日記》，載1928年《小說月報》第19卷第1號。

[23]　茅盾：《什麼是文學？》，《中國新文學大系・文學論爭集》，上海良友圖書公司，1935年10月版，第158頁。

[24]　茅盾：《女作家丁玲》，載《文藝月報》第2期，1982年7月15日出版。

燈火闌珊——女性美學燭照

138

不到一塊幸福的樂土，便是這一曲曲「詠歎調」的共同主題。五四運動的「退潮」，帶走了「海濱故人」心目中那塊麗奇偉的海市蜃樓。「我們這時沒有希望了，絢爛的光明的前途，都成了深夜的夢」，「到哪裡去呢？前面是茫茫大海，後面是蕩蕩的大河，四面又都是生疏的、冷酷的，沒有一支渡船」（《彷徨》）。就在這「無論誰都無路可走」，無人不「感到前途的黑暗」（《新的遮攔》）的悲聲哀調中，盧隱顯示了五四時代的「流行色」──普遍的苦悶彷徨。與其像子君那樣回到封建家長身邊在白眼與冷嘲中默默死去，不如「遊戲人間」一番而後「抑鬱而死吧！抑鬱而死吧！」亞俠（《或人的悲哀》）、麗石（《麗石的日記》）毅然決然地選擇了後者。她們的悲劇同樣令人同情、令人深思。「這時我們便鎮靜著憤怒和悲抑的情緒，更深一層問什麼是人生的究竟？」（《彷徨》）

　　如果說，盧隱五四初期創作中對社會的揭露批判，尚出於某種「為人生」的社會責任感，因而停留於較淺的道義層次的話，從《或人的悲哀》始，盧隱對人生的探索、追求，開始進入較深的情感層次。她找到了自我的情感體驗作為藝術的噴泉，運用日記體、書信體的形式以及第一人稱自敘的方法，直接敞開「時代兒」們的心扉，把她們內心深處的情感小溪引流出來，並讓這些翻卷著水花的情感小溪噴薄騰越。這使她的《海濱故人》及其姐妹篇（《或人的悲哀》、《麗石的日記》、《勝利以後》等）獲得了比早期「問題小說」大得多的聲譽和影響，並成為她的代表作。在這些描寫五四知識女性的生活各個側面及其心理狀態的作品中，盧隱是作為一個普通女人來描寫她的女性形象（在很大程度上，也是她的自我形象）的：亞俠（《或人的悲哀》）、麗石（《麗石的日記》）、秋心（《彷徨》）、露沙（《海濱故人》）、伊（《前塵》）、沁芝（《勝利以後》）、倩娟（《幽弦》）、沙侶（《何處是歸程》）、紉菁（《歸雁》）雲蘿（《雲蘿姑娘》）、沙冷（《樹蔭下》）以及素璞（《女人的心》）……這是一個完整的五四知識女性的形象系列。盧隱賦予她們以聰慧熱情，正直敏感，不甘平庸，不滿現實，但又性情抑鬱，落落寡合的性格特徵。這種充滿矛盾的性格，與十九世紀俄羅斯貴族青年的代表──熱情洋溢而又優柔寡斷、善於雄辯而又耽於行動的「多餘人」頗有幾分相似。作為「多餘人」形象反襯的少女，往往純真、美麗、善良、堅定，富有青春朝氣；而盧隱筆下閃現的男子卻大多是懦弱、卑怯的孝子賢孫或委瑣、頹唐的新式公子。他

們或在個性解放的口號下過了一下「自由戀愛」的癮，很快便又在封建家長的意志下鑽進了「父母之命」的花燭洞房；或是見異思遷，玩弄感情，對愛情極不忠實，對戀人不負責任，信誓旦旦之後便一甩了事，給癡情姑娘或結髮妻子造成終身痛苦和不幸命運。廬隱把這些不幸女子統統歸入「時代的犧牲者」之列，既譴責薄情郎的忘恩負義，也歎息癡情女的失身喪貞。因而在《流星》、《淡霧》、《灰色的路程》、《新的遮攔》等篇中，她似乎更像一個對當時戀愛風氣盛行持懷疑態度的老婦人，喋喋不休地叮囑少女們要自尊自愛，珍惜貞操，以免上當受騙。語重心長，然而畢竟缺少青春的朝氣和勃發的熱情，這就更加重了這些作品的傷春悲秋之氣。

「或人」們的悲哀，不僅在於國衰民羸，倍受欺凌；不僅在於「眼睛所視，免不了要看世界上的種種罪惡」，而且更在於青春妙齡而感「生的苦悶」（更確切點說，是一種「愛的苦悶」）。亞俠「接二連三，陷入感情的旋渦」中「欲拔不能」，然而搶著「釣」她的「漁夫」，卻沒有一個是她心目中的白馬王子。她不甘被人玩弄，用「遊戲人間」的態度與人周旋，內心卻痛苦不堪。人生的究竟「求不到答案」，「想放縱性慾」又不甘墮落，終於只得懷著「悲淒之感」，憤而投湖。麗石的憂鬱，從表面看來，是由於好友沅青有了異性戀人而疏遠了她，其實，這也是失戀的內心苦悶的條件反射，「誰個妙齡女子不善於懷春」？女大當嫁，天經地義。然而時代畢竟不同了，受過新思想洗禮的麗石，當然不願聽任「媒妁之言」的撮合，但她卻未能遇到一位志同道合的如意郎君，「知音少，弦斷有誰聽？」只得「抑鬱而死吧！」這種憂鬱和感傷，顯示了鮮明的五四時代的特徵——只有五四時期，才會伴隨著並不徹底的個性解放、戀愛自由的一代風氣而出現亞俠、麗石們的內心深處的苦悶彷徨！

「時代兒」們思索著人生的意義，探索著人生的道路。然而現實是無情的，黑暗污濁而又「虛偽得可怕」。社會與人生的矛盾，猶如枯藤一般纏繞著她們那纖敏而有柔弱的心，使得她們難以自由呼吸。她們追求理想的愛情，然而封建家長和新式公子卻掐滅了她們心中的玫瑰：性情軟弱的雲青遁入佛門（《海濱故人》）；失身喪貞的松文精神失常（《淪落》）。她們尋找「光明的花園」，然而「徑一週三，卻是分明

看見了周圍無際涯的黑暗」[25]：富有才情的妙齡少女，由父母做主，嫁於放蕩淫邪的老鴉片鬼作妻室（《父親》）；封建家長抽大煙、娶小妾，卻容不得兒女們「鬧什麼家庭革命」（《秦教授的失敗》）。她們不願做封建家庭包辦婚姻的殉葬品，她們奮鬥，她們力爭，「總算得到了勝利」，然而婚後的伊甸園卻遠非想像中的那般充滿詩意：家庭瑣事，「碌碌困人」；柴米油鹽，「經濟困人」，「結婚的結果是把他和她從天上摔到了人間」；「事業志趣都成了生命史上的陳跡」（《何處是歸程》）。她們好不容易衝出家庭的束縛，投身教育事業，然而當時「中國的情形」，「一切都是提不起來」；「神聖的教育事業，也何嘗不是江河日下之勢？」（《勝利以後》）報國無門，理想幻滅，現實無情，光明焉在？失望吞噬著她們奮鬥的熱情，悲觀咬噬著她們正直的心靈。除了憤世嫉俗，長吁短歎之外，她們又能怎麼辦呢？作為有過這些生活和感情體驗的女作家，盧隱充分理解並同情她們的處境，諒解她們作為女人的軟弱，甚至為此辯解：「上帝生了女人，多給她們感情，所以她們變成了這樣優柔，同時呢，社會的制度，又特別壓迫女人，所以她們也不能不變成這麼多顧忌！」（《女人的心》）盧隱為女人辯護，也使自己得到了解脫。

就個人氣質和個性特徵而言，亞俠、露沙她們那一代知識女性，比起晚些時候出現於盧隱筆下的素璞（《女人的心》）、美娟（《一個情婦的日記》）來，有著太多的道德約束（這約束往往來自自己內心的支配），有著太多的思想顧忌（這顧忌使她們不敢過於離經叛道），因此，婚後痛失丈夫的紉菁，竟視再嫁為羞恥，寧願割捨與劍塵的情絲（《歸雁》）；心上「有了極深刻的殘痕」的雲蘿，明明與凌俊相愛，卻又自卑「不配」接受他「純潔的情愛」（《雲蘿姑娘》）；沙冷只敢在「樹蔭下」與意中人行雲談「情」說「愛」，一離開樹蔭，便依然悵惆（《樹蔭下》）；只有在那迷人的童話故事中，盧隱才敢建造一座幻想的「地上的樂園」，……這裏，就流露出比《或人的悲哀》更深更濃的感傷和悲哀，也更充分地反映了「過渡時代」的盧隱思想上的矛盾和理智與感情的衝突（這些作品，從某種意義上來說，也是盧隱本人在其丈夫郭夢良突然夭亡後的矛盾心理的寫照）。這些作品，既是《海濱故

---

[25] 魯迅：《〈中國新文學大系‧小說二集〉導言》，上海良友圖書公司，1935年5月版。

人》、《靈海潮汐》的續篇[26]，也是30年代所作《女人的心》，《一個情婦的日記》的先聲，它們在這兩者之間架通了一座橋樑，使這兩者成了合乎情理的邏輯展開，並劃出了盧隱及其筆下的「時代兒」們思想發展的清晰軌跡，使後來的素璞的離婚再嫁、美娟的「心的解放」，真正成為子君、纚華、莎菲的叛逆反抗性格的五四傳人。可惜的是，她們來到文壇太遲了，遲到者難以引起滿堂的喝彩，因為此時人們已經把注意力放到「革命文學」的新人身上。盧隱顯然對五四時代太依戀、太偏愛了，她的作品（包括三十年代初的《象牙戒指》、《女人的心》等），差不多都給執著地按上了五四時代的印記，這也許既是她的幸運也是她的不幸。

從盧隱的全部創作來看，「五四時期的時代兒」的心態披露及其追蹤，顯然是她創作中最具有時代意義的主要成就。時代的心理，常常是青年的心理。盧隱在中國現代文學史上的意義，就在於她飽蘸著淚水和筆墨，渲染了一群苦悶彷徨的「時代兒」的歌哭淚笑的情感波瀾，從而，也就真實地披露了五四那個「傷感的時代」的秘密，成為一卷縱覽五四時代許多青年面影的生動「實錄」。

第四節　憂鬱與感傷：美學趣味的結晶

在文學研究會諸作家和五四女性作家群中，盧隱的憂鬱情愫和感傷色調無疑是較濃厚的一位。她就像一位戴著悲觀主義有色眼鏡的畫師，任意潑染著灰黯的顏料；又像一位空懷救國之志的情意纏綿的詞人，低回吟歎著哀傷的詞曲。其實，這倒並不盡在於她本人的氣質特別溫柔，感情格外脆弱，而是基於她對藝術的一種獨特的理解與追求。早在1921年，盧隱在《創作的我見》一文中就表明了她的文藝觀：人類社會的各種現象，歸根結底不外悲劇和喜劇兩種而已。「喜劇的描寫，易使人笑樂，但印象不深，……感人不切，難引起人的同情」，而「悲劇的描寫，則多沉重哀戚，……能引起人們的反省。況今日的世界，天災人禍，相繼而來，……自殺的青年一天增加一天，其悲慘真不忍細說！所以創作家對於這種社會的悲劇，應用熱烈的同情，沉痛的語言描寫出

---

[26] 需要說明的是，《靈海潮汐》雖結集出版於1931年，但其中大部分作品寫於1925-1926年間，並發表於這一時期的《小說月報》。——筆者注。

來，……方不負創作家的責任。」[27]這段話，恰好表明了盧隱當時的社會意識和「作家的責任」，這種自覺的社會責任感和道義感又體現出她本人的一種美學趣味：對悲劇「沉痛哀戚」的藝術氛圍的自覺追求，這與她當時努力「打破人們的迷夢，揭開歡樂的假面具」的創作宗旨是一致的。從心理學角度來看，痛苦與歡樂，作為人的兩大情感體驗，在其審美心理結構中是有區別的。現代神經生理學的研究結果表明：人腦的快樂中樞和痛苦中樞相比，後者佔有優勢，它一旦受到刺激，便會抑制快樂中樞的活動。因此，沉痛哀戚比起歡笑快樂來，更容易刺激盧隱那緊緊纏繞著她的童年和個人生活的痛苦記憶，成為渲泄這種痛苦情緒的突破口。

盧隱具有深厚的中國古典詩詞的文學根底，她常沾沾自喜：「我喜歡詩詞」，常在「桌上放著一部宋人詞鈔」（《寄天涯一孤鴻》）。她曾多次宣稱自己最偏愛屈原、李白和蘇軾。但實際上，盧隱從這些詩詞大家處所汲取的，遠不是屈原的瑰奇、李白的飄逸和蘇軾的豪放。不，盧隱學不來，無論是社會歷史條件，還是個人稟賦和氣質，都不允許盧隱成為五四時期的「豪放派」。她所繼承的，是屈、李、蘇的救國濟民的抱負，詛咒黑暗的憂憤，懷才不遇的傷感和仰天長嘯的悲涼。雖然盧隱自己未承認，但筆者認為她的藝術風格，倒是婉約派的正宗──女詞人李清照的一脈真傳。請看：盧隱作品每每化出李詞的藝術意境：「碧波滔滔，風聲淒淒，景色猶是而人事已非」，「不禁酸淚沾襟矣！」（《海濱故人》）這和「物是人非事事休，欲語淚先流」（《武陵春》）不是很相似麼？再如，「伊不時緊皺眉峰」，「冷清清獨坐案前，不可思議的悵恨，將伊緊緊捆住，如籠愁霧，如罩陰霾」（《前塵》），這和「寂寞深閨，柔腸一寸愁千縷」（《點絳唇》）不是很接近麼？還有，「對著窗外的景色」，「只覺得心頭悵惘若失」，「花開花謝，在在都撩人愁恨！」（《幽弦》）這與「道人憔悴春窗紙，悶損闌幹愁不倚」（《玉樓春》）簡直是異曲同工；至於「漏沉沉兮風淒，星隕淚兮雲泣。悄挑燈以兀坐兮，神傷何極！念天地之殘缺兮，填恨海而無計！」（《勝利以後》）更是活脫脫「守著窗兒，獨自怎生得黑！……這次第，怎一個愁字了得！」（《聲聲慢》）的惆悵失意、孤獨淒切的畫面再現。總之，反映在李清照詞裏的國破家亡之恨，顛沛

<hr>

[27] 盧隱：《創作的我見》，載《小說月報》1921年第12卷第7號。

流離之患，人生命運之憂，盧隱作品中兼而有之，自然更具一腔憂鬱情愫。

　　盧隱對藝術畫面色彩的選擇和處理，也有一種與眾不同的偏嗜。正如某些印象派畫家，如莫內愛抹紅色，凡高偏重黃色一樣，盧隱喜歡青色和灰色。她認為：「暖色如紅，看了足使人興奮，其結果使人生渴怒煩躁之感。而青色是使人消沉平靜，其結果使人得到閒適慰藉之感」（《月色與詩人》）。「灰色最是美麗，一個人的生命如果不帶一點灰色，他將永遠被摒棄於靈的世界。你看灰色是多麼溫柔，她不像火把人炙得喘不氣來，它同時也不像黑暗引人陷入迷途」（《雲鷗情書集·十六》）。這裏盧隱所說的青色和灰色，都是作為與火的顏色──紅色相對的色調而言，即一種藍幽幽、灰濛濛的冷色調。中國古典山水畫，多以水墨潑染，極少豔麗色彩，注重的正是「閒適慰藉」的幽美。盧隱筆下的景物描寫，很像中國古典山水畫，總帶有一種朦朧迷離的感傷色調，以襯托主人公「尋尋覓覓、冷冷清清、淒淒慘慘切切」的寂寞之心。正如俄國著名畫家列賓所說，「色彩，便是思想。」

　　盧隱既對冷色調如此偏嗜，她對作品色彩和基調的處理，當然不會熱情奔放，色塊明亮地鎏金飛彩，而只能是光線黯淡、景色朦朧、天地蒼茫的潑墨寫意，寓以人生無憑、前途難料的悲涼心境。盧隱很愛描摹與水有關的景物。她筆下常常出現翻騰奔掀的大海，例如「絲絲的細雨敲著窗子，密密的黑雲罩著天空，澎湃的波濤震動著船身；海天遼闊，四顧蒼茫」（《或人的悲哀》）；出現雲霧繚繞的湖泊，例如「那一天泛棹湖中，時正微雨，陰雲四合，滿湖籠煙漫霧，一片蒼茫」（《扶桑印影》）；出現飛流直下的瀑布，例如「那瀑布成為一道筆直白色雲梯般的形狀。在瀑布的四周都是高山，永遠照不見太陽光」（《幽弦》）；出現秋夜靜謐的池塘，例如「銀光似的月影正籠罩著一畦雲般的蓼花，水池裏的游魚，依稀聽得見嗻喋的微響」（《前塵》）。這些以水為主體的自然景觀，總使人感到濕漉漉、冷冰冰的涼意，「感極而悲者矣」。在作者看來，世界不正像這風雨飄搖的海浪一樣不可捉摸麼？人生不正似這陰雲四合的煙霧一般虛無飄渺麼？人在如銀河決口般的瀑布前顯得無足輕重；人在遊魚爭食的池塘邊觸景生情。於是，這些海浪、雲霧、飛泉、漣漪，本身不僅作為一種自然景物，而且是某種主觀感受的意象，感傷情懷的觸媒。即便畫面中不出現長吁短歎的人物，也會使人感到一種憂鬱感傷的情緒氛圍。

盧隱似乎不大注意陽光下的燦爛世界，卻對月夜的景致頗感興趣。她每每寫道，「魚鱗般的絲雲，透出暗淡的月色；繁夥的眾星，都似無力的微睜倦眼，向伊表示可憐的閃爍」（《前塵》），暗淡的月色與悵惘的心情彼此映照；「只見雪白的窗幕上，花影參橫，……原來院子裏小石上的瘦勁黃花，已經盛開」（《勝利以後》），月下的花影與寂寞的人兒同病相憐。不是月明星稀，而是月色暗淡；不是紅杏出牆，而是黃花瀉影，總使人想起李清照「滿地黃花堆積，憔悴損，如今有誰堪摘？」的悲涼之詞。在盧隱筆下，常見的是「雨後梨花」，「冰枝寒梅」，「與白雪比潔的海棠」，還有「淡黃色的茶花和月季」，絕少豔麗斑斕的姹紫嫣紅（只有童話《地上的樂園》是個例外），這些以冷色調為主的「花影參橫」，益發使人勾起一懷愁緒。

　　盧隱的筆下，經常出現的是「凄風」、「冷雨」（不是和風，不是細雨），「斜陽」、「疏星」（不是驕陽，不是繁星），「簫聲」、「笛音」（不是嗩吶，不是鑼鈸），「花魂」、「柳眼」（不是芳蕊，不是綠芽）這樣的凄涼字眼，作者將它們不斷組合，多次重複，為她的許多作品幔上了一層多愁善感的霧障。她似乎特別擅長在這一氛圍中反復吟詠，一唱三歎。她沉溺於這種心境中，細細地抽出顫動著的一根根傷感的纖維，絲絲縷縷，一一牽出。盧隱的小說，大部分是描寫這種如抽繭絲般的自我解剖的心理感受的。她在描寫這種微妙而又精細的心理感受的同時，得到一種渲洩苦悶悲哀的快感。如同她自己所說，「悲哀才是一種美妙的快感，因為悲哀的纖維，是特別的精細」（《寄燕北故人》）。她還宣稱，「只有悲哀，才是永駐我靈宮的驕子，她往往在靜夜裏使我全部神經顫動」（《時代的犧牲者》）。走投無路的彷徨，懷才不遇的失意，花前月下的感傷，「遊戲人間」的苦悶，憎厭社會的怨憤，嚮往光明的憧憬……所有這些，構成了盧隱二十年代作品的顯著特點──憂鬱情緒的凝結和宣洩。她就在反復摩挲這種憂鬱情緒中寫她的人物；而她的人物，更多的也就漂浮於這種跌宕起伏的憂鬱情緒中。

　　這也許正是盧隱的不幸。她寫盡人之哀情，「也想拖著別人往這條路上走」[28]，然而藝術並非憂鬱情緒、感傷色調的專利品。任何一種主觀情感被反來覆去地摩挲幾十遍，總有些使人生厭。席勒曾在一篇名為《論素樸的詩與感傷的詩》的論文中指出，「這類柔和的作品（指感傷

28　盧隱：《盧隱自傳》，第一出版社，1934年6月初版。

的詩——筆者注）只能軟化我們，並且只是迎合我們的感覺，而不能使我們的心神爽快，不能佔據我們的心靈。長久地傾向這種感情，必然一定奪去性格的活躍力量，使一個人陷於消極狀態」。席勒的批評，我認為，對廬隱的作品，也是完全適用的。

當然，話又說得回來，在那樣一個黑暗的社會裏，在那樣一個「傷感的時代」裏，具有痛苦的體驗、敏感的神經和詩人的才情的廬隱，她不苦悶彷徨，不憂鬱敏感，也就不是「『五四』的產兒」廬隱了。魯迅先生曾援引過匈牙利詩人裴多菲題B・S・夫人照像的詩句：「因為他是苦惱的夜鶯」[29]。廬隱，也是苦惱的夜鶯。

[29] 魯迅：《〈中國新文學大系・小說二集〉導言》，上海良友圖書公司，1935年5月版。

第十章 「最美的收穫」與「最可惡的母親」

　　1943年歲末的上海灘上，一位年僅二十多歲的女子在《雜誌》月刊上連載發表了一篇小說，題曰《金鎖記》，署名張愛玲。她不僅因此令人訝異地迅速紅遍海上文壇，而且很快就「收穫」了諸多好評。

　　從《金鎖記》「收穫」的好評中，分量最重的，無疑當屬著名翻譯家傅雷先生化名「迅雨」，於1944年5月破天荒地發表的長篇評論《論張愛玲的小說》。傅雷先生多以法國文學翻譯著稱，評論文字十分少見，但他卻不吝篇幅，以文學家的審美敏感、藝術品味，慧眼獨具地發現了張愛玲作品的稀罕價值。他一開始就援引「這太突兀了，太像奇跡了」的讀者評語對於這位橫空出世的陌生作者發出了讚歎。在對《金鎖記》的人物及其藝術特色作了詳細而又精闢的論述之後，他發表了如下結論：「毫無疑問，《金瑣記》是張女士截至目前為止的最完美之作，頗有《獵人筆記》中某些故事的風味，至少也該列為我們文壇最美的收穫之一。」[1]

　　無獨有偶，將近20年之後，於大洋彼岸的美國哥倫比亞大學執教的夏志清先生，在其著英文版《中國現代小說史》中，也以41頁的較大篇幅，對張愛玲及其作品作了高度評價。「在這本專論中，夏推崇張為世出的天才，更讚譽《金鎖記》為中國文學僅見的中篇傑作。」[2]據夏著《中國現代小說史》中文版，他的原話譯為：「《金鎖記》長達50頁，據我看來，這是中國從古以來最偉大的中篇小說。」[3]

---

[1] 迅雨（傅雷）：《論張愛玲的小說》，寫於1944年4月7日，發表于同年5月上海《萬象》第3卷第11期。

[2] 王德威：《此怨綿綿無絕期——張愛玲，怨女，金鎖記》，《現代中國小說十講》，上海，復旦大學出版社，2003年10月版，第188頁。

[3] 夏志清：《中國現代小說史》，上海，復旦大學出版社，2005年7月版，第261頁。

第一節 《金鎖記》為何「四度易稿」不斷重寫？

　　除了評論家、文學史家對《金鎖記》大加肯定與讚賞外，向來信奉「出名要趁早呀！來得太晚的話，快樂也不那麼痛快」[4]以及對「自己的文章」一貫沾沾自喜的張愛玲本人，也對這部3萬餘字的小說重視有加甚至可謂珍視非常：她的第一部小說集《傳奇》於1944年8月15日初版，打頭篇目即為《金鎖記》[5]。此書於同年9月25日再版。再版的《傳奇》不僅換了好友炎櫻設計的封面，加上了作者的玉照和《再版的話》（即被許多人稱為《〈傳奇〉再版序言》的那篇名作，上述「出名要趁早呀」的經典語錄即出自此文——筆者注），更值得注意的是其編排雖有一些變化但《金鎖記》領銜的頭牌地位巋然不動[6]，可見作者對此篇的重視程度。不僅如此，「《金鎖記》使張一夕成名，後來更親自譯成英文。」[7]關於《金鎖記》的英文版眾說紛紜[8]，比較可靠的明證目前有兩份：一為董橋著《給自己的筆進補》中曰：「1968年夏天，夏（志清）先生正在校閱張愛玲自己翻譯的《金鎖記》，在一封給張愛玲的信上引錄了五處原文和譯文同她商榷。」[9]二是劉紹銘在談「英譯《傾城之戀》」時提到「《金鎖記》英譯本，要到一九七一年才出現。譯文是作者手筆，收在夏志清編譯的《Twentieth-Century Chinese Stories》，哥倫比亞大

---

[4]　張愛玲：《〈傳奇〉·再版的話》，《傳奇》，上海，雜誌社，1944年9月再版。

[5]　《金鎖記》發表於1943年11-12月《雜誌》月刊第2-3期，比《傾城之戀》、《心經》等都要晚些。但《傳奇》初版時，所收作品依次為：《金鎖記》、《傾城之戀》、《沉香屑：第一爐香》、《沉香屑：第二爐香》、《琉璃瓦》、《心經》、《年青的時候》、《花凋》、《封鎖》，由此可見作者對《金鎖記》的重視程度非同一般。

[6]　《傳奇》再版時，所收作品的排列順序與初版稍有不同，似乎是根據寫法的不同分為兩組：自《金鎖記》至《沉香屑：第二爐香》為一組；而自《琉璃瓦》至《封鎖》為另一組。「排列的順序可能反映了作者本人對作品的喜好和判斷，大略言之，第一組是越靠前的越好，第二組是約靠後的越好。」（引自余彬著《張愛玲傳》，海南出版社，1993年12月版，第342頁）

[7]　王德威：《此怨綿綿無絕期——張愛玲，怨女，金鎖記》，《現代中國小說十講》，上海，復旦大學出版社，2003年10月版，第187頁。

[8]　如有人說《金鎖記》的英文版名為「《粉淚》（The Pink Tear），後因在美國反響不佳，重新改寫為《北地胭脂》（The rouge of the north）出版」等等，見http://tieba.baidu.com/f?kz=748451430。

[9]　董橋：《給自己的筆進補》，台北，出版社：遠流出版事業股份有限公司，2000版。此處引自百度文庫，見http://wenku.baidu.com/view/1e91a51dc281e53a5802ffc4.html。

學出版。」[10]二者所說的時間之所以迥異，主要原因在於前者為夏志清校閱《金鎖記》英譯稿之時間，而張愛玲親自操刀《金鎖記》中譯英的時間當應更早；後者的時間則為包括《金鎖記》在內的英文版中國現代小說集的出版時間，二者並不矛盾。而在此之前，張愛玲用英文創作的「The Rouge of Morth」（中文版名為《怨女》）一書於1967年在英國出版，「中文版的《怨女》已在台港連載，風行一時了。」[11]明眼人一看就明白：《怨女》的故事以上海灘上一個市井女人銀娣的曲折人生經歷為線索，「敘述她如何自一個嬌嗔不群的少女，變成一個惡毒尖誚的怨婦」；「小說簡直就是張早年傑作《金鎖記》（1943）的翻版」；只不過與《金鎖記》先中文後英文的順序相反，「60年代張愛玲以英文創作《怨女》後，又把它譯回中文」；一個不容忽視的事實是，「在二十四年裏，她用兩種語言，把同樣的故事寫了四次。」[12]德國漢學家顧彬在其《二十世紀中國文學史》（第七卷）「文人文學」中也提到：「這篇小說作者四度易稿，其中一次是1967年用英文寫的」[13]。

　　一篇上世紀40年代的小說舊作，作者為何要在二十四年中「四度易稿」？雖然她在60年代末也曾改寫過另兩部小說：《十八春》（1949）與《小艾》（1951），但像《金鎖記》這樣用母語和英文一再「翻版」，在張愛玲的小說創作中，即便是其成名作，也似乎很難用作者對此特別偏愛來解釋。從《金鎖記》到《怨女》成了令人生疑的文本案例。王德威曾在《此恨綿綿無絕期》中提出過疑問：「從《金鎖記》到《怨女》，從中文到英文，張愛玲為什麼不斷寫著同一個故事？我們也許可以從客觀條件中找到解釋。由於此前的兩本英文小說都不成功（指《秧歌》和《赤地之戀》──筆者注）張亟須寫出一部有突破性的作品，好建立口碑。像《金鎖記》般的題材或許提供了最佳機會：故事所包羅的東方色彩、家族傳奇、女性人物等，對西方讀者應當都是『賣

[10] 劉紹銘：《英譯〈傾城之戀〉》，原載2007年1月14日香港《蘋果日報》，此處轉引自http://hi.baidu.com/njpr/blog/item/85ecb57e0a25f3380dd7dac1.html。

[11] 王德威：《此怨綿綿無絕期──張愛玲，怨女，金鎖記》，《現代中國小說十講》，上海，復旦大學出版社，2003年10月版，第187頁。

[12] 王德威：《此怨綿綿無絕期──張愛玲，怨女，金鎖記》，《現代中國小說十講》，上海，復旦大學出版社，2003年10月版，第186-187頁。

[13] 顧彬：《二十世紀中國文學史》（第七卷），上海，華東師範大學出版社，2008年9月版，此處轉引自http://book.ifeng.com/lianzai/detail_2008_10/28/290676_74.shtml。

點』。除此，回顧多年前《金鎖記》在上海灘造成的轟動，張也必定希望如法炮製，再贏得西方讀者的青睞。」[14]

但這畢竟只是臆測。事實是，《金鎖記》英文版出版後非但未引起西方讀者的青睞，甚至反響不佳[15]。王德威又指出，「驅使張愛玲重複自己，並視翻譯與重寫為藝術上的必然。……張也許是想藉不斷書寫老上海，來救贖她日益模糊的記憶。上海的街頭巷尾，亭子間石庫門、中西夾雜的風情、日夜喧嚷的市聲、節慶儀式、青樓文化，混合麻油味兒、藥草味兒，及鴉片煙香的沒落家族……都一一化為《怨女》的背景。」[16]

這畢竟也還是臆測。當然也可以從心理分析學的角度，「推敲張愛玲一再『重寫』的衝動，在於她的原始創傷（trauma），找尋自圓其說的解釋。」[17]問題是，張愛玲的「原始創傷（trauma）」究竟是什麼？它何以成為作者始終耿耿於懷、以致不斷通過「重寫」而達到心理渲泄的創作動力？

所以，我們還是回到《金鎖記》本身，從其敘事層面與人物原型出發，來探究張愛玲一再「故事新編」的創作心理動機何在。

第二節　李家「故事」？胡家「庶母」？

先回到《金鎖記》的故事本身。《金鎖記》描寫了女主人公曹七巧一生的曲折命運及其人性扭曲、心理變態的過程。七巧本是麻油店老闆的女兒，潑辣而健壯，因其哥嫂為省一筆嫁奩而嫁給了大戶姜家患有先天性軟骨病的二少爺，不僅失去人倫之樂，而且備受眾人歧視和情感壓抑，撫養著長白、長安一對兒女，苦苦熬到夫死公亡之後，終於分得一筆不菲的家產而獨立門戶。然而長期的情感壓抑扭曲了其原本良善的

14　王德威：《此怨綿綿無絕期——張愛玲，怨女，金鎖記》，《現代中國小說十講》，上海，復旦大學出版社，2003年10月版，第188頁。

15　劉紹銘：《英譯〈傾城之戀〉》，原載2007年1月14日香港《蘋果日報》。文中有「自上世紀七十年代起，我在美國教英譯現代中國文學，例必用張愛玲自己翻譯的《金鎖記》作教材。……張愛玲的小說，除非讀原文，否則難以體味她別具一格的文字魅力。通過翻譯聽張愛玲講曹七巧故事，只想到她惡形惡相的一面。難怪《金鎖記》在我班上沒有幾個熱心聽眾。」

16　王德威：《此怨綿綿無絕期——張愛玲，怨女，金鎖記》，《現代中國小說十講》，上海，復旦大學出版社，2003年10月版，第188-189頁。

17　王德威：《此怨綿綿無絕期——張愛玲，怨女，金鎖記》，《現代中國小說十講》，上海，復旦大學出版社，2003年10月版，第189頁。

人性，她緊攥著家財而成為真正的孤家寡人，變得極其自私、乖戾又刻毒、殘忍，甚至變態到親手扼殺自己的一對兒女的美滿姻緣，用小說中的原話：「世舫直覺地感到那是個瘋人——無緣無故的，他只是毛骨悚然」[18]。《金鎖記》裏的曹七巧，以一生的幸福為代價換來了一具黃金的枷鎖，她戴著這具黃金的枷鎖度過了扭曲而又瘋狂的後半生，「一級一級上去，通入沒有光的所在」。張愛玲的小說自由出入於雅俗、古今之間，她深得古典小說神韻的語言意蘊，精緻含蓄，俗白華美而又「色彩鮮明」；加之小說中繁複生動的意象描寫，既刻畫了人物心理，又營構了情景氛圍，表現出作者高超的現代敘事技巧。

傅雷先生曾指出：「《金鎖記》的材料大部分是間接得來的：人物和作者之間，時代，環境，心理，都距離甚遠，使她不得不丟開自己，努力去生活在人物身上，順著情慾發展的邏輯，盡往第三者的個性裏鑽。於是她觸及了鮮血淋漓的現實。」[19]寫作《金鎖記》之時，作者不過20多歲，如果沒有深刻的生活體驗的話，很難想像她能駕馭如此複雜的家庭生活場景，塑造出如此非凡的人物藝術典型來。關於《金鎖記》的生活原型，目前坊間有各種不同版本，比較可靠的依據主要來自張愛玲唯一的弟弟張子靜生前與季季合作的《我的姊姊張愛玲》。其中提供了姜家的「故事」實來自李家的「素材」：《金鎖記》是以他們太外祖父李鴻章次子李經述一家生活為背景的，小說中的姜公館即李公館；大爺叫李國杰，主持過招商局。小說的女主人公曹七巧和其丈夫姜二爺的原型，即李國杰患軟骨症的三弟和從老家合肥鄉下娶的妻子。眾所周知，早在張愛玲出生之前，其祖母李菊耦於1912年仙逝，三年後其父母才奉旨成婚，她又怎會知道李家的事呢？該書解釋為她曾與李國杰妻子多次聊天閒談，因而得知了李經述大家庭中的許多事情：

> 「李鴻章的嫡長子李經述，「承襲一等肅毅侯爵」。但李鴻章去世次年二月他就「以哀毀」。一九〇四年八月，李經述的長子李國杰也承襲爵位。這一房的故事，我姐姐寫成了《金鎖記》。

---

[18] 張愛玲：《金鎖記》，《傳奇》（增訂本），上海，山河圖書公司，1946年11月初版，第149頁。

[19] 迅雨（傅雷）：《論張愛玲的小說》，寫於1944年4月7日，發表於同年5月上海《萬象》第3卷第11期。

「1943年11月，我姐姐在《雜誌》月刊發表《金鎖記》這篇近四萬字的小說。當時她24歲，我23歲。我一看就知道，書中的故事和人物脫胎於李鴻章次子李經述的家中，因為在那之前很多年，我姐姐和我就已經走進了《金鎖記》的生活中，和小說裏的『曹七巧』、『三爺』、『長安』、『長白』打過照面⋯⋯書中的姜公館指的就是李經述的家，『換朝代』指的是1911年民國建立。」[20]

但這只能說是張子靜作為作者的弟弟看了小說後產生的家族聯想。至於張愛玲因寫《金鎖記》而得罪了李家的諸多子孫，這原本屬於張、李兩家的家庭私事，旁人無從置喙。但要說姜家的故事即李家的真事，恐怕很難令人置信。事實上，李家後人也多次否認，據《晚清第一家——李鴻章家族》的作者採訪李家後人所記：

> 目前李家輩分最高的一位老人李國光（李鴻章的大哥李瀚章的孫子）說：「張愛玲寫的不完全是事實！有些是亂講！別聽她的！」
>
> 李鴻章的玄孫李道樺、邵玉楨夫婦還告訴筆者：「張愛玲的《金鎖記》發表後，我們父母是很有意見的，因為裏面的內容是在影射李家，但又與事實出入甚大。我父母之所以沒有站出來反駁，一來是看她那時要靠寫作吃飯，父母又離婚了，小姑娘一個，也就不去計較了；二來她寫的是小說，不用真名真姓，也就更沒有必要追究。但李家人的這種態度，卻被他們認為李家人不讀書，根本不知道她寫了那些小說，這真是笑話。」[21]

如果這是事實的話，實際上已說明了一個很重要的問題：即《金鎖記》並非寫實小說[22]，所以，我以為張愛玲至多只是以李公館的人物關

---

[20] 張子靜、季季：《我的姐姐張愛玲》，文匯出版社，2003年9月版。
此處引自http://data.book.163.com/book/section/0000FIYF/0000FIYF8.html。

[21] 阿毛：《張愛玲的小說金鎖記的原型》，見http://blog.sina.com.cn/s/blog_48e800e90100czqo.html。

[22] 這一點，王德威先生也在文章中著重強調過：「張細膩的白描技巧，一向被視為對寫實的典範。我卻以為她的成就不在於『惟妙惟肖』這類的讚美，而在於她展現又一種『反』寫實的層次。」見《此怨綿綿無絕期——張愛玲，怨女，金鎖記》，《現代中國小說十講》，上海，復旦大學出版社，2003年10月版，第192頁。

係為藍本而「虛構」了一個姜公館。其中雖有李國杰那個患軟骨症的三弟和從老家合肥鄉下娶的妻子的某些影子，但這並不排斥七巧還有另外的人物原型。患軟骨症的三爺及其合肥鄉下娶的妻子，不過是給張愛玲寫《金鎖記》提供了某種啟示或是一種借用，這只是一種外在的巧合。曹七巧是《金鎖記》的女主人公，如此性格潑辣、乖戾而瘋狂的藝術典型，其成功塑造無論如何絕非現實中人物的簡單對號入座。真正的人物原型應該另有其人。

於是，有人便滔滔不絕地舉出了胡家「庶母」。一位名為「欣欣迷」的作者發表了一篇長文《〈金鎖記〉中七巧的人物原型》，言之鑿鑿地斷言：「七巧的原型，我認為就是胡蘭成的庶母。」並且，「將《今生今世》中胡蘭成對其庶母的記述與《金鎖記》中有關七巧的描寫對比，羅列出兩人的身世經歷相似之處，以證明我的判斷。」所謂「兩人的身世經歷相似之處」，該文振振有詞地舉出七點例證，諸如：一、兩人都出生於小鎮上富裕人家。二、兩人的婚事都是被家中半騙半賣。三、兩人都經歷了不正常的婚姻生活。四、兩人同樣早死了丈夫，同樣面臨族人的爭奪家產，只是因為兩人的據理相爭相鬧，才得以保住自己名分下的應得家產。五、兩人所嫁非人，沒有正常的夫妻生活，可兩人始終盼望渴望真正的愛情，都存心嘗試，卻終歸於失敗。六、兩人對娘家的態度也如出一轍，對娘家人是又恨又憐，恨的是當初所嫁非人，家中只圖嫁出了事，現在來往只為得點好處，憐的是如今的巴結相，內心不想幫可還是要幫。七、兩人同有一雙兒女，且都無出息[23]。

不過，「七巧的原型就是胡蘭成的庶母」這樣的斷言，實屬無稽之談。眾所周知，《金鎖記》寫於1943年10月，它完成之時，正在南京的胡蘭成還根本不知道世上有張愛玲這樣一位「民國女子」。據胡蘭成《今生今世》交待：他是在南京看到了蘇青所寄的《天地》月刊（應為第2期──筆者注）上的小說《封鎖》後，才知道「張愛玲」的。於是，他寫信去問蘇青「張愛玲果是何人？她回信只答是女子。」[24]查蘇青創辦的天地出版社兼《天地》月刊於1943年10月10日在上海愛多亞路（今延安東路）160號601室掛牌開業。既如此，等《天地》月刊第二期（即

<hr>

[23] 欣欣迷：《〈金鎖記〉中七巧的人物原型》，文字引自http://tieba.baidu.com/f?kz=44454578。

[24] 胡蘭成：《今生今世》（上），台北，三三書坊出版，遠流出版公司發行，1990年9月版，第273頁。

登載《封鎖》的那期）印出來，主編再寄給胡蘭成，胡看到《封鎖》無論如何也應該是1943年11月下旬以後，而此時，《金鎖記》已經在《雜誌》第11期上面世了，張愛玲從何處得知胡家「庶母」之事？說「七巧的原型就是胡蘭成的庶母」這不是太離譜了嗎？

因此，「七巧的原型就是胡蘭成的庶母」顯然可以排除在外。那麼，曹七巧的人物原型究竟與誰更為相似呢？

第三節　曹七巧：「最可惡的母親」典型

楊義先生曾在《中國現代小說史》中說張愛玲是一位「洋場社會的仕女畫家」，在《金鎖記》中「它筆不稍懈地剖析了一個卑微悽楚的女人，在黃金的枷鎖下如何異化為喪失人性的衣錦妖怪。她身兼黃金枷鎖的主人和奴隸，自以為主人，實則是奴隸，在完成自己醜惡的悲劇中製造著親近者的慘酷的悲劇。」[25]問題在於，作者為何要塑造這樣一位「喪失人性的衣錦妖怪」？作者下筆時，是否有將窮兇極惡的七巧「妖怪化」的寫作快感？

毋庸置疑，曹七巧這個人物的言行舉止無疑是打開《金鎖記》創作奧秘的鑰匙。

我以為，無論是傅雷先生的「情慾壓抑說」，還是夏志清教授的「道德上的恐怖論」[26]，都容易使人對曹七巧產生一種誤解，從而忘記了她的最主要身份：一個染上了鴉片癮的母親，她有一對兒女。這一身份其實從小說一開始在一個有月亮的晚上姜公館的丫頭小雙和鳳簫的議論中就已經點明給讀者了：小雙說了七巧嫁給「殘廢」的二爺的原委，鳳簫道：「也生男育女的——倒沒鬧出什麼話柄兒？」鳳簫其實話裏有話：「既然二爺是個殘廢，那她的一對兒女，是二爺的親骨肉嗎？」可惜小雙畢竟是個丫頭，答非所問[27]。天亮後，大房、三房媳婦玳珍和蘭仙去給老太太請安，蘭仙問起為何不見二嫂，玳珍便作了個抽大煙的手

25　楊義：《中國現代小說史》第三卷，北京，人民文學出版社，1998年版，第459頁-460頁。

26　夏志清教授的原話為：「在下半部裏，她（指張愛玲——筆者注）研究七巧下半世的生活。七巧因孤寂而瘋狂，因瘋狂做出種種可怕的事情，張愛玲把這種『道德上的恐怖』，加以充分的描寫。」《中國現代小說史》，上海，復旦大學出版社，2005年7月版，第263頁。

27　小雙回答的是「姜公館失竊」的事，顯然與鳳簫期待的回答相距甚遠。

勢，說：「其實也是的，年紀輕輕的婦道人家，有什麼了不得的心事，要抽這個解悶兒？」後來七巧到了，老太太還沒醒，妯娌三人在起坐間裏說笑。閒話中七巧訴苦一晚上孤寂，玳珍譏諷她「怎麼你孩子也有了兩個？」七巧道：「真的，連我也不知道這孩子是怎麼生出來的！越想越不明白！」[28]這個一對兒女是否「親生」的問題便成了疑團。「七巧熾烈的復仇慾望及過人的精力，這些都是使七巧成為現代小說中最可惡的母親的要素」[29]。

　　一個「年紀輕輕」的女鴉片鬼、一個陰鷙刻薄的「最可惡的母親」！越往後，七巧越是口口聲聲說「孤兒寡婦」不能任人欺負，並以「娘」的身份肆意踐踏長安、長白的人身權利，干涉其婚戀嫁娶，毫無一丁點兒母性的她與長白、長安的親情關係就越是匪夷所思，令人生疑，如同她躺在煙榻上誘惑長白透露床第秘密時所說：「我也養不出那們樣的兒子！」[30]。夏志清教授認為，「七巧和女兒長安之間的緊張關係以及衝突，最能顯出《金鎖記》的悲劇的力量。」[31]這使我們不能不由七巧與長安的母女關係及其悲劇聯想到現實生活中張愛玲與其繼母之間的緊張關係以及衝突和決裂：

　　據張愛玲在《私語》中記載，在夏夜的小陽台上，當姑姑把父親張廷重準備迎娶曾任北洋政府總理大臣的孫寶琦之女孫用蕃進門的消息告訴她時：「我哭了。因為看過太多的關於後母的小說，萬萬沒想到會應在我身上。我只有一個迫切的感覺：無論如何不能讓這件事發生。如果那女人就在眼前，伏在鐵欄杆上，我必定把她從洋台上推下去，一了百了。」[32]她對父親續弦的抗拒態度十分明確。但繼母還是不以一個14歲少女的主觀意志為轉移地進了張家的門。她知道「我後母也吸雅（鴉）片」。據張子靜回憶：「父親再婚前不知我後母也吸食鴉片」；「後來我們才知道，這位老小姐早已有阿芙蓉癖，因此蹉跎青春，難以和權貴

28　張愛玲：《金鎖記》，《傳奇》（增訂本），上海，山河圖書公司，1946年11月初版，第115頁。

29　王德威：《此怨綿綿無絕期──張愛玲，怨女，金鎖記》，《現代中國小說十講》，上海，復旦大學出版社，2003年10月版，第191頁。

30　張愛玲：《金鎖記》，《傳奇》（增訂本），上海，山河圖書公司，1946年11月初版，第137頁。

31　夏志清：《中國現代小說史》，上海，復旦大學出版社，2005年7月版，第267頁。

32　張愛玲：《私語》，《流言》，上海，中國科學公司印行，1944年12月版，第159頁。

子弟結親。只是婚前我父親並不知道她有『同榻之好』」[33]。

　　對這位也算出身名門卻如同上海寒微人家般吝嗇精刮、刻薄乖張的後母一副「小家敗氣」的反感乃至留下刻骨銘心的心靈創傷，是張愛玲少女時代難以釋懷的精神凌遲與奇恥大辱。她後來在收入散文集《流言》中第一篇《童言無忌》中記下了兩件叫她十分難堪的後母「劣跡」：

　　一是這位繼母竟然帶著兩箱子穿剩的舊衣服陪嫁過來，以致「有一個時期在繼母治下生活著，揀她穿剩的衣服穿，永遠不能忘記一件黯紅的薄棉袍，碎牛肉的顏色，穿不完地穿著，就像混身都生了凍瘡；冬天已經過去了，還留著凍瘡的疤——是那樣的憎惡與羞恥。」[34]所以，在《金鎖記》中，長安進了滬範女中，「換上了藍愛國布的校服，不上半年，臉色也紅潤了，胳膊腿腕也粗了一圈」[35]，字裏行間顯然帶著敘事者「雪恥解恨」的嚮往和期盼。多年以後，她在台灣版《張愛玲全集》自述生平時寫道：自己當年穿著後母的舊旗袍，「有些領口都磨破了。只有兩件藍布大褂是我自己的。在被稱為貴族化的教會女校上學，確實相當難堪。學校裏一度醞釀著要制定校服，……議論紛紛，我始終不置一詞，心裏非常渴望有校服，……結果學校當局沒通過，作罷了。」[36]作者沒能穿上非常渴望的藍布校服，在《金鎖記》中「換」到了長安的身上。

　　二是「有了後母之後，我住讀的時候多，難得回家。也不知道我弟弟過得是何等樣的生活。有一次放假，看見他，吃了一驚。他變得高而瘦，穿一件不甚乾淨的藍布罩衫，租了許多連環圖畫來看。……後來，在飯桌上，為了一點小事，我父親打了他一個嘴巴子。我大大地一震，把飯碗擋住了臉，眼淚往下直淌。我後母笑了起來道：『咦，你哭什麼？又不是說你！你瞧，他沒哭，你倒哭了！』我丟下了碗衝到隔壁的浴室裏去，閂上了門，無聲地抽噎著。我立在鏡子前面，看我自己的掣動的臉，看著眼淚滔滔流下來，像電影裏的特寫。我咬著牙說：『我要

---

[33] 張愛玲：《金鎖記》，《傳奇》（增訂本），上海，山河圖書公司，1946年11月初版，第137頁。

[34] 張愛玲：《童言無忌‧穿》，《流言》，上海，中國科學公司印行，1944年12月版，第6頁。

[35] 張愛玲：《金鎖記》，《傳奇》（增訂本），上海，山河圖書公司，1946年11月初版，第134頁。

[36] 此處引自《張愛玲——自傳別傳》，烏魯木齊，新疆青少年出版社，1996年9月版，第74頁。

報仇。有一天我要報仇。」³⁷弟弟在後母的管束下變成了一個百無聊賴的「無事人」，「翹課，忤逆，沒志氣」，使做姐姐的「比誰都氣憤」和痛心，以致在他遭打後為他流淚；而後母當眾羞辱、戳人心窩子的言辭，與《金鎖記》中七巧當著她哥嫂和患軟骨病的丈夫的面「一樣的使性子」何其相似。而「我要報仇。有一天我要報仇」的賭咒發誓，恰恰透露出張愛玲的「復仇」願望，給她日後以筆作為「復仇」武器埋下了伏筆。

在《金鎖記》中，七巧種種無事生非、不斷尋釁生事、以侮辱、罵人為快事的行為，以及詛咒長大成人的長安許多不堪入耳的渾話，或許在作者那位陰鷙狹隘、暴躁扭曲的後母以及受其挑撥離間的父親那裏，都可以找到注腳。在散文《私語》中，張愛玲記下了因為向父親提出留學的要求遭到父親拒絕，後母在旁添油加醋、謾罵其親生母親的事：

> 「中學畢業那年，母親回國來，雖然我並沒覺得我的態度有顯著的改變，父親卻覺得了。對於他，這是不能忍受的，多少年來跟著他，被養活，被教育，心卻在那一邊。我把事情弄得更糟，用演說的方式向他提出留學的要求，……他發脾氣，說我受了人家的挑唆。我後母當場罵了出來，說：『你母親離了婚還要干涉你們家的事。既然放不下這裏，為甚麼不回來？可惜遲了一步，回來只好做姨太太！』」³⁸

如此惡劣歹毒的「後娘」腔調，在《金鎖記》裏可謂不勝枚舉。難怪蘭仙為長安做媒後，長安一離家就遭來七巧一頓歇斯底里的臭罵：「你三嬸替你尋了個漢子來，就是你的重生父母，再養爹娘！也沒見你這樣的輕骨頭！……一轉眼就不見你的人了。你家裏供養了你這些年，就差買個小廝伺候你，哪一處對你不住了，你在家裏一刻也坐不穩？」³⁹

張愛玲因為「八一三」淞滬抗戰爆發，在母親家裏住了兩周，結果被後母當眾打耳光並栽贓而致使她遭父親的毒打與囚禁，終使她與家庭

37 張愛玲：《童言無忌・弟弟》，《流言》，上海，中國科學公司印行，1944年12月版，第12頁。

38 張愛玲：《私語》，《流言》，上海，中國科學公司印行，1944年12月版，第160頁。

39 張愛玲：《金鎖記》，《傳奇》（增訂本），上海，山河圖書公司，1946年11月初版，第145頁。

徹底決裂的記載，也表明作者已用筆將後母與自己所憎厭的那個家庭釘上了恥辱柱：

> 「回來那天，我後母問我：『怎麼你走了也不在我跟前說一聲？』我說我向父親說過了。她說：『噢，對父親說了！你眼睛裏哪兒還有我呢？』她刷地打了我一個嘴巴，我本能地要還手，被兩個老媽子趕過來拉住了。我後母一路銳叫著奔上樓去：『她打我！她打我！』……父親跟著拖鞋，拍達拍達沖下樓來，揪住我，拳足交加，吼道：『你還打人！你打人我就打你！今天非打死你不可』！我覺得我的頭偏到這一邊，又偏到那一邊，無數次，耳朵也震聾了。我坐在地下了，躺在地下了，他還揪住我的頭髮一陣踢。終於被人拉開。……」[40]

由此，《金鎖記》中的曹七巧，竟然當著童世舫、長白和下人的面臉不變色心不跳地撒謊造謠也就不奇怪了。她輕描淡寫地中傷已經戒了煙的長安「再抽兩筒就下來了」，「她那平扁而尖利的喉嚨四面割著人像剃刀片」；而走下樓來的長安聽見後，「停了一會，又上去了，一級一級，走進沒有光的所在。」[41]攤著這樣「最可惡的母親」，萬念俱灰的不僅是長安，更是當年經後母挑撥、栽贓後被折磨得死去活來的張愛玲！

結語

張愛玲曾在《自己的文章》中說過：「我喜歡參差的對照的寫法，因為它是較近事實的。」[42]通過以上「參差的對照」，其實也能夠說明問題了：《金鎖記》中的曹七巧，尤其是在後半部中，這個人物的原型究竟更像誰了。於是，我們也就似乎找到了張愛玲為何要在二十四年中對《金鎖記》「四易其稿」，一再「翻版」的創作心理動機。因為，對當年的受害者而言，每次「重寫」無疑是一種心理上的「復仇」與宣泄，

[40] 張愛玲：《私語》，《流言》，上海，中國科學公司印行，1944年12月版，第160-161頁。

[41] 張愛玲：《金鎖記》，《傳奇》（增訂本），上海，山河圖書公司，1946年11月初版，第149頁。

[42] 張愛玲：《自己的文章》，《流言》，上海，中國科學公司印行，1944年12月版，第18頁。

尤其是當那個不可一世的「小型慈禧太后」曹七巧變成了「怨女」銀娣，她操縱兒子的姻緣，逼死媳婦，默許兒子與丫環有染，最後害人害己，落到只得與庸碌嘈雜的兒孫輩共聚一堂、怨恨終身的下場，這樣生不如死的人物結局在創作過程中，或許也要比七巧「戴著黃金的枷」，用「那沉重的枷角劈殺了幾個人，沒死的也送了半條命」的眾叛親離、孤家寡人的悽惶死去更能雪「恥」解「恨」些？

　　當然，這些也只是臆測。筆者還是要強調的是，半個多世紀來，已經成為文學經典中一個典型形象的曹七巧，她或許與作者生活中的某個人物相似度要高些，但絕非現實人物的照相版。正如魯迅先生在《我怎麼做起小說來》中所說：「所寫的事蹟，大抵有一點見過或聽到過的緣由，但決不全用這事實，只是採取一端，加以改造，或生發開去，到足以幾乎完全發表我的意思為止。人物的模特兒也一樣，沒有專用過一個人，往往嘴在浙江，臉在北京，衣服在山西，是一個拼湊起來的腳色。有人說，我的那一篇是罵誰，某一篇又是罵誰，那是完全胡說的。」[43]

　　這段話，也完全適用於張愛玲筆下的《金鎖記》及其曹七巧。

[43] 魯迅：《我怎麼做起小說來》，《魯迅全集》第4卷，北京，人民文學出版社，1981年，第513頁。

第十一章　當代女性作家的藝術追求

百川奔騰，終歸大海。然而，不幸的是，當20世紀40年代的中國女性文學越過戰爭的硝煙和兩性世界的天地而「趕上了時代的主潮」之後，1949年以後長達數十年的文學空間裏，「時代的主潮」似乎只需要大河奔流而不再需要潺潺流水。一方面由於強調「文藝必須為政治服務」，於是便不切實際地要求作家人人表現你死我活的階級鬥爭和「高大全」式的英雄人物；另一方面由於片面理解「男女平等」的口號，強調「男同志能做到的事，女同志也能做得到」，於是便忽視女性作家特有的思維方式、觀察角度和創作個性，造成男女作家在創作上的「同化」——如同行軍打仗一樣，要求男女背同樣的背包，扛同樣的步槍。20世紀年代初期對茹志鵑女士描寫「家務事、兒女情」的作品的批判，更是表明了當時「時代的主潮」對女性文學溪流的拒絕和擯棄，從而使二十世紀中國女性文學的歷史出現了一個不短的冰川期。直到粉碎「四人幫」後，在新時期解凍的文學春潮中，我們才又重新聽到了中國女作家群對於真、善、美的呼喚。中斷了數十年之後，中國女作家群的再度崛起和活躍，尤其是1976年之後的新時期文壇，才又一次迎來了中國女性文學的繁榮時節。

第一節　擷取生活激流的朵朵浪花
——茹志鵑及其短篇小説創作

20世紀50年代，「在年輕作家的隊伍裏，出了一個茹志鵑」[1]。她那朵清新淡雅，別具一格的《百合花》，剛一開放，就受到了茅盾先生的高度評價，譽其為「清新俊逸」，「結構謹嚴，沒有閒筆」，是「最近讀過的幾十個短篇中最使我感動的一篇」[2]。前輩文學大師的鼓勵，

---

[1]　冰心：《一定要站在前面》，載1960年12月14日《人民日報》。

[2]　茅盾：《談談最近的短篇小説》，載1958年《人民文學》6月號。

給了《百合花》的作者以極大的勇氣和信心。茹志鵑，這位只「斷斷續續上過四年學，讀過半本字典」，年輕時就參加新四軍文工團的女戰士，走上了專業創作的道路。茅盾先生的慧眼睿目沒有看錯，茹志鵑確實是有文學才華的。隨著她在藝術上的不斷追求，一朵朵具有獨特風格的短篇小說之花，競相開放在其筆下。《高高的白楊樹》、《如願》、《靜靜的產院》、《阿舒》等作品，在讀者中產生了廣泛的影響。然而，正當她創作上風華正茂之年，卻由於眾所周知的原因，被迫擱下了手中的筆，與讀者隔絕了十多年。難能可貴的是，「文革」結束以後，她發表的幾個短篇新作，不僅保持了以前那種清新俊逸，含蓄雋永的獨特風格，而且提煉生活、概括生活的能力更有顯著提高。《剪輯錯了的故事》、《草原上的小路》等作品，標誌著她在短篇小說創作上的新突破。茹志鵑在繼續前進的道路上，邁出了堅實有力的新步伐。

（一）

每個作家都有自己獨特的生活經歷和創作道路。與那些飽經風霜，跨越兩個時代的老作家相比，茹志鵑的成長，不能不說是幸運的。她在和平的環境中，踏進了別有洞天的創作之宮。可是，與不少初嶄頭角，剛入文學之門的青年作者相比，茹志鵑的創作又是曲折的。30年來，她在短篇創作的領域中，灑下了辛勤的汗水，付出了艱辛的代價，受到過熱情洋溢的鼓勵和指點，也經受過莫名其妙的批判和指責。我們簡單回顧一下茹志鵑的創作道路，對於分析、研究其短篇小說創作的思想脈絡，是不無裨益的。

第一時期：1950～1955年6月，這是作者短篇小說創作的嘗試期。告別了硝煙彌漫的戰場，和平建設的新生活一下子擁抱了這位女文工團員。剛剛過去的殊死戰鬥，記憶猶新的艱苦歲月與嶄新的社會、嶄新的時代、嶄新的生活，在作者的腦海中交替出現，彼此映襯，組成了一幅幅鮮明生動的畫面，迅速地點燃起使她激動不已的創作熱情。她斷斷續續寫了《何棟樑和金鳳》、《勝利百號人西瓜》、《關大媽》、《魚圩邊》等短篇小說。雖然這一時期她的作品數量不多，寫作技巧尚顯稚嫩，但作者畢竟已經開始用她的筆，唱出了讚美人民和軍隊以及社會主義新生活的心聲，顯示了作者扎實的生活根柢和潛在的文學才華。

第二時期：1955年7月～1964年，這十年是茹志鵑短篇創作上極為重要的發展時期，儘管最後兩年她的作品明顯減少，但這一時期她迎來了

創作上的豐收時節。1955年7月，作者從南京軍區文工團轉業到上海，任《文藝月報》編輯，加入了作協。這以後，創作數量的可觀，為作者跨入當代優秀短篇小說家之林，打下了堅實的基礎。《百合花》的發表，標誌著她獨特的藝術風格的形成。1960年她開始從事專業創作，藝術技巧日趨成熟。《高高的白楊樹》、《如願》、《春暖時節》、《靜靜的產院》、《阿舒》等是這一時期的代表作品。作者用一支支發自內心的抒情小調加入了社會主義建設的大合奏。可惜的是，六十年代初期關於茹志鵑創作個性的討論，引起了一場關於「塑造英雄人物」的論爭，作者受到了本來完全應該避免的批判，嚴重地挫傷了作者的創作熱情。1963～1964年，她一共只寫了兩個短篇：《月芽兒初上》（兒童文學）和《回頭卒》。之後，她緘默了，一直沈默了十幾年。

第三時期：1977年以後。這是作者短篇小說創作上的突破期。作者與文苑隔絕了十多年以後，其短篇新作令人耳目一新。作品中出現了她以前的作品中從未出現過的人物和新的主題。她不再用「非常天真非常純潔的眼光來看社會主義」，她意識到了「我們作家的責任」，是「善於發現」和「能夠回答生活本身所提出的問題」[3]。她的短篇新作，構思新穎，主題深刻，切中時弊，收到了比較強烈的社會效果。主要作品有《出山》、《冰燈》、《剪輯錯了的故事》、《草原上的小路》、《兒女情》等。

縱觀茹志鵑的創作道路，可以使我們得出這樣一個初步的印象：她的短篇小說是跟隨著時代前進的，正如作者自己所說的：「在這樣一個偉大的時代裏，社會風貌的新變化，新人，新事，新的思想，新的感情，新的矛盾，這一切使我熱情難抑，心潮逐浪，我努力去認識，去挖掘這個時代的主題，這個時代中人們獨有的精神面貌，這個時代特有的人與人的關係。我努力去認識，去領會。感受到一點，就寫下一點，因此，時代的足跡在這十多個短篇裏，或淺或深，或多或少留下了它們的印痕」[4]。

（二）

每個作家都喜歡選擇自己得心應手的文學體裁，從事創作活動。有的作家，擅長長篇巨著，風雲雷電，縱橫捭闔，濃墨渲染；也有的作

3 冬曉：《女作家茹志鵑談短篇小說創作》，載香港《開卷》文學雜誌1979年第7期。
4 茹志鵑：《〈百合花〉後記》，見《百合花》集，人民文學出版社，1978年版。

家，則喜愛短篇小品，以小見大，玲瓏剔透，細緻入微。茹志鵑顯然屬於後者。她說：「我很願意寫短篇」，「在短篇裏，選取的場面必須是最關鍵的，最能說明問題的。通過它‧不但能看到現在，還要能看到人物的過去和將來，所以特別嚴謹」[5]。

她願意寫短篇，也善於寫短篇。她的作品，除了散文、特寫外，主要是短篇小說。從1950年發表的第一個短篇《何棟樑和金鳳》到《上海文學》1980年1月號上刊登的《兒女情》，30年來，她正好寫了30篇短篇小說。從這些作品所反映的內容來看，大體上可分為三組。第一組：描寫戰爭年代的鬥爭生活，歌頌軍民之間，同志之間的革命情誼，以《百合花》、《同志之間》為代表；第二組：描寫婦女命運和精神面貌的變化，並以此來讚美社會主義新生活，以《如願》、《高高的白楊樹》為代表；第三組：反映社會主義社會的現實矛盾，觸及社會生活的某些弊端，總結歷史的經驗教訓，以《剪輯錯了的故事》、《草原上的小路》為代表。這三組作品，儘管所描寫的事件各種各樣，人物大相徑庭，卻有一個共同的特點：在煙波浩淼的生活大海洋裏，作者著意摘取的是時代激流中「飛迸出來」的一朵朵浪花；在管樂齊鳴的「社會主義好」的大合奏中，作者聲情並茂地彈撥著「未離開主弦律」的一支支插曲。「凡是我能得到的浪花，我就采來；凡是對我們這個時代大合奏有助的樂句，我也不放棄」[6]，這些「小浪花」，「小插曲」，構成了茹志鵑短篇小說的基調。當然，這基調也並非一成不變。

（三）

茹志鵑的短篇小說，大都取材於普通的日常生活點滴。她善於從不同的角度敏銳地攝取一些有意義的生活場景，接觸過去一般作品接觸較少的生活領域，描繪同時代男性作家容易忽略的一些普通人的精神風貌。即使描寫戰爭年代生活的作品，像《關大媽》、《百合花》、《澄河邊上》、《同志之間》等等，也沒有千軍萬馬的廝殺，驚心動魄的犧牲場面，寫的是：一位平凡的老媽媽認識革命、參加革命的覺悟過程；一個前沿包紮所裏軍民魚水情的自然流露；一條暴雨後猛漲的澄河邊上發生的動人故事；以及一間普通炊事房裏的日常瑣事。作者通過這些解

5　冬曉：《女作家茹志鵑談短篇小說創作》，載香港《開卷》文學雜誌1979年第7期。
6　茹志鵑：《〈百合花〉後記》，見《百合花》集，人民文學出版社，1978年版。

放戰爭年代的一支支小插曲，從軍民之間、同志之間的階級情誼的角度，歌頌了我們的軍隊、我們的人民，生動地揭示了這樣的軍隊和人民是任何力量也戰勝不了的偉大真理。

《妯娌》、《在果樹園裏》、《如願》、《春暖時節》、《里程》等作品，所描寫的是妯娌、婆媳、母子、夫妻、母女之間的「家務事，兒女情」，普通平凡，甚至不無瑣碎。然而茹志鵑卻以此為題材，寫出了她用那特有的目光觀察到的新中國婦女命運的改變和精神面貌的變化。千百年來，婦女遭受著四大權力最沉重的壓迫，一直被壓在社會的最底層。因此，婦女命運的改變，婦女精神狀態的改變，常常最能反映出時代的巨大變化。那個以前受盡折磨，「看見家裏的兩扇門頭腦子就嗡嗡響」的童養媳小英，解放後當上了果園組組長，夫妻恩愛，婆媳融洽，這是多麼巨大的變化（《在果樹園裏》）！飽嘗舊社會妯娌硬吵著分家之苦的趙二嫂，親眼看到了自己的兩個兒媳親如姐妹，互相體貼的新型關係，「總算把我這個老眼光拭亮了」（《妯娌》）。大半輩子「買菜，生煤爐，趕早飯，燒開水……蓬了頭忙進忙出」的何大媽，成了自食其力的勞動者，「第一次感覺到自己不是一個可有可無的人，自己做好做壞，和大家，甚至和國家都有了關係」（《如願》）。賢慧溫柔的妻子靜蘭，起初對於丈夫明發埋頭於技術圖紙，疏遠了一己小家庭很不理解，感到「自己和丈夫中間隔了一道牆」，後來，在為加快社會主義建設的共同目標下，自己也投身到了技術革新的熱潮中，夫妻感情在新的共同基礎上得到了和諧（《春暖時節》）。時代的變革，引起了人們思想上、精神上的大變化，而這種變化，又反過來顯示了時代變革的偉大力量。「革命，真是了不起呵！社會變了樣，人也變了樣」。是的，連《里程》中那個曾擺過煙水攤，做過小生意，舊意識舊思想較重的農村婦女王三娘，也在女兒阿貞和周圍群眾的影響和教育下，「像開公共汽車似的」，「一站一站地」開上了社會主義的光明大道。這些作品，雖然沒有描寫急風暴雨的尖銳鬥爭和轟轟烈烈的勞動場面，卻生動而真實地記錄了20世紀50年代那樸實、純真的時代風貌，反映了時代在社會生活的各個側面，尤其是人的精神面貌上所發生的深刻變化，今天仍給我們以一定的啟示和記憶。

有人曾把茹志鵑的這些作品當作「家務事、兒女情」的典型，認為她寫這些婆婆媽媽的題材，「不能表現時代精神」，對於這個問題，過去曾爭論不休。在這裏，還是引茹志鵑自己的話來談談她的選材動機

吧：「我覺得，大題材始終是我們要強調、追求的，因為它概括力大，最能表現我們這一時代。但與此同時，也不排斥小題材。我理解，小題材只不過是從較小的角度去看世界罷了，是不能與整個時代的主流相脫離的」[7]，這話說得是很辯證的，況且，「現代社會上的一切運動，一切大事件，哪一個不涉及到我們的自身，我們的家庭」？[8]

茹志鵑善於描寫生活中平凡的事件和平凡的人物，這是她的特色，平凡的甚至是瑣碎的事情，經過作家的深入開掘，揭示出生活中的本質，描繪出奇異的光彩，這就是作家的本領。「人民的生活本來是豐富多彩的，反映人民生活的文學藝術也應該豐富多彩」[9]。我們既需要反映火辣辣的鬥爭生活等「重大題材」的作品，也需要茹志鵑這種描寫日常生活小事，「借一斑以窺全豹」的平凡題材的作品，二者不可偏廢。魯迅先生說：「如果是戰鬥的無產者，只要所寫的是可以成為藝術品的東西，那就無論他所描寫的是什麼事情，所使用的是什麼材料，對於現代以及將來一定是有貢獻的意義的」[10]。今天看來，茹志鵑根據自己的特長，願意捕捉那些細小普通、平淡無奇，甚至是不少男性作家不屑一顧的題材，追求「能在一個短短的作品裏，在一個簡單、平易的事件、人物身上，卻使人看到整個時代脈搏的跳動」的藝術境界，這難道應該受指責嗎？

（四）

小說是一種以塑造人物形象為中心的文學體裁，塑造人物，是小說創作的首要任務。尤其是短篇小說，一般往往只是專取一人或一事的某一特點，某一片段來敘述，因此，人物的塑造總是處於作家描寫的中心位置。有些作家，從矛盾鬥爭的尖端，去刻畫那些行動豪邁、性格濃烈的英雄人物；也有些作家，卻從生活深處，從廣大平頭百姓之中，去挖掘新的人物，新的思想，著意塑造外表樸實平凡，內心卻閃閃發光的普通勞動者形象。這是作家創作個性的不同，也使作家藝術風格迥異。茹志鵑筆下的人物，大都是生活中最平凡普通的人：小通訊員、新媳

7　茹志鵑在《文匯報》召開的創作座談會上的發言，載1962年1月1日《文匯報》。

8　冬曉：《女作家茹志鵑談短篇小說創作》，載香港《開卷》文學雜誌1979年第7期。

9　周揚：《我國社會主義文學藝術的道路》，載1960年9月4日《人民日報》第5版。

10　魯迅《關於小說題材的通信》，見《二心集》，人民文學出版社，1979年版，第149頁。

婦、老大娘、童養媳、護理員、炊事員、家庭婦女、農村青年、看山老
人、人民教師、採油工人⋯⋯。這些人物，在作者筆下，並非是愚昧無
知的阿斗式的人物，而是在不同的環境裏成長起來或正在成長的，值得
作者歌頌也值得讀者欽佩的勞動群眾。作者熟悉他們，相信他們，尊重
他們，愛護他們，因為「這些男男女女，老老少少，他們雖然不是『風
口浪尖』上的風流人物，也不是高大完美，叱吒風雲的英雄；但他們都
是實實在在，從各自的起點邁步向前，努力跟上時代的步伐的。他們一
不矯揉造作，二不自命不凡，是一些一步步走在革命隊伍行列之中的
人」[11]。她的短篇小說，就塑造了一系列真實感人的芸芸眾生藝術形象。
在描寫戰爭年代的生活，謳歌軍民情誼的作品中，作者細緻地刻畫了：
為了迎來黎明而慷慨就義的地下報務員秦易明（《黎明前的故事》）；
為了爭取自由解放而英勇犧牲的女戰士張愛珍（《高高的白楊樹》）；
為革命獻出了兒子、孫子和僅有的茅屋的「游擊隊之母」關大媽（《關
大媽》）；在翻天覆地的土地革命中鍛煉成長，終於走上了炮火紛飛的
前線的年青婦女收黎子（《三走嚴莊》）；有為了保護民工擔架隊，毫
不猶豫地獻出了自己年青生命的小通訊員和熱愛子弟兵，最後向死者獻
上了自己唯一嫁妝的新媳婦（《百合花》）。作者「從平凡的普通人心
裏，挖掘出了無比光輝的心靈」[12]。

在反映社會主義新生活的作品中，作者致力於塑造了一組新中國
婦女的形象，她們沒有驚天動地的英雄業績，而是在新社會的推動下，
邁著不同的步伐，跟隨著時代一起前進。《新當選的團支書》中積極帶
頭的何斐仙，《靜靜的產院》中「好了還要好」的荷妹，《阿舒》、
《第二步》中「不知人事不知愁」的阿舒，《妯娌》中「沒得挑剔」的
紅英，她們在社會主義的幸福大道上一路跑著，天真爛漫，純潔可愛；
《在果樹林裏》中的童養媳小英，《如願》中的何大媽，《春暖時節》
中的靜蘭，《靜靜的產院》中譚嬋嬋，她們在舊社會喝過苦水，身上有
著傷痕，正因為如此，她們懂得甘苦，懂得珍惜翻身解放的幸福時光，
一步一步地隨著時代前進，樸實真誠，可親可敬；就連那《靜靜的產
院》中的潘奶奶，《里程》中的王三娘，一個當過接生婆，一個擺過煙
水攤，舊思想的烙印較深的人，也在時代那強勁的「風」的推動下，不

---

[11] 茹志鵑：《〈百合花〉後記》，見《百合花》集，人民文學出版社，1978年版。

[12] 魏金枝：《上海十年來短篇小說的巨大收穫》，載《上海文學》1959年10月號。

甘落後，汗流浹背地向前趕著路……上世紀50年代至60年代初，茹志鵑正是以滿懷喜悅的心情來看待新中國婦女命運的改變和精神面貌的變化，並通過她們來表現「新的時代，新的世界，新的人物」的。

粉碎「四人幫」以後，茹志鵑的短篇新作中，依然塑造了不少別具一格的人物。《出山》中那堅毅樸實，表面和內心都是「石頭」的看山老人萬石頭；《冰燈》中那沈著幹練，表面神態平靜，內心卻蘊藏著急風暴雨的中學教師老馬，他們不說什麼豪言壯語，卻都是與「四人幫」及其爪牙作鬥爭的英雄。在《草原上的小路》和《兒女情》中，她塑造了一組不同道路的青年，在他們的身上，高度概括了相當廣闊的社會生活面，他們的形象及其相互關係所反映出來的生活內容，非常深刻地揭示了從上世紀50年代至70年代末社會生活中錯綜複雜的人際關係。

值得注意的是，在經受了十多年社會生活的劇烈變化之後，茹志鵑的短篇小說中出現了兩類她以前的作品中從未出現過的人物。一類是反面人物，如《出山》中縣林業組壞頭頭大張，《冰燈》中未出場的「四人幫」的爪牙等。另一類是丟失了「好的傳統」的幹部形象，如進城以後，緊跟「浮誇風」，虛報產量，不顧老根據地人民死活的甘書記（《剪輯錯了的故事》）；在遭受了一場「四人幫」強加其身的「特嫌」冤獄之後，仍對自己親手造成別人的20年冤案無動於衷、冷酷無情的石一峰（《草原上的小路》）；讓兒女「佔領了革命的制高點」，最後向一個「不爭氣」的兒子，交割了整個世界的田井（《兒女情》），雖然這些人物形象的塑造有淡有濃，有的是直接刻畫，有的是側面烘托，有的是粗粗勾勒，有的是工筆精描，但這些人物形象的典型意義是相當普遍、深刻的，表明了作者敢於正視社會矛盾的勇氣和膽識。她說：「我這個東西寫出來，鞭撻到一些人，觸痛了一些人，做得到底對不對？我是用一個很簡單的土辦法，就是回憶一下過去，對比一下子，我們的幹部是怎樣的，我們當時是怎麼做工作的，我們和群眾的關係是怎樣的，當時的黨內民主又是怎麼樣的等等，進行一下對比，就可以比較放心自己講的話了。」[13]這一點，也說明了茹志鵑短篇新作的社會功能大大增強，這不能不是一個可喜的收穫。

---

[13] 冬曉：《女作家茹志鵑談短篇小說創作》，載香港《開卷》文學雜誌1979年第7期。

（五）

　　一種風格的形成，是作家在創作上成熟的標誌。自《百合花》以來，茹志鵑的短篇小說創作形成了自己獨特的風格。讀她那些娓娓動聽的短篇小說，猶如步入精美秀麗的園林，「細看一雕闌，一畫礎，雖然細小，所得卻更為分明。再以此推及全體，感受遂愈加切實」[14]。作者把我們帶進一個個詩情畫意的藝術境界，讓我們一方面領略絢麗多姿的生活畫面，同時又領悟人們精神世界的巨大變化。布封說：「善於寫作，就是善於思維，善於感覺，善於表達；就是有精神，有靈魂，有審美觀。……惟有寫得好的作品方可傳至後世。……風格才是人。風格不會消失，不會轉讓，也不會變質。」[15]經過數十年社會實踐的檢驗，證明了茹志鵑的藝術風格，確實是文藝百花園中的一朵別具一格的「百合花」。

　　和當代其他一些優秀的短篇小說家相比，峻青的短篇小說，總是把人物置於生死鬥爭的偉大場面，讓人物在血與火的考驗中站立起來；馬烽的短篇小說，大都具有喜劇性的情節，人物的性格總是在矛盾衝突的尖端，凸現出動人的光彩；李准的短篇小說，總是在兩條道路的激烈鬥爭中，在克服重重困難的過程中，完成對人物形象的塑造。「疾風知勁草」，在矛盾衝突中表現人物，幾乎成了文學創作中的一條普遍規律。然而，茹志鵑為自己「選擇了一條困難的道路」[16]。她那些最能體現其藝術風格的短篇小說，多數沒有把人物放進矛盾鬥爭的漩渦，而是從日常生活中來描寫人物的音容笑貌，人物的性格也無不鮮明生動。如《百合花》，以平靜的包紮所為背景，整個作品的色調清新婉麗，滲透著濃郁的生活情趣。作品留給讀者的是一種對英雄人物心靈深處的美的探索和追求，細膩而恬靜，富有詩的含蓄和韻味。《高高的白楊樹》、《靜靜的產院》、《阿舒》等作品，都充分體現了作者的這一獨特風格。

　　茹志鵑的短篇，是一首首優美委婉的抒情詩，洋溢著作者的真情實感；是一幅幅生動、逼真的水墨畫，滿蘸著作者的真心實意。她用的是規範化的文字語言，無論敘事，狀物，抒情，寫景，沒有過多的堆砌修

---

[14] 魯迅：《〈近代世界短篇小說集〉小引》，見《魯迅全集》第4卷，人民文學出版社，1981年版，第131頁。

[15] 布封：《論風格》，1753年被納入法蘭西學院時的演講。

[16] 歐陽文彬：《試論茹志鵑的藝術風格》，載《上海文學》1958年10月號。

飾，也很少流露出雕鑿的痕跡。她作品的語言樸素清新，生動流暢，凝練含蓄，細膩淡雅，如山澗泉水，涓涓而淌。作者用這種獨特的藝術語言，記下了難忘的歲月和「多少重要的事情」，親切自然。她的作品，不以濃烈著稱，而以雋永見長，這與她那特有的語言風格是分不開的。

茹志鵑是一個在藝術上有探索和創新精神的作家，她並不拘泥於基本定型的清新明快的藝術風格，而是不斷頑強地尋找適合於自己創作特點的新的東西。粉碎「四人幫」以來，她的新作明顯地突破了原有的風格，無論在選擇題材、深化主題、塑造人物、安排結構等方面都有新的發展和提高。尤其值得一提的是，她成功地採用了一些新的刻畫人物內心世界和精神活動的表現手法。例如在《剪輯錯了的故事》和《草原上的小路》中，她採取了顛倒時序、跳躍銜接和人物的意識活動與現實、夢幻互相交織流動等「意識流」表現手法。這種藝術手法對人物的內心奧秘和思想意識曲折變化的展示，比當年作者擅長的針腳綿密的心理刻畫，更加富於表現力，達到了強烈的藝術效果。正因為這樣，茹志鵑在她原有的基礎上，發展和豐富了自己的藝術特長。另外，她的藝術風格中還揉進了新的因素。較突出的是明快中含深沉，簡潔中見含蓄，柔和中透剛毅，抒情中蘊冷峻，委婉中帶犀利，清新中露憂憤，這些看似矛盾的特點，在作者的新作中得到了較好的統一。可以看出，茹志鵑仍在藝術風格上進行多方面的探索、試驗和創造，她的路子將越走越寬，這是毫無疑問的。

（六）

「時間是作品最嚴格的檢驗者」，一位讀者寫信給茹志鵑這樣說道。茹志鵑的短篇小說，與作者一起經受了數十年的審查和檢驗。她的作品，在當代短篇小說席上依然熠熠閃著月亮般的清輝。然而，作者並不滿足，她向自己提出了更高的要求。四十多年前，魯迅先生就說過一段有名的話：「作者的任務，是對於有害的事物，立刻給以反響或抗爭，是感應的神經，是攻守的手足。潛心於他的鴻篇巨製，為未來的文化設想，固然是很好的，但為現在抗爭，卻也正是為現在和未來的戰鬥的作者，因為失掉了現在，也就沒有了將來」[17]。茹志鵑在親身經歷了

---

[17] 魯迅：《且介事雜文・語言》，見《魯迅全集》第6卷，北京，人民文學出版社，1981年版，第314頁。

社會生活的劇烈變化之後，她說：「我覺得自己應該有個責任感，來寫些當前需要的，人民大眾迫切關心的東西」[18]。她把目光移向社會生活的更深處，總結我們國家之所以會發生剛剛過去的民族大災難的歷史教訓，挖掘「四人幫」之所以能夠橫行十年之久的社會根源，揭露、鞭撻我們這個社會上還存在著的壞東西。《剪輯錯了的故事》和《草原上的小路》，就是她奉獻給讀者的凝聚著高度的思想性、藝術性的新「百合花」。願作者繼續栽培清新淡雅的「百合花」，在文藝百花園中，與那些雍容華美的牡丹、芍藥，鮮豔奪目的月季、茶花一起，互相映襯，爭芳媲美，共同裝扮中國文苑的春天！

附錄：在彎彎的小路上走到「草原的盡頭」
——茹志鵑筆下的人物性格塑造

在茹志鵑的新作《草原上的小路》中，作者精心塑造了三個不同經歷、不同性格的青年。其中塑造得最成功的是石均這個人物。作者把對社會生活的思考和認識，凝練地熔鑄在這個人物的形象塑造上，為我們提供了一個嶄新的藝術典型。

讓我們先看看作者對他外形的描寫。

> 石均，平頂頭，冷冷的目光，嘴角上帶著一絲不易察覺的諷嘲，油垢斑斑的工作服，有時穿一雙長筒膠鞋，這使他的身量比他平時穿那條肥大的舊軍褲要顯得略高一點。有點懶散，有點邋遢，有點驕矜，有點沈默，有點尖刻。

這個以冷漠、尖刻來處世待人的石均，是「四人幫」被粉碎以前的石均。那時，他的父親，被誣為「特嫌」，由黨的「大幹部」變成了監獄裏的階下囚。全家從南方「發配」到荒蕪的草原上，過著「比誰都慘」的生活。他的媽媽「是個勇敢的弱者」，失去了生活的信念，吞下一瓶安眠藥，「長睡不起了」，留給石均的是：一間「幾乎一無所有」的屋子和一個年僅十歲的小妹妹。父母的不幸遭遇，使他從養尊處優的地位，降到了社會的底層。他穿起「油垢斑斑的工作服」，當上了採油

---

[18] 冬曉：《女作家茹志鵑談短篇小說創作》，載香港《開卷》文學雜誌1979年第7期。

工。在採油隊裏，他處在「一種歧視下的孤獨」之中。「探監」超了假，隊長可以不問情由，對他大叫大吼：「你耍流氓，你滾出去！」正因為「過去生活道路的不同」，對過去和現在兩種截然不同的生活有親身體驗的比較，使他對父母的不幸和自己的遭遇感到強烈的不滿，加上他是一個出身於幹部家庭的青年，見識較多，對事物比較敏感，看問題有自己的觀點，又倔強自尊，這就使他形成了一種非常複雜的性格。從表面上看，他冷漠，尖刻，對人很不客氣，「不需要這一切善心和施捨」，「沒有世俗，沒有卑屈」。實際上，他是以冷漠、尖刻來向趨炎附勢的世俗「示威」，他的冷漠、尖刻是對那幾年社會上冷酷無情的人與人關係的一種抨擊。儘管這種抨擊是消極的，無力的，但卻是一針見血的。「這幾年，我信奉了『條件論』，一切都是有條件的，功利的，交換的，人情，世故，親戚，朋友……有的人因為我父親的問題，公開對我們換了一副臉。有的雖然沒有公開的變臉，但是好像突然地長高了一截，總是從高處那樣俯視我們，恩賜我們。我寧可前者而不要後者。」這就是他從自己生活道路的一百八十度大轉彎中「總結」出來的結論。對他這樣一個青年人，這一經過親身體嘗而後獨立思考得出的見解，不能不說是深刻的，發人深省的。不願與世俗同流合污，不願阿諛奉承地去討好別人，這是他性格中的可貴之處。這種性格導致他用「冷冷的目光」待人處世，用直白尖刻的言語發洩心中的怨恨，這就毫不奇怪了。「發配來的」，這四個字中有多少辛酸痛苦的潛台詞在內呀！這句話，性格內向的楊萌不會說，單純活波的小苔也不會說，只有像石均這種經歷、這種性格的人才會說出口！

　　石均的性格是矛盾的，又是統一的。他的父親關在「無產階級專政」的監獄裏，他自己作為「特嫌」的子女，受到株連。對於這一點，他有「相信爸爸沒有罪」的信念，這是可以理解的。但他對經常收到「勞改農場來信」的楊萌，卻又懷著一種本能的「歧視」：聽到小苔說「肯定她有著和你差不多的經歷」，便「似乎受了屈侮」，生硬地辯解自己和她「不一樣」。為什麼「同是天涯淪落人」，楊萌又那麼真誠地關心他，幫助他，他卻對楊萌另眼相待呢？這似乎是矛盾的。然而，作者是把這看似矛盾的性格統一在受「血統論」影響的時代通病這一點上，從而使石均這一人物形象的社會意義更加深刻。在那個「血統論」主宰一切、衝擊一切的年代裏，石均作為幹部子弟，首當其衝地必然受到其影響，加之他從小受到的愛憎教育所形成「好人能在勞改農場

嗎？」的觀念，這就很自然地對「勞改農場」產生一種本能的反感。當時，他不可能知道楊萌的父親恰恰是在自己的父親手下被打成「右派」押送「勞改農場」的，也不可能知道「勞改農場」裏也有和他父親一樣受冤枉的人，因此，他對楊萌持有頑固的偏見就不難理解了。他一方面是「血統論」的受害者，處於「歧視下的孤獨」之中；另一方面又「自覺」地用「血統論」的觀點「歧視」著楊萌，這似乎矛盾的性格統一在石均身上，正是那特殊年代、特殊環境和他個人特殊遭遇的結果，我們從不少當時的幹部子女身上都可以看到這種矛盾性格的統一。

石均的性格具有多重性。粉碎「四人幫」以後，他爸爸得到了徹底平反，當他接到「去接父親，問時陪同父親去南方養病、旅行」的通知時的「興奮若狂」，和以前那個冷漠、陰鬱的石均判若兩人！他「放肆地一隻手摟著小苔的腰，一邊高呼：『我們勝利了，萬歲！』當小苔還沒來得及分辯清楚，他這是愛情的表示，還是慶祝勝利的狂歡時，他已走在彎彎的小路上，匆匆而去。」這一細節描寫，把石均容易激動，得意忘形的性格表現得淋漓盡致。是的，他父親徹底平反、官復原職了，他也走到了「草原的盡頭」，跟他父親一起調回原省，「可能去石油研究部門，也可能是地質勘探研究所」，對他來說，結束了忍氣吞聲、受人歧視的生活，怎能不心花怒放，手舞足蹈呢？這心情是不難理解的。然而，在石均外露的性格中，有一點是令人擔心的：「那驕矜沈默，卻變成一種自信，一種不自覺的優越感」，這種「不自覺的優越感」在當代許多幹部子女身上都明顯地流露出來。作者把這種帶有普遍性的傾向，形象地熔鑄在石均的性格中，使這個人物具有深刻的典型性和廣泛的代表性。

石均是一個比較特殊的人物，他既不同於嚴蛋蛋（王蒙《最寶貴的》[19]），也不同於梁遐（宗璞《弦上的夢》[20]），他是文學作品中幹部子女形象的新典型。他走了一條「高—低—高」的生活道路。石均這一形象的成功塑造，無疑是一面鏡子，它照出了當代青年在50～70年代所走過的曲折之路；照出了「血統論」留在幹部子女身上的疤痕；顯示了作者對粉碎「四人幫」後一些幹部及其子女要官僚、搞特權現狀的擔心。這種擔心，不是沒有理由的。作者通過石均這個藝術形象，把令人深思的社會現實問題提到了讀者面前。

[19] 王蒙：《最寶貴的》，載《作品》1978年第7期。

[20] 宗璞：《弦上的夢》，載《人民義學》1978年第12期。

第二節 「尋找詩情畫意」的優美失落之後
——王安憶小説審美意識的變化

自1984年下半年以來，王安憶向讀者捧出了《麻刀廠春秋》、《人人之間》、《一千〇一弄》、《大劉莊》、《小鮑莊》、《阿蹺傳略》、《好姆媽、謝伯伯、小妹阿姨和妮妮》、《小城之戀》、《荒山之戀》、《錦繡谷之戀》等小説，這些作品，冷峻而又樸實，似乎脱盡了先前「紅巾翠袖」的脂粉氣，有了幾分「憂愁風雨」的男子心。這使熟悉王安憶的讀者感到迷惑不解：王安憶，你的優美到哪裡去了？

王安憶的優美失落了。這種優美的失落意味著她審美意識的變化。筆者倒是認為，如果沒有這樣一種審美意識上的變化，決計不可能出現後來讚譽雀起的《小鮑莊》，出現再後來引起爭議的《小城之戀》、《荒山之戀》等作品。王安憶審美意識的變化表明，她結束了把生活看成是一支美麗的方花筒的少女時代。她長大了，有了更多的成人的眼光。

（一）

稍稍回顧一下王安憶自70年代末以來的創作視角的變化，對我們理解她的近作中審美意識的變化不無裨益。最初，王安憶是在自己的「取景框」內憧憬世界、觀察生活的。即使在淮河邊上那荒漠的土地、貧困的村落裏，她也像她筆下的業餘畫家小方（《運河邊上》）那樣，極力「尋找著鳥語花香，尋找著線條的韻律美，形象的對稱美，色彩美，尋找著詩情畫意」，並感到「取景框，真是一件奇妙的寶貝，從它中間望過去，極平常的景物也變成了畫。而這取景框又在我們每一個人的身上，只要你願意，抬起手，看過去」，就能看到生活的美妙圖畫。但是。歌和詩，終究代替不了生活。當《流逝》中的歐陽端麗從十年動亂的惡夢中醒來，生活似乎又恢復原狀之際，她才真正感到了一種無可名狀的害怕和惆悵。置身於惡夢般的歲月其實並不那麼可怕，可怕的卻是夢醒後的清醒回憶和它鑴刻在人們心靈上的傷痕疤斑。這傷痕和疤斑猶如一朵「惡之花」，促使王安憶對那些司空見慣的人和事進行反思。

王安憶終於發現，世界本來就是千種風情、萬般變化的矛盾統一體，真、善、美其實從來也不是孤立地、單純地存在的，真與假、善與惡、美與醜、雅與俗，常常是一種不以人的主觀意志為轉移的奇怪的組合，以至它們常常難解難分。推倒了人為地壘在美與醜之間的那堵高

牆，藝術的空間便因醜的發現而被大大拓寬。從《麻刀廠春秋》開始，王安憶的審美意識出現了一種飛躍：由單純尋美到美醜並舉。這種改變導致了王安憶創作上的「轉向」，她試圖從自身的情感和經驗中脫身而去地看待生活，這樣，她的立足點不再是她那個世界的圓心，而是移到了圈外，一個直面生活而又可以多角度、多層次、多側面地觀照生活的新的方位。

（二）

王安憶審美意識的改變，首先體現在對世界上美與醜的複合狀態及其複雜性的客觀反映。《麻刀廠春秋》中的麻子廠長便是一個具有多重性格組合的複雜形象。無論從外表上，還是從言行上，這都是一個令人憎厭的「醜類」的形象，類似於《半夜雞叫》中的周扒皮，「天不亮，起床鐘就敲得一世界的人都醒了」。平日裏，他專和知青過不去，不僅運用手中的職權，使「十顆青松」的罷工宣告失敗，而且還肆意侵犯人權，把躲在倉庫後面幽會的知青一把領子揪出來，大嚷「開個現場會」；然而，他又和《廣闊天地的一角》、《繞公社一周》中那個以權謀私、道德敗壞的知青辦張主任絕對兩樣：他是一個盡心盡職的麻刀廠廠長，不折不扣地完成上級下達的生產指標；他又是一個身體力行的實幹家，光著脊梁骨帶頭在毒日頭底下打包，親自拉板車一口氣送貨進城；當他送完了貨，喜滋滋地泡在澡堂裏，那個被他揪過領子的小夥子恭維他一聲「廠長」，他也會溫和地說一句「這孩子」，叮囑他回家去住上一夜。這裏，簡單化的劃分好人與壞人和辨別美與醜的準則，在麻子廠長身上實在難以奏效。作者沒有「美化」也沒有「醜化」這個人物，她只是默默地審視著他，觀察著他，卻塑造了一個既無知又能幹，既蠻橫又有心計，既不講交情又略施小惠，既令人憎厭又情有可原的農村基層幹部的複雜形象。

（三）

其次，這種審美意識的改變，導致了作者對本民族俗與土的文化表像及其複雜性的深入思考。王安憶近作中大半描寫的是俗人俗事，如傳呼電話的斤斤計較的王伯伯和婆婆媽媽的阿毛娘（《一千〇一弄》）；視錢如命的雜誌社會計老秉（《話說老秉》）；里弄生產組裏陰鷙促狹的殘疾人阿蹺（《阿蹺傳略》）；精明過人卻機關算盡的女傭人小妹

阿姨（《鳩雀一戰》）；到處碰壁而又不屈不撓的土專家王景全師傅（《閣樓》）……這些凡夫俗子，大都帶有某種不無缺陷的市井小民的生活習性及其心理，作者意在展示這些生活習性及其心理所賴以形成的一種社會環境和文化背景，以引起人們的警覺和深思。王安憶在拋棄了「純美」而挖掘「俗態」的同時，又把關注的目光從城市人的生態和心態移向鄉村的民俗土風，著意對這種以「土」為本色和特色而又綿延數千年之久的傳統文化及其陋習弊病進行了更深一層的嚴肅思考。《小鮑莊》通過反映一群土生土長的「下里巴人」的自然形態而展示了一種「土風」。但是，王安憶刻畫「下里巴人」所追求的「土」，顯然與趙樹理的《李有才板話》《小二黑結婚》的「土」有別：後者的「土」僅在於單純揭露愚昧、落後的「醜」，而前者的「土」則意在揚棄「仁義」、「親善」的美，這種具有哲學意蘊的揚棄，顯示了作者在一個較高的層次上對於中華民族的生態、心態及其傳統美德的歷史反思。比如，鮑莊人的「仁義」之風，上可追溯到「祖上做過官」，乃儒學之後的歷史淵源；而被鮑山團團圍住，幾乎與世隔絕的地理環境，與古樸淳厚的民風的保留，也不無特殊因緣，但反過來，它又造成了閉關自守的愚昧、因循守舊的貧困。無知與仁義，保守與善良，彼此糅合在一起，構成了鮑莊人的傳統美德和獨特心態。

值得稱道的是《小鮑莊》的審美視角的獨特性。它無疑是一出悲劇，無論是鮑五爺和鮑秉義（拉墜子老頭）的老來淒涼，馮大姑和小翠子的挨門乞討，鮑秉德的中年無嗣，「文瘋子」的懷才不遇；還是小撈渣的捨己獻身，以及鮑莊人的世代受窮，都令人悲哀，但這決不是那種令人產生崇高感的純粹悲劇，相反卻似乎又帶著「塞翁失馬，焉知非福」的喜劇的意蘊。例如，分地到戶後，寡居的二嬸與拾來結成了極不相稱而又極其自然的一對夫妻；「武瘋子」淹死後，鮑秉德終於娶了個會生養的婆娘，當上了爹；更發人深思的是小撈渣死後，成了傳奇式的小英雄，修了墓，立了碑，供人瞻仰，而他家的活人無不沾了年僅九歲的英雄娃的光：蓋起了四間敞敞亮亮的大瓦房；建設子進了廠，再也不愁娶不上媳婦，「現在輪到他挑人家了」；而文化子和小翠子也有情人終成眷屬。總之，這是一出當代中國農民的悲喜劇。這種將悲劇和喜劇因素相糅合的創作手法，大大豐富了作品的藝術內涵，使生活中偶然性事件帶上了歷史的必然性的哲學意蘊。

其三，這種審美意識的改變，引起了作者對凡人（尤其是女人）的的情與欲的膠著情形及其複雜性的哲學興趣。這裏不能不提到王安憶的「三戀」：《小城之戀》、《荒山之戀》和《錦繡谷之戀》。「三戀」的出現並不是偶然的，只要稍稍聯繫一下作者在此之前的一系列作品，就不難發現她對「人」自身奧秘的探究早已發生了濃厚的興趣。在《我的來歷》、《歷險黃龍洞》、《好姆媽、謝伯伯、小妹阿姨和妮妮》等作品裏，她對人的來龍去脈、家族秘密和血緣關係表現出強烈的好奇心；而在《蜀道難》等作品中，她又對人與人之間的情感（集中表現為男女之間的愛情）的非理智性和匪夷所思進行了初步的描述。

隨著這種好奇和探究的興趣日益加深，她越來越感到只要一進入審美領域，再醜的東西也會變成美，並且可能比美的還要美。羅丹不是說過麼，「在藝術裏人們必須克服某一點。人須有勇氣，醜的也須創造，因沒有這一勇氣，人們仍然是停留在牆的這一邊。只少數人越過牆到另一邊去」。王安憶以她的「三戀」，向人們證明了她越牆而過的勇氣。至少，在五四以來中國大陸的現、當代女作家中，她是較為大膽的一個。可是，儘管「三戀」訴說了兩性關係中的女人的悲劇，這悲劇來自女人對愛情的正當需求和這種需求在現實生活中的無法得到滿足，表明了作者越牆而過的勇氣和對假道學家的蔑視，然而，在藝術上她並沒有達到更談不上超過《小鮑莊》的成就。筆者以為，這是王安憶以一己的某些哲學觀點（比如她以為女人「在人性上或許早早超越了男人」等等）代替審美觀照的一種偏頗。因為，哲學觀點並不等於審美觀照，更不能違反美學原則。這一點，甚至連性意識分析大師佛洛伊德也不否認：「文學家們不得不受制於某些條件；他們在影響讀者情緒的同時，還必須挑起智性的與美學的快感，因此他們不能直言不諱。」[21]王安憶的《小城之戀》和《荒山之戀》恰恰在這一點上不無毛病：她不僅酣暢淋漓地描寫了四肢發達、頭腦簡單的少男少女之間的某種性本能衝動和發洩並從中獲取快感的全過程，而且還不無同情地描寫了有婦之夫、有夫之婦之間不正當的通姦行為直至敗露後莫名其妙情死荒山的全過程。文學作品中的靈與肉、情與慾之間的關係描寫，是有「度」為限的，一旦過分暴露動物般性本能衝動的醜態，人——已遠遠脫離開動物世界的被

---

[21] 佛洛伊德：《愛情心理學》，林克明譯，作家出版社，1986年2月版，第121頁。

莎士比亞稱為「宇宙的精華，萬物的靈長「的人，其美感便會受到某種傷害，這也正是質量互變的唯物辯證法所揭示的哲學真理。況且《小城之戀》、《荒山之戀》的描寫，始終圍繞著男女之間的性本能與環境、道德、社會輿論不允許公開、合法地發洩之間的衝突展開，我們並不排除小說中所點明的非常時期（十年動亂）壓抑人的本性的時代陰影，然而筆者仍然認為這種衝突並沒有真正反映出「歷史的必然要求和這種要求的不可能實現」（恩格斯語）之間的人的悲劇，因為這種衝突從來也不是人的全部生活需求。至少，這只是人的一部分和較低層次的需求。而人，尤其是對於中國的女子來說，更為重要和迫切的倒是人格獨立和精神自由，真正成為一個大寫的人。因此，儘管經過了焦躁、瘋狂甚至是不顧廉恥的性衝動的發洩之後，孕育了人類生命的果實，使「她」遠遠地超越了「他」，變成了一個慈愛溫柔的母親和充滿幸福感的女人，但筆者還是要說，王安憶，並沒有找到表現女性之美的最佳角度，她所展示的，只是人的「野性的證明」。

總而言之，王安憶在「尋找著詩情畫意」的優美失落之後，她確是在努力尋求文學上的新突破，她一心擴大文學的審美範圍和審醜功能，力圖從中探究洞悉人生和觀照世界的奧秘，然而，文學的審美範圍畢竟不同於探索宇宙星際，就是說，它不是無限度的。或許，有些過於醜惡、不能給人帶來愉悅的東西，是不應該登上文學的大雅之堂的。

第三節　霧，在她的筆端纏繞
——王小鷹和她的文學創作

她是從雲環霧繞的黃山茶林場走進文壇來的。她對於霧，有一種特殊的感情。

> ……天地間只有白茫茫的霧，灰濛濛的霧，濕漉漉的霧，涼絲絲的霧。掬一把，軟綿綿的；吸一口，甜津津的；踩一腳，輕悠悠的。霧從眼前橫過，睫毛上掛起了一層細細的珍珠；霧從耳邊掠過，彷彿母親低吟著清緩的催眠曲；霧在身旁浮沉，身子搖搖晃晃像飄在九重雲霄。
>
> 她喜歡霧。霧裹住了身，裹住了心，裹住了視線，也裹住了記憶，宛如在夢中，到處是一片虛幻和迷濛……也許，這些年的日子真是一場夢呢！（《霧重重》）

（一）

是的，這些年的日子真是一場夢呢！她是上世紀「六六屆」高中生。她興趣廣泛：愛看越劇，愛畫山水畫。真的，她差一點被一個地方越劇團招去當小學員。不過，她在宣紙上潑墨縱筆時，又儼然是一個丹青妙手。畫畫是她愛的，越劇是她愛的，但更愛的是文學。但丁、雪萊、巴爾扎克、狄更斯、普希金、托爾斯泰等大文豪都是她所愛的。可她最愛的還是雨果筆下的埃斯梅哈爾達、凱西姆多、關伯侖、蒂……愛美，對心靈美的特殊敏感和特殊摯愛，大概本是女孩子的天性。

夢，那時真比蜜糖還要甜，比金子還要閃光呵！不料，一場席地而起的颶風，把她的美夢刮得無影無蹤，接踵而來的是天昏地暗的惡夢。她曾幫著身為詩人的父親賣掉成捆成箱的藏書；陪著任區長的媽媽接受摧殘人的肉體和靈魂的「批鬥」。文明智慧的珍品，成了一堆廢紙；響噹噹的「紅五類」成了見人矮三分的「狗崽子」。她的心頭，不能不升起一片灰濛濛的霧。紅、白，是、非，有時連她自己也搞不清了。

1968年的秋天，她到黃山茶林場插隊落戶去了，在彩雲山腳下的彩雲隊當一名小小的採茶女。彩雲山盛產「毛峰」，滿山遍嶺的茶樹，整日「浸潤」在雲繞霧裏之中。起初，她怨恨這霧：「重重山霧呀，隔絕了大山外萬花筒般的世界」。春來，看不到「舊時相識」的飛燕；秋去，望不見傳遞音訊的鴻雁。她感到孤獨。她恨不得變成希臘神話中的魔女，在哪一天早上，將這無邊無際的霧收進一隻神奇的瓶裏去。

歲月流逝，寒暑更迭。她漸漸喜歡霧了。後來，她甚至發覺，沒有霧，生活是並不完美的。霧，美啊！霧裏看峰，影影綽綽，別有一番朦朧美；雲綢霧紗，忽忽悠悠，確是一種自然美。雲飄來，添上一絲抒寫性靈的雅趣；霧蕩去，牽動一縷「夢筆生花」的情思。收工之後，她找出了棄之已久的筆，畫呀，畫呀，畫得最多的是雲霧：乳白色的，半透明的，灰濛濛的，藍幽幽的……她畫她失去了的，畫她所希冀的，畫她的嚮往，畫她的追求。

也許在中國傳統的山水畫中受到了啟發，也許在千姿百態的流雲飛霓中得到了陶冶，她的心不再像雲遮霧罩的林子那般幽暗，創作慾日益強烈起來。她想寫，寫生活的路，寫自己的夢，寫神奇的霧。

雲霧深處待滿了6年，她終於回到了黃浦江畔。在一所設計院裏，她開始了新的生活。描圖，下廠，出差，拉計算尺，搞設計。滋潤茶林的雲霧飄走了，取而代之的是辦公室裏嫋嫋升騰的煙霧。一切都成了過

去，「而那過去了的，就會成為親切的懷戀」，無論過去是多麼辛酸，多麼痛苦，記憶的篩子總是把難忘的東西留在腦海裏。她繼續在文學創作這條彎彎曲曲而又佈滿荊棘的路上蹣跚著。

（二）

歷史性的轉折來到了。生活兜了一個大圈子，它不是回到原來的出發點，而是螺旋地上升到了本來應當啟程的地方。12年前的理想成了12後的現實。已經31歲、成了家的她，又忽然成了大學中文系的一年級新生，這莫非是雲牽霧繞的夢麼？

在大學裏，那浩如煙海的圖書，那豐富多彩的講座，大大地開拓了她的眼界。她學得更勤，寫得更勤了。夜深人靜，她常在蚊帳裏燃一支小蠟燭，默默地擬寫著創作提綱。然而，退稿裝滿了一紙簍！

寫，還是寫，不停地寫。1980年10月開始，她有收穫了。《翠綠色的信箋》、《蘇北姑娘》、《相思峰》、《相思鳥》、《淡淡的木樨香》、《她不是灰姑娘》、《金泉女和水溪妹》、《感謝愛神丘比特》、《霧重重》、《人間知己》等等，相繼與讀者見面了，新時期文壇上竟聚起了這麼一縷沁人心脾的霧。

她跟霧真有不解之緣哪！一種幽深玄秘、飄渺奇幻的神韻總離不開她的筆端，從而吸引著你，一步步走入雲霧深處……

相思峰你到過麼？「緩緩的土坡，青青的灌木叢，細細的溪泉，淡淡的雲霧，山崖上開著星星點點的野花，這就是相思峰，它不雄壯，也不奇峻，人們說它是一個至死不渝地忠於愛情的女子的化身」。

盼郎石你見過麼？「靜靜地佇立在兩岸崖壁陡峭的清溪邊，形狀很像一位低頭的纖腰少女」，「小夥子都喜歡叫姑娘到這裏約會」。

相思鳥你聽說過麼？「相思鳥都是世間殉情的男女的靈魂變的，他們為了生生死死在一起，寧願化作山野草莽中的比翼鳥」。

不到此峰，不見此石，不愛此鳥，筆下決無此情，此景，此物；沒有真實感受，焉能寫得如此情真意切，傳神動人！這是她的世界，一個叫王小鷹的青年女子，才有的獨特感受的世界。

（三）

中國傳統的山水畫歷來講究畫中有詩、詩中有畫。詩貴在含蓄，畫貴在蘊藉，都忌一覽無餘，和盤托出，這跟那欲遮欲掩、朦朦朧朧的雲

霧倒不無相通之處。酷愛山水畫、又酷愛霧的她，不能不請讀者一再看那一幅幅各各相異的雲霧山水圖，誘人動情，叫人心醉。然而，她始終沒有忘記自己的使命。霧是她的典型環境，霧更是她的典型性格。王小鷹筆下的人物，這些人物的生活和命運，總纏繞著水靈靈的霧氣。

她描寫的大都是同時代人的生活經歷，尤其是女性青年，她們的戀愛、婚姻，她們的友誼、情感。她偏愛那些像晨霧一樣清淡樸素、純真美好的姑娘，著力展示她們的內心美、情操美。《翠綠色的信箋》中的小靜，是一個「生得像孩子般瘦小，只會老老實實採茶葉掄鋤頭」的女孩子。她悄悄地而又深深地愛上了星明，但星明對此一無所察，相反卻委託她充當「紅娘」，去向漂亮伶俐的南萍求愛。她默默地忍受內心的痛苦，決定「去幫助星明爭取他的幸福」。這是多麼純潔真摯的情感！而《淡淡的木樨香》中的李帆，自己33歲了還未找到「理想人物」，卻自告奮勇地力圖說服「眼鏡」的未婚妻，以支持未婚夫畢業分配去山區建造水電站。當他們終因人各有志而決裂後，她感到自己「在艱難的上下求索的漫漫路途中，並不是孤獨無伴的」，「山裏見」、「眼鏡」在她心裏閃著光亮。比起那些把愛情當商品的庸人、勢利鬼來，她真是「這世間少有的珍寶，那般透明無瑕」。還有，小菜場裏賣魚的姑娘，見義勇為地救了一位忘乎所以的「王子」的命，「王子」以為憑自己優越的特權、父母的地位，就能得到她的垂青。不，她可不是灰姑娘，「你以為一個小小的菜場上賣魚的丫頭能得到出身高貴的你的愛慕，那將會受寵若驚、感激涕零的，哪還有拒絕的資格呢？不，我不稀罕這種恩賜的愛情！」（《她不是灰姑娘》）這又是何等冰清玉潔的靈魂！愛情，這隱匿在霧紗雨簾中的熱烈的東西，使人感動，也使人煩惱。然而透過王小鷹筆端的雲霧，讀者見到的卻是一群男女大學生之間真誠的友誼，美好的青春。盧小羽、丁之芬、宋文淵、程翊等，都以高尚的情操、美麗的心靈，活潑生動地走到了讀者的面前（《感謝愛神丘比特》）。

（四）

不過，描寫愛神丘比特的神箭的魔力，並非是她所長，相反未必不是她所短，《感謝愛神丘比特》這篇作品聽說構思有半年之久，但比起「雲霧山水圖」似乎要遜色許多。最能顯示她獨特的創作個性（風格尚且難說）的是，那些她用隱隱約約的「霧障法」寫出來的人，給人一種撲朔迷離的感覺，你會不知不覺被這些霧一般神秘的人物帶進她的藝術

境界，感到一種輕微的心的顫動。這些人物的命運往往是不幸的。生活本來並非如詩如畫，有時倒是如夢如霧。她在如夢如霧的環境中，努力展示她們的性格美、人性美，雖然她們難免是軟弱的。《相思鳥》就表現得很為典型。

短篇小說《相思鳥》貫穿著明暗兩條線索：明寫殉情而亡的相思鳥，暗寫婚姻不幸的葵表姐。「性格像一抹雲絮般恬淡」的葵表姐，嫁給了「在城裏工作，長得一表人材」的表姐夫，「舅舅舅媽喜掉了魂，收了好幾百元聘禮」，在家鄉「誰不羨慕」？可是，回娘家探親，表妹一提起表姐夫，她卻「臉色陡然變了，眼神黯淡下去」，夢囈般地說著「變成一隻自由自在的相思鳥」的「瘋話」。聽見尖嘯悲愴的鳥啼，她的「身子像風中的樹葉在顫抖」。經不住表妹的七磨八纏，請來了捕鳥配對的石椿子。她竟「上天入地般地不見了」；當癡心的相思鳥「撞網」時，她又掛著淚珠，「出神地望著石椿子模糊的側影，望著他眼中的兩顆大星」。臨回婆家之前，央求表妹千萬要把那隻「情郎」放回山，「讓它去尋覓它的愛吧！」在小說中，她始終是一個「謎」一般的人物，但她的命運和婚姻的不幸，她和石椿子之間的愛情悲劇，始終隱匿在相思鳥悽楚動人的鳴聲互答之中，虛實相映，含而不露，卻又迴腸百轉，催人淚下。以鳥隱人，以鳥喻人，表現了作者構思的新穎別致，駕馭語言技巧的嫻熟自如。

「王小鷹就喜歡寫男男女女，三角甚至多角戀愛，什麼玩意兒！」曾經有人這樣忿忿地評價她的作品。不錯，愛情題材過於密集了一點，說明她寫作視野並不寬廣，然而它被處理得那樣撲朔迷離，神秘奇幻，又顯示了她的藝術才華和創作特色。前蘇聯作家巴烏斯托夫斯基在《夜行的驛車》中曾寫了安徒生與一位萍水相逢的貴婦人的一見鍾情。有人批評這篇作品沒有深刻的社會內容，這雖然不無理由。但是作者所追求的，是表現性格的美和生活的美，是那樣一種境界，在這中間能使讀者得到感情的淨化和靈魂的澄清。這一旅途上的過眼雲煙的愛情，沒有使人們感到輕佻和無聊，相反卻使人們進一步認識並且喜愛安徒生的詩人的性格，人們在一點淡淡的惆悵中體會到了愛的美麗和人生的嚴肅。

王小鷹也想這樣付諸她的創作實踐。她當然還不是一個十全十美的作家，她甚至羞於接受「作家」的桂冠，儘管她是上海市作家協會會員。她的作品還遠不夠成熟。主題開拓不夠，社會生活較窄，結構常有鬆散之嫌。更重要的，把她的全部作品連起來看，就不難發現：基本上

平衡於一個水平，沒有大的提高，也沒有質的突破。

　　前面的路該怎麼走呢？她在思考。她在尋找。神秘奇幻的霧，又悄然無聲地滲出了她的筆端，擴散，彌漫，纏繞⋯⋯而濕潤霧嵐的背後，明天的太陽正在噴薄，噴出萬道金光！

第四節　女性寫作的「私人化」傾向
——90年代文壇的一個熱點

　　從上世紀90年代以來，有關「女性私人化寫作」的話題不絕如縷。1997年歲末在廈門召開的「中國當代女性文學第3屆學術研討會」期間，就引起過與會者的討論和爭議。1998年初，上海某報紙文學副刊在頭版以《「女性私人化寫作」之憂》為標題，發表了對於「女性私人化寫作」現象的述評，認為「在商業化操作下，出現了一大批所謂的女性私小說」，「前景確實令人堪憂！」同版，還刊登了一封署名「梅凌雲」的讀者來信，對當下流行的「女性私人化寫作」提出批評，信中說：「我曾較集中地閱讀了她們的一些作品（主要指林白、陳染、海男等女作家的作品——筆者注），發現其中不少是以寫女性個人生活、展示個人隱私為特徵的。例如，某位女作家就以《我的情人們》作為她長篇的書名，並明確表示她的『這部小說在私人意義上獻給那些愛過我，並且為我所愛的先生們』。⋯⋯而在我看來，這些女作家大都頗有才氣，又鍾情文學，迷戀寫作，不會墮落到抖落隱私來賣錢吧！」[22]

　　其實，「女性私人化寫作」之熱點的形成，既是一種創作熱點，也成為一種傳播熱點。前者，表明了中國女作家在90年代「女性意識」的自覺，顯示出女性文學的優勢；而後者，則是文學作品被商業化、世俗化「包裝」造成的惡果，真正是文學被異化的悲哀。一個明顯的例子就是：林白的《一個人的戰爭》被書商安上一幅「春宮畫」作為封面，原作中女性個體成長經歷的詩性敘述就此受到閹割；海男的《我的情人們》的封面則是在女作家本人的照片上疊印一組穿著不同鞋、襪的男人的下半身，這就更為此作打上了赤裸裸的「性」的烙印。這種有「色」的商業「包裝」，已將「女性私人化寫作」的本意完全扭曲和異化，因此，讀者市場上窺陰慾的橫流，這根本不能歸結為「女性私人化寫作」的罪過！

---

[22] 見1997年4月3日出版的《文學報·文學大眾》頭版。

所謂「女性私人化寫作」，比較容易引起異議的，主要在於一些女性作家特別是青年女作家的作品中出現了以往文學史上較為罕見的對於女性隱秘的性心理的描寫，有人稱之為「軀體感覺的描寫」，甚至還有人將其與西方以「描寫胴體」為綱領的女權主義相提並論，比較突出的，像陳染的小說《破開》和《私人生活》中有關女同性戀的宣言及其性歡悅、性幻想等場景的描繪；林白的小說中不僅有女人之間同性戀的描寫（如《迴廊之椅》、《瓶中之水》等），甚至還有人犬之間「性倒錯」的畸戀（如《同心愛者不能分手》等），其代表作《一個人的戰爭》中種種關於女性自戀自愛自慰自悅的具體細節的一一展示；海男的《我的情人們》更明確表白：「這部小說在私人意義上獻給那些愛過我，並且為我所愛的先生們」，如此坦白直率的女性話語，確實不無驚世駭俗的向男權文化的宣戰意味。

　　中國文化從本質上而言是一種男權文化，即以男性為中心的文化。數千年來，這種男權文化對於民族的心理積澱根深蒂固，尤其在兩性關係方面，對中國女性的禁錮和摧殘尤其厲害，所以，女性對於肉體和心靈的雙重戕害的反抗與突破，應該說是「女性意識」的蘇醒和確立。「五四」時期的女性作家，如盧隱的《麗石的日記》、凌叔華的《說有這麼回事》都在其小說中涉及到封建專制下的少女之間的互戀互愛；丁玲的《在暑假中》更是描述了一群知識女性對異性戀愛極度失望而退居「女兒國」以躲避男權文化侵犯的情景。當然，「五四」女作家的「女性意識」處於剛剛覺醒的階段，她們所描寫的這種「同性戀」，只是作為對封建專制的男權文化的無聲抗議。而陳染、林白這一代女性作家則不同，她們處於20世紀80～90年代女權主義空前高漲的時代，她們所要宣洩的已不僅僅是抗議，而是對於男權文化所制定的對女性的種種規範包括性規範在內的敵視和仇恨，否則就不能解釋當今一些女性作家的小說中為何會如此集中地出現不堪忍受性壓迫、性陷阱而奮起報復男人的「復仇女神」的形象。

　　筆者認為，女性作家敢於大膽進入「私人化寫作」的空間，並進行藝術上的探索，這是「女性意識」的自覺和強烈表現，本不應受到指責。然而，既然是探索，就必然有成功也有失誤，關鍵在於如何避免和糾正這些失誤。因此，不應人為地將《私人生活》與「隱私小說」劃上等號；也不要一見到《我的情人們》就大驚失色，只要想想法國女作家瑪格麗特·杜拉斯的一部名為《情人》的自傳體小說能榮獲法蘭西最高

文學獎項——龔古爾文學大獎，又怎能武斷地判定《我的情人們》就一定是「墮落到抖落隱私來賣錢」呢？文學作品的高下優劣，不在於你寫什麼，更在乎你怎麼寫。這是文學理論的一般常識，用不著再絮絮叨叨。

第五節 「小說是作者的一個個夢」：嚴歌苓及其小說解讀

嚴歌苓曾在《〈海那邊〉台灣版代後記》中說，她自己最怕給自己的小說寫後記或前言，因為「好比小說是作者的一個個夢，夢結束了，就結束了。你想把個結束了的夢講解清楚，用醒著的人的思維邏輯，是辦不倒的。」

而我這個局外人不這麼認為。所以在近兩年中，不僅接連給嚴歌苓編選了她的兩部不同題材的小說集；而且在每部集子的後面都寫了評論或是「後記」。第一部名為《也是亞當，也是夏娃——嚴歌苓海外小說精選》（黃河傳媒出版集團、寧夏人民出版社2010年2月版），主要選入了她以海外留學、移民生活為題材的短篇小說，包括《少女小魚》、《女房東》、《紅羅裙》、《海那邊》等曾在海外榮獲各種文學獎項的作品。由於收入我主編的「雨虹叢書／世界華文女作家書系」，所以該書並未注明是我編選的，但在書末收入了我與我以前的研究生張潔合作的論文《「全部根須是裸露」的「生命的移植」——論嚴歌苓的海外小說》，對嚴歌苓以海外留學、移民生活為題材的小說作了總體上的論述。這本《金陵十三釵——嚴歌苓中短篇佳作選》（江蘇文藝出版社，2010年7月版）是我替嚴歌苓編選的第二部作品選集。其中，主要選入了她以歷史記憶與「文革」記憶為主的中短篇小說。

我與嚴歌苓因文學而結緣，是在2004年9月。用哲學大師海德格爾闡釋德國古典詩人荷爾德林「人，詩意地棲居」的本原意義作衡量，山東的威海大概是我認為可稱得上是「詩意地棲居」地之一。「第13屆世界華文文學國際學術研討會」在依山傍海的山東大學威海分校的賓館內舉行。當時盧新華攜著他在長江文藝出版社新出的長篇小說《紫禁女》到了。盧新華原是恢復高考後復旦大學1977級學生，我則考入華東師範大學求學，與王小鷹、趙麗宏、孫顒、陳丹燕、周佩紅等成了年齡參差不齊的同窗學友，他們先後成了上海灘知名作家；而我畢業後卻留校讀研究生，走了一條文學批評和學術研究的自甘寂寞的路。盧新華的小說《傷痕》1978年夏季在《文匯報》上刊登並就此引發新時期文學的「傷

痕文學」思潮時，我們就在班級裏和宿舍內展開過辯論，所以和他算是舊友。嚴歌苓、虹影等海內外知名女作家也來了，我和她倆是新識。她倆的小說風格迴異，她倆的性格也有很大差異。虹影比較爽朗外向，基本上有問必答；嚴歌苓則矜持而又優雅，看得出來，她不是一個饒舌多話的人，尤其當她覺得你是陌生人時，她更是吐字如金。我和她倆聊的多是小說創作方面的話題。嚴歌苓和虹影都跟我說抱歉啊，沒帶名片來。於是，她倆就把手機、Email等聯繫方式寫在我的名片背面了。舊雨新知齊聚山東半島的海濱城市威海，如今回想起來都成了讓人回味和懷念的美好記憶。

回到上海不久，就收到了嚴歌苓自北京郵寄至我家的一包印刷品。打開一看是她在當代世界出版社出版的7卷本《嚴歌苓文集》，這使我喜出望外。正好當時我在母校華東師範大學指導的幾位研究生要進行畢業論文「開題」，研究生之一張潔選擇了嚴歌苓及其小說作為畢業論文選題。我對研究生做學問的要求一直不敢放鬆，所以每位研究生在寫作論文之前，我都會要求他們提供盡可能完整的研究對象的資料目錄，才能同意其論文的「開題報告」。張潔就作了一份比較詳盡的嚴歌苓研究資料目錄附在「開題報告」後面。而我本人此後就在一邊指導研究生撰寫和修改論文《嚴歌苓小說論》的同時，也就在文本細讀和掩卷思考中越來越清晰地認識了嚴歌苓。

如果只允許用一個最簡單的漢字來概括嚴歌苓及其小說創作的話，那這個字就是：「變」。嚴歌苓的「變」常常出乎一般人習以為常的料想和思維定勢，就像她所跨越的令人難以捉摸的幾個人生階段那樣：

上世紀70年代幾乎無人知曉的部隊文藝兵；

上世紀80年代小有名氣的軍營作家；

上世紀90年代以後聲名鵲起的旅美華人作家兼美國外交官夫人。

——這就是嚴歌苓。

早在沒出國前她就成了有一定知名度的「軍營作家」，出版過《綠血》（1986）、《一個女兵的悄悄話》（1987）、《雌性的草地》（1989）三部長篇小說等作品。尤其是《雌性的草地》。這是在作者創作生涯中具有「轉折」意義的一部小說。她寫了「文革」期間一群生活在幾乎與世隔絕的草原軍馬場的「女子牧馬班」知青姑娘們充滿宗教般虔誠而又浸透苦難的人生與心靈歷程。這是個莊嚴感與荒誕感相互交織與纏繞的女性（雌性）的故事。書中人物所處的生活環境之惡劣，已到

了人類、尤其是女人的生存極限：草原上的烈日、狂風、驟雨、冰雹、沼澤、野獸、土著遊牧男人……，隨便遇到哪一樣，都得拼了性命也未必能保全自己。她們的光榮與夢想聽著像是黑色幽默的傳奇，看著卻動人心魄，叫人潸然淚下。至今想起來仍然充滿著一種欲罷不能的閱讀的誘惑。

記得上世紀80年代中期跟著錢谷融教授攻讀現代文學研究生時，他常說起文學的「品格」與「品味」問題。這位重申「文學是人學」的著名文藝理論家一再對我強調：好的文藝作品都會有一種打動人心的藝術力量；讀一流的文藝作品，你會情不自禁地被它所感動，甚至被震撼。所以，不能令人動情的作品，哪怕作家名氣再響，哪怕寫作技巧再高，都算不上是文學的「上品」。我想，前人鍾嶸寫《詩品》，後來司空圖又進一步細化為《廿四詩品》，無非也就是給詩（文學作品）分等級和歸其類。所以，《雌性的草地》當時就寫作技巧而言，雖然還稱不上是文學的上乘之作，但它無論是在「文革」後新時期「知青文學」中，還是在80年代以來中國女性文學形象的畫廊中，無疑都已經確立了嚴歌苓小說的獨特風格與審美取向。

之後，嚴歌苓卻來了個「華麗的轉身」。而立之年的女作家，卻選擇了赴美留學。從背誦英語的一個個單詞，到學習用刀叉吃西餐的生活方式；一面打工刷盤子賺取學費，一面利用「邊角料」的點滴時間寫作謀生。於是，短篇小說就成了她暫時拋卻長篇小說寫作奢望的唯一選擇。《少女小漁》、《學校中的故事》、《女房東》、《紅羅裙》、《海那邊》……，這些小說不僅為嚴歌苓掙到了得以安身立命的稿酬，更使她在台港地區屢屢斬獲文學獎項。但這些短篇小說也正如陳思和教授在《嚴歌苓從精緻走向大氣》一文中所指出的「雖然很精緻，但總是太技巧化，讀起來不夠大氣。」其實嚴歌苓本人也很明白：「短篇小說則不同，麻雀雖小，五臟俱全，有時不等你發揮到淋漓盡致，已經該收場了。也是煞費心機構一回思，挖出一個主題，也是要人物情節地編排一番。尤其語言，那麼短小個東西，藏拙的地方都沒有」（《〈少女小漁〉台灣版後記》）。

我以為，嚴歌苓的「變」中又有著「不變」。那就是對於個體的生命、信仰、理想、自由以及人的天性（包括情慾）受壓抑、遭閹割甚至被扼殺的種種現實存在或明顯或潛藏的文字揭露與超越故事層面的哲學批判。正如導演陳凱歌在看了她的作品之後所說：「她的小說中潛在的，或是隱形的一個關於自由的概念，特別引人注目，我覺得，那就

是個人自由。」（轉引自《視野》2009年第11期）這樣的文字揭露與超越故事層面的哲學批判集中體現在嚴歌苓自「荒誕的莊嚴」《雌性的草地》以來的「文革」記憶進而引申至民族的歷史記憶的諸多作品中。選入江蘇文藝版《金陵十三釵》的多是這一類作品。

《金陵十三釵》以一位南京淪陷期間的女性親歷者的回憶敘述，揭開了抗戰期間「國都」南京淪陷慘痛而又悲憤的民族記憶。值得注意的是小說的視角，並非如影片《南京！南京！》那樣正面全景式地反映侵華日軍慘絕人寰、令人髮指的南京大屠殺場景，而是通過一個在美國教堂內讀書、生活的豆蔻少女書娟的視角，將南京大屠殺的真實歷史作為背景，著重展現了在日軍淫威之下，一群被人稱作「婊子」、「窯姐」的妓女們，逃入教堂避難最後卻慷慨赴死，以犧牲自我的女性之軀為代價，向無恥的侵略者復仇的同時也拯救了比她們更為柔弱、純潔的「天使」——教堂的女學生。正是這樣一種表面上自我（女性）肉體的主動獻祭，而實際上卻是義無反顧地為所有被強姦、被凌辱的中國女性報一箭之仇的義舉，使人不得不對這群曾操賤業、遭人詬病的妓女們，在生命的最後關頭將生死置之度外（她們每人身上都藏著利刃）迸發出來的雌性的更是人性的光芒而肅然起敬。趙玉墨、紅菱……「金陵十三釵」的悲劇命運與整個中華民族的慘痛悲壯的歷史記憶糾結纏繞在一起，令人唏噓更讓人心靈為之震顫。

嚴歌苓的許多小說都具有這樣一種令人唏噓更讓人心靈為之震顫的藝術力量。比如《天浴》，比如《白蛇》。這兩篇小說都屬於嚴歌苓小說重要題材之一的「文革記憶」之作。「文革」是一場突如其來而又無法抗拒的人類文明的浩劫，也是人權、人性、人情、人倫、道德、倫理的史無前例的一種顛覆，一次清算，當然打著「造反有理，革命無罪」的旗號。《白蛇》寫的是著名舞蹈家孫麗坤在「文革」中的落難遭遇，作者用虛虛實實的筆觸將此演繹成了一部充滿了暗示與象徵意蘊的關於女性之間的情感支撐與糾葛的心理小說。有評論家以「白蛇與青蛇」神話原型來解釋孫麗坤與女扮男裝的徐群珊之間的「同性戀」關係（如陳思和《嚴歌苓從精緻走向大氣》），而我卻對孫麗坤所在的省歌舞劇院以「革命領導小組」的名義「一致通過決議」：強行將孫麗坤「押解到省人民醫院婦產科」作處女膜是否破損檢查感到不寒而慄：在一個人的生存權都無法得到保障的年代裏，更遑論女性的隱私權？小說雖然並未直接對此進行評判，卻無疑叫人欲哭無淚。

《天浴》也是這樣。女知青文秀想回成都，但她沒有回城任何門路，只得用雌性最原始的取悅雄性的手段——「賣身」，去「賄賂」牧場那些甚至連面孔都沒看清楚卻掌握著知青們生殺予奪「批文件」大權的大小幹部（男人）。當她忍著護士們「破鞋」、「懷野娃娃的」的鄙夷叫聲，剛在場部醫院做完人工流產手術卻又在病床上遭到二流子姦污，她終於想出了讓自己有個「體面」的歸宿，她對守護者老金說：「我要開槍了——唉，你要證明我是槍走火打到自己的」，但她還是不敢扣動扳機只得求助於老金幫忙。結果老金的槍響了，「文秀飄飄地倒下去，嘴裏是一聲女人最滿足時刻的呢喃」。這部可歸為「知青小說」的作品結局，讓人心痛與頓足並重，淚水與憤怒迸濺。如今以取悅讀者、娛樂大眾為上的時代，能有幾部會讓人怒形於色、讓人痛心疾首的作品！

　　於是，讀嚴歌苓的小說，會讓你不再心心念念只想著一己的不幸與個人的悲歡。所以，編選她的作品，無論如何都是在做一個個「夢」的解析，一次次情感的探險。只是作為讀者，我不知道多產（這主要來自於她數十年如一日的勤奮與執著）的嚴歌苓，她的下一部作品會「變」怎樣的戲法出來。

第十二章　「五四」的女性與「香港的女兒」
——中國現代和香港部分女性小說之比較

前言

這是一個困難的命題。

困難，不僅在於本章將要涉及中國現代以及香港地區的女作家及其作品，而且由於研究條件的限制，迄今為止尚無法讀遍這些女性作家的作品。

然而，筆者還是選擇了這一命題。因為，早在80多年前，香港出版的第一份文學刊物——有著「香港文學第一燕」之美譽的《伴侶》創刊號（1928年8月25日問世）上，就載有署名「冰嚳」的《中國新文壇幾位女作家》。這篇落款寫於香港「太平山麓」的文章，第一次向遠離「五四」新文學策源地北京的香港讀者，介紹了冰心、盧隱、（馮）沅君、綠漪等十位蜚聲五四文壇的女作家及其主要著作[1]。除了石評梅與後起的丁玲以外，上世紀20年代著名的女作家，幾乎無一缺漏。這份彌足珍貴的香港文學史料表明，早在80多年前，已經有人注意到「中國新女性在新文壇上所占位置」非同一般；那麼，80多年後，當香港文壇上「才女」成群崛起，並以其辛勤筆耕的創作實績而令人刮目相看之時，將這兩個不同時代、不同地域的女作家群作一番群體意義上的縱向比較，並由此尋找中國女性作家在創作主題、女性意識及藝術風格上的繼承、嬗遞與流變的脈絡，也許，並非是毫無意義的。

---

[1] 《中國新文壇幾位女作家》原文中共舉有11位五四女作家，其中誤將「雪林」和「綠漪」算作兩人。——筆者注。

第一節　婦女命運：題材的綿延

在源遠流長幾千年的中國文學史上，很少有整整一代作家，像20世紀五四時期的女作家那樣，表現出對於中國婦女命運休戚相關的愛情、婚姻、家庭以及社會等問題如此自覺的關注和描寫的熱情。早在五四初期，就有一批反映封建桎梏下青年女子不幸命運的「問題小說」問世，如宋懷玉女士的《白受了一番痛苦》、冰心的《秋風秋雨愁煞人》、盧隱的《一個著作家》、蘇梅（雪林）的《童養媳》[2]等等，都直接或間接地提出了改良家庭和社會、改善女子境遇等問題。稍後些時出現的陳衡哲的《巫峽裏的一個女子》、石評梅的《董二嫂》、馮沅君的《潛悼》、凌叔華的《繡枕》、《吃茶》，以及丁玲的《阿毛姑娘》等等，更是從不同的側面，反映了中國下層婦女在婚姻和家庭中的不幸遭遇。作為那一代身受其害的過來人，訴說婚姻不自由的痛苦，爭取戀愛自由、婚姻自主的女人的權利，不僅成為五四時期女性小說的重要題材，而且也成為五四反封建文學的鮮明特徵之一。概括起來，這一題材的女性小說主要包括以下三方面的描寫內容：

一是反映「被侮辱與被損害」的少女的遭遇，如冰心的《最後的安息》、盧隱的《一封信》、《西窗風雨》、石評梅的《董二嫂》等，從人道主義的立場控訴了封建制度摧殘童養媳的罪惡，正如石評梅在《董二嫂》中借人物之口痛呼的那樣：「大概他們覺得女人本來不值錢，女人而給人做媳婦的，更是命該倒楣受苦的！……什麼時候才認識了女人是人呢？」[3]類似的作品還有蘇梅（雪林）的小說處女作《童養媳》[4]等。

二是反映愛情與婚姻相分離的痛楚。如盧隱的《一個著作家》寫一位年輕姑娘，因父母之命而被迫與戀人分手，嫁一富翁後三載便魂歸西天，臨終前留下一紙遺書：「我不幸！生命和愛情，被金錢強買去！……」[5]《父親》中知書達理的小妾，嫁了十年，卻「總不曾瞭解過什麼

---

2 宋懷玉：《白受了一番痛苦》，載1919年8月24日北京《晨報》。冰心：《秋風秋雨愁煞人》，載1919年10月30日～11月3日北京《晨報》。盧隱：《一個著作家》，載1921年《小說月報》第12卷第2號。蘇梅（雪林）：《童養媳》，載1920年《北京女子高等師範文藝會刊》。

3 石評梅：《董二嫂》，載1925年11月25日《京報副刊・婦女周刊》第50號。

4 蘇梅（雪林）：《童養媳》，載1920年《北京女子高等師范文藝會刊》。

5 盧隱：《一個著作家》，載1921年《小說月報》第12卷第2號。

是愛情」，最後帶著無愛的缺憾離開人世[6]。還有沅君的《潛悼》，男主人公愛上了族兄的妻，但這為倫理道德所不容，他只能在其死後，像賈寶玉作《芙蓉女兒誄》祭悼晴雯那樣，悄悄獻上一篇哀婉痛切的「潛悼」[7]。這些作品，無一不反映了無愛的婚姻給有情人帶來的悲劇。

三是反映戀愛自由與婚姻自主的呼聲。這是20年代女性文學中最具五四精神的部分，充分顯示了新女性們在爭取這一神聖權利方面的覺醒與無畏。最典型的是馮沅君的《隔絕》、凌叔華的《春天》以及丁玲的《夢珂》、《莎菲女士的日記》等等，都從不同的側面反映了包辦婚姻、無愛的婚姻或性愛與情慾的分裂給女人（尤其是知識女性）造成的從形體到心理的傷害，從而使一代覺醒的五四新女性發出了「不得自由我寧死。人們要不知道爭戀愛自由，則所有的一切都不必提了」[8]的時代吶喊。

上述三大描寫的主題，不僅構築了五四時期女性小說的大致框架，而且成為30、40年代中國現代女性小說的基本「母題」之一：如蕭紅的《呼蘭河傳》中的小團圓媳婦的慘死，不正是「被侮辱與被損害」的少女不幸遭遇的重演？張愛玲的《金鎖記》等小說描寫的半新半舊的家庭內女子缺少愛情的變態心理，不正是愛情與婚姻相分離的又一批澀果？傳統，似乎有著一脈相承的延續性。令人驚異的是，我們甚至在已進入資本主義商業化社會的當代香港女作家的小說中，也多多少少發現了類似的文學「母題」：儘管作家也許並不十分清楚這「母題」來自她們的文學前輩。

中國現代女作家當年反覆吟唱的婚姻不自由的「詠歎調」，在80年代香港女作家筆下發出了「絕響」。鍾玲的《墓碑》，使人很自然地想起《一個著作家》式的愛情悲劇：一對彼此相愛的青年男女，只因一個是刻墓碑的小工匠，另一個是殯儀館老闆的書院女，便被「父母之命」活活拆散[9]。夏易的《少女日記》，令人聯想到《隔絕》中的反抗者的悲劇，正如女主人公黃秀珍所說，「我的家裏也有牢獄，用以囚禁敢於反

6　盧隱：《父親》，載1925年《小說月報》第16卷第1號。

7　馮沅君：《潛悼》，見《劫灰》集，上海北新書局，1928年版。

8　馮沅君：《隔絕》載1924年《創造》季刊第2卷第2期。

9　鍾玲：《墓碑》，載1987年《香港文學》第29期。

抗的人的牢獄。」[10]鍾曉陽的《二段琴》，男主人公莫非在心靈寂寞中與一女子草草同居，又匆匆分手[11]，似乎是張愛玲的《傾城之戀》中范柳原與白流蘇結合的又一翻版；施叔青筆下富有學識的愫細女士，竟委身於一個粗俗不堪的印刷廠老闆[12]，也令人想起丁玲筆下的莎菲女士當年在百無聊賴中曾對俗不可耐的凌吉士的紅唇表示過青睞……由此，我們有理由認為，當代香港的女性小說，並非全是那些「靚仔對靚女，最終成眷屬」的言情之作，至少有一部分女性小說，繼承了中國現代女性小說透過婚姻問題反映婦女命運的文學傳統，她們在各自的作品中，都深深淺淺地流露出與其前輩一脈相承的明顯胎記。

第二節　女性悲劇：主題的「變奏」

然而，時代畢竟不同了，中國現代女作家與當代香港女作家所處的社會及生活環境，畢竟有了很大的差異。即使反映同一題材的小說，描寫的對象、人物也出現了明顯的區別。同樣是反映「被侮辱與被損害」的少女的遭遇，也不再僅僅是封建家庭對童養媳草菅人命式的迫害，而是透過「少女賣淫」這一社會的毒瘤和癌腫，顯示商業社會那種金錢萬能所散發出來的銅臭。陳娟的《三個女人》，描寫了黑社會勢力如何逼迫、誘拐良家少女淪為娼妓的慘況；《靈肉緣》則涉及了被生父拋棄的私生女，在底層社會墮落的無情事實——「抽大麻，上的士高（迪士可舞廳），賭博，做撈女，去搶劫……」[13]，令人觸目驚心。林燕妮的愛情小說雖被稱為「是用香水寫的，是用香水印的，讀者應當在書中聞到香氣」[14]，但她筆下有時也流淌著吧女、雛妓的眼淚和苦水。《父親的新娘》中的絲絲，15歲就為家計而當了吧女，「陪酒兼陪客出鐘」，「不曉得陪過多少男人度夜」[15]。《莊小姐》中那位戴著名貴心形鑽戒的「富

10　章如易（夏易）：《少女日記》，江西人民出版社，1985年9月版。

11　鍾曉陽：《二段琴》，見《流年》集，北京，中國友誼出版公司，1985年9月版。

12　施叔青：《愫細怨》，見《香港人的故事》，北京，作家出版社，1986年8月版。

13　陳娟：《三個女人》、《靈與肉》，均見《香港女人》集，北京，群眾出版社，1986年10月版。

14　金庸：《用香水寫的小說——序林燕妮的愛情小說》，見林燕妮著《盟》，台北，遠景出版公司，1982年12月初版。

15　林燕妮：《父親的新娘》，轉引自1985年《台港文學選刊》第4期。

家千金」，原來從前竟是個「幾百、幾千個臭男人三十元錢便幹過的雛妓！」[16]當她終於將大衛領到她「從前賺錢的地方」時，我們明白，廬隱筆下反映妓女含淚拉客的「作甚麼？」[17]的疑問並沒有結束，只是不再僅僅作為社會風化和倫理道德問題，而是反映出「少女賣淫」背後的經濟槓桿的驅動作用。金錢，這個當年曾被五四女作家痛斥過的將「生命和愛情」強買去的「惡魔」，卻在不少香港女作家筆下成了人人垂涎、仰慕的財神：「老得像風前燭」的黃老頭，手中握有億萬家財，能夠公然娶到19歲的四姨太[18]；行將就木的億萬富翁高老頭，也輕而易舉地征服了18歲玉女綠萍的芳心！但她的如意算盤被高老頭的一紙遺書所粉碎：「十五年，兩百萬！」她最後發了瘋[19]！如果說，廬隱時代的《父親》，是用卑鄙的手段將如花似玉的少女騙到手的話[20]，那位年僅19歲的「父親的新娘」，卻是自覺自願嫁給已有25歲的女兒的言老頭的，她公然對母親說：「貧窮便是罪過，我討厭再窮下去。」[21]貧窮便是罪過！這就是許多香港女性小說所描寫的「老少姻緣」的經濟實質！因此絲絲可以面無愧色地當著眾人宣佈：「我賣的是自己！」15歲的蜜莉和19歲的絲絲的區別僅僅在於，前者是人盡可夫地分期分批「零賣」；後者則是向一個老男人一攬子「整取」。這些小說，無一不折射出香港社會「老少姻緣」的畸型婚戀的利益實質。

從「生命與愛情，被金錢強買去」，到「我賣的是我自己」，兩代女作家在這裏顯示了她們思想意識的分野。貧窮便是罪過，於是，金錢的考慮不僅成為兩性關係天平上舉足輕重的經濟砝碼，而且可以將愛情、婚姻、名譽、良心、肉體、靈魂……都當作商品自由買賣。一切都體現了高度發展的商業化的原則：你買我賣，銀貨兩訖，等價交換，公平交易，當事者雙方有絕對的買賣自由。亦舒的小說在描寫這種「買賣」時表現出一種令人吃驚的直率和坦白，例如《喜寶》。一個曾靠自

16 林燕妮：《庄小姐》，見《盟》集，台北，遠景出版公司，1982年12月初版。

17 廬隱：《「作甚麼？」》，載1921年8月10日上海《時事新報・文學旬刊》第10期。30年代初，廬隱還寫過《野妓拉客》（載1931年10月30日上海《申江日報》副刊《海潮》第7號）、《柳島之一瞥》（載1931年《婦女雜志》第17卷第7號）等反映婦女賣淫問題的作品。

18 章如易（夏易）：《少女日記》，江西人民出版社，1985年9月版。

19 陳娟：《綠萍的青春》，見《香港女人》集，北京，群眾出版社，1986年10月版。

20 廬隱：《父親》，載1925年《小說月報》第16卷第1號。

21 林燕妮：《父親的新娘》，轉引自1985年《台港文學選刊》第4期。

已努力考入英國劍橋大學讀BAR的女留學生，一個偶然的機會，使她成了擁有巨富的勖老頭的情婦：

> 我真正的呆住。我曉得他有錢，但是我不知道他富有到這種地步。在這一秒鐘內我決定了一件事，我必須抓緊機會，我的名字一定要在他的遺囑內出現，哪怕屆時我已是六十歲的老太婆，錢還是錢[22]。

錢還是錢！喜寶與勖老頭之間，除了這種赤裸裸的金錢交易還有什麼愛情可言！正如她自己所說，「愛情是另外一件事」。她之所以如此自覺地充當那個渾身皮膚都已皺皺巴巴的勖老頭的情婦，正是因為勖老頭的萬貫錢財，給了生活於現代商業社會中的喜寶一種物質享受的保證，所以她一旦得到了她夢寐以求的大把大把的金錢之後，便大言不慚地宣稱：「我現在什麼都有，我的錢足夠買任何東西，包括愛人與丈夫在內」！

嗚呼！「不得自由我寧死」的抗爭已成了歷史的陳跡；「生命與愛情，被金錢強買去」的痛呼，已經過去了！

第三節　婚戀方式：小說的新質

其實，《喜寶》、《父親的新娘》之類，都算不上是愛情與婚姻相分離的真正悲劇，因為愛情，這一最神聖、最純潔的無價之寶，在它被標上價格、明碼拍賣之前已窒息而死。筆者以為，香港女性小說中愛情與婚姻相分離的真正悲劇，並不發生在你買我賣、銀貨兩訖的「買賣婚姻」中，而是發生在那些具有獨立人格、不需要抓著男人的錢口袋過日子並在事業上有所成就的職業女性的心靈深處。中國現代女性小說中那種對於純真愛情的呼喚與尋求，在另一些香港女作家筆下，大都以「婚外情」、「隔代戀」的方式，彆彆扭扭地表達出來，如亦舒的《兩個女人》、《胭脂》，林燕妮的《放棄》、《母、女、他》，夏易的《我》，西茜鳳的《第八夜》等。而在借「婚外情」來表現職業女性愛情與婚姻相分離的悲劇這方面，施叔青的《香港人的故事》系列小說堪稱代表，在這些描寫「香港女人」的故事中，我們不難聽到當年凌叔華的《花之寺》、《春天》等小說中女主人公心靈寂寞的呻吟和饑渴。

---

[22] 亦舒：《喜寶》，山東文藝出版社，1987年8月版。

最典型的是《愫細怨》與《窯變》。愫細和方月，一個擔任著某公司的主任之職，一個則是來港前小有名氣的女作家。她們都有自己的（至少是名義上的）丈夫，但又都「背叛」了自己的丈夫。原因都很簡單：愫細與有了外遇的丈夫分居後，「她需要撫慰，需要一雙有力的手臂把她圈在當中，保護她」。方月則在獨擁羅衾的漫漫長夜中，需要男人（哪怕是一個衰老的男人）關心她，「寵」她——「女人生來就是給男人寵的」[23]。正是在這裏，作者寫出了現代職業女性作為女人的致命弱點和愛情悲劇。導致愫細和方月以「婚外情」的方式尋求安慰和刺激的心理動機是：害怕寂寞，害怕孤獨。這種伴隨著現代發達的商業社會而來的現代人的孤獨感和寂寞感，使愫細和方月這樣的職業女性缺少一種心理上的安全感，因此，「愛」的權利，成了逃避寂寞的薄薄的一層紗幕。

如果說，反映婚戀方式的愛情主題，在中國現代女性小說中，主要體現為人的權利的覺醒（「婚姻自由本是正理」——盧隱《海濱故人》）和人格尊嚴的民主要求（「不得自由我寧死」——沅君《隔絕》）的話，那麼，在一部分香港女性小說中卻體現了人生寂寞的悲哀心理（「你總不至於趕我走吧？」——方月）和人性荏弱的無奈情緒（「留這麼一個人在身邊解悶，不也很好？」——愫細）。而在這一片此起彼伏的「香港女人」的苦惱奏鳴曲中，西西的《像我這樣的一個女子》所表現的婚戀方式最為奇特，也更發人深思。這篇小說選取了一個非常獨特的視角，通過一個殯儀館的女化裝師的內心獨白，道出了「我」和怡芬姑母兩代從事與死者打交道的職業女性與婚姻無緣的愛情悲劇。把美麗纏綿的愛情置於令人恐怖的死者面前來考驗和捶打，從而將愛情與死亡這中外文學中的兩大永恆主題緊緊結合在一起，這不能不說是香港女性小說中的一個獨創。而這個美麗憂傷的愛情故事本身，似乎本身就隱喻著、或者說是象徵著——死亡。小說一開頭即暗示：「像我這樣的一個女子，其實是不適宜與任何人戀愛的」；結尾處，當男友夏捧著一束美麗的鮮花前來約會，「他是不知道的，在我們這個行業中，花朵，就是唁別的意思」[24]。因此，「我」與夏之間的愛情結局究竟如何，是根本不重要的，重要的是，愛情與死亡，在西西的筆下自始至終、難解難分地糾纏在一起。

---

[23] 施叔青：《窯變》，見《香港人的故事》集，北京，作家出版社，1986年8月版。

[24] 西西：《像我這樣的一個女子》，見1986年《台港文學選刊》第4期。

愛情與死亡聯姻的奇特的婚姻方式，在其他一些香港女作家筆下也或多或少有所表現：林燕妮的《盟》，男主人公與另一女子的婚禮即將舉行之際，竟一個墜樓而死，一個撞車而亡，「在一片天旋地轉中」，他似乎看見當年在車禍中喪生的戀人「柔情無限地把他緊緊抱在懷中」，雙雙升入天國[25]。鍾曉陽的《哀歌》中的男女主人公，談情說愛的話題就圍繞著死亡：「你說你願意死在大樹下」，「我願意做那棵樹」[26]。吳煦斌的《蝙蝠》，則以較為隱晦、含蓄的意象——蝙蝠交配時發出芬芳的麝香味，以及「長長的尖銳卻又沙啞的蝙蝠似的哀號」，象徵著一對青年男女交媾而後又斬斷情絲的婚戀悲劇[27]。鍾玲的小說描寫男女婚戀的方式，更是絕少與死亡無關：《輪迴》中陳弘明的猝死，喚起了「我」的初戀覺醒和對於生命的體認；《大輪迴》中那三個周而復始、因果相連的愛情傳奇，無一不以血淋淋的死亡而告終[28]；還有前面提到過的《墓碑》，男女主人公的婚戀方式從一開始就與死亡結下了不解之緣：「他12歲起就在父親的店裏刻墓碑，而她，是世界殯儀館老闆的女兒」。更令人稱奇的《黑原》，則運用超現實主義的表現手法，寫一位女子出「生」入「死」，到黑原上尋找「鬼侶」的荒誕故事。故事本身是荒誕的，但其中的「悟性」卻是深刻的：

> 　　一剎那電光石火，我終於悟了！這麼簡單的事實，我居然多年一直沒有悟出來。我早就死了！我們都是所謂的「鬼魂」。鬼魂又有什麼關係呢？我依然是我，他依然是他。我已經作了很多年的孤鬼遊魂，現在不一樣了，我有了一位鬼侶。謝天謝地，我終於找到他了！原來在陽世找不到的，在陰間會找到。即使在陰間找不到，在某一輩子的輪迴之中，終究會遇上的[29]。

　　愛情與死亡為伍，情侶與鬼魂相伴。香港女性小說中接二連三、不約而同重複出現這一「死亡意識」，筆者以為，實際上深刻地反映了現

25　林燕妮：《盟》，見《盟》集，台北，遠景出版公司，1982年12月初版。

26　鍾曉陽：《哀歌》，引自1987年《海峽》第5期。

27　吳煦斌：《蝙蝠》，見《吳煦斌小說集》，台北，東大圖書公司，1987年5月初版。

28　鍾鈴：《大輪迴》，見《輪迴》集，台北，時報文化出版公司，1987年7月7版。

29　鍾鈴：《黑原》，載1981年11月1日台灣《中國時報》。

代女性對於純真愛情的一種無可奈何的悲觀心態：愛情女神死了！無論是在芸芸眾生的人世間，還是在安放死者的停屍間，都找不到愛情的棲身之所，於是，便只有寄希望於陰間，「即使在陰間找不到，在某一輩子的輪迴之中，終究會遇上的」。透過這層愛情與死亡為伍的悲哀，我們不僅理解了「今生今世」的現代女性的真正悲劇，並且，這一部分香港女性小說，實際上已超越了愛情小說的範疇，而把人們引向對當今人類自身命運及其存在價值的哲學思考。這一點，恰恰正是香港女性小說中最具有當代意識和哲學意味的精萃所在，正是它們，顯示了中國現代女性小說所沒有的新的意識、方式和主題。

第四節　縱向比較：特色與格局

綜上所述，香港女作家不僅繼承了中國現代女作家從愛情、婚姻等出發反映女性命運及其人生追求的文學傳統，而且在題材選擇、人物塑造、結構安排和語言藝術諸方面都顯示了自己的特色。具體而言：

一是表現不幸女子的悲劇由外部遭遇轉為內心隱傷。中國現代女作家筆下的不幸女子，大都是舊家庭、舊禮教的「怨女」，她們常常是婆婆、丈夫或封建家長直接迫害的對象，首先喪失的是作為「人」的生存權利，正是從人道主義的立場出發，中國現代小說中提出的反封建的民主要求才顯得那麼合乎情理，而這一要求，又是同當時中國婦女在經濟上不能獨立，政治上毫無地位的社會性質相聯繫的。而當代香港與那時中國的情形畢竟有著相當大的差別，因而，香港女作家筆下很少出現可憐巴巴的弱女子形象，取而代之的是，無論在家庭中還是在社會上與男子平起平坐的女強人，更「由於香港特殊的商業環境，培養出一些能幹到極點的女人，她們分散在洋行、律師樓、銀行擔任高級要職」[30]。這些職業女性，受過良好的教育，不乏國外名牌大學的高材生，然而事業上的強者，卻在婚姻、愛情上又往往是不幸的失敗者；她們將自己獻給所從事的事業，反過來卻又不得不在為之拼命的獻身中逃避愛情、婚姻上的失意，如此循環往復，直到青春難駐，韶華逝去。如林燕妮的《嫁不掉的美女》，三個「出名能幹又漂亮的女人」，卻是「有人看有人羨

30　施叔青：《愫細怨》，見《香港人的故事》，北京，作家出版社，1986年8月版。

慕，而沒有人追的，——也許，是沒有合適的追求者」[31]。尋找另一半的苦惱，表明了女性在獲得了經濟上的自主、人格上的獨立、事業上的成功和社會上的地位之後，仍然有著內心深處的不流血的傷痛。

　　二是表現知識（職業）女性的悲哀從苦悶彷徨轉為寂寞孤獨。在中國現代女性小說中，最能顯示五四時代特徵的，正是那些描寫知識女性內心苦悶彷徨之作，如冰心的《煩悶》、《遺書》，盧隱的《或人的悲哀》、《海濱故人》，沅君的《隔絕》、《旅行》，石評梅的《病》、《禱告》，丁玲的《夢珂》、《莎菲女士的日記》等。這些小說，最充分地反映了「那時覺醒起來的智識青年的心情，是大抵熱烈的，然而悲涼的，即使尋到一點光明，『徑一週三』，確是分明看見了周圍的無際涯的黑暗。」[32]顯然，這種苦悶彷徨來自中國知識份子文化心理深層結構中感時憂國的傳統，在黑暗現實面前碰壁後產生的熱烈與悲涼交織的情緒體驗：「社會不良，劫運將與終古，茫茫大地，誰憫眾生？」[33]可見，中國現代女作家關注的多是社會的黑暗和民族的憂患，而並非僅僅是個人的孤獨與寂寞。而香港女作家的筆下，很少見到憂國憂民、憤世嫉俗的政治意識，她們所涉及的知識（職業）女性的內心悲哀，主要來自個體孤獨和人生寂寞：愫細和方月之所以需要「婚外情」，並不在於經濟依靠，而在於尋求寄託；「嫁不掉的美女」和「像我這樣的一個女子」的悲哀，也不在於受人欺凌，而在於自我封閉。這樣，香港女作家扣住了當今發達的商業化社會人與人之間關係淡漠、人的精神異化的社會特徵：普遍的寂寞孤獨，普遍的憂鬱絕望。在年輕的小說家鍾曉陽的筆下，無論是遠離家門、求學於異國的遊子之戀（如《流年》、《柔情》等）；還是港島土生土長的普通百姓的平民之戀（如《二段琴》、《喚真真》等）[34]，無一不淋漓盡致地表現了港島當代青年的內心寂寞和精神孤獨。值得一提的還有鍾玲的《終站‧香港》，寫了一位瀕臨死亡的老作家彌留之際的心理活動與幻覺：「他敢孤獨地活，卻有點害怕在孤獨中死去。病房另外七張床都躺著人，但在青蒼的日光燈下一個個都

31　林燕妮：《嫁不掉的美女》，轉引自1986年《台港文學選刊》第1期。

32　魯迅：《〈中國新文學大系‧小說二集〉導言》，良友圖書公司，1935年5月版。

33　冰心：《遺書》，見《超人》集，商務印書館，1923年版。

34　鍾曉陽：《流年》、《二段琴》，見《流年》集，北京中國友誼出版公司，1985年6月版。《柔情》，載1985年台灣《聯合文學》第1卷第5期。《喚真真》，載1986年香港《明報月刊》246～247期。

像死屍」[35]。於是，我們在這裏找到了香港女性小說中的「死亡意識」產生的根源，發達的商業社會內人們極度孤獨寂寞的心理：除了交易、買賣，沒有人來真正關心和過問，「既沒有對手，也沒有觀眾」，所以才覺得，「我早就死了！」

在藝術風格上，香港女性小說也和中國現代女性小說有了極大的差異。一是抒情風格明顯淡化。中國現代女作家的許多小說，每每出現抒情主人公「我」的聲音：人生痛苦的感慨，浮想聯翩的嗟歎，或是悲憤難抑的呼喊，戀愛自由的禮贊等等。在不少書信體、日記體或是夾雜大量書信、日記的第一人稱小說中，「我」更是成為名副其實的抒情主人公，從而使小說充滿熱烈的感情和濃郁的詩意。重要的不是扣人心弦的情節，而是跌宕起伏的情緒。而在香港女性小說中，這種抒情風格已明顯淡化。雖然也常常出現第一人稱為故事敘述者（比如亦舒就慣用這一手法來展開故事情節），但其筆下的「我」已不單純只是抒情主人公，而常常是這故事的女主角，因而，香港女作家的小說，更注重故事的生動、情節的曲折、節奏的快速和文字的簡練，以及視角的更迭變幻，很少出現大段大段的抒情插敘。即使被冠以「言情小說」，也很少抒情寫意，形成了適合香港生活快節奏的通俗、簡潔、明瞭、連貫，符合市民閱讀趣味的寫作風格。

二是自傳色彩顯著減弱。中國現代女性小說，常常只有一個視角，那就是再現和複製作者本人的生活經歷和情感波瀾，比如，《遺書》中煩悶苦惱的宛因即冰心自己大學時代的肖像描寫（據冰心後來說，宛因即是婉瑩的諧音[36]）；廬隱的《海濱故人》中有作者從童年到青年時代的生活剪影；《一日》、《波兒》記載著陳衡哲留學美國期間的經驗和見聞（作者再三聲明，前者「只能算是一種白描，不能算為小說」；後者的「情節，有一半是我親看見的」[37]）。《棘心》，更是綠漪留法求學期間種種生活體驗的一部完整的紀實體小說……。取材於本人生活經歷的的鮮明特色，甚至也反映在三、四十年代女作家筆下，如謝冰瑩的《從軍日記》、《女兵自傳》，蕭紅的《呼蘭河傳》，張愛玲的《沉香屑～第一爐香》、蘇青的《結婚十年》等等。而在當代香港女性小說中，這

[35] 鍾玲：《終站‧香港》，載1981年5月8日台灣《聯合報》。

[36] 轉引自范伯群、曾華鵬著：《冰心評傳》，人民文學出版社，1983年4月版。

[37] 陳衡哲：《〈小雨点〉自序》，新月書店，1928年4月版。

種自傳色彩已明顯減弱（僅西茜鳳的《大學女生日記》等是例外），尤其是小說的內視角顯得多元和靈活。如西西的《春望》，寫內地的明姨在「文革」結束後準備申請赴港探望姐姐陳老太太。小說選擇了兩個內視角：一是透過陳老太太與兒女的對話，反映老少兩輩人對明姨來港探親的不同態度；另一個則是通過陳老太太及其兒女日常生活細節的白描，展示香港普通市民的生活內容及其節奏。多種內視角的互相映襯、多方轉換，拓寬了小說的時空界限與表現內容。類似的例子還有《這是畢羅索》。小說一方面再現了墨西哥第13屆世界盃足球賽上，阿根廷對西德決賽的精彩場面，又分別展示了「我」與巴西著名球星薛高觀看電視實況轉播時的不同聯想。小說在三度空間（墨西哥、香港、里約熱內盧）內靈活變換視角，猶如轉動的萬花筒，讓人看到了一個旋轉的足球世界[38]！除了西西外，被稱為「向叢林與荒野尋找題材」[39]的吳煦斌，也在其小說中不時變換內視角，以求多角度、多側面地反映一個立體的世界。如《暈倒在水池旁的一個印第安人》，分別通過食物、海洋、言語、土地等的「眼睛」，表現了一個象徵著原始生命的印第安人，不受現代文明的感化，終於回歸原野和叢林之中，隱約地表達了現代人對於大自然的嚮往和呼喚[40]。總之，香港女性小說，揉進了不少西方、拉美現代主義文學（如象徵主義、存在主義、意識流、荒誕派、魔幻現實主義等）的技巧和手法，使小說的創作方法顯得搖曳多姿，遠遠突破了中國現代女性小說的表現格局。

第五節　另作比較：大家與小我

　　勿庸置疑，當代香港女性小說以其多產、新奇的創作實績，顯示了故事性和哲學性兩大方面的小說才華，並由此產生了不容輕視的文學影響。然而，就筆者孤陋寡聞所見的作品而言，筆者以為，與中國現代女性小說相比，當代香港女性小說既有與其不同的格局，也有自身的局限，突出表現在以下兩個方面：

38　西西：《這是畢羅索》，載1986年9月7日～8日台灣《聯合報》。

39　劉以鬯：《吳煦斌的短篇小說》，載1980年香港《明報月刊》175期。

40　吳煦斌：《暈倒載水池旁邊的一個印第安人》，載1985年《香港文學》創刊號。

首先是家國觀念的淡化和唯「我」獨尊的強調。當代香港女作家很少像中國現代女作家那樣，有著「天下興亡匹夫有責」的感時憂國的憂患意識，除老作家夏易的《香港兩姐妹》外，中、青年女作家都極少在小說中表現外族侵略給中華民族或是40年代淪陷時期的香港市民帶來的生存危脅和亡國痛苦，在這一題材上，她們顯得似乎過於漫不經心。對於這一點，施叔青解釋，由於自己「生在平靖年代，沒有趕上戰爭」[41]；比她更年輕些的西茜鳳則認為，「戰爭是可怕的，中外詩篇，寫得已經太多了」[42]。但問題似乎並不在於寫不寫自己未曾經歷過的戰爭（筆者始終認為，作家應該寫自己熟悉的生活題材），而在於她們缺少其前輩那樣一種關注社會的眼光和憂國憂民的精神，比如，那些生活在她們周圍的香港市民，對於中英兩國簽署了1997年歸還香港的聯合聲明後的種種心態，在她們的小說中就很難看到（只是在施叔青的近作《相見》和西茜鳳的近作《大官小傳》中才有點滴流露）。關於這一點，余光中先生1984年在為西茜鳳的第一本小說《大學女生日記》寫的序言中就指出過：「她是香港的女兒」，「她似乎只屬於香港，而不屬於更大的民族。日記裏幾乎從未提到中國的山河與人民，只有在文化的層次提到中國的詩詞和現代文學。這現象在她的大學時代雖不很普通，卻也有相當的代表性。……1997日近，不論喜歡與否，中國大陸的大現實恐怕不容她不注目了。」[43]筆者以為，這段話對其他「香港的女兒」而言，也是完全適用的。她們關心的是自我的價值，一切以自我為軸心，「誰都沒有空去照顧誰，也不會刻意去遷就、呵護哪一個。每個人，何嘗不是把自己放在第一位。」[44]這一點，甚至反映到小說的題目（如夏易的長篇小說《我》、西西的《像我這樣的一個女子》等）和結構（如亦舒的小說幾乎都以「我」為中心鋪設情節；連大都以第三人稱敘事觀點行文的鍾曉陽，在近作《哀歌》中也以「我」的獨白貫穿始終）。筆者並非認為這些寫「我」的小說有什麼不好，相反其中不乏藝術佳作，不過，題材過於密集於「我」的一身，不免顯得香港女性小說的天地狹窄了些。

[41] 轉引自齊邦媛《閨怨之外──以實力論台灣女作家》一文，載1985年台灣《聯合文學》第5期。

[42] 西茜鳳：《大學女生日記》，香港，博益出版社，1984年4月初版。

[43] 余光中：《校園的牧歌》，見《大學女生日記》一書。

[44] 西茜鳳：《大學女生日記》，香港，博益出版社，1984年4月初版。

其次是苦難意識的淡漠和享樂主義的濃厚。自1945年日寇投降後，尤其是70年代以來，香港的經濟得到了高速的發展，市場繁榮，物質豐富，市民的生活有了極大的改善和提高。長期生活於物質條件優越的「太平盛世」的不少香港女作家，自然對於40年代淪陷時期香港居民遭受的苦難，對於中國大陸百多年來不斷遭受異族侵略的罹難、軍閥混戰帶給人民的災難，以及「文革」十年動亂期間人民所蒙受的磨難等等難以體驗（除夏易、陳娟等少數在內地受教育的女作家外），因而，也就難以在她們筆下見到描寫苦難內容的深沉之作。1985年10月被香港青年「文學周」書介活動推薦的李碧華的《霸王別姬》，雖然反映了內地一對京劇老藝人半個世紀以來所經歷的種種不幸[45]，但筆者認為，這部描寫「同性戀」的小說寫得十分粗疏，原因就在於對中國人民的苦難缺少實際感受，因而總顯得十分隔膜。還有相當一部分香港女作家的小說，常常有意無意地炫耀星級酒店的豪華陳設，珠光寶氣的新潮服飾，還有獨幢別墅、私人遊艇、名牌轎車……，津津樂道於舞廳、賭場、夜總會、按摩院等消遣遊樂場所的瑣碎細節，正是這些過多的吃喝玩樂嫖賭的展示，不僅限制了小說的思想深度，而且也降低了作品的藝術格調。尤其是那些數量多、流行廣的言情小說，過於沉溺於情天恨海，在輕盈柔靡的氛圍中做著「香雪海」、「黑蜘蛛」之類的綺夢，靠一股脂粉香氣加上神秘離奇的情節內容吸引讀者，而讀者也只能以消遣、娛樂的態度去欣賞它。這一點，藝術規律是公平的，正如英國著名小說家亨利·詹姆斯所說，「小說必須嚴肅地對待自己，才能讓公眾嚴肅地對待它。」[46]

　　筆者認為，這並不是苛求。

---

[45]　李碧華：《霸王別姬》，香港，天地圖書公司，1985年8月初版。

[46]　亨利·詹姆斯：《小說的藝術》，轉引自1981年《外國文藝》第1期。

第十三章　台灣女性文學的發軔及其主題

　　1945年8月15日，日本天皇宣佈無條件投降，台灣和澎湖列島在經歷了長達50年零183天的殖民歷史之後終於回到祖國的懷抱。光復之初，即有一批30年代享譽文壇的資深作家，如許壽裳、臺靜農、李何林、黎烈文、李霽野等肩負重建和振興台灣的文化、文學的使命而相繼去台。40年代末期，更有不少或戰前生活在祖國大陸、戰後返台的省籍作家，如張我軍、鍾理和、林海音等；或隨國民政府去台的大陸作家，如梁實秋、謝冰瑩、胡秋原、陳紀瀅、杜衡等。這三類先後抵台的作家，「從不同的角度，把祖國大陸自『五四』以來不同發展階段的文化傳統與文學精神帶入台灣，使得在日本割據下發展的台灣新文學，進一步地與大陸『五四』以來的新文學匯合起來」[1]。

　　可是，光復後的台灣，決非作家們的樂土：由於侵略戰爭期間日本對台灣社會和人力、物力、財力的極大破壞與瘋狂掠奪，造成了台灣歷史上空前的經濟危機。而國民政府接管台灣後，又因加緊內戰而無心治理戰爭創傷而失信於台灣民眾，更有吳濁流的小說《波茨坦科長》中揭露的接收大員「范漢智」們搜刮台灣民脂民膏的種種醜行，使台灣民眾極度失望，終於爆發了1947年「二二八」起義暴動。之後，台灣省籍著名作家楊逵夫婦於「二二八」事變中被捕入獄，出獄後又因發表「和平宣言」而被判12年徒刑；魯迅的摯友、台大國文系主任許壽裳慘遭殺害；李何林、李霽野被迫離台返回大陸；台靜農、黎烈文等人不得不躲進大學校園執掌教鞭，回避拋頭露面……，這一切，使人不難想像光復後至50年代台灣社會環境之惡劣與嚴峻。因此，重創之後的台灣新文學的復元，在光復之初顯得緩慢而又沉重。

---

[1]　轉引自《台灣文學史》下卷，劉登翰等主編，海峽文藝出版社，1993年1月版，第11頁。

第一節　歷史機遇：台灣女性文學的首度繁榮

　　然而，就是在這樣惡劣與嚴峻的社會背景之下，50年代的台灣文壇正當官方大力扶植的「戰鬥文藝」、「反共文學」甚囂塵上之際，卻湧現出一群極少介入政治宣傳的女性作家，如林海音、孟瑤、張秀亞、琦君、鍾梅音、徐鍾珮、郭良蕙、潘人木[2]、徐意藍、華嚴等等，加上上世紀20～30年代即已蜚聲文壇的蘇雪林、謝冰瑩、沉櫻等人，她們很快以實力不凡的作品，顯示了50年代台灣女作家的創作實績，並成為當代台灣女性文學首度繁榮的標誌。與其說這是當代台灣史上的一大奇觀和繆斯的格外垂憐，不如說是獨特的台灣社會環境為這些女作家成群結隊登上文壇提供了某種歷史機遇。

　　而她們，恰恰抓住了這一千載難逢的歷史機遇。

　　首先，台灣女性文學的首度繁榮，表明了文學本身對「政治化」庸俗傾向的拒斥和反撥。1949年國民政府退守台灣後，在政治上推行「反共抗俄」、「反攻復國」的方針，繼頒佈「勘亂動員時期臨時戒嚴令」，對全島實行長達37年之久的軍事管制之後，又公佈「戒嚴時期新聞報紙雜誌圖書管制辦法」，對台灣的出版和言論進行全面控制；禁止印行和閱讀「五四」以來中國新文學中的大量進步文學作品（像魯迅、郭沫若、茅盾、巴金、沈從文等人的作品都在被禁之列）。因此，自20年代以來在大陸「五四」新文化運動影響下形成的以反帝愛國、反抗黑暗統治為主題的台灣新文學傳統被攔腰截斷。與此同時，台灣當局通過各種途徑加緊反共宣傳，在官方扶持下掀起「戰鬥文藝」運動。「戰鬥文藝」從本質上來說，是一種歪曲現實生活、顛倒歷史是非的「主題先行」的政治產物，思想內容的概念化、藝術表現的公式化，不能不是這種「反共文學」的基本特徵。正如50年代後期有人在報上所批評的那樣，「只在字面上充滿『戰鬥熱』，在實質上缺乏『文藝美』，只因只戰鬥不文藝，官方用『推銷主義』推行，戰鬥文藝令人失望」[3]。這種被

2　在50年代成名的台灣女作家中，潘人木的情況比較特殊，她既寫過《如夢記》、《馬蘭自傳》、《蓮漪表妹》等反共小說，成為當時「風頭最健」的女作家，但也寫過非政治化的純文學作品。如反映知識分子家庭悲歡的《哀樂小天地》、《鬧蛇之夜》等，「寫悲劇是一路巧笑情兮的含淚而來而去，纏綿委曲，哀而不傷，這是正宗的中國悲劇。」（見《台灣作家小說選集》第2卷，中國社會科學出版社，1982年5月版，第364頁）。

3　《歲首說真話》，載1958年1月5日台灣《聯合報》。

戲稱為「反共八股」的戰鬥文藝作品，隨著「反共復國」的政治神話的破滅，逐漸遭到人們的冷遇當是意料中的事。這樣，就為在台灣文壇上首先抒發或濃或淡的綿綿鄉愁、幽幽離情，基本上不觸及現實政治的女作家們，騰挪出一塊生存空間和「用文」之地。

其次，台灣女性文學的首度繁榮，表明了赴台女作家在語言文字方面的優勢和特長。在長達半個世紀的異族統治下，日本殖民者在台灣建立了一整套政治、經濟、軍事、法律、文化等制度，尤其是推行「皇民化運動」之後，中國一切傳統的文化習俗、語言文字都受到明令禁止。許多在日據時期以日文創作的台灣省籍作家，包括在台灣文壇已頗有聲望的楊逵、張文環、吳濁流等人，光復後都面臨著重新學習、掌握國語漢字的問題。這是一個在短時間內無法一蹴而就的語言障礙。戰爭期間受到嚴重摧殘的台灣新文學作家，不僅失去了安定平靜的創作環境，而且面臨著從日文改換漢語的創作重新適應過程。雖然戰後台灣文壇辦起了多種報刊，但長達半個世紀的殖民統治與「同化主義」，尤其是「皇民化運動」期間廢止漢文，造成許多作家只能使用日語寫作；而國民政府接管台灣不久，即於1947年10月25日下令在台廢止日文報刊，台灣作家面臨著創作語言的轉換困難，楊逵的散文《我的小先生》，記載的即是光復之初他如何拜小孫女為師，重新一字一句學習漢語的情景。因此，台灣文壇上出現了「跨越語言的一代」的獨特現象，有不少台灣作家只得擱筆輟文。除此之外，困擾省籍作家的另一個問題是，對前所未有的生活環境和新的文學主題一下子難以適應。面臨著不斷遭到退稿、寫書無處出版（如鍾理和的《笠山農場》等作品）的遭遇和窘境，有不少人也就知難而退了。而50年代活躍於文壇的台灣女作家，基本上都是40年代末由大陸赴台的，她們在大陸用母語上學念書，自幼即受到中國古典文學和「五四」新文學的薰陶，有的還具有大學畢業的文憑，如孟瑤、張秀亞、琦君、潘人木等；她們中有些人早在大學時代就已開始寫作投稿，發表作品。赴台後，便立即顯示出她們在語言藝術、文學修養方面的明顯優勢與特長。

再者，台灣女性文學的首度繁榮，表明了赴台女作家把握了文壇青黃不接的契機與脈搏。光復以後，孤懸海上的台灣欣喜若狂地回到了母親的懷抱。然而，現實卻是令人失望的：吳濁流小說中所描寫的「范漢智」們以「接收大員」之名抵達台灣後，橫徵暴斂，巧取豪奪，使戰後的台灣爆發出許多日益嚴重的社會問題：通貨膨脹，物價飛漲，失業嚴

重，土地荒蕪，司法混亂，天花、霍亂、鼠疫等烈性傳染病流行等等，造成了台灣歷史上空前的政治與經濟危機。加上到40年代末，隨著國民政府的遷台，上至軍政機構的達官貴人，下至淪落風塵的煙花女子，大約200萬人從大陸流落到台灣，對於本來就處於各種危機之中的台灣而言，不啻更是一場嚴重的大災難。由於整個社會政治、經濟環境的惡化，為了生存，大多數原來在創作上卓有成就的男作家，不得不手執教鞭，或是從事經商、當公務員等謀一份養家糊口的差事，創作數量驟減；而一些為人妻、母，生活條件相對而言稍稍安定一點的女作家，便在這台灣文壇青黃不接之時開始了辛勤的播種和耕耘。

這是歷史提供的機遇。這樣一種機遇並不是每個歷史時期、每個想成為作家的人都能遇到。對於台灣女性文學的整體而言，這種機遇，除了50年代和80～90年代，在整個20世紀似乎都是可遇而不可求的。

筆者認為，台灣女性文學發軔期的成績及其對當代台灣文學史的貢獻，主要表現在以下兩個方面：

一是以「鄉愁散文」為特色的「懷鄉文學」的開拓與建樹，張秀亞、琦君等人的作品堪稱代表。

二是以描寫女性的婚姻、愛情和家庭悲劇為主體的婚戀小說的濫觴與影響，林海音、孟瑤、郭良蕙等人的作品可作典型。

這兩個方面整合起來，恰好涵蓋台灣女性文學發軔期及其以後的兩大基本主題。

第二節　綿綿鄉愁：懷鄉文學的濫觴與憂傷

毫無疑問，上世紀50年代成名的那一群女作家，如林海音、孟瑤、張秀亞、琦君、鍾梅音、徐鍾佩、郭良蕙、潘人木、繁露、徐薏藍、華嚴等等，加上20～30年代已蜚聲文壇的蘇雪林、謝冰瑩、沉櫻等人，幾乎清一色皆是40年代末赴台的「外省人」，她們的「根」本不在台灣，而在大陸的故鄉（唯一的例外是林海音，她的原籍是台灣苗栗，但她出生於日本，並在北京長大、讀書、就業、結婚、生子，整整住了25年才返台，因而她也早已在心目中將北京視為她的實際故鄉了）。與70年代以後成名的台灣女作家相比，她們這一代人，承擔了過於沉重的時代和戰爭的苦難。她們幾乎都生於中國近代史上戰亂最為頻繁的歲月，經歷過逃難、別離和遷徙的痛苦，甚至有過流離失所、飄泊無著的生活磨

難。然而，時代的苦難、生活的磨難，並未使她們對美好事物、童年印象的心靈觸鬚變得遲鈍，相反變得格外敏感，因此，當她們在台灣海峽的那一端拿起筆來，以女性特有的細膩而又豐富的心靈感受，以往日大陸的生活經歷作為主要素材，癡癡地抒發對大陸故鄉、親朋故舊的懷戀之情，從而成為台灣文壇上最早描寫鄉愁離情的作家群體，便是十分自然的事了。

誰知這一來，竟然開了日後40年綿延不絕的「鄉愁文學」之先河，恐怕是50年代的台灣女作家所始料未及的。當初她們拋離大陸故土，飄過台灣海峽，流落到捉襟見肘的台灣島上，她們首先體味到的便是「家鄉」的親切可貴，因為50年代嘈雜擁擠甚至不無醜陋的台灣，並不是她們心目中的真正「家園」，於是，她們翻開記憶的珍藏，細細尋覓那昔日大陸的美麗故鄉和金色童年的種種印象，並將其一一描繪出來，記錄下來。故土的山景物貌、民風舊俗；家鄉的星月風光、花鳥蟲魚；親人師友的悲歡離合、音容笑貌；童年時代的夢想憧憬、嬌嗔憨傻……總之，正是這「剪不斷理還亂」的萬般情懷，使台灣女作家的「鄉愁散文」從一開始就呈現了與當時充斥文壇的「反共八股」所截然不同的藝術境界。在她們的筆下，月是故鄉明，思如長流水；往昔猶如夢，故鄉宛似歌。雖然，這夢往往並不圓滿，歌中亦充滿憂傷，但台灣女作家執著地以細緻而深情的女性筆致，娓娓地抒發著對昔日家園難以割捨的眷戀之情，委婉地表達著對親善、友愛的美好人性的嚮往與追求。在這方面，較早表現這一思舊懷鄉主題的張秀亞、琦君等人的「鄉愁散文」，堪稱代表之作。

平心而論，上世紀50年代涉獵「懷鄉文學」的台灣女作家大有人在，但像50年代初即以散文集《三色堇》出名、而後又出版了十多部散文集的張秀亞這樣以大部份篇幅抒寫對大陸昔日生活之回憶的人卻並不多見。在她的筆下，家鄉的花叫「地丁花」（《油燈碗與花》）；家鄉的草叫「尋夢草」（《星的故事》）；家鄉的月是「杏黃月」（《杏黃月》）；家鄉的雨是「六月雨」（《你去問雨吧》），真可謂一花一草，撩人情思；點點滴滴，情意綿綿。作為「鄉愁散文」的始作俑者之一，張秀亞的散文濡紙蘸墨抒寫鄉戀鄉情，而落筆之處卻彌漫著一股揮之不去的寂寞無憑的愁緒。如《星的故事》中寫一對情侶在長安街灑淚離別的情景，可謂台灣女作家「鄉愁散文」的寂寞無憑的典型氛圍。尤其是將「滴雨的梧桐」比作「正在點點滴滴的流著澀苦的清淚」，更令

人聯想起女詞人李清照「梧桐更兼細雨，到黃昏、點點滴滴」的寫愁名句，這不能不說是屬於女性獨具的細膩感受與情緒的外現。「男兒有淚不輕彈」，男人似乎極少會把下雨與流淚連綴在一起，更難以將不見星星的雨夜想像為「星星跌落下來，化成離別前夕的眼淚」。這也正是台灣女作家的「鄉愁散文』」至今讀來仍能撩人情思、讓人動情之原因。

另一位較早以「鄉愁散文」出名的女作家琦君，其散文亦多取材於親人師友、故鄉童年，因而思舊回憶之作是她寫得最多也最出色的，這些題材許多人寫過，但琦君寫來卻與眾不同。琦君為文從不呼天搶地或極盡鋪陳誇飾之能事，而「永遠帶著一種輕輕的悲天憫人的態度，一派溫情脈脈的筆墨去描述那漸行漸遠的場景」[4]。於是，琦君的散文常常呈現出一個與紛紛擾擾的現實世界有所隔絕的澄淨天地，例如，對於人們抱怨、憎厭的久雨天氣，她也會別出心裁地發現它的妙處，她竟說，「下雨天，真好！」她告訴讀者：

> 「我從來沒有抱怨過雨天，雨下了十天、半月，甚至一個月，屋子裏掛滿萬國旗似的濕衣服，牆壁地板都冒著濕氣，我也不抱怨。……為什麼，我說不明白，好像雨總是把我帶到另一個處所，離這紛紛擾擾的世界很遠很遠。在那兒，我又可以重享歡樂的童年，會到了親人和朋友，游遍了魂牽夢縈的好地方。悠游，自在。那些有趣的好時光啊，我要用雨珠的鏈子把它串起來，繞在手腕上。」[5]

無疑，這些最早在台灣文壇上抒寫「懷鄉文學」的台灣女作家，在當時既聲嘶力竭又空洞無物的「戰鬥文藝」的隙縫裏，在既混亂緊張又荒涼困窘的現實中，以山水之美、親友之愛、鄉戀之情、童真之筆，為台灣數以百萬計的思鄉病（home sick）者，懸掛了一道隔離現實、重溫舊夢的帷幕，把他們「帶到另一個處所，離這紛紛擾擾的世界很遠很遠」，從而既迴避了赤裸裸的政治介入，又保持了文學本身的優美動人之特性，這也正是「鄉愁散文」能在台灣文壇上綿延不絕、至今讀來仍藝術魅力不減的原因所在。

---

[4] 徐學：《以愛心洞照憂患人生——淺談琦君散文》，載《台港文學選刊》1988年第4期。

[5] 琦君：《下雨天，其好》，載《台港文學選刊》1988年第4期。

其實，懷鄉也好，思舊也罷，除了「鄉愁情結」外，也或多或少表現了台灣女作家對現實中真、善、美的人性匱乏的某種不滿與反感，甚至是微弱而隱秘的抗議。但由於作者常常是以回憶往事而非客觀寫實的方式來敘事抒情，因而與現實之間便有了某種距離感。這種距離感，一方面可以營造出某種含蓄蘊藉的古典式的朦朧美感；另一方面，也常使作者有意無意地「過濾」掉現實中某些假、醜、惡的東西，而又保留了某種借題發揮的自由度。例如張秀亞的散文名篇《遺珠》，寫的是作者當年在北京某女子高等學府內親手捉賊的一件逸事。本來，竊賊當然是人人痛恨的對象，尤其當作者親眼目睹這位女賊從「那黑皮包裏拿出我這月僅餘的五十元」，便本能地「一下便捏住那只手，那只手正捏著的是我那五十元的一張票子！」然而，這樣一個驚心動魄、人贓俱獲的極富戲劇性的情景，卻以作者輕描淡寫之下「化干戈為玉珠」而收場。最後，「我」不僅「握住一雙賊的『友誼』的手」，還恐怕「別人難為」她而把女賊一路送出校園，並且在這件事過去許多年之後作者還這樣借題發揮：

> 「儘管我們的身世不同，但在造物的眼中，我們的靈魂，同是晶瑩的兩顆珍珠，只是我被幸運湊巧安置於玉盤之內，益形光澤，而她被厄運的大手，投擲於幽潭，沾染泥垢。盤中的珠顆，又有什麼理由來蔑視、來輕賤幽潭深處那顆珠呢？……[6]」

在這裏，賊與人之間的溝壑已完全填平與消彌，剩下的只是人與人之間的寬恕與諒解。筆者無意於對此作出道德評價和是非判斷，而只想強調的是：這個發生在作者母校的過去的往事，若干年後作者在台灣把它寫出來並加上了一段冗長的議論，多少表現了作者對現實生活中劍拔弩張、與人為敵的人際關係的厭惡與嫌棄，以及對真誠、善良、寬容、慈悲的人性的呼喚與企盼。而這種呼喚與企盼是以充分女性化的方式表達出來的，並形成了台灣女性文學的傳統之一。我們後來在張曉風、三毛、席慕蓉等散文名家的作品中，都明顯地看到了這種對真、善、美的人性的呼喚。

---

[6] 張秀亞：《遺珠》，載《台港文學選刊》1988年第2期。

第三節　女性悲劇：婚姻戀愛的視角與命題

如果說，以抒發思舊懷鄉的情愫和意緒為主的「懷鄉文學」，作為50年代台灣特定的社會、政治背景的產物，雖是台灣女作家最早涉及的題材與主題，然而，終究並非女性作家的專利產品，梁實秋、司馬中原、朱西寧、段彩華等50年代台灣知名男性作家，也先後創作了不少「懷鄉文學」的佳作，以其深厚而沉重的筆致，「凝固成為具象化的鄉愁」[7]。而後，思舊懷鄉，作為當代台灣文學的一個重要文學母題而綿延不絕。不過，當50年代初期孟瑤的《心園》（1952）、郭良蕙的《銀夢》（1953）以及緊隨其後的徐薏藍的《綠園夢痕》（1958）、《辰星》（1959）、華嚴的《智慧的燈》（1961）等愛情小說的發表，加上林海音的長篇小說《曉雲》（1959）和短篇系列小說《城南舊事》（1960）、《婚姻的故事》（1963）等作品的出版，無疑為當代台灣文學提供了一種以描寫婚姻愛情出發來反映、觀照女性外在與自身雙重悲劇的新的視角和主題。這些以著重描寫男女戀情、婚姻成敗的經歷、兩性關係的際遇為主要內容的愛情小說，更是為後來以瓊瑤為代表的言情小說在台灣的發展提供了最初的樣式與範例。

描寫男女愛情與婚姻關係，早已是古今中外文學中司空見慣的重要主題之一：羅米歐與茱麗葉的愛情悲劇，焦仲卿與劉蘭芝的婚姻悲劇，日本的《生死戀》，美國的《愛情的故事》，至今讀來、觀後仍令人感動。然而，上世紀50年代至60年代初，台灣整個社會都處於政治、經濟、軍事、文化諸方面的重重困擾之中。一方面，是壁壘森嚴、如臨大敵般的軍事統轄與管制，迫使人們遠離現實與政治；而另一方面，倍受戰爭離亂而歸期遙不可及的民眾心理，卻格外需要感情的慰藉與補償。無論是蓬頭垢面的灰姑娘，還是冰清玉潔的白雪公主，她們共同的願望與理想，都在於遇上一位英俊瀟灑、可寄託終身的白馬王子。這樣一種「愛情童話」的模式雖不無膚淺，尤其是60年代後在以瓊瑤為代表的台灣言情小說中不斷改頭換面地重複出現，並受到眾多讀者的青睞，不能不是這種既不觸及現實政治，又能使不完美的人生有所感情寄託的社會心理的反映，這也正是以描寫男女愛情為主的言情小說，在台灣經久不

---

[7]　齊邦媛：《司馬中原筆下震撼山野的哀痛》，轉引自《現代台灣文學史》，遼寧大學出版社，1987年12月版，第269頁。

衰的重要原因之一。除此之外，50年代以後傳統的婚姻愛情觀念不斷受到歐風美雨的衝擊，因而也給婚姻愛情這一古老的文學主題，注入了新的內容和多重色彩。在這方面，應該說，台灣的女作家，從50年代的林海音、孟瑤、郭良蕙、徐薏藍、華嚴等，到60年代的瓊瑤，再到70～80年代的廖輝英、楊小雲、玄小佛、蘇偉貞、李昂、蕭颯等人，這些多產、暢銷的小說作者，無不發揮了自身的優勢。然而，從反映女性在男歡女愛的兩性關係中的地位和結局來看，50年代的台灣女作家顯然比較注重女性在兩性關係中的被動性與悲劇性的描述和揭示。以孟瑤的《心園》和郭良蕙的《春盡》等小說為例。

孟瑤的《心園》，表面看來，似乎是一個較複雜的多角愛情故事，其主要情節和人物關係的設置，都令人想起20年代女作家白薇的一齣名劇《打出幽靈塔》，但《心園》卻沒有《打出幽靈塔》一劇中打倒土豪劣紳的強烈的政治意識與時代背景。台灣女作家的愛情小說從一開始就極少讓其男女主人公與紛紛攘攘的紅塵發生瓜葛，而大都將其置於與喧囂和動盪的現實相隔絕的山野田園之中。《心園》即是個典型例子，作者不僅將其男主人公命名為「田耕野」，並將其寓所置於「南山」下（這多少使人聯想起陶淵明「悠然見南山」的名句），而且讓她筆下的女主人公在優美寧靜、依山傍湖的大自然的懷抱中，恢復或是宣洩愛的本能。

與一般多角戀愛的庸俗故事不同的是，《心園》中雖也寫了一男三女的感情糾葛，但其著眼點卻始終在於男女在愛情天平上的不平等。如女主人公之一的胡日涓。這是一位面貌醜而心靈美的女性，童年時因出天花而損毀了容貌，並且左眼失明。但她在父母的關愛、鼓勵下終於成為一個很有成就的特別護士。父母去世後，她來到南山的中學校長田耕野家，專門護理久病的田太太。田太太去世後，她對田耕野產生了難以遏制的愛慕之情。她覺得，自己也是一個不折不扣的女人。可是男主人公始終只是把她當作一名有經驗的特別護士，他壓根兒也不會像《簡愛》中的羅切斯特愛上家庭教師簡愛那樣去愛這位面醜心善的女人。因而她只能強抑心中的愛情之花。她的最後結局，只不過成為撫養田家骨肉的保姆而已。女主人公之二的丁亞玫，原是田家的養女，在田耕野夫婦的寵愛與湖光山色的陶冶下長大。她深深地愛著自己的養父，為了強迫自己斬斷情絲，也為了終身不離開田家，她違心地嫁給了養父的胞弟，但很快婚姻面臨危機。雖然孩子的降生給她帶來片刻的歡愉，但她

始終無法排遣「戀父」情結，並對養父續娶的一位英文女教師耿耿於懷，妯娌間常起衝突，終於導致田耕野夫婦離婚。而她又因此感到愧疚，竟在深夜吞食大量安眠藥而自殺。

從這部小說可以看出：50年代初的台灣愛情小說並無後來以瓊瑤為代表的言情小說「有情人終成眷屬」的大團圓俗套，而多為傷感、淒美的男女愛情悲劇。這種愛情悲劇表明：在男女婚戀及其兩性關係中，主動權與決定權都不在女性手裏，而掌握在男子手中。儘管在小說中，男主人公被賦予「田耕野」這樣一個富有詩意的名字，但這位被描述為「像春天的陽光，使接觸到的人感到無言的舒適與溫暖」的男性，與無法戀愛的胡日涓和所嫁非人的丁亞玫的痛苦恰好形成了一種反諷的意味，這兩位女性的愛情悲劇從一開始就被註定了：她們根本不該去愛那個她們不該愛的男人！因為在這個世界上，男人與女人從來就不是平等的。從根本上來說，這其實是女人的愛的天性和本能受到壓抑與束縛的悲劇，而不是一般意義上的男歡女愛。正因為這樣，50年代台灣愛情小說中，大都以女主人公的自殺而結束，如孟瑤《屋頂下》中的瑩瑩，如郭良蕙《春盡》中的沈白英等等，都可看作是女主人公對追求真正愛情的一種悲壯的獻祭和犧牲，以及對女性自身的本體價值和理想主義的困惑和盲目。

對婚姻戀愛中的女性悲劇的關注，以及對理想的愛情與人性的呼喚，在稍後些時出現的林海音的長篇小說《曉雲》（1959）和短篇小說集《城南舊事》（1960）、《婚姻的故事》（1963）中，得到了更為系統、有力的描述。這幾部作品，前者寫的是50年代大陸去台的「新潮」女性的一樁「畸戀」悲劇；後者則講述了一個個發生在清末民初至當今的形形色色的女子的婚姻悲劇。林海音的小說，幾乎全都以歷史的或現實的婚姻愛情悲劇作為題材，她的作品整合起來，恰恰構成了20世紀中國女子半個多世紀以來的一部婚戀悲劇史。尤其是她所描述的那一個個令人顫慄的「生為女人的悲劇」，更是在台灣女性文學的原野上，樹起了第一塊里程碑。

林海音的短篇系列《城南舊事》，常常被歸入「懷鄉文學」的典型之作，或是被當作「自傳性」的兒童文學作品，其實這都是誤解。表面看來，《城南舊事》是根據作者的自身經歷與感受，以童年在北京的生活為素材而創作的「懷鄉」之作。然而，即便是在這樣一部籠罩著濃濃鄉愁與鄉戀的作品中，令人觸目驚心的仍然是對20～30年代生活於大

小胡同內的中下層女子不幸遭遇與命運悲劇的揭示，今天讀來仍使人心顫。如《惠安館傳奇》中的秀貞，這個追求自由戀愛和人生幸福的活潑潑的姑娘，不僅與青年學生思康的美好姻緣被活活拆散，呱呱墜地的親生骨肉被活活丟棄，還被世人視為瘋子，在旁人的白眼與鄙視中度日。對人性的摧殘與扼殺，還有比這更殘酷的麼？正如小英子所說：「我只覺得秀貞那麼可愛，那麼可憐，她只是要找她的思康跟妞兒——不，跟小桂子」。這種出於女性和母性本能的天倫之愛，都不能見容於周圍的人們，包括她的父母，毫無憐憫地將剛落地的親外孫女丟棄在城牆根底下的不是別人，恰恰正是秀貞的母親！然而，這位為維護女兒的「貞潔」而狠心丟棄親外孫女的母親，不僅造成女兒因骨肉分離而精神失常，而且最終導致失去理智的女兒連夜帶著剛剛相認的孩子去尋找丈夫，而被火車雙雙軋死的慘禍，落得老來骨肉皆亡的悲劇下場！這篇可稱為「女性命運」小說的深刻之處，正在於它突破了當時台灣一般愛情小說的濫情模式，而透過秀貞一家三代女人的遭遇將人們引向對女性悲劇的根源的思考，揭示了女人不僅是不幸命運的承擔者，而且也是血緣悲劇的製造者這樣一個深刻命題。這在此之前甚至以後較長一段時間內的台灣女性文學作品中都是罕見的。直到80年代廖輝英的《盲點》的出現，才又隱含了「對紅塵中一切受苦的男男女女、老老少少」的「悲憫」[8]的命題。

正是這種基於人道主義的「悲憫」精神，使得《城南舊事》中出現的女性人物，幾乎無一是親情的幸運者，如《驢打滾兒》中的女傭宋媽的悲劇，不僅在於她終於知道了失去親生兒女的真相，更在於面對那個嗜賭如命、連親骨肉都賣的丈夫「黃板兒牙」即恨之入骨又別無選擇。這位勤勞能幹、善良可親的老媽子，最後還是坐在毛驢上，跟著「黃板兒牙」回家去了。正是在這裏，作者通過宋媽從「出來」到「回去」，無法改變自己命運的遭遇，揭示了傳統婦女只能扮演妻、母角色的永恆悲劇命運。

與秀貞、宋媽的悲劇性結局相比，那位曾操賤業、倍受損害的蘭姨娘，其結局卻頗具喜劇色彩：經聰慧機靈的小英子牽線搭橋，她竟與從事革命活動的北大學生德成叔一見鍾情，雙雙攜手同去。蘭姨娘的喜劇性結局，在《城南舊事》系列小說中，猶如在一出悲劇交響曲中，突然

8　廖輝英：《我為什麼寫〈盲點〉》，見《盲點》，北方文藝出版社，1987年7月版。

跳出的一串略帶頑皮的浪漫音符。然而，細細思量卻不難發現：蘭姨娘的「喜」恰恰正是為了襯托英子母親的「悲」。從表面看來，英子有一個溫飽不愁、和睦溫馨的幸福家庭：父親是知書達理的知識份子，他正直豪爽、樂善好施，同情革命者，痛恨侵略軍，在學生和兒女面前，他不失為一個好教授、好父親。然而，對於英子的母親而言，他卻絕不是一個忠實的好丈夫，在他面前，英子的母親只不過是一架供他傳宗接代的機器而已。她除了不斷挺著大肚子為他生兒育女之外，還不得不忍受丈夫與嬌滴滴的蘭姨娘眉來眼去的調情，小說雖未明寫她的婚姻悲劇，但對於這位賢妻良母的同情卻是顯而易見的。對於這位除了生兒育女之外別無一技之長的家庭主婦而言，婚姻只是給了她一張繁殖兒女的許可證，並沒有成為丈夫對她忠實的保證書。假如丈夫拈花惹草，她是無能為力的。因為，她缺乏謀生的本領和經濟的來源。她和宋媽同樣別無選擇。

可見，即便是在以舊北京特有的風土人情與淳厚「京味」著稱的《城南舊事》中，林海音所著力反映的也是舊時代婦女的不幸命運、痛苦遭遇與屈辱地位。與50年代其他一些台灣女作家所描寫的中國女性（尤其是知識女性）的不幸際遇不同（如潘人木的《蓮漪表妹》、《馬蘭自傳》等），她常常並非將其人物置於社會大動亂的時代背景下，以人物命運來反襯時代災難或社會禍因，而是執著地將筆觸伸入一個個家庭閨閣，從反映少奶奶、姨太太們的不幸婚姻和畸型的兩性關係入手，以此來展現上一代中國婦女的性格弱點和命運悲劇，以及長期處於這種妻妾成群的環境中被扭曲的個性和異化的人性。這在她60年代初出版的短篇小說集《婚姻的故事》中顯得格外集中而引人注目。在這部小說集中，對於封建的制度、禮教、習俗和家庭，以及對於封建時代天經地義的「一夫多妻」制的腐朽與罪惡，作者都有所揭露。《殉》寫的是一個發生在「講認命的時代」的一位終身守活寡的女子的婚姻悲劇。少女朱淑芸（方大奶奶）被父親許配方家長子家麒，由於未婚夫患有嚴重的肺疾而受命「沖喜」完婚。過門僅一月，新郎就死了。從此，這個正值豆蔻年華的少女，便開始了漫漫長夜無盡期的寡居生活。作者以極其細膩、精緻的筆觸，刻畫出了這位方大奶奶度日如年、生不如死的痛苦心態：

> 日子漸漸要靠打發來捱度了；白天，她還可以磨磨蹭蹭守在婆婆
> 身邊一整天。……她最怕晚飯後的掌燈時光，點上煤油燈，火光
> 撲撲撲的跳動著亮起來，立刻把她的影子投在帳子上，一回頭總

嚇她一跳，她不喜歡自己的大黑影子跟著她滿屋子轉，把燈端到大榆櫃旁邊的矮茶几上去，那影子才消滅了[9]。

試想，一位寡婦，唯一能相伴的只有孤燈、孤影，可是方大奶奶卻連這些也害怕，「她雖然沒有以死相殉，但是這樣生活著，也和死殉差不多吧」。

是的，在封建時代，女人始終只不過是男人的附屬物，乃至殉葬品，她們根本沒有擇偶的自由和權利，也毫無獨立的人格與地位，明媒正娶的方大奶奶的遭遇如此，那些使女收房的姨太太的命運，也就更可悲可嘆了。《金鯉魚的百褶裙》寫的是一位由使女而收房的小妾，她為許家生下唯一的兒子卻至死得不到應有的名份和尊重。她生前唯一的奢望，只不過是想在親生兒子的婚禮上，穿一穿「與老奶奶、少奶奶、姑奶奶所穿的一樣」的大紅百褶裙（象徵著女人的身份）而已，卻至死都未能如願，而阻擋她這一願望實現的，恰恰正是那個當初親手將她送給老爺做妾的許大太太！然而，許大太太也並非兇神惡煞的母夜叉，她其實也是個受害者，只因生了五個女兒而未得兒子，就面臨著「老太太要給丈夫娶姨太太」的威脅，雖略施小技將貼身使女金鯉魚做了老爺的小妾而解除了外來的侵犯，卻從此讓老爺「歸了金鯉魚」，自己只剩下一個許大太太的空名而已。在這裏，我們又看到了女人不僅是不幸命運的承擔者，而且還是命運悲劇的製造者的深刻命題。

封建家庭內天經地義的「一夫多妻」制，不僅使生了五個女兒的許大太太忙不迭地親自為丈夫挑選小妾奉送，而且還造成了打入「冷宮」的大奶奶既戕害自己又折磨別人的變態心理。被台灣著名評論家葉石濤先生稱為「題材可怕」而「技巧完美」的《燭》，寫的是一位大戶人家的大奶奶，雖生了4個兒子，但才30歲丈夫就納了妾。她表面上裝得雍容大度，內心卻日夜忍受著被遺棄的痛苦和對小妾的怨恨的煎熬。於是，她就躺在床上裝病，並不時發出哀嚎，想以此來懲罰丈夫和小妾。誰知她長期臥床造成大小腿肌肉萎縮，由裝癱變成了真癱。在描述這類封建家庭內妻妾成群的內幕時，林海音基本上不去展示她們之間的勾心鬥角、爭寵吃醋，而是全力刻畫她們那種無可奈何而又自作自受的悲劇命運。《燭》通過這位可笑、可悲復可憐的大奶奶的悲劇一生，揭示了妻

9　林海音：《殉》，見《林海音作品精編》，廣西灕江出版社，2004年版，第282頁。

妾成群制度對於婦女肉體與心理的雙重戕害。

除了描寫上一代中國婦女的不幸命運及其婚姻悲劇外，林海音也從女性生理與心理兩方面觸及了同時代婦女的非正常的婚外戀情。如《婚姻的故事》中的少婦芳，因姐姐去世而成為姐夫的續弦。表面上看，她的婚姻、家庭都很美滿：婆婆疼愛，丈夫厚待，兒女齊全。然而，她卻因文弱的丈夫缺乏生活情趣而與同事沈先生「偷情」，招致議論紛紛。丈夫病歿後，她料理完喪事，並未如釋重負，公開投向沈先生的懷抱，反而與之斬斷了情絲。作者對此作了這樣的分析：「她是個年青的女子，也需要異性的愛撫。她的丈夫給她的，只是寬恕和諒解，這樣反而更引起了她的反感、嫌惡和叛逆的心情」。丈夫死了，反抗對象消失了，她的「偷情」也結束了。因此，芳與沈先生之間的婚外戀情，從某種程度上來說，正是她對自己丈夫的一種挑戰，也是對這種缺乏愛情基礎的婚姻關係的反抗。

對於孱弱無力的丈夫的鄙視，在《藍色畫像》中成了對性無能的丈夫的莫大嘲弄。豐腴而成熟的麗清，嫁了個「小腿上細細落落的汗毛，那軟弱無力的小腿肚子」都使她憎厭的丈夫。結婚數年，膝下猶虛，「當然，根據自有人類文明以來的傳統習慣是該派女人承擔下這不育的責任」，但麗清的檢查結果一切正常，丈夫得知醫生叫他去作檢查後卻「堅決，強橫，而不屑地」一口否決：「我沒病！」連麗清也看出來，要丈夫去檢查「是如何傷害了男人的優越感」。直到他懷抱著妻子與另一個男人所生的女兒，還耿耿於懷地認為當初醫生要他去檢查「那簡直是侮辱」[10]。明明是丈夫性無能而諱醫忌藥，卻要處處顯示「男人的優越感」；而麗清呢，明明懷著另一個男人的骨肉，卻又不得不跟令她厭惡的丈夫廝守相處，這裏便預埋著多年以後《殺夫》（李昂著）的兩性戰爭的導火索，也提出了《貞節牌坊》（呂秀蓮著）究竟為誰而樹的大問號。從50年代的林海音到80年代的李昂、呂秀蓮，台灣女性文學的主題既有很大區別，又是一脈相承的。

作為台灣女性文學發軔期的重要作家，林海音以及孟瑤、郭良蕙等人所塑造的不幸的女性群像，已成為台灣女性文學畫廊中不可或缺的珍稀標本。

---

[10] 林海音：《藍色畫像》，見《台灣作家小說選集‧二》，中國社會科學出版社，1982年5月版。

第十四章　台灣女性文學的奇異與詭異

　　自上世紀50年代在「懷鄉文學」麾下集合起眾多女性作家踏上台灣文壇以來，60年代出現了聶華苓、於梨華、陳若曦、歐陽子、施叔青等「現代派」女作家；而60～70年代的瓊瑤、三毛，80年代的席慕蓉等台灣女作家，不僅以其創作才華吸引了千百萬讀者的視線，而且擁有遍及海峽兩岸數不清的「瓊瑤迷」、「三毛迷」、「席慕蓉迷」。至80年代，由於台灣社會結構發生急劇轉變，女性受教育人數及就業面迅速增大，經濟上的獨立和受教育程度的提升，帶來了台灣女性思想上的解放和自由，台灣又一次出現了女作家蜂擁而出的文壇勝景，尤其是「新世代」作家中的女性作者更是人數眾多，才華橫溢，如廖輝英、蕭颯、蕭麗紅、袁瓊瓊、李昂、蘇偉貞、朱天文、朱天心、朱秀娟、夏宇、龍應台、簡媜等等，其文學創造力和藝術才情得到了突出而又充分的展現。她們張揚起「新女性主義」的旗幟，在80年代的台灣女性創作中以自立、自強、自尊的「女強人」形象，取代了昔日那種哭哭啼啼、逆來順受，聽任男人和命運宰割的弱女子形象，對以男性為中心的頑固的社會及其文化心理作出了大膽挑戰。從70年代末曾心儀的《彩鳳的心願》表達了社會底層女子「想要改變生活的環境」和爭取「過著好日子」的不懈努力；到80年代初袁瓊瓊獲《聯合報》小說獎的《自己的天空》中賢妻良母靜敏在丈夫變心、提出分居之後由一個軟弱無助的棄婦成為「自主、有把握的女人」；1983年李昂的《殺夫》，不僅向傳統的「夫權」舉起了反抗的武器，而且為「沉淪在滅亡邊緣的姐妹們提供了一條思索解放的道路」。此後，像廖輝英的《不歸路》、《紅塵劫》、《盲點》等探討女性獨立自強之路的小說，蘇偉貞的《世間女子》、《紅顏已老》、《有緣千里》、《陪他一段》等探討社會變遷中的女性角色問題的作品，以及朱秀娟的《女強人》、龍應台的《野火集》等，都使「新女性主義」文學在80年代的台灣文壇掀起了一陣陣「巾幗風」。

第一節　「故事」：閱讀的誤區
──三毛作品的文體及其讀者接受

　　20世紀50年代初至70年代末，幾乎是整整30年時間內，台灣文學──也用純粹地道的中文書寫的作品，是何等模樣，對於相隔一道海峽的大陸上的中國人來說，恐怕連想像一下都不太容易。然而，1979年以後，人們很快便認識了聶華苓、白先勇、於梨華、陳若曦、陳映真、黃春明……，再後來，是柏楊、瓊瑤、三毛、席慕蓉……但80年代以來在中國大陸讀者眼裏，最富於傳奇色彩和性格魅力的台灣女作家，無疑首推三毛。這一點，恐怕連作品出版的數量遠遠超過她的瓊瑤都望塵莫及。無論是她的來（返鄉探親），還是她的去（撒手歸真），都在大陸讀者中激起過較大的反響和震動。

　　然而，三毛的作品，以及那些曾令無數讀者如癡如醉的「三毛的故事」，卻存在著不少閱讀的誤區。有說她的「篇篇故事都是她人格追求的折光」[1]的；也有稱其「作品是她生活的真實紀錄」[2]的；有把她的作品當成「自傳體小說」[3]的；更有人認為應歸入「私小說」或「紀實性自我小說」[4]類；甚至還有人提出「可稱之為哲理小說」[5]的，真可謂眾說紛紜。讀者的閱讀理解如此懸殊，表明了三毛的作品具有多元性的接受傾向。不過，有幾個涉及到三毛作品的文學體裁類別的問題，筆者以為還是有必要斟酌一下的。首先，需要搞清楚的是──

一、三毛的作品：自傳乎？非小說類乎？

　　三毛生前出版過18部著作[6]。除了《談心》為「三毛信箱」，《三毛說書》「談得（的）是《水滸傳》中武松、潘金蓮、孫二娘的故事」，

---

[1]　劉凌：《中西文化融匯中的人格追求──三毛作品側面觀》，載《台港文學選刊》1991年第3期。

[2]　葉公覺：《三毛的魅力》，載《台港文學選刊》1991年第3期。

[3]　如《台港文學選刊》1984年第2期刊載《白手成家》時，即注明「自傳體中篇小說」。

[4]　黃曉玲、徐建新：《從虛構到紀實──三毛作品與私小說》，載《當代文藝探索》1987年第6期。

[5]　湯淑敏：《論陳若曦、瓊瑤、三毛與中國文化》，見《東南亞華文文學》論文集，Geothe-institut Singapore Singapore Sssociation of Writers，1989。

[6]　見《三毛的作品》，載《台港文學選刊》1991年第2期。

《滾滾紅塵》是她「第一個中文劇本」[7]外，要給其餘15部作品作文學體裁上的歸類，並不是一件很容易的事情，儘管她在世時，曾一再向人表白：

我的文章幾乎全是傳記文學式的，就是發表的東西一定不是假的[8]。
我的作品，只能算是自傳性的記錄。……我寫的其實只是一個女人的自傳，我自己在寫作時是相當的投入[9]。
我的作品，也是我生活和遭遇的紀錄與反映[10]。
我不寫小說，我寫的都是記錄性的，我只寫自己的故事[11]。
我覺得，我所寫的沙漠故事應該是屬非小說類[12]。

如此等等。看來三毛本人似乎已經非常肯定地把「自己的故事」歸入「自傳」類和「非小說類」，完全不用旁人再來多此一舉。況且，說自己的作品是作家本人的自傳也非自三毛始，早在20世紀五四時期，那位以暴露自我之大膽率真而著稱的郁達夫，就信奉並提倡過法國大文豪法朗士的一個著名的文藝觀點：「文學作品都是作家的自序傳」[13]。但這恐怕主要是就文學作品作為作家精神性創造勞動的產物，總不免帶有作家本人某些特定的思想傾向、主觀情感、創作個性和藝術風格等等印記而言的，郁達夫的作品並不等同於郁達夫的傳記。我們不難發現，三毛的作品不能算作嚴格意義上的「自傳」。她根本無意於象盧梭的《懺悔錄》那樣對於自己一生的是非功過乃至靈魂奧秘作出驚世駭俗的無情解剖和自我批判。《懺悔錄》開宗明義即向世界宣告：「這是世界上絕無僅有、也許不會再有的一幅完全依照本來面目和全部事實描繪出來的人像」，「我要把一個人的真實面目赤裸裸地揭露在世人面前。這個人就

7　見《三毛的作品》，載《台港文學選刊》1991年第2期。

8　三毛：《我的寫作生活》，見《夢裏花落知多少》集，中國友誼出版公司1984年版。

9　《熱帶的港夜——三毛對話錄》，見《三毛昨日、今日、明日》集，中國友誼出版公司1988年版。

10　《熱帶的港夜——三毛對話錄》，見《三毛昨日、今日、明日》集，中國友誼出版公司1988年版。

11　莫家汶：《脫軌的童話》，《三毛昨日、今日、明日》集，中國友誼出版公司1988年版。

12　《熱帶的港夜——三毛對話錄》，見《三毛昨日、今日、明日》集，中國友誼出版公司1988年版。

13　郁達夫：《寫完了〈蔦蘿集〉之後》，轉引自《郁達夫新論》，浙江文藝出版社1984年版，第325頁。

是我。」[14]據說，在《懺悔錄》的另一個稿本中，盧梭還曾經批判了以往一般人的自傳「總是要把自己喬裝打扮一番，名為自述，實為自贊，把自己寫成他所希望的那樣，而不是他實際上的那樣」[15]。

如果我們用盧梭的這一批評來觀照三毛的作品，很快就可覺察出三毛那些「自傳性的紀錄」中或隱或顯、或明或暗的自誇自飾傾向，如《搭車客》、《芳鄰》、《克裏斯》、《溫柔的夜》等篇，寫的都是「我」如何慷慨解囊、樂善好施、善解人意地對別人進行無私相助。越到後來，這種「名為自述，實為自贊」的毛病就越明顯，在《傾城》、《鬧學記》、《遺愛》諸篇中，無論是去德國的東柏林，還是去美國的西雅圖，或是回加納利群島，「我」簡直成了一位到處「遺愛」於人間的「特別的天使」！雖然我們相信三毛自己所說的「一定不是假的」，但一味炫耀「我」的無私也並不能使人相信這是一幅「完全依照本來面目和全部事實描繪出來的人像」。並且，三毛的作品，尤其是她以《撒哈拉的故事》一舉成名之後創作的作品，如加納利故事系列（如《溫柔的夜》、《巨人》等）和異國留學故事系列（如《傾城》、《鬧學記》等）中的人性場面，常常是經過了作者的過濾、提煉並有所取捨的，因而往往呈現在讀者面前的是過於純淨、溫馨、美好、友善的一面，而那些醜惡、奸詐、殘酷、令人髮指的一面則被隱匿起來或略去不提。這一點，三毛本人在世時也並不諱言：「我說過我寫作是對我自己負責，我的作品也是我生活和遭遇的紀錄與反映，不過，當我寫到一些鬼哭神號或並不能令人太愉快的場面時，我還是會省略掉或用剪接的方法把它略過不提」[16]。甚至她本人也並不否認，「很多朋友說，你跟我們說的沙漠和你寫的沙漠不一樣」[17]；「我在書裏都儘量不去寫我們那種有時的確是喘不過氣來的經濟壓力」[18]。

可見，三毛的「故事」與三毛的自傳實在有著很大的差別和距離。正如有人所分析的那樣，「來自撒哈拉的故事所以吸引人，看來最主要

---

[14] 盧梭：《懺悔錄》（第一部），黎星譯，人民文學出版社，1980年版，第1頁。

[15] 柳鳴九：《〈懺悔錄〉譯本序》，人民文學出版社，1980年版，第13頁。

[16] 《熱帶的港夜——三毛對話錄》，見《三毛昨日、今日、明日》集，中國友誼出版公司1988年版。

[17] 三毛：《我的寫作生活》，見《夢裏花落知多少》集，中國友誼出版公司1984年版。

[18] 《熱帶的港夜——三毛對話錄》，見《三毛昨日、今日、明日》集，中國友誼出版公司1988年版。

還是作者近乎傳奇的經歷以及她對大沙漠的真摯、深切的愛」[19]。三毛的作品不能當作嚴格意義上的「自傳」或「傳記文學」來讀應是肯定的了。至於她筆下的諸多「故事」是否都屬於「非小說類」，則需要作進一步的分析。

三毛本人有時也會告訴別人，她「寫小說、寫散文和寫歌詞」，而它們「是不一樣的」[20]。就在她說「我所寫的沙漠故事應該是屬於非小說類」的同時，她也曾談及《哭泣的駱駝》的構思：

> 如像報導文學那樣寫的話，沒有一個主角，這件事情就沒有一個穿針引線的人物，於是我就把一個特別的事情拿出來，就是當時遊擊隊的領袖名叫巴西裏的，他是我的好朋友，他太太沙伊達是一個醫院的護士，拿他們兩個人的一場生死，做為整個小說的架構[21]。

如此說來，《哭泣的駱駝》當然不在「非小說類」之列了。並且正是作者本人還在上文中稱之為「中篇」（同時被稱作「中篇」的，三毛還提及《五月花》），那麼，讀者將三毛的作品當作小說來閱讀，似乎也無可非議。

二、三毛的文體：小說乎？「私小說」乎？

在確定了三毛的「故事」並不完全屬於「非小說類」之後，閱讀的誤區實際上並沒有全然消失。相反，當我們根據已知的文學理論來進一步研究三毛的作品時，竟會感到無所適從。例如，關於「小說」的定義。在英國著名小說家佛斯特那本被西方譽為「20世紀分析小說藝術的經典之作」的《小說面面觀》中，作者曾援引法國批評家謝活利給英國小說下的定義：「小說是用散文寫成的某種長度的虛構故事」，並對此作了進一步闡釋：「任何超過五萬字的散文虛構作品，在我這個演講中，即被稱為小說」[22]。如果以此來衡量三毛的「故事」，不免會令人大失所望：

[19] 貝絲：《關於三毛》，載《台港文學選刊》1987年第2期。

[20] 三毛、凌晨：《三毛的故事》，載《台港文學選刊》1987年第2期。

[21] 《熱帶的港夜——三毛對話錄》，見《三毛昨日、今日、明日》集，中國友誼出版公司1988年版。

[22] 佛斯特：《小說面面觀》，花城出版社，1981年版，第3頁。

第一，三毛的作品幾乎沒有一篇超過五萬字，最長的，即被她稱之為「中篇」的《哭泣的駱駝》和《五月花》，分別為2萬多和4萬多字。

　　第二，三毛的「故事」絕大多數不是「虛構」的產品，至少她作品中出現的人物和事件，大抵實有其人，或者事出有據，並非作者任意憑空編造，這一點，我們倒並不懷疑三毛的誠實，她不止一次地說過「不真實的事情，我寫不出來」[23]；「我比較喜歡寫真實的事物，因為那是活生生發生在我周遭的事，我寫起來會比較切身，比較把握得住，如果要我寫些假想的事物，自己就會覺得很假，很做作。」[24]甚至她還表示過自己「很羨慕一些會編故事的作家」，可「就我而言，迄今我的作品都是以事實為依據，所以，我並不自認為是職業作家」[25]。她還舉《哭泣的駱駝》為例，證實自己「確是和這些人共生死，同患難」，因而動筆時「不能很冷靜地把他們象玩偶般地在我筆下任意擺佈，我只能把自己完全投入其中，去把它記錄下來」[26]。如此說來，三毛的「故事」似乎與以「虛構」為其主要特徵的小說無緣了。

　　既非自傳，也非虛構，可是三毛的作品又很注重引人入勝的故事情節（她自己就講過，「真正感動人的作品，是在於其情節，而不是在於寫作技巧，因為一個故事本身的情節如果能感動人的話，那麼寫出來讀者一定會感動。」[27]）。一般來講，情節只存在於敘事型與戲劇類以描述人物和事件為主的作品中。三毛的「故事」中的情節可謂生動、新奇和有趣，但卻並不複雜曲折。作者通過各種情節所要訴諸讀者的，無非是一個女人（她或者叫三毛，或者叫Echo，更多的時候，她就叫──「我」）的喜怒哀樂以及惶惑、憂傷等種種情感體驗以及和她生命中的男人（他可以叫荷西，或者乾脆沒有名字，如《傾城》中那位東德軍官）之間那份刻骨銘心、一諾千金的半生情緣。不過，在《撒哈拉的故

---

[23]　三毛：《我的寫作生活》，見《夢裏花落知多少》集，中國友誼出版公司1984年版。

[24]　《熱帶的港夜──三毛對話錄》，見《三毛昨日、今日、明日》集，中國友誼出版公司1988年版。

[25]　《熱帶的港夜──三毛對話錄》，見《三毛昨日、今日、明日》集，中國友誼出版公司1988年版。

[26]　《熱帶的港夜──三毛對話錄》，見《三毛昨日、今日、明日》集，中國友誼出版公司1988年版。

[27]　《熱帶的港夜──三毛對話錄》，見《三毛昨日、今日、明日》集，中國友誼出版公司1988年版。

事》等多部作品中，它以特有的「三毛的故事」的形式被渲染著，被撒哈拉沙漠、加納利群島以及「萬水千山」的異國風土人情烘托著。由於三毛的作品大都以第一人稱「我」為其「故事」的女主人公，並且她又屢屢說自己「因為沒有寫第三者的技巧和心境；他人的事，沒有把握也沒有熱情去寫」[28]；「我是一個『我執』比較重的寫作者，要我不寫自己而去寫別人的話，沒有辦法」；她甚至這樣表白：「我嗎？我寫的就是我。」[29]或許正因為這個緣故，有人便將三毛的作品與日本的「私小說」劃上等號，認為「三毛的私小說，帶著強烈的自我真實及濃郁的文學色彩，自然就輕易贏得了大量讀者」[30]。

何謂「私小說」？「私小說」（又譯：自我小說）是日本大正時代產生的一種獨特的文體。日本近代的許多著名的文學家都寫過這種文體的作品。「私小說」有其一套理論體系。按照《現代日本文學史》的作者久米正雄的說法，「『我』就是一切藝術的基礎」，「只有那些真正能夠認識存在於自身的『我』而且又能把它如實地表現出來的人，才有資格暫時被稱為藝術家，才會給私小說的積累留下自己的功績。」[31]也就是說，作者要直截了當地表現自我、暴露自我；「私小說」的另一特徵，借用日本文學家島村抱月對被公認為日本「私小說」的開山作《棉被》的作者田山花袋的評語，即「不加掩飾地描寫美醜……把自覺的現代化性格的典型向大眾赤裸裸地展示出來，到了令人不敢正視的地步」[32]。這裏所指的「自覺的現代化性格」包含著為封建倫理道德、傳統觀念形態所不能容忍的人的自然天性、慾望、情感、意志和行為，因此，「私小說」的產生，首先是人的自然天性向虛偽禮教作出的反叛和對抗，也是對束縛人的情感、慾望和意志的傳統習俗的挑戰和蔑視，其社會和時代的意義已經超出了「私小說」本身。

其次，從美學角度來看，「私小說」強調「不加掩飾地描寫美醜」，並把人的某些生理本能，某些病態的畸型的心理現象（這正是

---

[28] 三毛：《永遠的夏娃開場白》，見《背影》集，湖南文藝出版社1987年版，第25頁。

[29] 《兩極對話──沈君山和三毛》，見《夢裏花落知多少》集，中國友誼出版公司1984年版。

[30] 黃曉玲、徐建新：《從虛構到紀實──三毛作品與私小說》，載《當代文藝探索》1987年第6期。

[31] 久米正雄：《文藝講座》，轉引自《郁達夫新論》，浙江文藝出版社1984年版，第224頁。

[32] 西鄉信綱：《日本文學史》，人民文學出版社1978年版，第284頁。

「私小說」最熱衷於描寫的，因此「私小說」又稱「心境小說」[33]），統統「向大眾赤裸裸地展示出來」，以致達到「令人不敢正視的地步」。在這一點上，恰恰正是三毛非常忌諱的，她在談及自己寫作過程中對一些「並不能令人太愉快的場面」之所以「全省略掉或用剪接的方法把它略過不提」的原因時說，「這樣做，就不是為了我自己，如果只是寫給自己看，那就什麼都可以寫出來，但我知道我所寫的東西會有很多人，尤其是年輕人在看，我不能讓他們也和我一樣痛苦，所以，往往在最悲哀的時候，或者是結束時，絕對不會以死亡作為結束，當然我不敢說這是我對社會有什麼使命感，而是由於考慮到對讀者可能產生的不良影響，這點我是有注意到的。」[34]如此看來，三毛的「故事」又怎能與「私小說」相提並論呢？

筆者認為問題是出在三毛筆下的那個「我」的身上。在三毛的作品中，差不多每一篇都有「我」的足跡，「我」的聲音，「我」的表演，「我」的傾訴，並且幾乎無一不是「關於我和朋友及周遭生活」的「真實的故事」，然而三毛筆下的「我」，雖然有時就叫三毛，或者叫做Echo，但並不等同於生活中那個原名叫「陳平」的人。她自己就說過，「當我在寫作時，我覺得面對的，是另外一個我」[35]。再舉一個例子，人們從三毛筆下看到的「我」，是一個快樂達觀，「跟每一個人都可以做朋友」的人，可是三毛卻對告訴她這話的朋友說：「我是一個很孤僻的人，有時候多接了電話，還會嫌煩嫌吵」；朋友又說，「你始終教人對生命抱著愛和希望」，然而三毛卻答曰：「我都一天到晚想跳樓呢！」[36]可見三毛筆下的「我」只是個美好的藝術形象而已，與生活中的「我」並不一樣。這裏其實涉及到文學的一個基本常識問題：即作品中的「我」是誰？德國著名的哲學大師黑格爾曾經說過一句十分精闢的話：「只有通過心靈而且由心靈的創造活動而產生出來，藝術作品才成其為藝術作品。」[37]這裏，黑格爾強調藝術作品是「只有通過心靈而且由心靈的創造

33　參見《中國大百科全書・外國文學》第2卷，中國大百科全書出版社1982年版，第924頁。

34　《熱帶的港夜──三毛對話錄》，見《三毛昨日、今日、明日》集，中國友誼出版公司1988年版。

35　《熱帶的港夜──三毛對話錄》，見《三毛昨日、今日、明日》集，中國友誼出版公司1988年版。

36　三毛：《我的寫作生活》，見《夢裏花落知多少》集，中國友誼出版公司1984年版。

37　黑格爾：《美學》，商務印書館1979年版，第49頁。

活動」的產物。在從事這一「心靈的創造活動」的過程中，作者筆下所創造出來的任何文學形象，即使是以「自我」作為創作的原型，畢竟都已經過了作者的過濾、沉澱、提煉和藝術加工，因而文學作品中的「我」早已不是作者的「本我」，這也正是所有文學體裁的作品（小說、散文、詩歌、戲劇）不同於私人日記、書信和自傳中的「我」的根本區別。

在三毛的筆下，尤其是在撒哈拉故事系列中，如《沙漠中的飯店》、《結婚記》、《荒山之夜》、《白手成家》等篇中，「我」常常扮演著這些帶有較強的表演性和戲劇效果的故事中的女主角。而在其他諸篇中，如《娃娃新娘》、《愛的尋求》、《芳鄰》、《哭泣的駱駝》等，「我」只是承擔類似「導遊」的職責——故事的敘述者；而在《沙漠觀浴記》等篇中，「我」的身份只是觀光客。在這些名副其實的「故事」中，「我」的重要職責就是穿針引線，介紹登場人物，描述發生的事件，推動情節的起承轉合。更值得注意的是，在作者最初出版的5本著作（指《撒哈拉的故事》、《雨季不再來》、《稻草人手記》、《哭泣的駱駝》、《溫柔的夜》——筆者注）中的「我」，差不多皆以「三毛」自稱。可是從《夢裏花落知多少》集開始，「我」依然是「我」，但那個在大沙漠中自得其樂（《白手成家》）、在馬德拉小飯店大出洋相（《馬德拉遊記》）、在特內里費島上忘我狂歡（《逍遙七島遊》、在西班牙女生宿舍終於操帚而起（《西方不識相》）的女主角再也不見了。從《明日又天涯》開始，「我」已從「三毛」悄悄變成了「Echo」。當讀者誤以為三毛故事中的「我」就是那個本名叫做陳平的人時，三毛躲在背後竊竊暗笑：

「三毛從來沒有做過三毛。你們都被我騙啦。我做我！」[38]

三、三毛的魅力：真實乎？通俗乎？

有人曾將瓊瑤的小說與三毛的作品作過一番粗略的比較，認為「面對充滿缺憾的現實人生，瓊瑤以其虛構的、近於神話的戀情故事，征服了被各種清規戒律壓抑已久的青少年讀者，填補著他（她）們窄小而饑渴的心靈。三毛則不然，其所寫所記，皆有出處，讓讀者漫遊的是我們大家皆生存於其中的這個真實世界」[39]。

---

[38] 陳怡真：《衣帶漸寬終不悔》，見《送你一匹馬》集，中國友誼出版公司1985年版，第62頁。

[39] 黃曉玲、徐建新：《從虛構到紀實——三毛作品與私小說》，載《當代文藝探索》1987年第6期。

也有人用描述性的文字分析：「三毛像是一個神秘、虛幻的人物，又正是一片飄動的雲，人們為她的色彩、光芒炫惑，卻看不清，猜不透；然而她又是一個極美極純的真實的存在……」[40]

更有人將三毛作品的成功原因歸結為八個字：「奇人、奇行、真情、真文」[41]。

上述幾段讀者的評語，無論是「真實的世界」、「真實的存在」也好，還是「真情、真文」也罷，其實無一不是肯定了這樣一個事實，即三毛的作品與一般的純屬虛構的小說的差異。我覺得問題似乎又回到前面那個「文體」的問題上來了，否則無論如何也邁不過那片糾纏不清的沼澤。

我們已經知道，三毛的作品，既非自傳，也非私小說，更不是純屬編造的虛構型小說，那麼，它們究竟該歸入誰的門下？

在我國古代，對文學作品的劃分用的是「兩分法」。主要是根據語句的押韻與否而把作品分為韻文和散文兩大類。凡講究韻律的，無論詩歌、小說、散文，一律目之為韻文；其他不講究聲韻的，則稱為散文。在西方，從古希臘的亞里斯多德到19世紀俄羅斯的別林斯基，則採取的是「三分法」，即把詩（文學）按其不同的再現和表現方式分為敘事、抒情和戲劇三大類[42]。千百年來西方的文學批評理論，大抵都接受這一分類法。至於將文學分為小說、散文、詩歌、戲劇四大類，在我國則是20世紀「五四」以後的事。從那以後，我國理論界對文學作品一般都採用「四分法」。在「四分法」中，除了戲劇基本上仍坐著「三分法」中戲劇類原來那把交椅外，敘事和抒情再也不是哪一家的私有財產：小說雖由敘事類作品的側枝變成了獨立門戶的主幹，但敘事因素卻並非它的獨家專利——詩歌中有敘事詩和抒情詩之分；散文中更有敘事性散文、抒情性散文、議論性散文之別。這樣一來，問題就顯得有些複雜了。比如，由於共同擁有「敘事」這一特徵，有些敘事性散文，就其藝術形

40 湯淑敏：《論陳若曦、瓊瑤、三毛與中國文化》，見《東南亞華文文學》論文集，Geothe-institut Singapore Singapore Sssociation of Writers，1989。

41 葉公覺：《三毛的魅力》，載《台港文學選刊》1991年第3期。

42 亞里斯多德根據詩（文學）摹仿對象時採用的不同方式把它分成三類（參見《詩學詩藝》，人民文學出版社1962年版，第9頁）。至19世紀，俄國文學批評家別林斯基將詩（文學）明確分為「敘事詩歌」、「抒情詩歌」和「戲劇詩歌」三大類，並認為「這便是詩歌（文學）的一切體裁」（《別林斯基選集》第3卷，上海譯文出版社1980年版，第84頁。）

象而言，跟小說並無多大的區別，但前者卻可以避免「虛構」、「編造」、「不真實」之嫌（當然在創作過程中有所取捨、提煉是被允許的）。

筆者認為，三毛的作品也正是這樣。她筆下的撒哈拉故事系列、加納利故事系列、西方留學的故事系列、異國朋友的故事系列等，均屬於同小說並無多大差別的敘事性散文。不僅如此，我認為，把她筆下那些形形色色的「故事」歸入敘事和抒情散文類，實在是最切合她的作品的實際情形的了：《夢裏花落知名少》、《背影》、《離鄉回鄉》、《雨禪台北》、《一生的戰役》、《驀然回首》等後期作品，以情真意切、優美動人的抒情性散文為主；《逍遙七島遊》、《馬德拉遊記》以及《萬水千山走遍》整本集子都以夾敘夾議的議論性散文見長。比起小說、詩歌和戲劇來，散文，應該是最適合三毛的創作個性的。散文的表現手法自由自在，「它不像小說和話劇那樣，必須通過嚴密和完整的情節結構，展開人物性格的描繪；它也不像詩歌那樣，必須注意節奏、韻律和文字的精練。它往往隨著作者的興之所至，揮灑自如，可以抒情，可以敘事，也可以議論，當然在許多成功的散文中，這些因素往往是融合在一起的。」[43]三毛的「故事」的魅力正在這裏。無論敘事狀物、寫人描景，無一不滲透著作者濃厚的主觀情感，加之她閱歷豐富，見識廣博，語言表達流利自然，敘述娓娓動聽，又較注重文字的通俗淺白，使人易讀易懂。對於這一點，三毛生前是很感自豪的：

> 就三毛的影響而言，……從台北讀者的來信分析起來，可以說還是好的，起碼我寫的書小學生、女工、店員都可以看。我是很注重這一點，因為我不能單單只寫給教授級的高級知識份子看。我承認我的作品並不是什麼偉大的巨著，可是，……起碼能給讀者，特別是較低層的讀者較清新的一面，不能老叫他們在情和愛的小圈子裏糾纏不清。從讀者來信中，我知道這方面的確有改變了不少年輕人的思想[44]。

[43] 林非：《中國現代散文選萃‧前言》，丘山編，人民文學出版社1986年版，第2頁。

[44] 《熱帶的港夜——三毛對話錄》，見《三毛昨日、今日、明日》集，中國友誼出版公司1988年版。

這段話至少給我們兩點啟示：（1）三毛的作品屬於通俗讀物，其書並不「單單只寫給教授級的高級知識份子看」，連「小學生、女工、店員都可以看」；（2）三毛的作品提供給讀者「較清新的一面」，寫的不是「在情和愛的圈子裏糾纏不清」的婚戀故事。於是，我們可以得出如下的結論：通俗的文學作品，可以不寫天馬行空、刀光劍影的武林逸聞，也可以不寫花前月下、終成眷屬的男歡女愛，卻同樣能夠贏得眾多讀者，正如台灣《聯合報》副主編瘂弦先生所說，「編了一二十年刊物，這是第一次看見作家有這麼大而廣泛的社會影響」[45]。

然而，就三毛的作品本身而言，「通俗」二字卻無法一言以蔽之。筆者以為，三毛的作品在讀者接受的過程中具備了數個不同的閱讀層面。例如，有些讀者看到的是，其作品中有許多可以滿足人的好奇心理的生動有趣的「故事」（三毛和荷西如何在沙漠中旅行、結婚、觀光、作客，乃至如何吃飯、用水、購物、算帳，如何白手成家，如何給人治病，如何考駕駛執照，如何在尋找沙漠化石時遇險，如何穿越沙漠到紅海邊捕魚等等），從這些「真實」的故事中，讀者可以瞭解作者彼時彼地與一般人不同的生活方式、人生態度以及對世界、對命運的看法等「真相」。而另一些讀者看到的是，從作者筆下可以開闊視野，增長見識，瞭解國門以外的大千世界的萬種風情和異域文化習俗，如撒哈拉的姑娘十歲就得出嫁（《娃娃新娘》）；男人（回教徒）可以娶四個太太（《芳鄰》）；撒哈拉女人洗澡連腸子裏面都要灌洗七天方才罷休（《沙漠觀浴記》）；一個不起眼的小掛飾（符咒）竟差點兒要人命喪黃泉（《死果》）……這些奇風異俗的觀賞顯然要比那些「有情人終成眷屬」的婚戀小說精彩多了，可以使人「幻想有朝一日也走遍萬水千山，見識見識一下那片神秘的大沙漠，那座美麗的群島」[46]。還有一些讀者看到的則是，作者筆下那一幅幅用白描手法所勾勒出來的情景交融的風景畫卷。例如，描繪黃昏時分的沙漠景觀：

> 正是黃昏，落日將沙漠染成鮮血的紅色，淒豔恐怖。近乎初冬的氣候，在原本期待著炎熱烈日的心情下，大地化轉為一片詩意的蒼涼[47]。

---

45 《沉潛的浪漫──高信疆、瘂弦說三毛》，見《三毛昨日、今日、明日》集，第112頁。

46 黑馬：《靈魂之祭──悼三毛》，《台港文學選刊》1991年第3期。

47 三毛：《白手成家》，見《撒哈拉的故事》集，中國友誼出版公司1984年版，第129頁。

這像是一幅法國印象派畫家莫內筆下的《日出‧印象》般的色彩濃烈的油畫；而在「我」與荷西徒步去鎮上舉行婚禮時的黃昏，卻是另一幅筆致簡約並留有大塊空白的中國畫：

漫漫的黃沙，無邊而龐大的天空下，只有我們兩個渺小的身影在走著，四周寂寥得很，沙漠，在這個時候真是美麗極了[48]。

這自然不是普通的畫，而是作者用滲透著濃烈的主觀情感色彩的文字所構築的藝術意境。景隨情移、境由心造，強烈的主觀抒情色彩，透過寫景狀物突出地表現出來。例如，「我」與荷西租車作蜜月旅行時看到的沙漠情景：

沙漠，有黑色的，有白色的，有土黃色的，也有紅色的。我偏愛黑色的沙漠，因為它雄壯，荷西喜歡白色的沙漠，他說那是烈日下細緻的雪景。

那個中午，我們慢慢的開著車，經過一片近乎純白色的大漠，大漠的那一邊，是深藍色的海洋，這時候，不知什麼地方飛來了一片淡紅色的雲彩，它慢慢的落在海灘上，海邊上馬上鋪開了一幅落日的霞光[49]。

這段描寫，猶如在讀者面前展開了一幅美麗的水粉畫，畫面上有景有物，且具有動感，此畫用色的準確、和諧與細膩非從小拜師學畫多年者而莫能。俄國著名畫家列賓曾說過，「色彩，便是思想」。你不難從這幅色彩柔和的畫面上，體察出作者度蜜月時那種幸福安祥的感覺。而當摩洛哥軍隊一天天逼近，連鄰居家那個不解人事的黃口小兒，居然也唱起了「先殺荷西，再殺你」的自編兒歌，使「我」感到深深不安，此後沙漠則完全是另一幅景觀了：

四周儘是灰茫茫的天空，初升的太陽在厚厚的雲層裏只露出淡桔色的幽暗的光線，早晨的沙漠裏仍有很重的涼意，幾隻孤鳥在我

[48] 三毛：見《撒哈拉的故事》集，中國友誼出版公司1984年版，第14頁。

[49] 三毛：《收魂記》，見《哭泣的駱駝》集，中國友誼出版公司1985年版，第10頁。

們車頂上呱呱的叫著繞著，更覺天地蒼茫淒涼50。

　　畫面上仍有動感，但景致已是「朱顏改」，一幅色調冷峻的寫意圖凸現在讀者眼前，你不難從中體會到作者當時極度不寧的心緒，以及聽天由命的那份無奈和悽惶。以情寫景，寓意於景，達到情景交融的藝術境界，這正是散文作品得天獨厚的特長。

　　總而言之，正是由於三毛的「故事」本身具備了可供各個不同文化層次的讀者欣賞的多重閱讀層面，因此，不同層次的讀者似乎都可以從三毛的作品中得到自己所要求的東西，並在閱讀的過程中通過各自的「接受」對原作進行想像、模仿和感受等「再創造」，三毛本人在世時就再三強調：「我認為文學是一種再創造」，所以「作家寫作，在作品完成的同時，他的任務也完成了，至於爾後如何，那是讀者的再創造。」[51]此外，「一部作品的價值，其實並不在於作者，更重要的是有賴於千萬讀者偉大的再創造，每個讀者都可以從自己的再創造中去各得其樂，去提高一部作品，從而使作者也連帶提高，所以，作品地位的肯定，最重要的還是在於讀者而非作者。」[52]

　　看來，三毛是很有些自知之明的。而她的「故事」之所以成為閱讀的誤區，原因也正在於「每個讀者都可以從自己的再創造中去各得其樂」。

　　或許，這並不是壞事。

附錄：用生命澆灌夢中的「橄欖樹」

一、把生命高高舉在塵俗之上

　　第一次掀起「三毛熱」大約是在20世紀80年代中期。「其時，三毛曾令多少女學生們『走火入魔』，人人都夢寐以求如三毛般瀟灑一番人生，到撒哈拉去。更見趣味的是，女孩子心中的白馬王子還沒個影兒，就想著何時能有個『大鬍子荷西』時刻在『大沙漠』裏相親相愛著。」[53]

50　三毛：《哭泣的駱駝》，見《哭泣的駱駝》集，第77頁。

51　《兩極對話——沈君山和三毛》，見《夢里花落知多少》集，中國友誼出版公司1984年版。

52　《熱帶的港夜——三毛對話錄》，見《三毛昨日、今日、明日》集，中國友誼出版公司1988年版。

53　朱蕊：《紅花獨行俠——台灣女作家三毛印象》，載《台港文學選刊》1989年第11期。

三毛，無疑成了大陸女學生們崇拜的青春偶像。筆者於1988年7月始，曾在當時執教的華東師範大學對選修「當代台港文學」和「台港文學研究」課程的文、理各科學生共271人分別做過3次問卷，從回收的答卷中不難看出上海大學生對於三毛及其作品的熱愛。例如「你認為較好的台港作品有哪些？」被提名最多的作品依次是三毛的《撒哈拉的故事》、《雨季不再來》、《哭泣的駱駝》、《稻草人手記》，瓊瑤的《幾度夕陽紅》、《聚散兩依依》等言情小說也只能屈居其後[54]。提名的多寡雖然不能作為判斷作品好壞的唯一標準，但也表明了三毛及其作品在大陸的青年學生中所激起的熱烈反響。

　　1989年4月，三毛在闊別大陸40年之後首度返回故土探親，抵滬拜謁「三毛之父」——漫畫家張樂平先生及回舟山祖籍祭祖拜親。此後又有數番大陸之行，使「三毛熱」再度升溫。她所到之處，無不引起轟動，連蘇州寒山寺裏的小和尚，在向方丈性空法師介紹來客時都清楚地介紹：「這是台灣來的，頂頂大名的作家三毛小姐」，令三毛本人大為感歎。無論在上海、在蘇州、在舟山，還是在成都、在黃河之源……三毛的行蹤始終成為媒體記者和三毛崇拜者們關注、追尋的熱點，以致三毛本人不得不「對廣大的中國知識青年保持著一段距離，免得在情感上過分的衝擊與體力上過分的消耗，使自己不勝負荷。」[55]

　　第三度的「三毛熱」，出人意料竟是1991年年初隔岸突然傳來三毛在榮總醫院自殺的噩耗之後。於是，那個陰沈、寒冷、雨雪霏霏的冬季，卻因了對岸那個活潑達觀的生命象徵、浪漫瀟灑的青春偶像的破碎而蕩漾起一股熱流：三毛的著作被多家出版社以最快的速度重版發行；三毛的單篇作品被藝術家們在電台朗誦、演播；三毛作的歌詞被音像公司配樂、錄音；三毛編劇的影片《滾滾紅塵》在各大影院公開上映……所有被冠以「三毛著」以及與三毛的生死有關的書刊，都成了洛陽紙貴的搶手貨而爭購一空。此後，諸如《一個美麗淒婉的故事》、《三毛自殺之謎》、《尋找三毛》、《假如還有來生——三毛遺作》之類，被各種各樣的鉛字點綴得熱鬧非凡；更有好事之徒，竟將三毛著作中的「格言」、「警句」摘錄彙編，分列「人生」、「愛情」、「婚姻」、「失

[54] 詳見筆者的《上海大學生看台港文學》一文，載1989年3月13日台灣《中國時報‧文化新聞》版。

[55] 參見三毛：《悲歡交織錄》，《台港文學選刊》1989年第11期。

敗與成功」等標題，印成「三毛語錄」式讀物出售，以致購者大呼上當，倒足胃口[56]。

這種斷章取義的「三毛語錄本」，實在也是一種閱讀的誤區。三毛生前在出版了數部作品之後，曾經有人問她「自以為的代表作是哪一本書？」的問題，她答道：「是全部呀！河水一樣的東西，慢慢流著，等於划船遊過去，並不上岸，缺一本就不好看了，都是代表作。」[57]話雖然說得有點玄乎，但作者將自己的作品看成是一個渾然不可分割的整體的意思是很明顯的，猶如一條淙淙奔淌的溪流，那些「格言」、「警句」不過是偶爾濺出來的幾滴水珠，只有當它與賴以生存的源泉結合在一起的時候，它才帶有生命力。反之它便成了一灘灘難看無比的死水。在那些「三毛語錄本」中，你絕看不到那個瀟灑浪漫、機智風趣而又充滿好奇、不無任性的三毛：那個喜歡揀破爛兒的、把大筆金錢塞在枕頭裏拎在手上東逛西跑的三毛；那個在沙漠中請荷西吃「雨」、甚至用指甲油給別人補牙齒的活潑潑的三毛。

三毛不再回頭地走了。她走的時候，「這天必定是整個冬季最寒冷的一天，這一天有數以千萬計的人體會到心痛的感覺。」12年後的今天，正如當年熱愛三毛及其作品的讀者所說：「那個爽朗、灑脫、剛強的三毛，那個把生命高高舉在塵俗之上的三毛，那個對世界充滿愛心的三毛，依然活生生地躍現眼前。」[58]

二、「我的快樂天堂」在哪裡？

三毛生前出版過18部著作和幾部翻譯作品[59]，她去世後又由其友人編輯出版了《我的快樂天堂》和《高原的百合花》等遺作結集[60]。其中除了《談心》為解答讀者提問的「三毛信箱」；《三毛說書》是一套「有聲書」，「談的是《水滸傳》中武松、潘金蓮、孫二娘的故事」；《滾滾紅塵》是她「第一個中文劇本」外，其餘作品大都根據作者的人生閱歷及所見所聞的異國風土人情鋪敘而成，尤其是她的成名之作「撒哈拉

56　參見1991年7月31日上海《新民晚報》第2版。

57　三毛：《愛馬》，見《送你一匹馬》集，中國友誼出版公司，1985年11月版，第1頁。

58　《台港文學選刊》1991年第2期《紀念三毛特輯・編者按》。

59　見《三毛的作品》，載《台港文學選刊》1991年第2期，第91頁。

60　見《三毛作品集》總目錄，廣東旅遊出版社，1996年10月版，1999年3月第2次印刷。

的故事」系列等敘事作品，自然生動而又浪漫溫馨，質樸無華而又趣味盎然，給人以很強烈的語言藝術感染力。

三毛的創作有濃厚的主觀意向性和「自敘傳」的色彩，她把一己的喜怒哀樂、悲歡離合很容易地編織進她的眾多「故事」之中，這使得她的創作呈現出明顯的階段性。縱觀三毛的人生與創作歷程，大體上可分為「雨季」與「珍妮的畫像」、「白手成家」與「溫柔的夜」、「夢裏花落」與「萬水千山」、「滾滾紅塵」與「望斷天涯路」這樣幾個階段：

「雨季」與「珍妮的畫像」。這是三毛少女時代不無迷惘的上下求索之作，以收入《雨季不再來》集子中的《惑》、《秋戀》、《月河》等少作為代表[61]。這一時期的作品數量不多，尚帶有青春期的迷惘、陰鬱、晦澀、矛盾甚至不無病態的心理投影，但卻是三毛日後從事文學創作的必不可缺的「練筆」階段，作者多愁善感的性格及其情感世界的豐富細膩、微妙敏銳等特徵，已在這些作品中初步顯露出來。正如後來三毛自己所說，「代表了一個少女成長的過程和感受。它也許在技巧上不成熟，在思想上流於迷惘和傷感；但它的確是一個過去的我，一個跟今日健康進取的三毛有很大的不同的二毛。」[62]

「白手成家」與「溫柔的夜」。這是三毛在擱筆十年之後迎來的一個創作爆發期，這一時期的創作成績體現在《撒哈拉的故事》、《稻草人手記》、《哭泣的駱駝》、《溫柔的夜》等集子中，並形成了三毛創作中最為浪漫溫馨、讀者反應最為熱烈的「撒哈拉」與「加納利」兩大異國風情的故事系列。這一時期三毛結束了多年的流浪生活，在西屬撒哈拉與荷西一起在沙漠中結婚、旅行、觀光、作客，吃穿住行、奇風異俗，都成了她召之即來的創作題材和現成素材。物質上的匱乏卻絲毫不影響三毛精神上的滿足和富有，成為荷西的「守望的天使」後，她的創作激情也隨之蓬勃燃燒起來，她的生命和生活因此而被渲染得如火如荼。這一時期的創作，一掃「雨季」時期的迷惘晦澀，充滿浪漫灑脫，樂觀豁達的情趣和悲天憫人的博愛情懷，成為三毛創作中最為光彩奪目的篇章。

「夢裏花落」與「萬水千山」。這是三毛創作中的又一大轉折，作

---

[61] 這些作品大都發表於1962～1967年之間，如《惑》，是當時三毛學畫時，經顧福生老師之手轉交給白先勇而發表在《現代文學》1962年第12期上；《秋戀》發表於1963年1月的《中央日報》；《月河》刊於《皇冠》1963年19卷6期；《極樂鳥》刊於1966年1月29日《徵信新聞報》；《安東尼，我的安東尼》刊於1967年6月的《幼獅文藝》等等。

[62] 三毛：《雨季不再來·自序》，中國友誼出版公司，1985年10月版，第1頁。

品風格由此而發生明顯的變化。這一變化體現在《夢裏花落知多少》、《背影》等集子中，尤以追憶亡夫荷西的「迷航」系列作品和書寫親情的《背影》等篇最為哀婉動人。那個「大鬍子」丈夫荷西的猝然殉職離去，使三毛受到了命運的無情而殘酷的打擊。她經歷了夫妻間的生離死別和生命中的大喜大悲之後，在寡居中逐漸振作起來。在「萬水千山走遍」的旅行後，她又重新進入「自得其樂」的創作狀態，《我的寶貝》和《鬧學記》系列故事就是此時的代表之作。這一時期作者的創作題材，顯得有些斑斕駁雜起來，但總體上以旅行觀感的遊記和「西方留學」系列作品居多，文章風格可謂從哀婉淒切向活潑風趣轉化，但作品的虛構和加工的痕跡漸漸明顯，「故事」中的主角──「我」的自詡自戀傾向日益突出，「名為自述，實為自贊」（盧梭語）。文字雖比「撒哈拉」時期圓潤豐腴許多，敘事技巧也日臻圓熟完美，卻也逐漸失卻了前期散文的自然質樸、渾然天成的韻味。

「滾滾紅塵」與「望斷天涯路」。這是三毛生命與創作的最後階段。這一階段的創作最好成績就是她的第一部電影劇作《滾滾紅塵》了，這也是她留給世界的最後之作。其中以一對情投意合的戀人沈韶華與章能才生逢亂世的生離死別為情節主線，「將時代兒女的愛恨情仇貫穿了中國整個近代史；不經意流露出一則悽愴無止的愛情故事，正是三毛自身靈魂的告白」[63]。這部劇作昭示了個人在滾滾紅塵中無法抗拒命運之輪的無情碾軋，再浪漫的愛情也只不過是亂世中的一個小小的人生點綴，充滿著人生的悲哀與徒勞之慨。整出劇作的基調迷惘灰暗，悲觀淒涼，似乎隱含著作者捨棄人世的離塵之意。這部劇作是作者的用心之作，雖用第三人稱視角，與作者以前以「我」為主角的散文、小說有明顯的差異，但其中卻分明有著作者本人的個性與心理投影，正如劇作一開始的「人物介紹」所描述的那樣：「韶華一生的追尋，不過兩件事情，一、情感的歸依，二、自我生命的展現」；「韶華由少年自青年時代，渴望外來的情感，潛意識裏，實在出於對愛的『從來沒有得到過』，而產生更大的『愛情執著』。韶華將愛情與生活混為一體」；「韶華是一個生來極度敏感的人」；「她是又痛苦又清楚的那種人。」這裏，作者三毛已不是單純在寫「人物介紹」，而是在字裏行間對自己及其一生做出了最清晰的解剖與揭示。她以一種特殊的方式替自己唱出了一曲哀婉淒惻的輓歌。

63 見《滾滾紅塵》封底簡介，廣東旅遊出版社，1996年10月版。

第二節　與死亡為伍的愛情奇葩
——鍾玲的小說創作及其詭異性

　　在當代台港女作家群中，以詩人、學者和小說家三重身份躋身於其間的鍾玲女士，就其小說創作的數量而言，並非多產的一位。從上世紀60年代中期在台灣東海大學時開始嘗試短篇小說創作，至60年代末陸續發表的有《陰影》、《攤》、《還鄉人》、《輪迴》等[64]。離台赴美之後，從1971年起，「此年開始了生命中的陰天。以後九年，除了幾首詩，只發表學術論文和翻譯，沒有創作。」[65]因此，整個70年代，鍾玲的小說創作出現了斷層。直到「回到香港之後，才認真地回想自己應該再寫小說，一方面小說的讀者比較多，一方面則是有一些經驗本身具有情節和結構，要用散文或詩來表達，就不如用小說來的好」[66]。於是，結束「冬眠」期，又有《奇襲天相寺》、《灰濛濛的愛河》、《黑原》、《大輪迴》、《水晶花瓣》、《窗的誘惑》、《女詩人之死》、《墓碑》、《過山》[67]以及二十多篇微型小說（鍾玲自己稱之為「極短篇」）陸續問世。因此，鍾玲的小說創作，基本上分屬於兩個時代：60年代和80年代。

　　這些分屬於兩個時代的小說，有個十分有趣的現象——除《奇襲天相寺》外（嚴格說來，它更像一篇報告文學），大部分作品所描寫的愛情故事，幾乎都與「死亡」有關：《輪迴》中陳弘明的猝死，喚起了「我」的初戀的覺醒和對生命的體認；《還鄉人》中失戀的明遠，在為愛而殉情的姑娘面前，獲得了精神上的新生；《大輪迴》中那三個周而復始的愛情傳奇，每個結局無一不以死亡而告終；《女詩人之死》中內向的潔秋，未能遇到傾心的意中人，竟在取得碩士學位的第二天割腕自盡；《窗的誘惑》中癡情的曉妮，發現心愛的男子還有別的女人之後離

---

[64] 鍾玲：《陰影》，載台灣《文星》1965年第94期。《攤》，載台灣《文壇》1966年第82期。《還鄉人》，載台灣《純文學》雜誌1967年第12期。《輪迴》，載《純文學》雜誌1969年第35期。

[65] 《鍾玲寫作年表》，見《鍾玲極短篇》，台北，爾雅出版社，1987年7月初版。

[66] 《剎那的驚喜——和鍾玲談極短篇創作》，見《輪迴集》，台北，時報文化出版公司，1983年6月初版。

[67] 這些作品，除《女詩人之死》載1985年香港《文藝雜誌季刊》第15期外，其餘分別收入《輪迴》集和《鍾玲極短篇》集。

港出走，誰知吊死鬼在向她招手；《墓碑》更絕，男女主人公，當年曾在墳場談戀愛，最後他親手刻下了褚紅色的墓碑為她送葬……愛情與死亡的奇特交織，生者與亡靈的彼此呼喚，正如交響樂中貫穿始終的呈示部和展現部兩大主題音樂那樣，構成了鍾玲小說的主旋律。

一、「陰影」下的啟悟

為鍾玲小說的主旋律譜下第一行音符的，當推那篇比《輪迴》更早些時候寫的微型小說《陰影》——後來被鍾玲作為「小小說」收入她的第一部小說集《輪迴》之中。這是一張素描，一幅速寫，它勾勒了一位少女梅為她的異性朋友——早夭的明送葬的印象。無論是事件，還是人物，稍後些時的《輪迴》都可以在這裏找到它們的雛形。然而，就在這支以莎士比亞悲劇《馬克白》中的名句為引子的陰鬱滯沉的「葬禮進行曲」中，卻透露出幾聲音色柔美、令人遐思的「和絃」。佛洛斯特的《雪日黃昏林外小憩》的詩句，似乎在暗示人們：死者進入墳墓，或許就像生者走進「迷人而幽暗」的林中，「還要走幾里路才能安眠」。這一童話般天真美麗的「和絃」，在曲終人散的結尾處，達到了自由聯想的抒情高潮：

> 梅孤獨地站在墳旁。……她眯著眼，注視著一片飄過的白雲，它在墳地上投下了一片疾馳的陰影，然後，慢慢消散在風裏[68]。

這無疑是鍾玲對生與死這一人生的斯芬克司之謎的最初的朦朧意識。或許，正是這一片投在墳場上的白雲的陰影，給了年輕的鍾玲某種深刻的哲理啟悟：人生最可怕、最可悲、也最無法躲避的，莫過於死亡的降臨，在死神的卵翼下，活潑的生命、美麗的身軀、寶貴的青春，以及哪怕是最輝煌燦爛的一切物質，統統都將化為塵土，只有死者的靈魂和生者的哀思，這些形而上的東西，或許可能產生某種昇華，就像那片猶如「遊移的鬼影」般在墳場上空疾馳而過的白雲，隨風飄蕩。鍾玲憑著她那獨特的敏感和悟性，從那片白雲投下的陰影中，發現了死亡的某種超凡脫俗的浪漫詩意。

---

[68] 鍾玲：《陰影》，引自《輪迴》集，台北，時報文化出版公司，1983年6月初版。

二、「輪迴」式的悼亡

《陰影》中對於生死之謎的朦朧意識，很快就在《輪迴》中化成了「愛情，在死亡面前的覺醒」的明確主題。當丘比特的箭簇向「我」射來之際，「我」──「一個在一九六零年代由一間保守女中進入一間教會大學的女孩子」，「把自己當作是神聖不可侵犯的貞女」而築起心靈的城牆，將丘比特之箭拒之門外；直到那位異性求愛者帶著無愛的缺憾過早地離開人世，方使「我」如夢初醒，心牆豁然崩塌。於是，生命的消亡與初戀的覺醒幾乎同時俱來：

> 「他的死，是我復活的觸媒劑；我所忽略的他生前的作為，在他過世後，都像一盞盞路燈似地點起，把我引向我一生中決定性的覺醒。」[69]

這的確是人生有著決定意義的覺醒，被自我壓抑的愛情意識的蘇醒。儘管「這一段情感的歷程顯然脫不了稚嫩、浪漫、空幻，和不著實際」，儘管「我」將為此背負終生追悔和內心自責的十字架，然而，「我」畢竟已經開始走向成熟，不再害怕丘比特的神奇之箭。更重要的是，在悼亡和感傷的抒情氛圍中，凸現出來的那幾道哲理的金光：「我們的生活中往往會有這種珍貴片刻的來臨：一樁嚴肅的悲哀，沉重的失落，尤其是親友的死亡，往往會帶來我們對生命的更深一層的體認。真的，沒有比在深沉的悲哀中，我們更接近生命的本質了。」

「死亡←愛情→生命」。於是，在生與死這一無法統一、尖銳對立的兩極中，鍾玲找到了一個溝通兩者的新的鏈環──「愛情」。它猶如一面三棱鏡，既折射出死亡的魔影，也反映著生命的強光。《還鄉人》，最清楚不過地表明了作者60年代浪漫的愛情觀念、生命哲學和死亡意識。在這篇小說中，愛情也好，死亡也罷，在很大程度上都顯得被美化了，那個「擬將身嫁與一生休，縱遭無情棄，不能羞」的未婚先孕的少女元美，連「死都要死得雅」，因為「對故鄉，對陷她於絕境的男人，她仍有激盪的愛。」在這裏，作者悄悄地在「愛情」與「生命」之間劃上了等號，而讓愛情作為生命的代言人直接與死亡對話，並且在精神的天平上壓倒了死亡。正因為這樣，這篇小說才沒有陷入「失意郎巧

69 鍾玲：《陰影》，引自《輪迴》集，台北，時報文化出版公司，1983年6月初版。

救尋死女」的傳統窠臼；卻以元美的「雅死」重新喚起明遠的生活勇氣和激情而顯得別開生面。失戀的明遠，也正是由於羞愧於自己缺乏這樣的勇氣和激情，面對著這具美麗的少女屍體，「忽地悟到挽不回的是這股消失了的活流」，從而使他在一霎那越過了精神上的障礙和危機，得到了靈魂上的洗禮和淨化。

毋庸置疑，《輪迴》式的悼亡也好，《還鄉人》的超越也罷，60年代鍾玲的小說，帶有濃郁的青春激情和美麗幻想，因而，有關死亡、愛情、生命的描寫都顯得過於理想化、詩意化了，可以說，那時候，她吹奏的，是一支「浪漫幻情主義者」的雖不無憂傷但優美柔和的抒情牧笛。

三、「黑原」上的火光

此後，鍾玲的小說創作整整沈默了10年。直到80年代初，她的《灰濛濛的愛河》才姍姍來遲地與讀者見面。這篇小說，寫的是一位情竇初開的女中學生秦玉潔，在上學的路上突然接到「白馬王子」塞給她的一封情書，不料卻被同伴惡作劇地交給了國文老師（寫情書者正是這位老師的侄兒）。誰知老師一反常態，沒有發火，而是語調沉重地告訴學生們：名聞遐邇的胡適先生去世了，老師回憶起自己當年親身參加五四運動的情景，使秦玉潔為自己的無知慚愧萬分，她把滴上淚水的情書鎖進了抽屜。這篇小說發表後，曾受到胡菊人先生的讚賞，認為作者「能把依稀朦朧的早年經驗，寫成如此動人的一篇小說，實在難能可貴。」[70]但筆者卻以為，這篇小說並不見得十分出色，甚至不如十年前的《輪迴》、《還鄉人》那般感人，原因就在於作者試圖通過小說來論證：死亡對於愛情的現實干擾和死亡對於生命的無情剝奪。她開始懷疑愛情那絢麗迷人的光環裏面究竟有何實在的意義，結果卻因為如此嚴肅的哲學思考，竟放在一位情竇初開的青春期少女身上，理念的傾向顯然超出了人物所能負荷的重載；又由於作者試圖把愛情的萌芽與死亡的噩耗放在一起來較量，而這兩者之間並無任何必然的聯繫——局外人的病逝（儘管他是一位偉人）對於一對青春期少男少女在愛河上搭起鵲橋，似乎是兩件外在的不相干的事情，從而使小說的結構上露出了很大的罅隙。不過「灰濛濛的愛河」，這富有象徵意味的標題，卻無疑是一種創作上的標誌，表明作者結束了60年代小說的「浪漫幻情主義」時代，而進入對於愛情究竟

[70] 胡菊人：《〈輪迴〉序》，見《輪迴》集，台北，時報文化出版公司，1983年6月初版。

是什麼的懷疑和重新體認的階段。同時還表明，作者對於死亡、愛情、生命三者關係的思維定勢，此刻已發生了很大的變化，即由60年代的「死亡←愛情→生命」變成80年代的「愛情→死亡←生命」。在前者，愛情是連接死亡和生命之間的鎖環，而在後者，死亡意識則成了支配愛情和生命的核心。於是，「灰濛濛的愛河」，便成為這種悲觀哲學的絕妙象徵。

我們很快明白了作者把愛情、生命置於災難、死亡面前考驗和捶打的創作意圖。在《車難》中，那位剛把心愛的年輕戀人送上列車的男主人公，眼睜睜地看著重大車禍在霎那間突然發生而無法抗拒；在《終站·香港》中，同舟共濟幾十年的老夫妻，被死亡的天河阻隔在陰間陽世而束手無策；在《大輪迴》中，更使我們看到了死亡對於愛情毫不客氣地佔有以及對於生命毫不留情的剝奪，其中三則發生在不同時代中穿越時空界限、似曾相識的愛情悲劇故事，無論是玉兒為金公子報仇而殉身；還是玉荷為嫁有情人而被殺；或是法師為兄弟將失去童身而自戕，令人眩目的傳奇色彩，只不過是作者有意塗抹在外表的一層五彩繽紛的畫料，而其內涵則無非都在重複著同一個主題：愛情與死亡的聯姻。青年男女那纏綿繾綣的婚紗，竟包裹著一具具鮮血淋漓的屍首——這便是人間愛情的實質？作品中表現的愛情並不都是奉獻、快活和幸福，人性的弱點造就了愛情的自私性、排他性和佔有慾，也撕破了它那迷人的面紗，露出了無情的真容。於是，愛情，它不再是生命的浪漫天使，而成了死亡的隱形鬼侶。不久，我們就看到了那一對在《黑原》上跋涉流浪的形影不離的鬼侶：

> 一剎那電光石火，我終於悟了！這麼簡單的事實，我居然多年一直沒有悟出來。我早就死了！我們都是所謂的「鬼魂」。鬼魂又有什麼關係呢！我依然是我，他依然是他。我已經作了很多年的孤鬼遊魂，現在不一樣了，我有了一位鬼侶，謝天謝地，我終於找到他了！原來在陽世找不到的，在陰間會找到，即使在陰間找不到，在某一輩子的輪迴之中，終究會遇上的。想到這裏，我的心一寬。劃然天地又裏在閃閃銀光之中，他的手輕撫著我的臉，我聽見他的耳語：「你看，開花了。」
>
> 黑原上，遍地怒放著黑色的花朵，一直開到天際[71]。

---

[71] 鍾玲：《黑原》，載1981年1月1日台北《中國時報》。

情侶與鬼魂結伴，黑花與銀光相映。至此，鍾玲終於在超現實的荒誕世界中，出「生」入「死」，找到了愛情的真實存在。

四、「墓碑」後的世界

經過「一剎那的電光石火」的頓悟，鍾玲懷著她對鬼侶和黑花的重要發現，驀然回首，眺望人間。她看到了被扔在髒水溝中的姑娘的玉照，背面題著「永遠不許你丟掉它！」（《永遠不許你丟掉它》）她看到了一對觀點不同，性格不合的戀人的結合，是犯了一個「美麗的錯誤」（《美麗的錯誤》）；她看到了愛情的虛幻如「水晶花瓣」一樣一碰就碎（《水晶花瓣》）；她看到了愛情的虛偽如「窗的誘惑」那樣生死攸關（《窗的誘惑》）……她突然意識到，現實世界也有這樣的「黑原」，一幕幕有聲有色的愛情悲劇在這「黑原」上拉開序幕，又草草收場。而這人間的「黑原」便是——墳場。於是，她又回到了「陰影」下的世界，找到了人間的「黑原」——墳場，並在此樹起了一塊「墓碑」。

《墓碑》是一篇令人稱奇的短篇小說，寫的是一對彼此相愛的青年男女，被「父母之命」活活拆散的悲劇。男主人公陳順仔遠走異鄉，女主人公韓慧敏下落不明。12年之後，陳順仔回港繼承亡父的碑石店業，方知韓慧敏當初被其父囚於殯儀館內而精神失常，被關在青山精神病院整整12年，不久前突患急性肺炎悲慘死去。於是他為她刻下了最貴重的褚紅色大理石墓碑。就這個中外文學史上並不罕見的愛情悲劇而言，似乎並無特別奇異之處，可說是中國文學中常見的婚姻不自由的「詠歎調」，在80年代的台港女作家筆下發出的一聲「絕響」。然而，奇就奇在這幕愛情悲劇的舞台背景，不是「姹紫嫣紅開遍」的後花園，也不是「仙境別紅塵」的大觀園，更不是「芙蓉帳暖度春宵」的長生殿，而是——白楊蕭蕭鬼唱歌的墓地。「大概極少人像他們一樣，在墳場談戀愛，可是對他們而言，確實再自然不過，因為他們兩個人從小就與死亡為伍：他十二歲就開始在父親的店裏刻墓碑，而她，是世界殯儀館老闆的女兒。」[72]

愛情與死亡為伍！男女主人公的戀愛從一開始就與死亡結下了不解之緣。因而後來他為她鐫刻墓碑，也就「再自然不過」了。尤其是作者將這出愛情悲劇的時代背景放在現代香港，更有一層深意：「自由港」內並不自由，形成了這篇小說的反諷意味和效果。在筆者看來，「墓

72 鍾玲：《墓碑》，載《香港文學》1987年5月號，第29期。

碑」這一意象本身具有多重的象徵意義：第一，它標誌著一位年輕活潑的姑娘安葬在此，墓碑，是生者對死者永恆的紀念；第二，它意味著愛情悲劇的閉幕，墓碑，是封建幽靈陰魂不散的見證；第三，它象徵著陽世的終站和陰間的起點，墓碑，正是連接這兩個世界的「門牌」，通過它，生者與死者的靈魂可以自由出入，通行無阻。現實的世界與鬼魂的世界，就這樣通過「墓碑」奇特地結合在一起。

有了這塊出生入死的「門牌」，鍾玲便把我們領進了墓碑後面被緊緊封閉的世界。「死亡，死亡的牢籠，陰濕、封死的墓穴，終於打開了一條縫隙」[73]。在《過山》裏，我們不無驚訝地發現，鬼魂世界儼然是現實世界的翻版：帝王照樣妻妾俱全，尋歡造愛；后妃照樣爭寵邀幸，互相傾軋；奴僕依然侍奉主子，亦步亦趨；宦官依然大權在握，發號施令……以至使人分不清這到底是陰曹地府，還是皇宮禁院；究竟是死人復活，還是鬼魂附體。在這裏，生者與死人彷彿你中有我，我中有你！生生死死，一線之隔；陰差陽錯，一夕之念。「像你這樣的女人」，一句話救己害人，亂倫之愛情可操生死大權。至此，愛情、死亡、生命的意義和性質已完全等同：「愛情＝死亡＝生命」，愛情與死亡為伍，死亡與生命毗鄰。那只沾滿陰間黴斑、陽世病毒的「過山」玉鐲，就這樣，神奇地穿透了生死之謎，完成了它的歷史使命。

應該指出，「愛情與死亡為伍」的主題，其實並非鍾玲的獨家專利。在香港女作家西西的短篇小說《像我這樣的一個女子》中，我們就不無震驚地看到過在殯儀館的停屍間內一刹那的「愛情」曝光：

> 「他曾經愛她，願意為她做任何事，他起過誓，說無論如何都不
> 會離棄她，他們必定白頭偕老，他們的愛情至死不渝。不過，竟
> 在一群不會說話，沒有能力呼吸的死者的面前，他的勇氣與膽量
> 完全消失了，他失聲大叫，掉頭拔腳而逃……」[74]

在其他香港女作家筆下，我們也或多或少領略過「愛情與死亡聯姻」的魔影，鍾曉陽的《哀歌》，男女主人公談戀愛時就曾經「談論過

[73] 鍾玲：《過山》，載香港《八方》文藝叢刊第6輯。

[74] 西西：《像我這樣的一個女子》，轉引自福建《台港文學選刊》1986年第4期。

死亡」：「你說你願意死在大樹下」，「我願意做那棵樹」[75]。愛情與死亡，就這樣難解難分地糾纏在一起，成為當代台港女作家小說創作中的一大奇觀。

筆者認為，這一主題在當代台港女作家筆下不一而同地重複出現，實際上反映了當今之世女性對於兩性間純真愛情的無可奈何的悲觀心態：愛情女神死了！無論在芸芸眾生的人世間，還是在安放死者的停屍間，都找不到愛情的棲身之所，於是，便只有寄希望陰間，「即使在陰間找不到，在某一輩子的輪迴之中，終究會遇上的」。鍾玲的《黑原》等小說，也正是在這一點上，閃爍出一束執著、堅定而不消極的理想火光。

不過，從《墓碑》到《過山》，也畢竟顯露出鍾玲小說創作的矛盾：一隻腳伸向現實，另一隻腳卻踏進鬼域。那麼，今後她該怎麼走呢？這是誰也猜不透的，除了她自己。

附錄：墳場上的亞當和夏娃
——鍾玲的小說新作《望安》

一對名叫林啟雄和胡麗麗的年輕夫婦，受命前往一個叫做望安的孤島尋找60年前埋下的曾祖母之墳，原因是他們結婚三載尚未生育，林家阿公寄希望於曾祖母的亡靈，能「管子孫生孩子的事」，保有林家香火不絕。於是，這對關係已經惡化、瀕臨分居的年輕夫婦，便踏上了尋找無名祖墳的茫茫征途……

這就是鍾玲的小說新作《望安》[76]所描寫的故事的基本線索。就這一故事本身而言，似乎並無新奇之處，在彌爾頓（John Milton，1608-1674）的《失樂園》中，我們就曾見過偷吃了禁果的亞當和夏娃被逐出樂園後的情景；但與《失樂園》顯然不同的是，《望安》所描寫的並非亞當和夏娃恢復了人性之後被趕出樂園，而是他們在離開「樂園」——都市之後失落的人性得到了復蘇。因此，上墳——這一佔據整篇故事中心的事件，僅僅只是支撐小說的外部框架而已，而其真正的內涵則「醉翁之意不在酒」。

---

[75] 鍾曉陽：《哀歌》，轉引自福建《海峽》1987年第5期。

[76] 鍾玲：《望安》，載1989年4月5日、6日台灣《聯合報副刊》。

小說開頭不久，作者就通過女主人公胡麗麗的獨白對上墳之舉進行了頗不恭敬的嘲謔：

> 「還有比這次望安上墳更荒謬的事情嗎？我們來上的是啟雄曾祖
> 母的墳，別說啟雄沒見過她，啟雄阿爸沒見過她，連啟雄阿公也
> 不一定記得自己老母是什麼模樣。況且，不知道這座古墳位於島
> 上何處，連個碑都沒有。這個墳，怎麼上法？」還有，「生不出
> 孩子，這種事，一個死去六十年的女人幫得上忙嗎？」[77]

因此帶有濃重的迷信色彩的上墳之舉，林家愈虔誠，愈鄭重其事，讀者看來就覺得愈多餘、愈荒唐可笑。然而，你很快就笑不出來了。當這對年輕夫婦置身於「到處是死亡，整個島真像個大墳場」之中，卻開始了夫婦間「感性的對話」的時候，而後又在墳堆中齊心合力尋找的時候，你會突然意識到，他們此行的真正的目的，其實就是來尋找的。

尋找，這才是小說的真正題旨。表面看來，他們是來尋找祖墳，完成已癱瘓在床的阿公的囑託，了卻這位不久於人世的老人的夙願，這是有意識的尋找。但實際上，他們更是來這荒涼、寂寞的天地間尋找在緊張、嘈雜、擁擠、冰冷的現代「樂園」——都市中所失落的東西，比如，人與人之間的自然的關係，包括夫婦之間的和諧、溫柔、體貼和理解，這是潛意識的尋找。有意識的和潛意識的尋找，恰恰構成了這篇小說的雙層結構。最後，當這一雙層結構出現某種重疊的時候，便出現了這對恢復了正常的性關係的年輕夫婦在墳前焚香跪拜的場面，這裏沒有絲毫嘲謔、調侃的意味，而使人感到只有在古代祭祀天地時才有的那樣一種莊嚴和神聖的昇華。至於他們祭拜的究竟是不是真正的祖墳，此時已無關緊要，重要的是，這對「冷戰」已久的夫婦，在尋找祖墳的過程中，意外地找回了失落已久的愛情和生命。

尋找愛情和生命，這一主題在鍾玲的小說中並非初露端倪，但表達的方式卻有了很大的變化，筆者想起了作者在80年代初期寫下的《黑原》。曾聽有人說這篇超現實主義的小說不太好懂，其實，只要揭開那層蒙在「黑原」之上的陰森、離奇和神秘的氛圍，這篇小說是不難理解的。它無非想告訴讀者的是，「我」對人世間那種自私的佔有式的情慾

77　鍾玲：《望安》，載1989年4月5日、6日台灣《聯合報副刊》。

與婚姻的恐懼與絕望，因而希冀能在遠離塵俗的「黑原」上找到愛情的寄託和生命的歸宿。小說中的「鬼侶」也好，「鬼魂」也罷，都只是作者在恐懼心理中所臆想出來的幻影，而真實的東西卻是由「黑原」上的電光石火所帶來的瞬間的頓悟：「原來在陽世找不到的，在陰間會找到，即使在陰間找不到，在某一輩子的輪迴之中，終究會遇上的」[78]。這裏，尋找本身就具有明確的目的性。此後，在《墓碑》、《過山》[79]等一系列小說中，作者不斷地出沒於墓地、陰間，一次次出「生」入「死」地尋找愛情的下落和生命的最後棲息地，以致筆者曾在一篇文章中不無擔心地寫道，「從《墓碑》到《過山》，也畢竟顯露出鍾玲小說創作的矛盾：一隻腳伸向現實，另一隻腳卻踏進鬼域。那麼今後她該怎麼走呢？」[80]

《望安》的出現，表明了筆者的這種擔心是多餘的。如果說《黑原》試圖以超現實主義的荒誕感，表達作者對人世間愛情的存在和生命的意義的絕望，因而不得不遁身於鬼魂世界和寄希望於冥冥之中的輪迴的話，《望安》則標誌著作者已經跨出鬼域，回到陽世，並給人間帶來一縷充滿希望和生機的溫馨的亮光。請看，在《黑原》中，「遍地怒放著黑色的花朵，一直開到天際」[81]，令人觸目驚心；而在《望安》中，墳場上卻出現了令人賞心悅目的紅色的天人菊：

> 忽然上空垂下一朵巨大的花，深紅的花心，桔紅的花瓣，每片花瓣還鑲了鮮黃的邊。一朵火焰灼灼炙我的臉，我叫道：「什麼花？」
>
> 啟雄噓吹著我的耳洞，然後說：「春天到了，是早開的天人菊。」[82]

依然是「愛情與死亡為伍」，卻已是生命與春天同在。正是這朵開放在墳堆之上而又充滿誘惑力的紅花，不僅帶來了自然界的春天的氣

78　鍾玲：《黑原》，載1981年11月1日台北《中國時報》。

79　鍾玲：《墓碑》，載《香港文學》1987年5月號；《過山》，載《聯合報副刊》及香港《八方》文藝選刊第六輯。

80　參見拙作《與死亡為伍的愛情奇葩——論鍾玲的小說創作》，載《香港文學》1989年2月號。

81　鍾玲：《黑原》，載1981年11月1日台北《中國時報》。

82　鍾玲：《望安》，載1989年4月5日、6日台灣《聯合報副刊》。

息，也象徵著橫在這對年輕夫婦之間的堅冰消融，「冷戰」解凍，生命的春天也隨之復蘇。於是，恐怖的黑色讓位於喜慶的紅色，實在的生命取代了遊蕩的鬼魂。「就在契合的一剎那，我迷濛的視野中，整個西天變成一幅棗紅的天鵝絨幕，貼在水平線的夕陽，化為一朵掙脫黑色舞台的天人菊」。死者的居所與生命的搖籃在黃土地上毗鄰，死亡與生命，也在夫婦間找回的失落的愛情中被賦予了嶄新的意義。因此，這對現代的亞當和夏娃在墳場上偷吃禁果，絲毫沒有褻瀆死者亡靈的意思，相反不啻是對列祖列宗的最佳祭奠，因為，新的生命、新的子孫，很快便會在這古老的死亡之上脫穎而出……

　　死亡與愛情，在鍾玲的筆下，又一次通過「愛情」這根鉸鏈，組成了奇妙的魔方，並翻出了新的花樣。以後她還會翻出什麼新的花樣來呢？筆者猜不出來，這要問她自己。

第三節　多情纏綿的愛情小夜曲
──三位台灣女詩人的抒情小詩

十六歲的花季　席慕蓉

在陌生的城市裏醒來
唇間仍留著你的名字
愛人我已離你千萬里
我也知道
十六歲的花季只開一次
但我仍然在意裙裾的潔白
在意那一切被讚美的
被寵愛與撫慰的情懷
在意那金色的夢幻的網
替我擋住異域的風霜

愛原來是一種酒
飲了就化作思念
而在陌生的城市裏

我夜夜舉杯
遙向著十六歲的那一年

1「愛原來是一種酒」

　　席慕蓉的詩，在詩歌體例上，屬於自由體的抒情小詩。這類詩，一般沒有什麼繁複的意象、拗口的辭句，輕盈而不艱澀，柔美而不深奧，蘊有某些思想火花，含有某些人生哲理，使人感到親切可愛。這類抒情小詩，曾在「五四」時期的中國頗為流行，從冰心的《春水》、《繁星》到「中國第一才女」林徽因的詩作，大體上走的都是這一路子。上世紀30年代以後，這一中國女詩人所擅長的詩歌傳統，逐漸為殘酷的戰爭和嚴峻的社會現實所湮沒；40年代後期雖有「九葉詩人」中的二葉——陳敬容、鄭敏的出現，但她們溫婉沉思的聲音，終究不敵《馬凡陀山歌》、《寶貝兒》之類時事打油詩的尖刻、粗獷與痛快淋漓，抒情小詩在中國遂陷於沉寂。席慕蓉詩的出現及其轟動效應，倒使人看到了這類抒情小詩在詩壇的復蘇。

　　毋庸諱言，席慕蓉的詩作所表現的思想主題以及詩歌意象，是比較單純的，無論是奠定其詩名的《七里香》也好，《無怨的青春》、《時光九篇》也罷，作者所反復吟誦的，無非是對逐漸逝去的青春歲月的頻頻回首，以及對自己所擁有的美滿愛情的癡癡眷戀。這兩種「惜春」的情緒體驗幾乎構成了席慕蓉詩的主要的題材和內容（另一個重要內容是鄉愁，如《七里香》集中的《隱痛》、《鄉愁》、《出塞曲》、《長城謠》諸篇，但這類鄉愁詩在席慕蓉詩中所占的比重並不很大）。席慕蓉無疑是一位敏感而細心的「戀舊」型女詩人，她珍惜過去的每一滴眼淚，每一回歡笑；咀嚼一次次刻骨銘心的離別和重逢，一個個回味無窮的企盼與失落，借此傳達自己生命歷程中那些「甘如醇蜜，澀如黃連的感覺與經驗」（張曉風：《一條河流的夢》）。

　　於是，我們在《十六歲的花季》中，讀到詩的第一節，從表面看來，詩人是在離別了所愛的人之後，不無傷感地對純潔美好的戀情的哀悼，「十六歲的花季只開一次」，其實不然，作者所要表達的乃是千山萬水無法阻隔愛情的堅貞、專一與穿透力，所以，雖然遠隔重洋，可「在陌生的城市裏醒來／唇間仍留著你的名字」。倘若沒有第一節中對於離別的愛人刻骨銘心的思念和眷戀，決計不會出現第二節整段由表

（衣裙）及裏（情懷）、憑夢織網的傾訴衷腸。這裏，「異域」二字顯然與上文「陌生的城市」相呼應，而「風霜」則意味雙關，既形容異國他鄉的風寒霜冷，也暗指遠離愛人的淒清孤寂。因為前者只需添衣禦寒，唯有後者，才會「在意裙裾的潔白」，重溫「被寵愛與撫慰的情懷」，抖開「那金色的夢幻的網」。因而，第三節一起頭便出現了可圈可點的警句：「愛原來是一種酒／飲了就化作思念」。如果詩有詩眼之說，那麼此句便是點睛之筆。而「酒」，正是上承「風霜」二字而來。原來，詩人踏入陌生的城市，面對「異域的風霜」，她自有驅寒之方：斟一杯滿滿的愛情之酒，飲下，可以回味無窮；醉了，「唇間仍留著你的名字」，難怪「在陌生的城市裏／我夜夜舉杯／遙向著十六歲的那一年」。整首詩表述的就是這樣一種對愛情之醇酒的眷戀、讚美之意。

不過，這裏似有一個問題，如此纏綿悱惻、忠貞不渝的愛情表白，似乎與「十六歲的花季」的題目下太諧調。尤其是每當詩人提起對遠方的愛人的思念時，就接上一句「十六歲的花季只開一次」，或是「遙向著十六歲的那一年」，席慕蓉詩中常常出現「十六歲」字樣，如「彈箜篌的女子也是十六歲嗎？」（《古相思曲》）以及「想起她十六歲時的那個夏日」（《青春‧之二》），這就容易給人一種錯覺以至於讀者為席慕蓉的「十六歲的花季」所眩惑。然而，正如一位深知席慕蓉的台灣評論家曾昭旭先生所指出的：「她所說的十六歲並不是現實的十六歲，她所說的別離並不是別離，錯過並不是錯過，太遲並不是太遲，則當然悲傷也不是真的悲傷了。……其實詩人雖說流淚，卻無悲傷；雖說悲傷，實無苦痛。她只是藉形相上的一點茫然，鑄成境界上的千年好夢。」（《無怨的青春》跋──《光影寂滅處的永恆》）

所以，「十六歲的花季」也好，「十六歲的那一年」也罷，無非代表了人生中最美麗的金色年華──青春而已。於是，我們又一次看到了席慕蓉那些「惜春」詩中青春與愛情的合二為一。

雨天　涂靜怡

天天天雨
細細的雨
細細想你

推開小窗
一列亭亭的棕櫚
伴風細語
如情話蜜蜜

出去　　出去
出去聽雨
撐著傘
沿著小溪
細細的雨
細細的你
想你
在雨天裏

2「撐起一個圓」

涂靜怡的詩，有一種渾然天成的詩情畫意，這一點恐怕連專攻油畫的席慕蓉的詩作也不能專美於前。不信，請看：「假如我們繪的是荷／你是那翠綠的葉／我是含苞待放的花／羞答答　情怯怯的／依偎在你溫馨的懷裏／我們一同欣賞這畫中的神韻／你說／你說的」（《你說的》）詩中嵌畫，畫中蘊詩，令人想起現代詩人卞之琳《斷章》中的名句：「你站在橋上看風景／看風景人在樓上看你」，只不過，畫荷者與觀荷者都是詩人自己，真讓人拍案叫絕。

台灣女詩人大都從抒寫少女的純真愛情步入詩壇，已屆而立之年才開始寫詩的涂靜怡也不例外。這首《雨天》，應屬於她較早時期的詩作之一。全詩句式簡短，最長的詩行為七字，最短的才二字，其餘為三、四、五字，而以四字居多。「天天天雨／細細的雨／細細想你」，整個第一段才十二個字，用的也是極普通平常的字眼，卻勾勒出一幅煙雨濛濛、情意綿綿的動人畫面，尤其是首句「天天天雨」，一連三個「天」，給人一種綿延不絕的感覺，但這「雨」又非傾盆大雨，而是「隨風潛入夜，潤物細無聲」的微雨。細雨浸潤著天地，也撩撥著詩人的情弦：由「細細的雨」而癡癡「想你」。

「你」是何人？在第一段中詩人沒有明說，但在第二段中，詩人馬上就把這個謎底揭開了：「推開小窗／一列亭亭的棕櫚／伴風細語／如情話蜜蜜」。原來，詩人面對雨中「伴風細語」、「如情語蜜蜜」的棕櫚，細細想念的「你」自然是此刻不在身邊的戀人！觸景生情，睹物思人。一個無法抵制其誘惑的聲音在她心頭呼喚：「出去　出去／出去聽雨」，於是，詩人再也無法靜靜地待在窗前觀賞雨景，她要把自己溶入細雨中，做一個「鴛夢重溫」的畫中人！這整個第三段，猶如一首雨中的浪漫曲，又頗似古典詞曲中的小令，雖是情詩，卻又含蓄蘊藉，淡雅簡約。尤其是詩中多用雙聲疊字，如「天天」「細細」「蜜蜜」，造成低回婉轉、不絕如縷的音樂感。再加上「出去　出去／出去聽雨」，一連三個「出去」的動詞連接，使本來靜止的畫面一下子充滿動感。像這些本來十分口語化的字眼，到了涂靜怡筆下，竟出神入化地組合成一首意味深長的情詩，可見其駕駛文字的功力不菲。

寫雨中的癡情苦戀，自然使人想起戴望舒的詩歌名篇《雨巷》，然而這首《雨天》，卻無《雨巷》的憂鬱和感傷，相反卻充滿情深意長的溫馨與甜蜜，懷人時不失含蓄，輕盈中滿蓄空靈，古典與浪漫相交融。涂靜怡似乎很喜歡在雨中漫步的浪漫情調，她的另一首《雨傘下》這樣寫：「撐起一個圓／自成一方小千世界／雨雖急驟　我心無懼／因有你同行」；「且任濃雲密卻天宇／且不問雨有無停歇之意／傘下的世界／恒是安恬如蜜／即使相依默默／也勝過千言萬語」，這些詩句，正好成為《雨天》「出去　出去／出去聽雨」的形象圖解。

自然，「撐起一個圓」的浪漫天地是屬於熱戀中的青年男女的，詩人不可能永遠停留在「出去聽雨」的雨傘下自我陶醉。發表於1986年的《如果》，使我們看到了涂靜怡對愛情失落的深深憂慮和恐懼感：「如果／這世間有更深沉的悲哀／那便是眼看著盈盈的愛／逐漸自掌中滑落／有如晶瑩的雪花／以冷絕自焚」，「如果／明日註定／你我都要一輩子孤獨／面對那遙遙前路／茫茫蒼穹／我將如何　如何／去撫觸　這深深的／創痕」。「如果」當然是假設，然而，從「傘下的世界／恒是安恬如蜜」到「眼看著盈盈的愛／逐漸自掌中滑落」，涂靜怡似乎已經從浪漫溫馨的「雨天」，走過雪花飄舞的冬天了。

於是，她的愛情詩不再一味甜得使人發膩。

海誓　敻虹

你的淚，化作潮聲。你把我化入你的淚中
波浪中，你的眼眸跳動著我的青春，我的暮年
那白色的泡沫，告訴發光的貝殼說，
你是我小時候的情人，是我少年時代的情人
當我鬢髮如銀，你仍是我深愛著的情人

而我的手心，有你一束華髮，好像你的手
牽著我，走到寒冷的季節，藍色的季節
走到飄雪的古城，到安靜的睡中

當我們太老了
便化作一對翩翩的蝴蝶
第一次睜眼，你便看見我，我正破蛹而出
我們生生世世都是最相愛的
這是我小時候聽來的故事

3「生生世世都是最相愛的」

　　少女時代的敻虹即以寫癡心相愛、生死相戀的情詩而令人驚異。
她的第一部詩集《金蛹》，收了她17歲至27歲（1957～1967）寫的63首
愛情詩。她在《金蛹》集前題詞：「取十七歲所見，垂掛在嫩綠的楊桃
樹上，那燦燦的蝶蛹為名，是紀念美好的童時生活；是象徵我對詩的崇
仰：永遠燦若金輝，閉殼是沉靜的渾圓，出殼是彩翼翻飛。」然而，
「金蛹」的象徵意義在她詩中並不如此簡單，在《海誓》中，我們就看
到了兩情繾綣、至死不悔的愛情童話：「當我們太老了／便化作一對翩
翩的蝴蝶／第一次睜眼，你便看見我，我正破蛹而出／我們生生死死都
是最相愛的／這是我小時候聽來的故事」。蛹化為蝶，比翼雙飛，生死
相隨，永不分離，這才是「金蛹」的真正內蘊，也成為敻虹的早期愛情
詩的最基本的意象。
　　隨著這一意象在夏虹詩中的不斷出現和顯示，如蝴蝶以及蟬、繭、
網等等，我們不難發現其詩中某些古典與傳統的意蘊：從莊周夢蝶的美

麗神話，到梁山伯與祝英台的動人傳說。不過，《海誓》的作者從一開始就將熱戀中的少女對情人的傾訴，表現得熱烈、急切，纏綿而多情，第一節是一大段情語綿綿的表白，似乎迫不及待地決口而出，詩人已經不在乎詩的格式限制（如要講究音韻、句式大致齊整等等）。她甚至不惜在每行詩中加上不止一個的逗點，以便一口氣將長長的情話和盤托出，詩句中最長者達十八字。參差不齊的詩行，既表現了熱戀中的少女心中的情感起伏，也使此詩呈現思維和語言的跳躍性，如「波浪中，你的眼眸跳動著我的青春，我的暮年」，由「青春」立即跳到「暮年」；又從「你是我小時候的情人，是我少年時代的情人」』，馬上躍到「當我鬢髮如銀，你仍是我深愛著的情人」。

經過這跳躍性的「海誓」之後，詩人如癡如醉地陷入了神仙眷侶般的幻覺，由第一段急切熱烈的傾訴，到第二段漸漸歸於喃喃細語的遐思。在憧憬中，詩人為「二人世界」構築了一座美麗恬靜的愛情宮殿，這裏沒有姹紫嫣紅的絢麗，也沒有桃粉柳青的豔俗，只有純潔無瑕的清一色——藍色與白色。藍與白，構成了敻虹早期詩作的基本色調：清麗而不俗豔，純潔而不虛偽。雖然她在此詩的結尾加了一句「這是我小時候聽來的故事」。但第三段從第一句「當我們太老了／便化作一對翩翩的蝴蝶」到「我們生生世世都是最相愛的」卻並非只是「聽來的故事」而已，這樣一種白頭偕老、生死相戀的山盟海誓，是無法用虛偽的感情表達出來的。

敻虹早期的愛情詩大都帶有「海誓」式為愛情而至死不悔的表白，如《死》，全詩極短，僅22個字：「輕輕地拈起帽子／要走／許多話，只／說：／來世，我還要／和／你／結婚」。這首《死》便成了《海誓》一詩的最好注腳。

自然，當熱戀的歲月過去之後，嘗過失戀滋味的「金蛹」對情人的「海誓」已不再那般盲目，那樣迷信，即使再遇見從前的戀人，她也只是說：「記憶不起了麼？也許／日記焚了，再也尋不著往日的一絲兒／笑意。／哭泣吧，你怎不為垂暮之前的琴音哭泣？」「而我，總思量著／墓上草該又青了；蝶舞息時／雖只二瓣黑翅遺下／說：／哦，那是春天／我們在雨中相遇——」

詩人已經為她「少年時代的第一曲戀」（《殞星》），唱出了一支冷靜而理智的挽歌。

第十五章　從「灰眼黑貓」到「慧心蓮」
──陳若曦小說及其近作中的女性形象

　　在一般人的心目中，陳若曦無疑是一位「社會意識強烈」，並且引用她自己的話說，「與政治難分難捨」[1]的作家。她雖然很早就開始寫小說，如上世紀50年代末至60年代初發表於台灣《文學雜誌》和《現代文學》上的《欽之舅舅》、《灰眼黑貓》、《巴里的旅程》、《辛莊》、《最後夜戲》、《婦人桃花》等等，但並未引起文壇與評論界的很大反響[2]。正如夏志清先生所說，她「不能算是早熟的捷才，早期作品並未引起廣大注意。她不像魯迅、張愛玲，一上文壇即能自建風格，令人刮目相視。」[3]真正使她聲名鵲起、享譽文壇的是在70年代中期首次以小說的形式向外界披露「文革」內幕的《尹縣長》、《耿爾在北京》等作品。此後，陳若曦一改她「年青時最推崇寫作技巧」的小說寫法，「但求言之有物，用樸實的文字敘述樸實的人物，為他們的遭遇和苦悶作些披露和抗議。」[4]正如她自己所說，「從害怕政治，我一變而熱衷政治」[5]。人們無論是推崇她、讚揚她，或是研究她，批評她，甚至圍剿她，往往都基於同一個理由：社會意識強烈和觸及現實政治。正如一位評論者所指出的，「陳若曦的小說向來亦步亦趨地隨著整個現實政治社會局勢而發展（可以說她走過哪裡，故事就發生到哪裡），反映出身處每一個特

---

[1]　陳若曦：《速說四十六年》，《天然生出的花枝》，天津：百花文藝出版社，1987年1月版，第281頁。

[2]　後來這些早期小說，是在《尹縣長》、《耿爾在北京》等「文革」小說引起轟動之後，於1976年才結集出版的，見《陳若曦自選集》，台北：聯經出版公司，1976年版。

[3]　夏志清：《陳若曦的小說》，見《陳若曦自選集》，台北：聯經出版公司，1976年，第8頁。

[4]　陳若曦：《陳若曦自選集・后記》，《陳若曦自選集》，台北：聯經出版公司，1976年，第235頁。

[5]　陳若曦：《速說四十六年》，《天然生出的花枝》，天津：百花文藝出版社，1987年1月版，第273頁。

燈火闌珊──女性美學燭照

252

殊階段的各種人物正在醞釀或已展現的生命形態。」[6]因而，人們看陳若曦的小說，往往自覺或不自覺地「忽略」作者是一位女性作家，而將「《尹縣長》、《耿爾在北京》、《地道》等男性或中性觀點的處理」[7]來評價她的整個小說創作。

這無疑是一種誤解。照筆者看來，雖然作家的性別不應該也無必要成為判斷其作品優劣、高低的標準，尤其是在當今這個女強人比比皆是並層出不窮的社會中。然而，心理學所揭示的男人與女人在觀察世界、反映事物的用腦方式、心理特點方面的某些差異，註定了男女作家在描述現實、刻畫人物以及觀察角度和寫作方法諸方面的某些差異，儘管這種差異有時顯得十分細微、似有若無，但實際上還是一種客觀存在。就這一點來說，筆者常常感到，人們僅僅把陳若曦當成一位政治意識強烈的作家，而並未意識到她同時也是一位關注女性命運、生存現狀和生活方式的女作家，實在是一種誤會。雖然她的小說並不像40年代的張愛玲、蘇青那樣專注於男人與女人之間的情感糾葛[8]；也不像八十年代的李昂、呂秀蓮那樣高揚起「新女性主義」的獵獵旗幟。其實，從陳若曦的一些以描寫婦女生活、探討女性命運及其生存現狀為主的數十篇小說中，亦不難看出她的「女性意識」。

第一節　悲劇命題：「不幸的夏娃」

平心而論，陳若曦那些描寫婦女生活、探討女性命運的數十篇小說，無論在寫作技巧，還是在思想深度等方面，其藝術水準方面的參差不齊，都是顯而易見的。但這似乎並不影響我們對她筆下的人物形象的認識。其最早的舊作《灰眼黑貓》，發表於1959年3月出版的台灣《文學雜誌》；而最近的長篇《慧心蓮》，則於2001年2月出版。從1959年至2001年，時間跨度長達42年。42年自然並非彈指一揮間，其間不僅作者的經驗、閱歷和世界觀、人生觀都發生了急劇變化，其筆下的女性人物形象自然也有了明顯變化。概括而言，筆者以為，從50年代末的《灰眼

6　吳達芸：《自主與成全——論陳若曦小說中的女性意識》，《陳若曦集》，台北：前衛出版社，1993年12月版，第258頁。

7　吳達芸：《自主與成全——論陳若曦小說中的女性意識》，《陳若曦集》，台北：前衛出版社，1993年12月版，第258頁。

8　如張愛玲的《金鎖記》、《傾城之戀》，蘇青的《結婚十年》《續結婚十年》等小說。

黑貓》到21世紀初的《慧心蓮》，陳若曦筆下的女性形象，大體上經歷了從「不幸的夏娃」到「落難的尤物」再到「自立的主婦」和「自覺的信女」這樣幾個既是社會歷史的也是女性心理的變化階段。

第一階段：「不幸的夏娃」，自然是指作者50年代末至60年代初創作的《灰眼黑貓》、《最後夜戲》、《婦人桃花》、《邀晤》、《喬琪》等短篇小說中的女性人物形象。這些女性形象，按其身分、受教育程度而言，大致上可分為兩類：一類是都市中的知識女性，如《喬琪》中的喬琪及其母親、《邀晤》中的仰慈；另一類則是社會下層的各種婦女，如《灰眼黑貓》中的文姐、《最後夜戲》中的金喜仔、《婦人桃花》中的桃花等。實際上，後來陳若曦筆下的女性形象，也一直未超出這兩類人物的範疇，只不過後一類婦女大都成了自食其力的勞動婦女而已。從這些小說所塑造的女性形象而言，雖然她們的身分、性格、地位以及文化程度各個不同，但有一點卻是不約而同：即命運的不幸。無論是被父母之命誤嫁朱家而受盡折磨以致發瘋夭折的文姐（《灰眼黑貓》），還是隨著歌仔戲的沒落而不得不骨肉分離的金喜仔（《最後夜戲》）；無論是始亂終棄、陰陽隔絕以致被死鬼纏身的桃花（《婦人桃花》），還是大學剛畢業，就隨母親和媒人一次次相親，為的是「好好地結個婚」的仰慈（《邀晤》），可以說，在主宰自己的婚姻、命運和前途方面，這些女子無一是幸運者。

社會、歷史、環境、封建習俗和婚姻制度所造成的女子的悲劇，正如作者借《灰眼黑貓》中文姐的好友阿蒂之口所說：「想到她的悲劇，我不禁深深懷疑我們現在的風俗與制度。在大都市里的人一定不會想到封建的殘餘在這窮鄉僻壞仍有這麼大的勢力吧！」被視為「不祥之物」的文姐死了，屍體連婆家的大門都不讓進去，令人想起林海音《金鯉魚的百褶裙》中那個身分卑微的收房丫頭金鯉魚死後的相同遭遇。然而，陳若曦筆下的「灰眼黑貓」顯然不僅僅是一種迷信，而是一種象徵。小說一開頭就預示了一句讖語：「在我們鄉下有一個古老的傳說：灰眼的黑貓是厄運的化身，常與死亡同時降臨」。因而，當童年時代的文姐偶然把風箏線套上小貓頭頸之時，她的厄運就已被註定，成為一個無法扭解的「死結」。這篇小說的真正意義，並不在於那種令人不可捉摸的神秘感，而在於對造成文姐之不幸命運的「主宰」的詛咒，於是我們聽到了作者借阿蒂之口發出的強烈呼問：「我不覺深深詛咒所謂的命運，我奇怪難道真沒有人逃出命運的安排？果真有命運，誰是主宰呢？」

曾經有過女人想跟命運抗衡，例如《最後夜戲》中的金喜仔。對於自己的親生兒子阿寶，算命的說這孩子天生的「過繼命」，不送給別人恐怕養不大，她竟搖頭說：「我不信！」然而，在歌仔戲日趨沒落、觀眾日益遞減的殘酷的生存現實面前，她實在無法兩全：

> 在這個歌仔戲末落的時候，戲旦已經遠非昔比了。十年前，旦角由她挑，唱一台戲的收入可以吃喝一個月；現在老闆只要不滿意，可以隨時解雇她。她早已看出這個連環鎖：生存，吸毒，生存……它緊緊鎖住了她，再也逃不掉。[9]

　　所以，等待金喜仔的最後命運，還是骨肉分離，把親生兒子送人，否則她就無法在這個世界上生存下去。如果說，文姐、金喜仔的不幸命運，基本上是時代、習俗、環境和社會現實給生活於鄉村的下層婦女帶來不幸的命運的話，那麼，喬琪的不幸命運，則來自其母親在婚姻破裂後對前夫的仇視、憎恨的報復心理的後遺症。表面看來，喬琪是那個時代的幸運兒，與文姐、金喜仔截然不同，她生活在吃穿不愁的富裕之家，經常受到母親噓寒問暖、無微不至的關愛，又有陸成一這樣死心塌地的異性追求者，不像仰慈那樣大學剛畢業就一次次「邀晤」，只為了「好好地結個婚」[10]。她大學剛畢業便準備飛向新大陸留學深造，實在是人人羨慕的幸運兒。

　　然而，隨著小說對其內心世界的層層披露，我們逐漸明白了這個患有自戀症與「世紀病」的年輕女孩的不幸。原來，15年前父母離異、母親再嫁的陰影一直籠罩著她，使她無論在家中還是在人群中都倍感孤獨與寂寞。就在她翌日飛赴新大陸前夜，她也「絲毫感覺不到喜悅」，「有的只是困惑和莫名的躊躇」。小說中幾次浮現出她兒時「孤獨得彷彿被遺棄在曠野裏」，「最難捱的寂寞，斬之不盡，驅之不去，像埋伏的奇兵，隨時都可來襲」的記憶畫面。正是這樣一種揮之不去、召之即來的痛苦不堪的兒時記憶，造成了喬琪日後許多非理性的衝動與神經質的任性。為了急於「擺脫這個家，擺脫台北這個小地方」，甚至不惜嫁給一個她「當然不愛」的40歲男人，僅僅因為「他是外交官的秘書，可

9　陳若曦：《最后夜戲》，《陳若曦自選集》，台北：聯經出版公司，1976年，第149～150頁。

10　陳若曦：《邀晤》，《陳若曦集》，台北：前衛出版社，1993年，第32頁。

以出國」而已。當其婚禮被迫取消之後，她的「神經質，帶著悲劇性」的「瘋狂」發洩到了極點。

事實上，小說中有著「神經質，帶著悲劇性」的女性又何止喬琪一人呢？她的母親，其內心實在比她的女兒更加痛苦不堪，只是平日不像女兒那樣容易隨時發作罷了。小說的真正高潮是在女兒接到生父的電報，希望她赴美「經東京祈下機一晤至祈至盼」之後，平日溫柔體貼、百依百順的母親竟一反常態，蠻不講理地要求女兒「不要下飛機」，「不要去看他」，女兒哀求道：「我們只是見一面，十五年只見一面呀！」不料母親竟然捏緊拳頭，面容扭曲，眼中冒火，渾身顫抖：

> 「……你那天殺的父親……毀滅了我的愛情……現在又來搶我的
> 孩子……呵，我憎恨你！我永遠憎恨你！別永遠得意，我不相信
> 我會永遠失敗！聽著，我決不放棄，我寧肯，呵，我寧肯……寧
> 肯殺了你，也不願意讓他搶去！」[11]

正是在這個充滿緊張感的戲劇性場景中，作者寫出了一個女人在婚姻破裂之後對男人產生的極端仇視、憎恨甚至不無歇斯底里的報復心理。這裏雖未豎起女性主義的旗幟，卻埋伏著日後「殺夫」的心理動機。因此，在陳若曦迄今為止的所有小說中，《喬琪》無疑是女性主義意識表現得最為明顯也最為強烈的一篇。它不僅反映了父母離異對於一個9歲女孩的心靈戕害及其後的惡劣後果，而且揭示了婚姻破裂帶給母女兩代人的幻滅感以及由此而造成的自我毀滅的命運悲劇。

這是一個相當深刻的悲劇命題，至少在60年代初期的台灣女性文學作品中，是十分罕見的。可惜的是，陳若曦很快就自動放棄了這種對人性弱點的拷問與女性心理的透析的藝術追求，這是十分令人遺憾的。筆者以為，她後來的許多小說，包括享譽文壇的《尹縣長》、《耿爾在北京》等等，就其對人物心理的探究和分析之深度而言，沒有一篇能超過《喬琪》。

---

[11] 陳若曦：《喬琪》，《陳若曦自選集》，台北：聯經出版公司，1976年，第135～136頁。

第二節　諧劇人物：「落難的尤物」

　　1962年秋，陳若曦在赴美留學之後，就中止了其中文小說的創作（誰知這一中止，竟長達12年）。1965年在獲得美國霍普金斯大學的碩士學位之後，1966年便與其丈夫段世堯經由歐洲赴中國大陸。然而，她回來得太不是時候——恰逢「文革」爆發。在北京、南京蹉跎了7年之後，於1973年拖著兩個年幼的兒子一家四口移居香港。這段非正常時期的非正常經歷，對於一心想「報效祖國」的陳若曦及其家人來說，是不幸的；然而對於小說家陳若曦而言，卻又不能不說是一種千載難逢的歷史機遇。她在「文革」中經歷的那些人和事，在她離開大陸之後仍在腦海中縈迴不已。「七四年在香港居住時，為排遣胸頭的鬱悶，才又拾起筆塗鴉，寫了幾個短篇，收進《尹縣長》集裏。」[12]這些作品均是以「文革」為題材的小說，除《尹縣長》之外，包括《晶晶的生日》、《值夜》、《任秀蘭》、《耿爾在北京》以及稍晚些時發表的《尼克森的記者團》、《老人》、《地道》、《春遲》等。

　　陳若曦重新執筆寫小說，並不意味著12年前「最後夜戲」的重新粉墨登場，而是意味著對「最推崇寫作技巧」的小說寫法的改弦易轍。於是，《尹縣長》等作品便成為她「力求客觀、真實」[13]的代表之作。確實，「文革」中所發生的許多匪夷所思的荒唐事，似乎不需考慮什麼「虛構」情節，便可構成一部寫實主義小說。因而陳若曦70年代中期以後的作品，比之60年代初期的小說，就人物心理的深度以及對女性地位、命運及其生存現狀的關注而言，不能不說是一大退步。然而，這些「堅持寫實主義」的作品，畢竟確立了作者在文壇上的地位和影響力，因而對它們的小說技巧之成敗得失的考慮，便在其次了。

　　在這些作品中，作者首先是從人的尊嚴被踐踏、人的本性被扼殺、人的存在被忽視的人道主義立場而不是從女性的地位、命運及其與男性的關係來提出問題、思考問題的，因此，這個時期作品中出現的女性形象，往往扮演著非女性即中性甚至雄性化的角色。最有代表性的自然是那位親自上門動員辛老師家拆毀曬衣架的居委會主任高嫂（《尼克森的記者團》）。不僅辛老師的丈夫、堂堂七尺鬚眉聞其聲而色變，承認

---

[12]　陳若曦：《陳若曦自選集・後記》，台北：聯經出版公司，1976年，第235頁。

[13]　陳若曦：《陳若曦自選集・後記》，台北：聯經出版公司，1976年，第235頁。

「這個女的我最怕看到」，唯恐避之不及；就連嘴巴不軟的辛老師本人，也覺得這是個難纏的角色：

> 聽到高嫂，我的心突地吊了起來，沒想到一個曬衣架子竟會勞動高主任親自找上門來。這高嫂是我們宿舍區的居民委員會主任，本人貧苦出身，丈夫是工人黨員。建校以來，她家一直住在宿舍傳達室裏，專司傳達。她四十歲不到，人極是幹練，搞宿舍裏的階級鬥爭，非常拿手，鬥起婦女老弱來，威風凜凜的。仗著出身好，她有恃無恐地製造「紅色的下一代」，一連生了六個孩子，然而向婦女推行計劃生育，勸人打胎時，又振振有詞，好像多生一個孩子便是罪惡。書倒沒念多少，卻天生一張嘴會搬弄詞句，聲音又尖，話語又苛，哪個婦女都鬥不過她，男人更是遠遠看了就先讓她三分。要說「婦女能頂半邊天」，我們宿舍的整邊天都讓她一個人遮蓋了去[14]。

在這個除了生育六個孩子外徹頭徹尾雄性化的「母大蟲」身上，折射出多麼豐富的政治、社會和時代的投影！也只有「文革」，才會使這個「書倒沒念多少」的婆娘，成為男男女女見了都害怕的政治動物。然而，生活中畢竟並不全都是高嫂那種畸型的政治動物，即便是在「文革」那種非人道、非人性的非正常時期，也畢竟還是有作為「男人的一半」的女人存在。無論是在「四五」期間去天安門憑弔周恩來、聲討「四人幫」而後遭到告發、被迫寫「交待」的老人之妻，她親手為光了一隻腳回來的老伴納鞋底的行動，無聲地卻是有力地表達了對丈夫的精神支持[15]；還是雖離過婚且相貌平平，但為人謙和、心地善良的李妹，正是她的出現，使心灰意冷的洪師傅真正感受到了女人的愛，以致最後他倆被誤關在地道中雙雙斃命，還是留下了以血書寫的「我們相愛，不是自殺」[16]的愛情宣言。

然而，在陳若曦那些以「文革」為題材的小說中，實在極少寫得生

14　陳若曦：《尼克森的記者團》，《陳若曦集》，台北：前衛出版社，1993年12月版，第72頁。

15　陳若曦：《老人》，《老人》，台北：聯經出版公司，1978年。

16　《地道》最初發表於1977年11月的台灣《聯合報・副刊》，結尾如此。後作者聽從白先勇先生的意見，在結集時對結尾作了修改，刪去此「血書」。本文仍取最初的版本之結尾。

x

動傳神而又富於女性魅力的人物形象，那幾位以作者自身經歷、感受為原型的知識女性，如《晶晶的生日》中的文老師、《任秀蘭》中的陳老師、《尼克森的記者團》中的辛老師等，都算不上是血肉豐滿、形神兼備的女性形象。唯一的例外倒是《查戶口》中那位落難的尤物——因偷漢而被周遭的人們罵為「妖精」、「潘金蓮」的——彭玉蓮。這個女性十足的人物的出現，無疑給陳若曦那些硬梆梆而又色彩灰黯的「文革」小說添加了一抹柔亮而又繽紛斑斕的油彩。

這是個絕不與周圍的人們相混淆的搶眼的女人。在這篇題目顯得相當政治化的小說中，作者恰恰顯示了她作為女性作家而對一個女人的形體、神情、穿著等觀察的細緻入微。例如，對彭玉蓮形體、神情之迷人的描寫：

> 說來彭玉蓮並非什麼美人，個子生得很矮小，不過她善於保養，注重穿著，身材總顯得很勻稱；特別是胸部，高低起伏，曲線突出，越發引人注目了。她的頭髮一向找鼓樓的一家大理髮店修剪吹風，一樣的短髮齊耳，但她的總是蓬鬆有致，顯得與眾不同，女孩子們都管那叫海派頭。皮膚黑黑的，鼻子微塌，一張大臉像圓盤，與她矮小的身材頗不相稱；然而一雙眼睛卻生得又大又亮，且富於表情，顧盼之間，似有種種風情，男人瞧著，覺得撲朔迷離，很多女人自然是又嫉又恨了[17]。

再如對她衣著、打扮之出眾的描繪：

> 《雪後的寒冬》彭玉蓮卻只穿著一雙上海出品的紫紅呢鴨舌便鞋，一襲花綢面的絲棉襖裹在身上，還能露出腰身來，紫紅的毛線帽子，配了黑手套，映著滿地的白雪，越發豔麗得奪人眼目。

敢穿得這麼色彩鮮明，我心裏想，膽子不小呀![18]

然而，這位被她周圍的常主任、施奶奶們視為「眼中釘」的「妖

---

[17] 陳若曦：《查戶口》，《尹縣長》，台北：遠景出版社，1976年3月，第61～62頁。收入《陳若曦集》中的《查戶口》，文字略有改動。

[18] 陳若曦：《查戶口》，《尹縣長》，台北：遠景出版社，1976年3月，第61～62頁。

精」，不僅身處「文革」期間敢在穿著打扮上標新立異地顯示其女性本色；更難得的是，作為「老右派」、「老運動員」冷子宣的妻子，一方面，在男女關係上敢作敢為，以至成為常主任、施奶奶們虎視眈眈的「捉姦」對象；另一方面，她也不與常年在五七幹校當「勞動常委」、未老先衰的丈夫「劃清界限」，提出離婚的要求，甚至「偷漢」的原因，似乎還想幫丈夫的忙，如當初與馬書記來往「是為了給冷子宣摘掉右派的帽子」；而最後「捉姦」未遂的結果，真的使其丈夫脫離了五七農場而回校教書。因此，在這個落難的尤物身上，呈現出了相當複雜的既是人性的也是女性的內涵，使人想起沈從文的湘西小說中那些既讓丈夫戴上綠帽子又讓丈夫把銀錢帶回家的船上的女人（如《丈夫》等）。對於彭玉蓮這樣的女人，作者並未在小說中對其作出簡單的道德評判和道義譴責，而是從女性作者的立場出發，對她的「與眾不同」乃至與人通姦都給予了與周圍那些喊喊喳喳、專等著看她當眾出醜的婆婆媽媽們截然不同的寬容與諒解，這從那位不得不奉命「監視」彭玉蓮的文老師的態度上便可一目了然：「我除非吃飽飯沒事幹，才管這種閒事！」雖然文老師對彭玉蓮也懷有某種戒心，不敢「沾這名女人的光」而接受她誠心轉讓的蘆花雞。

可以說，正是由於刻畫了彭玉蓮這樣一位「與眾不同」的女性形象，使得《查戶口》在作者所有的「文革」小說中顯得別具一格。值得注意的是，此篇在寫到她與丈夫冷子宣的夫妻關係時，也並未出現司空見慣的反目爭吵、甚至大打出手的戲劇性場面。冷子宣在得知妻子對己不忠的實情之後，也只是淡然地說：「如果彭玉蓮要離婚，我隨時答應，我自己絕不提出。」[19]這句話中不能不含有對自己長年在外當「勞動常委」而使妻子獨守空房的歉疚與諒解。正因為這樣，當他回到家那天，「彭玉蓮滿面春風地拎了一隻老母雞回家，拔雞毛時嘴裏還哼著曲子。鄰居們豎長了耳朵聽，可是到天亮也沒聽見一句吵嘴的聲音」[20]。

這裏似乎蘊含著作者對夫妻關係的一種新的理解，即婚姻並不僅僅是一種兩性關係的契約，更不應該只是對女人的貞操產生約束，儘管是在「文革」那樣一種非人性的非正常環境之下，「落難的尤物」也在兩性關係中表現出了某種自在的心態，雖然她不敢明目張膽地違抗半夜三更穿堂入室的「查戶口」。

---

19 陳若曦：《查戶口》，《尹縣長》，台北：遠景出版社，1976年3月版，第83頁。

20 陳若曦：《查戶口》，《尹縣長》，台北：遠景出版社，1976年3月版，第84頁。

第三節　活劇紀實：「自在的女人」

1979年，陳若曦應美國加州大學柏克萊分校中國研究中心之聘，全家由加拿大移居美國。此時，中國大陸歷時十年之久的「文革」已經結束，進入了改革開放的歷史新時期。此後，陳若曦作為海內外著名的作家，其影響力已遠遠超出了文學本身。她不斷應邀回大陸或台灣訪問、演講，活動的範圍不斷擴展，生活的內容逐漸豐富，接觸的人（其中既有名人，也有普通人）越來越廣泛。於是，我們在她80年代以後的小說中所見到的畫面便顯得駁雜斑斕起來。撇開她80年代以後的數部長篇小說，如《突圍》、《遠見》、《二胡》、《紙婚》不談，即便在她的短篇小說中，人物的生活空間及其經歷的事件顯然比她早期小說與「文革」小說要廣闊和豐富許多。

值得注意的是，她80年代以後的中、短篇小說，差不多都圍繞著女主人公或在美國、或在台灣、香港遇到的不順心的麻煩事來鋪陳情節，展開對話。陳若曦的小說，從來也沒有像80年代以後的作品那樣重視華人婦女在異國他鄉所面臨的種種困擾。如《素月的除夕》，寫的是中年婦女素月，為了送兩個兒子到美國念中學，本來的計畫是，「等孩子們習慣安定下來，她便返台」[21]，以便夫妻團聚。可人到了美國，才發現完全行不通，「把個十三和十五歲的小孩丟在美國，沒有大人在旁督促，她怎麼也放心不下」，因而只得滯留在美國，一方面掛念台灣的多病的丈夫，同時又整日提心吊膽，唯恐自己的觀光簽證期滿不能再延成為非法居留的「黑戶口」。儘管美國的「藍天如洗」，她卻「只感到混亂和空虛」[22]。再如《不認輸兩萬元的話》中的老年婦女柯太太，當初為了來美和兒子團聚，「傾家蕩產」才買下柏克萊的一棟公寓。不料抵美後兒子死於車禍，媳婦帶著孫子改了嫁。於是她想賣掉公寓籌一筆養老金返台安度晚年；誰知台幣升值而美元貶值，當初買下的公寓，十年後連本錢都不值。但如果不賣出去的話，柯太太又面臨著房客「合法」卻不合理的荒唐要求和添人增丁的一系列麻煩。所以她除了忍痛「認輸兩萬（美）元」賣掉公寓外，別無選擇[23]。這兩篇小說，十分細膩地表明瞭台

[21] 陳若曦：《素月的除夕》，《貴州女人》，台北：遠流出版公司，1989年6月版，第88頁。

[22] 陳若曦：《素月的除夕》，《貴州女人》，台北：遠流出版公司，1989年6月版，第101頁。

[23] 陳若曦：《不認輸兩万元的話》，《王左的悲哀》，台北：遠流出版公司，1995年1月版，

灣赴美的中、老年婦女在生活中所面臨的困境。

　　然而，嚴格說來，像上述的《素月的除夕》、《不認輸兩萬元的話》以及寫大陸赴美女留學生被騙而慘遭殺害的《到底錯在哪裡？》[24] 等作品，實際上並未表現出多少「女性意識」，正如一位女學者所指出的，「表現婦女意識的作品，作為一個獨立範疇，當然是以性別在文藝創作中的烙印為前提的；而性別在文學中的影響與作用，……又是以男性和女性社會存在的不平等、以男性為中心的文化為前提的」[25]。因此，這幾篇小說雖然都是以女性人物作為其主人公，但反映的只不過是台灣的或大陸的中國人赴美後的遭遇與不幸罷了，即使將其中的性別角色轉換一下，這些問題（經濟的或是種族的）也依然存在。

　　真正顯示出當今華人婦女的價值觀、人生觀及其在兩性關係中的變化的，是在一些描寫各類女性人物對於婚姻、戀愛由被動到主動的態度的作品中，如《我們上雷諾去》、《貴州女人》、《演戲》、《走出細雨濛濛》、《圓通寺》、《丈夫自己的空間》等小說。這些小說中的女性形象，仍然是兩類：即受過高等教育的知識女性和文化程度相對較低的勞動婦女。就傳統的婚姻觀、家庭觀對她們的約束力而言，這兩類女性人物都表現出了前所未有的自在自為的自由度。如《我們上雷諾去》中那個「靠走後門才弄到自費留學的資格，身無分文便一個人從揚州跑到美國來」的原中學教師戚芳遠，為了「想長留美國」而不惜以重婚做賭注，與一個75歲的吝嗇老頭「上雷諾去」註冊結婚。理由雖是「因為她辦離婚手續難」（她在國內有丈夫、兒子），但卻很難從倫理道德或社會學意義上來指責她的重婚行為，因為她坦率地向女友承認：「如果有更好更快的辦法〔指能留在美國——筆者注〕，我今天也不會到雷諾來。你有一天會明白，我不是自私的女人。」當女友提醒她，她嫁的老頭「也許還能活上十年也說不定——十年啊！」她竟回答：「文化大革命整整十年，我都熬過來了。再熬十年……那也只是一眨眼的事。」[26]這句話的潛台詞很清楚：只要老頭一歸西，她就立馬把丈夫、兒子接來美

第119～128頁。

24　陳若曦：《到底錯在哪裡？》，見《貴州女人》，台北：遠流出版公司，1989年6月版，第123～139頁。

25　朱虹：《婦女文學——廣闊的天地》，載《外國文學評論》，1989年第1期。

26　陳若曦：《我們上雷諾去》，《走出細雨濛濛》，香港：勤十緣出版社，1993年1月版，第66頁。

國。這裏絕沒有父母之命的強制性拜堂，而完全是自覺自願的交易性註冊：所以不存在悲劇，只是一幕既荒誕又現實的鬧劇，雖然女主人公在註冊後還保存著一張全家福的舊照片。

再如《貴州女人》中那個從貴州的偏僻山區嫁到美國唐人街來做餐館老闆續弦的原小學教師水月，也並不諱言她嫁給年齡與之相差近40歲的老頭的目的「是為了個人出路。在窮鄉僻壤，她看不到前途，戀愛遭過挫折，家裏又欠債，無奈中才把希望寄託在這場婚姻上」[27]。但對於水月而言，聯姻決不等於禁慾，這是她與嫁雞隨雞、嫁狗隨狗的傳統婦女的根本區別。所以，當年老體衰的丈夫不能與她過正常的夫妻生活，而那個在餐館內打工、經老闆主動請求才勉強答應每週一次來老闆家代行丈夫之責的阿炳又要結婚的情形下，水月的出走便成了偶然中的必然。因為她無法忍受與丈夫之間沒有夫妻之實的生活。無論對於戚芳遠也好，還是對於水月也罷，傳統的婚姻道德觀念對她們都失去了往日威風凜凜的制約力，她們在婚姻的選擇上已經成為自在的女人。作者對這些在傳統的封建衛道士眼裏看來是道德敗壞的女人身上，寄予了充分的寬容與諒解。因為在作者看來，在當今世界，尤其是在自由開放的美國，人人都有權選擇自己的生活方式。女人作為一個人，當然有這樣的權利，別人無從干涉，更不必橫加指責。正如那位本想勸阻芳遠與其姑丈結婚的女留學生小楊所說：「結婚是兩廂情願的事，局外人說好說歹又有何用？」[28]

當今華人女性不僅在婚姻選擇上持越來越自由自在的態度，而且在對待家庭關係、甚至對自己所嫁非人也抱著不慍不惱、和平共處的宗旨，這在婦女沒有取得經濟獨立之前是根本無法想像的。《圓通寺》中有兩位對比強烈的女性，雖然身分、地位和所受的教育程度差別很大，但都是婚姻不幸的女人：在美國執教的「我」，離過三次婚，結果連唯一的兒子也不得不放棄撫養權；而她去國20多年後再回台灣，卻發現嫁了一個吃喝嫖賭無所不為的丈夫的表姐，卻不離不棄，處之泰然，「哪兒像親戚說的『遇人不淑』、『獨自拉拔三個孩子長大』的可憐人形象呢？」當「我」為她「一副樂天知命的神情」而怨其不爭時，她這樣回答：

27 陳若曦：《貴州女人》，《貴州女人》，台北：遠流出版公司，1989年6月版，第156頁。

28 陳若曦：《我們上雷諾去》，《走出細雨濛濛》，香港：勤十緣出版社，1993年1月版，第58頁。

「凡事退後一步想嘛。我常說自己像牛，能吃能睡，還會反覆地咀嚼美好的回憶。日常事情總做不完，不愉快的事還能不忘？孩子大了也不能閒，小女兒上的是清晨五點的早班，我夜裏三點就起床給她和其他孩子做早飯和便當。女孩子嘛，我不放心，非得送她到工廠門口。趕回家吃了早飯，又一頭栽進計件工。難得有空我便趕去看戲和跳舞……」[29]

　　表姐生活得如此充實而又忙碌，難怪她把那個「不負責任的丈夫」視為可有可無之人了。這裏，仍然是婚姻的不幸，但卻不再有喬琪母親那種離異夫妻之間魚死網破的仇視、憎恨與報復，原因其實很簡單：80年代的婦女大都自食其力，有了獨立的經濟能力，因而婚姻幸與不幸，丈夫好與不好，已經不再是妻子全部的生活內容和唯一指望，那種因所嫁非人而鬱鬱寡歡、以淚洗面的苦命婦人、可憐女子的時代，畢竟過去了。正如作者在《女性意識》一文中所說：「始亂終棄、家庭暴力、婚外情和離婚後生活無依的恐懼。這些已不僅是男女平權之爭，更重要的是婦女自己的心理建設了。」[30]

　　正因為當今女性生活空間的擴大和經濟能力的獨立，所以在對待「第三者」介入或是丈夫變心、婚姻破裂也變得比以往要冷靜、客觀得多。《演戲》中的麗儀，5年前就與丈夫辦了離婚手續，只為避免傷害女兒的幼小心靈而未搬出丈夫的家，彼此分房而居。「離婚是人類最偉大的發明之一，僅是薄薄一紙離異書，仇人即成路人。不但從此火爆場面絕跡，冷嘲熱諷都沒了勁，彼此客客氣氣，以致女兒迄今蒙在鼓裏。」[31]這裏再也看不到夫妻之間戰爭的硝煙，小說以十分平和、寬鬆的氛圍，反映了這對貌合神離的離異夫婦之間理智而又自在的生活方式。當然，對於麗儀而言，無論在法律上還是在精神上她都是一個自由的女人，和前夫一樣，她既有離婚的自由，也有再嫁的權利。所以，當她小心翼翼地向女兒解釋「離婚並不可怕」而得到女兒的贊同時，她覺得如釋重負，因為「同住一個屋簷，還是另起爐灶，對她已無區別。重要的是，

[29] 陳若曦：《圖通寺》，《走出細雨濛濛》，香港：勤十緣出版社，1993年1月版，第48頁。

[30] 陳若曦：《女性意識》，載香港《星期天週刊》1995年3月19日出版。

[31] 陳若曦：《演戲》，《走出細雨濛濛》，香港：勤十緣出版社，1993年1月版，第112頁。

她獲得心靈的自由，今後不必演戲了」[32]。

同樣，在《丈夫自己的空間》裏，辛辛苦苦拖兒帶女在溫哥華為丈夫「圓移民夢」的楊太太，發現丈夫在香港有了外遇，便趕回來想挽救自己20年的婚姻。誰知丈夫卻振振有詞地說：「你在溫哥華有自己的事業和兒子，我在香港也享受一點……自己的空間。」[33]於是，楊太太明白了她和丈夫之間的婚姻無可挽回。這裏，再也沒有妻子尋死覓活的哭鬧吵罵，也沒有沒完沒了的糾纏不清：

> 哭鬧和譴責是沒用的，丈夫說了，一切都是移民惹的禍。
> 自哀自憐也無補於事，她強力攔住奪眶欲出的淚水，輕輕地放下了茶杯。
> 「等我明天回了溫哥華再說。」
> 楊太太相信，她能在異國建立起自己的事業，她也能做出最好的選擇。」[34]

是的，正如作者所言，「如今婚姻不必是『終身大事』了，可以是一種生活方式。越來越多的人瞭解到，能夠獨立和自我滿足才能使自己立於不敗之地；做『人』比做『女人』重要多了」[35]。正因為如此，如今有不少女人在愛情與婚姻的權衡中，自覺或不自覺地充當了「第三者」，如《走出細雨濛濛》中那個曾自覺自願地甘當有婦之夫的情婦並歷時達8年之久的「她」，在明白自己所愛的男人只不過是一個既怕離婚影響其仕途，又想繼續佔有她的感情的偽君子時，不禁躬身自省：「八年還不夠，竟要一輩子做外室，她問自己，怎麼會有今天呢？是他還是自己的錯？」於是，結局不言自明：「她有信心，自己會走出這片濛濛細雨」[36]。

「走出濛濛細雨」，這無疑是自覺或不自覺地充當「第三者」的女

32 陳若曦：《演戲》，《走出細雨濛濛》，香港：勤十緣出版社，1993年1月版，第114～115頁。

33 陳若曦：《丈夫自己的空間》，《王左的悲哀》，台北：遠流出版公司，1995年1月版，第137頁。

34 陳若曦：《丈夫自己的空間》，《王左的悲哀》，台北：遠流出版公司，1995年1月版，第138頁。

35 陳若曦：《女性意識》，載香港《星期天週刊》1995年3月19日出版。

36 陳若曦：《走出細雨濛濛》，《走出細雨濛濛》，香港：勤十緣出版社，1993年1月版，第8、10頁。

性自我醒悟的象徵。遺憾的是，陳若曦1994年赴港後所寫的幾個短篇小說，如《第三者》[37]（筆者在前面所提的「第三者」，只是把它作為一種「自在的女人」的象徵，與此篇並無直接的關係），以及反映香港日益嚴重的「包二奶」問題的《重振雄風》[38]、反映女性的雄化與男性的無能的《我的惡夢》[39]等，都不能算是成功之作，這恐怕與作者抵港後比較注意沸沸揚揚的社會問題的「熱點」而又未對此進行深入的探究與周密的藝術構思所致，因而這幾篇作品與其說是小說，倒不如說是某些社會問題的形象圖解。對於一位享有盛譽的作家來說，這不能不使人感到遺憾。

第四節　歌劇上演：「自覺的信女」

「走出濛濛細雨」之後的當今女性，該走向何方呢？作者直到20世紀末對此都沒有提供新的答案。但有一點是毋庸置疑的，即她們不會再回到「灰眼黑貓」的時代去，聽任不幸的婚姻和命運的宰割；雖然她們或許會自覺或不自覺地充當「第三者」，但她們不會讓自己永久地背著不光彩的十字架。因為，她們作為自在的女人，既可以「上雷諾去」，也可以到「蕭邦的故鄉」[40]去。果然，1995年以後定居台灣的陳若曦，在21世紀初奉獻出了一部長篇小說《慧心蓮》，並在其中對於婚姻不幸、命運多舛的台灣女人重新尋找人生道路及其生命意義作出了新的抉擇與詮釋。

《慧心蓮》寫的是一家三代女人命運多舛的曲折故事，幾位主角都是女性。母親杜阿春是一個典型的委曲求全、逆來順受的家庭主婦，她年輕時未婚先孕生下了兩個女兒美慧和美心，不料女兒的生父暴病身亡，沒有任何名分的母女三人連亡者最後一面都未見到就被趕出家門，連一點撫養費都得不到。女兒的身份證上注明「父不詳」。為了生存，她經人介紹嫁給了外省來的「羅漢腳」——一位當年從大陸到台的國軍軍人李忠正，又生下了兒子繼光，正如她所說，「『嫁漢嫁漢，穿衣吃

[37] 陳若曦：《第三者》，載1995年5月4～5日香港《星島日報·星辰》版。

[38] 陳若曦：《重振雄風》，載香港《星期天周刊》，1995年1月15日出版。

[39] 陳若曦：《我的惡夢》，載台北《皇冠》雜志，1995年1月號。

[40] 陳若曦：《啊，蕭邦的故鄉》，《王左的悲哀》，台北：遠流出版公司，1995年，第157～166頁。

飯』，我們這一代，十個女人有九個半是為了飯碗。」[41]但因夫妻性格不合終至「家破人走」，兩地分居，一家人分成了一半「女兒國」和一半「男兒國」。為了尋找精神寄託，她在老姐妹林姐的感召下成了樂善好施的信教者，「已經把佛堂當作自己的家了」。而兩個身份證上注明「父不詳」的女兒美慧和美心，在婚姻愛情上繼續上演著母親的不幸悲劇。美慧高中甫畢業就匆匆嫁給了王金土，兒女雙全卻常常莫名其妙飽受丈夫的虐待，以致不得不拋下兒女逃出婆家寄居別處，丈夫則藉口她不履行同居義務而向法院申請離婚，在她未收到法院通知書的情形下，離婚成了自動判決生效的既成事實。她萬念俱灰，甚至一度割腕自殺，終至一心出家，削髮剃度，成了法號「承依」的僧尼。念經拜佛，似乎成了她唯一的精神解脫，「因為好多部經裏都提到念經的功德，其中之一是來世不生為女人。」[42]妹妹美心天生麗質，活潑可愛，成了台灣名聞遐邇的電影明星，追求者甚眾。但一心追逐愛情的她與母親當年一樣，愛上了一個姓吳的有婦之夫，並生下了兒子阿弟，雖然姓吳的按時支付兒子的撫養費，但兒子身份證上與自己一樣，仍是「父不詳」。天有不測風雲，年幼的阿弟竟在一場突如其來的車禍中不幸夭亡。悲痛無比的美心終於看破紅塵，在捐出亡兒的30萬新台幣喪葬費後也一心遁入佛門。

時代終究不同了，如今的台灣，皈依佛門已不再是青燈古剎、苦度餘生，而成了一種人生的選擇，甚至成了一種把握或是改變自己命運的「時尚」，正如美慧的女兒慧蓮所說：「現在的年輕人想出家的多著哪！我自己就覺得是很好的生涯規劃和選擇」。[43]她大學畢業後也繼承了母親的衣鉢，不僅自覺成為法號「勤禮」的佛門弟子，還被派往大陸浙江天台寺取經遊學，而她的男友則選擇成為天主教的修士。在杜家三代女人身上，再也看不到當年因為家庭破碎而心靈扭曲的喬琪母女那種歇斯底里的自暴自棄和瘋狂發洩，而是以一種平靜、寬容的人生態度安之若素，閒庭信步。最重要的，是她們有了一種情感寄託與人生信仰。因此，承依（美慧）皈依佛門後被派往美國留學，返台後成了海光寺的「上人」（住持），連她母親都引以為豪：「當年那個柔弱、悲慟到不

41　陳若曦：《慧心蓮》，台北：九歌出版社，2001年，第72頁。

42　陳若曦：《慧心蓮》，台北：九歌出版社，2001年，第47頁。

43　陳若曦：《慧心蓮》，台北：九歌出版社，2001年，第223頁。

想活的少女，如今已修成一位富有慈悲和智慧的尼師了。」[44]妹妹美心在經歷了兒子亡故之後一心嚮往遁入佛門清淨之地，卻不料竟遭遇道貌岸然的「金身活佛」的性騷擾，她在百口莫辯之下像當年她姐姐那樣割腕自殺，生還之後通過訴諸法律，終於為自己討回了公道。最後，杜家三代信女，齊齊出現在台灣「九二一」大地震的救援現場，她們成了萬眾敬仰、慈悲為懷的救星。

所以，在陳若曦筆下，21世紀的女性之路，其實有許多條；「條條大路通羅馬」，就看她們怎麼往前走了。

附錄：至情至性的人事風景
——陳若曦其人及其散文

陳若曦當然是以她的小說而著名並在文壇上佔據一席之地的。人們提到她，總不免提起那些使她當年一舉成名的最早涉獵「文革」題材的小說。然而她的散文，卻鮮有人提及。台灣九歌版的《中華現代文學大系》（1985年5月初版），小說卷中收入了她的《尹縣長》、《城裏城外》，但散文卷中卻找不見她的名字。或許是因為其小說的數量無疑超過其散文，或許是由於其小說的影響力遠在其散文之上的緣故。其實，她的小說所取得的令人矚目的輝煌，並不能取代其散文的美麗。這種美麗，乃有一種比她的小說更為平易近「人」、更加樸實無華的自然之美。因為與小說相比，散文畢竟是一種既是平民化也是個性化的更適合自我寫真的文體。在散文中，作者可以自由自在地抒寫自己的經驗、感受和性靈。

從上世紀60年代初發表於台灣《現代文學》雜誌上的《張愛玲一瞥》，到1997年11月發表的《愛蘭的心》，陳若曦的散文，除了那本1992年出版的以議論為主的雜感集《柏克萊傳真》[45]外，基本上是以寫人敘事為主的，這一點，和她的小說頗為相似。如果按照散文的三種區分法（分別為敘事性、抒情性和議論性散文）來給她的散文歸類的話，不難發現，純抒情性的散文，在陳若曦筆下猶如鳳毛麟角。在她的散文中，你幾乎看不到余光中的《山緣》、《春來半島》那種如詩如畫、美

44　陳若曦：《慧心蓮》，台北：九歌出版社，2001年，第105頁。

45　陳若曦：《柏克萊傳真》，香港，勤＋緣出版社，1992年12月版。

輪美奐的摹景狀物；你也難以尋覓張曉風的《星約》、《動情二章》那般神思飛揚、如歌如吟的抒情寫意。筆者以為，這並不表明陳若曦本人不愛美景，不喜攬勝，恰恰相反，自80年代以來，她從北美數度回台灣（見《金門與金門高粱》、《啊，台大！》等），訪大陸（見《知識份子的朋友胡耀邦》、《做客釣魚台》等），並且上黃山、去四川、游「天堂」（杭州）、臨延邊，甚至逛新疆、進西藏、走內蒙、闖關東，這都是有其記遊性散文可以為證的[46]。然而，即便是在這些以親身遊歷為主的遊記散文中，作者也極少單純描繪湖光水色、山形地貌，像余光中筆下「山用半島來抱海，海用港灣來擁山；海岸線，正是纏綿的曲線，而愈是曲折，這擁抱就愈見纏綿」（《山緣》）的情景交融的「纏綿」筆調，在陳若曦的散文中幾近絕跡。其實，這並不在於作者對於名勝佳景缺乏感受能力和藝術表現力，她自己曾這樣表白：「自小嚮往祖國山川，如今面對著名山，為友為己都不能失之交臂」[47]。筆者以為，她之所以在其散文中避免當一名濃墨重彩地描繪山水的工筆畫師，更不想當一名口若懸河地炫耀名勝的旅行導遊，乃是在於作者心目中對「人事風景」的關注和留意，遠遠地超過了自然景觀本身！只有人世間的人，這才是陳若曦最看重、最珍視的。正如她自己在一篇散文中所說，「每走一趟，就發現個可愛可敬的人」[48]。於是，我們在陳若曦散文中看到的一道道悲喜交集的人事風景，遠比她一心一意描摹的絕妙景致多得多。

陳若曦的散文中，其實也並非全然沒有借景抒情之作，比如《我為楚戈描山水》、《三月金山春意鬧》。但即便是在這兩篇以描山水、摹春景為其題目的散文中，作者也只是將山水、春景作為凸現人和事的背景而已。如前者寫的是作者80年代初游黃山的一段遊歷。她開宗明義就告訴讀者，之所以要來黃山攀那「既窄又陡，宛如天梯」的石級，是因為「朋友楚戈為我作的山水畫，一樣雄偉的山脈，還多了一份濃得化不開的鄉愁。正是為了印證他的畫，我才來黃山」。而這位自作者編輯《現代文學》的大學生時代就相識相交的多才多藝的詩人、畫家兼考古

---

[46] 參見陳若曦所作的《我為楚戈描山水》、《十寨溝的人家》、《「天堂」裏的司機》、《延邊四日》、《新疆吃拜拜》、《西藏行》、《草原行》等散文，除《十寨溝的人家》、《西藏行》外，餘皆見《草原行》集，台北，時報文化出版公司，1988年7月版。

[47] 陳若曦：《我為楚戈描山水》，見《草原行》集，台北，時報文化出版公司，1988年7月版。

[48] 陳若曦：《外雙溪的故交和新識》，見《生活隨筆》集，台北，時報文化出版公司，1987年1月版。

學者，當作者兩個月前去台北看望他時，「他正和癌症搏鬥，勝負未卜。雖然仍是頑童本色，置生死於度外，但言談間感覺得出，耿耿於懷的是睽違卅多載的故土和親人。一向健康硬朗的人，說病就病，而且兇險異常，人生的無常，莫此為甚！」讀著這樣的文句，彷彿能夠觸摸到作者那顆為摯友而「描山水」的沉甸甸的心。雖然「描山水」並非作者所長（如後文寫她沿途碰到許多摹景寫生的畫家，甚至為自己不曾學畫而生悔恨），但她卻自覺地揣著代友返鄉的使命和責任，登上了「一覽眾山小」的天都極頂。她說：「跨上『天上都會』的，竟非為之朝思暮想的楚戈。除了為他多瞄幾眼青山，我還能做什麼？」於是，面對著美不勝收的黃山風景，陳若曦並無興奮不已的征服感，卻讓我們聽到了她內心發出的乞願：

> 「我但願台階上站的，是我那苦戀故土大半輩子，卻被活生生阻
> 斷了血緣臍帶的朋友。以他的才思和頑童的心靈，對此山色，不
> 知能譜出多少樂章——他的山水飄逸瀟灑，具有動感，一幅不就
> 是一首狂想曲嗎？」[49]

　　這絕非單純的緣景抒情，而是一種肩負義不容辭的使命感和責任感的呼籲，也是融敘事、抒情和議論為一體的抒懷言志，尤其是最後一句：「三峽，你等等我朋友吧！」叫人讀之揪心裂肺，潸然淚下。正是這樣一種關懷人事命運遠勝於風花雪月的使命感，使得陳若曦的散文處處顯示出一種「入世」的而非「出世」的社會參與意識，在她90年代以後所寫的散文、雜感、報導中，這種使命感和社會參與意識表現得更為強烈而激越。她的這種自覺的使命感和社會參與意識，正是當今許多津津樂道於描寫一己的甜蜜或哀怨的女作家所缺乏的。
　　陳若曦的散文，雖然缺少優雅雍容的純抒情的小品，但如果將她的散文作品分門別類的話，大體上還是可以歸入敘事型、遊記型、議論型、報導型和雜感型五類。其中，後三者「但求言之有物」[50]的使命感和社會參與意識，比她當年的社會寫實小說甚至有過之而無不及。因而藝術的美感往往不免被那些激憤的言辭、淺顯的議論所忽視（如《柏克萊

49　陳若曦：《我為楚戈描山水》，見《草原行》集，台北，時報文化出版公司，1988年7月版。
50　陳若曦：《〈陳若曦自選集〉後記》，台北，聯經出版公司，1976年7月版。

傳真》中的某些雜文）。但她的敘事型包括部分遊記型散文卻有著相當高的藝術價值，作者的個人風格和真實性情也凸現得最為鮮明。

這類敘事散文，又可細分為記師友故舊的和寫自己及家人的兩種基本格局。前者如《張愛玲一瞥》、《許芥昱的麻婆豆腐》、《反傳統的劉國松》以及《啊，台大！》中寫原台大校長傅斯年的遺孀俞大綵教授，《外雙溪的故交和新識》中記至情至性的友人楚戈與國畫大師張大千等，都是寫得神情畢肖的記人佳作。後者如《我兒子的媽媽》、《求田問舍》、《我們那個年代的中學生》、《報童》、《夏令營・野營》等等。讀這一類以記人敘事、自我寫真為主的散文，一點也不像讀她的小說，尤其是像《尹縣長》、《任秀蘭》等「文革」題材的小說那般叫人心情沉重，欲哭無淚，其中偶爾雖也有如同曹禺所說的「無聲的悲痛」[51]，如《許芥昱的麻婆豆腐》中寫到許氏夫婦的不幸罹難等，但更多的則是以一種生動的活潑、豁達開朗和幽默風趣甚至不無婉諷自嘲的筆調，寫她個人的閱歷和經驗；寫她可愛的兒子和家庭；寫她待人接物的態度和原則；寫她與舊雨新知的情誼和交往，總之，毫不矯情、不加修飾地寫她自己的喜怒哀樂和所感所思，因而「處處流露出真情與自我」[52]。

值得稱道的是，作者在文中刻劃人物的音容笑貌和性格特徵，往往採用著墨不多卻神筆疊出的白描手法，寥寥幾筆便使人物形神兼備。例如對張愛玲的外形與神態的描寫：

「她真是瘦，乍一看，像一副架子，由細長的垂直線條構成，上面披了一層雪白的皮膚；那膚色的潔白、細緻很少見，襯得她越發瘦得透明。紫紅的唇膏不經意地抹過菱形的嘴唇，整個人，這是唯一令我有豐滿的感覺的地方。頭髮沒有燙，剪短了，稀稀疏疏的披在腦後，看起來清爽俐落，配上削瘦的長臉蛋，頗有立體畫的感覺。一對杏眼外觀滯重，閉合遲緩，照射出來的眼光卻是專注、銳利。淺淺一笑時，臉含羞怯，好像一個小女孩。嗯，配著那身素淨的旗袍，顯得非常年輕，像個民國二十年時代學堂裏的女學生。渾身煥發著一種特殊的神情，一種遙遠又熟悉的韻

51 曹禺：《〈天然生成的花枝〉序》，天津，百花文藝出版社，1987年1月版。
52 陳若曦：《外雙溪的故交和新識》，見《生活隨筆》集，台北，時報文化出版公司，1987年1月版。

味，大概就是卅年代所特有的吧[53]。

　　僅這「一瞥」的印象，就勾勒出一幅具有立體感的張愛玲的肖像畫。而後寫到張愛玲住在花蓮時，因路走得多而磨破了一隻腳，「她便在那隻腳穿上厚厚的毛襪，另一隻腳讓它光著，然後，大街小巷地逛去了」，更是寫活了不拘小節的張愛玲！再如寫畫家劉國松身在廚房心在畫的粗枝大葉：

　　　　國松體貼夫人，模華下廚，他就擔任燒飯的差使。模華喜做
　　大菜，樂得心無二用。她常常忙了半天，把菜端上桌，回頭問：
　　「國松，飯呢？」
　　　　「早好啦！」
　　　　他揭開電鍋一看，米是米，水是水，涇渭分明，原來忘了
　　插電[54]。

　　這些人物的逸聞趣事，使得陳若曦的散文避免了行文的平鋪直敘、枯燥乏味，猶如曲徑通幽，引人入勝。這種類似小說的奇峰突起的「插曲」，常常收到一種戲劇性的令人忍俊不禁的效果。
　　那些以描述自我經驗和家庭生活為主的散文，則更像一齣輕鬆隨意、「笑料」迭出的輕喜劇，而這輕喜劇的主人公是作者本人及其家人。給人以深刻印象的是作者及其家庭成員那種樂天、隨意、詼諧和幽默感。這種詼諧和幽默感，絕非故作瀟灑之狀，而是透過日常生活甚至家務瑣事和家庭矛盾而流露出來的一種生活情趣和人生態度。大至「求田問舍」、置房賣產[55]；小至充當「報童」，代兒投遞[56]，無一不顯露出作者處事的豁達隨和和做事的認真負責。前者如《求田問舍》中「吉屋廉讓」後的沾沾自喜；後者如《報童》中「為了保證顧客在飯前收到報紙」，客串「報童」的作者，竟拉著遠道而來的客人及其兩位千金「上街幫忙派報」，這些描述都是頗顯作者待人接物的個人性格和情操的。

53　陳若曦：《張愛玲一瞥》，見《生活隨筆》集，台北，時報文化出版公司，1987年1月版。
54　陳若曦：《反傳統的劉國松》，見《草原行》集，台北，時報文化出版公司，1988年7月版。
55　陳若曦：《求田問舍》，見《生活隨筆》集，台北，時報文化出版公司，1987年1月版。
56　陳若曦：《報童》，見《生活隨筆》集，台北，時報文化出版公司，1987年1月版。

有趣的是，陳若曦在這些散文中常常給自己畫像，但畫出來的不是充分美化、功架十足的「藝術人像」，而是一幅幅時而自嘲、時而婉諷的「生活素描」，這使她的散文充滿一種接近生活原色和性格本色的泰然自若和輕鬆隨意。最典型的要數《我兒子的媽媽》。這篇分為上、下篇的長文，借用其兒子不無挪揄嘲謔的口吻，猶如為自己畫了一幀線條誇張的「漫畫」。這出「媽媽的喜劇」，上篇主要集中於數落「媽媽」所奉行的不少古板的生活、育兒準則，如「媽媽」衣著樸素到不修邊幅的程度；買廉價的雜牌衣服叫兒子搭配著穿；尤其是硬要兒子咽下「又黃又黑的軟狀物體」（油炒萵苣葉），還說「這是原則，不能退讓」，以致兒子「不但萵苣吐光，連飯都賠上，還咳得眼淚汪汪的」等細節，突出「媽媽」既固執而又可笑。下篇則更是嘲笑了「媽媽」身處機器普及時代，卻對各種機械（如電鐘、定時裝置和汽車等等）的無知無能，因而引發了一系列令人啼笑皆非的家庭小鬧劇[57]，讓讀者在開懷大樂的同時，又一次領略到一種既生動有趣又別具一格的「人事風景」。

這真是一道至情至性的人事風景，只不過其中的主角是作者本人及其家人。如果說，陳若曦的小說是以寫別人為主的話，那麼，在散文中，她才真正寫出了她的「真情和自我」。從這個意義上來說，要真正瞭解、認識和研究陳若曦，不可不讀她的散文。因為，在她的散文中，她把自己這個人描述得再生動、再風趣不過了。

---

[57] 陳若曦：《我兒子的媽媽》，見《生活隨筆》集，台北，時報文化出版公司，1987年1月版。

第十六章　香港女性婚戀小說面面觀
——香港當代部份女性小說的主題分析

「現代香港，女人在事業上抬頭機會很多。」在文學事業上，也是如此。

20世紀70年代以來，女性作家活躍於香港文壇，頗為引人注目。她們才華橫溢，勤奮筆耕，在原先不免顯得有些寂寞、荒涼的「文化沙漠」上搭起郁郁蔥蔥的「綠蔭」，培植芬芳嬌豔的「玫瑰」，還結出了甜糯可口的「荔枝」，引來了色彩斑斕的「粉蝶」[1]，其文學實績和潛力，令人刮目相看。在這些香港女作家的作品中，尤其是在小說中，以香港人的婚姻和戀愛生活為題材或涉及這方面內容的，占了相當大的比重。更有意思的是，這類作品雖然數量眾多，但其基本的情節、人物和場景卻又常常表現為某幾種大致的類型，不外乎畸戀、奇婚、豔情、外遇、離異、獨身、同居等等。就香港女作家個人的創作背景、文化素養以及藝術風格而言，這一現象似乎很難簡單地用彼此模仿或是任意編造等等來解釋。在如此眾多且風格迥異的女性作家筆下，出現這些大同小異的香港人的婚姻和愛情的故事，這本身似乎就不是一種偶然的文學現象。在本章中，筆者試圖用主題學的研究方法，把一些有代表性的婚戀小說作為折射香港現實社會和人生的一面鏡子，從中分析當今香港人在婚戀的觀念、行為、實質和趨勢諸方面所表現出來的種種心態。當然，這樣做，不免會忽略各篇作品獨特的藝術風格和美學價值，因此，有關這些婚戀小說的審美觀照和藝術鑒賞，只能留待日後彌補或請讀者自己去品味了。

---

[1]　此處借用了以下作品的標題：《綠蔭小品》（夏易著）、《玫瑰的故事》（亦舒著）、《荔枝熟》（鍾曉陽著）、《粉蝶儿》（林燕妮著）。

第一節　婚戀觀念：開放與守舊

香港女作家筆下所反映的香港人的婚戀觀念，有意思的是，既非十分東方式的含蓄蘊藉，也非完全西方化的滿不在乎，而是呈現出一種香港特有的東西方文化觀念相互融彙、影響、妥協（自然也免不了有所衝突）的移「風」易「俗」的奇特組合。

香港作為一個英國人管轄的面向世界的商業大埠，在「回歸」之前實行的是與內地截然不同的社會制度和生活方式。西方的文化觀念，也隨著令人眼花繚亂的各國商品一起彙集這個國際化大都市，不斷潛移默化地改變著香港人原來的東方文化心理結構。表現在婚戀觀念方面，香港人就顯得比大多數內地人要寬容、通達和開放得多，例如對少女早戀的看法和態度。亦舒的《紅色的路車》，寫17歲的女中學生小君，一見鍾情地戀上了開「愛快羅密歐」跑車的莊教授[2]。這本來是處在青春期的少女的帶有盲目性的單相思，幼稚而可笑。然而，她周圍的人們中羨慕者有之，如女同學莉莉和咪咪；寬容諒解者有之，如那位女畫家（教授的未婚妻）。小君的母親雖從未直接詢問女兒暗戀、失戀的事，其實她把一切都看在眼裏，只是輕聲地勸慰女兒：「你還年輕，將來難保找不到像莊先生這樣的人才，我知道你對男人的欣賞力這麼高，我也很高興，至少你不會跟不三不四的小阿飛來往。」

這裏表現出香港的主婦對少女（即使是未成年的兒女）早戀的善解人意的寬容和尊重。與此形成鮮明的反差和對比的是，80年代後期上海拍攝的一部名為《失蹤的女中學生》的影片，其中的母親，一位從事科研工作的知識婦女，一旦察覺讀中學的女兒正迷戀一位歌唱得很棒的異性大學生，不僅臭罵痛斥，還嚴加看管防範，終於致使女兒憤而離家出走。比起這位「管教型」的母親來，《紅色的跑車》中的母親顯得通達、大度多了，她不僅對女兒幼稚可笑的早戀報以寬容和諒解，而且還鼓勵失戀的女兒振作精神，重獲新戀。在小說的結尾，她意味深長地說：「紅色的跑車去了，有黃色的跑車來。」對於少男少女之間的「拍拖」（只要不是結婚），香港的主婦大都持賈母式的無所謂甚至鼓勵、縱容的態度。這不僅顯示了在教育子女方法上的不同，更表明了香港人在婚戀觀念方面與大多數內地人之間的差異。

2　亦舒：《紅色的跑車》，載《台港文學選刊》1986年第5期。

然而，與對男女之間的「拍拖」持賈母式的姑息遷就的態度不同的是，在對年輕一代（主要是兒女）的婚姻大事的決策上，香港人卻並不個個開放、寬容和豁達。令人驚訝的是，傳統守舊的封建意識、門當戶對的聯姻觀念，對寡婦或離婚女子的歧視等等，這樣一種「國粹」，也根深蒂固地留存於一部份香港人的意識和潛意識之中。辛其氏的《婚禮》，委婉含蓄地刻畫了年輕寡婦「我」（獨自帶著5歲兒子）在泰表哥的同情與好感面前的逃避心理[3]。再婚的障礙不僅來自外部——二姨母（泰表哥的母親）一家不悅的神色，更來自「我」本人的內心——寡婦的身份所帶來的自卑感和負罪感，從而揭示出傳統的封建意識殘餘對一部份香港人的浸染，並且仍然造成了他們的不幸命運。鍾玲的《墓碑》，更是觸目驚心地反映了「門當戶對」的封建幽靈陰魂不散的婚姻悲劇：一對青梅竹馬、彼此相愛的青年男女，只因一個是刻墓碑的小工匠，另一個則是書院女，「她父親開的殯儀館規模全香港數第一」。因此，這對未婚夫妻便被活活拆散：男的遠走異邦，女的囿於殯儀館內與死者為伍，數月後精神失常，轉入精神病院，受盡折磨後悲慘死去。就在其入葬時，那位返回香港繼承父業的昔日戀人，才親手為不幸的姑娘刻下一塊墓碑[4]，令人想起當年寶玉哭靈的慘狀。作者將這出婚姻不自由的悲劇的場景置於現代香港，更有一層深意：「自由港」內並不自由，形成了這篇小說的反諷意味和揶揄效果。

　　不過，生活在西風勁吹的現代香港的家長與兒女們在婚姻大事上的干涉與衝突，畢竟很少像《墓碑》那樣你死我活，寸步不讓，葉娓娜的《幺哥的婚事》就顯出了傳統與現代的婚姻習俗的某種妥協和融合。起先，黃家父母堅持要按傳統的婚姻習俗為幺哥操辦婚事，用黃母的話說，「我就這麼一個兒子，只娶這麼一次媳婦，馬馬虎虎的，像什麼話？」可是，即將過門的新媳婦卻並不領他們的情，她根本不願按公婆的意志操辦婚事，她的現由是，「結婚是我一生中最重要的事，……為什麼偏偏不能隨我的意思做，要為人想？」[5]表面看來，這是兩代人對如何操辦婚事的意見分歧，但實際上，雙方衝突的要害在於：老人之所以「堅持一些習俗」，隆重鋪張地為兒子辦喜事，目的無非是為了把兒

---

[3]　辛其氏：《婚禮》，見《青色的月牙》集，台北，洪範書店，1986年7月版。

[4]　鍾玲：《墓碑》，載《香港文學》1987年5月號。

[5]　葉娓娜：《幺哥的婚事》，見《香港文學展顏》第2輯，香港市政圖書館，1982年6月版。

子留在家中以續香火（這在黃家對女兒出嫁和兒子娶親的不同態度、待遇和禮儀等方面可以明顯看出來），而年輕的新媳婦凌姐卻堅持另立門戶，與公婆分開居住，不達目的，誓不甘休，正如凌父所說，「現在的孩子已很少能接受以前那一套」。更有意思的是，衝突的結果並未像當年巴金《家》中的覺慧和琴那樣，年輕人憤而離家出走，與封建家庭一刀兩斷，而是兩代人之間達成了新舊合璧的調和：婚禮仍按舊的習俗鋪張一番（如拜堂、新嫂子向小姑敬茶等）；但婚後新郎新娘即飛去自己的小窠，幺哥說得很明白，「結了婚，哥哥就有了自己的家」，無論如何，他都不會再做黃家的孝子賢孫。小說結尾處，傳來了《快樂家庭》的歌聲，雖不無諷刺揶揄，倒也符合實際，因為，這種中西、新舊合璧的婚姻習俗，實際上代表了香港人（尤其是家長們）的婚戀觀念及其心態的兩重性：既墨守陳規舊習，又比較寬容開明。

第二節　婚戀行為：自由與拜金

　　時代畢竟不同了，在當今香港這個融彙中西文化觀念和新舊意識形態的「自由港」，高老太爺式專制的封建家長畢竟已屬罕見的古董，然而馮老太爺娶親的荒唐事卻不足為奇：擁有巨額家財的82歲的高老頭，就娶了個如花似玉的18歲的靚女為妻[6]；女兒已經25歲了的父親，竟要娶一位年僅19歲的走紅影星絲絲為續弦[7]！亦舒的長篇小說《喜寶》，也描寫過一位留學英國的女留學生，成為腰纏萬貫的巨富勖老頭的情婦的傳奇故事[8]。值得注意的是，當年鳴鳳投湖的悲劇並未在綠萍、絲絲、喜寶這樣的香港少女身上重演，相反，她們是心甘情願向那些足以當爺爺、做父親的老頭們投懷送抱的。她們和鳴鳳最明顯的區別在於，在支配自己的婚戀行為時，她們有著充分的自由和選擇的餘地。而她們之所以甘願「高攀」那些與自己年齡很不相稱的老年男人，起決定作用的是經濟利益的考慮。綠萍就是在30萬元的巨大誘惑下，拋棄了英俊瀟灑的未婚夫，而以閃電般的速度嫁與高老頭的。喜寶，這個曾靠自己的努力

6　陳娟：《綠萍的青春》，見《香港女人》集，北京，群眾出版社，1986年7月版。

7　林燕妮：《父親的新娘》，見《痴》集，香港，博益出版公司，1981年7月版。

8　亦舒：《喜寶》，見《心之全蝕》集，山東文藝出版社，1987年8月版。

考入英國劍橋大學讀BAR的的女留學生，在以美貌、肉體「交換」勖老頭的金錢的算計上，更是表現出赤裸裸的拜金貪慾：

> 我真正的呆住。我曉得他有錢，但是我不知道他富有到這種地步。在這一秒鐘內我決定了一件事，我必須抓緊機會，我的名宇一定要在他的遺囑內出現，那怕屆時我已是六十歲的老大婆，錢還是錢[9]。

錢還是錢！因而當她得知勖老頭病危時，不惜放棄求之不易的學業而滯留病榻，直到勖老頭臨終。當她終於從死者那裏得到了夢寐以求的大把大把的金錢以後，竟大言不慚地說：「我現在什麼都有，我的錢足夠買任何東西，包括愛人與丈夫在內」！亦舒的小說在描寫金錢萬能時雖不無誇張，卻也淋漓盡致地反映出一部份香港人在處理婚戀及兩性關係上的拜金心態：認金不認人，要錢不要命。一心想成為「父親的新娘」的絲絲，竟然對母親這樣說：「貧窮就是罪過，我討厭再窮下去。嫁了言先生，至少你和弟妹也有好日子過！」[10]打足了一人嫁夫、雞犬升天的精明算盤。嫁一個闊佬（管他是七老八十，還是兒孫滿堂），就是擺脫貧窮、享受榮華富貴的最佳快捷方式。因而這位15歲時當過吧女的走紅影星，可以毫無愧色地宣佈：「我賣的是我自己！」

一個「賣」字，再形象不過地道出了香港絕大多數「老少姻緣」的經濟實質。15歲時的蜜莉和19歲時的絲絲的區別僅僅在於：前者是人皆可夫地分期分批地「零售」，而後者則是向一個闊佬一次性地「整取」。在香港，「貧窮就是罪過」，於是，金錢的考慮不僅成為兩性關係的天平上舉足輕重的經濟法碼，而且可以將愛情、婚姻、青春、人格、名譽、良心、肉體、靈魂……都當作商品自由買賣。在成交的過程中，倒是體現了香港這個高度發展的商業社會的原則：自覺自願，互利互惠，公平交易，當事者雙方有著絕對的「買賣」自由。具有諷刺意義的是，綠萍和絲絲的如意算盤最後都落了空：高老頭死後留下的一紙遺書，粉碎了這位年輕遺孀分享遺產的金錢夢，綠萍因錢而嫁，又為錢而

9　亦舒：《喜寶》，見《心之全蝕》集，山東文藝出版社，1987年8月版。

10　林燕妮：《父親的新娘》，見《痴》集，香港，博益出版公司，1981年7月版。

瘋[11]；絲絲也在婚禮即將舉行的前夕，因當過吧女的劣跡敗露而被取消了成為「父親的新娘」的資格。筆者認為，這一自食苦果的結局處理，雖不無強烈的戲劇效果，卻也僅使作品停留在因果報應的道德譴責的層面，從而削弱了作品的主題深度，反而不如喜寶坐擁勖老頭留下的遺產「金山」卻倍感孤獨更能顯示拜金式畸型婚戀的悲劇性。香港文學批評家黃維樑先生認為綠萍不代表當代香港的「城市女人」，指出「綠萍那樣的女子和遭遇，……在目前的香港，可能萬中（或者十萬、百萬中）有，不過，我可斷言，……香港今天的城市女人絕非那樣子。」[12]筆者認為是很有道理的。這並不是說，當代香港已杜絕了綠萍式「為錢而嫁」的畸型婚戀現象，問題恰恰在於作者未能把握住拜金與自由兩者之間的尺度，無論婚前還是婚後，綠萍在支配自己的身體時都是一個「自由人」，但高老頭像囚犯般地囚禁她，她卻既不報警，也不離婚，這就顯得不像個香港女人了。

在當今香港，由於商品社會的高度發展和西方文化觀念的潛移默化，權衡利益的經濟考慮早已滲透在人們的意識形態、日常生活和交際關係（包括婚戀關係）之中，並構成了香港市民的心態之一。而這種既崇尚自由又迷戀金錢的市民心態，在今日的香港，是不能僅用因果報應、道德譴責的傳統眼光去看待它、描寫它和批評它的，在筆者看來，「老少姻緣」的畸型婚戀，其悲劇性並不在於雙方年齡的懸殊和經濟利益的考慮（這當然已埋下了不幸的婚姻種子），而在於這種婚戀行為缺乏彼此相愛的感情基礎，用喜寶的話來說，「愛情是另外一件事」。因而儘管這種婚戀行為是以當事者的自由結合為其形式的，其實雙方之間並無維繫正常夫妻關係的感情紐帶，而充斥其間的「買賣」關係，只能使這種婚戀行為成為「買賣婚姻」的一個變種。

第三節　婚戀實質：無愛與縱慾

二十世紀七、八十年代的香港，是一個融合中西文化觀念和意識的「自由港」，不僅世界各地的貨物進出自由，而且，男女之間的兩性關

---

[11] 陳娟：《綠萍的青春》，見《香港女人》集，北京，群眾出版社，1986年7月版。

[12] 黃維樑：《等待果陀等待歌》，見《香港文學初探》一書，中國友誼出版公司，1987年12月版。

係，一般來說也是自由開放的，男女之間的「拍拖」，豔遇，同居（未經過婚姻手續而共同生活在一起），甚至「金屋藏嬌」，皆被視為個人的隱私而很少有人加以議論、指責和干涉。在婚約的締結或解除方面，尤其是婚前或婚後與其他異性發生兩性關係等等，不少香港人，尤其是那些身受歐風美雨薰陶的青年人，更有著現代西方人的那樣一種浪漫和率性。《愛的追尋》中的絮青，年紀輕輕的先是離過兩次婚，後又與一位世家子弟文彬同居。文彬倒是看得很穿：「沒有嫁過又怎樣？不也是男朋友換了幾打，今天睡這個明天睡那個？」話雖這樣說，但這位出身世家的公子哥兒卻沒打算給同居者一定的名份，「他太清楚自己必須要個名門望族的大家閨秀，去增強自己的家族中的地位」。絮青終於明白：文彬「懂得股票，懂得國際財經，但是對於愛情，他一輩子也懂不了多少」。於是她離開了他，去「追尋完全屬於她的愛」[13]。

「愛的追尋」，這一標題幾乎概括了香港女作家筆下大多數婚戀小說的共同主題。值得注意的是，這一主題在香港女作家所描寫的城市女人的婚戀悲劇中表現得尤為突出和集中。由於崇尚自由開放的婚戀風氣的盛行，不少香港人的婚姻和戀愛關係處於極不穩定、不牢靠的狀態之中，「多元化」的遊戲傾向加劇了這種不穩定、不牢靠的兩性關係的危機。具體表現在婚姻關係上，缺少愛情這一地久天長的穩固的感情基礎；而在兩性關係上，卻又走向泛愛、濫情、縱慾的另一極端。前者使一夫一妻制的婚姻關係成為沒有法律約束力的一紙空文；後者則給家庭、子女和正常的兩性關係造成致命的傷害。於是，我們看到，丈夫拈蜂惹蝶，甚至公然姘居，如方娥真的《豔痕》、李碧華的《糾纏》、夏易的《製造快樂的姑娘》等小說所描寫的那樣；妻子則另有所愛，甚至離家出走，如吳煦斌的《信》中的妻子就愛上了巴黎的一個現代派畫家，「強烈的感情噬蝕了她」，以至使丈夫感到「他的存在重重壓在我的身上，像濕衣服，像瀝青，像一種無法著手治癒的病」[14]。無愛和縱慾，正是這種病態的婚戀關係的要害所在：無愛是縱慾的基礎，縱慾又成了無愛的腫瘤。這兩種婚戀方式使靈與肉互相割裂而使人感到岌岌可危。像《醜女美美》所反映的利用奇醜女子獵獲缺少安全感的男人而騙

---

[13] 林燕妮：《愛的追尋》，見《癡》集，香港，博益出版公司，1981年7月版。

[14] 吳煦斌：《信》，見《吳煦斌小說集》，台北，東大圖書公司，1987年5月版。

取錢財的咄咄怪事[15]，也就成了折射光怪陸離的香港社會現實的一面哈哈鏡。

　　反映城市男人「需要安全」的婚戀心態的作品，在香港女作家筆下，只占極少數，更多的是描寫城市男人尋歡作樂、不負責任而給妻子、家庭帶來不幸的古老而又新奇的故事。《豔痕》中那個年僅17歲的小妻子葉晴，出外旅行只不過提前一天返家，就親眼目睹了丈夫和另一個填補自己空缺的女人在床上鬼混的不堪入目的活劇！當她向丈夫抱怨自己「年紀輕輕，才十七歲就這麼不幸」時，丈夫竟振振有詞答曰：「我和外面的女人只是逢場作戲，並沒有固定和誰在一起。」甚至他還這樣開導妻子：「你找多幾個男朋友氣回我。不過，最好不要對他們動真情。玩玩不要緊，我不在意的。」[16]逢場作戲，當然毫無真情可言；玩玩不要緊，更可以隨心所欲、朝秦暮楚。這裏，正顯示著一部份香港人婚姻關係與兩性關係的分離，婚姻歸婚姻，情慾歸情慾，彷彿是各取所需的不相干的兩碼事。無愛與縱慾，就是以「逢場作戲」和「玩玩不要緊」的態度和方式在男人和女人之間表演著一出出喜劇和悲劇。女人，尤其是作為妻子的女人，總是充當著悲劇的女主角。葉晴終於從23層樓上一躍而下，結束了自己年輕的生命。《糾纏》中也有妻子目睹丈夫在家中與別的女人偷歡的情節，只不過這位身懷六甲的妻子不像葉晴那般愚蠢，想以死諫的辦法來「懲罰」不忠實的丈夫，而是用「殺夫」的方式來教訓變心的外子。她「沖向這個一生最憎恨的男人，用那三尖八角的破唱片劃下去」，把丈夫的臉劃成了一面「桃花扇」，血戰的結果是妻子犯傷害罪帶著腹中的孩子鋃鐺入獄[17]。在這些人間悲劇中，婚姻作為家庭和兩性關係的法律保證的約束力已無足輕重，愛情的神聖高潔和忠貞不渝受到諷刺和嘲笑。不過，在涉及「離婚」這一解決無愛的死亡婚姻的選擇時，不少拈蜂惹蝶的香港男人卻又表現出恪守傳統舊習的滑稽心態。《愫細怨》中那個粗鄙庸俗的印刷廠老闆洪俊興，每天躺在愫細的床上「絮絮訴說他對妻子的種種不滿」，在柔肌嫩膚的情婦身上獲得在妻子那裏得不到的滿足，但是「不管多晚，他總是起身穿戴，回到他所抱怨的妻子身邊，去做他盡責任的丈夫」，這一點，愫細很清楚，

---

15 李男：《醜女美美》，見《男妓約翰》集，香港，博益出版公司，1988年4月版。

16 方娥真：《豔痕》，見《白衣》集，香港，華漢文化事業公司，1987年1月版。

17 李碧華：《糾纏》，見同名集，香港，天地圖書公司，1987年2月版。

「說穿了自己不過是這個印刷廠老闆生命裏小小的點綴」[18]。

連這個「處處比自己差勁的男人」，能幹漂亮的愫細都無法全部擁有他，因而香港女作家筆下「愛的追尋」之作，大都以無愛與縱慾的特寫鏡頭交相疊印，也就不足為奇了。正如《糾纏》的作者借書中人物之口所說，「誰想共一生一世？」尤其是像愫細這樣婚姻失敗而又找不到理想伴侶的「獨身女人」的大量出現，更是反映了一種帶有普遍意味的婚戀趨勢。

第四節　婚戀趨勢：獨身與同居

80年代以來，香港女作家筆下出現了眾多「獨身女人」的形象，她們或與愛情、婚姻和家庭無緣，如西西的《像我這樣一個女子》中的怡芬姑母、亦舒的《寂寞小姐》中的謝珊、李男的《醜女美美》中的美美、梁荔玲的《環》中的「我」、蔣芸的《加上一個句點》中的「她」等；或雖有過婚姻卻很快破裂，如施叔青的《愫細怨》中的愫細、辛其氏的《報稅》中的立梅等。這些「獨身女人」，或美或醜，或能幹或平庸，外表氣質千差萬別，但卻有著共同的創傷：愛情和婚姻生活中的不幸和失敗。「好的男人，都是別人的男人」。「寂寞小姐」謝珊的真心話，倒出了這些「獨身女人」內心深處的一把辛酸淚[19]。然而，這些「獨身女人」並非在封建專制迫害下聽任一紙休書擺佈的劉蘭芝，也不是因無法維持一日三餐而被迫離開愛人的子君，相反，她們中有不少是生活中和事業上的「女強人」。這恐怕與今日香港城市女人的工作能力、經濟地位、文化觀念和理想抱負等等不無關係。「由於香港特殊的商業環境，培養出一些能幹到極點的女人，她們分散在洋行、律師樓、銀行擔任高級要職」（《愫細怨》）。

愫細就是其中的佼佼者之一。這位因丈夫有了外遇而與之分居的職業女性，婚戀的打擊並未使她萎靡不振，相反，她很快就以出色的工作成績贏得了上司的信任，委以公司的主任之職。《報稅》中的立梅，在丈夫變心，成了「怯於對情感負責的婚姻的逃兵」之後，不但建立了自己的家，「一桌一椅都是自己掙回來的，那種驕傲正是對工作的回

---

[18]　施叔青：《愫細怨》，見《一夜遊——香港的故事》集，香港，三聯書店，1985年5月版。

[19]　亦舒：《寂寞小姐》，載《台港文學選刊》1987年第2期。

報」；更重要的是，她冷靜地反省婚姻破裂的種種原因，「終於明白要從絕望的感情漩渦中自拯，必先要建立自尊」[20]。正是這樣一種自拯、自尊、自強的意識，使她成了一個完全不再仰人鼻息的獨立的繳稅人。這就是現代香港的城市女人！對於愫細、立梅而言，這種因婚變、分居而帶來的「獨身女人」的精神上的自由，比起經濟上的獨立顯得更為重要，從某種意義上來說，「獨身女人」的增多，正表明了香港婦女獨立意識的提高和婚戀觀念的改變。

香港女作家筆下的「獨身女人」，大體上有以下三種類型：一是因婚姻破裂後獨立門戶的女人，如愫細、立梅；二是由於工作和事業的需要，成了「被愛情遺忘的角落」，如《像我這樣一個女子》中的怡芬姑母、《指環》中的「我」；三是不願受男人和婚姻束縛的「自由女神」，如《愫細怨》中那群活躍於中環寫字樓的女強人們，「她們早就退出愛情的圈子，不再玩這種傷神的遊戲了。男人是世間上最不牢靠的東西，情愛嘛，激情過後，遲早會過去的，這是女將們在身經百戰之後所得出的結論」[21]。然而，人非草木，孰能無情？即使是這些「視男人為草芥」的女將們，不也在「那一雙雙被酒精染紅的眼睛，洩露了她們內心的秘密，都在呼喊著空虛」麼？不也在「嘴巴上逞強」的外表下，心裏卻閃爍著對生兒育女、相夫教子的渴慕麼？香港女作家極少從正面描述這些事業型的女強人們創業的艱難和拼搏，以及成功後的喜悅和陶醉，而是以細膩的筆觸從各個不同的角度寫出了她們在愛情和婚姻上的失意和苦悶，在漫漫長夜中的孤獨和寂寞，在人前人後強咽下的心酸的苦水以及一個女人為事業所付出的代價和犧牲。《指環》中的「我」，馳騁商界八年，終於獲得了成功，但昔日戀人卻已成了人家的丈夫。當他們在咖啡館再度相見時，「告訴他我的生活裏一直抹不掉他的影子？告訴他我一直珍惜和回憶著那一段日子？告訴他我會在午夜夢回的時候曾為此流淚？告訴他……可以說什麼呢？一切都沒有意義了。」[22]於是，「我」只得言不由衷地大談自己近來很「開心」，事業獲得成功，生活也充滿「歡樂」。而將「他的妻子是個幸福的女人」的惆悵和著苦澀的咖啡一起吞下，「我」和他便匆匆揮別。這裏又一次印證了那位「寂寞

[20] 辛其氏《報稅》，載《台港文學選刊》1988年第6期。

[21] 西西：《像我這樣一個女子》，載《台港文學選刊》1987年第4期。

[22] 梁荔玲：《指環》，見《他來自越南》集，香港友和製作事務所，1988年11月版。

小姐」的肺腑之言：「好的男人，都是人家的丈夫」。

平心而論，香港女作家筆下的「獨身女人」也好，「自由女神」也罷，一方面表明了今日香港的城市女人獨立自強的意識和能力的普遍提高，她們以實際的工作成就證明了「女人不是次一等的人類」；同時也或深或淺地反映了香港現實社會的一種普遍的婚戀危機感，顯示出香港人對於婚姻、愛情的懷疑、失望甚至恐懼的心態。《良宵》（鍾曉陽）、《像我這樣一個女子》（西西）、《窗的誘惑》（鍾玲）等小說，把今日香港人對婚姻、愛情的懷疑、失望和恐懼的心態揭示得最為淋漓盡致。《良宵》寫的是一對青年男女在相隔兩三個街口的火災映襯下度過洞房花燭夜的恐怖情景。窗外，十萬火急的消防車鳴著「尖銳得發了狂」的警報號呼嘯而來；室內，被沖天火光映紅了臉的新郎、新娘卻在進行一場「愚蠢的遊戲」：一塊紅綢巾蒙住了新娘的頭和臉，等待新郎去揭開。然而，就是這塊紅綢巾，使新郎、新娘的感覺全然改變。新郎覺得，「此刻，記憶中的新娘的容貌，任他再努力亦不能與紅巾之下的身軀聯為一體，這是頂奇怪的現象。彷彿新娘的頭與身各自為政，如一具無頭屍」，「會不會是鬼？他想起童年時代聽過的有關鬼新娘的故事。洞房之夜，新郎發現與他交拜天地的竟是一心復仇的鬼新娘，紅綢背後現出骷髏頭」。驚魂不定的新郎越想越害怕，越發不敢去揭紅綢巾。而新娘因久久不見動靜，「在紅綢的蒙蔽下，想像新郎的面目在燭影搖紅中，時而光，時而影，像極恐怖片裏的燈光效果，使他看起來非常陰險駭人。……沒有什麼比靜室中孤獨地被謀殺更悲慘了。她竭力回憶房門的方位，準備一有異動便奪門逃命」[23]。喜氣洋洋的花燭洞房，霎時成了陰森可怖的鬼魅世界。那塊原本表示吉慶的大紅綢巾，竟也似乎浸滿了癡男怨女的鮮血。《良宵》以喜襯怨，以喜顯悲，唱出了現代人對婚姻的一曲「哀歌」。

婚姻並沒有給人們帶來幸福和美滿，相反卻縈繞著鬼氣和殺機，那麼愛情呢？那曾令無數古今中外文學家為之頌揚、讚歎的純潔而忠貞的愛情，在香港女作家筆下竟然與死亡形影不離。《像我這樣一個女子》開門見山即聲明：「像我這樣的一個女子，其實是不適宜與任何人戀愛的。」為什麼？原因不僅僅在於「我」所從事的是一種特殊的職業：殯儀館的化妝師，這一與死者打交道的工作使許多男人聞之色變。但最根

---

[23] 鍾曉陽：《良宵》，載《台港文學選刊》1987年第2期。

本的原因則在於，從事這一職業多年的怡芬姑母的愛情悲劇，使「我的心頭籠罩著難以驅拂的陰影」。當年，怡芬姑母曾把信誓旦旦的情人帶到她工作的地方去參觀：

> 「他是那麼的驚恐，他從來沒想像她是這樣的一個女子，從事這樣的一種職業，他曾經愛她，願意為她做任何事，他起過誓，說無論如何都不會離棄她，他們必定白頭偕老，他們的愛情至死不渝，不過，竟在一群不會說話，沒有能力呼吸的死者的面前，他的勇氣和膽量完全消失了，他失聲大叫，掉頭拔腳而逃」[24]。

海盟山誓，頃刻不攻自破；至死不渝，頓時原形畢露。美國哈佛大學的王德威先生認為，這篇小說透露的是「戀屍症（necrophilic）傾向，令人觸目驚心」[25]，我卻認為，這篇美麗而怪異的愛情小說所要揭示的，根本不是女主人公的戀屍癖，而是現代女性對多少年來被贊為「生命誠可貴，愛情價更高」的永恆性與神聖性的懷疑與揶揄。正因為這樣，「我」根本不相信人間會有至死不渝的愛情存在。在小說結尾，當男友夏捧著美麗的花束前來赴約時，「他是快樂的，而我心憂傷。他是不知道的，在我們這個行業之中，花朵，就是唁別的意思」。

《良宵》寫的是婚姻在夫妻之間的荒誕，《像我這樣一個女子》寫的是愛情在死亡面前的瓦解，《窗的誘惑》則屬於一則新編聊齋故事，它把現代女性對愛情、婚姻的絕望感揭示得十分深刻。自以為享受著「柔亮的愛情」的羅曉妮，一個偶然的機會，發現自己深深愛著並與之同居的男子鴻宇竟在光天化日之下與「第三者」在一起親密無間，而就在當天早晨，他還在她枕邊呼喚：「我生生世世的女人……」。羅曉妮一氣之下離開香港，住進了澳門的月圓酒店。誰知，神情恍惚中竟在客房內遇到了曾死於此房的吊死鬼，鬼使神差，差點兒誤入圈套，為此送命。等她清醒過來，「她清楚地知道，感情的狂飆差一點毀了她，生死一線，是她那一丁點殘餘的自尊救了自己」[26]。這個亦幻亦真、虛實相映

24　西西：《像我這樣一個女子》，載《台港文學選刊》1987年第4期。

25　王德威：《女作家的現代鬼話──從張愛玲到蘇偉貞》，載1988年7月14日─15日台灣《聯合報》。

26　鍾玲：《窗的誘惑》，見《鍾玲極短篇》集，台北，爾雅出版社，1987年7月版。

的新編聊齋故事，無疑是一則現代寓言：情場上人鬼莫測，床第間人妖共歡。香港人的婚戀危機感至此無以復加。

基於這樣一種對婚姻、愛情的危機感，香港女作家筆下所顯示出來的城市男人和女人的婚戀趨勢只能是兩種：或獨身，或同居（男女之間不履行正式婚姻手續而共同生活在一起）。獨身與同居，這兩者之間可以是並列關係，也可以呈交叉關係，且身份可以隨時轉化，獨身（沒有婚姻約束）便於同居（當然非獨身者也可與人同居，如《製造快樂的姑娘》中的父親）；一旦分居便又成了獨身，反正不必履行婚姻手續，誰也不必向對方承擔義務和責任。這樣一來，「等待午夜」的寂寞[27]，「愛的追尋」的苦惱，「雞蛋」的變質[28]，「豔痕」的悲劇──這些香港人婚戀生活形形色色的附庸，也就「此情綿綿無絕期」。更為嚴重的是，獨身雖然寂寞難耐，尚不至於對他人有所妨礙；同居則不僅造成兩性關係的混亂，給別人帶來巨大的痛苦，而且會引起一系列社會問題，比如未婚先孕的失控，性病及愛滋病的氾濫，以及單親家庭的日趨增多等等，尤其是後者，孩子出生後往往不知道父親是誰，如《愛的追尋》中的絮青，已離開了同居者，卻堅持要生下一個沒有父親的孩子，而這種雙親殘缺的家庭，對孩子的心理健康顯然是有害無益的。況且，比起彼此必須承擔某種義務和責任的婚姻關係來，同居至多只能算是一種試婚，它的隨意性、多變性和離異率都是顯而易見的，從而也就埋伏著更嚴重的婚戀危機。從長遠來看，這兩種婚戀趨勢的發展，必將給香港社會和香港人的生活造成不利的影響和後果。

當然，本章所論及、分析的香港人的婚戀心態，僅是筆者對於香港女作家的部份婚戀小說的管窺蠡測，筆者無力也無意於像社會學調查報告那樣，提供更為客觀、詳盡的資料和對策，因而本章的觀點不可避免會帶有一定的主觀色彩，或許，文藝學與社會學的區別也正在這裏。

---

[27]　西茜凰：《等待午夜》，載香港《作家月刊》，1988年第2期。

[28]　蔣芸：《雞蛋》，載香港《作家月刊》1988年創刊號。

第十七章　香港散文的另一半天地

有位香港女作家曾在文章中說過這樣一番話：

> 「這一個時代，是一個難於緘默的時代，尤其懂兩個字，可以吞
> 吞吐吐模糊表達一下的人，總是不甘寂寞，對這個那個訴說著。
> 這也是為什麼報紙副刊永不愁沒有人填專欄框框的緣故，每一個
> 人都急切著要告訴人他喜歡什麼不喜歡什麼，他認識那個人不認
> 識那個人，人人忙於展覽肚臍眼。擁擠的時代，忙亂的時代，生
> 命大規模的生產，災難也是大規模的發生。生命毫無保障，說不
> 定那天走過騎樓底，一個瓶砸下來，那時還說些什麼呢？薤露一
> 般的人生，偏又逢著風雨飄搖的時代，誰個能不急於一吐為快
> 呢！所以我們忙不迭寫散文、雜文、小品，誰個還去長篇小說一
> 番？……[1]」

這段話，雖不無自嘲和譏諷，卻十分直率地道出了一個事實：生活
在當今香港這個擁擠、嘈雜、繁忙、緊張的商業化大都市中的人們，要
比雞鳴即起、日落而息的鄉間村婦，更「難於緘默」和「不甘寂寞」，
尤其意識到人生如「薤露」，因而更「急於一吐為快」。作者認為，正
是由於這種時不我待、只爭朝夕的傾訴心態，造成了香港作家「忙不迭
寫散文、雜文、小品」，並且「這也是為什麼報紙副刊永不愁沒有人填
專欄框框的緣故」。此話雖帶有調侃和揶揄的況味，但今日香港文壇上
散文、雜文、小品爭芳吐豔，已是有目共睹的不爭事實。

關於香港散文（尤其是雜文）繁榮的原因，近年來已成為香港及
海內外學者關注並引起爭議的熱門話題[2]。儘管學者們觀點不一，分歧

---

[1] 方華：《短歌微吟》，見《清歌十八拍》集，香港，突破出版社，1981年8月初版。

[2] 參見姜山：《對八十年代香港報紙專欄的評價》及其注釋中列舉的梁錫華、黃維樑、黃繼
　　持、劉紹銘、戴天、梁秉鈞、陳耀南、梁若梅、何龍等人的文章，載《香港文學》1990年8

不小，但有一點卻幾乎是眾口一詞，即香港散文（尤其是雜文）的繁榮，與報刊上專欄、「框框」（因欄目圍以花邊而得名）的地盤擴充有極密切的關係。正如一位香港學者所言，「自1970年以來，報紙和雜誌上的框框雜文，作者日多，讀者日眾，也許稱得上香港文學中最重要的文類。這些框框雜文，每篇短則二百字，長則千字，無所不談，充分表現出香港這個自由開放社會的精神。」[3]而日日在報刊的專欄、「框框」中筆耕的作者群中，香港女作家亦占了相當大的比重。據上述那位香港學者所作的一次抽樣調查（他曾對1985年3月8日香港13家「銷路好」、「有代表性」的日、晚報上的副刊版、「三八」前後出版的2家週刊、14家半月刊和月刊，以及3家報紙的文學副刊作過十分詳盡的統計），僅女作家撰寫的散文作品（包括雜文、美文、小品、隨筆等），即有86篇之多[4]。可見香港女作家，確是「難以緘默」的。她們所寫下的長長短短的散文小品，也是她們在散文天地中間「不甘寂寞」的佐證。

第一節　溫柔敦厚成昨日黃花

散文是一種歷史悠久的古老的文學體裁。在我國古代，曾根據文句的押韻與否，而將文學作品列為韻文和散文兩大類。凡合乎韻律的，一律目之為韻文，而不講究音韻的，則統稱為散文。因此，散文比之詩、詞、曲，有更為自由和廣闊的馳騁天地，正如陸機《文賦》所言，「精騖八極，心游萬仞」，「觀古今於須臾，撫四海於一瞬」。自先秦以來，春秋諸子雜文、六朝駢文、唐宋古文、明代小品、清人筆記，差不多每個朝代都有代表自己散文成就的「新體」問世，其中有些至今仍不失為優秀散文的典範作品。「五四」文學革命以後，文學體裁的四大類別開始確定，分為小說、散文、詩歌、戲劇文學，並沿襲至今。然而，與其他三類文體相比，散文仍有其得天獨厚的一些長處和特點，比如，它不必像寫小說那樣挖空心思地編織情節，虛構人物；也不必像做詩那

月～9月號。

[3]　黃維樑：《香港文學與中國現代文學的關系》，載《香港文學》1987年3月號。

[4]　這一數字並不包括介紹烹飪、譯述健康和心理問題、推薦影片和唱片的文章及影星、歌星採訪記。參見黃維樑：《框框內外——香港女作家散文的抽樣研究》，載1989年3月8日～11日香港《星島日報·星辰》版。

樣殫精竭慮地捕捉意象，斟字酌句；更不必像編劇本那樣假戲真做地分場佈景，設計台詞。它既可相容並蓄，縱橫捭闔，也可細處著手，以小見大；既可夾敘夾議，聲情並茂，也可直抒胸臆，坦陳心事。因而人生百態，無所不談；融鑄古今，包羅萬象。

　　或許是「急於一吐為快」的緣故，香港女作家的議論性散文（尤其是那些數百字的框框雜文）大都語言淺白，句式簡短，三言兩語，乾脆俐落，一點也不拖泥帶水，含蓄蘊藉似與之無緣。如陸離的《為甚麼怕出街》公然列出自己不喜歡上街的15條理由，如「一、因為不喜歡穿鞋穿襪。比較喜歡穿著拖鞋，在家裏行來行去。二、因為怕穿整套出街衣服，從頭穿到落腳，十分麻煩。比較喜歡穿著背心、短褲或者迷你裙。這些都是不大能坦誠相見的東西。……」甚至連「不喜歡在公眾場所或別人家如廁」、「因為害怕交通工具的扶手」、「因為不喜歡看見少男少女在公眾場所纏綿擁抱」[5]等等也都一一列出，文字看似不雅，然作者坦白直率的性情畢現，使人看了不禁莞爾。

　　香港女作家的議論性散文，尤其是為數眾多的雜文，常以自身的感受作為議論的本錢，因而有時不免發發牢騷，歎歎「苦」經，如柴娃娃的《欠情》和圓圓的《把心一橫》，談的都是在生活中身不由己的難處，前者發誓：「寧可借高利貸，乾乾脆脆，借一千還一萬，明碼實價，還不出割一磅肉作抵，也是帳目清楚，不必扯上交情、面子、關係，嚕嚕囌囌一大堆，像蜘蛛精吐的絲般，將人縛手縛腳。……大丈夫豈可為小恩小惠消殘壯志，就將人情一刀兩斷，還我自由，豈不痛快！」[6]後者歎曰：「做人實在難，難得處處周到，面面俱圓，皆大歡喜，況且『人善被人欺，馬善被人騎』又是出奇的放諸四海皆樂，愈是低聲下氣上下討好，愈是到處碰灰，何不索性把心一橫呢？」[7]如此潑辣俗白的文字，在一些香港男作家，尤其是學者型的散文家，像梁錫華、黃國彬、金耀基、黃維樑等人筆下，恐怕是難以看到的。由此可見，散文既是最大眾化也是最個性化的文體，作者的個性、學識、修養、風度，通過其散文可以得到最充分的展示。

　　或許溫柔敦厚型的傳統女子已成為昨日黃花，今日現代社會需要

5　陸離：《為什麼怕出街》，《中國當代女作家文選》，香港，新亞洲出版社，1987年3月版。

6　柴娃娃：《欠情》，見《七好文集》，台北，遠行出版社，1977年9月初版。

7　圓圓：《把心一橫》，見《七好文集》，台北，遠行出版社，1977年9月初版。

的是像男子般叱吒人間的「女強人」，因而「猶抱琵琶半遮面」、「畫眉深淺入時無」式的羞羞答答的表達方式，已為許多香港女作家所不取。她們直接了當地抒發一己的感慨，表達自我的意願，比如對男人的看法，也是直抒胸臆，並不吞吞吐吐。有公開坦言者：「我並不要山盟海誓，也不要此（矢）志不移，我要的是把握現在，和你這男人中的男人，融在愛情的熱流中。」[8]更有直言不諱者，「我想我需要為我而生的男人多於為我而死的男人」[9]。如此坦白直露的話語，雖算不得驚世駭俗，卻也夠得上「女權」高漲了。

香港女作家的議論性散文中也並非全無幽默風趣之作，如尹懷文的《天使魔鬼》，談的是自己對雪糕的切身體會。一開頭作者宣佈：「雪糕是魔鬼」，因為「它是脂肪，是糖，是色素、香料，堆積到你的身體裏」，「令你腹部隆起」，「令你血糖加劇」，「令你到吃正餐的時候卻了無興趣」，並冠之以「可惡」二字。可是作者在數落了「魔鬼」的種種劣跡之後筆鋒一轉，「因為我愛它，但被它欺騙了，所以我恨！但我恨卻又有什麼用呢？……在它沒端到你面前來時，它已在精緻的卡紙上賣弄著它的丰姿」[10]，猶如是在公眾面前表演的博人一粲的滑稽小品。杜良媞的《男女之別》，寫的是由於自己的髮型而發生的一系列令人啼笑皆非的誤會，如去洗手間，被人問及要去男廁或女廁；或是在電梯口被人稱作「兄弟」；或是買菜時被警員當成究竟是男是女的「賭注」。作者因此發表議論，「其實我覺得一個人是男是女並不要緊，看起來像男還是像女的更不是問題。……我不生氣的原因，倒不是因為『男女不必分』這個原則。誰叫現在的男孩子愈來愈像女孩子呢，又不是我的錯。」[11]輕鬆幽默，一笑化之。此事若在台灣女作家龍應台筆下，或許會舉出歧視女性的種種例子，如不稱「教授」偏稱「小姐」而使人「生氣」等等，然後引申出男女平等的女權學說和理論。

而香港女作家的議論性散文，一般極少理論或學術色彩，她們往往就事論事，點到即止，決不生發開去，旁及其他。例如金東方的《一間自己的屋子》，若在鼓吹「婦解運動」的女權主義者筆下，當是一篇聲

8　白韻琴：《愛的藝》，載《香港作家》月刊，1988年4月號。

9　林燕妮：《為我而生》，見《藝術家精美散文選》，香港藝術家聯盟叢書，1988年3月出版。

10　尹懷文：《天使魔鬼》，見《香港作家雜文選》，香港，新亞洲出版社，1987年5月再版。

11　杜良媞：《男女之別》，見《七好文集》，台北，遠行出版社，1977年9月初版。

討當今世界男女不平等的散文，著名的英國意識流女小說家維吉尼亞‧伍爾芙1929年發表的《一問自己的房間》，即是一篇很有理論色彩的女權主義的長篇宣言。金文雖與後者差不多同名，但兩者的「論調」卻相去甚遠；前者僅從回憶自己少時有一間充滿自由的「私房」入手，聯繫到已讀六年級的女兒卻仍與弟弟合用一間房，所以「近來，也常想到應當將他們的屋子隔成兩小間了。太小，不過沒關係，好歹得讓他們有自己的天地，讓他們塑造完成自我」[12]。沒有機敏的文字、嚴密的邏輯、充分的論據和豐富的例證，只從孩子應有一塊屬於自己的小小空間這一角度，談出了一位母親對有利於發揮孩子自由天性的一點想法，樸實平易，言簡意明。筆者無意於比較這兩篇同名文章的優劣，而只是想借此說明香港女作家的議論性散文（尤其是雜文）的基本特點：即俗、小、雜、碎。「俗」，身邊事物，乃至家務私情，和盤托出，通俗淺白；「小」，一人一物，乃至眼鼻耳喉，三言兩語，小題小作；「雜」，上至仁父慈母，下至「嬰兒眼淚」，花草魚蝶，盡可人文；「碎」，或寫凡人瑣事，或抒一得之見，點點滴滴，猶如天女散花。

如果說，大多數香港女作家的議論性散文，尤其是框框雜文常因借文字談天扯地，平鋪直敘而鮮有深刻之作問世的話，農婦的議論性散文卻以言簡意賅地闡發人生哲理而別具一格。這位曾在抗日戰爭年代揮戈從戎並負過傷的資深女記者兼著名女作家，其散文充滿著一種參透人生禪機的睿智，如《錢和苦惱》：

> 錢可以買到「房屋」，
> 但買不到「家」；
> 錢可以買到「藥物」，
> 但買不到「健康」；
> 錢可以買到「美食」，
> 但買不到「食慾」；
> 錢可以買到「床」，
> 但買不到「睡眠」；
> …………

---

[12] 金東方：《一間自己的屋子》，見《昔》集，香港，當代文藝出版社，1989年3月版。

全文用了17對「錢可以買到……，但買不到……」的句式結構，分行排列，猶如一首總結人生經驗的哲理詩，令人想起臧克家那首著名的詩《有的人》，然而這篇《錢和苦惱》似乎更通俗易懂，琅琅上口。最後作者以「錢可以買到許多東西，但是，無可否認，還有許多東西不是錢可以買得到的，最苦惱的是，農婦所祈求的，多是錢買不到的東西」[13]作結，點出全篇題旨，即金錢並非能買到世上的一切，因此，錢和苦惱，也就這樣形影不離，相輔相從。作者對於唯物辯證法運用之純熟、人生觀察之透徹，堪稱一流。農婦憑著她數十年記者生涯積累的豐富的人生閱歷和敏銳的洞察力，她的散文常能通過日常生活現象，發現別人司空見慣卻熟視無睹的東西。同樣反映生活於現代社會的人們的寂寞和疏離感，農婦的《寂寞》亦與眾不同。有三篇題名皆冠「寂寞」二字的散文：白韻琴的《寂寞》夾敘夾議，寫的是都市中毫無生活情趣的少婦的寂寞，作者悲觀地寫道，「寂寞是什麼？是一片影子，毫無選擇地讓它跟隨著我，光從後面來，我看得很清楚；從前面來，我感覺到；從頭頂來，我則只好無可奈何的伴著它。」[14]西茜凰的《只是寂寞》介於議論與抒情之間，文中坦言「女人才怕寂寞」，而自己排遣寂寞的方式是，「寂寞時便去買衣服，追求佔有慾得以滿足那一刻的快樂。寂寞時便一筆一筆的填格子，把點點滴滴的感受都填滿空空的格子；彷彿，把寂寞填滿了格子後，就不再寂寞了。」[15]而農婦寫的不是女人內心的空虛和無聊，它從另一側面反映了當今世界親情淡薄而造成的普遍寂寞：坐在公園長凳上神色呆滯的老人、面對西方的陌生世界形影獨吊的黑髮少年、被一道精緻的鐵門鎖在別墅內的孩子，是有形的寂寞；可生活中更有一種無形的寂寞：父母在客廳內舉行宴會，熱鬧非凡，孩子卻靜靜地坐在客廳處的樓梯邊，「兩臂環抱，抱著一堆寂寞」；父母出去玩，把孩子丟在家中，「媽媽留下一塊厚厚的朱古力糖，還留下要命的寂寞」；白髮老人打開郵箱，裏面空空如也，兒女沒寄家信來，「夕陽掛在牆邊，陪伴著寂寞」；萬籟俱寂，夜深人靜時，「窄窄的小樓上，寂寞的人在寫說不盡的寂寞」。整篇散文，涉及的都是關心老人和兒童的問題，但作者卻用白描的手法勾勒出一幅幅人物剪影，從有形的寂寞到無形的寂

13　農婦：《錢和苦惱》，見《農婦隨筆選》，長沙，湖南文藝出版社，1987年4月版。

14　白韻琴：《寂寞》，見《白色小窗》集，北京，中國友誼出版公司，1988年4月版。

15　西茜凰：《只是寂寞》，見《人間情話》集，香港，天地圖書公司，1986年版。

寞，由表及裏，層層遞進，寂寞的兒童與寂寞的老人之間且有一種並不明言的因果關係。讀了這篇散文，你能再忍心不給遠方蒼老的父母寫封平安家信？你能再撇下年幼的兒女獨個兒整夜不思歸巢？全篇不著一字說教和批評，卻給人一種深深的震撼與教育。顯然，此篇比之前兩篇，標題雖相似，思想內涵卻深刻得多，洞悉世態也更敏銳透徹。可惜的是，香港女作家的議論性散文中，像農婦筆下這樣蘊含人生哲理，並常熔議論、抒情、敘事為一體的短小精悍的佳作，並不很多。

第二節　寫景狀物中的女性情懷

　　生活在擁擠嘈雜、繁忙緊張的現代化大都市中的女人們，或許確實比男人更多一點孤獨和寂寞，因而她們更需要以筆耕種「井田」（框框），用文字來解悶，加上「香港是高度商業化的社會，人人生活繁忙，三數百字的短篇雜文，已證明是最受歡迎的文體」[16]，因此，一日一欄或一日數框，「天天出名，篇篇收錢」，散文越寫越短，雜文越寫越碎，也就並不奇怪了。然而，散文畢竟不是蟄囚於「井田」的奴隸，更非「展覽肚臍眼」的茶館，它應該有更廣闊的天地，更優美的姿態展翅翱翔。

　　散文這一文體雖然可以包羅萬象，無所不談，但在歷代散文中，最能引起人們的審美興趣並且廣為流傳的，是那些偏重於抒情的精心之作，如王勃的《滕王閣序》、范仲淹的《岳陽樓記》、歐陽修的《秋聲賦》、蘇東坡的《赤壁賦》等等，這些廣為傳誦的散文名篇，無一不在狀物描景之中抒發作者的抱負和情感，情由景生，景因情設，觸景生情，寓情於景，達到情景交融的藝術境界。這類以抒情為主的散文，又被稱為「小品文」，周作人謂之「是文學發達的極致」，因其「集合敘事說理抒情的分子，都浸在自己的性情裏，用了適宜的手法調理起來，所以是近代文學的一個潮頭」[17]。在「五四」以來的新文學史上，「小品文」這一文類更是名家薈萃，佳作迭湧，魯迅先生曾指出，「散文小品

16　黃維樑：《框框內外──香港女作家散文的抽樣研究》，載1989年3月8日～11日香港《星島日報・星辰》版。

17　周作人：《〈近代散文鈔〉序》，引自《〈中國新文學大系・散文一集〉導言》，上海良友圖書公司，1935年8月初版。

第十七章　香港散文的另一半天地

293

的成功，幾乎在小說戲曲和詩歌之上。」[18]朱自清先生也曾以「確是絢爛極了」形容之[19]。香港女作家散文中這類以抒情為主或融抒情、敘事、議論為一體的小品文，筆者認為，堪稱是其散文創作中的精品。如小思的《一樹》、《紅豆》、方華的《誰見幽人獨往來》、方娥真的《花圈路》，西西的《看畫》，亦舒的《影樹》，李默的《天窗雨夜歌》、《黎明》，楊明顯的《鄉雪》、吳煦斌的《門》，何錦玲的《如果到三藩市》，夏易的《雨花石》，蔣芸的《找一朵蓮》、《中午濃如酒》等，這類以詠物摹景為其主要特徵的散文小品，文字優美，感情真摯，意境高雅，如詩如歌，具有較強的藝術美感。

就文字典雅，描繪精細而言，小思的詠物小品足可與朱自清的《荷塘月色》、《綠》等相媲美，如描寫苔的閒靜與幽綠：

> 那天，春雨迷濛裏，驀然看見樹下一層濃得凝住的綠，就撐著傘，站在那兒仔細看了好一陣子。之後，竟然輕輕的，一心如洗，平靜地歸去。
>
> 沒有庭院可以讓我去看一大片苔，就把她縮小到盆上，便可帶進屋裏。
>
> 反正，苔有個優點，滿園皆是的時候，人們自可把她當成深思哲者；在小得不滿兩吋的小盆上，她仍不失那股幽深[20]。

此文如將它分行寫在紙上，不正是一首優美典雅的抒情詩麼？再如描摹日本早春的柳青櫻豔：「經過兩天的微雨，釀出了一點兒暖意，等再放晴時，滿街的楊柳竟然已帶了嫩得宛如輕輕一彈便碎的綠，而人們也在緊張地預測花開的日子了。只算認真地暖過一天，櫻花在一夜之間，便開了七八分」，「櫻花絕不可以逐朵細看，該是一大片一大片的朦朧，遠望似一層微紅的輕霧，罩在山間人叢」[21]。楊柳泛青本是抽象

18　魯迅：《小品文的危機》，見《魯迅全集》，第四卷，北京，人民文學出版社，1981年版。

19　朱自清：《論現代中國的小品散文》，其中有「就散文論散文，這三四年的發展，卻是絢爛極了：有種種的樣式，種種的流派，表現著，批評著，解釋著人生的各面，遷流蔓衍，日新月異；有外國紳士風，有隱士，有叛徒，在思想上是如此。或描寫，或諷刺，或委曲，或縝密，或勁健，或綺麗，或洗練，或流動，或含蓄，在表現上的是如此」等句。

20　小思：《苔》，見《承教小記》集，香港，華漢文化事業公司，1986年2月增訂再版。

21　小思：《不追記那早晨，推窗初見雪》，見《承教小記》集，香港，華漢文化事業公司，

的，作者用「嫩得宛如輕輕一彈便碎的綠」來形容，即變得具體可感，彷彿舉手可觸一般，真乃生花妙筆。小思的詠物小品似乎對自然界的色彩有一種畫家的特殊敏感，在《一樹》中，作者是這樣描繪木棉的鮮紅本色的：「大紅花朵一開，不由得你不看，如果襯上藍天白雲，可更不得了，簡直耀目燭天。到花落時候，也絕不拖泥帶水像茶花般未離枝頭已黃作一團或者片片隨風惹人悲傷。它要落就似毫不惋惜的，大朵大朵跌下來，跌得拍拍作響」[22]，可謂繪聲繪色，筆力遒勁；而在《葉子該哭》中，她又如此描繪葉子的綠與黑：「柔柔的莖總左擺右轉依著朝陽一邊的牆，葉子大塊大塊，似萬年青般綠。當陽光斜斜投照的時候，綠色反映著蠟樣光輝」，可當它被遷移到「型格別致的栽盆」中之後，原來那郁郁蔥蔥的綠葉，「竟然有幾片變黑枯死了——真的，是黑色，似掉到墨池裏般黑」[23]，真是對比強烈，良莠分明。此篇的題旨和立意頗似清代龔自珍的《病梅館記》，然而，「該哭」的葉子顯然比病梅的色彩感更為鮮明強烈。

李默那些詠歎自然景物的散文，亦大都具有文字優美、描繪精細的特點。《黎明》僅數百字，乃名符其實的「小品」，然而卻玲瓏剔透，十分精緻。如描摹日出前的天色：

> 「偶爾一抬首，才發現窗外不知何時，天像一口井那麼深不可測，曖曖灰灰的天腳，仿似一塊劣質的雲石，呈現魚肚白。魚肚，確是一角曖昧的顏色，說不上是青是黑是灰，像人生在世，活著時睡時醒時醉時夢，倒也分不清是甚麼顏色，甚麼角色？」[24]

寫景狀物之中抒發出作者的人生感慨。再如描寫深夜裏的雨聲：

> 「頭頂上的雨總在期待中出現，那像一串細鐵絲偷偷曳過的密密聲音，常可以掀起一陣麻癢的感覺，好似有人捉住自己的手，打開手心，在當中用短短指甲的指頭，狠狠地搔括三四下。雨的手

第十七章 香港散文的另一半天地

2
9
5

1986年2月增訂再版。

[22] 小思：《一樹》，見《七好文集》，台北，遠行出版社，1977年9月初版。

[23] 小思：《葉子該哭》，見《葉葉的心願》集，北京，中國友誼出版公司，1985年9月版。

[24] 李默：《黎明》，見《采葭》集，北京，中國友誼出版公司，1985年11月版。

指頭，雨的手指甲，點點粒粒打落心間，集合各種敲擊樂器的姿態和聲音。輾轉中人也變成歌，蜿蜒流過都市」[25]。

　　自然界的雨聲本是單調乏味的，然而作者卻以獨特的藝術「通感」賦予其各種有生命的「姿態和聲音」，比喻奇特而又形象生動。無獨有偶，方娥真的《現代雨》，寫的也是在深夜裏獨自聆聽雨聲的感受，「雨滴滴答答在冷氣機上，清清晰晰，點滴分明，非常現代式」，而「古詩詞裏的芭蕉雨，殘荷雨，因年代久遠，在詩詞中讀到時，那些雨聲都變含糊了」[26]。耳聽滴在冷氣機上的雨聲，卻想著古典詩詞中打在芭蕉、殘荷上的雨點，融現代與古典於一室。可謂聯想豐富，新穎別致。香港女作家的抒情散文中常常出現這種將現代人情感與古典式的詠歎融為一體的情調，蔣芸的《我一朵蓮》，運用古典詩詞尤其是民歌中常見的重疊複沓的藝術手法，文中數次出現「不要笑我……」的句式結構，一唱三歎，縈回不已，抒發出作者尋找心目中的理想之花──「蓮」的強烈願望。至於能否找到這朵「蓮」是根本不重要的，重要的是：「我找不到蓮，心中懷抱著蓮的消息，每一個季節的名字都叫等待，每一朵蓮的名字都叫等待，蓮總是姍姍來遲，不要笑我……[27]作者在文中並不想敘述如何找蓮的故事，而只是在吟誦一首千迴百轉的尋蓮之歌，這正是抒情性散文與敘事性作品的區別所在。

　　古人云，托物言志。這些以詠歎自然景物為基調的散文小品，大都飽蘸著作者濃郁的主觀色彩。亦舒的小說素以情節曲折新奇、文字俏皮潑辣著稱，在港台及東南亞華人社會中流行不衰，然而她的散文《影樹》，卻一反其小說那種亦舒式的嬉笑怒罵、痛快淋漓的語言風格，而顯得哀婉深沉，楚楚動人。在不到千字的篇幅內，通過三個不同時期對影樹（即鳳凰木）的觀察及聯想，抒發作者對人生、對愛情、對生命的感慨。此篇寫得精美絕倫，如形容「影樹那麼慣性地開花，火紅激烈，如年輕人的愛情，非常的淒豔，而且一剎間就謝落，然而明年的花卻仍然那麼好」，以及「落葉就是疲倦的眼淚，是否傷心就不得而知，抬頭仰望，眯起眼睛，透過樹葉的陽光與藍天是這般的遙遠，生生世世照

25　李默：《天窗雨夜歌》；見《香港作家雜文選》，香港，新亞洲出版社，1987年5月再版。

26　方娥真：《現代雨》，見《男腔女調》集，香港，奔馬出版社，1985年1月版。

27　蔣芸：《找一朵蓮》，見《七好文集》，台北，遠行出版社，1977年9月初版。

不到我身上的樣子，我已經老了」[28]等句，雖然不無悲觀感傷，卻道出了作者的肺腑之言，蘊含著深邃的人生哲理與豐富的感情色彩。

另一類詠物小品的抒情對象，卻並非自然美景、花葉草木，它也許是一粒小豆（如《紅豆》），一顆石子（如《爛花石》）；也許是一支歌（如《如果到三藩市》），數幅畫（如《看畫》）；可以是一截路（如《花圈路》），一扇門（如《門》）；也可以是一處舊址（如《煙花地》），幾個貝殼（如《拾貝者言》），所詠之物，有大有小；所用筆墨，有濃有淡，反正，狀物摹景，乃是為了抒情寫意。小思的《紅豆》，借小小的紅豆之物，抒濃濃的憂國之情：

> 那一年春天，還是天地不寧的時代，我到桂林去。在街頭在野外，逢人便問：什麼地方可以找到紅豆？年輕人總帶著奇異眼光瞪著這個異鄉人，沒有答案。年老的驚怯地搖頭，也沒有答案。在一所屋簷低矮幽暗小店裏，鬢髮皆白的老人家抬起頭來，又低下頭，用最微弱的聲音，近乎獨語地說：「都砍了，這年頭，還有什麼相思？」

哦！這是個沒有相思的年頭。回來後，尋覓紅豆的心思就漸漸淡忘了[29]。

是回憶，也是吟哦；是抒情，更是譴責。全文精緻含蓄，寓意深刻，雖不著「文革」二字，但對那個「沒有相思的年頭」的深刻記憶和憂慮，卻溢於言表。作為一個土生土長的香港女作家，像小思這樣借紅豆之物，抒憂國之情的散文佳作，實屬難能可貴。何錦玲的《如果到三藩市》，亦是借物抒懷之作，此物乃作者喜愛的一首英文歌——「如果你到三藩市，請在髮上繫一束鮮花」。作者先是借此歌表達對三藩市美麗的吊橋的仰慕，可是當多年前赴美、現居三藩市的老同學來信問她：「你為什麼不來？你若來了，我們在美麗的橋上等候你」；作者卻說，「不去，不去，我不能離開我生長的地方；不去，不去，我愛我生長的地方。你怎能保證我在三藩市的橋上不害『相思』呢？你怎能教我『相思』呢？天下誰人不愛美景？誰不為綺麗的景色陶醉呢？但是美景可以

28　亦舒：《影樹》，見《自由書》集，香港，天地圖書公司，1983年6月第3版。

29　小思：《紅豆》，見《不遷》集，香港，華漢文化公司，1987年10月第2版。

娛目，鄉土卻能使我們溫暖一生」[30]作者在此篇中捧出了一顆滾燙的熱戀鄉土的赤子之心。全篇以歌貫穿，首尾相銜，情真意切，優美動人。

不過，提到「相思」之情，值得注意的是，香港女作家的筆下卻鮮有抒寫愛情──這一人類最聖潔、最動人的美好情感，也是中外文學的永恆主題的華麗篇章，在她們的抒情散文中，我們很少讀到像台灣女作家張曉風的《地毯的那一端》和席慕蓉的《寫給幸福》等詠歎愛情地久天長的「讚美詩」；像五四女作家廬隱的《贈李唯建》、石評梅的《墓畔哀歌》[31]等熱烈浪漫、纏綿哀婉的「情書」，更是幾近絕跡，相反我們見到的多是悲哀、傷感或苦澀、無奈的「自白書」。這些「自白書」，或道「男女有別」；或疑「他是誰」？或言「情隔萬重山」；或說「我要離婚」，將香港女作家對愛情、婚姻既希冀、渴求又懷疑、失望的矛盾心態和情愫渲染得淋漓盡致。如陳方的《尋找另一半》歎曰：「紅塵凡間，每個人都在尋覓自己的另一半，但人海茫茫，芳蹤何處？有時候以為找到了，到頭來發現不是那麼一回事，有勇氣的，繼續尋找，因循苟且的，只好草草認命」，「所以男悅女愛這回事，我情願相信神話故事」[32]。無獨有偶，草雪的《另一半的存在》也在懷疑：「世上真有天造地設的全無瑕疵的戀情嗎？真的有兩個人彼此為大家而生嗎？這神話我早就懷疑，可是懷疑了還是相信，後來相信了又是懷疑」，作者甚至斷言，儘管愛情「有攝人心魄之力，它來的時候，人往往壓抑了自我仍不自知。然而，其後愛對方之情，可能逐漸變回愛自己，說為別人而生，卻始終是為自己而活」[33]，理智冷靜的分析自省已壓倒了熱烈浪漫的抒情表白。難怪李碧華去約旦旅遊，站在死海邊上居然這樣感慨：「死海如令人惆悵的愛情」（《死海》），在她看來，「山盟海誓，難敵歲月」（《釀蜜難》），與亦舒將影樹開花比作「年輕人的愛情，非常的淒

30 何錦玲：《如果到三藩市》，見《香港作家雜文選》，香港，新亞洲出版社，1987年5月再版。

31 廬隱：《贈李唯建》，文中有「總之，我是愛你太深，我的生命可以失掉，而不能失掉你」等語。廬隱逝世后，該文由其丈夫李唯建發表於上海《時代畫報》1935年第8卷第10期。《墓畔哀歌》，五四時期女作家石評梅所作。其中有「假如我的眼淚真凝成一粒一粒珍珠，到如今我已替你綴織成繞你玉頸的圍巾；假如我的相思真化作一顆一顆的紅豆，到如今我已替你堆集永久勿忘的愛心」等語，見《石評梅作品集·散文》，北京，書目文獻出版社，1983年8月版，第144頁。

32 陳方：《尋找另一半》，見《中國當代女作家文選》，香港，新亞洲出版社，1987年3月版。

33 草雪：《另一半的存在》，見《七月的禿樹》集，北京，中國友誼出版公司，1986年11月版。

豔，而且一剎間就謝落」簡直異曲同工，如出一轍。

言為心聲，香港女作家在散文中表現的對愛情可望而不可及的惆悵之語，道出了她們感情生活中的某處缺憾，正如蔣芸在《情難》一文中所言，「只因為活得愈久，我們愈感到愛情死亡的滋味，即使重新拾回來，也像變了味道的酒，完全不對勁了。」[34]

第三節　親切溫馨的人間煙火氣息

不過，女人們的情感世界，也並非都是苦澀、無奈、傷心和惆悵，她們也有美好溫馨、甜蜜芬芳。女人的世界或許是比男人的世界多一點平凡和細微，甚至更多一點瑣碎與世俗，然而卻由此散發出濃郁的人間煙火氣息。在那些以敘事為主或敘事、抒情、議論兼而有之的「大型」散文作品（一般在數千字或以上）中，她們似乎也比男人們更注重凡人俗事、兒女親情等身邊瑣事的描述和紀錄，甚至津津樂道於細枝末節的陳列，正如西西在《看畫》一文中所言：「我喜歡細節詳盡」[35]。她的《手錶與其他》，敘述的都是自己身邊微不足道的東西：手錶、桌子和椅子，普通得不能再普通，卻充滿著常人難以企及的生活情趣。如作者寫她很久不帶手錶了，「離家之前，我會瞧一眼我那不鬧的鬧鐘，到了街上，我就光看街上的時計。我現在認識很多鐘，什麼地方有一座鐘樓，什麼地方的店鋪外掛著一面四方旋轉鐘，我竟然數完十個手指頭都不夠用。連我自己也感到意外，竟會漸漸地認識了一大群不同地點、不同模樣的鐘：銅盤般圓闊的、指環般細緻的、檸檬臉的、星空般錯綜複雜的，以及它們響亮的、奇異的、荒誕的、鬧笑話的名字。」[36]幽默詼諧，讀來令人捧腹。而關於桌子和椅子的兩章，又充分顯示出作者甘於淡泊的生活態度和簡陋窘迫的創作環境。西西是香港文壇上很有獨創性的一位女作家，她的作品，幾乎每一篇都在追求不同的藝術結構和風格。然而，誰能想到，就是這位在藝術上堅持高標準嚴要求的女作家，由於住房窄小，竟連一張專用的寫字桌也沒有，家中那張唯一的飯桌鋪

---

[34] 蔣芸：《情難》，見《七好文集》，台北，遠行出版社，1977年9月初版。

[35] 西西：《看畫》，見《鬍子有臉》集（代序），台北，洪範書店，1986年4月版。

[36] 西西：《手錶及其它》，見《中華現代文學大系・散文卷》第2冊，台北，九歌出版社，1989年5月版。

上繡花桌布，就成了她的「寫字」桌，「所以，我的桌子有許許多多花衣裳」；作者一直希望有一張搖椅，卻每每望椅興歎，「因為家裏根本沒有地方放得下一張搖椅」；遇到母親看電視或與人雀戰，她常常只好帶一張折凳躲到廚房去看書寫字，「這時候，折凳就變成了我的桌子，另外一張更矮的板製木凳才是我的凳子。在廚房裏，我還有一位朋友，複姓垃圾，單名一個桶字，……我的垃圾桶就是我書本的椅子。」[37]沒有怨天尤人的牢騷，也沒有尖銳刻薄的自嘲，只有心平氣和的敘述和輕鬆風趣的坦陳，以及字裏行間童話般稚拙可愛的描寫，使本來冗長瑣屑的細節變成了顯示作者真性情的活潑手筆。

鍾曉陽的《販夫風景》和鍾玲玲的《艱苦旅程》，所敘述的也是十分普通平凡的凡人俗事：前者擷取了幾組專賣各種吃食的個體攤販做生意的特寫鏡頭，如賣豆腐花的、賣雪糕的、賣糖炒栗子的等等，由夏至冬，用電影的手法組接成一支香港街市的「鍋碗瓢盆交響曲」，節奏明快而又活潑生動，彌漫著一股親切溫馨的人間煙火氣息[38]。後者則寫的是作者一家如何費心盡力接送年邁體弱的父母從九龍佐敦道到沙田自己家中來度週末，通篇皆由打電話、車站上等人、找人、接人以及用餐、參觀新居和送別等細節所綴成[39]，平淡無奇，甚至不無繁瑣，卻寫出了一般香港市民日常生活中的瑣碎與煩惱，以及兩代人之間那種難以溝通的無奈意緒，寫得真實而細緻，猶如一篇「生活流」的紀實作品。

散文與小說相比，即便是敘事性散文，也常常並非單純地講述一個個生動曲折的「故事」，更多的時候，作者通過敘述某件事或某個人，來抒發心中的某些感慨和情愫，因而散文中的「情節」往往是不完整的。敘事與抒情（有時也夾雜著議論）常常難解難分地結合在一起，形成融客觀敘述與主觀抒情為一體（或夾敘夾議）的表述特點。這部份散文，在香港女作家筆下，多為記敘兒女趣事，藉以抒發舐犢之情，以及憶念父母舊事，表露懷人之思的「詠歎調」，輕盈柔曼，舒緩委婉。前者，以胡燕青的《西邊街》為代表；後者則以蔣芸的《今宵別夢寒》最感人。

《西邊街》敘述的是作者告別「書生的天界」而「不再少女」之

37　西西：《手錶及其它》，見《中華現代文學大系・散文卷》第2冊，台北，九歌出版社，1989年5月版。

38　鍾曉陽：《販夫風景》，見《春在綠蕪中》集，香港，天地圖書公司，1987年版。

39　鍾玲玲：《艱苦旅程》，載《香港文學》1986年12月號。

後，如何育兒生女、操持四口之家的平凡瑣事。如果說，那篇記敘得知自己懷孕即將成為母親而「充滿了母性的溫柔、仁慈和喜悅」[40]之情的《不再少女》[41]是一篇「孕婦手記」的話，那麼，《西邊街》則是一篇搏動著幸福、滿足和自豪的母親之心的「主婦箚記」。這篇散文有五千餘字，篇幅雖不短，敘述卻是繁簡得當，不枝不蔓，如開篇簡略交待作者之所以在即將分娩前搬家的原因，是因為「迫不及待想回去，回到書生意氣的西營盤，靠近回憶，靠近往昔仙凡皆半的歲月」，緊接著，便以「沒多久，我已半跪在床上，緩緩地把茶色的窗頁推向西邊街溫煦的日頭」過渡到西邊街的景、人、車、攤的描寫。《西邊街》不像《艱苦旅程》那樣，敘述的是週末這一天發生的事情，因而有一波三折、相對完整的情節，《西邊街》所擷取的是作者既忙碌又安祥的家庭主婦生活中的幾個片段，用一顆賢妻良母的愛心連綴而成，全篇優美抒情，宛如一串情趣盎然的歌謠，一曲尋常百姓的小調。這歌中沒有生活重荷的苦惱，沒有一日三餐的操勞（即便有困難和勞累，也被作者用那顆甘願犧牲的愛心濾去了，如為丈夫省錢而修補鞋子等細節描寫），只有「童心正旺」的甜蜜和富有詩意的溫馨，如英皇書院屋頂上的「雀雀」（鴿子），西邊街上笨重如牛的「雷雷車」（大貨車），小女兒手指小攤上的透明魚缸學說「倚倚」（魚），以及大兒子指著地下公廁的入口大嚷要去乘「隆隆車」（地鐵）等等，無一不顯示出平凡生活本身所具有的那份情趣。因而此篇既是敘事的，也是抒情的，其中穿插著不少詩意盎然的段落，例如：

> ……打從街口往下望，長長的一條巾子，微起微伏的展卷而下，最後飄入維多利亞港的偏西水域。那海，淡淡的鮮有激濤，卻滿是翻飛閃閃的碎光，如星陣，如鱗布，上面飄漾著三數艘船。船不見在動，但當你回頭再看，卻又已是另一個佈局，另一種飄泊，另一類逍遙了。我常記不起它們的方向，留在感覺裏的，就只有那霞氳一樣，明明存在卻又說不出來的生命氣息罷了。有時看久了，還會突然發現幾片閃亮的鷗翅，梭巡於海色的浮動中[42]。

[40] 黃維樑：《框框內外——香港女作家散文的抽樣研究》，載1989年3月8日～11日香港《星島日報・星辰》版。

[41] 胡燕青：《不再少女》，見《彩店》集，香港，山邊社，1989年11月版。

[42] 胡燕青：《西邊街》，見《彩店》集，香港，山邊社，1989年11月版。

只有熱愛平凡生活的人，才能從這海景中發掘出生活底蘊中的詩意和美感。這類記敘兒女趣事的散文，還可舉出舒非的《腳》。該文從胎兒初踢母腹寫起，一直寫到嬰兒出生後一天天長大，終於穿上鞋子在學行車中邁出第一步，做母親的在喜悅之餘又不無擔憂：「漫長的人生路在他自己腳下，我生了他的腳，卻不能代他走」[43]，母親的一片舐犢情深，盡在那雙小小的腳上。

與《西邊街》、《腳》等記敘兒女趣事因而顯得甜蜜、溫馨的散文不同，蔣芸的《今宵別夢寒》、林燕妮的《我們的牛仔褲》等以懷人憶事為主的回憶性散文，卻以深沉委婉、如訴如泣的藝術風格見長。《今宵別夢寒》有一副標題——「寫給父親」，是篇感人至深的悼亡之文。作者以真摯深情的筆致，在追憶往事的敘述中，絮絮地抒發對亡父內疚與感激交迸的愛戴之情：

> 我在記憶中翻尋，可曾有過依偎在他膝前的歲月？可曾向他發過小女兒式的嬌癡？他可曾對我說過一些足以寵壞我的話？不，自我懂事以來。他和我們總是會少離多。父親的慈愛躲在他高大的身影裏，躲在他緊抿的唇角中。但是，每一個我長大的重要時刻，他總會趕來。……
>
> 他實在不是一個多話的男人，他的嚴肅與威儀使我從來沒有機會對他說，爸爸我愛你，我真想念你。我大概也遺傳了他的這份倔強，不會說一些甜蜜的話，即使是真的感覺也難以啟口。……[44]

既是敘事，也含抒情，情因難忘之事而更深，事由父女之情而更顯，令人想起朱自清的散文名篇《背影》。《我們的牛仔褲》則追憶作者為身患絕症的妹妹在其生命的最後階段買衣服的幾件往事，抒發了姐妹間的手足之情[45]，雖不如《今宵別夢寒》那般情意繾綣，如訴如泣，卻也委婉真切，令人唏噓。除此之外，香港女作家的懷人憶事之作，還有嚴愛蓮的《木屐蹬蹬響》和吳煦斌的《季節》。這兩篇都是回憶童年

---

[43] 舒非：《腳》，載《香港文學》1986年2月號。

[44] 蔣芸：《今宵別夢寒》，見同名集，香港，華漢文化出版公司，1986年12月初版。

[45] 林燕妮：《我們的牛仔褲》，見《台港當代散文精選》，成都，四川人民出版社，1990年5月版。

時代母親的慈愛與操勞之文。前者寫道：「回憶中，最溫馨的感覺竟是母親從市場回來，一手提著重匋匋的菜籃，一手挽著一串色彩繽紛的木屐」，「我分到的一雙可美極了，綠底紅邊，腳跟的地方綴上一簇小黃花和小白花，我捧在手裏，看了又看。快樂就是母親給我買了一雙美麗的新木屐，至於母親的快樂，就是看著女兒試穿經她精心挑選的新木屐了」[46]，文字明快而簡潔。《季節》則通過回憶當年母親在不同的季節為全家處理不同的衣服，刻畫了母親既平凡又不凡的形象：「母親抬起頭微微皺著眉專心拌衣服，她臉上有一種莊重的神情。白色的煙霧不斷上升，充滿整個小小的廚房，煙霧裏一切彷彿變得大了，純粹了，是這樣的時候我開始感到四時交替的嚴肅」[47]。全篇用筆精練，然而母親的形象刻畫卻富於雕塑感。

還有一類敘事性散文，卻不是記敘家庭趣聞和回憶父母仁愛，而是述說發生在作者本人身上的生活變故和命運打擊的親身經歷，以蘇恩佩的《若是上帝取回》為代表。這篇散文，選自作者的遺著《死亡，別狂傲》，全文有七千餘字，詳盡地敘述了作者本人在被確診患了甲狀腺癌後經過的生命搏鬥與精神昇華的故事。這類以真人真事為基礎的敘事性散文，就其「新聞」價值（一個少女身患癌症，動了大小四次手術並接受三次放射性療程，毀損了健康與歌喉），以及優美的文筆而言，與報告文學十分相似。然而由於是作者自己寫自己的故事，其間飽含著旁人所無法替代的切身體驗和感受，因而比一般第三人稱的報告文學更具催人淚下的真實感染力。文中給人印象最深的是作者動第一次大手術之後的那段關於死亡的描述：

> 第一次接觸死亡，死亡的形象並不可怖，甚至是奇特的美麗。
>
> 我的病室想是朝西的吧，打開落地長窗，整片港島西面的海就橫在眼前。即使坐在病床上，透過那面較小的窗戶，也可以清晰地看到西邊的海，黃昏時只有一隻帆船鍍著金光走向日落之處，生命的終結對我而言正是那金光燦爛的日落之處，山的背後是未知的、引人的、充滿神奇詭秘的境界。
>
> 一向以來，死亡對我很有啟迪性，而且相當羅曼蒂克。從初中

---

[46] 嚴愛蓮：《木屐蹬蹬响》，見《蓮瞳集》，香港，山邊社，1984年6月初版。

[47] 吳煦斌：《季節》，載1983年1月1日～4月30日香港《快報‧看牛集》專欄。

時代我就愛到墓地徜徉。那墓地是個大花園，依山傍海，春天開遍了紫荊和杜鵑，紫色的花瓣飄落在載著淡淡哀愁的天使像上。……[48]

死，是容易的，而且似乎還很美麗浪漫，可活下去卻是相當不易並且苦不堪言，「從麻醉藥的昏迷中醒過來，我就面對痛苦。痛苦不僅是傷口痛、針藥痛；……不錯，施過手術後渾身一無是處，不過那些苦再苦很快就過去；痛苦是發現我的嗓子啞了，美好的嗓子再也不會恢復」[49]。這裏，生與死，形成了多麼鮮明的對比和尖銳的衝突。沒有超越自我的頑強意志和求生的精神信念，決計不會喊出「死亡，別狂傲」的呼聲！《若是上帝取回》正是緊緊扣住生與死的對立統一，將生命的本質和意義揭示出來。此文後半部分雖帶有某些宗教信仰的色彩，但作者在生與死的「煉獄」中所產生的精神昇華，如對「周遭有那麼多人默默地受著苦」的發現：「在公立醫院的候診室，苦難不僅是黃濁的眼睛、凸出來的腫瘤、消瘦得不成人形的身體；苦難更是失業、貧窮、給親人遺棄」，以及經過生與死的搏鬥之後，對生命、對大自然的珍愛：「我愛在清晨徜徉於山徑，聆聽大自然的聲音，呼吸泥土的氣息，觸摸一片葉、一條草、一瓣在陽光中晶瑩的花蕊」[50]等，都使《若是上帝取回》達到了很高的精神境界，成為香港女作家的散文中最具有生命亮色和積極意義的珍品。筆者以為，雖然作者已逝，但她的《死亡，別狂傲》等用生命譜寫的篇章將永存於世。

第四節　女性散文不是鬆散之文

當我們離開蘇恩佩筆下的癌病房，再回到香港女作家的散文天地中，不由得發現，像《若是上帝取回》這樣融敘事、抒情、哲思及優美的文筆於一體的大型散文佳作，實在屈指可數。

自然，就散文創作的數量而言，香港女作家不僅廣種多產，而且

---

[48] 蘇恩佩：《若是上帝取回……》，見《死亡，別狂傲》集，香港，突破出版社，1981年10月初版。

[49] 蘇恩佩：《若是上帝取回……》，見《死亡，別狂傲》集，香港，突破出版社，1981年10月初版。

[50] 蘇恩佩：《若是上帝取回……》，見《死亡，別狂傲》集，香港，突破出版社，1981年10月初版。

品種齊全，除上文作重點介紹分析的議論性散文（雜文）、抒情性散文（小品文）和敘事性散文外，還有遊記（如施叔青的《哈爾濱看冰燈》、鍾曉陽的《大熱天——記安雅堡藝術節》、周蜜蜜的《留英風情畫》等）、隨筆（如方華的《逛公司》、謝雨凝的《母親花》、尹懷文的《過年有感》等）、速寫（如亦舒的《記憶片段》，方娥真的《郵差搭電車》等）、雜感（如杜良媞的《超人的煩惱》、梁荔玲的《女人說：我要離婚》等），但藝術水平參差不齊，質量亦有高下之別。儘管「忙不迭寫散文、雜文、小品」已成香港文壇的普遍現象，然而佳作並不多見，數千字以上的「大型」作品更為少見，質優與多產似乎不成正比。也許有人或以為散文既不必像小說那樣塑造人物形象，也不必像寫詩那樣講究精練含蓄，因而隨心所欲，信筆所至，將散文寫成了名符其實的鬆散之文；也有人或以為散文過於平民化，只要識幾個字的人皆可提筆，因而不屑於在散文的園地中深耕細作，自動放棄散文的結構經營，一些很有藝術才華的女作家鮮有散文佳篇問世便是例證。

這些，似乎都給香港女作家的散文小品的總體成就，帶來了不利因素和局限。從整體來看，香港女作家的散文創作，還未能達到台灣女作家，如羅蘭、張曉風、三毛、席慕蓉、龍應台等那樣的思想深度、藝術境界及「轟動效應」；與香港男作家的散文創作相比，也鮮見像梁錫華、黃國彬、董橋、項莊、岑逸飛等那種縱橫捭闔、揮灑自如，熔知識性、文學性與趣味性於一爐的博學型散文，這固然與每個作家不同的創作個性、藝術風格有關，但也畢竟反映出香港女作家在自身的知識積累、文化修養、美學趣味以及文字表達諸方面的缺陷與不足。從這個意義上來說，「風格就是人」真乃至理名言。

我們當然並不要求香港女作家下筆皆為精緻美文，事實上，在「日日出名，篇篇收錢」的現代商業環境中也根本不可能做到這一點，即便是在一些較好的散文小品中，也不無草率、粗糙之處及明顯不合漢語規範的文句，如「我仔細的看每一扇門，鑒賞它們。門們像人，是相似的也是不同的」（《誰見幽人獨往來》）及「樹們啊，當人們看見你們的時候，心情總是舒泰的，寧靜下來的」（《村屋的獨白》），「門」、「樹」本來就是集合名詞，再加上「們」顯得累贅而又彆扭。這雖可說是白璧微瑕，但這「微瑕」畢竟影響了「白璧」的完美。因此，我們寄希望香港女作家，尤其在成名之後能夠寫得更精一些更美一點，使香港女作家的散文天地真正成為五彩繽紛、美不勝收的藝術世界！

第十八章　海外華裔女性文學的新空間

第一節　憂患意識與「民族之魂」
——瑞士女作家趙淑俠及其小說意蘊

「唱啊，我的同胞／唱我們的歌／中華民族五千年的文化／開出鮮麗的花朵／孕育出自己的聲音，自己的曲調，自己的歌／我們的歌，來自燦爛的陽光月華／來自壯美的山川大河／來自芳香的泥土／來自對家園根深蒂固的留戀／來自心中不盡不盡的愛／我們的歌，是我們靈魂的呼號／是我們民族的標記／是我們的驕傲和光榮／我們的歌，讓我們記住我們是母親的孩子／讓我們不忘是中華兒女／讓我們願做炎黃子孫／我們的歌，讓我們勇敢的承受，千百年來的內憂外患／讓我們認識歡樂和苦難／讓我們挺起了背脊，在狂潮逆流中屹立如山／唱啊，我的同胞／唱我們的歌／唱，唱，唱，一直唱下去／不管它日升日落／不管它洪流滾滾／不管它狂濤巨浪／我們要唱我們的歌，／天會老，地會荒，我們的歌聲卻永遠的嘹亮／唱啊，我的同胞／唱我們的歌」

　　這是曾在瑞士定居多年的歐洲藉華人女作家趙淑俠的成名之作《我們的歌》中的女主人公余織雲所譜寫的歌詞，如果不是特別加以注明的話，讓人很難想到這樣一首後來在台灣得到廣為流傳的歌，竟出自於一位年輕的女留學生之手。這首「我們的歌」，可以說，既是海外留學生「靈魂的呼號」，也正是所有炎黃子孫「民族的標記」。

（一）

　　趙淑俠（1932～），生於北平，祖籍為黑龍江省肇東縣。童年時代恰逢抗戰全面爆發，隨家人顛沛流離，在重慶念過小學和初中，從9歲開始閱讀課外文學書籍。抗戰勝利後在瀋陽、上海等地住過。1949年底隨

父母去台灣，在台中女中完成中學學業後，曾考入電台擔任編輯，後被父親安排去銀行工作，但主要的興趣卻在寫作上面。1959年赴法留學。後來考取瑞士應用美術學院，畢業後以美術設計師的身份定居於瑞士並經營設計室。70年代後重新執筆創作小說。《我們的歌》即是她出版的第一部長篇小說。

或許與作者感同身受的留學經歷不無關係，也與當時海外華文文壇的「留學生文學」思潮相呼應，她出版的第一部長篇小說，很自然地選擇了台灣一群去歐洲留學的青年男女作為描寫對象。這部長篇小說的情節並不複雜：學中國文學出身的余織雲，靠著母親的「十年計畫」和全家人省吃儉用攢下的積蓄，成了「出國潮」中弄潮兒的一員。母親的如意算盤是：「我們家的每一分錢都投資在你身上了，你出去以後，總得想辦法把你弟弟妹妹也要弄到國外去。」[1]然而，織雲到德國留學後，遇上了她的初戀戀人江嘯風。已在國外留學五六年的江嘯風是一位很有前途的音樂家，連他的導師海爾教授都在為其舉辦的「祖國在呼喚」演奏會上說他「被認為是最有才氣的青年音樂家」，並希望他能繼續攻讀博士學位，以便能將他留在德國的大學任教。可是這位「學音樂的人裏唯一有資格留下來」的中國人，立志「要每個中國人都用自己的聲音唱自己的歌」[2]，因為「西方音樂再好，也不屬於我們。如果我們的音樂水準太差，或是根本就沒有自己的音樂，是個『無聲的民族』，我們就更該多下點功夫，創造自己的音樂。」[3]為了實現「創造中國自己的聲音，我們自己的歌」這一理想，在70年代「保釣」事件發生後，他不惜割捨在國外即將功成名就的一切，包括與余織雲的愛情而毅然返國。失去愛情而痛苦不堪的余織雲，在大病一場之後閃電般地嫁給了被稱為「工作狂」的華人科學家何紹祥，並跟著他一起到瑞士生活，當了一名全職太太。何紹祥原本也是一位留學生，出國已20多年，靠自己的勤奮和智慧，人到中年的他在事業上功成名就，經常受邀到世界各國出席各種研討會，織雲也因此有了出入各種洋人雲集的社交場合的機會和在異國他鄉衣食無憂、可以經常去各地名勝悠閒度假的安定生活。

然而，「那種表面高尚，其實骨子裏被人當成二等人的日子」使婚

---

1 趙淑俠：《我們的歌》，北京：華文出版社，1991年版，第12頁。

2 趙淑俠：《我們的歌》，北京：華文出版社，1991年版，第275頁。

3 趙淑俠：《我們的歌》，北京：華文出版社，1991年版，第87頁。

後的織雲卻並未感到幸福，丈夫拼命「把自己造成第一流的科學家，打入西方人的圈子裏」的所作所為，和在洋人面前強調自己「我不是中國人呀！我是德國人」的表白，以及在家中對待兒子漢思的母語教育等，都與並未忘懷自己始終是中國人的織雲格格不入，最終導致他們的婚姻面臨危機。「在國外住得越久越覺得自己不屬於那裏，越覺得生成中國人就是中國人，脫胎換骨也改不了啦！」[4]織雲帶著兒子返回台灣。偶爾聽見隔壁的小女孩在哼唱自己當年作詞的《我們的歌》以及得知歸國後的江嘯風為普及「我們的歌」而組建合唱團，深入基層巡迴演出，卻遇颱風肆虐為救落水的老人和孩子而英勇獻身，良知未泯的留學生們都在為完成他的遺願和未竟事業而積極奔走出力，織雲受到強烈的震撼，她準備留下不走，參與到提升中華民族素質和自信心的工作中去。然而小說的結尾處，織雲收到了丈夫何紹祥的長信。這位被譽為「中國頭腦」的優秀華人科學家終於在不可避免地遭到種族歧視的事實面前有所覺醒：「真正的從夢中醒來，看出了一個中國人無論出類拔萃到何種等級，如何的力爭上游，也不可能從『中國』裏單獨走出來。在別人的眼睛裏，他永遠是中國人，在他自己本身，更是不會有任何變化，還是當初父母給他的那個軀體，還是流著中國血液的炎黃子孫，一個從裏到外的中國人。」[5]織雲終於帶著懷抱祖國的泥土、哼唱著《我們的歌》的兒子登上了與丈夫團聚的飛機，「這次，她一點也不像多年前出國時，那樣茫然、恐懼、矛盾了。她已找到了她的方向，知道該怎麼安排自己，而且正在往那裏去。那裏有另一個『生命不是世俗的生命意義包容的了的人』，在等著她，他們要一同向生命挑戰……」[6]

（二）

趙淑俠在《我寫〈我們的歌〉——兼答讀者》中曾這樣詮釋自己的創作意圖：「『歌』在這裏應該只是一個象徵，象徵著我們民族的精神。我們要同聲齊唱『我們的歌』，正表示我們應該並肩攜手，同往一個大目標前進，這個目標是要中國人找回自己的原來面貌，以自己的文

---

[4]　趙淑俠：《我們的歌》，北京：華文出版社，1991年版，第714頁。

[5]　趙淑俠：《我們的歌》，北京：華文出版社，1991年版，第718頁。

[6]　趙淑俠：《我們的歌》，北京：華文出版社，1991年版，第730頁。

化和傳統為榮，自信、自強、自愛。」[7]於是，我們便不難理解，她這部創作於70年代後期的「留學生文學」中的人物形象，與美華作家白先勇、於梨華筆下的吳漢魂（《芝加哥之死》）、李彤（《謫仙記》）、牟天磊（《又見棕櫚，又見棕櫚》）、鍾樂平（《考驗》）等「無根的一代」和「流浪的中國人」為何有著相當大的差異。《我們的歌》無疑是一曲呼喚民族意識和中國精神的高歌。

《我們的歌》雖然圍繞著余織雲、江嘯風和何紹祥之間的感情糾葛謀篇佈局，卻沒有一般的愛情小說司空見慣的纏綿悱惻，也沒有當時的「留學生文學」揮之不去的愁雲慘霧，而是充滿著一股樂觀向上的豪情壯志，以及對於祖國、民族精神與意識的熱情頌揚。在作品中，作者塑造了一群命運、遭際、抱負、理想、前途和人生目標各不相同的中國留歐學生的形象：余織雲、江嘯風、何紹祥、廖靜慧、楊文彥、賈天華、謝晉昌、「警報老生」、「天才兒童」、「青春偶像」、蘇菲婭劉、湯保羅……這些先後從台灣抵達德國留學的中國學子，雖然他們「功成名就的有，一敗塗地的有，知足常樂的有，整天罵街怨天怨地的也有，什麼樣的都有」[8]但不管怎樣，他們雖然也有「斷根」的苦惱與憂愁，卻沒有牟天磊（《又見棕櫚，又見棕櫚》）、鍾樂平（《考驗》）那種刻骨銘心的「無根」的迷失與茫然；他們雖然也有寄人籬下的孤單與辛酸，卻沒有吳漢魂（《芝加哥之死》）、李彤（《謫仙記》）那種失魂落魄的孤寂與幻滅。除了那位數典忘祖，一心想在異國留而不走的湯保羅外，《我們的歌》中的絕大多數留歐學生，都表現出了對於祖國和中華民族的認同感與歸屬感，且不說江嘯風、賈天華、「警報老生」先後學成返回台灣，「青春偶像」、蘇菲婭劉雙雙回到了香港，並各自作出了令人刮目相看的成績來；即便是當初那位拿到了法律博士學位、卻寧願選擇在異國他鄉開飯館賺錢的楊文彥，在為省錢親自開車販菜而發生交通意外不幸斷了一條腿之後，終於決定重拾舊業，「要把多年的所學，貢獻給自己的國家，盡一份國民的義務」[9]，他毅然賣掉了很賺錢的「楊子江」餐館而攜妻兒返回台灣，在大學裏教授法律，培育英才，正如其

---

[7] 趙淑俠：《我寫〈我們的歌〉——兼答讀者》見《我們的歌》，北京：華文出版社，1991年版，第735頁。

[8] 趙淑俠：《我們的歌》，北京：華文出版社，1991年版，第578頁。

[9] 趙淑俠：《我們的歌》，北京：華文出版社，1991年版，第604頁。

妻廖靜慧當初對好友織雲所說，「依著我，覺得不如回去，回去我們都是有用的人，在這裏我們什麼都不是」。頗具諷刺意味的是，那位學成之後賴著不肯回國，聲稱自己已忘了中國話怎麼說，「他認為做中國人是丟臉的事，恨不得想個什麼法子變成只洋狗」[10]的湯保羅，竟被未來的德國岳父向外事警察局告發而被判驅逐出境，不願回國的他結果選擇了自殺，終於客死他鄉。

湯保羅的可悲結局，雖然過於富有戲劇性，但在伸張民族精神和正義方面，這部作品無疑可稱得上是一部文學教科書，它明白無誤地告訴讀者：外國不是天堂，西方世界不是我們的家。正如那位出國後一直認為「科學無國界」，並以自己的「種種成就，要歸功國外的研究環境、科學水準和社會制度」，因此「對於外國，他充滿了感激與崇敬之心」的何紹祥，在親身領教了所供職的科研機構在領導人選上對華人的排斥之後也不得不深切地思考「根」的問題，他終於意識到：「國家民族，是我們的母親，我們從她而來，沒有她就沒有我們，我們的根牢牢的連附在她身上，想擺脫也不可能。」[11]這個人物的最後轉變雖然顯得過於突兀，在作品的大半篇幅中，對於這個「兩耳不聞窗外事」的「何太上」的描寫，往往都帶著一種冷冷的譏諷與不屑，尤其是當他與年輕有為、才華橫溢的江嘯風在一起時，作者的褒貶親疏也就更為一目了然。但不管怎樣，何紹祥的最後轉變，還是使女主人公織雲的婚姻有了一個較為穩固的感情基礎而不致破碎。

無疑，作者對於江嘯風這個人物是非常偏愛的，她在賦予他年輕英俊的外表，浪漫瀟灑的神情，超凡脫俗的音樂才華和志向高遠的抱負的同時，還賦予了他披肝瀝膽的赤子之情和始終不渝的報國之心，以及中華民族捨身取義的崇高精神與種種美德。這使得這個集英俊瀟灑的外形和始終縈懷著拯世濟民的沉重責任感於一身的人物，多少有些過於理想化的色彩。在作品中，他儼然成了一個叱吒風雲的時代英雄，雖然他的結局令人唏噓。然而，他在作品中給人更深刻的印象，倒並不是他那些充滿理想和良好感覺的豪言壯語，而是從他身上流露出來的那種根深蒂固的憂患意識與「民族魂」。就像織雲偶爾聆聽他彈奏的鋼琴曲，不由自主地闖進練琴房所見到他的第一印象：他的眼睛「像似有些憂鬱，

10　趙淑俠：《我們的歌》，北京：華文出版社，1991年版，第291頁。

11　趙淑俠：《我們的歌》，北京：華文出版社，1991年版，第718頁。

又像有點深不見底」。或許正是由於作者曾經顛沛流離的人生閱歷，過早地體驗到了抗戰硝煙以及背井離鄉所造成的民族災難的深深記憶，使得作者不得不將中華民族的憂患意識與「民族魂」讓江嘯風這個英雄人物來體現：他的血管裏流淌著父母的音樂基因，可是父親在他幼年時期慘死於日本人之手；8歲時跟隨母親離別大陸故土，來到台灣；14歲時一直鼓勵他的母親突然撒手人寰，臨終遺言叫他「別放棄，永遠朝那方向走」。國恨家仇、少年失怙的痛楚使他對中國和中華民族的憂患感受深刻，哪怕在他和余織雲熱戀時的談吐中，也時時不能忘懷，「我們中國有多少年的歷史，多大的土地，經過多少內憂外患？我們是一個什麼樣歷經苦難、能忍耐、能背負命運的民族？我們的歌，要從山裏、森林裏、泥土裏、文化裏、中國人民歷經苦難的靈魂裏發掘。」[12]這就難怪他從少年時代起在台灣「聽到由洋歌翻譯過來的不倫不類的歌詞，和一些自以為洋派的人隨口哼哼的外國曲子，就忍不住歎息」，從而立志「一定要創造中國自己的歌」。對於國人崇洋媚外、喪失民族自尊和對民族文化棄之如敝屣他憂心如焚，他對織雲說：「我們的文化正在慢慢的被侵蝕，民族的自尊一點一滴的被剝落，可怕的情形就像一幢大房子被白螞蟻蛀蝕，日子久了，我們的文化會面目全非，人們會忘了自己從哪裡來，會不知道民族的自信自尊為何物。你想一個國家連自己的文化都不堅持的話，還能談到別的嗎？如果我們要爭取外國人的尊敬，必得要拿出一個強而美的中國式的中國，而不是跟在人家背後趕的中國……我們中國人，需要找回真正的自己」[13]。肩負著這一振興民族精神的崇高而又神聖的理想和使命，他出國的目的很明確，「為的是多看多聞，學得扎實而技巧臻熟，好回去為她（祖國——筆者注）做點什麼」。因此，他出國後從不在西方歌曲和交響樂上下功夫，而一心埋頭創作中國的民歌；「從來沒想過出不出名的問題」；海爾教授主動設法幫助他留下卻遭到他的婉言謝絕。在國外，他住的是殘破的房子，「屋裏冷得像地窖」；家徒四壁的他，除了一架值錢的鋼琴外，在銀行裏沒有一分錢的存款；「他有的，只是那點看不見摸不著的『才氣』，那點像火似的、無法遏止的熱情，和一顆真摯坦誠的心」[14]。這位一心想回國效力的普羅

---

[12] 趙淑俠：《我們的歌》，北京：華文出版社，1991年版，第110頁。

[13] 趙淑俠：《我們的歌》，北京：華文出版社，1991年版，第132～133頁。

[14] 趙淑俠：《我們的歌》，北京：華文出版社，1991年版，第94頁。

米修士式的時代英雄，最後終於以燃燒自己、照亮民眾的壯舉完成了播撒民族精神火種的神聖使命。他與戀人余織雲的愛情雖然失敗，但他身上那種無法抹去的憂患意識，卻敲響了重建中華民族靈魂的警世鐘，並且傳染給了他周圍的人們，包括余織雲在內，因為，憂患意識「是長在身上流在血裏的東西，想藏也藏不住」[15]。

（三）

平心而論，像江嘯風這樣頂天立地的民族英雄，其不朽的精神與風範雖然可歌可泣，但畢竟過於「正派」而顯得多少有些不食人間煙火的況味，作者最後給他安排了為救人而被狂風巨浪卷去的結局，雖然完成了英雄肖像的最後一筆，但似乎也多少顯示出不想讓其筆下的英雄過於「美滿」的用心，因為，文學中的人物過於理想化也就難免性格單一化的危險。於是，我們在作者另一部長篇小說《春江》中，很快就看到了一個由「正」變「邪」的人物──劉浪。這部作品，仍然以海外華人的生活與情感糾葛為創作題材，但其中的主人公不再是心心念念報效祖國、富有正義感的民族英雄，而是一個因對家庭、愛情極度失望而後又在異國他鄉「流浪」十多年中扭曲了人性、泯滅了真情的「憤怒青年」。

劉浪，原名劉慰祖，本是個「集好兒子、好孫子、好學生、好青年、好情人……於一身」[16]的青年才俊，可是在作品一開始，他已自命為劉浪，說當年那個劉慰祖「已經死得連影子也不見了」。他坐在駛往巴黎的火車上，「票是買到巴黎的。為什麼買到巴黎他也解釋不出」。結果車抵德國的海德堡，他竟鬼使神差般地下了車。十多年前，他曾是海德堡大學──歐洲經濟系的一名研究生，「從心裏到外表都年輕得很，世界在他眼睛裏美得像似五彩繽紛的發光體，充滿了光明和希望。」可是兩年後前程似錦的他突然從海德堡「失蹤」，並與欺騙了自己並隱藏著許多不可告人的罪惡的家庭決裂而出走，漂泊異鄉，四海為家，隨心所欲，放浪形骸。十年來，「溜了太多地方，北美、南美、亞洲、非洲、澳洲、近東，叫得出來的地方全去過。」他的身份「說得好聽一點是流浪的畫家，說得難聽一點，真實一點，就是個沒有職業的流浪

[15] 趙淑俠：《從嘉陵江到塞納河》，見《塞納河畔》，哈爾濱：北方文藝出版社，1987年版。

[16] 趙淑俠：《春江》，福州：海峽文藝出版社：1985年版，第38頁。

漢」[17]。他本來在海德堡下車並無明確目的，也不想久留此地，但在昔日留學時的同學會長、今日的醫學博士並已在此定居的王宏俊等同胞的挽留下，由於一個極偶然的機會見到了他當年唯一真正愛過的戀人莊靜——「一個把他的生命闖出第一道缺口的人」，如今她的身份是越南華僑譚允良的太太，有個十四五歲的男孩的母親。於是，他決定留下來，並由此展開了一系列有預謀的報復莊靜之子藉以達到報復其全家的邪惡行動。直到有一天他終於得知他報復的對象竟是他和莊靜所生的親生兒子並已造成嚴重後果時，他才如醍醐灌頂，「一場痛哭，像洶湧的春江之水，把劉慰祖胸中鬱結了多年的怨與恨的堅冰，沖得鬆動了，而一股溫柔的暖流正從那些隙縫中緩緩地流入。」[18]小說結尾處，他終於決定「從過去走出來」，走上了回家的路。

（四）

顯而易見，這部小說所要表現的，並非正面歌頌對民族精神之「根」的尋找與追求，而是要揭示「苦惱的現代人」的失落與扭曲，更確切地說，是「人之魂」的泯滅與異化。它以倒敘、插敘的手法追溯了劉慰祖這位「哈姆雷特」式復仇者的成長歷史，將其過去與今天從外形到內心都判若兩人、反差極大的性格扭曲、靈魂異化的過程揭示出來，並就其種種違背人性與常理的不可思議的怪異舉止、報復行為試圖作出一個自圓其說的解釋。應該說，主人公劉慰祖青少年時期的生活軌跡與《我們的歌》中的江嘯風基本吻合：幼年時期的大陸～少年至青春時期的台灣～成人後留學歐洲，這裏，我們又看到了作者本人的人生經歷對於筆下人物的生活背景及其性格命運的映射。當然，這一「大陸～台灣～歐洲」的生活軌跡，在《我們的歌》中成為揭示江嘯風身上蘊含著中華民族精神和憂患意識的有力鋪墊，但在《春江》中，卻似乎只是作者點綴人物、鋪陳情節的不同佈景而已。

不是麼，劉慰祖幼時生活在大陸，只因生母曾做過舞女，他親生父母的姻緣便被其祖母活活拆散，以致他童年時代老是朦朦朧朧地「做夢」。像這樣的情節，對於後來劉慰祖終於得知真相後與家庭決裂、繼而出走，浪跡天涯其實並無決定性的意義，放在台灣或香港，都無本質

17　趙淑俠：《春江》，福州：海峽文藝出版社：1985年版，第18～19頁。

18　趙淑俠：《春江》，福州：海峽文藝出版社：1985年版，第207頁。

上的差別，因為大陸對於他而言，只具有某種籍貫意義，不像江嘯風，父親被日本人害死的童年的痛苦記憶，會潛移默化地激發其對民族自尊自強精神的不斷反省。因此，劉慰祖的叛逆和流浪，顯然不是為了尋求民族之「根」的復興，更多的只是「苦惱的現代人」失去精神家園後的自我放逐與苦悶彷徨。當然，也有人說，「他的性格的扭曲來自於他對世俗傳統的反叛缺乏一種根植於現實之中的積極的精神力量，也來自於他在歐洲社會的漂泊中，未能尋到具有希望的民族精神的定力。」[19]話說得當然沒錯，但細看文本，劉慰祖的性格扭曲乃至人性、道德、倫理的淪落，與時代、社會及民族精神並無多少關聯，更多的只能歸結於其「人性的弱點」與靈魂的墮落。不是麼，小說中最令人感到不寒而慄之處在於，當他見到莊靜後心中升騰起那股不可遏制的復仇慾望：

> 他想報復她，卻不知該從何做起？要怎樣才能把她給他的痛苦和傷害加本加利地還給她？事情擺得再明白也沒有：如果他在她心裏有份量，傷起她來就不費吹灰之力；如果他對她全無意義，那麼便怎麼做也是白費力氣，傷不著她。正在他不知該怎麼動手的當兒，家棟（莊靜之子──筆者注）主動與他接近，給了他新的啟示和靈感：要傷她，不必從她本身著手，可以從她最愛的人著手，她說過的：「家棟是我們全部的希望。」[20]

於是，他竟喪盡天良地對天真無邪的家棟下了毒手：挑撥他與父母的關係；教唆他與父母對抗；直把一個單純善良、可愛聽話的好學生、好孩子，教唆成一個「功課也跟不上，又交了壞朋友」的任性叛逆、桀驁不馴的問題少年，最後家棟騎著他故意作為生日禮物贈送的摩托車差點送了命。這裏的劉慰祖，已經遠不是「未能尋到具有希望的民族精神的定力」的「失根」問題所能概括的，而是無可救藥的人性淪喪和靈魂墮落了，正如在他不請自來地攪了莊靜為兒子舉行的生日聚會後，王宏俊批評他「在跟全世界作對」，他卻滿不在乎地回答：「我知道，你心裏在罵我沒人性，是嗎？那也沒關係，我不在乎，人性是什麼？有什麼

---

[19] 劉登翰等：《台灣文學史》下冊，福州，海峽文藝出版社，1993年版，第829頁。

[20] 趙淑俠：《春江》，福州：海峽文藝出版社：1985年版，第148頁。

好？我根本不想有。」[21]無論從前有多少人對不起他，一個「根本不想有」人性的人及其種種邪惡舉止，都令人無法生出同情之心來。因此，劉慰祖的最後轉變，甚至還要回去接續他曾深惡痛絕的父親的家業，這多少跟《我們的歌》中的何紹祥寫來的長信一樣，顯得過於突兀與生硬。看來作者對於像劉慰祖這樣的「憤怒青年」的同情，並解釋其「憤怒」的緣由是「當劉慰祖的圓滿世界破滅後，歷史的包袱立刻重重的壓在他的背脊上，使他在重壓中迷失」[22]，實在是過於一廂情願和簡單化了。筆者以為，劉慰祖的身上，恰恰最缺乏的就是歷史感與「人之魂」。

（五）

如果說，昔日的劉慰祖在流浪中變成了一個「在跟全世界作對」的復仇狂而令人憎厭的話，《塞納河畔》的主人公柳少徵，這位在巴黎王子先生街上開古今書店的溫文爾雅的華人老闆兼作家的多災多難的命運及其始終不變的戀鄉之心，就頗令人同情了。《塞納河畔》創作於1985年。這是作者自1982年回大陸探親後創作的一部長篇力作。比起之前的幾部長篇小說來，《塞納河畔》所描述的，已不僅僅只是赴歐台灣留學生的命運及其人生選擇，而是將筆觸延伸到了一群生活在法國巴黎的各色華人，如大半生在時局動盪中「經歷生離死別，嘗盡悲歡離合的滋味」的書店老闆兼作家柳少徵、在法國研究中國古典文化的女博士夏慧蘭、計畫「要畫故國河山」的畫家范則剛夫婦、為尋父而在法國盤桓40餘年的泉叔、已徹底波西米亞化了的女畫師林蕾、歷經死裏逃生而又夫離家散的越南華僑伍太太等等，他們在法國定居的時間有長有短，性格也差異甚大，如柳少徵的憂鬱寡合、夏慧蘭的優雅內斂、范則剛的豪放爽朗、泉叔的善良木訥、林蕾的狂放不羈、伍太太的堅毅隨和……，但他們的音容笑貌，無不給人留下深刻的印象。

作為《塞納河畔》的主人公，柳少徵無疑是作者著墨最多的一位。比起《我們的歌》中的江嘯風來，柳少徵雖然命運多舛，其人生之途是在「一輩子勞心，半輩子打單」中度過，因而「孤獨，寂寞，憤世，避世，

---

21 趙淑俠：《春江》，福州：海峽文藝出版社：1985年版，第188頁。

22 趙淑俠：《寫在《春江》出版之前》，見《春江》，福州：海峽文藝出版社，1985年版，第2頁。

諷世」，即使是笑，也「仍是那種滄桑中有憂鬱，有落寞的笑」[23]，但他對於祖國母親的思念之情，卻也跟江嘯風一脈相承，他日日在異國的午夜伴著孤燈無法遏制地膨脹，「終致爆裂成一塊塊堅硬的碎片，衝破那穩固厚實的書城飛出去」，「越過山越過海，盤旋在長城上，黃河濱，長江之湄，五山之頂，或南太平洋洋中那個四季常青的島，飛得太高太遠，沒法子收住」[24]。與《春江》中的劉慰祖相比，柳少徵也多了幾分由時局動盪、人生磨難而帶來的滄桑感與忍耐力：「多年來的跌磕闖碰，已把他由一個渾身都是棱角的人，磨成了冰川洞底的石頭。他學會了遠觀，把一對含著火焰的眼修練成冷眼，哪怕天大的事下來，也只是遠遠冷冷的瞅著，偶爾忍不住發出一兩聲呼叫，也僅是微微弱弱的。他在學著隨俗，學著忍耐。特別是年歲漸漸老大，異國的寂寞越發的不勝負荷，渴望著親情慰藉的今天，更悟出忍耐的重要。」[25]這是一位人生命運多舛的海外遊子形象，他不同於海外赤子江嘯風，心心念念要回到寶島台灣傳唱「我們的歌」；他更不同於海外浪子劉慰祖，一門心思只想以一己的放浪形骸來與整個世界作對，作者賦予他的，是更坎坷的命運，更不幸的人生：青年時期，他由於撰文揭露時弊而得罪了台灣的權貴，不僅遭到逮捕，被送往外島服刑，而且出獄前妻子已經另嫁他人，失去了家庭；輾轉到了巴黎，娶了法國姑娘妮卡，不料沒多久她就因病而亡；與女畫家林蕾同居，她卻又愛上了匈牙利情人，撇下他離家出走，後來患上絕症，又眼睜睜看著這位充滿生命活力的女子撒手人寰；最後好不容易與女博士夏慧蘭互相愛慕，正當即將喜結連理之際，她卻因車禍躺在醫院的手術台上，命懸一線……正是在一系列世事難料的生離死別中，鑄就了柳少徵的人生悲歡，命運多舛！而柳少徵以及書中其他人物的命運，又是與時局動盪、歷史滄桑緊緊相連，作者坦言，「在這本書裏，我坦然地討論了一些問題，如由於國家多難，某方面的不上軌道，時代加諸在人民身上的厄運」[26]等等。在《人的故事‧自序》中她還說：「在時代的巨掌裏，人幾乎是渺小得看不見的動物。但把這些渺小的個人所遭遇的苦難和悲歡離合，解剖開來仔細看看，亦足以窺探出一個時代的真實面貌」。因此，她筆下的柳少徵及

---

[23] 趙淑俠：《塞納河畔》，哈爾濱，北方文藝出版社，1987年1月版，第101頁。

[24] 趙淑俠：《塞納河畔》，哈爾濱，北方文藝出版社，1987年1月版，第5頁。

[25] 趙淑俠：《塞納河畔》，哈爾濱，北方文藝出版社，1987年1月版，第92頁。

[26] 趙淑俠：《從嘉陵江到塞納河》，見《塞納河畔》，哈爾濱，北方文藝出版社，1987年1月版。

其他華人的悲歡離合，都不能不帶著「時代加諸在人民身上的厄運」，而這「厄運」本身，也恰恰反映了作者及其筆下人物的憂患意識。

（六）

不過，作者在《塞納河畔》中的人物身上，雖仍然寄託了一貫的中華民族的憂患意識，但這種憂患意識的內涵，畢竟已經有了一些新的因素。這主要體現在對於海峽兩岸的故土尚未能夠和平統一的憂慮與牽掛上，作者把這一憂慮與牽掛寄託在新一代人身上。在小說中，作者設計了幾位分別來自「改革開放」之初大陸赴歐留學生（如柳少徵的侄子柳正明）與一群來自台灣的新生代留學生（如柳少徵的女兒柳潤明及謝幸美等），通過他們的交往甚至不無思想上、性格上和生活態度上的碰撞及其改變，以及他們對於祖國母親的不同程度的認同。這足以表明，作者所關注的，已越出了純粹的留學生文學寄人籬下的心酸和中國人在東西方文化的夾縫中的苦惱，而將目光落到「吾土」（即海峽兩岸）和「吾民」（即海峽兩岸的炎黃子孫）的大中華實現一統的未來上。也正因為如此，當柳少徵好不容易在大陸改革開放之後，經過許多周折才將侄子正明從北京接來巴黎留學，他當然希望這位已經去世的大哥留下的唯一男孩能學成之後留在巴黎發展，然而事與願違，正明卻偏偏愛上了台灣來的女留學生謝幸美，在小說結尾，他們都選擇不在巴黎定居而準備學成回國──分別回到祖國的海峽兩岸──大陸與台灣，並相約總有團聚的一天。這一結局，是趙淑俠的作品中前所未有的，它預示著作者的憂患意識已化為一種美好的希冀，雖然有些過於理想化，但她盼望海峽兩岸的祖國能早日結束分裂的局面而實現和平統一的願望，還是透過柳正明和謝幸美這對有情人有朝一日能終成眷屬的祝福清晰地表達出來了。

從《我們的歌》到《塞納河畔》，儘管只是趙淑俠創作的一部分，然而，「窺一斑而知全豹」，那種如今海外華人作家中已不多見的憂患意識，確實已成為旅居瑞士的華人女作家趙淑俠與生俱來「長在身上流在血裏的東西」了。

第二節　繆斯賜予的典雅與浪漫
—— 菲律賓女詩人謝馨及其詩作風韵

> 隱藏於冰山下的潛意識展現於陸地
> 當視野馳騁　能否喚醒你遙遠
> 遙遠的記憶　如此開放式的
> 裸裎　將夢底虛幻與神秘
> 坦然地顯示於你眼前：
> 以一列支離縱橫的豪邁
> 以一影冷峻傲然的俠骨
>
> ——謝馨《大峽谷》

　　讀著如此蒼邁冷峭而又雄健奇麗的詩句，如果不注明其作者性別的話，你或許不會想到，它竟出自一位菲律賓華裔女詩人之手。這位女詩人名叫謝馨，生於上海，長於台灣，如今定居於千島之國的菲律賓。2001年5月，由菲律賓華文作家協會和福建省台港澳暨海外華文文學研究會主辦的「首屆菲華文學研討會」期間，我與這位近年來在菲律賓華文文壇以及海外華文文學界聲譽鵲起的菲華女詩人相識相聚於榕樹的故鄉——福州。

（一）從《波斯貓》到《石林靜坐》

　　見識謝馨，只覺三「奇」。一奇，是她的「根」。她告訴我：她的老家是在上海浦東，屬於「滴滴呱呱正宗我伲上海本地人」（上海是一個典型的移民城市，浦東一帶屬於老上海的「本幫」）。先前我只知道她生於上海，卻萬萬沒想到如今菲律賓華文詩壇上竟活躍著一位「我伲上海浦東人」。二奇，是她的聲。謝馨長得頎長纖細，典型的江南女子那種柔情似水般的瘦弱，很自然令人聯想起《紅樓夢》中那位才情一流而又體格孱弱的林黛玉。然而，她卻有一副響亮而富有音樂質感的好嗓子。研討會期間，謝馨擔任一場專題研討會的主持人，她一開口，那字正腔圓、抑揚頓挫的標準普通話，一下子便征服了全場聽眾。後來她告訴我，多年前她曾經在廣播公司做過播音員，難怪她的發音顯得如此訓練有素，磁性十足。三奇，自然是她的詩了。

比起豆蔻年華即揚名詩壇的早熟才女來，謝馨並非早慧的甯馨兒，她甚至頗有些大器晚成的況味。她1982年才開始嘗試寫詩，但這位繆斯女神賜予她以靈感與才情的「後起之秀」，起步不久就成為令詩歌王國矚目的天之驕女：她的詩作四度入選台灣年度詩選；又以其詩之英譯三度獲選菲律賓每月最佳詩作。1991年9月，她應邀赴美國參加愛荷華大學國際作家寫作班。同年，她一口氣出版了兩部詩集：《波斯貓》與《說給花聽》。2000年又出版了第三部詩集《石林靜坐》。在詩歌極不景氣的今日，如此佳績，令人不能不對她刮目相看。正如台灣著名詩人羅門所論：「謝馨是一位生活體驗深廣，具有才情以及美的意念，理念，玄想，深思與激情的詩人；同時由於創作題材的層面廣，觀察力的敏銳，思考力的強度，想像力的豐富與多變性；加上她能以開放與熱情的心胸，面對世界，包容一切，使古、今、中、外、大自然與都市的時空領域，以及男女情感陰、柔、陽、剛之兩極化，打破界線，溶入她自由創作的心境，形成她隨心所欲、隨興而發、隨意而為、無所不能的詩風。在詩中，她既能流露柔情蜜意，又能展露豪情逸意；既能發揮強烈的感性，又能表現冷靜的知性與心智，融合『古典』與『浪漫』精神於一爐，使詩情詩思能向外向內發射出繁複與多姿多彩的光能。」[27]出自詩壇資深內行的羅門先生的這番話，對謝馨其人其詩的評價真是既鞭辟入裏而又恰如其分。

（二）「想中國」與「東方旖旎的經緯」

作為海外華文文學的基本題材和重要主題之一，鄉愁、鄉戀、鄉思、鄉情的描摹與抒發，似乎已成為海外華文作家無法回避、揮之不去的一種情結，甚至可以說，成了縈繞不絕、綿綿不盡的一種傳統。作為具有華夏之根的炎黃子孫，謝馨自然也無法撇開這一傳統，掙脫這一情結，例如在《王彬街》中，他把「想中國」的內心情感抒發得淋漓盡致：

> 王彬街在中國城
> 我每次想中國，就去王彬街

---

[27] 羅門：《以情、愛、感、知、靈、悟製作生命場景的女詩人謝馨》，見《說給花聽》集，台北，殿堂出版社，1990年7月。

去王彬街買一帖祖傳標本兼治的中藥
醫治我根深蒂固的懷鄉病　去王彬街
購一盒廣告清心降火的檸檬露
消除我國仇家恨的憤怒

去王彬街吃一頓中國菜，一雙筷子
比一隻筆桿兒更能挑起悠久的歷史
去王彬街喝一盅烏龍茶，一杯清茶
較幾滴藍墨水更能沖出長遠的文化

去王彬街讀雜亂的中國字招牌
去王彬街看陌生的中國人臉孔
去王彬街聽靡靡的中國流行歌
去王彬街踏骯髒的中國式街道

我每次想中國，就去王彬街
王彬街在中國城

中國城不在中國，中國城不是中國

　　這首詩中，作者選取了「中藥／懷鄉病」，「檸檬露／消憤解愁」，「筷子／悠久歷史」，「烏龍茶／長遠文化」等具有最顯著中國意蘊的一系列意象組合，將唐人街上司空見慣的中國符號與海外華人「根深蒂固」的鄉愁情結扭結在一起，賦予普通的物象以深刻的中華情愫與文化內涵，鄉愁鄉思中更顯示出構思的不凡和主題的深邃。當然，像《王彬街》這樣熱辣辣地直接傾訴難以排遣的思國懷鄉之情的詩作並不多見，一首《華僑義山》，讓我們聽到了清明時節謝馨對於埋骨異鄉的華僑墓園的深情吟詠：

在海外　再沒有比這塊土地更能接近中國
在異城　再沒有比這座墓園更能象徵天堂
在這裏　華裔子孫得以保留他們血脈的根

在今日　炎黃世冑得以維繫他們親族的情

這是一座城
一座比諸葛亮的空城，更空的城
這是一座山
一座比喜馬拉雅山，還冷的山
城裏住著常年流落異地的遊魂
山上住著終老不得歸鄉的幽靈
他們曾經過著白手起家　胼手胝足的日子
他們曾經忍受千辛萬苦　創業維艱的磨難
現在總算有了一座自己的城
如今終於造就一座自己的山

此詩中沒有《王彬街》那樣充滿活蹦鮮跳的具體物象，只有詩人面對「華僑義山」的綿綿聯想與喃喃感歎。而正是有了這「哀思綿綿」的憑弔，才能跨越生與死、人與「城」之間的時空界限，使那些「終老不得歸鄉的幽靈」在異國他鄉的「義山」中得到安寧與慰藉。或許正是由於謝馨的「大器晚成」，恰恰為她的詩作提供了豐富的人生閱歷與殷實的生活底蘊以及成熟的詩文積累，因而顯得與那些青春得意的少年詩人狂放不羈而又不免淺薄單調地鄙視傳統截然不同，她的詩，常常對傳統題材推陳出新而顯示出超凡脫俗的想像力與陰柔雅致的古典美，例如那首令人嘖嘖稱道的《絲綿被》：

當然我無意重複抽絲剝繭的過程
由蛹至蝶，追溯至　老莊底夢境

我只延著絲路，尋覓溫柔鄉的位置：
彩繡的地圖，在被面勾勒出東方
旖旎的經緯，織錦的羅盤
由纖細的花針指向古典琴瑟的一絲一弦

點燃一支紅燭，低吟一首藍田

種玉的晦澀詩篇，啊！溫柔鄉

雲深霧重，虛無縹緲，如芙蓉帳

閉上眼依稀聽見春水暖暖自枕畔流過

由一床中國家庭常用的絲綿被，而引申出與絲相關的一系列極富古典韻味的瑰麗意象組合：抽絲剝繭、金蛹化蝶、絲路花雨、手繡彩圖、東方經緯、琴瑟絲弦再聯結起紅燭搖影、藍田美玉、芙蓉帳暖、春水流枕，其中鑲嵌著「莊周化蝶」、「藍田日暖玉生煙」（李商隱詩）、「芙蓉帳暖度春宵」（白居易詩）三個典故；全詩不著一個「情」字，卻由絲的柔軟質感衍化成對柔情繾綣、兩情相悅的美好姻緣的表露與讚歎，情感流露與表達方式都是古典式含蓄蘊藉、溫婉內斂的，而非直抒胸臆、淺顯直露，完美地體現了「溫柔敦厚」的詩教原則，給人以一種濃郁的典雅婉約的審美享受。在《柳眉》、《點絳唇》、《古瓷》等詩作中，也不難看出作者類似「絲綿被」式化腐朽為神奇的順「理」（紋理）成「章」（華章）的精巧構思與古典雅韻。

（三）「現代的憂鬱」與「HALO　HALO」

「融合『古典』與『浪漫』精神於一爐」（羅門語），謝馨這種傾心於古典詩文傳統、注重於含蓄典雅而又不失浪漫綺麗的詩歌意象，織成了其詩中十分突出的「東方旖旎」的文化經緯。古典傳統，表現在謝馨筆下，實際上包含著兩個側面：一是文化象徵；二是歷史見證。像《王彬街》、《絲綿被》、《柳眉》等詩中出現的中藥、檸檬露、筷子、烏龍茶、以及絲綿被、柳（公權）體等這些與「中國」相關的物象，在某種意義上，只是一種中國特有的文化象徵，其中當然也有歷史，但還不是歷史興亡的見證。在《華僑義山》中，作者開始從「葉落歸根」的傳統思維模式脫穎而出，其中自然有對「終老不得歸鄉的幽靈」的文化上的慰藉：「在海外　再沒有比這塊土地更能接近中國／在異城　再沒有比這座墓園更能象徵天堂／在這裏　華裔子孫得以保留他們血脈的根／在今日　炎黃世冑得以維繫他們親族的情」，但更重要的，卻是對於這些「流落異地的遊魄」的生命作一歷史見證：「他們曾經過著白手起家　胼手胝足的日子／他們曾經忍受千辛萬苦　創業維艱的磨難」。這種對於歷史追溯的興趣，使得作者常常越出對於中國文化的情有獨鍾，而對世界上他國民族文化歷史、風土人情、甚至某些

生活習俗同樣表現出興味盎然，這也較為符合作者常到世界各地旅遊觀光的旅人身份，因此，我們在謝馨的詩作中，看到了粗獷原始的《大峽谷》，清純明麗的《初抵愛荷華》，古色古香的《西班牙俱樂部》，風情萬種的《新奧爾良記詩》，如夢如幻的《新加坡印象》，還有那多姿多彩的「新英倫紀詩」、別具一格的「遊澳詩抄」，在這些「紀遊詩」中，謝馨並未只是停留在獵奇觀光的表層，而是表現出她對異國文化歷史進行探究的濃厚興致以及由此生發的感慨萬千，例如她在《新奧爾良記詩·後記》中寫道：「路（易西安娜）州充滿歷史及種族特色，曾受到西班牙及法國多年統轄。一八〇一年拿破崙再度自西人手中奪回路州所有權，但直到一八〇三年，路州被出售，歸入美國版圖的前二十天，當地人對此項易主之事，竟全無知曉。」因而她在詩中不無激憤地記下了被歷史掩蓋的一樁「越洋交易」：

> 封聖的頒佈令則是二十世紀
> 二十年代的事了　那時
> 黑奴販賣市場亦經關閉
> 另一種性質的越洋交易更撲朔
> 迷離　藏嬌三年的韻事
> 不只涉及奧良女郎
> 被風流拿破崙
> 拋售的後宮三千也包括了整個
> 路易西安娜的南方佳麗

作者由美國聯邦政府檔案裏儲存的一張奧爾良女郎的神秘照片的「傳言」而「考證」出當年路州販賣女子的「越洋交易」的史實，而正是有這樣的歷史存在，所以，來此觀光的詩人敏銳地感覺到：「藍調爵士演奏出／現代的憂鬱／白色木蘭花細訴著／身世的滄桑」。這首詩充分表明，作者並非一名純粹走馬觀花的觀光客，她表現出了對於異族文化歷史和人的命運的極大關注與紀錄熱情。

生於上海，長於台灣，而後定居於較早西化的菲律賓，多種不同的文化底蘊與生活經緯，使謝馨對於菲律賓本土文化特徵及其歷史滄桑的關注與描述，自然更具莫大激情和濃厚興趣：她的第三本詩集《石林靜

坐》第一輯收錄了12首「有關菲律賓的人、地、事、物」[28]的詩，並將其命名為「菲島記情」。與表現中國文化歷史時的典雅委婉不同，她對於菲律賓文化歷史的描繪，更注重其多元性與駁雜感。正如她那首有名的《HALO HALO》中所言：「也是象徵一種多元性的／文化背景——不同的語言／迴異的風俗習慣，宗教信仰和生活／方式，象各色人種聚集的大都市／充滿了神秘複雜的迷人氣息」。此詩通過菲語「混合」與菲律賓一種中西合璧的甜飲的雙重涵義，來象徵、反映這個國度多元文化的意蘊和特徵。

（四）「超級市場」與「故鄉菜園的芬芳」

當然，謝馨更感興趣的還是菲國的人文歷史，並將現代意識和哲學思考融入其中，因此也顯示出一種剛柔相濟、「軟」「硬」並蓄的特點來。例如「菲島記情」中三首有關菲國女性形象的詩中，既有對已成為上流社會賢妻良母式的淑女典型優雅嫻靜的氣質的認同（《瑪莉亞・克拉芮》）；也有對歷史上「巾幗不讓鬚眉」的民族女英雄堅貞不屈的精神的讚頌（《席朗女將軍》）；還有對現實中耄耋之年仍庇護、照應了許多愛國志士的菲國老奶奶達觀開朗的性格的崇敬（《蘇瑞姥姥》）。有意思的是，謝馨在描寫這些菲國歷史上和現實中受人尊崇的女性形象的詩中，在對她們的氣質、品格表示欽佩的同時，更多地表現了她站在現代人的立場上對歷史文化現象的深刻反思，如《席朗女將軍》選取了已成為馬尼拉城市雕像的民族女英雄對亡夫的內心獨白的視角，來闡發作者對「生命／死亡」、「殺戮／和平」、「偉人／凡人」、「榮耀／寂寞」等現代哲學命題的解讀：

今天　他們視我
為婦女解放運動的表徵
他們說我是菲律賓的聖女貞德
他們將我揮刀躍馬的形象定格
在全國最繁華的商業中心——
無數的車輛在我身旁穿梭
來往　但是傑哥

---

[28] 謝馨：《〈石林靜坐〉序》，見同名詩集，出版社不詳，2000年出版。

我是多麼思念　與你並肩

馳騁的歡暢　鄰近的

半島和洲際　是兩座現代所謂

五星級的旅社　但是傑哥

我們維幹，甜蜜的故居和家園

應該是

整片閃耀的星空了

在這裏，「昔日／今日」、「歷史／現實」的現代意義，似乎變成了現實對於歷史的反諷與不敬。或許，菲律賓的歷史與現實，傳統與現代，就是這樣交織著定格於繁華商業中心的一座城市雕像上，既供人觀光又令人深思。而在《蘇瑞姥姥》中，作者則將一位有著光榮歷史的老奶奶的事蹟，歸作了人生哲理的啟迪：「在生命中　如果有那麼一個／時刻　你突然面對／發揮人性尊嚴與勇氣的機會／你突然發現一種狂濤／閃電的力量　一種邁向自我／靈魂的完整與理想　你千萬／千萬不要猶豫　不要退縮　不要／畏懼　不論／你是八十四歲或是九十一歲的／高齡／／高齡不是藉口」。或許，對於現代人而言，德高望重的現代人瑞要比供人瞻仰的歷史英雄更具有親和力與楷模的意義。

歷史與現實，傳統與現代，在謝馨的詩中並不僅僅定格於一座城雕、幾位偶像之上，其現代意識和哲學命題的演繹還體現在，對於一些為常人司空見慣而又渾然不覺的東西，她也常常能夠別出心裁，出奇制勝，例如象電梯、機場、時裝表演、超級市場、旋轉門、甚至連椅子、鐳射唱片、鐵軌、脫衣舞等這些現代都市中並無詩意可言的物象（這些物象都是她的詩題），她也能挖掘出它們背後隱藏的深層文化意蘊及其「理」趣和「情」趣來。例如《電梯》：

「水銀柱般／上上　下下／　上　下／下／　上　高樓的體溫／比女人的／心／更難伺候／七樓　三樓　二樓　九樓／充滿階級鬥爭底動盪／和不安」；「水銀柱般／　升　降／　起　落／　高樓的體溫／比天氣的／善變／更難捉摸」，電梯成了觀察現代城市脈搏的血壓計。

再如《機場》：「豈可將我比作放風箏的孩子／望眼看盡多少人生聚散／胸臆納幾許世間往返／可以彙成一條河啊／那些離人的淚／可以震撼一座山啊／那些歸人的笑」，機場成了吞吐人生悲歡離合的起點與終點。

還有《電視》：「恐怖分子正劫持一架滿載／乘客的七四七／啊！多麼華麗莊嚴的皇室／婚禮。五國元首共同簽署／一項反核武器協議書。你突然／站了起來，伸個／懶腰到廚房去／喝杯水」，電視使公眾人物與觀眾「零距離」接觸，讓原本沉重莊嚴的事情變得荒誕可笑。

更有《超級市場》：「對著沙丁魚罐頭的標價想起潮水的上漲／曾淹沒了多少城池，沖斷了多少橋樑／在番茄醬的瓶蓋上回憶／故鄉菜園的芬芳／城隍廟前趕集的熱鬧，有一年／坐著牛車，顛簸了五裏路／去買一件花衣裳」，超級市場容納了人的「需求和慾望」，也成為當今物價指數的晴雨錶和思鄉懷舊的觸媒體。這裏，我們在謝馨充滿現代性和幽默感的都市詩中，又一次看到了她難舍難離的「想中國」的故土情結和懷鄉思緒，這未嘗不是現代意識中依然留存著對中華傳統的依戀和珍視。

融合古典與浪漫精神於一爐，匯聚傳統與現代意識於一體，這就是謝馨及其詩作所反映的菲華文學中傳統與現代因素的一種有意無意的融合，這種難解難分，乃至對於整個世界華文文學界也不無某種非同一般的啟示和感悟。

第三節　偶遇的真情與詩意
——馬來西亞女作家朵拉及其散文風格

與馬來西亞女作家朵拉的相遇，純屬偶然。雖然早就聽說馬來西亞有一位多產的華文女作家名叫朵拉，卻一直無緣相遇，也就談不上相知。直到千禧年（2000年）的11月，在廣東汕頭召開的「第11屆世界華文文學國際研討會」上，主辦者臨時要我擔任幾位大會發言者的論文評講，其中之一就有台灣世新大學英文系陳鵬翔教授，他提交的論文是《論小黑小說的技巧》。我仔細地拜讀了這篇論文，覺得他寫得相當有理論深度和新意，是我所評講的論文中，論點、論據和論證方法三要素之間結合的最好的一篇。我不但在講評中這樣表述，而且還由此對這篇論文的論主——馬來西亞華文作家小黑其人其作留下了很深的印象。但我壓根兒沒想過，這位名叫小黑的馬來西亞華文作家與名叫朵拉的馬來西亞華文女作家之間會有什麼關係，而且還是那麼親密的關係。

（一）

2001年5月下旬，我應邀赴榕樹的故鄉——福州出席「首屆菲律賓華

文文學研討會」。在巧遇心儀已久的幾位菲律賓華文女作家，如謝馨、林婷婷、施柳鶯、陳瓊華等之外，竟與馬來西亞女作家朵拉成為「偶遇的相知」。交談中，方才得知她就是那位名叫小黑的馬來西亞華文作家的太太，不禁倍感親切。後來，我在《我的得意》一文中看到了小黑先生為自己的太太畫的一幅速寫：「當她21歲嫁給我後，我就壞話說在前頭，要她在家相夫教子……」，「在文學的王國裏，她活得竟然比國王還要富足愉悅。而且在奶瓶、鍋鏟與油煙的薰陶之下，喂（這是小黑對妻子的昵稱──筆者注）竟然脫胎換骨，從小說的園地入侵散文的花圃，從訪問名家的心靈轉入空中相會的廣播劇，她寫下的文字何止百萬。這是多麼驕人的成績呀！」小黑先生的得意之情簡直溢於言表。

　　如今的朵拉，當然早已不是那個在「尿片、鍋鏟與油煙的薰陶」中自得其樂的家庭主婦了，「連小女兒也終於長大了」（《不同的葉子》）；大女兒甚至拋下父母離家到外地上了大學（《擁抱你一下》）；並且，她在文學創作上也迎來了豐收季節：已出版的小說集和散文集近20種，獲國內外華文文學各種獎項11次，1999年當選為馬來西亞讀者投票評選的十大最受歡迎的作家之一。朵拉，作為繆斯女神鍾情的女兒，應該說是幸運的。

　　離榕返滬前，朵拉贈我兩本新著，一本是微型小說集《魅力香水》，另一本是散文集《偶然的相知》，並希望我為此寫點書評。幾天接觸下來，我覺得朵拉待人很真誠，甚至有點像她這歲數少有的不諳塵世的少女般的天真，對於作家而言，如果過於世故倒並不是件好事，所以很想讀讀她的作品，便答應下來。我意識到馬華文學其實是多元的，既有像張貴興等創作的熱帶雨林的魔幻神話，也有早期的像雲裏風老一輩作家的華文書寫，但是像朵拉這樣的女作家也是很特別的。她本身是一位家庭主婦，不是職業女性，不會做生意，也不去教書什麼的，就那麼安分守己地寫作，而她的寫作，還寫了百多萬字，所以我突然就對她有了某種興趣。像她這樣的一個「坐家」，不僅寫出百多萬字的作品，她在創作上已經出版了小說集、散文集等幾十種，而且還獲得國內外華文文學各種獎項十多次，1999年當選為馬來西亞讀者投票評選的十大最受歡迎的作家之一。我就覺得像她這樣一種身份，她沒有什麼憂鬱、沒有什麼身份的迷失，也沒有什麼憤怒或者是激越的情緒。我在想或許她本身對文學的感悟可能更加接近本性，就是一種憑著本性在那裏書寫，而在華文文學領域，這樣的作者並不在少數。我看了她的作品以後，發現她的主要體裁是微型小說，而且寫得非常多，這種體裁可以說是在東

南亞最流行的。我覺得她的微型小說寫到現在這份上，已經是深得其要領，可以說是已進入技術層面操作的比較多，構思很精巧，凝練而精緻，有的甚至頗具歐・亨利式結尾奇峰突起之妙，如《懺悔》、《老人和雞》等篇，無不具有強烈的戲劇性。但比較而言，我更偏愛她的散文。在小說中，她寫的是別人的故事；而在散文中，她寫的是自己的心情。她的情感、情愫、情趣、情緒，乃至她的歡悅、她的痛楚，總之，她的喜怒哀樂，一顰一笑皆清清楚楚地凸現在她的散文集中。可以這麼說，要瞭解朵拉其人其情，非讀她的散文不可。

（二）

朵拉的微型小說與散文兩本集子之所以會有如此差異，我以為，首先是散文這一文體，更適合朵拉的緣故。與其他文體相比，散文兼容並蓄，融抒情、敘事、議論為一體，更具有無拘無束和揮灑自如的特性，它不必像寫小說那樣挖空心思地編織情節、虛構人物；也不必像吟詩那樣殫精竭慮地捕捉意象、斟字酌句；更不必像編劇本那樣假戲真做地分場佈景、設計台詞。但是反過來，散文，尤其是抒情性散文，對作者的要求也就更為苛刻，它要求作者必須有真性情，摻不得半點虛假，正如現代散文名家柯靈先生所言，散文是「探察內心的窗口，或莊，或諧，或如姜桂，或如芒刺，或慷慨放達，或溫柔敦厚，或玲瓏剔透，或平淡自然，發乎性，近乎情，絲毫勉強不得。或真純，或誇飾，或樸實無華，或錦繡其外敗絮其中，也瞞不了明眼人」[29]。因此，散文尤其注重說真話，抒真情，道真理，求真趣。這個「真」字有時往往反映在作者具有某種不諳塵俗的「童心」上。

朵拉身為家庭主婦，但歲月在她身上似乎並未留下滄桑的印痕，她始終保持著少女般甚至有點與世俗、勢利絕緣的，不諳世故的天真與純潔。感情之純真剔透，恰恰是她身上最為可貴的東西。她在《偶遇的相知・後記》中這樣寫道：「從來沒有出去和人交往的經驗，不經塵世的滄桑，因此三十歲以後仍保持聽起來悅耳而實際上荒唐可笑的天真幼稚和無知」。這樣一種與世俗、勢利絕緣的不諳世故的天真與純潔，使朵拉常在散文中顯示其與眾不同的「本心」。例如《在無名夜市買了一顆本心》，寫的是作者與旅伴在外地尋訪夜市購物的一段經歷。此篇頗有

---

[29] 柯靈：《〈人生和藝術〉總序》，載1993年4月8日上海《新民晚報》。

一波三折的微型小說的況味。起先，旅伴們自行出門，「反正往有燈的地方走一定沒錯」。果然滿載而歸，個個對好不容易從夜市上討價還價買來的物品心滿意足。誰知回到旅館，方知犯了方向性錯誤，此夜市並非當地的著名夜市。如果這是一篇微型小說，到此留下一個開放性的結局就可嘎然而止。但在散文中朵拉不僅記下了旅伴們在真相大白後懊悔不已的話語和心態，而且發表了由此觀察人性的議論和箴言：「到手的東西，再怎麼熠熠閃光也會變得黯然失色，不值得珍惜」；「不斷地犯同樣的錯誤，不斷地悔恨，然後不斷地重蹈覆轍，這是人的天性中最愚蠢的部分。」更妙的是描寫自己頗有幾分阿Q「精神勝利法」的結尾：

> 我沒有憾意，伸手探進風衣的袋裏，緊緊摩挲著擱在裏邊的魔頭玉墜子，想起那個有一雙深邃眼睛的瘦骨嶙峋白髮蒼蒼老販者說：「這是來自新疆地區的保護神，把它帶在身上，會帶給人幸福、美滿和快樂。」
>
> 佇在身邊的Y眼神迷惘，口氣困惑，問我：「你真的相信？」
>
> 或者這只是民間玄言，但我真高興買下它，因為突然發現，這個魔頭玉墜子，其實是人的一顆本心[30]。

這就把作者看似自慰實則隨緣的天性和「本心」和盤托出來了。這樣的真心，你在朵拉的小說中是不太容易發現的，但在她的散文中卻隨處可見。所以，我喜歡讀朵拉的散文，因為其中有她的真性情。

（三）

當然，散文要寫得好，除了要有作者的真性情外，還應該有那麼點浪漫的詩情畫意。這裏所說的「浪漫」，主要是指對於散文不能望文生義，以為它真是「實話實說」的鬆散之文，而應具備引人遐想的詩意之美。現代散文名家周作人當年曾把「藝術性」散文稱作「美文」，他說，讀這類散文，「如讀散文詩，因為他實在是詩與散文中間的橋」[31]，

---

[30] 朵拉：《在無名夜市買了一顆本心》，見《偶遇的相知》集，馬來西亞，紅樹林書屋，2000年7月版，第10頁。

[31] 周作人：《〈中國新文學大系·散文一集〉導言》，上海良友圖書公司，1935年8月版。

他甚至把散文比作「是文學發達的極致」[32]。筆者覺得，朵拉寫散文，有時是把它當作詩與畫來構思和描繪的，文中充滿著詩情畫意。《牽牛押花》就是一個極典型的例子。按其中的敘事成分而言，屬一則司空見慣的現代女性的愛情悲劇：她癡癡地愛著他，而他卻離開了她。就是這麼可以一言以蔽之的簡單故事，卻被作者衍化成了一篇如此淒美而浪漫的抒情散文。原因正在於作者通篇運用古典詩歌「賦比興」的藝術手法，自然而含蓄地將牽牛花引入文中，並作為女友那短命的愛情的意象：

> 　　有人稱牽牛花為「朝顏」，有人稱它「夕顏」，到底它是屬於早上或者黃昏的花呢？……
> 　　然而無論牽牛花是多麼燦麗地綻放，不知道為什麼，它總給我一種帶著些許寂寥，稍微落寞，並有一絲淒清荒涼的感覺。尤其是當風吹起來的時候，它在風中危顫顫地抖動，彷彿隨時都會被風吹墜下來那樣[33]。

有了牽牛花「自得其樂」而又朝不保夕這一抒情意象，女友的愛情悲劇似乎也就變得富有詩情畫意了：「我的愛情像押在畫框裏，那朵死了的花。」可喜的是，類似《牽牛押花》的美文，在《偶遇的相知》中還有數篇，如《到相遇的地方去把你忘記》、《香氣的哀愁》、《心中的地圖》、《等待玉蘭花》等。我把它們稱之為一種富於詩情畫意的美麗小品。一本散文集中當然不可能篇篇精品，但如果能挑出一些富有詩情畫意的美文來，讀者也就真是有眼福了。所以不管朵拉算不算馬來西亞最有代表性的作家，但她至少可算是比較接近文學返璞歸真的一類作家，我覺得對於我們怎麼去認識文學的本質還是有一定的意義的。

因此，我理所當然地喜歡朵拉的散文。

---

[32] 周作人：《〈近代散文鈔〉序》，見《〈中國新文學大系·散文一集〉導言》，上海良友圖書公司，1935年8月版。

[33] 朵拉：《牽牛押花》，見《偶遇的相知》集，馬來西亞，紅樹林書屋，2000年7月版，第12頁。

第四節　為情者綽約而寫真
——美華女作家於梨華的散文《親情‧舊情‧友情》解決

　　這是一篇抒發令人值得回味與珍惜的美好情感的內心獨白，也是一曲渴慕緬懷人倫親情、初戀舊情和依依友情而縈懷於心的淺吟低唱。作者於梨華，浙江鎮海人，1931年出生於上海。1947年底隨家人去台灣。1953年由台灣大學畢業後赴美留學，後成為著名的美籍華人作家，在台灣及海外華文文壇享有很高的聲譽。自20世紀60年代以來，她以反映旅居異國他鄉的留學生在東西方文化的衝突中所面臨的種種困惑，以及由此而產生的「無根」的寂寞和「尋根」的迷惘為題材，創作了《又見棕櫚，又見棕櫚》、《變》、《焰》、《考驗》、《傅家的兒女們》等長篇小說以及《也是秋天》、《雪地上的星星》等中短篇小說，其中《又見棕櫚，又見棕櫚》一書1967年在台灣出版後，不僅榮獲當年嘉新最佳小說獎，而且被列入台灣各大學的現代文學教材及台灣學子出國留學前的必讀之書，作者也因此被台灣文壇譽為「留學生文學的鼻祖」，「無根一代的代言人」。20世紀末，《又見棕櫚，又見棕櫚》獲得《亞洲週刊》評選的「20世紀中文小說100強」之殊榮。

　　與在小說中反映的多為留美學生求學的艱辛、生存的無助以及「無根」的寂寞、「尋根」的迷惘不同，《親情‧舊情‧友情》這篇散文，清晰地記錄了作者在赴美十年之後追尋親情、偶拾舊情、重溫友情的真情獨白。她以自己去國十年後返台省親的切身體驗，分別抒發了對於「親情」的渴慕，對於「舊情」的追憶和對於「友情」的珍惜之情。

　　留學美國，這在20世紀60～70年代的台灣，幾乎成為台灣學子人人嚮往的一個夢想，正如《又見棕櫚，又見棕櫚》中的主人公牟天磊留美多年後終於「衣錦還鄉」時所受到的無比仰慕和隆重禮遇那樣。然而，作者卻在「親情」篇一開頭，就將這種人為地罩在留學生頭上的光環扯得粉碎，她真真切切地吐露自己去國十年的心聲：「不能淡忘，更無法擺脫的是思親之情。不但不能擺脫，而且與日俱增」；並且，這種「思憶帶了夢的色彩，省親之念也似夢一般的遙遠。」然而，現實與夢想的距離畢竟也是遙遠的。十年滄桑，時空巨變，改變了的不僅是「巢中景物皆非」和父母的昔日容顏、弟妹的遠走高飛，更重要的是往日「最溫暖，最值得留戀」的天倫之樂已難以接續；從前「依戀在巢中的那段息息相關的手足之情」已無足輕重：出嫁的妹妹，「屬於她自己的家，待

我如客」；當年童稚的弟弟們，如今與大姐南轅北轍：「我想抓住的，只是現在，而他們則急於迎接將來。一似當年的我；拍翅飛去，毫不留念。」雖然日漸蒼老的雙親給了歸來的「倦鳥」以舐犢之情和竭盡全力的呵護關愛，但是，耄耋老人留守的空巢內，時時「寂寞會驟然來到掛滿了往時歡笑的空屋」；歸來的女兒終於明白：「目前的親情，已非往日，而僅是驛站裏的甘露，瞬息即逝。」企盼了十年的殷殷親情「容顏已改」，唯一值得「慶幸」的是它尚「安然存在」。

　　如果說，「親情」篇是一支感傷哀婉的「天倫詠歎調」的話，那麼「舊情」篇則是一曲對昔日戀情以及青春年華無情逝去的挽歌。作者與十年不通音訊且都已各自結婚生子的昔日戀人，竟然在人潮滾滾的大街上迎面相遇，「窘迫」二字，寫出了兩人的尷尬神情。伸手相握，也是「旋即放開」；彼此客套，卻又話不投機——流逝的歲月成了梗塞於他們中間的無形之牆。然而，畢竟是一對曾經相愛過的戀人，「他不忍即刻辭去，我也無意道別」，於是，在夜色中兩人直奔當年的校園，那個曾經給了他們「四年幸福的學校」。校園內，景物依舊，處處勾起他們對當年熱戀情景的回憶。但是，「舊時的事，舊時的情，卻是屬於舊時的，好似去年的蝴蝶，永遠逝去」。作者理智地意識到：青春早已不再，舊情無法復熾。因而這對偶然相遇的昔日戀人的結局也是可想而知的：他們「必需牢牢的站在地面，不僅是為自己，也為與自己有關的別人」，於是各自搭車分手，「開往我們各自的家」。比起思親之情來，這段逝去的戀情，猶如黑夜裏偶然碰擦的兩根火柴，火花轉瞬即逝，點不亮將來。

　　然而「友情」篇則點亮了作者心中對人世間美好感情永恆的希望。它抒寫的是作者與大學時代的同窗好友重聚時所感受到的珍貴友情。雖然，昔日的舊友已經拖兒牽女，「沉重地負荷著生活的擔子」，但「當年的夢，未被忘卻，當年的壯志宏願，也仍在心中」。作者一改「親情」篇的感傷哀婉和「舊情」篇的心如止水，熱情讚揚大學時代的友情：「它兼有少年的夢幻及青年的熱誠，因而永存，即使經過長期的分離，重遇時它仍然充滿了光彩」。昔日同窗再回首，重溫當年的友情，點點滴滴，「一片溫馨」；「像一支溪流，默默地灌溉著為生活奔波得蒼老的心靈」。作者用一副溫馨甜美的調子，深情地唱出了一首「友誼地久天長」的頌歌：歲月無情，青春易逝，然而友情長存，因而「感激慶幸它的未曾改顏，因為在乾枯的人生旅程中，它將永遠供給我們新的

慰藉，重燃我們將熄的希望。」

　　結尾處，作者用充滿哲理與詩意的話語，對親情、戀情、友情這三種人類共同需要但又並不一定能全部擁有的情感作了如下的歸結：

　　「親情貼心，舊情纏綿，但友情醇厚，它不令人悲，而令人寬慰。親情易惹傷感，舊情不易拋開重拾，一若以前。人生猶如夏日池中漂流的荷葉，一面浸在冰冷水中——社會，一面承受無情烈日——家累，唯有荷葉中的水珠一粒——友情，使它不被燒枯，也不被沉溺。」[34]

　　但願，「友誼天長地久」成為人類永恆的精神慰藉。

---

[34] 於梨華：《親情・舊情・友情》，見《海天・歲月・人生》集，中國文聯出版公司，1986年版。

跋

　　寫完這部書稿的最後一個字，我並無如釋重負之感。這麼多年來，伴隨著年歲一天天的增長，著作的出版、論文的發表、文章的見報乃至獲得什麼獎，對於我早已經沒有了當年拿到第一筆稿費時的快樂與神采飛揚了。也許這些年來，我真是有點麻木不仁了。

　　記得當年拿到第一筆稿費是人民幣6元整。那是1979年，我還是華東師範大學中文系的大二女生，在《上海文學》雜誌上發表了一篇《對小說〈陰影〉的一點意見》的小文章，其實原文寫得還不算短，但發表時被編輯刪去不少，所以只剩下不到1千字了。當初也是少年氣盛，信筆塗鴉，從不留底稿，後來幾次想把原稿的意思重新寫一遍，以便把這篇評論處女作收到個人的集子中去，卻早已想不起來原稿究竟寫了些什麼了。但那回收到稿費的情景還歷歷在目。班上的同學知道我拿了筆稿費，便要我請客，於是，我就拿著從郵局用匯款單換來的6元錢，到華師大中山北路校門口對面的一家冷飲店，買了20多塊光明牌簡裝冰磚，花去4元多，然後，請班上的男女同學20餘人每人吃了一塊冰磚。那時的東西真是便宜，那麼一塊分量十足、奶香誘人的長方形冰磚，只要1角9分錢，所以每個吃到冰磚的同學都很高興，我當然也就更高興了：一是文章雖然被刪去不少但畢竟變成了鉛字；二是大家都因此吃到了又香又甜的冰磚，皆大歡喜。想想寫文章，還真是不錯，名利雙收。

　　然而此後文章雖然寫得也不算少，但出版自己個人的第一部學術論著，卻已是20年後。1999年，我出版了《女人・女權・女性文學》。這是我出版的第一部個人的學術著作。在這本書出版之前，我已在各種刊物上，包括內地的，港台的；「核心期刊」的，「非核心期刊」的上面，發表過百餘篇學術論文，可惜一直未有機會出版。因為學術性的論文集，除極個別集子外，絕大多數都是虧本的買賣。我等非名人賢達，要出版社為我的論著而出血，我自信還沒有這個能耐。雖然奢望也曾有過。有一年上海某家出版社同意出版我的論著，但條件是自己得贊助自己的集子1萬餘元，還說這已是最低的底價，切不要錯過這個良機。言外

之意，我算是撿了個便宜。可那時我家正分了一套新居，急待裝修，裝修的費用也需萬把餘元。房子與集子，猶如魚與熊掌不可兼得也。權衡再三，我終究選擇了房子，於是擱置了集子。這一擱，就是好幾年。

當然我也不是沒出版過書。在這本書出版之前，我曾經參加過《香港文學史》部分章節的撰述，此書已於1997年「香港回歸」之際由犁青先生任社長的香港作家出版社出版。這是海內外出版的第一部關於香港文學史的學術專著。很顯然，這是多人通力合作的結晶，我從來不想貪天功為己有，把合著視為個人的學術資本。而在此之前，我至少已獨自出版過5種編著：《盧隱選集》（上、下集，福建人民出版社）、《盧隱集外集》（北京書目文獻出版社）、《盧隱散文選集》（天津百花文藝出版社）、《香港女作家婚戀小說選》（中國友誼出版公司）、《香港女作家散文小品精選》（華東師範大學出版社），總字數達200餘萬。雖然這些集子中也收進了我的幾乎每篇長達萬言的研究論文（多為代序）以及我編撰的索引、目錄、作家小傳和跋等等，這些文章加起來，總數大約有10多萬字。但我還是從未把這些編著算作我個人的學術成果。直到1999年我的第一部論著《女人‧女權‧女性文學》出版。接著2001年，第二部論著《繆斯的魅力》被列入「世界華文文學文庫」也得到了出版。並且，這兩部論著先後獲得了炎黃文化研究會頒發的「首屆龍文化金獎二等獎」和「第三屆龍文化金獎（優秀論著獎）」，其他一些論文，也先後獲得過各種獎項。不過，我早已沒有了當年得到6元錢稿費時的快樂與躊躇滿志。第三部論著《文學與性別研究》，被列為「同濟‧漢語敘事文叢」之一，於2008年4月由同濟大學出版社出版。此後主要用作「女性主義與文學」課程的教材。今年3月突然接到上海市婦聯的通知，說此書經評審、網上公示等，獲得了「第二屆中國婦女研究優秀成果專著類三等獎」，讓我準備去北京領獎，因為此獎將由全國婦聯主要領導頒發。這天上掉下來的一塊餡餅使我想起了30年前高考時的幸運。

1977年那個難忘的冬天，我在皖南某縣城參加「文革」後首屆全國高等教育入學考試而有幸被華東師範大學錄取。那時它還叫做「上海師範大學」（「文革」中，華東師大、上海師院、上海教育學院等5校合併，統稱「上海師範大學」）。1978年2月我進校時正好剛恢復華東師範大學的建制。自那時至今，我一腳踏進文學的神聖殿堂已整整32年了。32年後的今天，猶如當年在考場填寫完試卷遞呈給主考官，內心充滿著惶恐和忐忑。說實話，我甚至感到有些羞愧和內疚。這30年來，我曾有

幸先後師從著名的文藝理論家和中國現代文學研究專家錢谷融教授、王鐵仙教授，攻讀中國現代文學碩士、博士學位。在此之前，我還有幸親耳聆聽過許傑、施蟄存等「國寶」級名師講授的課程。他們當年對我學業上的指導和教誨，使我終身受益。然而一想起他們對我的殷殷期望和鼓勵，我就難免慚愧不已。

自從有了兒子並且分到了一套獨立門戶的居室以後，我的生活就變得相當簡單：學校——家，兩點一線，每天就沿著這兩極作周而復始的運動。但簡單卻又生出許多繁瑣來：孩子幼小，且是醫院小兒科的常客，照料孩子及幹家務活常常擠佔掉我許多本來可以用來做學問的寶貴時間。所以，我常常為30年來的學術成果平平而汗顏。然而，兒子漸漸長大了。我也被評上了「上海市好家長」和「長寧區好家長」。我感謝上蒼，賜給了我一個溫馨祥和的家庭，一個聰明好學的兒子。三年前，他決定放棄直接保送一流名牌大學的預錄取資格，考上了法國政府2004年啟動的「50名中國學生就讀法國大學校理科預科班」，選擇負笈留學。如今他已考入名聞遐邇的巴黎高等師範學院從事數學研究。他走後，我自己可以支配的時間似乎多了起來，論著《文學與性別研究》，是他走後我得以完成的第一部書稿。感謝上蒼。

要感謝的自然還有許多人。30年來，在我先後從事有關中國現代文學、女性文學以及香港、台灣文學研究等的過程中，我曾經得到過海內外許多著名作家、學者的熱情而無私的幫助。他們中間有的推薦、發表我的論文，有的邀請我參加各種學術會議，有的提供給我從事有關學術課題研究的資料和經費。我曾數次受邀擔任香港中文大學、香港大學、香港嶺南大學、台灣大學等校訪問學者或客座研究員，作過學術交流和訪問研究。這30年來，我結識了一大批海內外的文學朋友和華人作家，所得到的各種各樣的贈書，其地域之廣，幾乎可以拼成半張世界地圖。而今年9月下旬因赴香港浸會大學出席「張愛玲誕辰90周年紀念國際學術研討會」，又使我與台灣秀威資訊科技股份公司叢書總編輯蔡登山先生得以相識。使我大為驚訝的是：他竟對我的著述十分瞭解，並力邀我將書稿交予他在台灣出版。於是，世界上就產生了這樣一本也許是多餘的書。

當然，我的內心是心存感激之情的。

錢虹

2010年夏秋之交寫於上海

語言文學類　PG0521

燈火闌珊
——女性美學獨照

作　　者／錢　虹
主　　編／蔡登山
責任編輯／蔡曉雯
圖文排版／蔡瑋中
封面設計／王嵩賀

發 行 人／宋政坤
法律顧問／毛國樑　律師
印製出版／秀威資訊科技股份有限公司
　　　　　114台北市內湖區瑞光路76巷65號1樓
　　　　　電話：+886-2-2796-3638　傳真：+886-2-2796-1377
　　　　　http://www.showwe.com.tw
劃撥帳號／19563868　戶名：秀威資訊科技股份有限公司
　　　　　讀者服務信箱：service@showwe.com.tw
展售門市／國家書店（松江門市）
　　　　　104台北市中山區松江路209號1樓
　　　　　電話：+886-2-2518-0207　傳真：+886-2-2518-0778
網路訂購／秀威網路書店：http://www.bodbooks.com.tw
　　　　　國家網路書店：http://www.govbooks.com.tw
圖書經銷／紅螞蟻圖書有限公司
　　　　　114台北市內湖區舊宗路二段121巷28、32號4樓
　　　　　電話：+886-2-2795-3656　傳真：+886-2-2795-4100

2011年04月BOD一版
定價：440元
版權所有　翻印必究
本書如有缺頁、破損或裝訂錯誤，請寄回更換

國家圖書館出版品預行編目

燈火闌珊：女性美學獨照 / 錢虹著. -- 一版. -- 臺北市：
秀威資訊科技, 2011. 04
　　面；　公分. --（語言文學；PG0521）
BOD版
ISBN 978-986-221-716-0（平裝）

1. 女性文學 2. 文學美學 3 文學評論

820.7　　　　　　　　　　　　　　100002365

讀 者 回 函 卡

感謝您購買本書，為提升服務品質，請填妥以下資料，將讀者回函卡直接寄
回或傳真本公司，收到您的寶貴意見後，我們會收藏記錄及檢討，謝謝！
如您需要了解本公司最新出版書目、購書優惠或企劃活動，歡迎您上網查詢
或下載相關資料：http:// www.showwe.com.tw

您購買的書名：_____

出生日期：_____年_____月_____日

學歷：□高中 (含) 以下　　□大專　　□研究所 (含) 以上

職業：□製造業　□金融業　□資訊業　□軍警　□傳播業　□自由業

　　　□服務業　□公務員　□教職　　□學生　□家管　　□其它_____

購書地點：□網路書店　□實體書店　□書展　□郵購　□贈閱　□其他

您從何得知本書的消息？

　　□網路書店　□實體書店　□網路搜尋　□電子報　□書訊　□雜誌

　　□傳播媒體　□親友推薦　□網站推薦　□部落格　□其他_____

您對本書的評價：(請填代號　1.非常滿意　2.滿意　3.尚可　4.再改進)

　　封面設計____　版面編排____　內容____　文／譯筆____　價格____

讀完書後您覺得：

　□很有收穫　□有收穫　□收穫不多　□沒收穫

對我們的建議：_____

_____

_____

_____

11466
台北市內湖區瑞光路 76 巷 65 號 1 樓

秀威資訊科技股份有限公司　　　收

BOD 數位出版事業部

··

（請沿線對折寄回，謝謝！）

姓　　名：＿＿＿＿＿＿＿＿＿＿　年齡：＿＿＿＿＿　性別：□女　□男

郵遞區號：□□□□□

地　　址：＿＿＿＿＿＿＿＿＿＿＿＿＿＿＿＿＿＿＿＿＿＿＿＿＿＿＿

聯絡電話：(日) ＿＿＿＿＿＿＿＿＿＿＿　(夜) ＿＿＿＿＿＿＿＿＿＿＿＿

E-mail：＿＿＿＿＿＿＿＿＿＿＿＿＿＿＿＿＿＿＿＿＿＿＿＿＿＿＿